David Chandler
Ancient Blades

PIPER

Zu diesem Buch

Als der Schurke Malden einen rätselhaften Auftrag erhält, ahnt er nicht, dass er sich auf den gefährlichsten Coup seines Lebens einlässt. Er soll den kostbarsten Schatz der Metropole der Diebe stehlen, doch dazu muss er das tun, was keinem vor ihm gelang: in die Burg der Stadt Ness eindringen. Als wäre diese Aufgabe nicht schon schwierig genug, bekommt Malden auch noch unerwünschte Unterstützung. Ritter Croy, eben noch aus der Stadt verbannt und seines Schwertes Ghostcutter beraubt, möchte sowohl seine Ehre zurückgewinnen als auch die Liebe der Zauberin Cythera. Auf der lastet ein grausamer Fluch, denn jede ihrer Berührungen verursacht Schmerzen, ihr Kuss ist sogar tödlich. Und schon bald wetteifern Malden und Croy nicht nur um den geheimnisvollen Schatz des Burggrafen, sondern auch um die Zuneigung der betörenden Magierin.

David Chandler wurde in Pittsburgh, Pennsylvania, geboren und lebt in New York. Nachdem er für die Vereinten Nationen arbeitete, schreibt er heute phantastische Romane. Bei Piper erschien seine High-Fantasy-Reihe »Ancient Blades«, welche die aufregenden Abenteuer des Diebes Malden, des Ritters Croy und der Magierin Cythera erzählt. »Die Metropole der Diebe« ist der erste Teil der Trilogie.
Weiteres zum Autor unter: www.ancientblades.com

David Chandler

ANCIENT BLADES

Die Metropole der Diebe

Aus dem Amerikanischen
von Andreas Decker

Piper München Zürich

Entdecke die Welt der Piper Fantasy:

Piper-Fantasy.de

Von David Chandler liegen bei Piper vor:
Die Metropole der Diebe
Das Grab der Elfen
Der Thron der Barbaren

MIX
Papier aus verantwortungsvollen Quellen
FSC® C083411
FSC
www.fsc.org

Ungekürzte Taschenbuchausgabe
Juni 2013

Titel der amerikanischen Originalausgabe:
»Den of Thieves«, Eos/HarperCollins USA, New York 2011

Umschlaggestaltung: Guter Punkt, München/www.guter-punkt.de
Umschlagabbildung: Oliver Wetter/www.fantasio.info
Satz: Fotosatz Amann, Aichstetten
Papier: Pamo Super von Arctic Paper Mochenwangen GmbH, Deutschland
Druck und Bindung: CPI – Clausen & Bosse, Leck
Printed in Germany ISBN 978-3-492-26927-8

Ich hätte nie gedacht, dass dieser Roman je veröffentlicht werden würde. Ich schrieb ihn für mich selbst, als Therapie, zum eigenen Vergnügen. Ich schrieb ihn mit der Absicht, ihn in die Schreibtischschublade zu legen (nun gut, in die Tiefen meiner Festplatte) und zu vergessen. Niemand sollte ihn je lesen, doch dann stand Alex Lencicki vor meiner Höhle und brüllte Beleidigungen und wüste Drohungen, bis ich ihm ein paar Seiten zuwarf, damit er endlich verschwand. Danach lag die Angelegenheit nicht mehr in meiner Hand. Russell Galen las sie als Nächster und schlug mir so lange mit einem Knüppel auf den Kopf, bis ich das Manuskript losließ. Diana Gill und Will Hinton nahmen sich seiner an und machten es zu einem Buch, das ich heute der Welt mit Stolz präsentieren kann. Ohne diese Menschen wäre das nie geschehen, und dafür bin ich sehr dankbar.

David Chandler
New York City, 2011

A...Jägertor
B...Vogttor
C...Zitronengarten
D...Hundbrücke
E...Cutbills Schlupfwinkel
F...Bergbrücke
G...Kaserne
H...Palast
I...Sägebrücke
J...Marktplatz
K...Kapitelhaus
L...Universität
M...Göttinnendom
N...Kornmarkt-
brücke
O...Wollkämmer-
brücke
P...Gottstein
Q...Königstor
R...Maldens Zimmer
S...Göttinnengarten
T...Pferdeinsel
U...Ostbecken
V...Flusstor
W...Hazoths Herren-
haus
X...Krüppeltor
Y...Anlegestelle
Z...Zum Meer

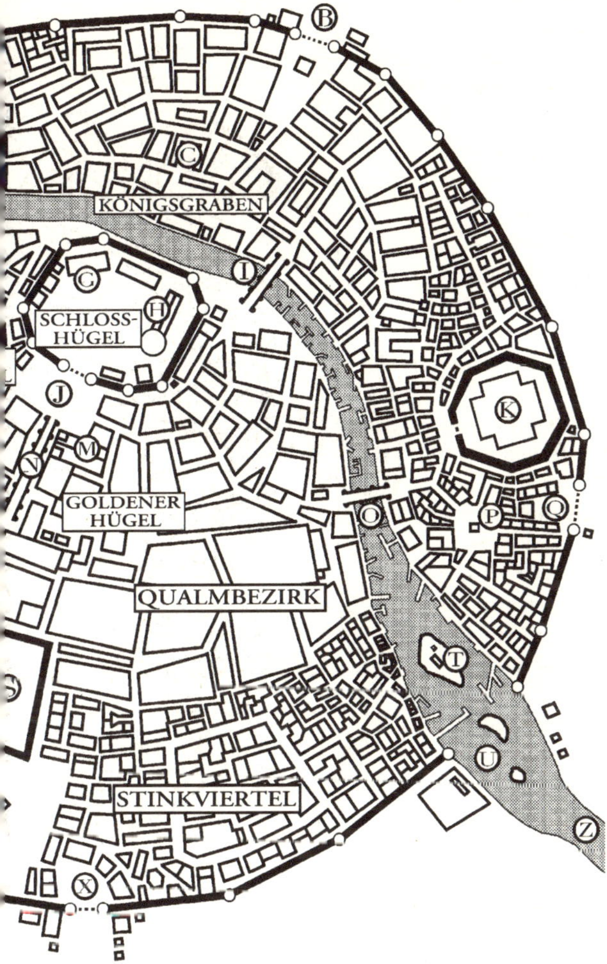

DIE FREIE STADT NESS

INHALT

PROLOG

In der Freien Stadt Ness lebten beinahe hunderttausend Menschen dicht gedrängt beieinander – wie Ratten, die man in einen viel zu kleinen Sack gesteckt hatte. Die Stadt maß weniger als eine Meile im Durchmesser und füllte jede Nische des Hügels aus, der von einer hohen Verteidigungsmauer umgeben war. Wenn man um Mitternacht von einem zwei Meilen entfernten Berg aus zu ihr hinübersah, stellte sie das einzige Licht in der nächtlichen Landschaft dar. Wie ein glühendes Holzscheit inmitten dunkler Felder, die dem Horizont entgegenwogten. Das nur eines ordentlichen Windstoßes bedurfte, um hell und unberechenbar aufzulodern.

Der Anblick ließ Bikker grinsen, obwohl er genau wusste, dass es sich bloß um eine Sache der Perspektive handelte. Er war ein Hüne von Mann mit einem buschigen Bart und einem magischen Schwert am Gürtel. Er wusste nicht, wie die anderen beiden Angehörigen der Verschwörergruppe darüber dachten, aber er hätte die Freie Stadt Ness nur zu gern brennen gesehen.

Die Lichter, die er sah, kamen von tausend Fenstern und den Öfen Hunderter Werkstätten und Manufakturen. Die Stadt belieferte das Königreich Skrae mit sämtlichem benötigten Eisen und Stahl, einem Großteil aller Lederwaren und einem endlosen Strom von Löffeln und Gürtelschnallen sowie Laternen und Hornkämmen. Die Gilden arbeiteten die Nacht durch, und das jede Nacht, denn die Nachfrage war schier endlos. Aus jedem Schornstein stieg Rauch empor, brodelnde Säulen aus Dunkelheit, die die Sterne verfinsterten, während die Hälfte der Fenster der Stadt von brennenden Kerzen erleuchtet wurden, weil ein Heer von Schreibern, Sekretären und Buchhaltern etwas in ihre Kontobücher kritzelten.

Am Fluss erhoben sich hell erleuchtete Spielhäuser, während Huren lange Prachtstraßen entlangmarschierten und

Laternen schwenkten, um Passanten anzulocken. Es hatte den Anschein, als wäre die halbe Stadt noch auf den Beinen. »Glaubt Ihr, dass einer von ihnen ahnt, was auf sie zukommt?«, fragte Bikker.

»Um unserer Pläne willen bete ich, dass es nicht so ist«, sagte sein Auftraggeber. Bikker hatte den Mann noch nie zuvor zu Gesicht bekommen. Selbst jetzt verbarg sich der Drahtzieher der Verschwörer in einer abgedunkelten Kutsche, die von zwei weißen Pferden gezogen wurde, die mit den Hufen scharrten. Sie trugen kein Brandzeichen, und der Kutscher war neutral gekleidet. Die Kutsche hätte zu jedem besseren Haushalt gehören können – sämtliche Insignien waren entfernt worden.

Eine schlanke weiße Hand schob sich aus dem Kutschenfenster und hielt einen Beutel voll Gold an seinen Schnüren. Bikker nahm die Bezahlung – die letzte Rate von vielen – und schob sie unter sein Kettenhemd. »Um Euretwillen rate ich zu versiegelten Lippen.«

»Keine Sorge, wenn ich will, kann ich sehr verschwiegen sein«, sagte Bikker mit einem Lachen. »Dabei gäbe das hier eine wirklich tolle Geschichte ab! In einem Monat wird Aufruhr in der Stadt herrschen, die Toten werden sich in den Straßen auftürmen. Wie viele Lichter wird man dann wohl noch sehen? Und niemand wird je erfahren, welche Rolle ich dabei gespielt habe.«

»Nein, das wird keiner«, sagte der dritte Verschwörer. Bikker richtete den Blick auf Hazoth, dessen Antlitz ein dicker Schleier aus schwarzem Krepp verhüllte. So sehr Bikker es auch verabscheute, mit gesichtslosen Gefährten Geschäfte zu machen, war er über diesen Schleier doch ganz froh. Es war nicht gut, in das entblößte Gesicht eines Zauberers zu schauen. »Wenn du nicht den Mund halten kannst, werde ich dafür sorgen, dass du es tust. Vergiss nicht deinen Platz. Deine Rolle in all dem hier ist minimal.«

Bikker zuckte mit den Schultern. Das wusste er nur zu gut. Man hatte ihn für verschiedene kleine Aufgaben in den Dienst genommen, aber hauptsächlich deswegen, weil er vermutlich die einzige Person in der Stadt war, die die beiden hätte aufhalten können, falls er gewollt hätte. Als er sich einverstanden erklärt hatte, sich mit ihnen zu treffen – und dann das zögerliche, verstohlene Angebot angenommen hatte –, waren sie auf eine fast schon lächerliche Weise dankbar gewesen. Sein Ruf eilte ihm voraus, und sie hatten nicht gewagt, seine Eitelkeit zu verletzen. Aber sie ließen ihn auch nie vergessen, dass er ihr Laufbursche war. »Ich tue, was man mir sagt ... wenn man mich bezahlt. Gold hat so seine Art, jede Zunge zum Schweigen zu bringen. Mir ist schon klar, dass ich ihn nicht zu fragen brauche« – Bikker wies mit dem Daumen auf den Mann in der Kutsche – »aber was habt Ihr davon, Zauberer? Was kann er Euch bezahlen, das Ihr nicht einfach selbst herbeizaubern könntet?«

»Ich habe mich einverstanden erklärt, Hazoths ... Experimente zu übersehen, sobald ich der Herrscher der Stadt bin«, sagte der Mann in der Kutsche. »Bereitet Euch das Unbehagen?«

In der Tat hatte es eine Zeit gegeben, in der das Bikker Anlass zum Grübeln gegeben hätte. Zauberer konnten gefährlich sein. Hazoth stank nach Schwefel und dem Höllenpfuhl, und er war zu Dingen fähig, die kein Sterblicher je zustande gebracht hatte. Manchmal machten Zauberer Fehler, und die ganze Welt musste dafür bezahlen. Das Schwert an Bikkers Seite war ein Vermächtnis, wie hoch dieser Preis einst gewesen war – es war eingeschworen auf die Verteidigung des Reiches gegen die Dämonen, die ein Zauberer herbeibeschwören konnte, und dabei aber die Kontrolle über sie verlor.

Es hatte eine Zeit gegeben, da war auch Bikker dieser Verteidigung verpflichtet gewesen. Aber die Welt hatte sich verändert. Die Zeiten hatten sich verändert. Er selbst hatte sich verändert. Jeder Glaube, den er einst vielleicht an den Adel oder die Pflicht gehabt hatte, war von einem Mühlrad zermahlen worden, das sich zwar ausgesprochen langsam drehte, aber nie zur Ruhe kam. Einst war er ein Verteidiger der Menschheit gewesen.

Jetzt zuckte er bloß noch mit den Schultern. Er schaute zur

Stadt herab. Von hier aus gesehen, hätte sie genauso gut ein Nest von Termiten sein können, die wimmelnd auf ihrem Dunghügel herumkletterten. »Bringt sie alle um. Von mir aus könnt Ihr sie auch an Eure Schoßtiere verfüttern, Hazoth! Ich bin dann schon so weit weg, dass es mir völlig egal ist.«

»Richtig. Das Gold in diesem Beutel wird dich weit bringen. Und es gibt noch mehr, sobald du deinen Teil unseres Plans erfüllt hast. Du weißt, was du als Nächstes zu tun hast?«

»Oh, aye«, sagte Bikker. Er spuckte in Richtung der Stadt, als wollte er die dort wimmelnden Flämmchen mit einem Treffer auslöschen. »Als Nächstes muss ich unseren ahnungslosen vierten Mann finden.« Ein Narr war erforderlich, jemand, der nicht die geringste Ahnung haben würde, was er da eigentlich tat. Ohne eine derartige Marionette konnte der Plan nicht funktionieren. »Ich muss einen Dieb für uns auftreiben.«

TEIL EINS
FETTE BEUTE

1

Kleine böse Wesen lauerten in den Schatten; ihre Augen funkelten hell im Zwielicht. In jeder ausgebrannten Hausruine hörte Malden ihre verstohlenen Schritte. Gelegentlich flüsterten sie miteinander. In diesem Teil der Stadt gab es keine Lichter, und der Nebel verbarg Mond und Sterne. Die Laterne in Maldens Hand warf einen gelben Lichtschein auf die verfallenen Wände oder zeigte ihm, wo das Kopfsteinpflaster aus dem Boden gerissen worden war und tiefe Schlammpfützen auf unvorsichtige Fußgänger warteten. Aber die Laterne vermochte die Finsternis nicht zu durchdringen, die sich in den zerstörten Häusern und Ställen sammelte; sie zeigte ihm auch nicht, wer ihn da so aufmerksam beobachtete.

Das alles gefiel ihm ganz und gar nicht.

Ihm gefiel der Zeitpunkt nicht, der für dieses Treffen angesetzt worden war, eine Stunde nach Mitternacht. Ihm gefiel der Ort nicht, unten an der Stadtmauer in der Nähe des Flusstors, im Aschehaufen, wie man diese Trümmerlandschaft nannte. Im Jahr seiner Geburt war dieses Viertel im Feuer der Sieben Tage niedergebrannt. Da die billigen Absteigen und Schenken den Ärmsten der Armen gehört hatten, hatte man keinerlei Anstrengung unternommen, alles wieder aufzubauen oder die Ruinen abzureißen. Hier lebte keiner freiwillig, also hatte man den Aschehaufen dem Verfall preisgegeben. Nun spross Unkraut zwischen geborstenen Pflastersteinen, während Schlingpflanzen heruntergestürzte Dachschindeln erdrosselten oder sich langsam durch die uralten geschwärzten Ziegelsteine fraßen. Irgendwann würde die Natur dieses Viertel wieder ganz erobert haben, und Malden, der seit dem Tag, da er zur Welt gekommen war, keinen Fuß über die Grenzen der Stadt hinaus gesetzt hatte, empfand Unbehagen bei der Vorstellung, dass selbst die Stadt – für ihn das Symbol von Beständigkeit – zerfallen, sterben und ersetzt werden würde.

Hinter ihm huschte etwas über die Straße. Er fuhr herum und versuchte es mit dem Lichtstrahl zu erhaschen. Maldens Reflexe waren geschärft, trotzdem war er nicht schnell genug. Er erkannte nicht, was es war, er sah nur, dass es in einem klaffenden Loch verschwunden war, wo sich einst ein Fenster zur Straße hin geöffnet hatte. Seine Hand griff nach der Ahle, die er an der Hüfte trug, aber er wagte sie nicht zu ziehen, solange es nicht unbedingt nötig war. Malden war Veteran vieler Straßenkämpfe und wusste, dass man seine Waffe nur dann zeigte, wenn man sie auch einsetzen wollte.

Er drehte sich langsam auf den Fersen um, musterte die leeren Eingänge auf beiden Seiten und die gewundenen kleinen Gassen, die zwischen den Häusern verliefen. Er sehnte sich danach, etwas Festes im Rücken zu haben. Vor ihm erhob sich ein Backsteinhaus – oder vielmehr die Ruine davon. Ein Dach gab es nicht mehr, eine Wand war eingestürzt. Die restlichen drei Wände standen jedoch noch, und wenn es ihm gelang, es bis dorthin zu schaffen, musste er zumindest keine Angst mehr haben, hinterrücks angegriffen zu werden. Mit hoch erhobener Laterne eilte er los – als ein Geräusch in unmittelbarer Nähe ihn jäh zum Innehalten zwang.

Einer seiner Beobachter hatte hinter ihm die Straße betreten. Ein Fuß war in eine Pfütze getreten. Als Malden dieses Mal herumfuhr, ergriff der Unbekannte jedoch nicht die Flucht. Dieses Mal blieb er stehen.

Noch während des Umwendens hatte Malden die Hand auf die Waffe gelegt. Aber er zögerte, sie zu ziehen, als er das Geschöpf sah, das ihm gegenüberstand. Es war ein Kind, ein Mädchen, kaum älter als sieben Jahre. Sie trug ein selbst gewebtes schmutziges Kleidchen und statt Schuhen Lumpen um die Füße. Mit beiden Händen hielt sie einen Hammer umklammert. Ihr Blick blieb auf Maldens Gesicht gerichtet, und sie blinzelte nicht einmal.

Malden breitete die Hände aus und zeigte, dass sie leer waren. Er trat einen Schritt auf die Kleine zu, und als sie nicht die Flucht ergriff, einen zweiten. Er griff nach ihr – und plötzlich wimmelte es auf der Straße von zerlumpten Kindern. Sie schienen aus dem Nebel zu kommen, als wären sie aus Kälte und Feuchtigkeit plötzlich wie Pilze hervorgesprossen. Es waren Jungen und Mädchen verschiedenen Alters, aber sie waren alle ähnlich gekleidet, trugen zerrissene Hemden und Kleidchen, die zu groß für ihre dürren Gestalten waren. Und alle waren mit behelfsmäßigen Waffen ausgestattet. Einer Zimmermannsäge. Einer Schumacherahle. Einer Latte, gespickt mit Nägeln. Einer Kette. Ein Junge, etwas älter als die Übrigen, hielt das Beil eines Waldarbeiters gegen den Oberschenkel gepresst, als wisse er, wie man damit umging.

Eine Bande aus Waisenkindern, dachte Malden. Eine Bande aus Straßenkindern, die sich in ihrer Armut zusammengerottet hatten, um jeden zu überfallen, der dumm genug war, sich nachts in diese Gegend zu wagen. Ein zerlumptes kleines Heer; es waren Dutzende. Malden war überzeugt davon, selbst den ältesten Jungen in einem fairen Kampf besiegen zu können, aber ihren Mienen war abzulesen, dass ihnen Vorstellungen wie Fairness oder Gerechtigkeit völlig fremd waren. Für sie waren derlei Begriffe so unwirklich und sagenhaft wie die Kontinente, die Gelehrten zufolge hinter dem Horizont lagen. Sie würden sich alle auf ihn stürzen und so lange auf ihn eintreten und einschlagen, bis er tot wäre, und sie würden keine Gnade kennen.

Sie warteten darauf, dass er den ersten Zug tat. Zu fliehen oder zu kämpfen versuchte. Nicht, weil sie sich nicht anzugreifen trauten, sondern weil er einen Fehler begehen, die Chancen falsch einschätzen sollte. Jede Schwäche würden sie ausnutzen und kurzen Prozess mit ihm machen.

Malden befeuchtete sich die Lippen und wandte sich auf der Suche nach einem Unterschlupf langsam um. Aber offensichtlich gab es kein Entkommen. Es sei denn … es sei denn, die stumme Zusammenrottung, die bohrenden Blicke hatten noch eine andere Bedeutung.

»Ihr wartet auf ein Passwort oder Zeichen«, sagte er, »aber

ich habe nur dies hier.« Er fasste in seinen Umhang. Sie bewegten sich auf ihn zu, zogen den Kreis enger, aber er griff nicht nach der Waffe. Stattdessen schlüpften seine flinken Finger in seinen Geldbeutel und zogen den Pergamentfetzen hervor, der ihn zu dieser gottlosen Stunde an diesen widerwärtigen Ort gelockt hatte. Er entfaltete ihn vorsichtig – das alte Papier brach in der Mitte auseinander, aber er hielt die Stücke zusammen – und zeigte die Botschaft, die er erhalten hatte.

Dieses Haus GEHÖRT ZU UNS
Und sein Besitzer steht unter meinem Schutz.
Komm ALLEIN zur nächsten Geisterstunde
In den Aschehaufen an der Westmauer – oder
Du bist TOT vor der nächsten Morgendämmerung.

»Das fand ich an die Fensterbank des Hauses genagelt, das ich gerade ausraubte. Wollt ihr es sehen?«

Er fragte sich, ob sie überhaupt lesen konnten. Doch wo sollten sie es gelernt haben? Eine absurde Vorstellung, dass diese Kinder je zur Schule gegangen waren oder Religionsunterricht erhalten hatten. Und doch schienen sie von der kurzen Botschaft wie verzaubert zu sein. Ah, dachte Malden. Sie erkennen die Unterschrift, die primitive Zeichnung eines Herzens, von einem Schlüssel durchbohrt.

Er wusste nicht genau, was das Zeichen zu bedeuten hatte, aber er hatte einen Verdacht. Die Macht dieses Zeichens über die Kinder war bemerkenswert. Eins nach dem anderen trat heran und berührte das Papier, so wie abergläubische Kaufleute manchmal eine Statue der Göttin berührten, bevor sie sich zu einer kniffligen Verhandlung an den Tisch setzten. Als sie das Zeichen gesehen hatten und zu dem Schluss gekommen waren, dass es sich um keine Fälschung handelte, verschwand ein Kind nach dem anderen in der Dunkelheit. Alle bis auf das Mädchen mit dem Hammer. Sie starrte ihm noch immer in die Augen. Als sie allein waren, brach sie schließlich den Blickkontakt und ging auf die Ruine zu, in der er Schutz hatte suchen wollen. Sie führte ihn zu einer Tür und machte eine Bewegung mit der Hand. Dann führte sie einen vollendeten Knicks aus und rannte los, hinter den anderen her.

Offensichtlich war dies der Ort. Malden hielt den Pergamentfetzen wie einen Talisman ausgestreckt und trat durch die Tür.

2

Im Innern der Ruine saßen drei in Lumpen gekleidete alte Männer auf einer langen Holzkiste. Zwei von ihnen hatten lange weiße Bärte, während der dritte kahlköpfig und glatt rasiert war. Im Alter waren ihre Muskeln verkümmert, aber in ihren Augen funkelte es vor Schläue – das waren keine senilen Tattergreise. Malden hatte das Gefühl, dass mehr hinter ihnen steckte, als ersichtlich war.

Er nickte den Männern zu, schwieg aber erst einmal. Er musterte das Innere des Hauses – die herabgestürzten Dachbalken, den verbrannten Schutt in den Ecken. Eine dicke Trümmerschicht bedeckte den Boden. Hier schien es kein Versteck für einen Meuchelmörder zu geben, obwohl er sich bei dem schwachen Licht und den Nebelschwaden, die seine Laterne umwaberten, nicht sicher gewesen wäre.

»Und wenn ich die Wache mitgebracht hätte?«, fragte Malden. Er war der Ansicht, dass Höflichkeiten hier fehl am Platz waren. Schließlich hatte man ihm mit dem Tod gedroht.

Der Kahlkopf grinste hinterhältig. »Wir wären nicht hier. Du hättest diesen Ort nie gefunden. Und noch vor morgen früh hätte man dir den Hals durchgeschnitten.«

Malden nickte. »Keine schlechte Organisation. Die Kinder behalten für euch das Haus im Auge, stimmt´s? Sorgen dafür, dass keiner hereinkommt, der nicht eingeladen wurde. Und jede Wette – sollte ich es auf einen Versuch ankommen lassen, dann wärt ihr auch darauf vorbereitet.«

Einer der Rauschebärte hob einen gekrümmten langen Finger und zeigte nach oben. Zwei Häuserblöcke entfernt sah Malden einen Turm aus dem Nebel herausragen. Vermutlich war das der steinerne Kirchturm des Viertels gewesen, der das Feuer überstanden hatte. Während Malden noch in die angegebene Richtung starrte, pfiff ihm etwas an der Wange vorbei und krachte in einen verkohlten Holzpfeiler hinter ihm. Er wandte den Kopf und entdeckte einen noch zitternden Pfeilschaft. Der Pfeil war so lang wie sein Arm und so wuchtig in das Holz eingedrungen, dass von der Eisenspitze nichts mehr zu erkennen war.

»Ich erweise dir die Höflichkeit festzustellen, dass du nicht zusammengezuckt bist«, sagte der Rauschebart. »Das ist gut, Junge. Sehr gut.«

Malden verbeugte sich knapp vor dem Alten. »Ich ahne, wo ich bin. Wer ihr drei seid, kann ich nicht sagen, aber ich habe nicht mit euch gerechnet. Ihr seid die Wächter der Tür, richtig? Und vermutlich mehr als das.«

Der Kahlkopf berührte seine Brust. »Man nennt mich Levenfingers.« Er zeigte auf die Rauschebärte. »Das sind Loophole und Lockjaw.«

»Hallo«, sagte Malden. »Warte. Warte. Von Loophole habe ich schon gehört. Das war vor meiner Zeit, aber im Stinkviertel erzählt man sich die Geschichte noch immer. Wenn du der betreffende Mann bist, dann trägst du deinen Namen, weil du das Garnisonshaus oben beim Palast ausgeraubt hast. Stimmt es, dass du durch eine Schießscharte eingestiegen bist, fünfzig Fuß die Mauer hoch?«

Loophole lachte keuchend. »Wenn mal Zeit ist, erzähle ich dir alles, falls es dich interessiert. Vorausgesetzt, du überlebst die Nacht.«

Malden nickte. »Es wäre mir eine Ehre. Und du, Levenfingers, wie kommst du zu dem Namen, wenn ich fragen darf?«

»Zu meiner Zeit war ich der König der Taschendiebe«, erklärte der Glatzkopf mit offensichtlichem Stolz. »Es hieß, kein Mann mit zehn Fingern könne so geschickt sein, also müsse ich elf haben.« Er hielt die Hände hoch; sie waren knotig und mit Altersflecken übersät, ansonsten aber völlig normal. »Nur ein Spitzname.«

Malden grinste den dritten Mann an und wartete darauf, dass er seinen Namen erklärte. Aber an seiner Stelle antwortete Loophole. »Lockjaw? Er bewahrt seine Geheimnisse, das ist alles. Gibt nie freiwillig etwas preis.«

»Spricht er überhaupt?«

»Jedenfalls nicht mit Leuten wie dir«, grummelte Lockjaw. Sein dumpfer Tonfall erinnerte an eine knarrende Bodendiele in einem leeren Haus. »Noch nicht.«

»Ich verstehe«, sagte Malden. Er war tatsächlich beeindruckt. Das Diebeshandwerk war ein gefährliches Geschäft. Entkam man allen Fallen und starb nicht durch den Speer eines übereifrigen Wächters, lauerte immer noch das Gesetz. In der Freien Stadt Ness wurde bereits der Diebstahl eines Kupferpfennigs aus der Börse eines fetten Kaufmanns mit dem Tod bestraft. Diese drei Männer, die zu ihrer Zeit wagemutige, für ihre großartigen Taten berüchtigte Halunken gewesen waren, hatten lange genug überlebt und waren alt geworden. Das konnte nur bedeuten, dass sie einst sehr gut gewesen waren. Malden fragte sich, was sie ihm wohl beibringen konnten. Aber natürlich ging es erst einmal um dringendere Geschäfte. »Ich sollte mich hier mit jemandem treffen.«

»Dann bist du also bereit für eine Audienz mit deinem Herrn?«

»Ich will es hoffen«, erwiderte Malden.

Lockjaw gab ein grunzendes Geräusch von sich, das entfernt an ein Lachen erinnerte. Die drei Männer standen gemeinsam auf und traten zur Seite, um Malden einen besseren Blick auf die Kiste zu ermöglichen, auf der sie gesessen hatten. Es war ein schlichter Holzsarg. Levenfingers hob den Deckel, und Loophole bedeutete Malden hineinzusteigen.

Malden hätte sich nie als zimperlich bezeichnet – und erst recht nicht als abergläubisch. Aber bei dem Gedanken, in einem Sarg zu liegen, breitete sich ein kaltes Grausen in seinen Eingeweiden aus. »Da steigt nur ein Narr oder ein Toter freiwillig hinein«, murmelte er.

»Wenn du es nicht tust«, sagte Loophole, »bist du sowohl ein Narr als auch tot.«

Malden löschte die Flamme seiner Laterne und stellte sie vorsichtig auf dem Boden ab. Für sie war kein Platz in dem engen Behältnis. Dann stieg er in den Sarg, der nicht Furcht einflößender war als eine ganz gewöhnliche Kiste. Zumindest redete er sich das ein. Der Deckel wurde aufgelegt und zugenagelt. Malden bemühte sich, nicht zu tief zu atmen. Bis hierher war er gekommen. Nun musste er herausfinden, wie es weiterging.

3

Die Finsternis in dem Sarg war wie eine feste Masse, als hätte sich die Luft ringsum in Obsidian verwandelt. Sämtliche Geräusche, die durch das Holz hereindrangen, klangen gedämpft. Malden hoffte, dass man ihn bald wieder hinausließ. Die Kiste wurde angehoben – die drei Alten waren offenbar stärker, als sie aussahen, oder sie hatten Hilfe bekommen – und ein kurzes Stück getragen, bevor man sie mit dem Fußende zuerst in einen Schacht schob. Einen Augenblick lang hatte Malden das Gefühl einer schnellen Abwärtsbewegung, dann traf der Sarg hart auf festem Untergrund auf. So hart, dass er sich den Hintern stieß. Er schaffte es, keinen Laut von sich zu geben, aber die Luft wurde ihm aus den Lungen gepresst.

Er verkrampfte sich und musste keuchen, aber dann schaffte er es, den Atem einen Augenblick lang anzuhalten. Wenn er herausfinden wollte, wo er gelandet war, gab es nur eine Möglichkeit: Er musste genau hinhören. Obwohl die Geräusche durch das Holz ringsum verzerrt wurden, konnte er einiges verstehen. Er vernahm Stimmen und Gelächter. Eine Frau kicherte. Also war er nicht allein.

Jemand pochte an den Sargdeckel, und er japste vor Überraschung. »Jemand zu Hause?«, fragte eine spöttische Stimme.

»Komm rein und sieh dich um!«, erwiderte Malden.

Der Unbekannte lachte gehässig, sagte aber nichts mehr.

Malden erkannte schnell, dass niemand kommen und ihn aus dem Sarg befreien würde – er musste selbst einen Ausweg finden. Seine Ahle konnte er mühelos ziehen, fand es dann aber äußerst schwierig, im Sarginneren damit zu hantieren, ohne sich selbst zu verletzen. Es war keine großartige Waffe, bloß ein dreieckiges Stück Eisen, dessen Spitze scharf zugeschliffen war. Dem Gesetz entsprechend war es die größte Waffe, die er besitzen durfte: Die Klinge war nicht länger als seine Hand, gemessen vom Daumenballen bis zur Spitze des Mittelfingers. Sie hatte keine Schneide, sondern nur die Spitze, und in einem Kampf konnte man damit lediglich zustechen. Aber sie war ihm in der Vergangenheit schon oft von Nutzen gewesen. In die Verlegenheit, damit töten zu müssen, war er allerdings noch nicht gekommen. Die Ahle erwies sich als hilfreich, als er die Spitze in den schmalen Spalt zwischen Deckel und Kiste schob. Ohne ausreichend Platz zum Stemmen dauerte es eine Weile, den Deckel zu lockern. Schließlich aber belohnten ihn ein schmaler Lichtstrahl und – noch besser – frische Luft für seine Anstrengungen.

Die Nägel im Sargdeckel quietschten, als er sich befreite. Dann hatte er ihn weit genug angehoben, um ihn mit den Händen hochstemmen zu können. Er steckte die Ahle zurück in die Scheide, setzte sich auf und sah sich um.

Der Raum, in dem er sich befand, war groß, hatte aber eine niedrige Decke, die von kräftigen Balken gestützt wurde. Er erinnerte an einen Minenschacht. Mehr als ein Dutzend Kerzen sorgte für Helligkeit; einige von ihnen waren mit Kupferreflektoren versehen, die dem Licht einen rosigen Ton verliehen. Auf einem Diwan an der Seite saß ein Mann in einem Lederwams und einer mehrfarbigen Hose. Er hatte die stämmigen Schultern eines Kriegers und nicht etwa die eines Diebs. Auf seinem Schoß hockte ein rothaariges Mädchen mit aufgeschnürtem Mieder. Sie lachte fröhlich, als er sie kitzelte. Keiner der beiden schenkte Malden einen Blick. In einer anderen Ecke des Raums vergnügten sich mehrere Männer in farblosen Umhängen damit, Würfel gegen die Wand zu werfen. Je nachdem, wie das Ergebnis ausfiel, brachen sie in Stöhnen oder Jubel aus. Und dann war da noch ein Zwerg, der Inbegriff seines Volks. Zwergen begegnete man in Ness nur selten – wie eigentlich in ganz Skrae –, aber Malden war mit ihrem Anblick vertraut, denn genug von ihnen waren auf Arbeitssuche aus ihrem Königreich im Norden gekommen. Sie waren Meisterhandwerker, brillante Techniker, die bessere Werkzeuge und Waren herstellen konnten als jeder Mensch. Allein die Zwerge kannten das Geheimnis, wie man richtigen Stahl herstellte, und darum schätzte man sie sehr und gewährte ihnen besondere Privilegien, wo immer sie in den Menschenreichen auftauchten. Der Zwerg war dürr, vielleicht vier Fuß groß, und seine Haut schimmerte weiß wie ein Fischbauch. Sein Haarschopf war schwarz und schmutzig, sein Bart wucherte wild. Bekleidet war er lediglich mit einer Lederhose, und er war damit beschäftigt, Metallstücke auf einen seidenen Handschuh aufzunähen. Er sah kurz hoch, warf Malden einen Blick zu, schüttelte den Kopf und konzentrierte sich wieder auf seine Arbeit.

Unmittelbar hinter sich entdeckte Malden den Schacht, aus dem er herausgerutscht war, eine Konstruktion aus gehämmertem dünnem Zinn. Man hatte sie mit braunem Fett eingeschmiert, das im Kerzenlicht matt glänzte. Möglicherweise konnte Malden dort wieder nach oben kriechen, vorausgesetzt, er hatte genug Zeit dazu und keiner hielt ihn auf. Der Mann auf dem Diwan trug ein Schwert an der Hüfte, und Malden hatte nicht den geringsten Zweifel, dass auch die anderen gut bewaffnet waren.

Etwas unbeholfen stieg er aus dem Sarg. Dann klopfte er sich den Staub aus der Kleidung und ging auf den Diwan zu, um in Erfahrung zu bringen, was er als Nächstes tun sollte. Der Schwertträger blickte erwartungsvoll auf. »Du musst bei den drei Meistern dort oben einen guten Eindruck gemacht haben«, sagte er. Malden erkannte die Stimme wieder – es war der Mann, der mit ihm gesprochen hatte, als er im Sarg gelegen hatte.

»Ach ja?«

»Sie haben dir die Kleidung und das Messer am Gürtel gelassen. Manchmal schicken sie die Leute auch nackt herunter.«

»Ich bin ein netter Bursche, wenn man mich erst einmal kennengelernt hat«, erwiderte Malden. »Und wenn du jetzt so freundlich wärst, mir den Weg zu deinem Meister zu zeigen. Man hat mir berichtet, dass er mich zu sprechen wünscht.«

Der Schwertträger runzelte die Stirn. »Und wie kommst du auf den Gedanken, dass der Hausherr sich nicht hier befindet, genau vor deiner Nase?«

Als Entschuldigung verneigte sich Malden. »Eine solche Organisation an einem so geheimen Ort legt mir den Schluss nahe, dass nur ein Mann der Freien Stadt hier der Hausherr sein kann. Ich weiß, dass es keiner der Spieler dort ist, er ist auch kein Zwerg, und sie ... nun.« Krampfhaft durchforschte Malden seine Erinnerungen. »Ihr Name ist Rhona. Sie gehört zu Mutter Bronwyns Mädchen aus dem Haus der Fröhlichen Seufzer oben am Königsgraben.« Das Mädchen starrte ihn mit großen Augen an, er aber schenkte ihr bloß ein Lächeln. Es gab nur wenige Huren in der Stadt, die Malden nicht auf Anhieb erkannte. »Was nun dich angeht, nun ja ... Ich glaube nicht, dass du der Anführer bist. Du bist eine eindrucksvolle Gestalt, sicherlich ein Räuber, aber vermutlich lautet dein Name nicht Cutbill.«

Bei der Nennung des Namens spähte jeder der Anwesenden über die Schulter. Selbst der Räuber und seine Gespielin runzelten die Stirn. Doch einen Augenblick später war jede Beklemmung wie weggewischt, und der Mann lachte dröhnend, woraufhin auch das Mädchen wieder kicherte. »Du bist schlauer als erlaubt«, sagte er.

»Und doch nicht arrogant genug in meiner Klugheit, um diese Vorladung nicht wahrzunehmen«, erwiderte Malden.

Der Räuber ergriff das Mädchen mit seinen starken Armen, setzte es auf dem Diwan ab und stand auf. Dann trat er auf Malden zu und ergriff dessen Hand. »Ich bin Bellard. Ich diene jenem, dessen Namen du nanntest, als du mit Andeutungen nicht weiterkamst.«

»Freut mich, dich kennenzulernen. Man nennt mich Malden.«

Bellard lachte abermals. Er schien ein großer Bewunderer

der Komödie des Lebens zu sein. »Ach, deinen Namen kenne ich bereits. Und du hast recht, der Meister erwartet dich. Dort hinten.« Bellard wies mit großer Geste zur gegenüberliegenden Wand, wo ein schmutziger Vorhang herabhing.

»Ich gehe also einfach da durch, richtig?«, fragte Malden.

Der Räuber lachte. »Wenn du es schaffst.«

Malden verbeugte sich und begab sich zu dem Vorhang. Er schob ihn zurück und sah sich einer breiten, in die Wand eingelassenen Tür aus massiver Eiche mit schweren Eisenbeschlägen gegenüber. Sie war mit einem dicken Eisenring zu öffnen. Es gab nur ein Problem. Eine mächtige Eisenstange führte durch den Ring und verschwand auf beiden Seiten in der Wand. Diese Tür wurde von dem größten Vorhängeschloss verriegelt, das Malden je gesehen hatte.

4

Nun, mit Schlössern kannte sich Malden aus. Er zog die Ahle und fasste sie an der Klinge. Der Griff bestand aus einem langen Stück fester Schnur, die zahllose Male um den eigentlichen Griff gewickelt war, zum vermeintlichen Zweck, sie bequemer halten zu können. Tatsächlich diente die Schnur weitaus weniger offensichtlichen Zwecken. Malden fingerte daran herum, bis sich das eine Ende löste. Dann spulte er die Schnur mit geübten Bewegungen ab. Damit verbunden war sein Werkzeug: Haken und Spanner. Zwei verschiedene Hauptschlüssel für verschiedene Schlossgrößen. Diese winzigen Stahlstücke stellten Maldens kostbarste Besitztümer dar; sie waren mehr wert als ihr Gewicht in Gold. Sie waren sein Leben wert, sollte man ihn je damit erwischen.

Er legte die Werkzeuge sorgfältig der Reihe nach auf den Boden und kniete vor der Tür nieder, um das Schloss genauer zu untersuchen.

»Ein berühmtes Beispiel der Schlosserkunst«, sagte Bellard hinter ihm. »Ursprünglich sicherte es die Tür zum Harem des Barbarenhäuptlings Krölt. Stell dir doch nur die exotischen und ungezähmten Schönheiten vor, die mithilfe dieses Schlosses weggesperrt wurden.«

Malden fragte sich, ob jene Frauen nur halb so ansehnlich gewesen waren, wie es das Schloss selbst war. Zweifellos stellte es ein Produkt hervorragender Handwerkskunst dar – zog man seine Vollkommenheit in Betracht, hatte es vermutlich ein Zwerg angefertigt. Das Gehäuse war breiter als Maldens aneinandergelegte Hände, bestand aus Bronze und hatte sich im Lauf der Jahre mit Grünspan überzogen. Die Vorderseite war mit Messingnieten versehen, die zu hübschen Frauengesichtern geformt waren. Alles war feinstens gearbeitet, und jedes Gesicht trug unterschiedliche Züge, eins hübscher als das andere.

Der Bügel des Schlosses bestand aus Messing und stellte den geflochtenen Zopf einer Jungfrau dar. Das massive Schlüsselloch war mit einer verschiebbaren Platte bedeckt, die den Staub fernhalten sollte. Als Malden sie zurückschob, wurde ihm klar, dass der dazugehörige Schlüssel die Größe eines Kurzschwerts haben musste.

Das erbärmliche Licht im Raum gestattete ihm keinen gründlichen Einblick in den Schlossmechanismus, aber ein Schloss knackte man mit geschickten Fingern und nicht mit den Augen. Er wählte einen Haken und den größeren seiner Spanner. Er hoffte, dass er groß genug war. Mit reiner Willenskraft unterdrückte er jedes Händezittern, als er den Haken vorsichtig ins Schlüsselloch einführte und nach Stiften tastete.

Als der Haken etwas Festes berührte, schien das ganze Schloss so zu vibrieren, als sei in seinem Innern eine Feder ausgelöst worden. Malden blieb gerade noch Zeit, die Bewegung der Nieten zu beobachten, bevor er sich nach hinten warf und mit den Händen abfing. Seine Werkzeuge landeten klirrend auf dem Boden, aber in diesem Augenblick waren sie ihm völlig gleichgültig.

»Auch noch schneller, als wir gedacht hätten«, sagte Bellard. Dieses Mal lachte er nicht.

Die Nieten waren in Wirklichkeit gar keine Nieten, sondern konnten wie die Schlüssellochplatte verborgene Löcher auf der Vorderseite freigeben. Aus jedem dieser Löcher ragte nun eine Nadel von der Größe eines Zimmermannnagels hervor. Wäre Malden nicht rechzeitig zurückgewichen, hätten die Nadeln seine Hände an Dutzenden von Stellen zerstochen. Er sah genauer hin und entdeckte, dass jede Nadelspitze mit einer strohfarbenen Flüssigkeit bedeckt war.

»Das ist natürlich Gift.«

»Der alte Krölt war ein eifersüchtiger Bursche, und er hasste Diebe. Natürlich ist sein Gift schon vor einem Jahrhundert eingetrocknet und abgeblättert. Dieses Zeug ist nicht tödlich, denn an dem Schloss sollen neue Diebe ausgebildet werden.« Bellard zuckte mit den Schultern. »Aber du hättest drei Tage lang Fieber gehabt, und in dieser Zeit hättest du dir gewünscht, die Nadeln wären mit Schierling bestrichen gewesen, solche Qualen hättest du gelitten.«

Malden wischte sich den Schweiß aus den Augen. Auch wenn er seinen Lebensunterhalt mit einer Beschäftigung verdiente, die gewisse Risiken barg, bedrohte man ihn in dieser Nacht für seinen Geschmack zu oft mit Tod und Schmerzen.

Und natürlich war es noch nicht vorbei. Wenn es ihm nicht gelang, durch diese Tür zu kommen, um seine Audienz bei Cutbill wahrzunehmen, hatte er sein Leben verwirkt. Er musste dieses Schloss knacken – aber auf eine Weise, bei der er nicht mit den Nadeln in Berührung kam. Er musste überaus vorsichtig sein.

Er hob seine Dietriche wieder auf und hielt sie mit aller Kraft an den Enden fest, damit sie so weit wie möglich reichten. Auf diese Weise hoffte er das Schloss knacken zu können, ohne dabei eine der Nadeln zu berühren. Aber sosehr er sich auch bemühte, sie drangen einfach nicht weit genug in das Schloss hinein.

Wütend und enttäuscht ließ er das Werkzeug auf den Steinboden fallen und lehnte sich zurück. Was sollte er nur tun? Er war nicht bereit aufzugeben. Sadu allein wusste, warum er diese Reihe grausamer Prüfungen bestehen musste, aber es musste einen Grund dafür geben – er konnte sich nicht vorstellen, dass der Herr dieses Ortes ein solcher Sadist war, nur um ihn zu seinem persönlichen grimmigen Vergnügen zu quälen. Also musste es für dieses Problem eine Lösung geben. Eine einfache elegante Antwort, die sich einem Mann erschloss, der zu denken verstand. Er hatte sich immer für ziemlich klug gehalten. Er war weder außergewöhnlich stark – dafür hatte schon die schlechte Ernährung gesorgt –, noch galt er allgemein als besonders gutaussehend. Er hatte die Art von Gesicht, das nicht lange in Erinnerung blieb. Aber er war schlau. Schnell von Begriff, genau wie Bellard gesagt hatte. Seine beste Waffe war sein Verstand, seine Fähigkeit, das hier genau zu durchdenken.

Es musste eine Lösung geben. Sie musste sich in diesem Raum befinden, da er ihn nicht verlassen durfte. Und es musste etwas sein, das ihm auffallen würde, wenn er nur die Augen richtig aufmachte. Er schaute sich um und versuchte zu entdecken, was er bis jetzt übersehen hatte.

Sein Blick fiel auf den Zwerg. Bisher hatte er das kleine Geschöpf kaum eines Blicks gewürdigt. War sich nicht einmal bewusst gewesen, womit sich der Zwerg beschäftigte. Aber jetzt richtete er seine ganze Aufmerksamkeit auf ihn.

Der Zwerg nähte Metallstücke auf zwei Seidenhandschuhe.

Mit dem freundlichsten Gesichtsausdruck, dessen er fähig war, trat Malden auf ihn zu. »Die sehen aber gut aus«, sagte er.

Verächtlich verzog der Zwerg das Gesicht. »Und erzielen einen guten Preis.«

Malden fühlte förmlich, wie sich die Blicke aller in seinen Rücken bohrten. Er achtete nicht darauf. »Darf ich?«, fragte er und ergriff einen der Handschuhe. Der Zwerg hatte mehrere Dutzend Zinnplättchen auf die Handfläche und den Handrücken des Handschuhs genäht. Bei einem Kampf würden sie kaum als Rüstung funktionieren, aber für Maldens derzeitiges Projekt eigneten sie sich ideal. Tatsächlich so ideal, dass er sich gar keinen anderen Nutzen dafür vorstellen konnte, als das vergiftete Schloss zu knacken. Er öffnete den Geldbeutel und holte eine Handvoll Viertelpfennige hervor – viereckige Kupfermünzen. »Ich weiß ja nicht, wie viel …«

»Das reicht«, sagte der Zwerg, riss Malden das Geld aus der Hand und zählte es rasch. »Geiziger Dieb. Nicht einmal die Hälfte dessen, was sie wert sind.« Er hielt Malden die Handschuhe hin, und dieser nahm sie an sich. »Also, die Münzen reichen bloß, um die Handschuhe zu mieten«, beschied ihn der Zwerg. »Ich hole sie mir zurück, wenn du sie meiner Ansicht nach lange genug gehabt hast.«

»Aber natürlich«, stimmte Malden zu. Er streifte sich die Handschuhe über und eilte zum Schloss zurück. Er hegte nicht den geringsten Zweifel, dass sie einzig und allein für diesen Zweck hergestellt worden waren. Die Seide war ausgesprochen fein und würde bei größerer Belastung reißen, aber sie erwiesen sich als so dünn, dass seine Finger den für das Schlösserknacken notwendigen Tastsinn behielten. Die Zinnplättchen konnten die Hände nicht einmal vor einem schwachen Schlag beschützen – aber als er sich wieder mit dem Schloss beschäftigte, entdeckte er, dass sie die Nadeln mühelos daran hinderten, mit seiner Haut in Berührung zu kommen.

Trotzdem war es nicht einfach. Das riesige Schloss bestand aus Dutzenden von Stiften. Jeden Stift musste Malden mit seinen Haken in die richtige Stellung locken und ihn dann festhalten, während er mit dem Spanner den haargenau notwendigen Druck ausübte. Dazu bedurfte es völlig ruhiger Hände, und hätte er nur einen Moment lang mit seiner Aufmerksamkeit nachgelassen … ja … dann. Als das Schloss wieder klickte, wäre er beinahe ein zweites Mal zurückgesprungen – aber dieses Klicken klang irgendwie anders. Gewichtiger, endgültiger.

Mit einer Reihe dumpfer Laute fuhren die Nadeln in ihre Löcher zurück. Der Bügel löste sich, und das Schloss baumelte an der Eisenstange herab. Es war offen. Malden fädelte sein Werkzeug wieder in den Ahlengriff ein und steckte die Waffe mit einem Seufzer weg. Er entfernte das Schloss von der Stange, auch wenn es so schwer war, dass er es kaum heben konnte, und legte es vorsichtig auf dem Boden ab. Er zog die

Handschuhe aus und drehte sie dabei von innen nach außen für den Fall, dass etwas von dem Gift auf den Zinnplättchen gelandet war. Dann warf er sie dem Zwerg zu, der sie mühelos auffing. Er schob die Stange aus dem Ring und stieß sanft gegen die Tür. Sie schwang ächzend zurück.

Er warf Bellard einen Blick zu.

»Er wartet nicht gern«, sagte der Räuber.

Malden nickte und trat ein.

5

Hinter der Tür befand sich ein anheimelndes kleines Kontor, das mit einer Kohlenpfanne beheizt wurde. Schwere Wandbehänge sorgten für die nötige Wärmedämmung. Der Tür gegenüber stand ein wuchtiger Schreibtisch, der aus einem teuren Holz gearbeitet war, das sich im Lauf der Zeit dunkel verfärbt hatte. Hinter dem Tisch hing eine riesige detaillierte Karte der Stadt; dann gab es da noch ein Becken zum Händewaschen und eine Kommode mit einer Weinkaraffe und mehreren Pokalen. Allerdings saß niemand hinter dem Tisch. Stattdessen hockte der einzige Anwesende in diesem Raum auf einem Hocker in der Ecke vor einem Pult und schrieb in ein breites Kontobuch.

Er war ein zaundürrer Mensch mit einem langen traurigen Gesicht und Augenbrauen, die sich bis auf die kahle Stirn hinaufwölbten. Sein schwarzes Haar war bereits stark gelichtet und wies zwei graue Strähnen auf. Die Augen waren sehr dunkel und sehr hell zugleich. Gnadenlose schmale Augen, die nicht aufblickten, als Malden eintrat.

Malden schloss die Tür hinter sich und wartete geduldig ab, bis der Mann seine Arbeit beendet hatte. Es standen zwar Stühle herum, aber er setzte sich nicht, da er nicht wusste, was ihn in diesem heimeligen Zimmer erwartete.

Die Feder des Mannes kritzelte noch ein paar Zahlen und verharrte dann.

»Deine Mutter war eine Hure«, sagte er ohne jede Betonung.

In Maldens Brust verkrampfte sich etwas, aber er begriff, was hier geschah. Der Mann – mit Sicherheit war es Cutbill, ob er nun wie ein Meisterdieb aussah oder nicht – stellte ihn auf die Probe. Wollte sehen, ob sich Malden wütend auf ihn stürzte oder lediglich gekränkt winselte.

Die Wahrheit dieser Behauptung war jedoch nicht abzustreiten. »Das war sie. Eine gute Frau, die ihr Bestes gab, um mich ordentlich und geduldig großzuziehen. Sie starb an Seemannspocken, da war ich kaum zum Mann gereift.«

Cutbill nickte, als nehme er diese Neuigkeit lediglich zur Kenntnis, um sie in sein Kontobuch einzutragen. »Dein Vater?«

»Die Hälfte der Männer dieser Stadt käme dafür infrage, aber noch hat keiner Anspruch darauf erhoben.«

»Setz dich, du bleibst eine Weile hier!«, befahl der Herr der Diebe. Malden wählte einen Stuhl in Türnähe. »Du hast den größten Teil deiner Jugend in einem Hurenhaus verbracht, hast kleine Arbeiten und Botengänge für die Puffmutter erledigt. In dieser Zeit hast du vermutlich genügend Gesetzeswidrigkeiten mitbekommen. Ich wage zu behaupten, dass du auch selbst daran beteiligt warst – Betrunkene auszurauben, die zahlende Kundschaft zu betrügen oder sie zumindest dazu zu verleiten, zu viel zu bezahlen, kleine Mengen verschiedener illegaler Drogen für die Freudenmädchen zu besorgen. Aber erst nach dem Tod deiner Mutter hast du deine Aktivitäten auf einen größeren Teil der Stadt ausgeweitet.«

»Da blieb mir keine Wahl«, bestätigte Malden. »Für einen jungen Mann ist nicht viel Platz in einem Bordell – nicht, wo dort so viele ungewollte Jungen herumrennen, die putzen und Botengänge erledigen können. Man drückte mir ein paar Münzen in die Hand und befahl mir zu gehen und mein Glück zu machen. Ich wollte sehen, wie die ehrlichen Leute leben. Wie sich herausstellte, konnte die Stadt einen mittellosen Hurensohn nicht gebrauchen. Dieser Ort kennt kein Mitleid mit jenen, die auf der falschen Straßenseite geboren wurden.«

Falls er gehofft hatte, dass Cutbill ein gewisses Mitgefühl zeigte, wurde er enttäuscht. Der Mann, der an einen Sekretär erinnerte, schaute nicht einmal auf.

»Ich suchte nach ehrlicher Arbeit. Mit meinem fortgeschrittenen Alter von fünfzehn wollte mich keine Gilde mehr als Lehrling aufnehmen. Ich versuchte eine Arbeit als Maurer zu finden, versuchte es als Zimmermann und sogar als Schauermann unten an den Docks. Überall wies man mich ab – oder verlangte Bestechungsgelder. Die Vorarbeiter, die diese Arbeit organisieren, wollten alle ihren Schnitt von den Pfennigen, die ich verdient hätte.«

»Und du warst nicht bereit, solche Gebühren zu zahlen.«

»Wie hätte ich davon leben sollen? Um in dieser Welt ein Auskommen zu haben, braucht man Geld, man braucht Geld für Essen, Geld für die Miete, Geld für die Steuern und Abgaben. Mit der angebotenen Bezahlung hätte ich nach der ersten Woche Schulden gemacht, und danach wäre es nur noch schlimmer geworden. Mit einer solchen Mauschelei und dem Ruin, den sie mit sich bringt, kenne ich mich aus.«

»Ach ja?«

»Genauso halten die Zuhälter ihren Hurenstall zusammen.«

»In der Tat«, stimmte Cutbill zu. »Um zu überleben, hast du also als Taschendieb und Beutelschneider gearbeitet. Und du entdecktest, dass du dafür ein Talent hast.«

»Willst du meine ganze Lebensgeschichte erfahren?«

»Die kenne ich bereits. Ich lasse sie mir bloß bestätigen. In den letzten fünf Jahren bist du gerade so eben damit über die Runden gekommen, den Dummen Kupferstücke zu klauen. Gelegentlich hast du es auch mal mit Betrug versucht, aber deine wahren Talente scheinen in deinen Fingern zu liegen und nicht in deiner Stimme. Erst kürzlich hast du dich dem Einbruch zugewandt. Seit ein paar Monaten brichst du in Häuser ein. Kannst du mir sagen, warum du dein Tätigkeitsfeld gewechselt hast?«

»Die Menschen in dieser Stadt sind nicht so dumm, viel Geld mitzunehmen, wenn sie das Haus verlassen. Sie wissen, dass kein Geldbeutel je sicher ist. Die großen Summen lassen sie zu Hause. Da erschien es nur logisch, dem Geld zu folgen und nicht den Menschen.«

Der Diebesmeister machte eine kleine Notiz in seinem Kassenbuch. »Du weißt, wer ich bin«, sagte Cutbill. »Du hast draußen meinen Namen ausgesprochen.«

Malden winkte ab. »In der Freien Stadt kennt doch jeder die Taten des großen Cutbill, des Meisters der Diebe, des großen Zuhälters, des Lieferanten verbotener Rauschmittel, des Erpressers der Hochgestellten und Mächtigen …«

»Erspar mir das, ich bitte dich! Dir ist bekannt, dass ich diese Stadt beherrsche, zumindest den illegalen Handel. Dass ich die kriminelle Klasse organisiert und zusammengeschlossen habe. Dass ich die vielen unterschiedlichen Banden, die es in jeder Stadt dieser Größe gibt, vereinigte und aus ihnen eine besser funktionierende, schlagkräftige Organisation machte.« Cutbill legte die Feder zur Seite und richtete sich auf seinem Hocker auf, hob das Kinn. »Du kennst meinen Ruf. Ich habe deine Lebensgeschichte nur angesprochen, damit du weißt, dass ich auch deinen Ruf kenne.«

Malden hielt den Mund.

»Ich mag weder Arschkriecher noch falsche Bescheidenheit. Oder wenn jemand den Mund zu weit aufreißt. Also mache ich es kurz. Ich habe dich aus der Ferne durchaus bewundernd im Auge behalten, seit ich von deinen Aktivitäten erfuhr. Ich führe über jeden Buch, der hier Verbrechen begeht, ob er nun für mich arbeitet oder nicht. Aber dich, dich habe ich ganz genau im Auge behalten. Du hast die Fertigkeiten eines geborenen Diebs – den leisen Schritt, die geschickten Finger, die Fähigkeit, ein Geheimnis zu bewahren. Und das hast du alles ganz allein gelernt. Dich hat kein Lehrer angeleitet, keine Schule hat dich in den Feinheiten unseres Handwerks gedrillt. Das finde ich recht beeindruckend. Zumindest fand ich das bis heute Abend.

Heute Abend bist du in das Haus von Guthrun Whiteclay

eingestiegen, dem Meister der ehrenwerten Töpfergilde, und hast ihm diverse silberne Teller, kostbares Besteck und einen Beutel mit Silbermünzen gestohlen, die er unter dem Bett versteckt hatte. Aber dieses Unternehmen hattest du nicht vernünftig vorbereitet.«

Malden runzelte die Stirn. »Ich habe das Haus drei Tage lang ausgespäht. Ich sah zu, wie er und seine Frau das Haus für ein Fest im Gildenhaus verließen, beobachtete, wie er die Vordertür verriegelte, aber vergaß, ein Seitenfenster zu schließen. Ich umwickelte meine Schuhe mit Tuch, um meine Schritte zu dämpfen. Ich studierte die Rundgänge der Stadtwache und wusste genau, wie viel Zeit ich hatte, um ungesehen hinein- und wieder herauszukommen. Ich wartete sogar den Einbruch der Nacht ab, damit der Nebel den Mond verbarg, und die Gasse, in der ich einstieg und wieder herauskam, in Dunkelheit lag.«

»Ja«, erwiderte Cutbill, »aber du hast vergessen zu fragen, ob Guthrun Whiteclay unter Schutz steht. Verstehst du, wovon ich spreche? Ich habe eine Abmachung mit ihm. Natürlich nichts Offizielles, nichts Schriftliches. Aber ich erhalte jeden Monat von ihm eine gewisse Summe. Gegen Zahlung dieser Kleinigkeit ist er gegen Einbruch, Diebstahl, Erpressung und Mord vonseiten seiner Konkurrenten geschützt. Du magst vielleicht die Ansicht vertreten, dass es leichter wäre, sich das alles zu nehmen und die Sache zu vergessen – aber ich versichere dir, dass ich im Lauf der Jahre durch diese Abmachung weitaus mehr Geld verdient habe, als du jemals durch den Verkauf seiner Haushaltsgegenstände erhalten wirst. Jetzt hast du mich Geld gekostet, weil ich Mittelsmänner losschicken muss, die das gestohlene Gut zurückholen und wieder in Whiteclays Haus bringen, bevor er den Verlust bemerkt. Hast du überhaupt eine Vorstellung davon, wie aufwendig das ist?«

»Ich verstehe.« Malden rutschte auf seinem Stuhl hin und her. »Also gut. Du erpresst mich. Du willst, dass ich die Sachen zurückbringe und dir das Silber überlasse, für das ich so hart gearbeitet habe. Nun, das gefällt mir zwar nicht – aber habe ich eine Wahl? Du kannst mich von deinem Schwertkämpfer da draußen durchbohren lassen wie ein Schwein auf dem Rost, wenn ich mich weigere.«

Malden hatte das Gefühl, dass der Diebesmeister in seinem ganzen Leben noch nie gelächelt hatte. Aber einer seiner Mundwinkel zuckte, als koste er einen winzigen Informationsvorsprung aus, den er bisher noch nicht mit Malden geteilt hatte.

»Ja, ja, richtig. Aber das ist noch nicht alles. Ich will, dass du meiner Organisation beitrittst.«

Malden runzelte die Stirn. »Bitte – was?«

»Ich biete dir eine Stellung an.«

6

Beide schwiegen eine Weile, während die Bedeutung von Cutbills Worten in Malden allmählich Gestalt annahm. Als er der Aufforderung gefolgt war, hatte er eigentlich etwas ganz anderes erwartet. Hauptsächlich hatte er erwartet, das Geld zurückgeben zu müssen, das er gestohlen hatte, um danach gründlich zusammengeschlagen zu werden – oder es hätte ihm noch Schlimmeres gedroht.

»Ich habe immer allein gearbeitet«, erklärte er schließlich.

»Das kann ich dir ab sofort nicht mehr erlauben. Du bist zu gut, um auf eigene Faust weiterzumachen«, widersprach Cutbill. »Ich mag keine Konkurrenz. Ich hätte dich lieber in meinem Stall. Natürlich gibt es Vorteile, wenn du einwilligst. Du weißt, dass ein gehöriger Teil der Stadtwache und mehr als nur ein Adliger im Palast auf meiner Gehaltsliste stehen. Sollte man dich dabei erwischen, wie du auch nur einen Pfennig aus dem Klingelbeutel stiehlst, wirst du dafür gehenkt. Unter meinen Fittichen hast du einen gewissen Schutz vor diesem Schicksal. Außerdem stünden dir die Dienste meines Zwergs Slag zur Verfügung, der dir Werkzeuge von einer Qualität besorgt, zu der kein menschlicher Schmied fähig ist. Du kannst dir weiterhin deine Opfer aussuchen, auch wenn du natürlich bei keinem meiner Klienten einbrichst. Und ich habe dir noch etwas anderes anzubieten.«

»Tatsächlich?«

»Deinen Herzenswunsch. Die Sache, die du wirklich begehrst. Ich kann dir die Freiheit anbieten.«

»In Ness ist jeder Mann frei. Hier gibt es keine Sklaven«, sagte Malden. Das machte Ness zu einer Freien Stadt. Außerhalb ihrer Mauern waren die meisten Männer und Frauen Leibeigene, Bauern, Kötter – kaum mehr als Sklaven. Sie besaßen weder Land noch die Kleider an ihrem Leib. Ohne die Einwilligung ihres Herrn durften sie nicht heiraten, und sie konnten ihre Höfe auch nicht verlassen, es sei denn, sie wurden an einen anderen Herrn verkauft – und selbst dann konnten sie nichts außer ihren Kindern mitnehmen.

Aber in Ness war ein Mann selbstständig. Durch harte Arbeit konnte er eine Existenz für sich und seine Familie aufbauen, aber er konnte genauso gut faul herumlungern und schließlich auf der Straße verhungern. Aber das war seine Entscheidung. Die Privilegienurkunde der Stadt garantierte jedem Mann das Recht, zu tun, was er wollte.

»Ich habe nicht gesagt, dass du ein Sklave bist. Du bist vielmehr ein Gefangener. Du hast keine Familie, kein Geburtsrecht. Du kleidest dich wie ein normaler Arbeiter, und du hast den Akzent eines Bauern. Würdest du versuchen, diese Stadt zu verlassen, würdest du je einen Schritt jenseits der Mauern setzen, würde dich der erste Landvogt verhaften, dem du begegnest. Er würde dich an irgendeinen unbedeutenden Baron verkaufen, und du würdest den Rest deiner Tage auf irgendwelchen Feldern schuften. Ness ist ein sehr großes Gefängnis, Malden, und seine Zellentür steht weit geöffnet. Aber auch nur, weil die Obrigkeit genau weiß, dass du hier nicht weg kannst.«

»Hätte ich genug Geld …«

»Aber das hast du nicht, und bei deiner Lebensweise wirst du das auch nie haben. Falls du weiter unabhängig arbeitest, wirst du irgendwann am Galgen baumeln oder, wenn du Glück hast, in irgendeinem Elendsbau in erbärmlicher Armut sterben. Komm zu mir, und wir ändern das. Das wird einige Zeit dauern. Du wirst für mich härter arbeiten müssen als für jeden Ladenbesitzer. Aber dein Geld wird dir gehören. Und mit genügend Geld kann selbst der Sohn einer Hure ein einflussreicher Mann werden. Er kann gehen, wohin er will, und er kann das Leben führen, auf das er Lust hat. Freiheit, die biete ich dir an, Malden. Wahre Freiheit.«

Maldens Pulsschlag raste. Cutbill kannte sein Herz und seine Seele. Wie oft hatte er genau das Gleiche schon gedacht? Wie oft hatte er das Schicksal dafür verflucht, dass er der Sohn seiner Mutter war?

»Ich muss zugeben«, sagte er mit sorgfältig gewählten Worten, »dass das eine große Verlockung ist. Darf ich fragen, was du von diesem Arrangement hast?«

»Für meine Bemühungen bekomme ich einen Schnitt von allem, was du verdienst. Sagen wir neun Teile von jedem Zehntel.«

Entgeistert starrte Malden Cutbill an. Das war schamloser Diebstahl – eine unverschämtere Forderung, als jeder Zuhälter sie gestellt hätte. Aber natürlich war zu bedenken, wer sie stellte. Cutbills Miene zeigte eine gewisse Härte und verriet Malden, dass dieser Anteil nicht verhandelbar war. »Und wenn ich das Angebot ablehne?«

»Dann steht es dir frei zu gehen, durch die Tür, durch die du gekommen bist. Natürlich könnte ich in meiner Enttäuschung vergessen, Bellard das vereinbarte Zeichen zu geben, und er könnte annehmen, du wolltest fliehen.«

»Natürlich«, sagte Malden. »Nun, in diesem Fall kann meine Antwort wohl nur …«

Der Diebesmeister unterbrach ihn. »Vermutlich glaubst du jetzt, dass du mich irgendwie hereinlegen kannst. Etwas von dem Geld einbehältst, das du mir übergeben musst. Eine Möglichkeit findest, diese Vereinbarung zu deinen Gunsten zu verbessern. Du hast bewiesen, dass du schlau bist. Vielleicht hältst du dich ja für schlauer, als ich es bin.«

»Nie im Leben«, erwiderte Malden.

»Ich habe jeden Grund zu der Annahme, dass du versuchen wirst, mich zu betrügen. Also wirst du zumindest eine Weile eine Probezeit absolvieren. Irgendwann kannst du dir vielleicht sogar eine richtige Stellung in meiner Organisation erarbeiten. Ich vergleiche unser Geschäft hier gern mit einer der Handelsgilden. Jedes neue Mitglied hat eine Lehre zu durchlaufen, an deren Ende der Neuling beweisen muss, dass er den Erfordernissen des Handwerks gewachsen ist. Einer von Guthrun Whiteclays Lehrlingen wird vielleicht ein besonders elegantes und großes Trinkgefäß herstellen – das er dann sein Meisterstück nennt, weil er es herstellte, um seinen Meister zu beeindrucken.«

»Ich bin zu alt, um Lehrling zu sein«, stellte Malden klar.

»Das ist richtig. Und wir können deinen heutigen Einbruch wohl als Meisterstück betrachten, denn er hat mich wahrhaftig beeindruckt. Also fangen wir mit dir als Gesellen an, dem nächsten Rang in unserer Gilde. Aber auf dieser Ebene gibt es ein weiteres Hindernis, was den Beitritt angeht. Man muss die Gildengebühr bezahlen, um als ordentliches Mitglied betrachtet zu werden. Also erwarte ich von dir eine sofortige Zahlung, bevor du auch nur einen einzigen Vorteil deiner neuen Stellung in Anspruch nimmst.«

Malden presste die Lippen aufeinander. Folgende Worte lagen ihm auf der Zunge: Du abscheulicher, widerwärtiger, hinterhältiger Seehecht von einem Betrüger! Kennen deine Verlogenheit, deine Würdelosigkeit denn überhaupt keine Grenzen? Du hältst mich unter Todesdrohungen hier fest und blutest mich aus, und dafür soll ich dir auch noch Dank erweisen?

Tatsächlich sagte er etwas ganz anderes. »Wie viel?«

Cutbill blätterte in seinem Kontobuch. Er konsultierte einen Eintrag ganz am Anfang des Buchs, dann sah er auf und blickte Malden zum ersten Mal unverwandt in die Augen. »Ich finde, einhundertundein goldene Königstaler sollten reichen. Oder hältst du das für zu wenig, nach dem ganzen Ärger, den du mir heute Abend bereitet hast?«

»Ich …« Malden fand keine Worte. »Ich … werde allen von deiner Großzügigkeit berichten.«

»Gut. Du darfst gehen.« Cutbill griff wieder nach seiner Feder und schrieb weiter in seinem Buch.

Malden stand von seinem Sitz auf. Die Beine zitterten ihm. Als er das vergiftete Schloss geknackt hatte, waren seine Hände ganz ruhig gewesen. Er war nicht zusammengezuckt, als ein Pfeil seinen Schatten durchbohrt hatte. Aber nun wehrte sich sein Körper gegen seine Befehle. Er wandte sich zur Tür. »Weißt du, eigentlich hast du mir ja gar keine Gelegenheit gegeben, Ja oder Nein zu sagen.«

»Das tue ich nie. Wenn bei einer geschäftlichen Verhandlung das Ergebnis nicht von vornherein feststeht, ist man dazu verdammt, den schlechteren Anteil zu bekommen. Vergiss das nie, Malden. Oh, und geh nicht durch diese Tür!«

Malden blickte zum Eingang. Soweit er sehen konnte, gab es keinen anderen Ausgang aus dem Raum. »Richtig. Du hast das Signal noch nicht gegeben.«

»Ein derartiges Signal gibt es nicht. Wenn du durch diese Tür gehst, wird dich Bellard durchbohren, gleichgültig, was ich sage. Ich glaube, er würde es bedauern – er scheint dich zu mögen. Also nimm diesen Weg.« Cutbill wies mit der Feder auf einen der Wandbehänge hinter sich. Als Malden ihn zur Seite schob, entdeckte er einen langen Korridor, der an einer nach oben führenden Treppe endete. Ohne zurückzublicken, stieg er die Stufen hinauf, bis er zu einer Falltür gelangte, die auf eine Gasse des Stinkviertels führte – jener ärmlichen Gegend, die gerade eben noch innerhalb der Stadtmauern lag. Jener Gegend, in der er wohnte, auch wenn er noch einen weiten Weg vor sich hatte.

Unterwegs beschäftigte ihn nur ein Gedanke.

Einhundertundein Königstaler.

Das war ein Vermögen. Das war eine Fessel – bevor er diese Summe bezahlt hatte, war er Cutbills Sklave und arbeitete allein für die Begleichung des Blutgelds. Möglicherweise würde er ein Jahr brauchen, um überhaupt so viel zu verdienen, natürlich immer unter der Voraussetzung, dass er seine Bemühungen verdoppelte und nur die reifsten Früchte auswählte – Früchte, die garantiert alle den Schutz des Herrn der Diebe genossen.

Einhundertundeiner! Königstaler! Münzen, die so wertvoll waren, dass der durchschnittliche Geselle einer ehrlichen Gilde für die Arbeit eines Jahrs möglicherweise eine davon verdiente. Falls er die Beute aus dem Einbruch bei Guthrun Whiteclay an einen äußerst großzügigen Hehler verkauft hätte, hätte ihm das zwei Königstaler eingebracht, vielleicht auch drei.

Einhundertundeiner!

Er erreichte seine Unterkunft, ohne sich an den Weg dorthin zu erinnern. Er bewohnte eine Kammer über dem Laden eines Kerzenmachers. Es war karg, aber sauber. Er besaß eine strohgefüllte Matratze, auf die er sich sofort nach seinem Eintreten warf. Das Silber und das Geschirr hatte er unter einer losen Bodendiele versteckt. Es überraschte ihn nicht, dass alles verschwunden war. Einer von Cutbills Dieben musste eingebrochen sein, um die Beute zurückzuholen. An ihrer Stelle lag eine Flasche mit billigem Wein. Ein Stück Papier war um ihren Hals gewunden. Er entfaltete es. *Willkommen in der Gilde.*

Natürlich war es unterzeichnet mit der primitiven Zeichnung eines von einem Schlüssel durchbohrten Herzens.

7

Er trank die ganze Flasche und lag betrunken auf dem Bett, während sich die Welt um ihn herum drehte, und verfluchte und segnete Cutbills Namen abwechselnd. Der Meister der Diebesgilde wollte ein Lösegeld von ihm haben – ein Lösegeld in einer schlichtweg absurden Höhe. Nur ein Narr hätte sich auf dieses Angebot eingelassen, nur ein Narr würde glauben, einhundertundeinen Königstaler in Gold verdienen zu können, bevor er krumm und alt war.

Und dennoch … er kam immer wieder zu Cutbills Worten zurück. Freiheit. Kein Sklave, aber ein Gefangener. Und er konnte diese Ketten zerbrechen. Sich befreien, falls er das nötige Geld dafür hatte. In Ness bedeutete Geld alles, genau wie überall auf der Welt. Ein Mann mit Geld war selbstständig – er konnte sich gute Kleidung kaufen, sein eigenes Haus, kurz gesagt, er konnte sich Respekt kaufen. Im Augenblick spuckten ihn die ehrlichen Leute auf der Straße an. Mit genügend Geld in seiner Tasche würden sie sich grüßend an den Hut fassen, wenn er vorbeiging. Nein, wenn er vorbeifuhr in einer schönen Kutsche mit einem livrierten Diener an den Zügeln …

Es war unvorstellbar. Unmöglich. Und ja, allein würde er das niemals schaffen. Er würde nie mehr als ein armseliger Dieb sein, ein Fassadenkletterer, dem das Schicksal einen schmächlichen Tod bescherte. Aber mit Cutbill, mit der Macht der Diebesgilde im Rücken …

Sein ganzes Leben konnte sich ändern. Es konnte eine Bedeutung haben, genau wie es sich seine Mutter immer gewünscht hatte. Wovon sie geträumt hatte. Woran sie auf ihrem Totenbett verzweifelt war.

Zwischen ihm und dieser Zukunft stand nur ein Stapel Goldmünzen.

Was konnte er also anderes tun, als wieder an die Arbeit zu gehen? Aber welches Unternehmen sollte er in Angriff nehmen? Ah, hier lag die Schwierigkeit. Zuerst hatte er überlegt, seine Schulden mit Einbrüchen zu bezahlen, aber das war … problematisch. Die wohlhabendsten Bürger der Freien Stadt standen bereits auf Cutbills Schutzliste. Da Maldens Möglichkeiten somit eingeschränkt waren, arbeitete er ein paar Tage später wieder in altbekannter Weise auf dem zentralen Marktplatz der Stadt. Im Schatten des Schlosshügels und seiner zwanzig Fuß hohen Mauer – es gab keinen besseren Ort für das Spiel, das er geplant hatte.

Es war der älteste Trick im Buch, aber genau darum war er ja so alt: Er funktionierte noch immer. Malden trug den rechten Arm in einer Schlinge. Drei zertrümmerte Finger und ein böse entzündeter Stumpf ragten aus dem Tuchrand hervor – eine groteske Wunde, bei deren Anblick die meisten Menschen eher wegschauten, als dass sie näher hinzusehen wagten. Nachdem der Marktplatz an diesem Tag dicht bevölkert war, blieb es nicht aus, dass der Arm gelegentlich mit einem Passanten in Berührung kam. Bisher war Malden zufällig gegen eine hochrangige Dame geprallt, die ihr Haar auf der linken Kopfseite in Locken trug, sowie gegen den livrierten Diener eines Adelshauses in Schwarz und Grün und einen fetten Kaufmann, dem der federgeschmückte Hut über die Schultern hinausragte.

»Entschuldigung, meine Dame, es ist dieser verfluchte Arm«, pflegte er dann zu sagen, oder: »Möge die Göttin Euch gnädig sein, Herr, es tut mir so leid.« Und sie wandten sich um, starrten ihn verächtlich an und versetzten ihm vielleicht einen Tritt. Aber sobald sie den Arm bemerkten, murmelten sie meistens ein paar Worte unehrlichen Mitgefühls und eilten weiter, bevor er sie anbetteln konnte.

Aber da hatte Malden ihnen bereits den Geldbeutel aufgeschlitzt. Der gebrochene Arm war eine Attrappe. Der Zwerg Slag hatte ihn aus Holz geschnitzt und so lackiert, dass er Maldens Hautfarbe täuschend echt entsprach. Innen hohl und an der Unterseite offen, damit der echte Arm mühelos hineinpasste. In der Hand hielt der Dieb eine winzige, scharf geschliffene Schere und ein Stück angefeuchteten Filz. Alles nahm nur einen Augenblick in Anspruch; wenn sich das Opfer von ihm abwandte, schlitzte er die fetten Geldbeutel auf und ließ die Münzen geräuschlos in das Tuch regnen. Es waren hauptsächlich Kupferstücke, Groschen und Viertelpfennige, keine sonderlich wertvolle Ausbeute. Wenn es so weiterging, hätte er seine Schulden bei Cutbill in ungefähr zwanzig Jahren beglichen.

Aber an einem schönen Tag wie diesem glich die Menge den geringen Ertrag wieder aus. Von allen Seiten stromten die Menschen auf den Marktplatz und drohten ihn schier zu sprengen. Die Anonymität, die eine große Menge bot, machte es ebenfalls leicht.

Er blieb eine Weile stehen, um sich umzusehen. Unbezähmbare Gier brachte mehr Diebe an den Galgen als jeder Stadtwächter oder Diebfänger. Es war nicht empfehlenswert, selbst bei einer so großen Menschenmenge allzu viele Geldbeutel aufzuschlitzen, denn man musste immer damit rechnen, dass jemand großes Geschrei erhob und jeder sofort seine Börse überprüfte. Dann käme es auf seine Füße und nicht auf seine Finger an, um ihn am Leben zu erhalten. Davon abgesehen gedachte selbst ein viel beschäftigter Mann wie Malden das Spektakel zu genießen, das an diesem Tag für Unterhaltung sorgen sollte.

Man hatte eine Zuschauertribüne an einer Stelle errichtet, wo der Schatten des Schlosshügels das Sonnenlicht und die Hitze des Tages am wirkungsvollsten abhielt, und dort saßen die mächtigsten Männer der Stadt, tranken gekühlten Wein aus Pokalen und harrten ihrer Unterhaltung. Selbst der Burggraf Ommen Tarness war anwesend. Der unumschränkte Herrscher der Stadt saß auf einem reich beschnitzten Holzthron; auf seiner Stirn funkelte seine auf Hochglanz polierte schlichte goldene Krone. Er trug Kleidung aus goldenem Brokatstoff, und an seinem Hals hing ein großer, verzierter Messingschlüssel. Trotz seines protzigen Äußeren hatte er das Gesicht eines befehlsgewohnten Mannes, das strenge Antlitz eines Herrschers. In diesem Gesicht gab es kaum einen Hauch von Gnade, dafür aber umso mehr Entschlossenheit.

Zu seiner Rechten hatte Murdlin, der Botschafter des Zwergenreichs, unter einem Sonnensegel Platz genommen. Zwerge sah man nur äußerst selten bei Tageslicht – die unterirdischen Geschöpfe hassten die Sonne. Murdlin trug geschwärzte Gläser vor den Augen, trotzdem schien ihm unbehaglich zumute zu sein. Seine Beine baumelten von der Kante des auf Menschenmaß zugeschnittenen Stuhls. Das Haar des Zwerges war für diese Gelegenheit mit Bärenfett geglättet, und sein Bart war zu hundert Zöpfen geflochten, von denen jeder einen Karneol am Ende trug.

Zur Linken des Burggrafen saß der Zauberer Hazoth, das Gesicht mit schwarzem Kreppgewebe verschleiert, wie es sich für einen Angehörigen seines gefürchteten Handwerks gehörte. Über diesen Mann gab es Geschichten, die einem das Blut in den Adern erstarren ließen. Angeblich lebte Hazoth schon seit undenklichen Zeiten in Ness – niemand kannte sein genaues Alter, aber er hatte seine normale Lebensspanne schon weit überschritten. Angeblich hatte er in den endlosen Kriegen in der Frühzeit des Königreichs Dämonen herbeibeschworen, um Skrae zuerst vor den Elfen und dann vor den Zwergen zu retten; er hatte die Erde erbeben und Feuer vom Himmel regnen lassen. Natürlich tat er solche Dinge nicht mehr. Schon einen unbedeutenden Kobold zu beschwören, reichte aus, um einen auf den Scheiterhaufen zu bringen. Trotzdem wichen die Bürger zurück und senkten den Blick, wenn Hazoth vorbeiging, und flüsterten Geschichten, die niemand wagte nicht zu glauben.

Hinter diesen drei Männern standen Vogt Anselm Vry und seine Stadtwächter, das Gefolge des Burggrafen, niedere Adlige, Ritter, Damen und zahllose Diener; so viele, dass die hölzerne Plattform unter ihrem Gewicht ächzte.

Auf dem gepflasterten Platz hatte sich die Elite des Goldenen Hügels versammelt, jenes Stadtteils, in dem Kaufleute, Bürger, Gildenmeister und Leute mit unabhängigem Einkommen lebten. Eine bunte Schar mit ihren maßgeschneiderten Wämsern, den karierten oder farbigen Hosen, Haarnetzen, Brusttüchern und Wehrgehängen. Natürlich wirkte keiner von ihnen so farbenprächtig wie ihre livrierten Diener, die bunt genug gekleidet waren, dass man sie auch aus der Ferne von ihren Herren unterscheiden konnte. Es gab auch genügend braune Umhänge und Wämser, denn eine solche Versammlung zog nun einmal Bettler und Straßenverkäufer an, die Wein und Zuckerwerk anboten. Dann waren da die Söldner und Leibwächter, die schwarze Seide oder Leder bevorzugten, um zu demonstrieren, welch ernstes Handwerk sie ausübten. Aber selbst sie machten Zugeständnisse an die Fröhlichkeit der Menge, indem sie Blumenkränze um die Krempe ihrer Eisenhüte gewunden oder die Schleifen ihrer Angebeteten um die Griffe und Schäfte ihrer Waffen geknotet hatten. An diesem Tag musste jeder dem Erlass nachkommen und ein Zeichen des Prunks und der Freude tragen.

Schließlich wurde man nicht jeden Tag Zeuge einer öffentlichen Hinrichtung.

8

Ein Karren brachte den gefesselten und mit einer Augenbinde versehenen Verurteilten auf den Platz. Er trug nichts als eine Hose und ein weißes Hemd. Sein Haar war blond und recht kurz geschnitten, und man hatte ihn für die Hinrichtung glatt rasiert. Aber trotz der schmutzigen Augenbinde erkannte Malden, dass er das Gesicht eines Dichters und den Körper eines Kriegers besaß. Das locker sitzende Hemd verbarg nur unvollkommen die schwellenden Muskeln des Mannes. Mehr als nur eine Frau in der Menge flüsterte aufgeregt mit ihrer Nachbarin, als der Karren auf seinem Weg zum Galgen an ihnen vorbeiratterte.

Malden hasste den Mann auf den ersten Blick, allein schon aus Prinzip.

Der Henker mit der Maske sprang anmutig vom Galgengerüst, packte die auf den Rücken gefesselten Hände des Gefangenen und zerrte ihn grob zu Boden. Der Gefesselte krümmte gequält den Rücken und verzog das Gesicht, wobei er blendend weiße Zähne enthüllte, vermied aber jeden Schmerzenslaut. Mühsam kam er wieder auf die Beine, tastete umher und fand die erste Stufe zum Galgen. Ohne Zögern stieg er hinauf.

Die Menge stand dicht gedrängt und murmelte aufgeregt. Mit kaum verhohlener Schadenfreude. Oben auf der Plattform wurde der Verbrecher stolz zur Schau gestellt, und der kleine Schauder des Entsetzens, den eine Hinrichtung mit dem Strang stets auslöste, lief in Wellen durch die versammelten Zuschauer.

Man verlas die Liste der Anklagen, aber Malden hörte nicht zu. Er war viel zu sehr damit beschäftigt, Geldbeutel zu stehlen. Dabei waren flinke Finger nicht einmal das, worauf es eigentlich ankam. Es war die Wahl des perfekten Augenblicks. Man musste warten, bis die Aufmerksamkeit des erwählten Opfers völlig auf etwas anderes konzentriert war, bis es die Menschen in seiner Umgebung nicht mehr richtig wahrnahm. Dann war es ein Kinderspiel. Die Schere schnappte zu, Münzen regneten in Maldens Hände.

Der fette Kaufmann vor ihm drehte sich nicht einmal um, um zu sehen, wer ihn da berührt hatte. Oben auf dem Galgen ging das Schauspiel gerade los. Augen und Münder wurden weit aufgerissen, als der Verurteilte das Kinn hob und die Verlesung seiner Anklage unterbrach. »Darf ich meinen Ankläger nicht sehen, bevor man mich tötet?«, fragte der Gefangene mit glockenklarer Stimme.

Oben auf der Tribüne erhob sich der Burggraf von seinem Thron. Ein bösartiges Lächeln verzog seine Lippen. »Ich schätze, dieses Recht habt Ihr als Mitglied des Adels. Er soll mich ansehen.«

Der Henker zog dem Gefangenen die Binde ab, und einen Augenblick lang blinzelte der blonde Mann mit zusammengekniffenen Augen in das grelle Sonnenlicht. Dann sah er in Ommen Tarness' Richtung und erwiderte dessen stummen Blick.

»Ah«, sagte er. »Mein Herr, ich grüße Euch.«

»Ganz genau, Sir Croy«, erwiderte der Burggraf. »Ich bin noch immer Euer Herr.«

Ein Raunen lief durch die Menge. Anscheinend hatte niemand geahnt, dass der zum Tod durch den Strang verurteilte Mann ein Reichsritter war. Ein Mann mit Besitz und aus guter Familie – was diese Hinrichtung nur noch aufregender machte. Auffälligerweise sprang Zwergenbotschafter Murdlin von seinem Stuhl hoch, als er die Worte vernahm. Den Zwerg schienen widerstreitende Gefühle zu bewegen – und damit bot er ein Spiegelbild der Leute, die Malden von allen Seiten umringten. Zahllose Stimmen und Meinungen erhoben sich, und anscheinend konnten sich keine zwei Bürger darauf einigen, was das alles zu bedeuten hatte.

Tarness hielt beide Hände hoch, bis Ruhe einkehrte. »Croy,

ich habe Euch bei unserer letzten Begegnung gewarnt und erklärt, dass ich Eure Rückkehr an diesen Ort nicht dulde. Dennoch habt Ihr das Dekret Eurer Verbannung gebrochen. Ich hoffe, Ihr hattet einen guten Grund dafür.«

»Das hatte ich in der Tat«, erwiderte der Ritter und neigte den Kopf. »Ich kam der Liebe wegen.«

Die Menge tobte. Manche johlten, andere brachten jenen heftigen Unglauben zum Ausdruck, den auch Malden verspürte, als er die Worte hörte. Aber viele schrien auch vor Mitgefühl. Tarness schüttelte den Kopf und setzte sich wieder. »Schluss mit diesem Unsinn. Macht weiter.«

»Wartet. Lasst mich etwas zu meiner Verteidigung vorbringen, ich beschwöre Euch!«, rief der Ritter. »Wenn Ihr meine Geschichte hört, werdet Ihr sicher …«

Tarness machte eine Geste, und der Henker schlug Croy den Handrücken ins Gesicht. »Knebelt ihn, damit ich mir das Gewäsch nicht anhören muss. Und dann macht weiter!«, befahl der Burggraf und sah angewidert weg.

Selbst Malden musste zugeben, dass er das ein wenig ungerecht fand. Andererseits war er nicht gekommen, um den letzten Qualen des Ritters beizuwohnen, sondern um eine Weile zu arbeiten und sich eine ordentliche Menge Münzen anzueignen. Er ging weiter und schob sich durch die aufgeregte Menge, um nach einem letzten Opfer zu suchen, bevor er für diesen Tag Schluss machte. Es wäre sicherlich nicht schwierig, sich in jenem Augenblick einen Geldbeutel zu schnappen, wenn der Gehenkte in die Tiefe stürzte und sich die Blicke aller auf die gleiche Stelle richteten. Aber es boten sich kaum leichte Ziele an, und plötzlich drohte Malden von den Beinen gerissen zu werden. In der Menge wurden Rufe nach Freilassung des Gefangenen laut, Fäuste reckten sich in die Höhe. Viele näherten sich dem Galgen, als wollten sie ihn stürmen und den Mann selbst retten. Der Vogt gab den Wächtern ein Zeichen. Die Ordnungshüter der Stadt, die alle Umhänge mit der Abbildung eines riesigen Auges trugen, bahnten sich einen Weg durch die Menge und drängten sie mit ihren Stäben zurück, bis sie ein wenig zurückwich.

Sich unmittelbar unter den Augen der Stadtwache einen weiteren Geldbeutel zu schnappen, wäre der schiere Wahnsinn gewesen, also trat Malden zurück, fort vom Galgen, und stolperte rückwärts in eine Mauer aus klirrendem Eisen.

Mit einem Fluch auf den Lippen fuhr er herum, schluckte ihn aber hinunter, als er sah, über wen er da gestolpert war. Über einen Mann, der breiter und größer als er war und am Rand der Menge herumlungerte, als würde ihn der Aufruhr nicht kümmern. Er trug ein Kettenhemd, das mit schwarzem Leder bedeckt war. Auf dem Kopf trug er eine wilde braune Haarmähne, die kein Ende nahm, bis sie am Kinn in einen wilden braunen Bart überging. Er spähte auf Malden herab wie aus beträchtlicher Höhe. Eine gezackte Narbe zog sich über seine Nase und teilte sein Gesicht in zwei ungleiche Hälften.

»Ganz ruhig, Junge«, sagte der große Mann. »Hast du dir was getan? Ah, jetzt sehe ich, du bist verletzt! Ich bin doch ein Trottel, dass ich dich nicht bemerkt habe.«

Malden befeuchtete sich die Lippen. Er wollte den Mann schon mit einem viel übleren Schimpfwort schmähen, da sah er das gewaltige Schwert, das dieser auf den Rücken geschnallt trug. Also hielt er den Mund, hatte er doch seine fünf Sinne beisammen. Malden stritt sich nie mit einem Mann, der ein Schwert besaß. Außerdem hielt er sich aus einem weiteren Grund zurück. Seine langen, schmalen Finger hinter der Schlinge hatten den fetten Geldbeutel am Gürtel des Schwertkämpfers berührt. Danach zu urteilen, wie er schwer nach unten hing, enthielt er etwas Kostbareres als Kupfer.

Oben auf der Zuschauertribüne versuchte der Zwerg verzweifelt, die Aufmerksamkeit des Burggrafen zu erringen. Malden hingegen bemerkte kaum, dass sich noch andere Menschen auf dem Platz aufhielten. Er war viel zu sehr damit beschäftigt, mit der Fingerspitze über den gezackten Rand einer Münze im Geldbeutel des Schwertkämpfers zu streichen. So, wie es sich anfühlte, konnte es nur Silber sein.

Es war Irrsinn, einen so schwer bewaffneten Mann zu bestehlen, ein Leichtsinn, wie ihn sich Malden sonst nie zugestand. Aber der blöde Kerl hatte ihn beinahe umgerempelt.

Malden täuschte ein Stolpern vor und ließ zu, dass der Schwertträger nach seinem linken Arm griff. Mit der rechten Hand setzte er flink die Schere ein und fühlte das Gewicht der Münzen, die aus dem aufgeschlitzten Beutel purzelten. Sie waren schwer genug, um aus Gold zu bestehen, aber genau das würde er erst später feststellen, wenn er sie in aller Ruhe an einem sicheren Ort überprüfte.

»Es war mein Fehler, und ich bitte um Verzeihung, statt dich noch weiter zu beleidigen«, sagte Malden. Er berührte den Rand seiner Umhangkapuze, dann riss er sich los und drängte sich durch die Menge, bevor der Hüne noch etwas sagen konnte.

Oben auf dem Galgen warf der Henker die Schlinge um den Hals des Ritters und zog sie fest. Besser du als ich, dachte Malden. Am besten verschwand er nun in dem Lärm, während man den armen Narren hinrichtete. Aber er hatte noch keine fünf Schritte in der beruhigenden Anonymität der Masse zurückgelegt, als der Schwertkämpfer hinter ihm die drei Worte ausrief, die Malden am meisten in allen ihm bekannten Sprachen fürchtete.

»Haltet den Dieb!«, brüllte er.

Kaum ein halbes Dutzend Schritte entfernt, blickte ein Stadtwächter mit einem Augenumhang auf und spähte geradewegs in Maldens Richtung. Der Mann trat auf ihn zu – aber dann geschah ein Wunder.

»Halt!«, brüllte der Zwergenbotschafter oben auf der Tribüne. »Das kann ich nicht zulassen. Dieser Mann wird vom König meines Volks geliebt. Lord Burggraf, ich verlange, dass Ihr sein Leben schont!«

Das reichte, um den Platz in ein Irrenhaus zu verwandeln. Der Stadtwächter musste seine ganze Kraft darauf verwenden, die Zuschauer am Niederreißen des Galgens zu hindern. Lange bevor er und seine Kameraden den Mob beruhigt hatten, machte sich Malden davon; seine dürren Beine blitzten unter dem Umhang auf. Es gab keine bessere Gelegenheit für eine erfolgreiche Flucht, und er würde sie beim Schopf packen. Aber sein Glück blieb nicht ungetrübt. Er warf einen einzigen Blick zurück – und der bestätigte seine Befürchtungen. Die Ordnungshüter hatten ihn aus den Augen verloren, der Hüne mit dem Schwert aber nicht. Er befand sich dicht hinter ihm.

9

Malden bahnte sich einen Weg durch die Menge, stieß Leute zur Seite, die zurückstießen. Aber er war ein schlüpfriger Fisch, der sich mühelos unter erhobenen Armen wegduckte, an fetten Bäuchen vorbeischlüpfte und sogar zwischen dürren Beinen hindurchkroch. Seine geringe Größe war stets von Vorteil in einem Leben gewesen, das größtenteils im Weglaufen bestanden hatte. Er stürmte an einer Horde von Studenten vorbei, die zu betrunken waren, um reagieren zu können. Dann sprang er auf einen Obstkarren, bevor der Verkäufer ihn fassen konnte. Er schnappte sich eine Melone, die nach einem langen Tag in der prallen Sonne schon überreif war, und wartete kurz.

»Komm sofort da herunter«, brüllte der Händler, »und …«

Malden warf ihm eine Dreipfennigmünze zu, und der Mann wandte sich ab, als hätte er Malden nie gesehen. Das Geld besaß den dutzendfachen Wert einer Melone.

Der bärtige Hüne bahnte sich einen Weg an den Studenten vorbei und rammte die Hälfte von ihnen um wie Kegel. »Warte, Dieb, ich will bloß …«

Malden warf die Melone genau ins Ziel. Sie zerplatzte auf dem Gesicht und der Brust des Verfolgers. Große gelbe Stücke blieben ihm im Bart und vor den Augen hängen. Als er sich von der Überraschung erholt hatte und sich die Obstreste abwischen konnte, rannte Malden bereits weiter.

Ein halbes Dutzend Straßen führte vom Marktplatz weg – von diesem Hauptplatz aus ließ sich jeder Fleck der Freien Stadt Ness erreichen. Malden wählte keine dieser Straßen. Am südlichen Rand des Markts stand ein mehrstöckiger Brunnen, ein

Geschenk des dritten Burggrafen an sein Volk. Er setzte sich aus mehreren Schalen zusammen, die von den Zofen der Göttin gehalten wurden, der bevorzugten Gottheit des Burggrafen. Malden rannte darauf zu und sprang von einer Ebene zur nächsten; seine Füße blieben dabei so gut wie trocken, da er nur auf den steinernen Rand der Schalen trat. Oben in gefährlicher Haltung schwankend, einen Fuß in die angewinkelte Ellenbeuge einer Zofe gestemmt, warf er einen Blick zurück, ob sein Aufstieg den Zorn der Wächter erregte. Die Mühe hätte er sich sparen können. Das Volk scharte sich um den Galgen und war emsig dabei, den gefangenen Ritter loszuschneiden, während der Burggraf und der Zwergenbotschafter ihren diversen Dienern und Soldaten widersprüchliche Befehle zubrüllten. Mühelos gelang Malden der Sprung von der Brunnenspitze auf ein tiefer gelegenes Giebeldach, wo er sich auf alle viere niederließ, um auf den glatten Bleischindeln besseren Halt zu finden. Es war das Dach des Stadtarsenals, in dem es sonst von Wächtern nur so wimmelte, aber die waren gerade damit beschäftigt, auf den Platz zu strömen und sich ins Getümmel zu stürzen. Malden stieg das Dach weiter hinauf und kletterte dann auf einen der vielen Türme, um von dort aus auf ein anderes Dach zu springen, in diesem Fall das Steuer- und Zollhaus.

Er erklomm nicht zum ersten Mal solche Höhen. Im Bezirk um den Marktplatz herum gab es viele alte Tempel sowie Verwaltungsgebäude und palastartige Heime von Gildenmeistern und unbedeutenderen Adligen. Nach ihrem hervorstechendsten architektonischen Merkmal bezeichnete man die Gegend auch als das Turmviertel. Alle Gebäude waren so prachtvoll mit Steinmetzarbeiten verziert, dass man leichter daran hinaufklettern konnte als an einer knorrigen Eiche. Zog man dann noch in Betracht, wie nahe die Gebäude beieinanderstanden, kam Malden über die Türme beinahe genauso mühelos vorwärts wie unten auf dem Kopfsteinpflaster.

Mit ausgestreckten Armen hastete er den Dachfirst des Zollgebäudes entlang, einen Fuß vor den anderen setzend wie auf einem Hochseil. Am Ende angekommen, rutschte er die schrägen Schindeln hinunter und sprang auf die Regenrinne, von der er über die schmale Lücke des Nadelöhrs hinübersetzte, einer Gasse, die sich an der Hinterseite des Universitätskreuzgangs vorbeischlängelte. Der Kreuzgang wies ein beinahe flaches Dach auf, das an die dreihundert Fuß lang war; hier konnte er sich mühelos einen Zeitvorsprung verschaffen, falls man ihn noch verfolgte. Aber natürlich war das unmöglich. Kein Mann mit mindestens dreißig Pfund Kettenhemd am Leib vermochte …

»Das ist gemein …«, keuchte Malden.

Der Schwertkämpfer zog sich trotz des Gewichts, das er mit sich herumschleppte, soeben auf das Dach des Zollhauses herauf. Der Hundsfott musste so stark sein wie ein Schlachtross.

»Will … nur … mit … dir … reden«, grunzte der Mann und stemmte sich auf den Dachfirst. »Hör zu, Dieb, du musst nicht weiter fliehen. Ich will bloß … bloß mit dir reden.«

»Ist deine Zunge so scharf wie dein Schwert?«, fragte Malden. »Komm nicht näher!« Die flotten Sprüche kamen ihm nicht so leicht über die Lippen wie erhofft. Vielleicht hatte er einfach zu viel Angst, um Witze reißen zu können. Einerlei. Er zog die Waffe. »Das«, sagte er, »ist eine Ahle.«

»Zweifellos ist das eine Ahle«, erwiderte der Mann wie ein Lehrer, der einen Schüler lobt, nachdem er zum ersten Mal die Deklination eines regelmäßigen Verbs aufsagen konnte.

Malden verzog das Gesicht. »Das sieht vielleicht nicht nach viel aus. Aber es ist die Waffe eines Fußsoldaten. Sie ist nur zu einem Zweck gemacht. Sie hat eine unglaublich scharfe Spitze, mit der sich jedes Kettenhemd durchbohren lässt.« In Wahrheit war dies die einzige der hundert Anwendungsmöglichkeiten seiner Ahle, die Malden noch nie ausprobiert hatte. Vermutlich würde man viel Kraft benötigen, um sie durch das feine Gewebe der miteinander verwobenen Kettenglieder zu stoßen. Er würde sein ganzes Körpergewicht zum Einsatz bringen müssen. Natürlich immer unter der Voraussetzung, dass der Schwertträger ihm nicht vorher bereits das Rückgrat durchtrennt hatte. »Wenn du versuchst, mir weiter zu folgen …«

»Ich will dir nicht dort hinüber folgen. Ich will nur mit dir reden. Wirklich.«

Malden zielte mit der Waffe exakt auf die Mitte des Mannes.

Der Schwertkämpfer reagierte darauf, indem er Anlauf nahm und über die Lücke zwischen Zollhaus und Universitätskreuzgang hinwegsprang. Als der Hüne auf ihn zuflog, stieß Malden einen leisen Schrei aus und rannte los. Hinter ihm landete der Schwertkämpfer schwer und unglücklich auf den Bleischindeln des Kreuzgangs. Er rutschte aus und stürzte mit gewaltigem Getöse, das jeden Studenten und Gelehrten im Innern des Kreuzgangs alarmieren musste – falls sich nicht alle auf dem Hinrichtungsplatz aufhielten. Zuerst rutschten seine Beine über den Dachrand, gefolgt von seinem Unterleib, während seine Hände auf der Suche nach Halt über die Schindeln fuhren. Er gab sich die größte Mühe, nicht ins Nadelöhr zu fallen. Aus dieser Höhe würde ihm der Aufprall mit Sicherheit die Knochen brechen.

»Verflucht«, stieß der Hüne hervor. »Cythera! Halt ihn auf!«, schrie er dann.

Malden rannte bereits das lange Dach entlang. Am anderen Ende befand sich die mit allegorischen Statuen gesäumte Kornmarktbrücke. Wenn er vom Dach sprang und genau richtig zielte, konnte er mühelos die Oberseite der *Gaben der Erntezeit* erwischen. Die Statue hatte breite Hüften und ein Füllhorn voller Früchte und Getreide, die Malden genügend Haltepunkte verschaffen würden, damit er ohne Schwierigkeiten nach unten in Sicherheit klettern konnte …

Malden blieb ruckartig stehen, als eine Frau in einem Samtumhang genau vor ihm aus dem Nichts materialisierte.

Sie war von erstaunlicher Schönheit, auch wenn das schwer festzustellen war. Wangen, Stirn und die nackten Arme waren mit komplizierten und beunruhigenden dunklen Tätowierungen übersät, wie sich zeigte, als sie den Umhang über die Schultern warf. Ihre Augen waren sehr groß, sehr blau und auf herzerweichende Weise so traurig, dass Malden nicht länger als für einen Augenblick hineinsehen konnte.

»Bist du Cythera?«, fragte der Dieb.

Sie lächelte. Es war das traurigste Lächeln, das Malden je gesehen hatte. »Die bin ich.« Sie trat einen Schritt näher. Das war der Moment, in dem er erkannte, was an ihren Tätowierungen so beunruhigend war. Sie bewegten sich. Die verwirrenden Muster aus verschlungenen Ranken, Blättern, Dornen und Blumen verschoben sich langsam auf ihrem Gesicht, suchten neue Formen, bildeten Arabesken und elegante Knoten, die dann völlig neue Muster bildeten ... Es war ausgesprochen betörend, ihnen dabei zuzusehen. Ihnen bloß ...

Malden warf einen Blick zur Seite und brüllte auf, während er die Ahle nach oben riss und mit der Spitze auf ihren Hals zielte.

»Das war ein ausgesprochen dummer Einfall«, sagte sie zu ihm. Es war keine Drohung. Irgendwie übermittelte der Ton ihrer Stimme die Vorstellung, dass ihr alles andere lieber gewesen wäre, als ihn zu verletzen, dass sie ihm wirklich nichts Schlechtes wünschte, er aber trotzdem mit dem Feuer spielte.

Langsam senkte er die Waffe. »Ich habe nicht die geringste Ahnung, welche Art von Kreatur du bist«, sagte er, »aber ich muss wirklich weiter.«

»O nein, das musst du nicht«, sagte der Schwertkämpfer und trat von hinten an Malden heran. Er schlang einen gewaltigen Arm um den Hals des Diebs und drückte zu. Anscheinend hatte er sich von seinem Sturz erholt. Malden vermochte sich des Griffs nicht zu erwehren. Der Kerl hatte die Kraft eines Bären. Davon abgesehen, roch er auch so. »Du und ich«, sagte er und drückte noch einmal zu, »werden uns jetzt unterhalten. In Ordnung? Versprichst du mir« – ein erneuter Druck –, »dass du nicht wegläufst?«

»Natürlich verspreche ich das. Wie kann ich nur so voreilig gewesen sein ... Ich verspreche es! Aber hör damit auf! Das Kettenhemd gräbt sich in meinen Hals.«

»Gut«, erwiderte der Schwertkämpfer. Er ließ Malden los, der ein paar Schritte weitertaumelte und nach Luft rang. »Ich heiße übrigens Bikker. Wir haben uns einander noch nicht richtig vorgestellt.«

»Ich bin Malden.« Der Dieb verbeugte sich kurz. »Es freut mich, deine Bekanntschaft zu machen.«

»Gleichfalls. Also, Malden?«

»Ja?«, fragte Malden und hob den Kopf.

»Das ist für die Melone«, sagte Bikker und hieb ihm die gewaltige gepanzerte Faust mitten ins Gesicht.

10

Weiter nordöstlich auf dem Marktplatz war das Chaos ausgebrochen. Wütende Bürger prügelten sich mit den Stadtwächtern in ihren mit einem Auge geschmückten Umhängen. In einer Stadt dieser Größe bedurfte es keines großen Anlasses, damit ein Aufruhr losbrach. Die Studenten der Universität hielten sich im dicksten Getümmel auf und schlugen mit bloßen Fäusten auf die Wächter ein, angetrieben vom Alkohol und von den Aufregungen eines Tages fernab ihrer trockenen Studien. Die meisten der wohlhabenderen Leute versuchten vom Platz zu flüchten. Mit wechselhaftem Erfolg.

Für Sir Croy oben auf dem Galgen war es wie der Blick in den Höllenpfuhl. Er konnte einfach nicht glauben, dass sich all diese Leute seinetwegen prügelten. Er hatte sein ganzes Leben damit verbracht, diese Menschen zu verteidigen, ihre Sicherheit zu gewähren, und jetzt kämpften sie miteinander. Dass sie sich wegen seines Schicksals stritten, war schier unerträglich.

»Freunde! Bitte, ich bitte euch!«, rief Croy. Er wollte winken, um die Aufmerksamkeit der Menge auf sich zu ziehen, natürlich vergeblich, da seine Hände gefesselt waren. Die Schlinge um seinen Hals war auch nicht hilfreich. Der Henker wirkte verwirrt, unsicher, ob er die Falltür öffnen sollte, die Croy in sein Schicksal gestürzt hätte, oder nicht.

Irgendwie schaffte es Anselm Vry, den Galgen zu erklimmen. Der Vogt war der höchste Verwaltungsbeamte der Stadt und Hüter des Friedens, allein dem Burggrafen verantwortlich. Mit teigiger Hautfarbe und schmalen Zügen sah Vry genau wie die Art Mann aus, der sein ganzes Leben mit der Nase in einem Buch verbrachte, aber Croy kannte ihn und konnte hinter die Fassade blicken. Vry war ein ausgesprochen fähiger Verwalter, der Menschen und Material zu organisieren verstand. Vor allem war er ein rationaler Mann. Croy konnte nicht widerstehen, den Mann anzulächeln, den er einst Freund genannt hatte. Der Vogt flüsterte dem Henker etwas ins Ohr, und sofort sprang der Vermummte vom Galgen und stürzte sich in den Aufruhr, um den Wächtern zu helfen.

»Anselm!«, rief Croy. »Ich wusste doch, dass Ihr das nicht … Oh.«

Vry hatte den Platz des Henkers eingenommen und legte die Hand auf den Hebel, der die Falltür auslöste.

»Ich verstehe«, sagte Croy. »Ihr seid gekommen, um mich persönlich hinzurichten.«

»In der Tat.« Angewidert schüttelte Vry den Kopf. »Ich hoffe, Ihr wisst, dass es nicht meine Entscheidung war. Tatsächlich hatte ich Tarness sogar gebeten, Euch nicht zu töten.«

»Ich bin Euch sehr verbunden.«

Vry schnaubte. »Ich schlug ihm vor, Euch einfach einen Auftrag zu geben und loszuschicken, um im östlichen Ödland gegen die Barbaren zu kämpfen. Aber das hätte nicht zum Erfolg geführt, wie? Ihr wärt von Eurem Posten desertiert und auf der Stelle zurückgekehrt.«

»Meine Pflicht nicht zu erfüllen? Niemals!«

»Ach? Ihr wärt einfach dorthin gegangen und nie zurückgekehrt?«

Sir Croy war kein besonders nachdenklicher Mann, der über die Zukunft zu grübeln pflegte. Er überlegte kurz und lächelte dann. »Ich hätte diese Barbaren in sechs Monaten besiegt. Dann wäre ich mit reinem Gewissen zurückgekehrt.«

Vry rieb sich mit einer Hand die Augen. »Croy, bitte, versucht wenigstens einmal im Leben realistisch zu sein. Welche Queste Euch auch immer dieses Mal antreibt, sie wird Euch nicht so leicht aus ihren Pranken lassen. Tarness kann Euch nicht innerhalb der Stadtmauern dulden. Ihr wisst von Dingen, die er geheim halten will. Mir ist klar, dass Ihr ihn niemals verraten würdet, aber es besteht immer die Möglichkeit, dass jemand die Informationen aus Euch herausholt. Wenn nicht durch Folter, dann eben mithilfe von Zauberei. Euch überhaupt zu verbannen, war ein Akt der Gnade und wird sich nicht wiederholen.«

»Ich verstehe. Nun, ich vergebe Euch, alter Freund. Ihr und ich, wir dienen denselben Herren, und vielleicht seid Ihr einfach nur treuer ergeben als ich. Diese Qualität kann man kaum verurteilen. Nun, wenn Ihr es müsst – gehorcht Eurem Befehl.« Croy hob das Kinn und drückte den Rücken durch. Wenn er schon sterben musste, dann mit Haltung.

»So edel wie immer«, sagte Vry, »und genauso dumm.« Er zog am Hebel.

Aber sein Handeln wurde im letzten Augenblick vereitelt. Ein greller Lichtblitz flammte auf, der sofort von einer dichten gelben Rauchwolke verschluckt wurde. Croys Lungen füllten sich damit, und er wurde von dem Gestank verfaulter Eier überwältigt, woraufhin er würgen und husten musste. Er versuchte aufrecht stehen zu bleiben und Haltung zu bewahren, aber der Gestank war einfach zu schlimm. Er hatte Angst, sich übergeben zu müssen – ein Verhalten, welches das Volk nicht unbedingt von einem Reichsritter erwartete, jedenfalls nicht in aller Öffentlichkeit …

»Haltet still, Ihr abartig großer Tierficker!«, zischte jemand aus der Mitte der gelben Wolke hervor. Die Schlinge wurde Croy vom Hals genommen, dann durchschnitt eine Klinge das Seil, das ihm die Hände zusammenband. Kleine Hände versetzten ihm von hinten einen Stoß. Er stolperte vorwärts über den Rand der Galgenplattform hinaus. Nur mit viel Glück und Geschick landete er auf den Füßen. Unten am Boden war der gelbe Rauch dünner, und er konnte wieder atmen, aber er war noch immer blind.

Glücklicherweise war da eine Gestalt mit einer Maske, die ihn führte. Er ahnte, dass die Gestalt nur etwa vier Fuß groß war. Ein Kind? Ein magischer Geist in der Gestalt eines Kinds?

»Hört auf, herumzustehen und Euch auf erotische Weise mit Euch selbst zu beschäftigen. Uns bleibt nicht viel Zeit, bevor die nach Fäkalien stinkenden Wächter nach uns greifen.«

Ah. Kein Kind. Ein einziges Geschöpf auf der Welt hatte eine derartig vulgäre Ausdrucksweise und zugleich ein so akademisch begrenztes Verständnis der menschlichen Sprache. »Murdlin?«, fragte Croy. »Seid Ihr's leibhaftig?«

»Wenn wir beide gleich so tot sind wie Pferdeurin, ist es keiner von uns mehr.«

Sie verschwendeten keine Zeit. Im Schutz des Aufruhrs verließen Mensch und Zwerg eilends den Platz. Sobald sie dem gelben Qualm entkommen waren, erkannte Croy, dass es sich bei Murdlins Maske lediglich um ein wassergetränktes Seidentuch handelte. Es musste den größten Teil des stinkenden Rauchs herausgefiltert und dem Zwerg müheloses Atmen erlaubt haben. Kannte der Einfallsreichtum dieses kleinen Volks denn gar keine Grenzen?

»Murdlin. Ich stehe tief in Eurer Schuld«, erklärte Croy, als er um eine Ecke geführt wurde und auf die Grünhallenstraße gelangte.

»In Anbetracht dessen, was Ihr für die Tochter des Zwergenkönigs getan habt, ist die Schuld beglichen«, erwiderte Murdlin.

»Ich tat nur meine Pflicht, wie es mein König von mir verlangte«, sagte Croy. Ein Jahr zuvor war die Zwergenprinzessin nach Helstrow gereist, um am königlichen Hof von Skrae empfangen zu werden. Auf dem Weg war sie von Banditen gefangen genommen worden, die ein Lösegeld haben wollten. Croy hatte die Banditen sechs Wochen lang verfolgt und die Prinzessin schließlich gerettet. Der Zwergenkönig hatte ihm jeden Wunsch erfüllen wollen – Stahl, Gold, sogar die Hand der Prinzessin –, aber Croy war nicht einmal auf die Idee gekommen, es könnte eine Belohnung geben. Ein Verbrechen war verübt worden, und jemand musste wieder den Frieden herstellen, das war alles. Offensichtlich war Murdlin der Ansicht, dass man ihm noch immer eine Entschädigung schuldete.

»Hier entlang, ganz eilig, wie ein Hase, der Liebe macht«, rief Murdlin.

Als sie über das Kopfsteinpflaster eilten, rollte ein heubeladener Wagen an ihre Seite. Der Kutscher war ein Zwerg, der die Kapuze zum Schutz vor der Sonne tief ins Gesicht gezogen hatte. Der Wagen hielt an, sobald er sie erreichte.

»Bei der Göttin, Ihr arbeitet schnell«, sagte Croy.

»In dem Moment, als ich Euch unter dem Galgen entdeckte, sah ich den Lauf der Dinge voraus. Ich schickte sofort einen Diener los, um das Gefährt zu besorgen. Bitte versteckt Euch nun in diesem Heu, das nach ungewaschenen Körpern stinkt. Es wird Euch vor allen Blicken verbergen. Der Wagen bringt Euch aus der Stadt hinaus. Wenn Ihr dort ankommt, werde ich dafür gesorgt haben, dass ein Pferd auf Euch wartet, damit Ihr davoneilen könnt wie ein Goblin, der sich die eigene Hose beschmutzt hat.«

»Nach Euren Worten erscheint mir die Flucht weniger süß, als ich noch vor einer Stunde gedacht hätte«, musste Croy zugeben.

»Das ist nur eine Redensart. Ein gebräuchlicher Ausdruck in meiner Muttersprache«, sagte Murdlin. »Ich gehe mit diesem Unternehmen ein großes Wagnis ein, Croy. Und nun, bitte! In das Heu, das wie Filzläuse juckt.«

Croy rieb sich die aufgescheuerten Handgelenke. Dann bewegte er sich rasch rückwärts, rannte fast schon. »Seid meines ewigen Danks versichert, Botschafter. Aber ich habe in der Freien Stadt noch etwas zu erledigen. Meine Dame ist nach wie vor versklavt. Was könnte mir die Freiheit bedeuten, wenn sie in Ketten liegt? Lebt wohl!«

Der Zwerg fluchte und drohte mit den Fäusten, aber Croy war bereits auf dem Weg, bog um die Ecke in die Brasenosestraße ein, zurück in die Gefahr.

So, wie er es mochte.

11

Eine Weile lang bestand Maldens Welt allein aus einem schrecklichen Dröhnen, als würde man direkt neben seinem Ohr eine Glocke schlagen. Und da war Dunkelheit, die Art von Dunkelheit, die schmerzte. Er bekam mit, dass man ihn bewegte, aber nur aus der Ferne, als würde er zusehen, wie man einen anderen armen Teufel herumschleppte. Die Schmerzen, die er fühlte, ergaben eigentlich keinen Sinn, und er drückte ständig mit geistigen Fingern an ihnen herum, versuchte sich zu erinnern, was genau geschehen war. Schließlich nahm er Geräusche wahr, die das Dröhnen in seinem Schädel übertönten. Keuchen und Rufe, dann das Quietschen zurückgeschobener Stühle. Sein armer Körper wurde kurzerhand auf eine harte Oberfläche geworfen, und plötzlich war die Erinnerung da, obwohl sie alles nur noch mehr schmerzen ließ. Langsam konnte er Stimmen aus dem Lärm um ihn herum herausfiltern.

»... hättest ihn mit einem solchen Schlag toten können. Und dann stünden wir wieder am Anfang. Du solltest mehr Disziplin üben.«

»Was? Der kleine Klaps? Ich habe schon härter nach Fliegen geschlagen. Sieh doch, er wacht schon wieder auf! Ich habe höchstens sein Gehirn ein wenig durchgerüttelt.«

Die Stimmen klangen irgendwie vertraut. Malden konnte sie jedoch nicht richtig zuordnen. Es kostete ihn große Mühe, seine Gedanken zu verknüpfen, obwohl das schreckliche Läuten in den Ohren verstummt war. Er versuchte die Einzelheiten auseinanderzuhalten, die ihm bekannt vorkamen. So war er sich zum Beispiel völlig sicher, auf einer sehr harten Unterlage zu liegen. Außerdem tat sein Gesicht weh.

Plötzlich tat sein Gesicht sogar schrecklich weh.

»Oh«, stöhnte er. »Oh, beim Blutgott. Oh ...«

»Augen auf!«, befahl Bikker. »Braver Junge.«

Malden sah sich um, ohne sich aufzusetzen. Er befand sich in einer Schenke, in der rauchige Öllampen eine gewisse Helligkeit verbreiteten. Die wenigen Gäste, die zu dieser Tageszeit anwesend waren, starrten ihn alle an. Die Wirtin, eine schwergewichtige Frau mittleren Alters, näherte sich mit einem gefüllten Bierkrug.

»Wer von euch bezahlt?«, fragte sie. »*Dies* ist kein Siechenhaus.«

Langsam schob Malden die Ellbogen unter den Körper und setzte sich auf. Man hatte ihn auf einen Tisch gelegt, auf eine Eichenplatte, die sich steinhart anfühlte. Sie war mit dunklen Ringen übersät, wo Krüge übergeschwappt waren, und wurde von Eisenbändern zusammengehalten, die sich ihm in Rücken und Beine gegraben hatten.

Cythera – die tätowierte Frau – gab der Wirtin einen Viertelpfennig und reichte den Krug an Malden weiter. Das Gefäß besaß einen Klappdeckel, um die Fliegen fernzuhalten. Mit Zinn versiegeltes Steingut. Teures Geschirr, das Malden in etwa verriet, wo er sich befand – auf dem Goldenen Hügel, in dem Viertel mit den Häusern der Reichen und den teuren Läden, ein Stück talwärts vom Turmviertel aus gesehen. Es konnte nicht anders sein, denn im Turmviertel gab es keine Schenken, und hätten ihn seine seltsamen Gegner noch weiter talwärts geschleppt, wäre der Krug aus pechversiegeltem Leder gefertigt gewesen. Zur Flucht musste er die richtige Richtung kennen.

Aber wo auch immer er sich aufhielt, er war zugegebenermaßen durstig. Er klappte den Deckel hoch und nahm einen vorsichtigen Schluck in dem Glauben, dass es sich nur um ein medizinisches Gebräu handeln konnte – aber tatsächlich war es bloß ein Kleinbier. Ein Kindergetränk.

»Schmeckt dir das, Junge?«, fragte Bikker.

»Ich bin kein Säugling«, knurrte Malden und nahm einen größeren Schluck. »Ich bin fast zwanzig. Bitte hör auf, mich Junge zu nennen!«

Bikker grinste breit und enthüllte einige Zahnlücken. »Du wirst wieder flitzen, Junge, sobald du stehen kannst, richtig? Oder redest du jetzt mit mir?«

Cythera sah sich in dem Raum um. Wohin auch immer ihre blauen Augen blickten, überall zuckten die starrenden Gäste zusammen und wandten sich zur Seite. »Bikker«, fragte sie, »wo können wir uns ungestört unterhalten?«

»Ich bin erschöpft, nachdem ich diesen Köter verfolgt habe«, antwortete Bikker. »Mir gefällt die Bude hier. Ihr da, raus! Wirtin, du kannst auch verschwinden.«

»Bei Sadus acht Ellenbogen, ich denke nicht daran«, erwiderte die Frau. »Einfach wie ein gescholtenes Kind gehen und euch mit meiner Kasse und meiner Ware zurücklassen?« Sie schnaubte verächtlich.

Bikker zuckte mit den Schultern. Dann griff er nach hinten und zog das Schwert.

Es gab einen seltsam glitschigen Laut von sich, als es aus der Scheide schlüpfte, und als es enthüllt wurde, war es gar nicht die funkelnde Stahlschneide, die Malden erwartet hatte. Stattdessen sah es aus wie eine unbearbeitete Eisenstange, drei Fuß lang, fast so breit wie Bikkers Hand am Griff. Das Eisen war schartig und rau wie ein Gegenstand, der jahrhundertelang in einer Gruft herumgelegen hatte, bevor ihn jemand mitgenommen hatte. Irgendwie wirkte die Waffe auch glitschig – und dann bildeten sich Blasen auf der Oberfläche und gerannen zu dicken Klumpen, so als würde das Schwert sabbern. Ein Tropfen der klaren Flüssigkeit floss die Schneide entlang, löste sich und landete auf dem Boden, wo er zischte und qualmte.

»Du solltest zur Seite treten«, wies Bikker Malden an. Der Dieb sprang flink vom Tisch und achtete nicht länger auf die Schmerzen im Gesicht. Bikker schwang das Schwert in weitem Bogen und ließ es auf den Eichentisch krachen. Mit dem lauten Zischen eines Dutzends wütender Schlangen versank die Klinge in dem dicken Holz und kam auf der anderen Seite wieder heraus. Der Tisch brach auseinander, in zwei Hälften geteilt und in der Mitte – gegen die Maserung – sauber gespalten. Die Feuchtigkeit auf der Klinge verströmte einen üblen

Gestank, der Malden in der Nase brannte. Das musste Säure sein, wie ihm klar wurde. Einen Augenblick lang konnte er nichts anderes tun, als den zertrennten Tisch anzustarren. Wo das Holz mit dem Säureschwert in Berührung gekommen war, löste es sich noch immer brodelnd auf. Dann blickte Malden auf und entdeckte, dass alle – Gäste und Wirtin – aus der Schenke geflohen waren.

»So«, sagte Bikker, »nun sind wir ungestört.«

Cythera seufzte tief, aber es lag eine gewisse Geziertheit in dem Laut, der Malden verriet, dass sie sich öfter über Bikkers Mätzchen ärgerte oder von ihm enttäuscht wurde. »Die sind gleich wieder da. Und bringen vermutlich die Wachen gleich mit.«

Bikker zuckte mit den Schultern. Er schob das Schwert zurück in die Scheide. Malden entging nicht, dass die Innenseite mit Glas gefüttert war, zweifellos, damit die Säure sie nicht auflöste.

»Also, lass uns schnell mit dem Jungen sprechen, dann können wir alle unserer Wege gehen. Junge«, fing Bikker an.

»Malden. Nenn mich wenigstens bei meinem Namen.«

»Junge«, sagte Bikker, begab sich hinter die Theke und schenkte sich einen Becher Ale ein, »du bist ein Dieb, richtig? Das war nicht der erste Beutel, den du aufgeschlitzt hast, oder? Und danach zu urteilen, wie du die Dächer hinaufgeklettert bist, hast du das schon öfter getan.«

»Hör zu«, sagte Malden, »das Silber, das ich dir gestohlen habe, es ist alles … irgendwo hier.« Er griff sich an die Brust und stellte fest, dass man Schlinge und falschen Arm entfernt hatte. Er blickte auf. Cythera hielt beides hoch – ebenso wie die Ahle. »Ich gebe alles zurück, in Ordnung? Und alles, was ich heute sonst noch einnahm, das könnt ihr auch haben. Lasst mich einfach gehen.«

»Pfeif auf das Silber! Wo das herkommt, gibt es noch weitaus mehr davon!«, rief Bikker. Er hob den Becher und trank gierig, bis sein Bart mit Schaum getränkt war.

»Wir wollen dich nicht bestrafen«, erklärte Cythera. »Wir wollen einen geschickten Dieb anheuern, um … Nun, unsere

Absichten müssen natürlich geheim bleiben. Wir wollen einen Meisterdieb mit einer bestimmten Mission beauftragen.«

Wo das herkommt, gibt es noch weitaus mehr davon, dachte Malden. Weitaus mehr Silber. So viel, dass der grobe Kerl keinen Wert auf die Almosen legte, die er bei sich trug. Viel mehr Silber. »Einen Dieb wollt ihr anheuern?«, sagte er. »Da habt ihr richtig Glück, denn ich …«

»Kannst du uns jemanden empfehlen?«, fragte Cythera.

»Ich … das kann ich in der Tat«, erwiderte Malden und richtete sich zu voller Größe auf. »Ich kenne einen Dieb, wie es in der Freien Stadt keinen zweiten gibt. Der jeder Aufgabe gewachsen ist, die ihr für ihn haben mögt.« Er schenkte der Frau seinen verwegensten Blick.

»Ja?«, erkundigte sie sich geduldig.

»Meine Dame, zu Euren Diensten.«

Sie runzelte die Stirn. »Nein, ich meine – wie heißt dieses Paradebeispiel eines Diebs?«

»Es ist … Ich bin es«, sagte Malden.

Bikker lachte so gewaltig, dass er sein Ale verschüttete. Cytheras Miene veränderte sich nicht, aber ihr eiskalter Blick musterte Malden von oben bis unten und wandte sich dann zur Seite.

»Junge, wir brauchen keinen Taschendieb. Wir brauchen einen Dieb. Einen … Einbrecher, einen Mann, der es in den zweiten Stock schafft, der …«

»Und ich sage euch, ihr habt ihn gefunden.« Malden drängte sich an Cythera vorbei – sie keuchte auf, als er sie dabei beinahe berührte – und richtete sich vor Bikker auf. Er musste den Kopf in den Nacken legen, um den Blick des Schwertkämpfers zu erwidern, aber er hielt ihm stand. »Erst kürzlich hat Cutbill, der Meister der Diebe, seine tiefe Bewunderung für mein Geschick zum Ausdruck gebracht. Er hörte sich an, wie ich aus dem Haus von Guthrun Whiteclay Geschirr und Silber stahl, und meinte dann, ein so geschickt ausgeführter Plan sei ihm noch nie zuvor untergekommen. Und er muss es wissen.«

»Cutbill.« Bikker wechselte einen Blick mit Cythera. »Gehörst du zu seiner Mannschaft?«

»Allerdings«, bestätigte Malden.

»Es ist nur ... das muss unter uns bleiben. Er darf nichts davon erfahren, oder die Welt wird erfahren, welche Pläne wir verfolgen, sollte sie denn genügend Münzen aufbringen, um dieses Wissen zu kaufen.«

»Diskretion ist meine Losung. Allerdings kostet sie zusätzlich.«

Bikker schüttelte den Kopf und widmete sich wieder seinem Ale.

»Du hast doch erlebt, wie flink ich bin«, fuhr Malden beharrlich fort.

»Das haben wir«, stimmte Cythera ihm zu. »Er wäre dir entkommen, Bikker, wäre ich nicht da gewesen und hätte ihn abgelenkt. Und der Mann, den wir brauchen, muss klettern können. Das hat er uns ebenfalls bewiesen.«

»Für diesen Auftrag fordere ich die Summe von einhundertundeinem Königstaler«, verkündete Malden.

Bikker lächelte. »Du weißt ja noch gar nicht, worum es geht. Bei diesem Preis hätten wir ja ein richtiges Schnäppchen gemacht.«

Einhundertundein Königstaler waren ein Schnäppchen? Bikker hatte gesagt, dass es noch mehr Silber gab. Wie viel mehr? »Natürlich sind darin die Nebenkosten nicht enthalten, das Honorar für den Zwerg, der meine Ausrüstung herstellt, Bestechungsgelder, Gefahrenzulage, Zuschläge für schnelle Lösungen, Abfindungen für ...«

Bikker lehnte sich an die Theke. »Übertreib es nicht. Malden.«

12

Der Zauberer Aelbron Hazoth lebte in einem eindrucksvollen dreistöckigen Gebäude ganz in der Nähe der Stelle, an der der heilige Garten der Göttin an die Stadtmauer grenzte, vom Palast aus gesehen fast den ganzen Weg hügelabwärts. Gartenmauer war nicht das beste Viertel in der Stadt, auch wenn es durchaus bemerkenswerte Besonderheiten gab. Genau wie der Aschehaufen war es ursprünglich ein Wohnviertel für Arme gewesen, bis es beim Großen Feuer niedergebrannt war. Im Gegensatz zu jenem Brachland war Gartenmauer mühsam geräumt worden; man hatte die Trümmer der alten Häuser entfernt und dem Gelände erlaubt, sich frei zu entfalten. Inzwischen bestand Gartenmauer aus üppigem Grasland, eine grüne Wiese mitten in der Stadt, auf der die Schafe und Ziegen der Menschen aus dem Stinkviertel weideten. Die hohen, dicht zusammengedrängt stehenden Häuser des Stinkviertels wichen auf beiden Seiten ein Stück zurück, um Luft hereinzulassen. Gerüchten zufolge war das der gesündeste Ort der Stadt – die Seuchen, die Ness alle paar Winter heimsuchten, übersprangen Gartenmauer oft völlig –, aber das freie Gelände und der Mangel an gut beleuchteten Straßen hatten Räuber und Diebe angezogen, und man hielt es nachts für einen schrecklich gefährlichen Ort. Man hatte einige prächtige Herrenhäuser errichtet, um die angenehm ländliche Umgebung zu nutzen, aber sie alle waren von Mauern und Eisenzäunen umgeben, um Unerwünschte fernzuhalten.

So wie Croy zum Beispiel.

Der Ritter hatte in einem Herrenhaus in der Nähe eine Unterkunft gefunden. Nachdem er dem Galgen entkommen war, hatte er angenommen, von nun an ein Gejagter zu sein, sodass es für ihn keinen sicheren Ort mehr geben würde, aber tatsächlich fand er schnell eine Zuflucht. In der Freien Stadt mangelte es ihm nicht an Freunden, von denen einige mutig genug waren, um ihn vor der Stadtwache zu verstecken. Auf dem Goldenen Hügel war ihm ein Kaufmann über den Weg gelaufen, der ihn gebeten hatte, ihn doch in sein Haus zu begleiten. Croy hatte eingewilligt, obwohl ihm das Geld fehlte, um den Mann zu bezahlen. Der Kaufmann hatte darauf beharrt, dass keine Bezahlung nötig war, und Croy hatte sein gutes Herz ausgiebig gepriesen. Dieser hatte ihm versichert, dass er ihm großen Ruhm und Vorteile für seinen gesellschaftlichen Status einbringen würde, aber Croy wusste, dass der Mann nur nett sein wollte. Er überließ dem Ritter eine Reihe von Zimmern und befahl seiner Dienerschaft, jeden seiner Wünsche zu erfüllen.

An diesem Abend lag er auf der Bank eines Dachgartens und tat so, als ruhe er sich aus. Das war keine ungewöhnliche Tätigkeit. So kurz vor dem Göttinnenfest und der heißesten Zeit des Jahrs hielt sich jeder mit einem Funken Verstand auf der Suche nach einer kühlen Brise in einem Garten oder Dachgarten auf. In Wahrheit beobachtete Croy Hazoths Anwesen. Er war ein Mann der Tat, aber diesen Abend hatte er beinahe reglos auf der Bank verbracht und nichts als ein paar Schlucke Wein und eine Handvoll Nüsse zu sich genommen. Nur eine Person vermochte ihn zu solcher Zurückhaltung zu veranlassen. Seit Stunden beobachtete er das Haus und registrierte, wer kam und ging, in der Hoffnung, einen Blick auf Cythera werfen zu können.

Weit nach Mitternacht wurde sein Warten belohnt. Cythera und Bikker eilten über die Stadtwiese. Die Gegend hatte den Ruf, dass sich hier nach Einbruch der Dunkelheit zahlreiche Räuber herumtrieben, aber die beiden schienen ihrer Umgebung keine Aufmerksamkeit zu schenken. Stattdessen unterhielten sie sich. Croy hatte sogar den Eindruck, dass sie sich stritten.

Er schob eine Salzmandel zwischen die Lippen und biss kräftig zu. Er sehnte sich danach, zu rufen oder zu winken, irgendwie ihre Aufmerksamkeit zu erregen. Oh, wie er sich danach verzehrte! Es drängte ihn, von seinem Sitz aufzuspringen und zu ihr zu laufen, sie in seine starken Arme zu schließen – trotz des Wissens, welch großer Fehler das wäre – und zu seinem Schloss zu tragen. Und wenn das nicht machbar gewesen wäre, hätte ihm bereits ein kurzer Augenblick leiser Konversation gereicht, der erneute Austausch von Versprechen und honigsüßen Worten.

Aber das würde in dieser Nacht nicht geschehen.

Die Wächter vor Hazoths Tor verlangten zu wissen, wer da kam, aber Bikker griff bloß nach dem Schwertgriff, und die bewaffneten Männer wichen zurück. Allerdings blieb das Paar unter dem Torbogen des Zauberers stehen und wartete auf etwas, das Croy verborgen blieb. Er vermochte es allerdings zu spüren. Denn plötzlich veränderte sich der Luftdruck, vielleicht verstummten auch nur sämtliche Heuschrecken im Gras. Es war, als hielte die Nacht selbst den Atem an.

Es dauerte nur einen kurzen Augenblick lang. Dann war es vorbei, und Cythera und Bikker schlugen getrennte Wege ein. Er schritt auf ein niedriges Gebäude zu, das den Wächtern des Zauberers als Unterkunft diente. Sie ging durch die Ställe zum Herrenhaus – wie eine ganz gewöhnliche Dienerin.

Wie sehr verspürte Croy das Verlangen, zu ihr zu eilen, in den Schatten nach ihrer Hand zu greifen – natürlich ganz sanft –, ihren Namen zu hauchen und in ihren Augen Erkennen aufblitzen zu sehen. Aber nicht in dieser Nacht.

Nicht, solange das Haus so gründlich von einem Zauberbann abgeschirmt wurde – einem Bann, den sogar sie erst nach kurzer Wartezeit durchdringen konnte.

Nicht heute Nacht. Nicht, bevor er wieder seine Waffen hatte.

Zeit, herauszufinden, ob er im Palast noch Freunde hatte.

13

Den nächsten Tag verbrachte Malden mit Vorbereitungen.

Allein schon der Gedanke, diesen Plan durchzuführen, war verrückt. Die Aufgabe, für die man ihn bezahlte, war nicht nur so gut wie unmöglich zu erfüllen, sondern auch keineswegs empfehlenswert. Sie würde ihn zu einer Taube machen, die mitten in einer Hundemeute landete. Scheiterte das Vorhaben auch nur an einer Kleinigkeit, hätte dies einen schnellen, aber hässlichen Tod zur Folge, einen Speer im Auge oder eine Axt im Schädel. Davor konnte ihn auch Cutbills Einfluss nicht schützen.

Aber wenn alles gelänge – natürlich war es unmöglich und einfach nur verrückt –, wenn es gelänge, könnte er noch vor dem nächsten Sonnenaufgang seine Schulden beim Gildenmeister der Diebe bezahlen. Er wäre dann ein vollwertiges Gildenmitglied mit allen Rechten und Pflichten. Er wäre wieder ein freier Mann. Sogar ein besser gestellter Mann, weil er dann den Weg zum Reichtum eingeschlagen hätte. Den Weg zum einflussreichen Mann.

Und das allein zählte in der Freien Stadt Ness.

In aller Frühe machte er sich auf den Weg in den Aschehaufen, die Sonne ging gerade über der Westmauer auf. Die Kinder, die Cutbills Schlupfwinkel beschützten, ließen sich nicht sehen – die Bande wusste bereits, dass er dazugehörte. Loophole, Lockjaw und Levenfingers hielten sich allerdings bereits in der Ruine auf. Soweit Malden wusste, waren sie den ganzen Tag dort, und zwar jeden Tag, und hockten auf dem leeren Sarg. Die alten Männer begrüßten ihn freundlich und fragten ihn, welche Raubzüge er für den Tag geplant habe. Das fragten sie bei jedem Besuch. »Das Gleiche wie immer«, erwiderte er. »Um ehrlich zu sein, hängt mein Herz nicht daran.«

»Kopf hoch, Junge«, sagte Loophole. »Das Geld kommt zu jenen, die die Augen offen halten.«

»Da hast du bestimmt recht.« Malden hätte sich gern mit den alten Männern unterhalten, denn sie waren echte Quellen der Weisheit, wie er mittlerweile nur zu gut wusste. Falls überhaupt jemand eine Ahnung hatte, wie dieser Auftrag durchzuführen war, dieser unglaubliche, unmögliche Auftrag, dann mit Sicherheit einer von ihnen. Aber Malden wusste auch, dass jedes Wort, das er mit einem von ihnen wechselte – selbst mit Lockjaw –, sofort seinen Weg zu Cutbill gefunden hätte. Bikker und Cythera hatten deutlich zu verstehen gegeben, dass sein Lohn nicht ohne Grund so hoch war. Sie wollten sichergehen, dass Cutbill nichts von dem Unternehmen erfuhr, und selbst wenn Malden sich mit dem Gildenmeister hätte beraten können, hätte ihm dieser niemals sein Einverständnis gegeben. Also hielt er den Mund und ging weiter.

Bei seinem zweiten Besuch vor einigen Tagen hatte er erfahren, dass man Cutbills unterirdische Räume nicht nur mit dem Sarg erreichen konnte. Das war nur für die Neuankömmlinge, eine Lektion, die sie daran erinnern sollte, dass ihr Leben verwirkt war, wenn sie Cutbill auf irgendeine Weise betrogen. Die echten Gildenmitglieder hatten ihren eigenen Eingang, eine in den Trümmern des Hauses versteckte Falltür. Sie führte zu einer Tür in der Tiefe, die hinter einem Vorhang versteckt lag. In Cutbills Reich gab es viele Türen, und sie alle waren verborgen. Malden war überzeugt davon, dass er bei seinen Besuchen nur einen kleinen Teil des Gildenhauses zu Gesicht bekommen hatte.

Im Gemeinschaftsraum warf Bellard Pfeile auf ein Ziel an der Wand. In der Ecke nahm das unvermeidliche Würfelspiel seinen Lauf, aber nur zwei Spieler waren so früh aufgestanden. Es waren noch andere anwesend, Diebe wie Malden, Zuhälter, die gekommen waren, um ihrem Meister seinen Anteil zu bezahlen, Drogenhändler, die ihren täglichen Vorrat aufteilten, und ein Bursche in staubiger Reisekleidung, den Malden zuerst gar nicht erkannte. Er hatte etwas Seltsames an sich, aber in dem schummrigen Licht konnte Malden ihn nicht richtig sehen. Der Reisende schlief bei seinem Eintreten auf dem Diwan, aber Malden hatte noch keine zwei Schritte in den Raum getan, als der Fremde hochschoss und in sein Wams griff. Vermutlich nach einem Messer.

»Immer mit der Ruhe«, sagte Bellard. Der staubige Mann nickte und schlief sofort wieder ein.

Malden warf Bellard einen Blick zu. Der nickte. »Das ist Kemper«, sagte er. »Wenn es je einen Widerling gab, dann ihn.«

»Ist er auch ein Dieb wie ich?«, fragte Malden.

Bellard legte den Kopf schief. »Wohl kaum. Er ist bloß ein Falschspieler. Karten. Von Natur aus ein Vagabund, bleibt nie lange an einem Ort. Er ist kein Mitglied dieser Gilde, aber wenn er vorbeikommt, erweist er ihr seinen Respekt. Wenn wir die Wahl hätten, würden wir seinesgleichen nicht dulden, denn die Vögte suchen ihn in jedem Dorf im Umkreis von hundert Meilen. Aber er hat sich auf die alte Tradition der Zuflucht berufen, also müssen wir ihn unterbringen, bis er es für sicher hält, wieder nach draußen zu gehen. Natürlich hält die Tradition den Meister nicht davon ab, ihm Miete abzuverlangen.«

Malden zuckte mit den Schultern. Er wollte nur zu Slag, dem Zwerg, also wandte er sich rasch der Werkbank mit dem Kohlebecken auf der anderen Seite des Raums zu.

»Brauchst du was?«, wollte der Zwerg wissen, als Malden näher kam. Tagsüber war er genauso hässlich, obwohl die Sonne natürlich nie ihren Weg in Cutbills Loophole fand. »Oder willst du bloß einen Kuss?«

Malden lächelte. »Ich habe da eine Sache im Auge, und sie dürfte etwas anspruchsvoller werden. Ich brauche ein paar Dinge dafür.«

»Wenn ich sie nicht konstruieren kann, dann bist du nicht gut genug, sie zu brauchen«, erwiderte Slag.

Malden listete auf, was er benötigte, und der Zwerg nickte. Er behauptete, alles vorrätig zu haben – die Gegenstände, die Malden erbat, waren nicht gerade außergewöhnlich –, und er würde sie ihm überlassen. Natürlich zu einem gewissen Preis. Es war ein hoher Preis, aber Malden konnte mit den Münzen aus seinem Geldbeutel bezahlen. Jedenfalls gerade so eben. Das erwies sich als vorteilhaft, denn der Zwerg verlangte alles im Voraus.

»So muss ich nicht in die verfluchte Unterwelt des Blutgotts hinuntersteigen, um mir das zu holen, was mir zusteht, sollte man dich bei dem Unternehmen erwischen und kaltmachen.«

»Dein Vertrauen beflügelt mich«, sagte Malden. Der Zwerg suchte sein Lager auf, um die entsprechenden Dinge zu holen. Das dauerte eine Weile, also spielte Malden mit Bellard eine Partie Pfeilewerfen, um die Zeit herumzubringen. Er schaffte es, vor der Rückkehr des Zwergs noch ein paar Kupfermünzen zu verlieren. Malden hatte flinke Finger, aber Bellard die schärferen Augen.

Die Werkzeuge waren in Segeltuch eingehüllt, das man mit Teer wasserdicht gemacht hatte. Es würde jeden Rost fernhalten. »Bring sie so zurück, wie sie jetzt aussehen, oder es kostet dich eine zusätzliche Gebühr«, warnte Slag.

»Ich werde darauf achtgeben. Bellard, mach´s gut. Das gilt für euch alle.« Bellard grunzte eine Erwiderung, aber sonst blickte keiner auch nur auf, als sich Malden wieder ans Licht des Tages begab. Die drei alten Meister waren etwas zugänglicher, aber Malden wechselte nur wenige Worte mit ihnen.

Da er noch einige Zeit totzuschlagen hatte, ging er den ganzen Weg hügelaufwärts bis zum alten Kapitelhaus der Gelehrten Bruderschaft, in dem es angeblich spukte, bevor er in Richtung Süden abbog und der Biegung der Stadtmauer folgte, zuerst durch das Labyrinth der dicht beieinanderstehenden Häuser, die den östlichen Bereich des Stinkviertels markierten, dann weiter südlich zu den Katen der Fischer und Matrosen, die Ness´ Waren zu den Häfen der Welt transportierten. Es war ein langer und sinnloser Weg auf den breiten Straßen, die die Mehrzahl der ehrlichen Leute benutzte, weitab von den dunklen Gassen und abgeschiedenen Seitenstraßen.

Sein Weg führte ihn auch am Königstor vorbei, das so hieß, weil es zu der hundert Meilen entfernten königlichen Festung von Helstrow führte. Malden blieb einen Augenblick lang stehen und dachte darüber nach, dass Helstrow genauso gut auf der anderen Seite des Mondes hätte sein können. In seinem ganzen Leben hatte er sich nie weiter als eine Meile in jede Richtung bewegt. Mehr war nicht möglich, war er doch an die Stadtmauer gebunden.

Das Tor ragte zwanzig Fuß in die Höhe – hoch genug, damit Ritter mit erhobenen Lanzen hindurchreiten konnten. Es bestand aus dem gleichen bläulichen Stein wie die Stadtmauer, und auf dieser Seite wurde es von einem gewaltigen Triumphbogen geschmückt, der irgendeine gewonnene Schlacht verherrlichte. Malden hatte seine Zweifel, dass ihm irgendein Einwohner des Stinkviertels hätte sagen können, welche Schlacht es gewesen war. Er ließ den Blick kurz über die Darstellung der Soldaten wandern, die gegen bösartige Elfen kämpften, aber eigentlich interessierte ihn viel mehr das Land jenseits des Tores. Zum einen war es grün. Dort wuchs grünes Gras, das die Sonne beschien. Das Land war so groß und offen, und es war keine Menschenseele in Sicht. Malden machte ein paar Schritte auf den schmalen Tunnel des Tordurchgangs zu und entdeckte, dass die diensthabenden Wächter ihn nicht einmal eines Blickes würdigten. Nein, natürlich nicht – sie hatten auch nicht den Auftrag, Menschen am Verlassen der Stadt zu hindern. Die Bürger von Ness hatten die Freiheit, ihre Stadt zu verlassen, wenn sie es wollten. Sie hatten nur nicht die Freiheit, sie auch wieder zu betreten.

Die Sonne auf dem Gras dort draußen sah so warm und einladend aus. Eine Sommerbrise spielte mit den Halmen, bewegte sie sanft und ließ sie dann wieder zurückfallen. Hinter ihm im Stinkviertel gab es nur Lärm und Dreck und Verzweiflung. Dort draußen würde eine herrliche Ruhe sein. Ruhig und friedlich …

»Aus dem Weg, du blöder Arsch!«, brüllte jemand, und plötzlich knurrte ein braunschwarzer Hund Malden an, bevor sich sabbernde Zähne in seinen Umhang gruben. Der Dieb schaute überrascht auf und konnte gerade noch rechtzeitig zurückspringen, als ein Reiter rücksichtslos durch das Tor donnerte. Der Besitzer des Hundes, der den gleichen Wappenrock wie der Reiter trug, stieß Malden mit einem Knüppel gegen die Torwand. »Wichtige Leute wollen das Tor benutzen, und du stehst hier dumm rum?«

Malden wollte eine Erwiderung stammeln. »Ich versichere dir, ich wollte bloß …«

Der Soldat schlug ihn mit dem Knüppel zu Boden und hätte ihn vermutlich bewusstlos geprügelt, hätte er nicht weitergemusst, um bei seinem Herrn zu bleiben. Unten im Straßenstaub tastete Malden nach seinem Ohr, wo ihn der Fußsoldat getroffen hatte. Er war froh, dass er an seinen Fingern kein Blut entdeckte.

»Ach, nun verschwinde schon«, sagte ein Stadtwächter, ergriff ihn am Arm und zerrte ihn vom Tor weg. »Du hast Glück, dass ich dich nicht durch das Tor stoße und einem Landvogt übergebe.«

Das war in der Tat Glück. Das grüne Gras mochte einladend aussehen, aber in der Sekunde, in der er es betrat, wäre er legal gesehen zum Leibeigenen geworden. Zum Sklaven, auch wenn man es nicht so bezeichnete.

Aber konnte er etwas Geld vorweisen, konnte er ein kleines Stück Land an einem billigen Ort kaufen … das wäre eine völlig andere Geschichte gewesen. Und genau das hatte Cutbill ihm versprochen, nicht wahr? Der Diebesmeister hatte ihn als Gefangenen von Ness bezeichnet. Auf diese Weise hatte Malden das nie zuvor betrachtet – jetzt war es ihm unmöglich, es auf andere Weise zu sehen. Ein Gefangener. Und Cutbill hatte die nötigen Mittel, ihn zu befreien.

Es konnte schon heute Abend geschehen, um den Preis eines kleinen Risikos.

Den Rest des Morgens verbrachte er damit, auf dem Fischmarkt am Ostbecken Beutel aufzuschlitzen. Er musste seine Ausgaben wieder ausgleichen, denn sonst hätte er am Abend keinen Pfennig mehr sein Eigen genannt. An einer kleinen Bude am Flusstor aß er Herzmuscheln, dann mietete er in einer von Matrosen frequentierten Absteige eine Kammer. Er wäre gern nach Hause zurückgekehrt, aber er musste sichergehen, dass ihn keiner von Cutbills Leuten sah, wenn er sich später mit Cythera traf.

Die weite Strecke war er an diesem Tag allein aus diesem Grund gegangen. Cutbill würde ihn beobachten lassen, vor allem, wenn es den Anschein hatte, dass er einen bestimmten Plan verfolgte. Dann waren da noch die nichtorganisierten Diebe, die Taschendiebe und Trickbetrüger, die zu wenig verdienten, um sich der Gilde anschließen zu können. Sie neigten dazu, Cutbills Leuten zu folgen wie Möwen einem Schiff, in der Hoffnung, etwas von den Resten zu bekommen, die die besseren Diebe zurückließen. Malden wusste, dass er aufpassen musste, keiner der beiden Parteien aufzufallen, also verbrachte er den Tag damit, so zu tun, als hätte er nichts geplant. Es hatte keinen Grund gegeben, früh aufzustehen, und tatsächlich hatte er den Nachmittag auf seinem gemieteten Bett verschlafen. Mittsommer war gerade vorbei, bis zum Göttinnenfest dauerte es keine zwei Wochen mehr, und die Sonne würde erst spät am Abend untergehen.

Als er aufstand, strich er sich das Ungeziefer des Betts aus Haaren und Kleidern, kletterte aus dem Fenster und von dort auf das Dach der Absteige. Er war ziemlich überzeugt davon, dass ihm von dieser Stelle aus niemand mehr folgte, aber um ganz sicherzugehen, überquerte er über die Dächer hinweg drei Straßen und sprang lautlos von einem Gebäude zum nächsten. Als er sich wieder hinuntergelassen hatte, befand er sich am Ufer des Flusses Skrait. Er ging weiter flussaufwärts nach Norden, bewegte sich von Pier zu Dock zu Kai – vom Ufer aus ragten Hunderte davon ins Wasser, denn jedes Haus am Skrait verfügte über einen eigenen Kai. Am Ende befand er sich tief im Qualmbezirk, dem Viertel aus Manufakturen und Werkstätten, wo Gerber, Papiermacher, Buchbinder, Hutmacher, Schmiede, Brauer und Bäcker ihrem Handwerk nachgingen. Die Werkstätten verpesteten die Luft mit ihrem Qualm und färbten den Fluss schwarz mit ihren Abfällen, und der Geruch war überwältigend – das vom Qualmbezirk windabwärts gelegene Viertel hieß aus guten Gründen Stinkviertel. Hier sollte Malden Cythera treffen.

Ihm blieb genug Zeit, noch einmal genau darüber nachzudenken, was er da tat. Er hatte Zeit, sich zu fragen, ob er verrückt war oder ernsthaft erwartete, die Sache zu überleben. Er hatte Zeit, an das grüne Gras jenseits des Tors zu denken, und wie gut es sich unter seinen Füßen anfühlen würde. Schließlich ging die Sonne unter, und die Zeit zum Nachdenken war vorbei.

Als sie ihn abholte, in einem kleinen Boot aus den Dunstschwaden hervorglitt, fragte sie ihn, ob er bereit sei. Wortlos sprang er ins Boot und ergriff zwei Ruder.

14

Als sie aus dem Qualmbezirk den Fluss hinauf zum Goldenen Hügel und zum Turmviertel kamen, nahm die Zahl der im Wasser verankerten Anlegestellen ab. Der Fluss wurde schmaler und floss schneller dahin, darum mussten sie umso kräftiger rudern. Das Wasser wurde wieder sauber; nur gelegentlich trieb Jauche oder Unrat auf der wogenden Oberfläche. Der Skrait hatte sein Bett unmittelbar durch die nördliche Hälfte des Schlosshügels gegraben und eine gewundene Schlucht geschaffen, die sich durch die Hälfte der Freien Stadt zog. Um sich der Steigung des Hügels anzupassen, gewannen die Flussufer unablässig an Höhe, bis sie von abstützenden Mauern zurückgehalten werden mussten, sodass Malden und Cythera schließlich zwischen zwei abgeschrägten hohen Wänden aus uralten Ziegelsteinen dahinglitten, deren Mörtel langsam vom Moos gefressen wurde. An einigen Stellen hatten Bäume ihre Wurzeln in die Steine gebohrt, und ihre Äste schimmerten über dem Boot. Durch die Blätter hindurch flackerte das Mondlicht im Nebel über dem Wasser.

Vor ihnen folgte der Fluss einer Biegung und wurde von den steigenden Mauern verhüllt. Geradeaus entdeckte Malden einen Lichtschimmer. »Warte, da kommt jemand«, flüsterte er und griff nach Cytheras Arm. Es verletzte ihn auf eine seltsame Weise, dass sie den Arm wegriss, bevor er ihn berühren konnte.

Was er voraus entdeckte, bedurfte seiner ganzen Konzentration und hielt ihn davon ab, über ihre Reaktion nachzudenken. Ein langes Boot schob sich langsam um die Ecke – eigentlich kaum mehr als ein Einbaum, dessen Seiten oft geflickt worden waren. Am Heck stand eine alte Frau und bewegte das Boot mit einer langen Stange, während sich ein halbes Dutzend Kinder über die Seiten beugten. Sie ließen lange Haken durch das Wasser gleiten und zogen jedes Stück Treibgut heran, das sie passierten. Eines von ihnen hielt eine Öllampe dicht über das Wasser.

»Steuer zur Seite und lass sie passieren«, sagte Malden. Cythera lenkte das Boot zu der letzten Anlegestelle auf der Südseite des Skrait. Eines der Kinder hob dankend seinen Haken.

»Wonach suchen sie?«, fragte Cythera. Ihre Stimme war ein Flüstern, kaum lauter als das Rascheln von Blättern.

»Nach allem, was sich verkaufen lässt. Ein Umhang, der in Königsgraben ins Wasser fiel. Lederabfälle aus einer der Gerbereien im Qualmbezirk.« Malden zuckte mit den Schultern. »Eine Leiche könnte möglicherweise noch immer den Geldbeutel am Gürtel haben.«

Cythera unterdrückte ein Aufstöhnen. »Tatsächlich? Sie könnten etwas so Schreckliches finden? Die armen Kinder!«

Malden runzelte die Stirn. Er wusste, dass sie genug Geld hatte, aber konnte sie wirklich so behütet leben, dass sie kein Verständnis für die grundsätzlichen Notwendigkeiten hatte? »Sie wären begeistert. Für sie würde das bedeuten, dass sie eine Woche lang zu essen haben.«

Die alte Frau winkte ihnen fröhlich zu, als sie an ihnen vorbeifuhr. Malden wartete, bis das Boot aus ihrer Sicht verschwunden war, dann bedeutete er Cythera weiterzufahren.

»Es ist nicht gut, dass sie uns gesehen haben«, meinte sie, und es hatte den Anschein, als würde sie erwarten, dass er sie beruhigte.

»Selbst wenn die Stadtwache sie findet und darüber befragt, was sie heute Abend gesehen haben«, antwortete er, »würden sie uns nicht beschreiben. Sie wissen genau, dass wir zu ihnen gehören, wenn wir noch so spät hier unterwegs sind – die große Verbrüderung verzweifelter Menschen. Sie würden uns nie verraten.«

Hinter sich hörte er, wie sie erleichtert seufzte. Er wünschte, er hätte ihr Vertrauen teilen können. Aber es gab nichts, das sie tun konnten – für eine Umkehr war es zu spät. Sie fuhren weiter auf dem Fluss, bis die Mauern sie auf beiden Seiten umgaben.

Außer dem Tropfen der Ruder war kein Geräusch zu hören, und ihnen begegneten keine anderen Boote, nicht zu so später Stunde. Malden behielt die Ränder der Ufermauern im Auge und vergewisserte sich, dass keiner ihre Fahrt beobachtete. Er entdeckte niemanden.

Flussaufwärts zu rudern, war harte Arbeit, und eine Weile taten sie sie schweigend. Aber es war auch eine langweilige Arbeit, und schließlich begann Malden eine Unterhaltung, einfach um ein wenig Abwechslung zu haben. Er sprach mit leiser Stimme, denn er wusste, dass die Geräusche auf dem Wasser weit trugen, aber Cythera versuchte nicht, ihn zum Schweigen zu bringen.

»Ich würde viel dafür bezahlen, wenn ich wüsste, was das gestern für ein Trick war. Als du plötzlich auf dem Dach der Universität erschienst. Das war Magie, nicht wahr?«

»Wenn du definieren könntest, was Magie ist und was nicht, wärst du klüger als die größten Gelehrten der Welt«, erwiderte sie. »Es war genau das, als was du es bezeichnet hast. Ein Trick.«

»Hm. Kennst du viele davon?«

»Nein.«

Vor sich entdeckte Malden eine Treppe. Sie führte im Zickzack die Mauer hinauf, die an dieser Stelle mindestens dreißig Fuß hoch aufragte. Die Stufen endeten an einer einsamen Anlegestelle, an der aber kein einziges Boot vertäut lag. Trotzdem hielt er den Mund, bis sie vorbei waren.

»Und wie du mich angesehen hast? Ich konnte den Blick nicht abwenden, nicht einmal als dieser Berg von einem Mann hinter mir auftauchte. Das war doch bestimmt Zauberei.«

»Wovon sprichst du?«, fragte sie arglos.

»Du hast mich verzaubert«, sagte er, schaute über die Schulter und hatte die Absicht, sie deswegen zur Rede zu stellen. Aber sie sah völlig verblüfft aus. »Du hast einen Zauber benutzt.«

»Du traust mir zu viel zu. So eine Beschwörung ist mir unbekannt.«

Aber natürlich hatte sie ihn mit einem Zauber belegt. Oder doch nicht? Welche Erklärung für sein plötzliches Interesse an ihren Augen oder ihrem Haar konnte es sonst geben? Welche Erklärung, außer dass sie ihn verzaubert hatte, würde zu den Tatsachen passen?

Malden war unter Dirnen aufgewachsen und wusste alles über die körperliche Liebe. Er hatte sie oft über die andere Art sprechen hören, von Romantik und wahrer Liebe. Sie hatten sogar über die berühmte Liebe auf den ersten Blick gesprochen, obwohl die meisten das als Mythos abgetan hatten. Er selbst hatte nie in Betracht gezogen, auf diese Weise Gefühle für einen anderen Menschen zu entwickeln, erst recht nicht für eine mit Tätowierungen übersäte Zauberin.

Also musste es Magie gewesen sein. Eine andere Möglichkeit gab es nicht. Oder doch?

Er entschied, lieber von anderen Dingen zu sprechen, als diesen Gedanken weiter zu verfolgen.

»Du machst mich neugierig, Cythera. Du scheinst eine Dame von Niveau zu sein, und doch gibst du dich mit Leuten wie Bikker ab.«

»Er ist gar nicht so übel. Auf seine Weise sogar ehrlich.«

»Er ist ein Schläger. Fröhlich, aber ungehobelt. Ich glaube nicht, dass du ihn dir als Gesellschaft ausgesucht hast. Du arbeitest mit ihm, weil man es dir befohlen hat. Ich glaube, ihr beide seid für eine dritte Person tätig. Für jemanden, der meine Dienste beansprucht und der …«

»Namenlos bleiben will.«

»Auch gut. Obwohl die Zahl der Bürger, die sich deine Dienste leisten können, doch sehr begrenzt sein muss.«

»Nicht jeder Lohn wird in klingender Münze bezahlt.«

Das war eine merkwürdige Bemerkung, und sie warf alle

möglichen Fragen auf. Aber offensichtlich schmerzte es sie, darüber sprechen zu müssen, also ließ Malden das Thema fallen. Er wollte sie sowieso noch etwas anderes fragen.

»Diese Tätowierungen auf deinem Gesicht und deinen Armen …«

»Das sind keine Tätowierungen.« Bei diesen Worten wurde ihr Ton scharf.

»Dann eben die Muster. Haben sie sich wirklich bewegt?«

»Ja, sie kommen niemals zur Ruhe.«

»Welcher Künstler malte sie denn? Und mit welcher Farbe?«

Cythera seufzte. »Kein Künstler. Keine Farben. Sie sind ein Fluch. Das heißt, meine Mutter hat sie mir als Geschenk aufgedrängt. Vielleicht wollte sie auch jemand anderen verfluchen.«

»Deine Mutter war Zauberin? Das glaube ich sofort, denn du hast mich auf der Stelle verzaubert.« Da war er wieder. Der Gedanke, den er sich nicht erklären konnte.

Sie schien nicht über sich reden zu wollen. »Du hältst deine verleumderische Klappe, wenn es dir weiterhin gut gehen soll. Meine Mutter war keine Zauberin. Und sie lebt noch. Sie ist eine Hexe.«

»Oh, selbstverständlich ist sie das«, konterte Malden.

Cythera seufzte. »Du bleibst nie eine Antwort schuldig, was?«

»Das macht meinen Charme aus«, erwiderte er.

»Ach, du hast Charme? Ist mir noch gar nicht aufgefallen.« Aber sie lächelte.

»Du verletzt mich tief«, sagte er. »Aber es ist schon in Ordnung. Wir finden eine Möglichkeit, wie du deine Bemerkung wiedergutmachen kannst. Wenn das alles hier vorbei ist, wie wäre es dann, wenn wir …«

»Halt!«, sagte sie und unterbrach seinen halb ernst gemeinten Versuch, ihr den Hof zu machen. »Nimm die Ruder hoch!«

Er gehorchte. »Ist das die Stelle? Sind wir wirklich schon so weit gekommen?«

»Wenn man sich unterhält, verfliegt die Nacht. Ja – sieh da! Dort ist das Rohr, nach dem ich Ausschau halten sollte. Das ist genau der richtige Ort.«

Das fragliche Rohr ragte unmittelbar aus der Mauer. Schmutziges Wasser floss in stetigem Strom aus der Öffnung hervor. Das Rohr war groß genug, dass ein Mann hätte hindurchkriechen können – wäre es nicht mit einem Eisengitter verschlossen gewesen. Natürlich wäre dieser Mann ein Narr gewesen, denn das Rohr führte nur ins Verlies des Burggrafen.

Malden blickte hoch – und immer höher. Die sanft gewölbte Mauer führte mindestens hundertfünfzig Fuß in die Höhe. Geradewegs zur Spitze des Schlosshügels. Dort oben erhob sich der Palast des Burggrafen, weit über ihnen.

Eines wusste Malden mit Sicherheit. Der Name des Burggrafen stand nicht auf Cutbills geheimer Schutzliste. Denn der Burggraf ließ sich natürlich von seiner eigenen Garnison beschützen und war nicht auf die Hilfe des Meisters der Diebe angewiesen.

Niemand hatte Malden je einen vernünftigen Grund genannt, warum er nicht in das Haus des absoluten Herrschers der Freien Stadt Ness einbrechen und dessen kostbarste Besitztümer stehlen konnte. Vermutlich hatte ihn keiner für dumm genug gehalten, dies zu versuchen.

Zumindest nicht, bis ihm Bikker und Cythera über den Weg gelaufen waren.

»Wenn du oben angekommen bist, steig nicht sofort über die Brustwehr«, flüsterte Cythera. »Vergiss nicht – Bikker sorgt auf dem Hof für ein Ablenkungsmanöver. Die Wächter dort oben werden losstürzen, um nachzusehen. Das ist die einzige Gelegenheit für dich, um ungesehen hineinzukommen. Beeil dich, aber sei nicht so hastig, dass du in eine Falle tappst! Hol den Gegenstand, den wir dir beschrieben haben, und komm so schnell wie möglich zurück. Nimm nichts anderes mit. Es ist von entscheidender Bedeutung, dass du keinen Hinweis auf deine Anwesenheit hinterlässt oder Verdacht erregst, dass das Ding verschwunden ist.«

Ihm entging keineswegs, dass sie nie laut aussprach, was sie eigentlich wollte, nicht einmal nachdem sie sich mittlerweile in unmittelbarer Nähe des verlangten Gegenstands befanden. Er legte dies unter jenen zahllosen Beobachtungen ab, die er seltsam und interessant an ihr fand.

»Klettere los! Ich sorge dafür, dass sich Bikker für seinen Auftritt bereithält.«

»Wie wäre es mit einem Kuss, um mir Glück zu wünschen?«, fragte Malden.

Cythera lachte.

»Ein Kuss von mir brächte dir alles andere als Glück. Und jetzt beeil dich!«

Vorsichtig erhob sich Malden in dem Boot. Er wartete, bis Cythera beide Ruder ins Wasser getaucht hatte, um das winzige Fahrzeug zu stabilisieren. Dann sprang er mit einem schnellen Schritt auf die Mauer, streckte die Hände aus und suchte irgendwo Halt.

Es war nicht schwer. Die Ziegel waren steinhart, aber der Mörtel dazwischen war im Laufe der Zeit zerbröckelt. Seine Finger passten mühelos zwischen zwei Ziegelreihen, und es war, als ergriffe er die Sprossen einer Leiter.

Sobald sie ihn wie eine Eidechse an der Mauer hängen sah, stemmte sich Cythera gegen die Ruder und bewegte das Boot von der Wand fort. Malden verschwendete keine Zeit damit, ihr nachzusehen. Stattdessen kletterte er los, einen Griff nach dem anderen.

Nach oben.

15

Malden hatte bereits zu klettern gelernt, da konnte er kaum laufen.

Das war nicht ungewöhnlich – jedes Kind in Ness lernte zu klettern, da der größte Teil der Stadt auf einem Hügel lag. Die Straßen waren so verschlungen und voller Sackgassen, dass der schnellste Weg von einem Haus zum anderen oft über das Haus führte statt um es herum. In einer Stadt mit so schmalen Straßen und Häusern, deren oberste Stockwerke sich oftmals beinahe berührten, fiel es nicht schwer, über die Dächer zu gehen. In Ness gab es Orte, wo eine Frau einen Kuchen auf der Fensterbank des zweiten Stocks zum Abkühlen abstellte und ein Mann auf der gegenüberliegenden Straßenseite bloß aus dem Fenster greifen musste, um sich zu bedienen. Ein relativ gelenkiges Kind konnte über die Dächer von einem Ende des Stinkviertels zum anderen laufen, ohne dabei viele weite Sprünge absolvieren zu müssen. In den übervölkerten Straßen war es so gut wie unmöglich, in Ruhe spielen zu können, also suchten sich Kinder für ihre Spiele oft einen Platz in der Höhe.

Malden hatte schon in frühester Jugend ein echtes Talent fürs Klettern gezeigt. Er fürchtete sich nicht vor Höhen und liebte saubere, frische Luft, also waren die Dächer der Stadt für ihn beinahe schon sein natürliches Element. Seine wenigen Freunde forderten ihn immer heraus, auf eine Turmspitze zu klettern oder auf einem hohen Schornstein zu tanzen. Als er seinen Lebensunterhalt später mit Verbrechen verdiente, entdeckte er, dass ein Mann, der über die Dächer laufen konnte, ein Mann war, der selten von der Stadtwache erwischt wurde. Also hatte er sich darin geübt, schneller zu klettern und weiter zu springen als jeder andere.

Diese Kletterpartie unterschied sich nicht von anderen. Zumindest redete er sich das ein. Es spielte keine Rolle, was dort oben wartete – es kam nur darauf an, sich festzuhalten und nicht nach unten zu sehen.

Die Mauer stieg nicht senkrecht in die Höhe, sondern ähnelte eher einem sehr steilen Abhang. Nur wenige Ziegel waren der Zeit zum Opfer gefallen, obwohl viele zerborsten waren. Der Aufstieg war nicht schwierig, das heißt, er wäre nicht schwierig gewesen, hätte er sich nicht über eine solche Länge erstreckt. Malden wählte jeden Handgriff mit Bedacht und legte gelegentlich eine Pause ein, um nicht abzustürzen. Auf Dauer konnte er nicht verhindern, dass sich seine Finger dennoch verkrampften. Ununterbrochen hielt er Ausschau nach Besonderheiten in der Mauer, die ihm weiterhalfen, und er fand etliche. Hier und da ragten tropfende Abwasserrohre aus der Wand hervor. Gelegentlich passierte er schmale Fenster, die zwar breiter als Schießscharten, aber nie so groß waren, dass er sich hindurchzwängen konnte. Immerhin boten sie gute Gelegenheiten, um für einen Moment innezuhalten, die Hände zu massieren und sie für die nächste Etappe vorzubereiten. Es gab nur wenige solcher Stellen, und sie befanden sich weit voneinander entfernt, waren aber eine große Hilfe. Er bekam die Hände sogar lange genug frei, um einen Schluck Wein aus der Feldflasche am Gürtel zu nehmen. Schließlich machte Klettern durstig.

Trotzdem hatten sich seine Hände nach sechzig Fuß in schmerzende Klauen verwandelt. Zehn Fuß weiter spürte er die Fingerspitzen nicht mehr. Die Vorderseite seines Wamses war mit Ziegelstaub befleckt, und Schweiß strömte ihm den Nacken hinunter.

Auf der Höhe von fünfundsiebzig Fuß drohte eine neue Gefahr und versetzte ihn in Unruhe. Auf der anderen Seite des kanalisierten Flusses endete die gegenüberliegende Mauer – dort drüben war der Hügel niedriger und dicht mit Eichen und Kastanien bewachsen; man nannte das Viertel Königsgraben. An einigen der unteren Äste hingen Laternen, die von den Betreibern der Spielhäuser und teuren Schenken an der Habichtstraße gewartet wurden. Malden hörte Musik, gelegentlich trieb der Wind auch ausgelassenes Gelächter heran. Sollte dort zufällig jemand zum Schlosshügel herüberblicken, wäre Malden sofort aufgefallen – und er zweifelte nicht daran, dass man sofort Alarm schlagen würde. Die Freie Stadt Ness war achthundert Jahre alt und niemals von Eroberern geplündert worden, aber bekanntlich gab es für alles immer ein erstes Mal.

Malden hatte den Umhang von innen nach außen gewendet, damit seine hellere Seite zu sehen war. Er hatte die Farbe eines Weißdornblatts, auf der einen Seite ein dunkles Waldgrün, auf der anderen ein lichtes Salbeigrün. Die hellere Farbe würde dafür sorgen, dass er nicht auf den ersten Blick an der Mauer zu sehen war, aber jede Bewegung würde ihn mit Sicherheit verraten.

Doch das war unvermeidbar. Er musste auf sein Glück vertrauen, dass niemand zufällig über den Fluss spähte.

Und zumindest in dieser Hinsicht ließ ihn sein Glück auch nicht im Stich.

In Höhe von achtzig Fuß hatten die Handwerker früherer Zeiten die Mauer verziert. Man hatte die Ziegel so bearbeitet, dass sie eine Reihe von Figuren bildeten, von denen jede zwölf Fuß hoch war, damit man sie von der gegenüberliegenden Habichtstraße aus noch erkannte. Malden hatte sie oft von diesem gar nicht so weit entfernten Aussichtspunkt aus gesehen, aber sie waren ihm immer viel kleiner vorgekommen. Sie stellten die männlichen Nachkommen von Juring Tarness dar, dem ersten Burggrafen der Freien Stadt Ness. Jede Gestalt zeigte einen seiner Nachfolger. Es waren bestenfalls primitive Darstellungen, und die Künstler hatten eine alberne Entscheidung getroffen. Jeder Burggraf war in voller Rüstung dargestellt; die Köpfe wurden von Kettenkapuzen verhüllt, und die Krone der Burggrafen schmückte die rechteckigen Helme. Darum war es so gut wie unmöglich, sie auseinanderzuhalten. Einer hatte einen Schnurrbart, der nächste einen Vollbart – vielleicht war das zu ihrer Zeit Mode gewesen. Malden hatte sich nie die Mühe gemacht, sich ihre Namen oder den Zeitraum ihrer Herrschaft einzuprägen. Die historischen Zusammenhänge beschäftigten ihn auch jetzt nicht. Dennoch war er ihnen aus einem einzigen Grund dankbar: Die Figuren waren leichter zu erklettern als die nackten Ziegel. Er entschuldigte sich stumm bei dem uralten Burggrafen, auf dessen Schultern er stand, dann stieg er, ohne innezuhalten, weiter zum Mauerrand empor.

Einhundert Fuß, und seine Hände waren zu Haken erstarrt. Er stieß sie immer wieder in die Lücken zwischen den Ziegelsteinen und zog sich weiter nach oben. Einhundertzwanzig Fuß, und er hatte das Gefühl, sämtliche Zehen gebrochen zu haben, weil er sie immer wieder in Spalten zwängte, die zu klein dafür waren.

Einhundertdreißig Fuß – und er hörte über sich eine Stimme. Augenblicklich erstarrte er, drückte sich so eng wie möglich an die Mauer. Keine zwanzig Fuß über seinen ausgestreckten Armen patrouillierten Wächter auf der Palastmauer. Falls sie über die Brustwehr sahen, ein einziges Mal nach unten blickten …

»Sag mir Bescheid, wenn jemand kommt«, sagte die Stimme. Daraus schloss Malden, dass der Mann nicht allein war. Er sprach mit jemandem.

»Nein, alles klar«, sagte eine zweite Stimme und bestätigte Maldens Verdacht.

Ein Grunzen war zu hören, gefolgt von einem Geräusch, das an klirrende Kettenglieder erinnerte. Dann funkelte etwas im Mondlicht und raste mit unglaublicher Geschwindigkeit an Malden vorbei.

Um ein Haar wäre er von der Mauer gefallen. Die Vorstellung, von dem über den Rand geworfenen Abfall getroffen zu werden, jagte ihm einen solchen Schrecken ein, dass er eine Hand löste und sich zur Seite schwang. Einen Augenblick später begriff er, was da geschah, und verfluchte sich für seine mangelnde Standhaftigkeit.

Eine übel riechende Flüssigkeit regnete aus der Höhe herab, ein Strom, der sich ein paar Dutzend Fuß über Maldens Kopf in Nebel verwandelte. Der Wächter pinkelte über die Mauer.

Angeekelt verzog Malden den Mund. War der Mann zu faul, einen Abort aufzusuchen? Aber er selbst konnte nichts tun, außer sich festzuhalten, abzuwarten und zu hoffen, dass sich der Wind nicht drehte. Er warf einen schnellen Blick nach unten, um sich zu vergewissern, dass der Guss Cythera nicht traf. Aber ihr kleines Boot war nicht zu sehen. Dafür war Malden höchst beeindruckt, wie weit es in die Tiefe hinabging. Er kannte keine Höhenangst, aber es hätte eines Mannes mit größerem Mut als dem seinen bedurft, um in diesen Abgrund zu sehen und keinen Schwindel zu verspüren.

Als der Wächter fertig war und seine Runde wieder aufgenommen hatte, spähte Malden abermals nach oben zum Mauerrand. Der befand sich jetzt ganz in der Nähe. Eine weitere rasche Kraftanstrengung, und er wäre oben. Aber seine Hände waren mittlerweile so verkrampft, dass sie gewiss zu nichts mehr zu gebrauchen waren. Er musste kurz ausruhen und das Blut zurück in die weiß verfärbten Finger massieren. Außerdem durfte man ihn keinesfalls entdecken, wenn er oben ankam. Er sah sich um. Nicht mehr als ein Dutzend Fuß entfernt gab es links von ihm ein Fenster. Sich lautlos wie eine Katze auf einem Teppich bewegend, hangelte er sich in jene Richtung. Das Fenster war breiter als jene, an denen er sich bisher vorbeigehangelt hatte, aber ebenfalls mit Gitterstäben versehen. Dennoch bot es eine großartige Stelle, um sich für einen Augenblick hinzustellen. Nur ein paar Minuten, versprach er sich. Bis er wieder etwas in den Daumen spürte.

Als er sich dem Fenster näherte, drang ihm ein Geräusch ans Ohr. Also musste er wieder innehalten und darauf warten, dass die Person hinter dem Fenster weiterging. Dies hätte der Augenblick sein können, da ihn sein Glück verließ.

Doch da sorgte Bikker für die versprochene Ablenkung.

16

Croy hasste Kriegslisten, aber manchmal war der frontale Angriff einfach nicht angebracht. Musste man zum Beispiel seinen Besitz aus einem verschlossenen Raum im Palast zurückholen, obwohl man hingerichtet werden sollte, war es ratsamer, verstohlen zu handeln.

Statt also einfach an der Tür des Burggrafen zu klopfen und höflich zu fragen, hatte er sich auf dieses Unternehmen einlassen müssen. Sich als Liebhaber einer Hofdame auszugeben und dann in den sichersten Raum in der Stadt zu schleichen.

»Ich habe den Schlüssel hier, irgendwo an meinem Körper«, sagte Lady Hilde und legte eine Hand auf das Oberteil ihres Gewands. Das Atmen schien ihr Mühe zu bereiten, und sie sah Croy mit weit aufgerissenen Augen an. »Da war nicht leicht heranzukommen, wisst Ihr? Ich musste warten, bis der Kastellan an seinem Tisch eingeschlafen war. Ihr habt Glück, dass er so alt und hinfällig ist. Er ist nicht einmal aufgewacht, als ich ihm den Schlüssel vom Gürtel stahl. Aber wo habe ich ihn nur hingesteckt?«

Bestimmt hat sie Angst, vermutete Croy. Ein solches Gefühl wäre durchaus angebracht gewesen. Sie hielten sich im Kontor des Burggrafen auf, in einem Raum, den niemand nach Einbruch der Dunkelheit betreten durfte, ganz gleich, welchen Rang er bekleidete. Selbst am Tag hatten nur der Kastellan und der Vogt den Schlüssel. Dieser Ort war so sicher, dass der Kastellan sich nicht einmal die Mühe machte, davor Wachen aufzustellen – schließlich hatte jeder, der vom Hof darauf zuging, ein halbes Dutzend Wächter zu passieren.

Wenn man natürlich eine der Hofdamen der Burggräfin kannte und sie bereit war, einem einen Gefallen zu tun, gab es nicht viele Orte in Ness, zu denen man keinen Zugang erhielt. Croy verspürte ein tiefes Unbehagen über das, was er da tat. Es widersprach doch sehr seiner Moral, und er war ein Mann, der für seine ethischen Überzeugungen lebte. Aber es gelang ihm, sein Gewissen etwas zu beschwichtigen. Schließlich war er nicht zum stehlen gekommen – er war kein Dieb. Er war bloß hier, um etwas zurückzuholen, das ihm gehörte. Etwas, das er geschworen hatte zu ehren und zu bewahren: das Schwert, das für ihn seine Seele war.

Das Kontor war in die Mauer eingebaut, die das Palastgelände umgab, und daher eines der sichersten Gebäude in der Freien Stadt. Hier bewahrte der Burggraf sein Gold auf, wenn er es nicht gerade ausgab. Es war eine gewaltige Schatzkammer, vollgestopft mit Geldbeuteln, Truhen voller Silbergeschirr, ganzen Juwelenbergen, dem Schmuck der Burggräfin.

Aber das alles interessierte Croy nicht. Bei seiner Festnahme hatte man ihm die Schwerter abgenommen und hier verwahrt, bei den wichtigsten Relikten und Schätzen der Freien Stadt Ness. Unmittelbar hinter der verschlossenen Tür, der er nun gegenüberstand. Hilde hatte behauptet, ihm den Schlüssel besorgen zu können, aber nur, wenn er sie mitnähme, damit sie die Schätze einmal mit eigenen Augen sehen könnte.

»Ich finde ihn einfach nicht«, seufzte Hilde. »Vielleicht könntet Ihr mir bei der Suche helfen.«

Er kniete mit seiner Lampe nieder und suchte den Boden zu ihren Füßen ab.

»Doch nicht da, Ihr einfältiger Mensch«, sagte sie. »Irgendwo in meinem Kleid.«

Er öffnete den Mund, um etwas zu erwidern, und entdeckte, dass er ihn nicht wieder schließen konnte. Hilde schnürte ihr Oberteil auf. »Ach, Croy, Ihr saht gestern auf dem Marktplatz so stattlich aus. So verwegen. Mir haben die Knie gezittert. Und andere Teile von mir nicht weniger. Das kann natürlich auch daran liegen, dass ich das ganze Jahr lang keinen Mann hatte. Meine Herrin hält mich ständig auf Trab. Wenn der Burggraf seinen ehelichen Pflichten besser nachkäme, könnte ich mich öfter wegschleichen. O nein, genau da will ich Euch haben«, sagte sie, als er aufstehen wollte. Sie kicherte und legte ihm einen Finger auf die Schulter, drückte ihn zurück in die kniende Haltung.

»Meine Lady«, sagte er und sprang auf, »ich fürchte, ich habe Euch nicht richtig verstanden.«

Hilde verdrehte die Augen. »Ihr gehört doch hoffentlich nicht zu jenen Männern, die nicht wissen, was sie mit einer nackten Frau anstellen sollen.« Sie zuckte mit den Schultern, und das Gewand rauschte zu Boden. Darunter trug sie nur noch ein Unterkleid und knielange Hosen.

Croy errötete und wandte den Blick ab. »Meine Lady, niemals könnte ich wahre Zuneigung Eurerseits abweisen, aber mein Herz … gehört einer anderen.«

»Das ist nicht Euer Ernst, oder?«

Er senkte den Kopf und versuchte seine Gedanken rein zu halten. Das war gar nicht so einfach, da Hildes Unterwäsche in solcher Nähe vor seinem Gesicht raschelte.

»Hier.« Sie drückte ihm seufzend einen langen Eisenschlüssel in die Hand. »Tut, was Ihr zu tun habt, während ich mich wieder anziehe. Ich habe keine Ahnung, wie ich dieses Oberteil ohne die Hilfe eines großen, starken Mannes zuschnüren soll, aber … Ach, was soll's!«

»Danke«, sagte Croy und öffnete rasch die verschlossene Tür. Dahinter befand sich ein winziger Raum mit einem vergitterten Fenster. Für den Bruchteil einer Sekunde glaubte Croy, jenseits der Gitterstäbe einen Schuh zu sehen, aber das war so gut wie unmöglich – vor dem Fenster ging es mehr als hundert Fuß steil in die Tiefe bis zu den Fluten des Skrait. Er wandte sich um, von der Annahme getrieben, lange nach seinen Schwertern suchen zu müssen.

Tatsächlich wurde hier nichts anderes aufbewahrt. Wo waren die religiösen Relikte, die der Burggraf bei jedem Göttinnenfest in einer Parade durch die Straßen tragen musste? Und wo befand sich die Stadturkunde? Die Schwerter lagen auf einem Regal unter dem Fenster. Zwei lange Klingen in Lederscheiden. Mehr hatte er bei seiner Rückkehr in die Freie Stadt nicht mitgebracht. Er hakte sie an seinem Wehrgehänge fest und verließ den Raum.

Hilde wartete an der Tür auf ihn und trat ungeduldig mit dem Fuß auf. »Kommt schon!«, raunte sie. »Ich führe Euch durch die Küche, damit Euch niemand sieht. Auch wenn es meinem Ruf sicherlich nützen würde, mit Euch gesehen zu werden.«

»Ich bin ein gesuchter Verbrecher«, protestierte er.

»Ihr versteht diese Stadt wirklich nicht, wie mir scheint. Sicherlich …«

Ein schriller Schmerzensschrei durchschnitt die Dunkelheit jenseits der Tür. Croy spähte gerade noch rechtzeitig über Hildes Schulter hinweg auf den Hof, um sehen zu können, wie ein Mann der Stadtwache durch das Haupttor stolperte. Ein dunkler Fleck breitete sich auf seinem Augenumhang aus, während er den Pfeil umklammerte, der ihm aus der Seite ragte. Er brachte kein Dutzend Schritte zustande, bevor er vornüber auf die Pflastersteine krachte.

Ein zweiter Schrei folgte, als ein Wächter vom Wehrgang der Palastmauer herabstürzte. Ein Pfeil hatte ihm den Hals durchbohrt.

»Mörder!«, brüllte jemand. »Mörder!« Dann schlug eine Alarmglocke entfesselt an.

17

Malden lauschte dem Aufruhr jenseits der Mauer nur einen Augenblick lang, dann kletterte er die letzten zwanzig Fuß schneller als eine Spinne aufwärts. Er schob sich über die Zinnen und fand sich auf einem breiten Wehrgang wieder. Kein Wächter war in Sicht. Er schlich zur anderen Seite der Mauer und spähte durch eine Schießscharte nach unten auf den Hof.

Der Schlosshügel war die Residenz des Burggrafen und der Sitz seiner Verwaltung. Darüber hinaus stellte er eine Festung dar, eine Burg, die jeden Ansturm abwehren sollte. Innerhalb der Mauern befanden sich das Garnisonshaus, in dem die Soldaten des Burggrafen lebten, sowie die Zentralwache, von der aus die Ordnungshüter des Vogts ausgesandt wurden. Beide Gebäude waren nun hell erleuchtet, als Männer in hastig übergeworfenen Uniformen aus den Toren strömten und den breiten Hof und den Paradeplatz füllten. Es herrschte große Verwirrung, und es wurde viel herumgebrüllt; dichte Gruppen von Wächtern mit Augenumhängen drängten sich um die beiden leblosen Männer am Boden. In der Zwischenzeit stürmte eine Abteilung Soldaten zu den Mauern und Türmen auf der anderen Hügelseite, die auf den Marktplatz hinunterblickten. Sie leuchteten mit Fackeln in jede Nische, stachen ihre Schwerter in Tröge und Heuhaufen und suchten nach der Person, die die zwei Männer mit Pfeilen getötet hatte.

Was im Namen der Göttin hatte Bikker da nur angerichtet? Kaltblütig hatte er zwei Männer getötet – nur um einen Augenblick lang Verwirrung zu stiften.

Natürlich war es eine ausgezeichnete Ablenkung; das musste Malden ihm zugestehen. Kein einziger Soldat oder Stadtwächter befand sich noch auf der nördlichen Hofhälfte.

Das Kontor, die Privatkapelle des Burggrafen und die Küche waren so gut wie verlassen. Genau wie der Palast selbst.

Der nun war ein hoher, L-förmiger Bau aus kunstvoll bearbeiteten Steinen, dessen Erdgeschoss mit vielen Torbogen und breiten Fenstern aus kostbarem Glas versehen war. Alles war luftig und leicht und wurde von schlanken Strebebogen voller Wasserspeier und Spitzgiebel gehalten. Nicht einmal der Göttinnendom, die große Kirche auf der anderen Seite des Marktplatzes, erschien so grazil oder so prächtig. Der Palast war ein Meisterwerk architektonischen Könnens. Ein entschlossener Barbar mit einem Vorschlaghammer hätte das ganze Gebäude möglicherweise zum Einsturz bringen können. Es war um einen viel älteren und bedeutend stabileren Bau errichtet, der aussah wie eine Warze auf dem Gesicht einer Prinzessin.

Malden hatte den Eindruck, dass der Turm am Ende des L vermutlich den größten Teil des Palastgewichtes stützte. Er ragte fünf Stockwerke in die Höhe, und die Mauern waren sicherlich fünf Fuß dick und wiesen lediglich ein paar schmale Schießscharten auf. Das war die ursprüngliche Befestigung der ersten Bewohner des Schlosshügels gewesen, in die sich die Siedler geflüchtet hatten, wenn sie wieder einmal von den Elfen überfallen wurden. Der Turm hatte diesen blutdürstigen Teufeln getrotzt, genau wie den Zwergen, die nach ihnen kamen (damals, als die Zwerge noch zu kämpfen verstanden), und den menschlichen Barbaren, die Skrae vor dreihundert Jahren heimgesucht hatten. Bevor König Garwulf der Gnadenreiche ihre Stämme über die Berge weit nach Osten zurückgedrängt hatte. Er erhob sich so robust wie am ersten Tag und war noch immer das höchste Bauwerk der Freien Stadt.

Der Turm war Maldens Ziel. Er würde da einbrechen, wo Elfen, Zwerge und Barbaren gescheitert waren. Natürlich hatte es damals den Palast noch nicht gegeben. In dieses luftige Gebäude hätte ein blutarmer Säugling einbrechen können.

Der Palast erhob sich ungefähr dreißig Fuß von der Mauer entfernt, durch einen Garten von Maldens Standort getrennt. Das war die Lücke, die er überqueren musste.

Er rannte den Wehrgang entlang, bis er eine Stelle gegenüber dem Palastdach erreicht hatte. Er nahm sich die Zeit, den Umhang wieder umzuwenden, damit die dunklere Seite nach außen zeigte, und hakte eines von Slags Werkzeugen vom Gürtel. Es handelte sich um einen aus zwei Teilen bestehenden Enterhaken. Zusammengefaltet ruhte er flach an Maldens Hüfte, aber als er ihn öffnete, rasteten beide Zinken fest ein. Sie waren mit dickem Leder umwickelt, damit der Haken beim Aufprall nicht klirrte.

Natürlich hatten die Alarmglocke und der Lärm auf dem Hof verhindert, dass man Malden gehört hatte, selbst wenn er eine Trommel geschlagen hätte. Aber es war nie verkehrt, leise zu sein.

Malden fädelte ein Seil durch den Ring am Hakenende und schwenkte ihn hin und her. Als der Schwung ausreichte, ließ er los und verfolgte, wie der Haken durch das Mondlicht sauste und auf dem Palastdach aufschlug. Er rutschte ein Stück zurück und blieb liegen.

Vorsichtig zog Malden an dem Seil und bemühte sich, den Haken in die Nähe eines Schornsteins zu befördern oder am Bein eines Wasserspeiers zu befestigen. Aber der beste Haltepunkt, der sich bot, war die Verbindung zwischen zwei Bleischindeln. Nicht so sicher, wie er es sich gewünscht hätte, aber vermutlich würde es sein Gewicht halten. Auch wenn er an dem Seil zog, um sich zu vergewissern, bot sich nur eine vernünftige Möglichkeit, den Halt des Hakens zu überprüfen. Er nahm die beiden Seilenden, verknotete sie und schlang sie um die nächste Zinne des Wehrgangs. Dann schwang er sich wie ein Affe auf das doppelte Seil, überkreuzte die Beine und hielt sich mit beiden Händen fest, sodass sein Rücken zwanzig Fuß über dem Rosengarten des Burggrafen hing.

Das Seil sank etwas durch, aber es hielt. Malden stieß die angehaltene Luft aus. Hand über Hand hangelte er sich über den Abgrund und stieß sich dabei mit den Füßen ab. Nach kurzer Zeit kletterte er auf das Dach des Palasts, wo er einen Augenblick lang wartete, bis sein Herz nicht mehr raste. Dann holte er Haken und Seil ein. Da er das Seil doppelt genommen und verknotet hatte, verfügte er über eine sehr lange Schleife.

Er zog die eine Seite zu sich heran, bis der Knoten kam. Es fiel nicht schwer, ihn zu lösen und dann das Seil einzuholen, bis er es sich um die Taille schlingen konnte. Eigentlich hätte er es gern an Ort und Stelle zurückgelassen und so eine Fluchthilfe gehabt, aber die Gefahr, dass es entdeckt wurde, war zu groß. Ein Blick nach unten auf den Burghof verriet ihm, dass die Soldaten ihre Suche bereits auf den nördlichen Teil der Festung ausdehnten – es würde nicht mehr lange dauern, bis sie die Mauer absuchten, auf der Malden sich noch eben bewegt hatte.

Die Ablenkung hatte ihren Zweck erfüllt. Aber inzwischen hatte sie genau die gegenteilige Wirkung. Bevor Bikker die Festung mit Pfeilen beschossen hatte, hatten die meisten Wächter entweder geschlafen oder waren anderweitig beschäftigt gewesen. Nun war jeder Mann auf dem Palastgelände hellwach und auf der Suche nach einem mörderischen Eindringling. Erwischten sie Malden, würden sie ihn für den hinterhältigen Bogenschützen halten – und ihn töten, bevor er auch nur ein Wort zu seiner Verteidigung vorbringen konnte. Malden verfluchte Bikker im Stillen. Hereinzukommen war im Grunde einfach gewesen, abhängig nur von der Kraft seiner Finger und seinem Geschick im Hakenwerfen. Der Rückweg würde bedeutend schwieriger werden.

Warum also nicht das Beste daraus machen? Unmittelbar unter ihm ragte ein Balkon aus der obersten Etage des Palasts hervor. Nachdem er keine Lichter entdecken konnte, sprang er anmutig nach unten, stieß die Türflügel auf und schlüpfte ins Innere des Gebäudes.

18

Malden fand sich in einem kleinen Schlafzimmer wieder, das allem Anschein nach einer Hofdame gehörte. Es enthielt ein Himmelbett und eine große Kleidertruhe. Der Boden war mit

Stroh bedeckt, und man hatte großzügig Parfüm versprüht, um etwaige Gerüche zu überdecken. Niemand war da, also eilte er zur Tür und drückte das Ohr ans Schlüsselloch. Als er sich sicher war, dass niemand auf dem Korridor patrouillierte, öffnete er die Tür einen Spaltbreit und eilte auf den mit Öllampen erhellten Korridor hinaus.

Cythera hatte ihm verraten, dass sich der gesuchte Gegenstand im Turm befand, und zwar im gleichen Stockwerk wie die obersten Gemächer des Palasts. »Er wird in einem Raum aufbewahrt, der dem ersten Burggrafen als Schlafgemach diente. Man legt ihn dort jede Nacht ab, während der derzeitige Burggraf schläft. Sieh dich vor: Er wird gut bewacht.«

Zumindest eine Verteidigungslinie hatte sich aufgelöst. Gewöhnlich wimmelte der Korridor vor Soldaten, aber Bikkers Ablenkungsmanöver hatte die Männer in den Schlosshof gelockt.

»Sie werden ihren Posten verlassen, aber glaub bloß nicht, dass man einen Schatz so nachlässig bewachen lässt. Waffenmänner sind allzu leicht zu überwältigen. Mauern können erklommen, Schlösser geknackt werden. Das weiß der Burggraf. Also wird er andere Hüter beauftragt haben, die auf dich warten.«

Malden hatte ihr genau zugehört. Er hielt die Augen offen, als er den Korridor entlang und um die Biegung des L-förmigen Gangs in jenen Flügel schlich, der zum Turmzimmer führte. Als er sich der Tür am anderen Ende näherte, wickelte er bereits den Griff seiner Ahle ab und nahm seine Dietriche heraus. Die stabile Tür mit den Eisenbeschlägen war mit einem Riegelschloss versehen, aber das bereitete ihm kein Kopfzerbrechen.

»Gibt es dort irgendwelche Schutzzauber?«, hatte er gefragt.

»Unwahrscheinlich. Der Burggraf vertraut Zauberern nicht, davon abgesehen ist Magie sowieso viel zu unzuverlässig, selbst unter günstigsten Umständen. Ganz zu schweigen davon, dass Magie sehr kostspielig ist. Nein, du musst dich nicht vor dem Werk von Zauberern fürchten. Aber vor dem Werk von Zwergen.«

Die Tür führte in einen fünfundzwanzig Fuß langen Korridor. Alle zehn Fuß gab es hohe Fenster, durch die Mondlicht silberne Teiche auf den Holzfußboden malte. Zwischen jedem Lichtfleck erstreckten sich undurchdringliche Schatten. Als wäre der Gang die Reihe eines Spielbretts mit abwechselnd hellen und dunklen Feldern.

»Ich kann dir nicht sagen, auf welche Fallen du möglicherweise stößt«, hatte Cythera gesagt. »Ich kann dir nur raten, dich vor allen Räumen zu hüten, die unbenutzt erscheinen. Der Palast ist ein geschäftiger und beengter Ort, also werden Zimmer, die völlig leer zu sein scheinen oder deren Boden vollgestaubt ist, aus gutem Grund gemieden.«

Von dem monderhellten Korridor zweigten keine Türen ab, es gab auch keine Möbel. Am anderen Ende sah Malden etwas Metallisches funkeln. Er blieb an der Schwelle stehen und betrachtete nachdenklich, was da vor ihm lag. Auf dem Boden lag kein Staubflöckchen, zumindest konnte er in dem schwachen Lichtschein keines entdecken. Und doch erweckte dieser Korridor ein bestimmtes Gefühl, das er sich nicht genau erklären konnte; der entschiedene Eindruck, dass dort etwas fehlte. Es fühlte sich einfach nicht wie ein Ort an, der oft benutzt wurde. Ness war eine alte Stadt, die selbst in ihren Anfängen überbevölkert gewesen war. Im Laufe der Jahre war jeder Stein von Millionen von Händen berührt, war jede Wand von Kleidung glatt poliert worden. Dieser Korridor hingegen sah aus, als wäre er eben erst gebaut worden – von geschickten, meisterhaften Händen.

Was natürlich das Zeichen von Zwergenarbeit war. Ja. Das hier war der richtige Ort.

Cythera hatte sich klar ausgedrückt. »In dieser Stadt leben mehr als sechzig Zwerge. Sämtliche reichen Bürger bedienen sich deren Fertigkeiten, denn nur Zwerge vermögen die komplizierten Gerätschaften zu konstruieren, die gegen nächtliche Diebe und Mörder schützen. Ein menschlicher Ingenieur könnte diese teuflischen Fallgruben zwar ersinnen, aber nur ein Zwerg kann sie auch bauen. Der Burggraf hat gewiss die Dienste der Besten von ihnen in Anspruch genommen, und die

Fallen, die er auslegen ließ, stellen sicherlich ungewöhnliche Gefahren dar.«

Nun, auch Malden hatte einen Zwerg auf seiner Seite. Slag hatte die Stirn gerunzelt, als Malden ihm aufgezählt hatte, was er brauchte, aber dann hatte Cutbills Zwerg ihn zum ersten Mal nicht geringschätzig gemustert. Was da in den Zwergenaugen gefunkelt hatte, war zwar nicht unbedingt Hochachtung gewesen, aber zumindest das Eingeständnis, dass der Dieb kein völliger Narr war.

Malden griff in einen Beutel am Gürtel und zog eine lederumwickelte Bleikugel hervor. Schwer wie ein Pflasterstein lag sie in seiner Hand. Bedachtsam warf er die Kugel in den Korridor und trat schnell von der Schwelle zurück.

Einen Augenblick lang kam er sich albern vor, wie ein Kind, das auf der Gasse spielt. Die Kugel rollte fröhlich durch die erste Mondlichtpfütze und verschwand in der Dunkelheit dahinter.

Und ein Fallgitter krachte von der Decke herab, genau auf die Stelle, über die Maldens Bleikugel rollte. Sechs lange Eisenstäbe mit rasiermesserscharfen Spitzen bohrten sich in den Boden. Maldens Herz setzte einen Schlag lang aus.

Mit angehaltenem Atem beobachtete er, wie sich die Stäbe langsam wieder in die Decke zurückzogen. Das immer lauter werdende Ächzen einer sich spannenden Feder war zu hören, gefolgt von einem Klicken, als das Fallgitter wieder einrastete.

Malden spähte in den zur Hälfte dunklen Gang. Die Bleikugel war kaum auszumachen. Sie war genau in der Mitte durchbohrt worden – die herabschießenden Eisenspeere hatten sie nahezu in zwei Hälften geteilt.

Er klaubte eine weitere Kugel aus der Tasche und holte dieses Mal etwas weiter aus, warf sie so, dass sie in der Mitte der zweiten Mondlichtpfütze landete. Sie prallte einmal auf, ohne etwas auszulösen, und rollte weiter in den Schatten. Ein zweites, gleichgeartetes Fallgitter sauste in die Tiefe und erschütterte Maldens Sinne.

»Es wird einen Weg hinein geben«, hatte Cythera erklärt. »Der Kastellan muss den Schatz jeden Abend in das Turmzimmer bringen und jeden Morgen wieder holen. Aus diesem Grund darf der Weg nicht unpassierbar sein, nicht einmal beschwerlich. Wenn du das System geknackt hast, kannst du die Fallen ohne Weiteres umgehen.«

Mittlerweile glaubte Malden, die Konstruktionsweise durchschaut zu haben. Er nahm Anlauf und sprang in den Korridor, hüpfte von einer Mondlichtpfütze zur nächsten, achtete sorgfältig darauf, die Schatten nicht einmal zu berühren. Ein Sprung, ein weiterer – er war höchst zufrieden, dass er den Durchblick gewonnen hatte –, dann der dritte Sprung, der ihn zum letzten hellen Fleck am Korridorende beförderte. Und das war der Augenblick, als er sich an weitere Worte erinnerte, die Cythera zu ihm gesagt hatte.

»Diese Fallen dienen nicht dazu, umgangen zu werden – sie sollen Diebe töten. Der Zwerg, der sie geschaffen hat, weiß genau, wie du denkst, und er hat eine Möglichkeit gefunden, deine Logik zu narren, dich genau in jenem Augenblick zu verwirren, wenn du es am wenigsten erwartest.«

Obwohl er Cytheras Worte in jeder Hinsicht befolgt hatte, traf es ihn völlig unvorbereitet, als seine Füße den letzten Flecken aus Mondlicht berührten – und der Boden unter ihm nachgab. Dort war eine Falltür installiert, die sich bei Belastung öffnete, und obwohl Malden schlank und von kleiner Statur war, öffnete sie sich dennoch.

19

Malden trat wild ins Leere, während sein Körper wie ein Stein in die Grube stürzte. Wild ruderte er mit den Armen, um das Gleichgewicht zu bewahren, und seine Finger erwischten gerade eben noch den Grubenrand. Sein Körper krachte gegen die Schachtwand. Der Aufprall schmerzte so sehr, dass er aufstöhnte und eine Hand abrutschte.

Aber die andere hielt eisern fest.

Keuchend nach Luft ringend und das Gesicht gegen die Schachtwand gedrückt, warf er einen Blick in die Tiefe. Dort flackerte ein Licht. Es reichte nicht aus, um viel zu erkennen, aber es verriet ihm, dass es tief, sehr tief nach unten ging, sollte er loslassen.

Vorsichtig griff er nach oben und packte den Rand mit beiden Händen. Seine Finger protestierten, mussten sie doch sein ganzes Gewicht tragen. Von dem langen Aufstieg vom Skrait die Palastmauer hinauf waren sie noch immer geschwollen. Er achtete nicht auf die Schmerzen.

Aus der Tiefe stiegen leise Geräusche auf, die in dem Schacht aber verzerrt und hohl klangen. Trotzdem waren sie unverkennbar: Schmerzensschreie. Ihnen folgten die Geräusche eines großen Rads, das sich drehte, dann erhob sich neues Wehklagen. Der Schacht musste unmittelbar in den Kerker tief unter dem Palast führen. Sollte Malden fallen, nähme er dem Burggrafen die Mühe ab, ihn von seinen Soldaten dorthin schleifen zu lassen. Darüber hinaus bezweifelte Malden, dass auf dem Schachtgrund ein weicher Strohhaufen lag. Viel eher erwarteten ihn angespitzte Pfähle.

Langsam und voller Mühe zog er sich aus der Fallgrube. Sobald eine Schulter über den Rand hinausragte, wurde es leichter, und als er ein Bein aus der Grube gehoben hatte, konnte er sich einfach herumrollen und einen Moment lang auf dem Boden liegen bleiben. Er wollte die schmerzenden Arme ausbreiten, aber ihm fiel noch rechtzeitig ein, dass dabei eine Hand in die Schattenzone des Korridorbodens ragen würde.

Er hing sehr an dieser Hand. Er wollte nicht zusehen, wie sie von einem rasiermesserscharfen Eisenspeer durchbohrt wurde.

Schließlich kämpfte er sich wieder auf die Füße. Er hatte das Ende des Korridors erreicht.

Er musste sich ganz in der Nähe des gesuchten Turmzimmers befinden, tatsächlich unmittelbar hinter der vor ihm aufragenden Mauer. Und doch entdeckte er keine Tür. Stattdessen tat sich eine Nische auf, in der eine Bronzestatue von Sadu stand, dem Blutgott.

Er tastete die Mauer rings um die Nische ab, suchte nach einer verborgenen Stelle, an der sich ein Eingang zum Turm finden ließ. Nichts. Er klopfte mit dem Knauf seiner Ahle gegen die Wand und hoffte, eine hohl klingende Stelle zu entdecken, wo die Mauer dünn genug war, um sie durchbrechen zu können, aber die Wand schien aus nichts als Steinen zu bestehen, die überall gleich massiv waren.

Erst nach der gründlichen und sinnlosen Suche richtete Malden seine Aufmerksamkeit auf den Boden und entdeckte eine offensichtliche Fuge zwischen den Holzbohlen. Sie bildete einen fünf Fuß durchmessenden Halbkreis. Tatsächlich stand er sogar darin. Er klopfte an mehreren Stellen auf den Boden, aber der war so unnachgiebig wie die Wand. Vielleicht – ja, vielleicht war das ja der Eingang. Wenn sich der Boden drehte und die ganze Wand mit ihm … aber es musste eine Vorrichtung geben, eine Möglichkeit, alles in Gang zu setzen.

Die Statue des Blutgotts – natürlich.

Malden hatte sie vom ersten Augenblick an als seltsam empfunden, denn der Burggraf war dafür bekannt, ein frommer Anhänger der Göttin des Wohlstands zu sein. Sadu war ein bedeutend älterer Gott, dessen Anbetung in der Freien Stadt zwar nicht verboten war, aber dennoch nicht gern gesehen wurde. Der Blutgott war der Schutzheilige der Armen und Unterdrückten, das Symbol größtmöglicher Gerechtigkeit, gar grausamer Vergeltung. Im Leben nach dem Tod bestrafte Sadu alle Menschen, und zwar jeden gemäß seiner Sünden. Wohl kaum eine Gottheit, der der Burggraf zu begegnen wünschte.

Allerdings besaß die Statue acht Arme. Sie stellte Sadu auf herkömmliche Weise dar. Sieben Arme auf der linken Körperseite, von denen jeder Arm eine andere Waffe hielt: ein Schwert, ein Falchion, einen Speer, einen Dreizack, ein Netz, einen Dreschflegel und einen Pfeil. Da Sadu der Meister aller Waffen war, gab es je nach Darstellung die unterschiedlichsten Waffenarten. Rechts hatte Sadu nur einen Arm und eine Hand, die eine verzierte Krone hielt. Sadus Gesicht glich dem eines fauchenden Dämons mit gewaltigen stoßzahnartigen Zähnen und weit geöffneten Augen. Malden hatte schon Furcht einflößendere Versionen gesehen, aber das Standbild vor ihm war eine häufig anzutreffende Darstellung. Als er es genauer untersuchte, fiel ihm zweierlei auf, und das war seiner Erfahrung nach einzigartig.

Zum einen waren die Augen nicht nur geöffnet – man hatte sie sogar ausgehöhlt. In ihren Tiefen funkelten metallene Spitzen. Malden musste an die Nadeln denken, die aus Cutbills Vorhängeschloss hervorgeschossen waren. Vielleicht war es hier das Gleiche – oder schlimmer noch. Womöglich flögen winzige Pfeile durch die Luft und würden ihn vergiften, selbst wenn er zurückträte. Und natürlich wäre das Gift dieses Mal tödlich.

Als Zweites fiel ihm auf, dass alle acht Arme des Blutgotts mit Scharnieren am Körper befestigt waren. Sie ließen sich also unabhängig vom übrigen Körper der Statue bewegen.

Offensichtlich musste er nur den richtigen Arm drücken, um den Weg ins Turmzimmer zu finden. Drückte er den falschen, hätte das den sofortigen Tod zur Folge.

Die Krone in Betracht zu ziehen, verwarf er auf der Stelle – ihre Funktion war viel zu offensichtlich.

Von den Waffen gefiel ihm als Erstes das Netz. Es war die am wenigsten tödliche Waffe, während alle anderen einen Menschen mühelos töten konnten. Der Pfeil verwirrte ihn ein wenig – eigentlich hätte Sadu einen Bogen halten müssen, oder etwa nicht? Doch der Pfeil ähnelte den Geschossen, die in den Augen verborgen waren.

Aber entsprach dies nicht dem verqueren Sinn für Ironie eines Zwergenhandwerkers? Vielleicht drückte man den Pfeilarm, um der Welt zu verkünden, dass man die Geschosse nicht auslösen wollte.

Es war ein Wagnis, aber es bot sich am ehesten an. Malden trat von der Statue zurück, ohne jedoch den Halbkreis am Boden zu verlassen, und beugte sich vor, um den Arm mit dem Pfeil zu berühren. Nichts geschah. Er verstärkte den Druck, bog den Arm nach hinten.

Eine gewaltige Mechanik grollte, schlecht geöltes Eisen quietschte – und dann schwang die ganze Wand um eine Achse und beförderte Malden geradewegs in das Turmzimmer. Der Aufbewahrungsort der Krone, wenn der Burggraf sie nicht trug.

20

»Ihr seid verrückt«, hatte Malden zwei Tage zuvor gesagt, als Cythera endlich das Ziel des Unternehmens enthüllt hatte. »Die Krone des Burggrafen? Warum will man ausgerechnet die Krone stehlen? Warum sollte ich das tun? Würde man mich dabei erwischen, würde ich gevierteilt.«

»Wenn du dich an meinen Plan hältst, erwischt man dich schon nicht«, erklärte Cythera. Aber sie wusste offensichtlich ganz genau, dass es keinen perfekten Plan gab, dass ein Dieb immer erwischt werden konnte. Sie verlangte von ihm, ein gewaltiges Risiko einzugehen.

»Aber … warum? Sie besteht aus Gold, sicher, aber so groß ist sie auch wieder nicht. Eingeschmolzen ist sie nicht einmal ein Zehntel dessen wert, was ihr mir bezahlt. Und ihr müsstet sie einschmelzen lassen. Kein Hehler würde sie anfassen. Solltet ihr sie einem Hehler auch nur zeigen, hätte er keine andere Wahl, als die Wache zu rufen.«

»Wir haben unsere Gründe, warum wir sie haben wollen. In einem Stück«, erwiderte Cythera.

»Jeder Wächter in der Stadt wird nach ihr suchen, wenn sie verschwunden ist.« Malden schüttelte den Kopf. »Sie werden das Stinkviertel auseinandernehmen auf ihrer Suche nach mir. Ich werde nicht …«

»Nein, das werden sie nicht tun«, widersprach Bikker. Die ganze Zeit über hatte er in die Flammen des Kamins gestarrt. Sie tanzten in seinen Augen wie das Licht aus dem Höllenpfuhl des Blutgottes. Nun trat er zu dem sitzenden Malden und erhob sich über ihm, ein breites Grinsen im Gesicht. »Das ist der beste Teil. Genau wie du sagst – an der Krone ist nicht viel dran. Ein guter Goldschmied braucht keinen Tag, um eine Kopie anzufertigen. Sollte der Burggraf sich nur einmal ohne Krone in der Öffentlichkeit zeigen, sähe er aus wie ein Narr. Jeder würde ihn fragen, wo er sie gelassen hätte, und was würde er antworten? Dass er einfach vergessen hätte, sie aufzusetzen?«

Malden musste zugeben, dass er den Burggrafen noch nie ohne Krone gesehen hatte.

»Das ist der Kern des Plans«, fuhr Bikker fort und hieb so hart gegen Maldens Stuhllehne, dass dieser beinahe zu Boden gestürzt wäre. »Verstehst du? Ihr Verschwinden wird so peinlich für ihn und seine Berater sein, dass sie kein Wort darüber verlieren werden. Sie werden die Stadtwache nicht losschicken – sie werden es verschweigen, und zwar so lange wie möglich. Sie werden den Diebstahl der Krone niemals bekannt machen. Man wird eine Kopie anfertigen, und damit hat die Sache ein Ende.«

Bikker ging vor Malden in die Hocke und hieb ihm gegen die Schulter. Gerade hart genug, um einen blauen Fleck zu hinterlassen. »Also, was sagst du?«, fragte er mit strahlenden Augen. »Bist du der richtige Mann für diese Aufgabe?«

21

Die Krone – technisch gesehen entsprach sie einem Diadem – stellte kein großes Kunstwerk dar. Genau wie Malden gesagt hatte, handelte es sich um einen schlichten goldenen Reifen, dessen Zacken an die Zinnen der Stadtmauern der Freien Stadt erinnerten. Weder schmückten Edelsteine die Krone, noch war sie mit Pelz gefüttert oder wies eine Gravur auf. Es war die Krone eines Anführers freier Männer und nicht die eines Königs, der Leibeigene beherrschte, also sollte sie ihren Träger weder glorifizieren noch vom gemeinen Volk unterscheiden.

Ehrlich gesagt fand Malden sie sogar ein wenig billig. Der Vorsitzende der Töpfergilde trug mehr Gold, als das Stadtdiadem aufwies.

Aber natürlich besaß die Krone einen hohen symbolischen Wert. Sie konnte nur von einem Burggrafen getragen werden. Sie war das Symbol seiner Herrschaft, die Verkörperung seines Rechts, die Stadt nach seinem Willen zu beherrschen. Sie trennte ihn von den Bürgern, verlieh ihm seine ganze Macht. Der Burggraf trug sie bei jedem öffentlichen Auftritt – bei Umzügen, wenn er sich ein Turnier ansah, wenn er im Gericht Recht sprach. Er hatte sie an dem Tag getragen, an dem Malden ihn auf dem Marktplatz gesehen hatte, dem Tag, an dem er diesen blonden Narren zum Tode verurteilt hatte. Die Krone *war* die Macht des Burggrafen.

Malden, der nie eine Schule besucht hatte, war sich durchaus bewusst, dass er in einem Königreich namens Skrae lebte, dass außerhalb der Stadtmauern der Freien Stadt ein umfassendes Feudalsystem existierte, an dessen Spitze ein Monarch stand, der der Stadt ihre Privilegienurkunde verliehen und den Urahn des Burggrafen als uneingeschränkten Herrscher eingesetzt hatte. Bisher hatte Malden keine Steuern an diesen König gezahlt und ihn erst recht noch nicht zu Gesicht bekommen. Selbst das Antlitz, das in die wertvolleren Münzen der Freien Stadt eingeprägt war, gehörte nicht diesem König, sondern einem seiner fernen Vorfahren. Innerhalb der Stadtmauern verkörperte der Burggraf die einzige Macht, die zählte, und Malden kümmerte sich nicht die Bohne um jene, die es außerhalb noch geben mochte.

Der Burggraf herrschte durch die Autorität, die ihm die Krone verlieh. Ein Dieb, der die Krone stahl, hinterließ die Botschaft, dass diese Autorität keineswegs unantastbar war. Dass in der sogenannten Freien Stadt Ness jeder Mann verletzlich war, und letztlich niemand etwas Besseres darstellte.

Irgendwie gefiel Malden diese Vorstellung. Er war als der Sohn einer Hure aufgewachsen, als Mann ohne den geringsten sozialen Status. Ein Mann, der nicht einmal respektabel genug war, um den Abort des Burggrafen zu putzen. Dass er so einen

Schlag austeilen konnte, war ein gewaltiger Triumph für die Gleichheit aller Menschen. In gewisser Weise würde es gerecht sein. Natürlich würde niemals jemand erfahren, dass ihm dieser Diebstahl gelungen war, was eigentlich schade war.

Was den Burggraf betraf – wie viel würde der bezahlen, damit der Diebstahl ein Geheimnis blieb? Höchstwahrscheinlich war das der eigentliche Sinn des Unternehmens. Der Burggraf sollte erpresst werden. Mit Sicherheit ein gefährlicher Plan, einerlei, was Bikker behauptete, aber er fand dennoch Maldens Zustimmung.

Jetzt war er nahe genug, um die Krone an sich zu nehmen. Das Turmzimmer stand so gut wie leer. An den Wänden hingen alte Schlachtenbanner und zerfledderte Fahnen. Der Boden war mit Sand bestreut, der unter Maldens Füßen knirschte. Es gab nur ein einziges Möbelstück, genau in der Mitte: ein schlichtes Steinpodest, auf dem eine drei Fuß durchmessende Kristallschüssel ruhte.

Die Schüssel war bis zum Rand mit klarem Wasser gefüllt. In der Schüssel lag die Krone, von der Krümmung des Glases seltsam vergrößert. Und noch etwas anderes.

Cythera hatte Malden einen letzten Rat mit auf den Weg gegeben, als sie den Einbruch planten. »Natürlich wird solch ein Schatz immer bewacht sein. Man lässt ihn nicht unbeaufsichtigt. Aber ich bezweifle, dass du menschliche Wächter in dem Gemach findest. Aller Voraussicht nach wird es irgendein verfluchtes Tier oder gar ein Dämon sein, der gezwungen ist, die Krone zu verteidigen. Solch eine Kreatur wird vielleicht das größte Hindernis sein, das du bezwingen musst.«

»Hast du das gemeint?«, flüsterte Malden und beobachtete, wie sich das Wesen in dem engen Gefängnis der Schüssel bewegte. Es war aufgedunsen, hatte aussätzig wirkende Haut und knochenlose, lange Tentakel. In gewisser Weise besaß es Ähnlichkeit mit einem Oktopus, aber Malden konnte weder einen Kopf noch Saugnäpfe an den Armen entdecken. Vielleicht ein besonders beweglicher Seestern.

Malden hätte ihn leicht in einer Hand halten können. Während er zusah, wand sich die Kreatur durch die Krone und wickelte einen Arm um den Reifen. Der Dieb verspürte eine gewisse Angst (was nach der Begegnung mit der Fallgrube im Korridor durchaus verständlich war) und war darauf gefasst, dass das Tier möglicherweise ein tödliches Gift verspritzte. Oder es hatte Zähne, scharf genug, ihm den Finger abzubeißen, sollte er dumm genug sein, mit bloßer Hand in die Schüssel zu greifen.

Er hatte einen besseren Einfall. Er nahm den Haken vom Gürtel und wickelte ein Stück Seil ab. Dann tauchte er ihn in die Schüssel und fischte nach der Krone. Die knochenlose Kreatur attackierte sofort den Haken, griff mit allen Gliedern danach und zerrte so wild an dem Eindringling, dass die Schüssel auf dem Podest hin und her schwankte. Malden versuchte den Haken freizuschütteln, aber der Griff des kleinen Ungeheuers war so hart wie Stahl. Mit ihm zu kämpfen, verstärkte nur noch die Bewegung der Schüssel.

»Lass endlich los, du Biest!«, grunzte Malden und riss an dem Haken. Er löste sich – nicht ohne die Schüssel von dem Podest zu reißen. Sie krachte mit so lautem Klirren zu Boden, dass bestimmt die Hälfte der Wächter des Schlosshügels alarmiert worden waren.

Malden hielt den Atem an. Schloss die Augen, um besser hören zu können. Kein Ruf erreichte sein Ohr, keine Männer eilten auf den Turm zu. Als er sicher war, weiterhin ungestört zu bleiben, öffnete er die Augen wieder und trat um das Podest herum, um die Krone aufzuheben.

Das Tentakelwesen hielt sie jedoch immer noch mit einem Arm umschlungen. Es zuckte hilflos inmitten der Glasscherben und einer Wasserpfütze, die bereits im Sand versickerte. Irgendwie war es seltsam – hatte die Kreatur in der Schüssel nicht kleiner ausgesehen? Nun war sie größer als die Krone, die sie festhielt.

Wie auch immer. Malden zog die Ahle aus der Scheide. Er verspürte kein Verlangen, sich von dem Geschöpf stechen oder beißen zu lassen, also musste er es wohl töten und sich seine Beute mit Gewalt nehmen. Nicht die Art und Weise, wie er sonst arbeitete, aber …

Das Krakentier war eindeutig größer geworden. Es schien anzuschwellen, während er es betrachtete. Bei den ungenauen Umrissen war das zwar schwer zu sagen, aber … sicherlich war es inzwischen so groß wie ein Hund. Ein Fangarm strich Malden zuckend über den Schuh, und er sprang zurück. Es fühlte sich an, als hätte ihn ein vollgesogener Schwamm berührt. Jede Bewegung schien das Wesen noch größer zu machen. Die Gliedmaßen waren nun lang genug, um die Kante des Podests zu erreichen. Maldens Gürtel zu schnappen, wenn er nicht aufpasste.

Flink sprang er beiseite und holte seine Ahle hervor, mit der er das Ungeheuer durchbohren konnte. Es hatte keinen Kopf und auch keine Augen, nicht einmal einen Körper im herkömmlichen Sinn. Es sah eher wie ein Schlangenhaufen aus, den man zusammengeknotet hatte. Er stach nach einem der Tentakel und traf, doch ohne Erfolg – das Fleisch war wie Kautschuk und gab unter der Ahlenspitze nach, ohne dass auch nur ein Kratzer auf der gefleckten Haut zu sehen war.

Es war gar nicht wie ein Schwamm, den man ins Wasser geworfen hatte, sondern das genaue Gegenteil traf zu. Das Wasser hielt das bösartige Wesen in beherrschbarer Größe, darum auch die Kristallschüssel. Setzte man es stattdessen der Luft aus, wuchs es – in unermessliche Größe.

Plötzlich war die Kreatur so groß wie ein Pferd. Viel größer als Malden. Ihre Tentakel peitschten ihm gegen die Schultern, die Knie, das Gesicht. Er stolperte rückwärts gegen die Wand.

Das Ungeheuer umschlang Maldens Taille und drückte zu.

22

Malden schoss der Mageninhalt die Speiseröhre herauf, in seinem Kopf drehte sich alles. Die Luft wurde ihm aus dem Leib gepresst, und fast hätte er seine Ahle losgelassen. Der Dämonenarm pulsierte um seine Mitte und quetschte ihm die Eingeweide so fest zusammen, dass er in zwei Hälften geteilt zu werden glaubte.

Dann stemmte ihn die Kreatur vom Boden hoch und donnerte ihn gegen die Zimmerdecke. Einen Augenblick lang wurde ihm schwarz vor Augen, und als er wieder klar sehen konnte, dröhnte es ihm in den Ohren.

Die Kreatur wuchs noch immer und füllte mittlerweile beinahe den ganzen Raum aus. Ihre unzähligen Tentakel fuhren ziellos durch die Luft und klatschten gegen die Steinwände. Ein Tentakel hielt noch immer vorsichtig die Krone in einer Hautfalte fest.

Malden stach wild mit der Ahle um sich, aber selbst wenn sie traf, versank sie lediglich in dem nachgiebigen Fleisch, um dann wieder herauszukommen, ohne auch nur einen Kratzer auf den Fangarmen der Kreatur hinterlassen zu haben.

Jetzt begriff Malden, warum der Raum von einer Statue des Blutgotts bewacht wurde. Das Krakenwesen war kein gewöhnliches Tier, sondern ein Dämon aus Sadus Seelengrube. Und es gehörte nicht in die Welt aus Licht und Luft. Welcher Zauberer auch immer den Dämon aus seiner natürlichen Umgebung beschworen hatte, musste das gewusst haben. Musste gewusst haben, dass er wuchs, sobald man ihn der Luft aussetzte. Und er würde nicht aufhören zu wachsen. Man hatte ihn in die Wasserschüssel gesetzt, um ihn klein zu halten. Gelänge es Malden, ihn wieder in Wasser zu tauchen, würde er vielleicht schrumpfen und …

Der Dämon stieß Malden immer wieder gegen die Wand und versuchte ihn zu erschlagen. Eine Weile konnte er keinen klaren Gedanken fassen oder gar klar sehen, weil er gegen die Flaggen und Banner flog, die an den Turmwänden hingen. Standarten und Wimpel krachten zu Boden, als sein Körper sie aus ihren Halterungen fegte. Seine linke Schulter schlug hart gegen die Steinmauer und wurde auf der Stelle taub; die Beine fühlte er kaum noch.

Wasser … es musste Wasser geben … irgendwo … er konnte kaum vernünftig denken. Eigentlich konnte er überhaupt nicht denken. Die Schüssel war mit Wasser gefüllt gewesen, das jedoch im Sand auf dem Boden versickert war. Dafür musste der Sand gedient haben. Vielleicht konnte er die Bestie irgendwie dazu bewegen, die Mauer zu übersteigen und in den nahe gelegenen Fluss zu fallen – aber wie sollte er das anstellen, wenn er nicht einmal wusste, wie er sich selbst aus ihrem Griff befreien sollte?

Wasser! Er brauchte Wasser! Er …

Er hatte kein Wasser. Aber er hatte Wein dabei. Die Feldflasche an seinem Gürtel war noch halb voll. Würde der Wein die gleiche Wirkung auf das Geschöpf ausüben? Malden war sich nicht sicher.

Die Kreatur war noch größer geworden. Sie füllte mittlerweile das Turmzimmer aus und quetschte Malden mit ihrer Masse gegen die Wand. Die umherschwingenden Tentakel zertrümmerten die Steine – die Tentakel waren nun so dick wie Baumstämme. Würde die Bestie weiterwachsen, könnte sie gar die Turmmauern sprengen. Und falls die oberen Stockwerke über ihr zusammenbrachen – würde das ausreichen, um sie zu zermalmen?

Malden bezweifelte es. Aber eines wusste er mit Bestimmtheit: Er selbst würde einen derartigen Einsturz nicht überleben.

Für weitere Gedanken blieb keine Zeit mehr. Malden griff an dem Tentakel um seine Taille vorbei nach der Feldflasche mit dem Wein. Sie war aus Leder gefertigt, die Säume waren mit Wachs behandelt, um sie wasserdicht zu machen. Es schwappte, als er sie hochhielt. Mit der Ahle stach er darauf ein. Wein spritzte aus dem Loch, rote Tropfen rannen ihm über den Handrücken.

Ein Tropfen landete auf der Haut der Bestie. Der Arm, der Malden umklammert hielt, pulsierte wild. Er wurde kräftig durchgeschüttelt, aber der Griff um seinen Leib lockerte sich etwas. Ja! Der Wein hatte eine gewisse Wirkung auf das Ungeheuer. Er hielt die Flasche an den Tentakel und drückte so fest wie möglich, verspritzte Wein auf das wulstige Fleisch.

Plötzlich strömte wieder Blut in seine Beine, und er verspürte ein Brennen. Seine Eingeweide entspannten sich. Er musste aufstoßen, und fast hätte er den Mageninhalt von sich gegeben. Erneut drückte er die Flasche zusammen, und dann war er frei, flog durch die Luft, als hätte der Dämon ihn wie einen Ball durch den Raum geworfen.

Die Turmwand raste auf ihn zu. Um ein Haar wäre er kopfüber dagegengestoßen. Gerade noch rechtzeitig riss er die Arme hoch und schaffte es, den Aufprall mit seinen wunden Fingern abzufangen und sich festzuhalten.

Unter ihm tobte die Bestie; ihre zuckenden Tentakel peitschten gegen die Wände. Stein wurde pulverisiert und zerbrach. Ein breiter Spalt öffnete sich in der Wand, dann verschwand ein ganzes Stück der Turmmauer und ließ einen Strom kalte Nachtluft herein.

Die Tentakel griffen nach Maldens Knöchel und Rücken, aber sie waren langsam, und er konnte ihnen entkommen. Seine größte Sorge galt dem Umstand, dass die Kreatur nun so groß geworden war, dass der Raum zum Bersten ausgefüllt war. Malden musste sich an der Mauer festkrallen, um von dem massiven Körper nicht zerquetscht zu werden.

Ein weiteres Stück Mauer bröckelte. Der Turm ächzte, als die Stützbalken in Bewegung gerieten und das Gewicht nicht länger halten konnten. Der Turm, der so viele Jahrhunderte gestanden hatte, der als Bauwerk für die Ewigkeit erschien, schwankte jetzt wie ein Schiff im Sturm. Gleich würde der Raum in sich zusammenbrechen und Malden zerschmettern. Anscheinend war er einem grausamen Schicksal entkommen, nur um einem noch schlimmeren anheimzufallen. Und doch …

Malden blickte nach unten und entdeckte, dass er sich ganz in der Nähe der Sadustatue befand, mit deren Hilfe er Eingang in diesen Raum gefunden hatte. Die Kreatur hatte offenbar genug Achtung vor ihrem Schöpfer, um das Idol nicht zu zerschmettern; sie berührte es nicht einmal. Malden wartete, bis die Tentakel so weit wie möglich von ihm entfernt waren, dann ließ er sich neben der Statue zu Boden fallen. Er verschwendete keine Zeit und drückte den Hebel, der die Tür in Gang setzte.

Boden und Wand gerieten in eine Drehbewegung, und Malden war drauf und dran, sich in den Korridor zu werfen. Die Wand drehte sich, Strahlen des Mondlichts drangen von der anderen Seite herein – und die Drehung hörte auf.

Der Grund dafür war sofort ersichtlich. Die Masse der Bestie drückte gegen die Wand und verhinderte ein Entkommen. Malden warf sich dagegen und wollte sie aufzwingen, versuchte die Schulter durch die kleine Lücke zu zwängen. Vergeblich. »Nein!«, brüllte er das Ungeheuer an. »Verschwinde, du Höllenbrut! Lass mich gehen!«

Die Bestie blieb stumm, verdoppelte aber ihre peitschenden Bewegungen. Malden stach wild mit der Ahle auf die zahllosen Tentakel ein. Vergeblich, denn das Ungeheuer wuchs noch immer, füllte immer mehr des vorhandenen Raums aus – und dann ertönte ein Grollen, als würde der Turm geschüttelt. Steinstaub regnete von der Decke, und die Wände gaben nach.

23

Auf ein lautes Krachen hin verharrte Croy. »Das kam vom Palast«, flüsterte er. »Aus dem Turm – nicht wahr? Und das, kurz nachdem zwei Männer getötet wurden. Hier stimmt etwas nicht.«

Hilde packte seine Hand und zog ihn noch tiefer in die Schatten neben der Küche hinein. »Das hat nichts mit Euch oder mir zu tun. Kommt schnell! Die Wächter dürfen Euch nicht sehen.«

Aber Croy blieb stehen, als ein weiteres Donnern vom Turm herüberschallte. Das Gebäude erbebte, dann löste sich ein Stein und krachte auf den Hof herab. In einer Seite des Mauerwerks öffnete sich ein Spalt, etwa auf halber Höhe. Die Angehörigen der Wache, die sich mittlerweile alle im Hof aufhielten, wandten sich wie ein Mann um, und ein überraschter und entsetzter Aufschrei erhob sich, der sogar die wild läutenden Alarmglocken übertönte.

»Er wird zusammenbrechen«, sagte Croy einen Moment, bevor die Turmmauer nach außen barst und den Hof mit Steintrümmern bombardierte. Die oberen Etagen neigten sich mit schrecklicher Langsamkeit, dann brachen sie in einer gewaltigen Staubwolke in sich zusammen. Überall waren Wächter, riefen verstört nach ihren Kameraden, nach Hilfe, woher immer sie kommen mochte. »Es könnten sich Menschen im Turm aufgehalten haben«, raunte Croy der Hofdame zu. »Hilde, Ihr sucht Zuflucht im ...« Er machte sich nicht die Mühe, den Satz zu vollenden, denn sie war bereits verschwunden. Sie hatte nicht gewartet, um sich von ihm retten zu lassen, sondern rannte stattdessen um ihr Leben. Nun, das war vermutlich klug so. Er hoffte, sie würde Sicherheit finden, und zwar schnell. Sie mochte ja etwas verwirrt erscheinen, aber im Herzen war sie eine gute Frau, und er wünschte ihr Glück.

Plötzlich waren die moralischen Qualitäten der Hofdame für Croy jedoch weniger von Interesse als das grollende Ächzen, das den ganzen Schlosshügel erfasste und ihn von den Füßen zu werfen drohte. Der Turm sackte weiter in sich zusammen, gewaltige Steine polterten und sprangen über den Hof.

War es ein Erdbeben? Er hatte noch nie davon gehört, dass die Freie Stadt jemals davon heimgesucht worden wäre. Vielleicht hatte ja ein Zauberer den Palast angegriffen. Aber Hazoth war der einzige Zauberer im Umkreis von hundert Meilen, der die nötige Macht dafür besaß, und dies schien kaum sein Werk zu sein. Croy zog das kleinere seiner beiden Schwerter und rannte auf den Turm zu, entweder um in den Trümmern Verschüttete zu retten oder denjenigen zu töten, der ihn zum Einsturz gebracht hatte. Er war sich nicht sicher, was ihn erwartete. Aber er kam keine zwei Schritte weit, als sich eine Hand in einem Kettenhandschuh in sein Wehrgehänge krallte und ihn so heftig von den Beinen riss, dass sein Schwert durch die Luft flog.

Er rollte über die Steinplatten und brachte die Ellbogen unter den Körper, beugte die Knie, um wieder aufspringen zu können. Da löste sich ein leider nur zu bekanntes Gesicht aus den Schatten, und ein Stiefel stellte sich auf seine Brust. Der große Schwertkämpfer trat hart genug zu, dass Croy kaum Luft bekam.

Bikker.

Croy wollte seinen Augen nicht glauben. Ihm war klar gewesen, dass sie sich wiedersehen würden. Das war Schicksal. Aber hier? In diesem Augenblick? Das erschien unglaublich.

»Was, im Namen von Sadus Hintern, hast du hier verloren?«, wollte Bikker wissen.

Croy konnte bloß zu dem hünenhaften Krieger hochstarren. »Ich könnte dich das Gleiche fragen.«

»Ich lebe hier. Das ist meine Stadt«, knurrte Bikker.

»Ich meinte …«

»Du bist nicht in der Position, mir Fragen zu stellen, Croy. Aber du wirst die meinen beantworten. Also noch einmal, was hast du hier zu suchen? Du wurdest aus Ness verbannt, durftest niemals zurückkehren. Ich weiß das genau, da ich derjenige war, der dich aus der Stadt geschleift hat.«

Croy erinnerte sich gut daran. Er war an Bikkers Pferd gebunden gewesen. Zehn Meilen nördlich von der Stadt hatte man ihn voller Prellungen und Abschürfungen zurückgelassen, mit nichts außer seinen Schwertern – selbst seine Kleidung war durch die raue Behandlung ruiniert gewesen.

»Ich bin natürlich wegen Cythera zurückgekehrt. Sobald ich ihre Freiheit und Sicherheit garantieren kann und ein paar andere unerledigte Dinge geregelt habe, gehe ich in Frieden. Darauf gebe ich dir mein Wort.«

»Das bezweifle ich«, erwiderte Bikker. »Ach, spar dir den schockierten Blick. Ich weiß, dass du die Wahrheit sagst. Ich weiß aber auch, dass mit den ›unerledigten Dingen‹ ich gemeint bin. Du sprichst von meinem Tod. Und da das nicht passieren wird … Aber lassen wir das. Sag mir, was du heute Abend hier zu suchen hast. Deine Anwesenheit stört meine Pläne.«

Auf dem Hof krachte etwas mit solcher Gewalt zu Boden, dass Croys Zähne klapperten. Er wollte aufstehen und sehen, was geschehen war, aber Bikker trat wieder zu.

Er kam zu dem Schluss, dass er am leichtesten wieder auf die Füße kam, wenn er Bikkers Frage beantwortete. »Ich habe mir meine Schwerter zurückgeholt. Der Burggraf nahm sie mir ab, als er mich zum Tod verurteilte. Du warst doch dabei, als man mich hängen wollte, oder etwa nicht?«

»Ich musste früher gehen«, erwiderte Bikker. Er blickte an Croy vorbei zur Turmruine hinüber. »Wie ich hörte, nahm es ein schlimmes Ende.«

»Ach ja?«

»Du bist davongekommen. Croy, bitte tu mir einen Gefallen und greif nach dem Griff von Ghostcutter. Ich bitte dich, versuch dein Schwert zu ziehen. Dann habe ich den berechtigten Vorwand, dich auf der Stelle in Stücke zu hacken. Das erspart mir später einen langweiligen, aber unvermeidlichen Kampf.«

Croy spreizte die Finger und legte die Hände seitlich auf den Boden. Er kannte Bikker schon lange. Der Mann war zweifellos in der Lage, ihn auf der Stelle zu durchbohren und ihm ohne einen Funken Ehre oder Würde das Leben zu nehmen.

»Hazoth hat dich gewiss nicht hergeschickt, um mich zu töten«, sagte er. »Er konnte nicht ahnen, dass ich hier bin – außer er hat jede meiner Bewegungen mithilfe von Magie verfolgt.«

Bikker schnaubte verächtlich. »Der Zauberer? Ich bezweifle, dass er sich überhaupt an deinen Namen erinnert. Du bist ihm völlig gleichgültig. Allerdings hat er mir befohlen, mich in der Stadt unauffällig zu verhalten. Was dir das Leben rettet, zumindest heute Nacht. Was zur Hölle ist das denn für ein Ding?«

Croy hatte beinahe seine ursprüngliche Absicht vergessen, den Zusammenbruch des Turms zu untersuchen. Er wandte den Kopf, betrachtete das Trümmerfeld und keuchte auf. Es war, als hätte man ein Nest mit blinden Riesennattern oder gigantischen Würmern in einen Raum des Turms gestopft, die nun wild in der Luft herumpeitschten. Einige der zahllosen Tentakel ergriffen Trümmerteile und schleuderten sie den Wächtern entgegen, die näher zu kommen versuchten. Andere stemmten sich gegen die Reste des Turms und wollten das Ungeheuer in die Nacht hinausbefördern. Außer einem feuchten Gleiten gab es kein Geräusch von sich.

»Eine Kreatur aus dem Höllenpfuhl?«, fragte sich Bikker nachdenklich.

»Oder ein zauberisches Monstrum«, bestätigte Croy. »Mit Ghostcutter und Acidtongue könnten wir es vielleicht vernichten.«

»Ganz wie in alten Zeiten, was?«, fragte Bikker. »Erinnerst du dich gerade daran?« Er zupfte sich am Bart, wie er es immer tat, wenn er sich zu keiner Entscheidung durchringen konnte. Auch wenn es Croy nicht gefiel, er verstand das durchaus. Die alten Zeiten waren nie älter erschienen. Dennoch hatten sie beide einst einen Eid abgelegt, einen Eid auf ihre Seelen. Solche Dinge ließen sich nur schwer ignorieren.

»Einmal das, und wir könnten zahllose unschuldige Leben retten.«

»Wenn schon«, sagte Bikker, aber Croy sah, dass seine Verachtung nicht richtig ernst gemeint war.

Die Soldaten und die Männer der Wache griffen den Dämon bereits mit Pfeilen an. Die Geschosse schienen allerdings nichts auszurichten, also näherte sich eine Abteilung Soldaten mit bereitgehaltenen Hellebarden. Ein Tentakel peitschte nach vorn, als sie zu nahe kamen, und schleuderte einen bedauernswerten Mann über den halben Hof. Er landete als Haufen verbeulter Rüstungsteile und gebrochener Knochen in einer Ecke und stand nicht wieder auf.

»Du und ich, wir haben beide gute Gründe, aus diesem Palast zu fliehen, bevor man uns erkennt«, sagte Bikker.

»Und einen noch besseren Grund zu bleiben«, beharrte Croy. »Wann hat Acidtongue zum letzten Mal das getan, wofür es erschaffen wurde? Ein blutiges Schwert …«

»… ist ein Schwert, das nicht rostet«, vollendete Bikker den Satz. Einen Augenblick lang sah er angewidert aus. Möglicherweise von sich selbst. Dann nahm er den Stiefel von Croys Brust und hielt ihm die Hand hin.

24

Malden konnte sich bloß festklammern. Seine Kraft war dem Dämon nicht gewachsen, obwohl die Hälfte der Tentakel unter dem eingestürzten Turm begraben lag.

Aber er ließ die Krone nicht los.

Im letzten Augenblick vor dem Einsturz war Maldens Glück zurückgekehrt, und zwar unübersehbar. Der Durchgang, den die Körpermasse des Dämons versperrt hatte, war vor seinen Augen zusammengebrochen, zertrümmert von den peitschenden Tentakeln. Plötzlich war der Weg in den mondhellen Korridor frei – es gab wieder Hoffnung auf ein Davonkommen.

Beinahe hätte Malden die Gelegenheit allerdings vertan. Denn während der Turm über ihm zusammenbrach und ringsum Steine polternd zersprangen, hatte er eine Stimme gehört, die nach ihm rief. Eine Stimme, die ganze Völker befehligen zu können schien.

Dieb, hatte die Stimme gesagt. Das war alles. Nicht seine Ohren hatten die Stimme vernommen, davon war er überzeugt. Obwohl es sich genauso angehört hatte, als hätte ihn jemand von hinten angebrüllt, wusste er, dass die Stimme aus seinem Kopf kam.

Er wandte sich vom rettenden Pfad in die Sicherheit ab, um festzustellen, wer da gesprochen hatte. Es war nicht der Dämon gewesen – der hatte keine Stimme, und selbst wenn er hätte sprechen können, hätte er sich nicht so angehört. Es war eine menschliche Stimme. Was bedeutete – so absurd das auch erscheinen mochte –, dass die Krone gesprochen hatte. Das schlichte goldene Diadem des Burggrafen.

Als Kind hatte Malden zahlreiche Geschichten über redende

Statuen und sprechende Tiere gehört, die in Wahrheit verfluchte Menschen waren. Eine sprechende Krone – die Vorstellung war ihm nicht fremd, damit konnte er sich abfinden.

Als sich erneut die Stimme erhob, verflogen auch die letzten Zweifel.

Dieb, lass nicht zu, dass ich hier begraben werde!

Und Malden beachtete die peitschenden Dämonententakel nicht und griff nach der Krone. Die Tatsache, dass noch immer ein schlanker Fangarm darum gewickelt war, spielte keine Rolle. Wenn diese Stimme sprach, blieb Malden nichts anderes übrig als zu gehorchen. Er packte die Krone, verließ eilends den einstürzenden Turm und rannte geradewegs in den mit Fallen versehenen Korridor. Als die Erde zu beben aufgehört hatte und der Dämon unter Dutzenden Tonnen von Stein begraben lag, fand sich Malden benommen und zerschlagen am Boden wieder, aber die Finger einer Hand hielten noch immer den goldenen Reif umklammert.

Er blickte auf und sah, dass der Korridor versperrt war. Der Einsturz des Turms musste den Palast erschüttert haben wie ein Erdbeben. Die heftigen Bewegungen hatten ausgereicht, um jede Falle im Korridor auszulösen. Sämtliche Fallgitter waren in die Tiefe gedonnert und hatten ihre Eisenspitzen in den Boden gerammt. Und sie zogen sich nicht zurück, obwohl Malden eine ganze Weile wartete – die empfindlichen Federn, die darin eingebaut waren, mussten zerbrochen sein. Er saß fest, gefangen zwischen einem gewaltigen Trümmerhaufen und einem Fallgitter, das eine fatale Ähnlichkeit mit den Gitterstäben eines Gefängnisses hatte.

Vorsichtig versuchte Malden aufzustehen, während er überlegte, was zu tun war. »Du weißt keinen Rat, Krone, oder?«, fragte er den Reif in seiner Hand. Der antwortete nicht – vielleicht erteilte er nur Befehle und nahm keine entgegen. Malden klopfte sich den Staub aus den Kleidern und überdachte seine Notlage.

In diesem Augenblick wurde er von den Füßen gerissen und landete schmerzhaft auf dem Boden. Entsetzt starrte er die Krone an und entdeckte, dass er sie nicht als Einziger umklammerte. Ein dünner Tentakel des Dämons hielt sie noch immer mit unentwirrbarem Griff fest.

Langsam und zuckend zog sich der Tentakel in den Trümmerhaufen zurück. Die verdammte Kreatur lebte noch immer – und dachte gar nicht daran, ihren Schatz loszulassen.

Genau wie Malden. Er packte die Krone mit beiden Händen und stemmte die Füße gegen die Trümmer. Der Dämon war unendlich stärker als er, das wusste er. Er fühlte die Kraft in den gallertartigen Muskeln, die an der Krone zogen. Aber Malden hatte die Stimme gehört. Die Stimme, die Männer in den Tod zu schicken und ihnen einzureden vermochte, dass sie dafür unendlichen Ruhm ernteten.

Malden weigerte sich loszulassen.

25

Croys Blut brodelte vor Aufregung, und seine Adern zitterten vor rechtschaffener Empörung wie gezupfte Harfensaiten. Als sich Bikker und er der Bestie näherten, lachten sie. Jeder von ihnen zog das Schwert, und die Luft selbst schien vor Angriffslust zu pulsieren. Acidtongue vibrierte in Bikkers Hand; das pockennarbige Metall troff vor Energie. Ghostcutter sprang förmlich aus Croys Scheide und leuchtete im Mondlicht wie eine Fackel der Macht. Croys Schwert trug keine Magie in sich – es war vielmehr dazu gemacht, Magie zu vernichten. Die Klinge war so lang wie Croys Arm und aus kalt geschmiedetem Eisen gefertigt, schwarz wie der Höllenpfuhl. Eine Schneidenseite war rasiermesserscharf und musste auf besondere Weise geschliffen werden, wenn sie stumpf wurde – die Klinge durfte nicht erhitzt werden; andernfalls hätte das Eisen seine besonderen Fähigkeiten verloren. Auf die andere Seite war Silber aufgeschmolzen und sorgfältig entlang der Schneide aufgetragen worden, um eine einheitliche Beschichtung herzustellen. Silbernasen streiften die Hohlkehle der Klinge wie herabgeronnene Wachstropfen. Die Eisenschneide fügte Dämonen mehr Schaden zu, als der beste Stahl es jemals vermochte, während das Silber Zauber und Flüche zerriss und selbst das ektoplasmische Fleisch eines Geists durchtrennte. Es handelte sich um eine mächtige Waffe, und sie hatte Croy bei zahllosen Gelegenheiten geholfen. Er kannte jede ihrer Besonderheiten, hatte ihr Gleichgewicht so gründlich studiert, dass sie zu einer Verlängerung seines Arms geworden war, wenn er sie umfasste – zu einer Verlängerung seines Verlangens nach Recht und Gerechtigkeit.

In vielerlei Hinsicht betrachtete er sich als Verlängerung von Ghostcutter und nicht andersherum. Das Schwert hatte ein Schicksal und eine längere Lebensspanne, als er je erleben würde.

Und dann begab er sich mitten hinein in das Gewirr der dämonischen Tentakel und wirbelte das Schwert furchtlos über den Kopf. Er führte die Eisenschneide mit so gewaltigem Schwung nach unten, dass einer der Tentakel in zwei Hälften hätte geteilt werden müssen.

Doch das geschah nicht.

Das zähe Gewebe verschmorte an der Stelle, wo die Eisenklinge es berührt hatte – der Gestank war überwältigend –, aber der Hieb glich dem Versuch, Wasser schneiden zu wollen. Das Schwert durchtrennte mühelos das Gewebe, aber das Fleisch floss einfach darum herum. Croy brüllte seinen Trotz hinaus und hob die Waffe erneut, dieses Mal zu einem niedrig geführten Schlag, der einen Mann an der Mitte in zwei Hälften gespalten hätte. Der Tentakel vor ihm platzte auf – also konnte man ihn zerschneiden! –, entwich jedoch dem Hieb, bevor Croy ihn vollendet hatte.

Er hatte dem Dämon keinen großen Schaden zufügen können, aber eines hatte er wenigstens geschafft: seine Aufmerksamkeit zu erregen. Noch während Croy das Gleichgewicht zurückgewann, schoss ein Tentakel auf ihn zu und wickelte sich wie eine lebendige Peitschenschnur um seinen Hals. Es blieb keine Zeit für eine Abwehrbewegung oder um aus dem

Weg zu springen. Beim heiligen Namen der Göttin, das Ding war schnell.

Das fleischerne Seil war trocken, seine Haut platzte auf, als wäre sie tagelang der Wüstensonne ausgesetzt gewesen. Es roch nach Fäulnis und Widerwärtigkeit und hatte die Festigkeit von Vanillesoße. Zumindest bis es sich zusammenzog. Dann fühlte es sich wie ein Stahlseil an, das sich um Croys Hals festzog.

Ein zweiter Tentakel schlang sich um seinen Oberschenkel, und er geriet ins Stolpern. Falls er den Griff nicht sofort lockerte, war ein Sturz nicht zu verhindern. Croy schlug auf den zweiten Fangarm ein, aber der hielt selbst dann noch fest, als das kalt geschmiedete Eisen die Haut versengte.

Atmen fiel immer schwerer. Croy quollen die Augen fast aus dem Kopf und füllten sich mit pochendem Blut. Der Dämon zerrte ihn von den Füßen und auf seine Mitte zu. Gab es dort einen Rachen, dessen Zähne seine Knochen zermalmen würden? Er konnte nichts dergleichen entdecken – vielleicht wollte die Bestie nur weitere Arme einsetzen, um ihn zu zerquetschen.

»Bi…k…k…k«, würgte er hervor, beschämt, den Halunken um Hilfe bitten zu müssen, aber überzeugt davon, dass er sich aus eigener Kraft nicht befreien konnte.

»Was ist, mein Junge? Sprich deutlicher!«, rief Bikker. Ein Tentakel wollte sich um die Brust des bärtigen Schwertkämpfers legen, aber er schlug ihn zur Seite. Ein weiterer Fangarm peitschte ihm so heftig gegen den Kopf, dass er einige Schritte zur Seite stolperte. »Verflucht seien deine Augen!«, stieß er hervor. »So habe ich mir unser Wiedersehen nicht vorgestellt.« Bikkers Schwert wirbelte durch die Luft, Säure tropfte wie Regen auf die Bestie hinab. Schmerzerfüllt zuckte sie zurück. Die narbige Klinge durchschnitt den Tentakel um Croys Hals so mühelos wie ein Blatt Papier. Der Stumpf trudelte verzweifelt durch die Luft; die zischende Säure hatte die Wunde ausgebrannt. Ein weiterer Hieb, und Croys Bein war befreit.

»Hab Dank!«, schrie der Ritter, während er dem nächsten Tentakel auswich, der auf seinen Schwertarm zielte.

»Spar dir den Dank. Das verdammte Ding wächst noch immer. Wenn wir es vernichten wollen, muss das bald geschehen. Ich mache dir den Weg frei – ziel auf sein Herz, wenn es eins besitzt!« Acidtongue schwang umher wie eine Sense beim Grasmähen. Bikker hielt sich nicht damit auf, sauber ausgeführte Hiebe und Stöße zu verteilen, sondern holte weit aus und deckte den Dämon mit schwungvollen Schlägen ein. Obwohl er die Arme des Dämons kaum berührte, wurden sie rechts und links abgetrennt. Die Tentakelenden wanden sich zuckend am Boden und starben einer nach dem anderen ab.

Acidtongue sah aus wie ein verrostetes altes Schwert, das man jahrhundertelang auf einem Feld liegen gelassen und Sonne und Regen überlassen hatte. Aber wenn sein Träger in die Schlacht zog, zeigte sich sein wahrer Wert. Die Klinge sonderte konzentrierte Schwefelsäure ab, wirksamer als das Aqua Regia eines jeden Alchimisten, eine Säure, die jedes dem Menschen bekannte Material durchtrennen konnte. Das Schwert musste in einer besonderen, mit Glas gefütterten Scheide aufbewahrt werden, damit es sich nicht durch das Leder fraß und seinen Träger verletzte. Es war eine der mächtigsten Waffen auf der Welt, und Bikker war ein Meister in ihrem Umgang.

Croy musste nicht ohne einen Hauch professioneller Eifersucht zugeben, dass die Klinge kurzen Prozess mit dem Dämon machte, der ihn beinahe überwältigt hatte.

»Jetzt!«, brüllte Bikker. Croy duckte sich unter einem zuschlagenden Fangarm und warf sich in die Gasse, die Bikker ihm öffnete. Vor ihm lag eine sich windende Mauer abgetrennter Stümpfe. Selbst nach dem Zusammenbruch des Turms war der Dämon weitergewachsen und schien jetzt so groß wie der Palast zu sein. Abgetrennte Gliedmaßen trafen Croys Kopf und Schultern, kleinere Tentakel wollten sich um seine Arme und Beine legen, aber er lachte nur und schwang Ghostcutter mit beiden Händen. Er hob das Schwert auf Schulterhöhe, um mit aller Kraft auf die Verbindungsstelle zwischen zwei Tentakeln einzuschlagen. Zuerst fand die Klinge einen gewissen Widerstand, aber dann durchbohrte sie die feste Haut und versank bis zum Heft im Körper des Dämons.

Wie sich herausstellte, reichte das aus, um dem Ungeheuer ein Brüllen zu entlocken. Seine Stimme klang so schrill und zwitschernd wie die eines Vogels, aber laut genug, dass im Palast etliche Glasfenster zersprangen. Der Schrei enthielt keine Worte, ein unartikulierter Schrei aus tiefsten Tiefen, so verzweifelt und mitleiderregend, dass er nur den Tod der Kreatur bedeuten konnte. Der Dämon vermochte jedoch mithilfe seiner Gedanken zu sprechen, und Croys Verstand wurde von einer Milliarde winziger Stimmen überschwemmt, die nicht zu verstehen waren und doch zu betteln und zu flehen schienen und ihn beschworen, das Schwert zurückzuziehen. Als Croy sich weigerte, verdoppelte er seine Angriffe und schlang so viele Tentakel um den Ritter, dass dieser von Kopf bis Fuß umklammert war. Aber die Kräfte verließen ihn bereits, und Croy hielt stand, auch wenn er vor Schmerzen grunzte. Als Bikker ihn erreichte und freischnitt, war der Dämon bereits tot, und die Tentakel häuften sich über ihn, als würde er unter einem Seilhaufen begraben.

Croy stolperte keuchend über abgetrennte Glieder hinweg ins Mondlicht. Als er wieder Luft bekam, brach er in lautes Gelächter aus. Bikker schlug ihm heftig auf den Rücken, und beinahe wäre er in die Knie gegangen.

Bei der Göttin, das hatte sich wirklich gut angefühlt. Wieder einmal das zu tun, zu dem er sich verschworen hatte. Heutzutage fand man Dämonen so selten im Land, dass er andere Zwecke für Ghostcutters Kraft finden musste, und das waren Dinge, auf die er nicht immer stolz war. Beinahe hatte er die Klarheit und das reine Gewissen vergessen, das der Kampf gegen Dämonen mit sich brachte. Bikker neben ihm schien die gleichen Gefühle zu haben. Er grinste von einem Ohr zum anderen, aus seinem Blick war jede Bösartigkeit verschwunden. Vielleicht, nur vielleicht, hatte der Mann ja doch noch etwas von einem Helden in sich. Vielleicht war der Mann, den Croy einst gekannt hatte, ja doch noch nicht tot. Er hatte Bikker an den aufkommenden Zynismus und die sich verändernde Moral verloren geglaubt, die diese Welt beschmutzten, aber vielleicht …

In diesem Augenblick kam der Kastellan aus dem Palast gerannt, während er den Morgenmantel um die dürren Glieder raffte. »Wasser!«, rief der alte Mann. »Der Wächter muss in Wasser getaucht werden, oder er wird wachsen, bis er die Welt erstickt. Holt Wasser aus dem Brunnen, tragt Wasser aus dem Fluss herbei! Wasser! Wasser!«

Da entdeckte der Kastellan den Dämonenkadaver – seine Augen waren nie sehr gut gewesen, und das Alter hatte sie nicht schärfer gemacht – und verstummte. »Wasser«, murmelte er entmutigt. »Wasser hätte ihn zum Schrumpfen gebracht.«

»Kaltes Eisen und Säure scheinen auch geholfen zu haben«, bemerkte Bikker höhnisch. Er lachte herzlich. »Kastellan, erzähl mir nicht, dass du einen Dämon in diesen Wänden beherbergt hast. Erzähl mir nicht, dass du eine Bestie aus dem Höllenpfuhl zu deinem Haustier gemacht hast.«

Die drei Männer starrten den Kadaver an, der mittlerweile dampfte und sich auflöste. Eine solche Kreatur gehörte nicht auf diese Welt, und in wenigen Augenblicken hätten sich ihre Überreste in Schwefelgestank und eine schwarze Ablagerung auf den Steinen verwandelt.

»Er ist der Wächter der … der …« Das Gesicht des Kastellans verfärbte sich dunkelrot. Es war ein schweres Verbrechen, einen Dämon zu beschwören oder ihn verborgen zu halten. Jahrzehntelang hatten Croy und Ritter wie er Zauberer gejagt, die die erforderlichen Rituale durchzuführen verstanden – nun waren nur noch wenige übrig, und die standen alle unter ständiger Beobachtung. Sollte man beweisen können, dass beispielsweise Hazoth einen Dämon herbeibeschworen hatte, wäre er auf dem Scheiterhaufen verbrannt worden. Selbst für einen Mann von der Macht des Burggrafen konnte das eine Tat sein, die mit dem Strang geahndet wurde. Sollten Bikker oder Croy die Neuigkeit in die Hauptstadt weitertragen … Aber dann verzog sich das Gesicht des Kastellans heimtückisch. Er richtete einen langen, zitternden Finger auf die beiden Schwertkämpfer.

»Du bist ein entkommener Gefangener. Und du hast kein Recht, hier zu sein.«

Croy funkelte Bikker an. »Ich hatte eigentlich gehofft, dass alles verziehen ist, wenn wir den Palast vor dem Dämon retten.«

Bikker grinste hämisch. »Erwartest du in diesem Leben Gerechtigkeit, mein Freund? Hast du so wenig von mir gelernt?«

»Wachen!«, brüllte der Kastellan. »Nehmt diese beiden Männer gefangen!«

Plötzlich drängten sich Bogenschützen auf den Mauern des Schlosshügels, während Stadtwächter mit ihren Augenumhängen durch das Markttor stürmten.

»Ich hatte gehofft, mich noch länger mit dir unterhalten zu können. Aber wir sehen uns wieder!«, rief Croy.

»Darauf kannst du dich verlassen«, stimmte Bikker ihm bei. Und sie rannten in entgegengesetzte Richtungen davon, so schnell sie die Beine trugen.

26

»Verdammt, los…lass…en!«, wimmerte Malden. Seine Kräfte waren so gut wie am Ende. Die Schultergelenke brannten, und seine Beine waren verkrampft, weil er sich gegen den Zug des Dämons gestemmt hatte. Er ließ die Krone nicht los, aber der Tentakel zog sie einen Zoll nach dem anderen auf die Trümmer zu. Schweiß brannte in Maldens Augen, aber er wagte ihn nicht wegzuwischen. Jeden Muskel seines Körpers setzte er dagegen ein, gewann aber trotzdem nicht an Boden.

Und dann – hatte er Erfolg. Er konnte die Krone ein kleines Stück näher zum Körper ziehen. Der Tentakel pulsierte und peitschte hin und her, sein Griff löste sich, er ließ die Krone los.

Malden stolperte zurück. Er hechelte wie ein Hund. Starrte den Tentakel an, rechnete damit, dass er wieder zugriff, aber nichts dergleichen geschah. Er wedelte über den Boden und regte sich nicht mehr. Als wäre der Dämon gestorben, ohne dass Malden es mitbekommen hätte, und könne nicht länger Widerstand leisten. Dann löste er sich auf.

Malden mochte es kaum glauben. Er starrte die Krone in seinen Händen an. Sie hatte sich während des Kampfs weder verdreht noch verbogen; dabei war sie aus Gold gefertigt, einem der weichsten Edelmetalle, die es gab. Ihre Zacken hatten ihm tief in die Handflächen und Finger geschnitten und waren mit seinem Blut verschmiert. Malden hätte sie gern abgelegt und seine Verletzungen versorgt, aber er wagte es nicht, sie aus der Hand zu geben, keinen Wimpernschlag lang. Dieser Gedanke war unerträglich.

Das hast du gut gemacht, Dieb, sagte die Krone.

»Sag nichts mehr, ich bitte dich!«, stöhnte Malden. Er musste daran denken, wie viel er für seine Beute riskiert hatte. Er hätte leicht in den letzten Augenblicken vor dem Einsturz des Turms getötet werden können – aber die Stimme hatte ihm Befehle gegeben, und er hatte gehorcht. Jetzt wusste er, dass sie mehr wollte. Sie wollte, dass er sich die Krone aufsetzte.

Sicherlich war das ein Sakrileg. Oder nicht? Er war kein Burggraf. Von Rechts wegen durfte er sie nicht tragen. Sollte man ihn damit sehen, würde man ihn auf der Stelle verhaften, weil er sich für einen Adligen ausgab.

Und dennoch … das wäre eine so süße Gerechtigkeit, oder nicht? Die Vorstellung war so verführerisch, dass es einen in den Wahnsinn treiben konnte. Ein gewöhnlicher Dieb, der Sohn einer Hure, der die Krone weltlicher Macht trug, und sei es auch nur für einen Augenblick.

Malden hob sie langsam in die Höhe, auf seinen Kopf zu.

Das Ding verkörperte Magie. Wer wusste schon, welche Macht tatsächlich in ihm wohnte? Vielleicht würde die Krone ihm Wünsche erfüllen. Vielleicht würde sie ihn sofort in einen Mann von Besitz verwandeln, von Macht. Manchmal geschahen solche Dinge in den Märchen, manchmal waren solche Dinge …

… sie waren …

… waren einfach zu schön, um wahr zu sein. Malden senkte

die Krone wieder. Er ließ sie nicht los. Nein, das wäre unerträglich. Aber er bezwang den Drang, sie sich aufzusetzen.

Da war die schreckliche Vorahnung – ein unumstößlicher Instinkt –, dass er die Krone nie wieder freiwillig abnehmen würde, wenn er sie einmal auf den Kopf setzte. Und das hätte mehr Probleme geschaffen, als es vermutlich lösen würde.

Das Ding pulsierte förmlich in seinen Händen, ihn durchzuckte ein leiser Stich der Wut. Er hatte ihre Absicht durchkreuzt, und sie war nicht erfreut. Er musste kämpfen, um sich gegen den völlig natürlichen Impuls zu wehren, alles zu tun, egal was, um die Krone wieder glücklich zu machen.

Wenn du mich nicht trägst, dann bring mich zum Kastellan. Er wird sich um meine Sicherheit kümmern.

»Sei still!«, erwiderte Malden, auch wenn er sich wie eine Feldmaus fühlte, die einen Löwen befehligen wollte. Es war schwer, der Kraft in dieser Stimme zu widerstehen, ihrer Entschlossenheit und Energie. »Das werde ich bestimmt nicht tun. Ich gehe jetzt, und du wirst mich begleiten.«

Such den Kastellan!

»Er lässt mich auf der Stelle hinrichten.« Malden schüttelte den Kopf. Er spürte die Verachtung, die von der Krone ausging. Sie scherte sich kein bisschen um sein Leben oder Wohlergehen. Sie wollte bloß, dass ihre Befehle ausgeführt wurden. Soweit es die Krone betraf, verdiente er, was er bekam. Er war doch ein Dieb. Und hängte man Diebe in dieser Stadt nicht auf?

Ein aufrechter Bürger, ein ehrlicherer Mann hätte sich diesem Befehl niemals verweigert. Allein für die Ehre, der Krone zu dienen, hätte er den Untergang auf sich genommen. Welcher Verstand sich auch immer darin verbarg, die Krone blieb ein Symbol schicksalsbestimmter Macht, Repräsentantin eines unverrückbaren Klassensystems, in dem jeder Mensch seinen Platz kannte. Selbst in der Freien Stadt Ness wurden die Menschen in eine Rangordnung hineingeboren und bekamen von frühester Kindheit folgende Lektion eingehämmert: Achte jene, die über dir stehen, und respektiere ihre Wünsche bis ins kleinste Detail. Alle, die den Gehorsam verweigerten, sahen sich Zurechtweisungen und Prügel ausgesetzt. Alle, die sich fügten, ließ man in Ruhe. Obwohl die freien Bürger stolze Menschen waren, ähnelten sie in dieser Hinsicht den Leibeigenen außerhalb der Stadtmauern – sie wussten es besser, als die Obrigkeit infrage zu stellen.

Aber Malden war nie ein echter Bürger gewesen. Man hatte ihn zu keinem ehrlichen Menschen erzogen. Die Leute in seiner Umgebung gehörten den niedrigsten der Niedrigen an, und niemand hatte sich je die Mühe gemacht, ihn an seine Stellung zu erinnern. War man doch von der Annahme ausgegangen, dass er nie darüber hinauswachsen werde.

Diese Erwartung oder vielmehr ihr Mangel hatte in Malden Begierde geweckt. Und Begierde gebar Willenskraft. Vorsichtig entfernte er eine Hand von der Krone und krümmte die Finger, damit die Durchblutung wieder einsetzte. Er legte die Krone auf dem Boden ab und bewegte die andere Hand.

Dann setzte er seine Überlegungen fort, wie er hier wegkam.

Der Korridor wurde von den Fallgittern versperrt, und selbst wenn er durch den Palast hätte fliehen können, wäre er bloß im Schlosshof gelandet, wo zweifellos jeder bewaffnete Mann des Schlosshügels auf ihn wartete. Der Turm war eingestürzt und unpassierbar. Anscheinend gab es nur einen einzigen Ausgang, ob es ihm gefiel oder nicht.

Er konnte in das Burgverlies hinabsteigen, in die Fallgrube, die ihn beinahe verschlungen hatte, bevor er den Turm erreichte. Er spähte in die finstere Tiefe und erinnerte sich an seine kürzliche Überlegung – dass es nur ein paar Hundert Fuß senkrecht in den Kerker des Burggrafen hinabgehen konnte.

Das war der einzige Ausweg.

Ein Sprung in die Grube wäre natürlich reiner Wahnsinn – den Sturz würde er nie überleben. Er konnte hinunterzuklettern versuchen, aber allem Anschein nach waren die Schachtwände völlig glatt, und es gab keine Vorsprünge zum Festhalten. Glücklicherweise hatte er noch immer das Seil, mit dem er sich Zugang zum Palast verschafft hatte, sowie Slags zusammenklappbaren Haken. Wenn er die letzten zehn Fuß spränge, würde die Länge des Seils vielleicht gerade ausreichen.

Er verschwendete keine Zeit. Zweifellos waren die Wächter

bereits zum Palast unterwegs, um nach dem Burggrafen und seinem Gefolge zu sehen und sich zu vergewissern, dass keiner von ihnen beim Einsturz des Turms verletzt worden war. Und zumindest einige dieser Wächter würden auch nach der Krone sehen.

Dieb.

»Sei still«, zischte Malden. Er würde sich nicht noch einmal von ihr kontrollieren lassen. Nie wieder würde er sich von jemandem beherrschen lassen.

Nun. Abgesehen von Cutbill. Und natürlich Cythera und Bikker. Er runzelte die Stirn, unterdrückte dann aber jeden weiteren Gedanken in diese Richtung.

Er schob den Gürtel durch die Krone – ganz behutsam, als könnte sie ihn verbrennen –, damit er sie beim Abstieg nicht fallen ließ, und legte ihn wieder um. Dann befestigte er den Haken an einem Bein der Sadustatue – sie war bei dem Einsturz böse verbeult worden, war aber immer noch stabil genug, um sein Gewicht zu halten – und ließ sich Fuß um Fuß in die Fallgrube hinab, obwohl er bestenfalls eine schwache Ahnung hatte, was ihn dort unten erwartete.

27

Warme Luftströme wehten den Schacht herauf, und Maldens Hände wurden so feucht, dass er kaum noch Halt an dem Seil fand. Der Schacht war schmal genug, um die Füße gegen eine Wand zu stemmen und sich Hand über Hand hinunterzulassen, aber das Mauerwerk erwies sich als feucht und glatt, und die Schuhsohlen fanden kaum Halt. Die ersten fünfzig Fuß seines Abstiegs legte der Dieb in völliger Dunkelheit zurück, doch nach der Hälfte des Wegs machte der Lichtschein von unten die dicken Wassertropfen sichtbar, die ringsum an den Wänden hinunterliefen.

Von unten brauste warme Luft den Schacht herauf. Und

etwas anderes machte sich bemerkbar – ein Geräusch, das er gefürchtet hatte, als er sich in den schmalen Kamin begeben hatte, das er jetzt am liebsten überhört hätte. Ein leises Stöhnen, das erschöpfte Seufzen eines Gefangenen. Als er seinen Abstieg begonnen hatte, war ihm nämlich der Gedanke gekommen, dass das Verlies möglicherweise leer stand. Schließlich gab es in der Stadt unten ein ordentliches (und den Anforderungen entsprechend scheußliches) Gefängnis, das für die üblichen Gefangenen vorgesehen war. Der Kerker des Burggrafen war nur für jene Häftlinge bestimmt, die gefoltert und verhört werden sollten, also Verräter, Spione und andere außergewöhnliche Missetäter. Die Hoffnung, dass sich dort niemand aufhielt, wäre also durchaus angebracht gewesen, aber die Geräusche aus der Tiefe verrieten Malden, dass diese Hoffnung sich nicht erfüllte. Was wiederum bedeutete, dass der Einstieg in den Kerker viel leichter war als der Ausstieg.

Eine Aufgabe nach der anderen lösen!, sagte er sich.

Das Licht reichte nicht aus, um zu enthüllen, was sich am Schachtgrund befand. Als er ans Ende des Seils gelangte und neugierig nach unten spähte, wo er wohl landen würde, wenn er losließ, setzte sein Herz für einen Schlag aus.

Der Grund des Schachts war mit Pfählen gespickt. Fest im Boden verankerte, drei Fuß lange Eisenpfähle mit hässlichen scharfen Spitzen.

Als er das Seilende erreichte, sich mit einer Hand festhielt und die Füße so weit wie möglich ausstreckte, blieben noch immer sieben Fuß freier Raum zwischen ihm und den bösartigen Pfahlspitzen. Ließe er jetzt los, bräche er sich nicht nur die Beine, sondern würde sich vermutlich auch noch aufspießen.

Er hatte nichts mehr zur Hand, womit er das Seil verlängern konnte. Um den Griff seiner Ahle waren zwanzig Fuß guter, haltbarer Schnur gewickelt, aber die war nicht stark genug, um sein Gewicht zu halten.

Malden strich mit der Hand über die Schachtwand. Sie war nicht völlig glatt. Man hatte sie aus dem massiven Felsen herausgehauen, und die Werkzeuge hatten ihre Spuren an der Oberfläche hinterlassen. Kaum mehr als flache Einkerbungen – nicht genug, um Fingern oder Zehen Halt zu geben. Aber falls ihn seine Kräfte noch nicht ganz verlassen hatten …

Malden drückte die Füße so fest wie möglich gegen eine Wand und stemmte sich mit einer Hand gegen die gegenüberliegende Mauer. Wenn er die Beine gekrümmt und den Arm gerade hielt, konnte er gerade eben noch sein Gewicht halten und der Schwerkraft trotzen. Und wenn er beide Hände benutzte und sich nach unten bewegte – das wäre kein anmutiger Abstieg. Eher ein kaum berechenbarer Fall. Aber das war immer noch besser als ein blinder Sturz.

Es kostete viel Mut, das Seil loszulassen. Malden mochte arbeitsscheu sein, und er mochte kein tapferer Kämpfer sein, aber wenn er sein Leben in Gefahr sah, mangelte es ihm nicht an Kühnheit. Er ließ das Seil los und stieß gleichzeitig beide Hände gegen die Wand. Der Aufprall seiner Hände auf der Mauer verursachte ein feuchtes, klatschendes Geräusch, das durch den Schacht hallte, aber in diesem Moment hatte er keine Zeit, innezuhalten und zu lauschen, ob jemand den Lärm gehört hatte. Er war viel zu sehr damit beschäftigt, sich den Pfählen zu nähern; Hände und Füße griffen nach den Einkerbungen, die die Werkzeuge hinterlassen hatten, um wenigstens den geringen Halt zu nutzen, den sie boten.

Die Pfähle schossen wie Speere auf ihn zu. Wenn er es nicht genau abpasste …

In dem Augenblick, da seine Hände das Ende des Schachts erreichten und keine Wand zum Festhalten mehr fanden, zog er den Kopf ein und stieß sich mit aller Kraft vom Felsen ab. Er schoss vorwärts durch die Luft, entging um Haaresbreite den Pfählen und rollte sich genau in dem Moment, als er mit dem Boden dahinter in Berührung kam, zu einer Kugel zusammen, vollführte einen vollkommenen Salto und fand sich keuchend auf dem Boden sitzend wieder.

»Wer is da?«, fragte jemand. Jemand ganz in der Nähe. Jemand, dessen Stimme andeutete, dass er ein ordentliches Stück größer war als Malden. Ein langsamer, schlurfender Schritt bewegte sich auf ihn zu und übertönte das erschöpfte Jammern des unsichtbaren Gefangenen.

Voller Panik sah sich Malden um und suchte nach einem Versteck. Aber es gab kein Versteck. Er war in einem schmalen Raum mit einer Kuppeldecke gelandet, von der alle möglichen Gegenstände aus Eisen herabhingen; manche hatten scharfe Spitzen, andere waren aus schweren Ketten gemacht. Die Werkzeuge eines Folterknechts. Die Schachtöffnung war nur ein finsteres Rechteck in der Decke, und die Pfähle fielen unter so vielen Gerätschaften gar nicht mehr auf. Torbogen führten in allen vier Richtungen hinaus; dazwischen angebrachte Fackeln sorgten für Helligkeit. Hinter einem Torbogen führte eine Treppe nach oben – sicherlich der übliche Zugang zu dieser unterirdischen Hölle. Die hallenden Schritte kamen aus einem anderen Durchgang. Malden hätte nach rechts oder links gehen und hoffen können, dass sich der Folterknecht Zeit mit seiner Verfolgung ließ, aber ihm fiel eine bessere Möglichkeit ein, und er ergriff sie. Er sprang auf die Füße, rannte die Stufen rückwärts bis zum ersten Treppenabsatz hinauf und kam sie ganz gemütlich wieder herunter.

Als sich der Folterknecht durch den Torbogen duckte, sah er, wie Malden die Treppe herunterkam, als wäre er gerade eingetroffen.

»Wer, zum Teufel, bist du denn?«, fragte der Folterknecht, als sie sich plötzlich gegenüberstanden. Er war ein gewaltiger Mann, nicht übermäßig groß, aber mit einem aufgedunsenen Körper. Das Haar war ihm büschelweise ausgefallen. Zur Hälfte sah er aus wie ein Oger und zur Hälfte wie jemand, der sein Krankenbett nicht hätte verlassen dürfen.

»Der neue Küchenjunge«, erklärte Malden. »Man hat mich runtergeschickt, um dich zu holen. Oben ist ein Feuer ausgebrochen, und zum Löschen brauchen sie jeden Mann. Beeil dich! Du musst sofort nach oben! Sind noch andere hier, die helfen können?«

»Nur ich.« Der Mund des Folterknechtes blieb offen stehen, seine Augen verengten sich zu Schlitzen. Malden hatte den Eindruck, dass der Kerl ihn anstarrte. Durch den gewaltigen Grützbeutel über seinem linken Auge war das schwer zu sagen. Weitere purpurfarbene Auswüchse schmückten sein Kinn und die eine Halsseite, wie ein grotesker Bart, den man zur Hälfte abrasiert hatte. »Ein Feuer, sagst du? Hier unten kann gar nichts brennen.«

»Hier kommt man aber nur über diese Treppe herunter«, beharrte Malden und hoffte inständig, dass das nicht stimmte. »Wenn der Palast auf uns drauffällt …«

»Oh.« Das rechte Auge des Folterknechts öffnete sich weit. »Oh! Feuer! Ich sollte besser rauflaufen und sehen, wie ich helfen kann!«

Er eilte an Malden vorbei zur Treppe und stieß den Dieb dabei fast um. Der wartete, bis der Mann die Stufen hinaufpolterte, dann eilte er durch den Torbogen, aus dem jener gerade gekommen war. Er musste einen anderen Ausgang finden, bevor sich der Folterknecht fragte, warum jemand in Maldens Alter als Küchenjunge arbeitete.

Er war keine zwei Dutzend Schritte gekommen, als jemand nach ihm rief.

»Du! Ja, du – du bist doch Cutbills Mann, oder? Der Göttin sei Dank, du bist gekommen, um mich zu retten!«

Einen flüchtigen Augenblick lang überlegte Malden, den Hilferuf zu überhören. Wäre er wirklich einer von Cutbills Dieben gewesen, diesen ehrlosen Schuften (die er in letzter Zeit nach allen Kräften nachgeahmt hatte), wäre er nicht einen Schritt langsamer geworden. Aber in mancherlei Hinsicht war er noch immer der Sohn seiner Mutter. Er wandte sich um und hielt nach dem Mann Ausschau, der ihn gerufen hatte.

28

Croy schlug sich in die Schatten und hielt den Kopf unten, während links und rechts Pfeile an ihm vorbeipfiffen. Wenn er es doch nur schaffte, eine Stelle zu erreichen, an der ihn die Bogenschützen nicht sahen … ja! Die Wand der Küche bot genau die Deckung, die er brauchte. Ihr Schatten durchschnitt das Mondlicht wie eine Sense. Natürlich gab es da ein Problem. Die Küche grenzte an die Festungsmauer, also war er geradewegs in eine Sackgasse gerannt.

Er fuhr auf dem Absatz herum und entdeckte vier Männer der Wache auf sich zueilen. Ihre Umhänge bauschten sich hinter ihnen auf, die in den Stoff eingewebten Augen schienen zu blinzeln, wenn sich das Tuch bewegte. Die vier Männer strebten auseinander, bildeten einen Halbkreis. Das war schlau. Einen nach dem anderen hätte er mühelos überwältigen können, aber griff er jetzt einen von ihnen an, entblößte er die linke Flanke auf gefährliche Weise.

Die Klingen ihrer Hellebarden blitzten Croy entgegen; die Waffen schwangen gemeinsam herum, genau wie es ihnen ihr Ausbilder beigebracht hatte. Ihre Gesichter konnte er unter ihren Kapuzen nicht erkennen, aber er begriff: Das waren Männer, die man für den Dienst auf dem Schlosshügel handverlesen hatte, gut ausgebildet und zu allem bereit.

Croy griff über die Schulter. Ghostcutter ließ er in der Scheide stecken – die Klinge war allein für den Kampf gegen Dämonen und Zauberei bestimmt. Stattdessen zog er die kürzere, namenlose Klinge. Nur ehrlicher Stahl, um dem gegnerischen Eisen zu begegnen.

»Ich will euch nicht verletzen«, sagte Croy. »Ich weiß, dass ihr nur eure Pflicht tut. Aber ich kann nicht zulassen, dass ihr mich heute Nacht gefangen nehmt.«

Einer der Wächter kicherte verächtlich. Ein hässlicher Laut. Ein anderer tat einen Schritt nach vorn und fintierte. Croy reagierte nicht und zog lieber das Schwert zurück, als mit der Hellebarde in Kontakt zu kommen.

»Der Burggraf will deinen Kopf«, sagte der Mann. »Das heißt, er bezahlt gutes, neu geprägtes Silber dafür. Es wird keine Verhaftung geben.«

Croy runzelte die Stirn. Das komplizierte die Dinge.

Er wusste ganz genau, welchen Lohn diese Wächter bekamen. Vor langer Zeit, als er auf dem Schlosshügel gelebt hatte, hatte er im Dienst des Burggrafen denselben Lohn erhalten. Er wusste, dass sie für die Gelegenheit, ihr Einkommen aufzufrischen, dankbar sein würden.

Andererseits mussten es im Herzen gute Männer sein. Sie dienten einem rechtmäßig eingesetzten Herrn und beschützten die Freie Stadt Ness. Deshalb konnte er sie nicht einfach umbringen. Ihm war klar, dass Bikker so gehandelt hätte – vermutlich tat er genau das in diesem Augenblick auf seinem Weg vom Schlosshügel hinunter. Aber Croy war stolz darauf, aus einem anderen Holz geschnitzt zu sein. Er würde einen anderen Ausweg aus dieser Zwangslage finden müssen.

»Eine letzte Gelegenheit, meine Herren. Lasst ihr mich bitte friedlich ziehen?«

Eine Hellebardenspitze schoss auf Croys Gesicht zu – und dieses Mal war es keine Finte. Er hatte die Antwort parat und wehrte die Spitze mit der breiten Seite der Klinge ab, duckte sich in einem Sprung zur Seite, bewegte sich wie eine Krabbe, während die vier Männer gemeinsam auf ihn zukamen. Zwei Hellebarden stießen dort zusammen, wo sich eben noch sein Kopf befunden hatte; die Holzschäfte dröhnten wie Trommeln. Ein Wächter griff tief an und fegte ihn um ein Haar von den Beinen. Croy sprang vorwärts und hieb dem Mann die flache Klinge gegen die Schläfe. Der Schlag sollte betäuben, nicht töten. Der Wächter stolperte zurück und ließ dabei beinahe die schwere Waffe fallen, als er sich an den dröhnenden Schädel griff.

Hellebarden waren mächtige Waffen, eine Kombination aus Speer und Axt, die ihrem Benutzer eine breite Palette wirkungsvoller Kampfstile bot. Aber sie waren langsamer als Schwerter. Als der nächste Hieb auf ihn zukam – dieses Mal ein weit geschwungener Hieb, der auf seine Schläfe zielte –, war Croy bereits zurückgetänzelt und konnte ihm ausweichen. Als die Waffe an seinem Gesicht vorbeisauste, griff er mit der freien Hand zu – seiner schwachen Hand – und packte die Hellebarde in der Mitte. Die ganze Kraft seines Rückens aufbietend, riss er dem Wächter die Waffe aus der Hand, warf sich nach vorn und stieß zwei seiner Gegner von den Beinen. Er warf die Hellebarde weg und schob das Kurzschwert in die Scheide. Er konnte alle vier Männer mühelos töten, aber er verspürte keine Lust dazu. Sie waren ehrliche Verteidiger des Allgemeinwohls – welchen Sinn sollte ihr Tod haben?

Der letzte noch auf den Beinen befindliche Wächter rannte auf ihn zu, aber Croy wich dem Angriff aus. Dann lief er zur Seite des Küchengebäudes und kletterte an der Wand hinauf. Sie bestand zur Hälfte aus Holz mit bestens geeigneten Balken und war beinahe so mühelos zu erklimmen wie eine Leiter. Eine Hellebardenklinge schoss an seinen Füßen vorbei, als er sich auf das Dach hinaufzog, aber sie verfehlte ihn um ein ordentliches Stück.

Vom Küchendach fiel es leicht, die Brustwehr der Verteidigungsmauer zu erreichen. Wohin es von dort aus weitergehen sollte, war eine andere Frage. Er stand auf einem Mauerstück, das sich zwischen zwei Wachtürmen befand. Aus den Eingängen beider Türme stürmten Männer hervor, oder sie sprangen von den Turmspitzen herab, um Croy zu ergreifen. Ihm schienen keine Möglichkeiten mehr offenzustehen.

Dann spähte er in die Tiefe und sah den Skrait einhundertfünfzig Fuß unter ihm rasch dahinströmen. Er warf den Kopf zurück und lachte herzlich. Gleich hätten ihn die Männer der Wache erreicht, um den Befehl auszuführen und ihn auf der Stelle niederzumachen. Es musste eine ganze Kompanie sein, die da auf ihn zukam – mehr als genug, um ihn zu überwältigen, ob er nun großartige Schwerter besaß oder nicht.

Aus dieser Höhe in den Fluss zu springen, war völliger Wahnsinn. Falls er sich bei dem Aufprall nicht sämtliche Knochen brach, ertrank er wahrscheinlich. Natürlich gab es noch die geringe Hoffnung, dass er überlebte.

Natürlich sprang er.

Die Luft pfiff an ihm vorbei, als er so schnell wie der sprichwörtliche Stein hinabstürzte. Er konnte nichts erkennen – alles raste an ihm vorbei –, und er vermochte kaum zu sagen, wo oben und unten war. Irgendwie gelang es ihm, die Beine nach unten zu halten, die Zehen ausgestreckt, damit er das Wasser wie eine Messerklinge traf.

Das Eintauchen in den kalten Fluss brachte beinahe sein Herz zum Stehen. Die Luft schoss in einem silbernen Blasenstrom aus ihm heraus. Der Aufprall schüttelte sein Gehirn durch, seine Beine brannten, als hätte man ihm die Haut abgezogen. Dann öffnete er den Mund, um einzuatmen – ihm blieb keine Wahl, sein Körper befolgte seine Befehle nicht –, und seine Lungen füllten sich mit Wasser. Wild schlug er um sich, versuchte nach oben zu schwimmen, ohne sagen zu können, wo genau oben war, kaum dazu in der Lage, rechts von links zu unterscheiden.

Sein Kopf stieß mit etwas Hartem, Hölzernem zusammen. Ihm wurde schwarz vor Augen, und er wusste, er würde sterben. In diesem Augenblick gab er beinahe auf – wenn das der Augenblick war, den die Göttin für seinen Tod bestimmt hatte, wie konnte er sich ihrem Wunsch widersetzen? Trotzdem war da etwas in ihm, das sich weigerte aufzugeben, wo geringere Männer sofort die Waffen gestreckt hätten. Er griff nach dem Holz, stemmte sich hoch und darüber hinaus. Nachtluft schlug ihm ins Gesicht, und er rang nach Atem – dann wandte er den Kopf und hustete einen ordentlichen Schwall kaltes Wasser aus. Er schüttelte sich das Wasser aus den Augen und betrachtete endlich, wo er war und woran er sich festklammerte. Es war die Reling eines kleinen Boots.

An den Rudern saß Cythera.

Die Frau, für die er alles riskiert hatte. Die Frau, für die er sogar den Tod besiegen würde.

Sicherlich gab es nur eine Erklärung für diesen großen Zufall. Die Göttin hatte ihm zugelächelt. Statt ihn in dieser Nacht an ihren Busen zu holen, hatte sie ihn leben lassen, damit er noch einmal Cythera sehen konnte. Beinahe ließ er das Boot los, um die Hände im dankbaren Gebet gen Himmel zu richten.

»Du solltest besser an Bord kommen, da man uns jeden Augenblick entdecken wird«, sagte Cythera. »Hör auf, herumzuspielen und … warte. Du bist nicht Malden.«

Sie machte keine Anstalten, ihm zu helfen. Sie griff nicht nach ihm. Aber natürlich konnte sie das nicht. Ihre Umarmung hätte seinen Tod bedeutet. Dafür sorgte der Fluch, der auf ihr lastete.

»Croy?«, fragte sie und blickte entsetzt drein.

Er zog sich ins Boot. Eine Weile konnte er dort nur keuchend liegen und in den Himmel starren. Oben auf der Mauer spähten winzige Gesichter auf ihn herab, winzige Arme deuteten aufgeregt auf das kleine Boot.

»Rudere, Cythera! Rudere hier weg!«, keuchte er.

»Ich soll jemanden ...«

Keine drei Fuß vom Boot entfernt landete ein Stein im Fluss, und eine hohe Wassersäule stob empor, die sie beide nass spritzte.

»Ich glaube nicht, dass sie kochendes Öl haben«, meinte Croy. »Aber es gibt viele Bogenschützen.«

»Dann lass uns fahren«, erwiderte sie mit einem Anflug ihrer alten Tatkraft und stemmte sich gegen die Ruder.

29

Als Kind, das in einem Bordell aufgewachsen war, hatte Malden nur wenige Freunde gehabt, die seinem Alter oder Geschlecht entsprochen hatten. Aber wenn er einmal in der Gesellschaft anderer Jungen gewesen war, war eines der Lieblingsthemen ihrer Unterhaltung genau dieser Raum gewesen – die Folterkammer des Burggrafen. Die Jungen hatten sämtliche Folterinstrumente beschrieben, die sie kannten, und wild über deren Anwendungsmöglichkeiten spekuliert. Eine häufige Debatte war um die Frage entbrannt, welches Gerät einem wohl am wenigsten gefiele. Das war ein großer Spaß gewesen, ein grausiger Wettbewerb, bei dem jeder jeden hatte übertreffen wollen. Malden war nie auf den Gedanken gekommen, dass er diesen Raum tatsächlich eines Tages betreten oder sein Inventar mit eigenen Augen sehen würde.

»Hierher, mein Junge, und zwar flink! Ich ertrage es nicht

länger. Oh, oh, dafür küsse ich den Blutgott auf die Lippen, wenn ich ihm gegenüberstehe«, verkündete der Gefangene.

Als Malden die Folterkammer betrat, verspürte er größere Angst als bei der Begegnung mit dem Dämon oben im Turm oder als er in Cutbills Sarg gestiegen war. An jeder Seite warteten die Albträume seiner Jugend auf ihn. Der Stiefel und sein grausamer Verwandter, der so harmlos benannte Spannbohrer. Der Folterstuhl. Die Ketzergabel lag auf einem Amboss, wo der Folterknecht ihre Zinken geschärft hatte. Richträder säumten die Wände, während eine Auswahl knochenbrechender Hämmer von der Decke herabhing. In der Nähe des Torbogens lehnte eine Eisenfessel, die man den Storch nannte. Den Ehrenplatz nahm die gefürchtete Krokodilsschere ein, die allein bei Königsmördern zum Einsatz kam, denn das, was sie entfernte, konnte man nicht sehen. Zumindest nicht, solange das Opfer Hosen trug. Es gab mindestens drei Knebeleisen – ein besonders konstruiertes Kopfgeschirr, an dem ein Eisendorn so angebracht war, dass er in den Mund hineinragte und auf der Zunge auflag. Ein Zauberer, der versuchte, einen Fluch auszusprechen, während er dieses Geschirr trug, zerfetzte sich dabei die Zunge. An einem Ort wie der Freien Stadt war dies ein nützlicher Gegenstand, wie Malden fand. Wo Zauberer mit Burggrafen wetteiferten.

»Ich habe deine Stimme gehört, ich weiß, dass du noch da bist. Komm her, mein Junge!«

Aber von allen Scheußlichkeiten, die man einem menschlichen Körper antun konnte, dem ganzen Eisen, das man in Weichteile zu bohren vermochte, den vielen verschiedenen Methoden, Sehnen zu strecken, bis sie rissen, wurde ein bestimmtes Folterinstrument immer als das schlimmste betrachtet. Eigentlich kannte keiner den genauen Grund dafür – es erschien kaum halb so schlimm wie die Birne. Und doch hatten Generationen von Burschen das sichere Wissen weitergegeben, dass der Inbegriff des Folterns das Aufhängen sein musste.

Man hatte dem Gefangenen die Hände auf den Rücken gefesselt, dann war ein Haken zwischen seine Handgelenke geschoben worden. Mit einem Flaschenzug war er in die Höhe gezogen worden, bis er von der Decke herabhing. Die Arme waren hinter seinem Körper verdreht, darum wurde seine Brust auf qualvolle Weise nach vorn gedrückt. Um alles noch schlimmer zu machen, hatte man ihm eine Kette um die Füße geschlungen, und an dieser Kette hing ein großer runder Stein. Das Gewicht zerrte noch stärker an den Gelenken, die bereits von der Fessel gedehnt wurden, und zog den Mann nach oben.

»Ah, da bist du ja, mein schlauer Sohn. Hier, hier drüben – der Knoten!«

Malden starrte den Gefangenen mit offenem Mund an, und das nicht nur wegen der Qualen, denen dieser ausgesetzt war. Der Mann war hager und hatte einen verstörten Gesichtsausdruck. Davon abgesehen, kannte Malden ihn. Es war der Vagabund, den er in Cutbills Schlupfwinkel gesehen hatte und der das Zufluchtsrecht für sich beansprucht hatte.

»Du bist doch der Dieb Kemper, oder nicht?«, fragte Malden.

»Im Augenblick. Denn früher, als mir lieb ist, wird man mich unter einem anderen Namen kennen«, sagte Kemper.

»Was …?«

»Man wird mich als den verstorbenen Dieb Kemper kennen, wenn du mich nicht hier herunterholst.«

Malden riss sich zusammen. »Natürlich, sofort.« Er eilte zur Wand, wo das andere Ende des Seils an einem Eisenhaken festgebunden war. Mit zitternden Fingern löste er den Knoten und ließ Kemper langsam zu Boden gleiten.

Einen Moment lang wälzte sich der Vagabund mit einem mitleiderregenden Grinsen auf den Steinplatten hin und her.

»Oh, eine solche Freude habe ich nicht einmal auf dem Grund einer Weinflasche gefunden, auch nicht zwischen den Beinen eines Mädchens«, stöhnte Kemper. »Eine solche Ekstase wirst du niemals erleben, mein Junge, und dafür solltest du dankbar sein.«

Malden hatte viele Fragen an den Mann. »Wie bist du hergekommen? Ich habe dich doch erst heute Morgen bei Cutbill gesehen. Du warst dort sicher – wie konnte man dich so kurz darauf schnappen?«

Kemper verzog das Gesicht. »Ein Mann erträgt nur ein gewisses Maß an altem Brot und Wasser. Überhaupt, Wasser trinken zu müssen … man könnte glauben, ich sei ein Pferd. Um vernünftige Viktualien zu finden, musste ich auf die Straße. Dachte, es sei schon sicher, so wie immer. Man nahm mich schon öfter gefangen, als du vermutlich ein Mädchen geküsst hast. Konnte mich stets befreien. Hätte nie gedacht, dass die meine einzige Schwäche entdecken. Und wenn du jetzt so freundlich wärst – meine Hände und Knöchel!«

Malden beugte sich über die Extremitäten des Vagabunden und entdeckte, dass man sie mit Ketten aus hellem Metall gefesselt hatte, die viel zu dünn erschienen, um Kemper halten zu können. Sie klirrten hübsch, als er sie abwickelte.

»Die kannst du als Andenken behalten, wenn du willst«, meinte Kemper, als ihm auffiel, wie der Dieb die Ketten anstarrte. »Ich verspüre nicht das geringste Verlangen, sie noch einmal zu sehen. Sollten etwas wert sein, schließlich sind sie aus reinem Silber.«

»Silber?«

»Ist gut gegen Flüche«, sagte Kemper. »Aber wenn du sie verkaufst, bekomme ich natürlich einen Anteil.«

»Aber natürlich«, sagte Malden. Er starrte die Ketten in seinen Händen an. Warum einen Mann mit Silber fesseln? Sicherlich hätte es ein einfaches Hanfseil auch getan. Was hatte Kemper mit den Flüchen gemeint? Malden hob den Blick, um den Mann zu fragen, aber vergeblich. Lautlos und ohne Abschied war Kemper verschwunden.

30

Malden rannte durch den Torbogen zurück. Er nahm an, dass Kemper die Treppe hinaufgelaufen war, als er nicht hingesehen hatte. Er wollte den Dieb nur warnen, dass ihn in dieser Richtung nichts Gutes erwartete. Doch als er die erste Stufe erreichte, verzichtete er darauf, Kemper die Treppe hinauf zu folgen. Zweifellos würde man den Vagabunden in dem Moment festnehmen, wenn er den Hof erreichte. Malden würde nur seine Freiheit opfern, wenn er ihm folgte.

Er hatte den Gefangenen von seinen Ketten befreit. Sicherlich reichte das als gute Tat, und es war ihm nachzusehen, wenn er nun an sich selbst dachte. Er musste mit der Krone entkommen, wenn das Fiasko dieser Nacht nicht umsonst gewesen sein sollte. Und er glaubte, einen Ausweg zu kennen.

Malden sah sich um, suchte den Boden ab. Und fand das Gesuchte hinten im Folterkeller – ein rundes Eisengitter, das sich mühelos hochheben ließ. Das musste der Abfluss sein, der zum Fluss führte, und zwar durch das Rohr, das er beim Aufstieg gesehen hatte.

Das Problem mit einem in den Hügel gegrabenen Verlies bestand darin, dass es bei jedem Regen geflutet wurde. Der Abfluss sollte dies verhindern. Außerdem konnte man auf diese Weise mühelos jedes Opfer loswerden, das ein Verhör nicht überlebte – oder Körperteile von ihm, die nicht mehr benötigt wurden.

Malden verdrängte diese grausigen Gedanken, so gut er konnte, sprang in den Abfluss und zog das Gitter hinter sich wieder zu, was den größten Teil des Lichts abschnitt. Der Abfluss erwies sich als eine etwa drei Fuß breite, aus Ziegeln gemauerte Röhre, deren Wände von Salpeter bedeckt waren. Natürlich gab es hier kein Licht, aber nach kurzer Zeit erspähte Malden ein Funkeln, und er kroch darauf zu. Verglichen mit einigen der Strapazen, die er durchgemacht hatte, seit er Cythera und Bikker kennengelernt hatte, war der Durchstieg durch den Abfluss ein müheloses Unterfangen. Das Schlimmste daran war der Geruch.

Zuerst war er widerlich. Dann wurde er bald unerträglich. Bei dem Gestank tränten ihm die Augen, und obwohl er Mund und Nase mit der Kapuze seines Umhangs bedeckte, konnte er kaum atmen. Sein Körper verlangte nach reiner Luft, aber die gab es hier nicht. Die Quelle des Gestanks war kein großes Geheimnis. Die Aborte des Palasts endeten wohl in dieser Röhre – ein kluges Verfahren, ersparte man es sich so doch, den burggräflichen Kot jede Woche wegschaffen zu müssen. Maldens Vermutung über den Zweck des Abflusses wurde bestätigt, als er eine helle Stelle im Tunnel erreichte. Das Licht kam von oben aus einem Schacht, der Ähnlichkeit mit jenem hatte, der ins Verlies hinabführte – nur dass dieses Mal die Pfähle am Boden fehlten. Malden spähte nach oben und konnte gerade eben noch weit in der Höhe eine runde Öffnung ausmachen, die von einer flackernden Kerzenflamme erhellt wurde. Hier war der Gestank noch schlimmer, und es empfahl sich, den Zustand der Schachtwände nicht genauer zu betrachten.

Malden würgte, und die nachgiebige Beschaffenheit des Bodens, über den er kroch, verursachte ihm bei jedem zurückgelegten Zoll eine Gänsehaut. Allein die Verheißung von Freiheit und Sicherheit ließ ihn weitermachen. Dennoch, es hätte schlimmer sein können. Sobald er das hier geschafft hätte, wartete ein Vermögen in Gold auf ihn – gleichgültig, wie lange es in seinem Besitz bliebe. Er bedauerte den Diener, der hier herunterkommen musste, um den Abfluss zu reinigen, falls er verstopfte, denn der wurde bestimmt nur mit Kost und Logis bezahlt.

Als er sich dem Fluss näherte, öffneten sich immer mehr Schächte in den Tunnel. Einer davon wurde sogar gerade benutzt. Malden wartete geduldig, bis der Betreffende fertig war, dann kroch er weiter.

Endlich erreichte er eine Stelle, an der er das Ende des Rohrs sehen konnte. Mondlicht strömte durch das Gitter herein, obwohl dessen untere Hälfte mit Schmutz und Unrat verstopft war. Malden bewegte sich rascher und packte die Gitterstäbe mit seinen zerschundenen Fingern. Er rüttelte daran, aber sie gaben nicht nach.

In der Hoffnung, Cythera ein Zeichen geben zu können, spähte er zwischen den Eisenstäben hindurch. Vielleicht kannte sie ja eine Methode, Gitter zu verbiegen. Aber er entdeckte sie nirgends. Wo in Sadus Namen steckte sie? Das Boot hätte hier auf ihn warten sollen, dies war der vereinbarte Fluchtweg. Wenn sie nicht da war …

Dann würde er wohl schwimmen müssen, oder?

Seufzend zog Malden seine Ahle und machte sich an die Arbeit, versuchte die Gitterstäbe so weit zu lösen, dass er daran vorbeikam.

Dieb, sagte die Krone an seinem Gürtel, *Dieb, kehr um!*

Malden knurrte das Ding an und arbeitete weiter.

TEIL ZWEI

DIE KRONE, DIE KEINE RUHE GAB

Zwischenspiel

Bikker floh auf einem ganz speziellen Weg vom Schlosshügel, und zwar auf eine weitaus weniger dramatische Weise als Croy oder Malden. In dem Chaos nach dem Tod des Dämons trat er einfach in den Schatten an der Mauer und ging durch eine Tür in einen erhellten Raum in der Nähe des Haupttors. Dort wartete bereits ein Diener auf ihn. Der alte Mann bot an, ihm den Umhang abzunehmen – was Bikker ablehnte –, dann reichte er ihm einen Becher mit heißem gewürzten Wein. Den nahm Bikker entgegen und leerte ihn in einem Zug. »Ist er da?«, fragte er.

Der Diener nickte mit gesenktem Blick. Er war damit beschäftigt, ein zerrissenes Wams zu flicken, stieß eine Knochennadel durch den alten Stoff und zog sie wieder nach oben. Der alte Mann war der Schlossschneider, und er hatte einen Stapel Wäsche neben sich liegen. »Ich soll Euch zur Kapelle bringen, wenn sich die Dinge etwas beruhigt haben. Dort wird er Euch treffen.«

Bikker musterte den Schneider misstrauisch. War es möglich, dass dieser Mann in Wahrheit sein Auftraggeber war? Er hatte den Mann, der ihn zu den Verschwörern geholt hatte, nie gesehen. Es konnte jeder Bürger von Ness sein, jeder, der das zwingende Interesse hatte, den Burggrafen zu stürzen. Für einen Mann mit Bikkers Talenten war das keine ideale Situation, nicht zu wissen, für wen er arbeitete. Er war eher daran gewöhnt, in die Dienste von Adligen und Kaufleuten zu treten, die darauf bestanden, dass er ihre persönliche Livree trug. Warum sollte man schließlich einen berühmten Ritter im Gefolge haben, wenn keiner wusste, dass er für einen arbeitete?

Trotzdem konnte Bikker die Notwendigkeit für Geheimhaltung verstehen. Hätte jemand von den Plänen der Verschwörer erfahren, hätte das böse Folgen gehabt. Der Burggraf würde mit ihnen allen kurzen Prozess machen, vermutlich würde er sie in Ketten ans Schlosstor hängen, damit jeder in Ness den Lohn des Verrats sehen konnte. Geheimhaltung war das oberste Gebot. Selbst Hazoth war nicht in alle Einzelheiten eingeweiht, und Bikker war davon überzeugt, dass man auch ihm Teile des Plans vorenthielt.

Er zuckte mit den Schultern und verlangte einen weiteren Becher Wein. Was mit der Stadt passierte, war ihm egal. Ihm kam es nur darauf an, weit weg zu sein, wenn es geschah. Weit genug weg, um nicht das Blut riechen oder die Schreie hören zu müssen.

Nachdem genügend Zeit verstrichen war, gab ihm der Schneider einen Augenumhang, das traditionelle Kleidungsstück der Stadtwache. Zum ersten Mal wurde Bikker klar, warum der Schlossschneider für die Verschwörer von Nutzen sein würde – durch die Hände dieses Mannes gingen sämtliche Uniformen und Abzeichen. Alle möglichen Verkleidungen stünden ihm zur Verfügung. Bikker warf sich den zu kleinen Umhang über die Schultern und ließ sich von dem Schneider durch die dunklen Korridore der Kanzlei führen, wo die Verwaltungsarbeit der Stadt stattfand. Sie durchquerten einen dunklen Speisesaal und dann einen kurzen Gang, der zu einer Kapelle führte. Dort hing über einem schlichten Altar ein vergoldetes Füllhorn, das Symbol der Göttin. Es gab keine Bänke, nur ein paar mit Stroh gefüllte Kissen auf dem Boden, wo die Gläubigen knien konnten. Diese Kapelle war nicht für den Burggrafen und seine Familie gedacht, sondern für die Sekretäre und Schreiber aus Anselm Vrys Ministerien – Untertanen, wenn auch gut bezahlte Untertanen.

Der Schneider bedeutete Bikker mit einem schmalen Lächeln, sich hinzuknien. Vielleicht hielt er es für amüsant, den Ritter in Gebetshaltung zu sehen.

Für Bikker war das alles andere als amüsant. Es hatte eine Zeit gegeben, da hatte er in viel ungemütlicheren Kirchen Wache gestanden. Einst war er ein Vasall des Königs gewesen. Ein Verteidiger der Tugend. Er nahm seinen Platz auf den Knien ein; seine Rückenmuskeln spannten sich gehorsam. Es gab da eine gewisse Methode, um die ganze Nacht lang zu knien und aufrecht zu bleiben, selbst wenn der Körper nach Schlaf verlangte. Er widerstand dem Drang, Acidtongue vor sich aufzustellen, die Hände ordentlich auf dem Knauf gefaltet. Er würde nicht das verspotten, was er einst gewesen war, ganz egal, was Croy von ihm hielt.

Croy. Croy war hier. Der Gedanke ließ Bikkers Haut kribbeln. Der dumme Ritter konnte alle möglichen Probleme machen, falls er sich entschied, seine Nase dorthin zu stecken, wo sie nichts zu suchen hatte. Croy betrachtete sich noch immer als Angehörigen des edlen Ordens der Ancient Blades – was bedeutete, dass – wo auch immer er auf Unrecht oder Gesetzesverstöße stieß – er durch die Ehre verpflichtet war, ihnen ein Ende zu bereiten, die Verbrecher zu entlarven und sie ihrer Strafe zuzuführen. Falls Croy auch nur den Verdacht haben sollte, dass hier eine Verschwörung im Gange war ... aber Bikker wusste, dass er mit Sir Croy fertigwurde, sollte es dazu kommen. Er hatte Croy ausgebildet – hatte dem jungen Ritter alles darüber beigebracht, wie man ein Schwert führte. Er hatte noch immer ein paar Tricks im Ärmel, von denen Croy keine Ahnung hatte.

»Es ist geschehen«, sagte eine Stimme hinter Bikker und überraschte ihn. »Die Krone hat den Schlosshügel verlassen. Gut.« Bikker drehte sich nicht tun, um den Sprecher anzusehen. Sein Auftraggeber hatte von Anfang an klargemacht, dass er sein Gesicht nicht zeigen wollte. »Nicht so reibungslos, wie ich gehofft hatte. Aber viele Leute sahen den Wächterdämon, bevor er getötet wurde – das gefiel mir. Es wird Tarness noch mehr demütigen.«

»Wenn Ihr wollt, kann ich noch diese Nacht nach Helstrow reiten. Dort kann ich den König darüber informieren, dass der Burggraf von Ness Dämonen beherbergt hat«, meinte Bikker. Er genoss die Vorstellung nicht – im Augenblick war er in der königlichen Festung nicht unbedingt beliebt. Aber es würde ihre Ziele fördern, und es würde ihn weit von Ness wegbringen, bevor die Dinge eskalierten.

»Noch nicht. Diese Anklage heben wir uns als Versicherung auf. Nein, das Göttinnenfest steht vor der Tür. Wenn Tarness ohne Krone in der Öffentlichkeit erscheint, wird er das nicht erklären können. Wenn wir Glück haben, wird das Volk von ganz allein Krawall machen, ohne weitere Provokation. Indem wir seinen Zorn manipulieren, können wir es zu einer echten Revolte aufstacheln. Die Stadt wird durch den Aufruhr zusammenbrechen, und dem König wird nichts anderes übrig bleiben als einzugreifen.«

Bikker runzelte die Stirn. Er starrte das Füllhorn an, als er fragte: »Das ist der Teil, den ich nicht verstanden habe. Der Burggraf wird wie ein Narr aussehen, wenn er ohne seine Krone auftritt, keine Frage. Aber er ist ein Mann von beträchtlichen intellektuellen Fähigkeiten. Sicherlich wird er eine Entschuldigung finden, und das Volk wird ihm glauben. Schließlich liebt es ihn.«

»Es liebt *ihn*. Es wird nicht das lieben, was es am Göttinnenfest zu sehen bekommt.« Die Stimme schien das äußerst amüsant zu finden. »Glaubt mir, Bikker. Ich plane diese Tat seit Jahren. Ich weiß ganz genau, was ich tue.«

»Davon bin ich überzeugt«, erwiderte Bikker. Er fragte sich, ob er seinen Auftraggeber über Croy informieren sollte. Aber nein. Falls die Verschwörergruppe Croy für eine Bedrohung hielt, würden sie gemeinsam Schritte unternehmen, um den Ritter zu töten. Das wollte Bikker nicht. Er wollte Croy selbst erledigen. Also hielt er den Mund.

»Nun … Ihr wisst, was Ihr jetzt zu tun habt? Wie Euer Auftrag lautet?«

»Aye, ich bringe die Krone in Sicherheit. Schaffe sie in Hazoths Haus, wo sie versteckt wird.«

»Genau. Nehmt dem Dieb die Krone ab – zahlt ihm, was immer er verlangt, es spielt keine Rolle.«

Bikker lächelte. »Sicher, da ich den kleinen Narren in dem Moment umbringen kann, in dem die Krone in meiner Hand ist. Das Geld kann ich mir dann zurückholen.«

»Was? Nein, Ihr sollt den Dieb nicht töten. Nach den Mühen dieser Nacht seid Ihr bereits ein gesuchter Verbrecher. Es ist noch immer ein Verstoß gegen die Gesetze dieser Stadt, einen Mann zu töten, und ich will nicht, dass Anselm Vrys Wächter Euch wegen so einem geringen Vergehen verhaften. Nicht solange ich Euch noch brauche. Nein, bezahlt den Dieb und lasst ihn in Ruhe.«

Bikker grunzte ärgerlich. »Das gefällt mir nicht. Der Dieb weiß zu viel, und man kann ihm nicht vertrauen. Ihn am Leben zu lassen, ist leichtsinnig.«

»Ja, dessen bin ich mir bewusst. Darum wird ihn Hazoth töten. Ihr braucht Euch Eure Hände nicht schmutzig zu machen, wenn wir einen der größten Zauberer der Welt auf unserer Seite haben.«

»Wie Ihr wünscht«, sagte Bikker. Auch wenn es ihm noch immer gegen den Strich ging. Nicht, weil er glaubte, Hazoth würde sich weigern. Sondern weil er Malden – den er fast schon respektierte – einen sauberen Tod hatte geben wollen. Er konnte sich die Einzelheiten nur vorstellen, aber er war sich sicher, dass das, was Hazoth mit ihm anstellen würde, verglichen damit einfach nur schrecklich sein würde.

31

Croy und Cythera verbrachten einen Großteil der Nacht in angespanntem Schweigen, während sie den Weg vom Schlosshügel bis hinunter nach Gartenmauer zurücklegten. Die ganze Stadtwache war auf den Beinen und suchte nach ihnen, und sie mussten sich große Mühe geben, nicht gefasst zu werden.

Zweimal entdeckte man sie beinahe. Sie hatten mit ihrem kleinen Boot im Qualmbezirk angelegt, zwischen zwei Gerbereien, die den Inhalt ihrer Bottiche direkt in den Skrait kippten. Cythera glaubte, der Gestank würde die Wache fernhalten und ihnen erlauben, ungesehen an Land zu gehen. Und beinahe liefen sie direkt einem Wächter in die Arme, der neben einem gerade gelieferten Haufen ungegerbter Felle stand. Er rief sie an, als sie die Uferstufen erklommen, und sie mussten laufen, als er sie mit dem Knüppel in der Hand verfolgte. Natürlich hätte Croy den Mann mühelos erledigen können, aber das hätte nur noch mehr Aufmerksamkeit erregt.

Der zweite Zusammenstoß mit der Wache war bedeutend ernster. Sie hatten fast die Wiese am Göttinnengarten erreicht und konnten Hazoths Herrenhaus und das Haus sehen, in dem Croy Zuflucht gefunden hatte – nur um entdecken zu müssen, dass es auf der Wiese vor Wächtern nur so wimmelte. Wie sich herausstellte, hatte früher am Abend ein Räuber den Laufburschen eines Geldwechslers ermordet. Es war eine besonders blutige Tat gewesen, und die Stadtwache war in voller Stärke ausgerückt, um Beweise zu finden und nach dem Täter zu fahnden.

»Sie werden ihn nicht finden«, sagte Cythera, als sie und Croy wieder unbelauscht sprechen konnten. »Das war Bikkers Werk.«

»Bist du sicher?«, fragte Croy und erweckte den Anschein, als wollte er seine Schwerter ziehen und in die Nacht rennen, um den großen Schwertkämpfer zu finden.

»Nein. Ich kann nichts beweisen. Aber er sollte für ein Ablenkungsmanöver sorgen, damit die Wache vom Schlosshügel fernbleibt. Ich hätte nicht gedacht, dass er so … zweckmäßig vorgeht.«

Croy beruhigte sich wieder. In seinem persönlichen Kontobuch standen bereits genug Verbrechen unter Bikkers Eintrag. Eines mehr hatte keinen Einfluss auf seine Einstellung zu dem Mann.

Sie mieteten unter falschem Namen ein Zimmer in einer Schenke und verbrachten die Nacht damit, auf ein Klopfen an der Tür oder den Lärm schwerer Stiefel im Flur zu warten. Aber niemand kam, um sie zu verhaften oder auch nur schwer zu beantwortende Fragen zu stellen. Als endlich der Morgen anbrach, hatte es den Anschein, als seien sie in Sicherheit. Die

Zahl der Patrouillen hatte stetig abgenommen, und beide atmeten auf.

»Ich muss bald zurück sein«, sagte Cythera, als sie Croy durch die Gartenmarktstraße führte, die sich über den Hügel oberhalb von Hazoths Herrenhaus wand und von Läden und Verkaufsständen gesäumt war. Fischhändler schoben ihre Karren von Tür zu Tür – so früh am Morgen stank der tägliche Fang noch nicht –, während Fackelträger nach Hause ins Bett eilten, um den Tag zu verschlafen, bis ihre Dienste wieder gefragt waren. Noch Minuten zuvor hatten die beiden das Viertel buchstäblich für sich allein gehabt, nun aber schloss sich das Gedränge der Stadt um sie. Bäcker und Brauer waren natürlich schon lange vor Sonnenaufgang in ihren Geschäften. Aber mit dem Sonnenaufgang erwachte der Markt wahrlich zum Leben und wurde von Frauen bevölkert, die ihre Einkäufe tätigten. Der Morgen war kühl und klar heraufgezogen, während sie ihre alte Bekanntschaft aufgefrischt hatten – Croy hatte sich gewünscht, die Sonne möge noch unter dem Horizont bleiben, aber jeder Tag folgte seinem Lauf.

»Wenn ich zu spät komme«, sagte Cythera, »will Hazoth den Grund dafür wissen. Und er hat Methoden, Lügen zu durchschauen.«

»Sogar eine Methode, die bei dir anspricht?«, fragte Croy. »Ich dachte, du seist gegen jede Zauberei immun. Sind seine Kräfte zu stark für deinen Fluch?«

Sie lächelte freudlos. »Kein Zauberer auf dieser Welt könnte meinen Fluch durchbrechen. Aber Hazoth, nun … er verlässt sich nicht nur auf die Magie«, sagte sie. »Er ist der geschickteste Mann, den ich je kennengelernt habe.«

»Geschickter als ich?«, fragte Croy mit verletzter Miene.

»Bei Weitem«, erwiderte sie, aber dieses Mal verrieten die Fältchen um ihre Augen eindeutig Belustigung. Es freute ihn, dass er sie wenigstens immer noch auf so harmlose Weise erheitern konnte. Es hatte einmal eine Zeit gegeben – die scheinbar ein ganzes Leben lang her war –, da hatte er Kapriolen vollführt und für sie getanzt, bis sie die Hand vor den Mund geschlagen hatte, um nicht wie eine Närrin vor Lachen zu kreischen. Mittlerweile schien sie nur noch mürrisch zu sein.

»Ich wollte damals nicht gehen«, sagte er mit plötzlichem Ernst. »Der Burggraf war mein Lehnsherr. Als er mir den Befehl zum Aufbruch gab, blieb mir keine andere Wahl.«

Sie antwortete nicht. Stattdessen eilte sie in eine Bäckerei und kehrte einen Augenblick später mit einem runden Brotlaib zurück. Als sie ihn aufbrach, stieg Dampf aus dem weichen braunen Inneren auf.

»Wann hast du das letzte Mal etwas gegessen?«, fragte sie. »Du hast es immer so eilig gehabt, dich um alles zu kümmern, und hast das Essen stets vergessen. Und erzähl mir jetzt nichts. Ich habe einiges von meinem Meister gelernt und kann es dir vom Gesicht ablesen.«

»Ich glaube, es ist noch keinen Tag her«, sagte er und dachte an die Mandeln, die er gegessen hatte, während er sie am Vortag bei ihrer Ankunft in Hazoths Anwesen beobachtet hatte. Er musste zugeben, dass ihm beim Duft des Brots das Wasser im Mund zusammenlief. »Aber nicht hier. Lass uns vernünftig essen.«

Sie fanden eine Schenke, die gerade ihre Pforten geöffnet hatte, und für eine Silbermünze bekamen sie ein Hinterzimmer. Der Wirt warf einen misstrauischen Blick auf die sich bewegenden Tätowierungen in Cytheras Gesicht, sparte sich aber jede Bemerkung und zögerte auch nicht, den bestellten Wein und das halbe Käserad zu bringen.

»Setz dich da hin!«, sagte Cythera und zeigte auf die Bank am einzigen Tisch des Raums. Croy tat, wie ihm geheißen. »Willst du einen Becher?«, fragte sie und hob den Weinkrug.

»Du brauchst mich nicht zu bedienen«, erwiderte Croy und nahm ihn ihr aus den Händen. Dabei streiften seine Finger die ihren. Es war nur eine sanfte, flüchtige Berührung, aber sie reichte aus, dass sie zusammenzuckte und beinahe den Wein fallen ließ. Croy tat so, als hätte er die erschrockene Geste nicht gesehen. »Du bist nicht meine Sklavin. Oder meine Gemahlin. Noch nicht.«

»Ach, Croy, Träume sind doch etwas Schönes, nicht wahr?«

»Sag nicht Traum dazu. Sag Vision. Oder Prophezeiung.« Mit dem Gürtelmesser schnitt er Brot und Käse und reichte ihr eine Schnitte. Sie nahm sie ausgesprochen vorsichtig entgegen. Er studierte ihr Gesicht, während sie aß. Den aufgemalten Ranken, die sich auf ihren Wangen kräuselten, entsprossen unentwegt neue Blätter und Dornen. Um ihren Hals waren sie so dicht wie ein Dornengestrüpp voll tiefer und dunkler Schatten. Einmal sah er in dieser Dunkelheit ein Paar tierhafter Augen aufblitzen, aber sie waren verschwunden, bevor er ihren Blick erwidern konnte.

Er wusste nur zu gut, was diese Bilder bedeuteten. Cytheras Mutter, eine Frau von energischem Wesen und beträchtlicher Macht, hatte die Tochter mit diesem Zauber belegt, damit sie von keinem Fluch verletzt werden konnte. Derartige Magie gelangte niemals tiefer als bis zur oberen Hautschicht. Aber die arkane Energie musste irgendwohin und manifestierte sich deshalb in diesen Zauberbildern. Die Flüche verweilten auf ihrer Haut, bis jemand versuchte, sie körperlich anzugreifen – dann wurden sie freigesetzt. Für den Angreifer fühlte sich das so an, als fasse er im Winter unvermutet eine eiskalte Türklinke an, nur eben mit weitaus tödlicherem Ergebnis.

Es kam allerdings selten vor, dass eine Frau mit Cytheras Charakter einem wirklich üblen Fluch zum Opfer fiel. Als Croy sie kennengelernt hatte – damals hatte er noch als Leibwächter in den Diensten des Burggrafen gestanden –, war nur eine einzelne Schlingpflanze in ihrem Ärmel verschwunden. Sie hätte ihr ganzes Leben verbringen können, ohne noch mehr Bilder auf diese Weise zu erringen, hätte sie nicht Geld gebraucht. Ohne einen Pfennig und ohne jede Fertigkeit, ihren Lebensunterhalt zu verdienen – Prostitution war für sie nicht infrage gekommen –, hatte sie die Stellung angenommen, die sich ihr geboten hatte.

Hazoth hatte sie in seine Dienste genommen, da war sie noch sehr jung gewesen. Aus einer Haarlocke von ihr hatte er ein Amulett gefertigt, das den Schutz ihrer Verzauberung auf ihn übertrug. Und ein Zauberer wie Hazoth zog eine Menge Flüche an, mit denen ihn seine Feinde bedachten. Jede Dorfhexe, jeder Feld-Wald-und-Wiesen-Zauberer konnte einen mächtigen Fluch zusammenbrauen. Jetzt trug Cythera die Hauptlast jener Verwünschungen. Ihre Sammlung an Tätowierungen war mit jedem Tag in Hazoths Diensten umfangreicher geworden.

Auf Cytheras Haut wimmelte es vor Magie, viel zu viel, um sie sicher aufzubewahren. Magie kam nie zur Ruhe – sie war reine Bewegung und reine Energie, und sie hasste es, gebunden oder eingeschränkt zu werden. Ihre Haut konnte ein gewaltiges, magisches Potenzial halten, aber sie hatte ihre Grenzen, und sobald dieses Maximum erreicht war, versuchte sich die Magie ständig zu entladen. Jetzt konnte der leichteste Stoß und die bestgemeinte Berührung auf der Stelle Magie freisetzen. Hätte Croy voller Leidenschaft ihre Hand genommen, hätte er seine Lippen auf ihren Mund gepresst – es wäre sein Ende gewesen.

Dieser Umstand würde sich in der Hochzeitsnacht als Problem erweisen, das musste er zugeben. Aber vielleicht fände sich eine Möglichkeit, die Braut davon zu befreien.

»Komm mit mir, wir gehen fort!«, schlug er vor. »Heute Abend. Verlass sein Haus und komm zu mir! Wir segeln zu einem schönen Strand im Süden, bevor er überhaupt merkt, dass du ihn verlassen hast.«

»Glaubst du, es sei so einfach?«

»Ja, wenn wir es wollen.«

Sie legte ihr Brotstück auf den Tisch und betrachtete es eingehend, als könne sie die Zukunft daraus lesen. Vielleicht konnte sie es ja tatsächlich. »Er ließe es nicht zu. Damit die Verbindung aufrechterhalten bleibt, muss ich in seiner Nähe sein. Es würde ihn erzürnen.«

»Dann soll er doch schmollen! Was kann er uns schon antun? Er würde es nicht wagen, dich zu verletzen.«

»Um mich mache ich mir auch keine Sorgen«, entgegnete sie. Sie sah ihn unverwandt an. Ihre Augen waren unberührt von magischen Bildern. Sie waren klar und sehr ehrlich; sie verbargen keine Lügen. »Er hat meine Mutter in seiner Gewalt. Er könnte ihr Leben mit einer Handbewegung auslöschen, wenn er nur wollte.« Sie griff mit der Hand nach seiner Wange. Sie berührte ihn nicht, machte aber eine Geste – ihre Handfläche schwebte den Bruchteil eines Zolls über seiner Haut. Sie hatte viel Zeit gehabt, um zu lernen, wie man vermied, andere Menschen zu berühren. Eine lange Zeit, in der sie keinerlei Berührung erfahren hatte. »Ach, Croy. Du hättest nicht zurückkehren sollen.«

Er stand auf und schob die Käsekrümel beiseite, mit denen er gespielt hatte. »Du sagst, du musst dich melden. Also bekommst du Ärger, wenn du zu spät bist.«

»Das sagte ich«, bestätigte sie. Sie erhob sich vom Tisch und zog sich den Umhang eng um den Körper, schlang ihn so über die Arme, dass ihre Hände vom Innern des Kleidungsstücks verhüllt wurden. »Natürlich kannst du mich nicht weiter begleiten, denn sonst sieht er uns zusammen.« Sie ging, blieb aber an der Tür stehen, um ihm einen letzten Blick zuzuwerfen. »Versuch mich zu vergessen. Ich bin verloren, Croy.«

»Du bist eine Sklavin. Und genau davor wollte dich deine Mutter beschützen, als sie dich verzauberte. Hazoth ist einer jener Feinde, die sie aufhalten wollte. Aber jetzt benutzt er sie gegen dich. Du bist von ihm genauso mühelos gefangen genommen worden, als hätte er Zauberei angewandt.« Seine Worte klangen gröber als beabsichtigt. Er hatte kein Recht, auf diese Weise mit ihr zu sprechen, und als ihm das bewusst wurde, brannten ihm die Wangen vor Schamesröte.

»Es ist so, wie ich sagte«, erwiderte sie. »Nicht hinter jedem seiner Tricks steckt Magie.«

32

Malden benötigte den größten Teil des Tags, um den Kot aus seiner Kleidung herauszuwaschen. Eine Wäscherin konnte er sich nicht leisten, außerdem wollte er keine Fragen beantworten, die sie vielleicht gestellt hätte. Also erledigte er es selbst am Skrait, scheuerte seinen Umhang auf den flachen Felsen, bis er nicht mehr stank und die Farbe fast wieder wie vorher war. Wenn die Zeit gekommen war, wenn er rechtmäßig in Cutbills Diensten stand und sich seinen Lebensunterhalt verdiente, würde er seine Sachen nie wieder selbst waschen, das schwor er sich.

Vielleicht wäre es heute Abend ja so weit.

Nachdem er dem Schlosshügel entkommen war, hatte er befürchtet, jeden Augenblick verhaftet zu werden. Schließlich hatte der Folterknecht ihn genau gesehen und seine Beschreibung ganz gewiss an die Stadtwache weitergegeben. Und so hatte er die Stunden vor der Morgendämmerung damit verbracht, von einem dunklen Stadtviertel zum nächsten zu schleichen und jeden Augenumhang, auf den er stieß, genau zu mustern. Er wollte feststellen, ob die Ordnungshüter nach einem Dieb Ausschau hielten. Und sie hatten in der Tat nach jemandem gesucht – nach einer Frau in einem Samtumhang in einem kleinen Boot. Cythera. Sie suchten Cythera.

Was vielleicht erklärte, warum sie nicht auf ihn gewartet hatte, als er das Rohr verlassen hatte und in den schmutzigen Fluss gestürzt war. Vermutlich konnte man es ihr nicht verübeln, dass sie geflohen war, nachdem die Wächter sie entdeckt hatten. Bei der Verwirrung oben im Palast hätte man sich kaum die Mühe gemacht, sich die Geschichte anzuhören, die sie bestimmt vorbereitet hatte. Sie hätte im Kerker enden können.

Irgendwie musste er mit ihr oder Bikker Kontakt aufnehmen, um eine vernünftige Verabredung für die Übergabe der Krone zu treffen. Was sich unter Umständen schwierig gestalten würde, nachdem die Wächter sie suchten – sicherlich waren die beiden untergetaucht. Aber er hatte Möglichkeiten, sie zu finden, die den Behörden verwehrt blieben. Er musste nur ein wenig graben.

Auf dem Rückweg vom Fluss kam er jedoch zu dem Schluss, dass er es sich leisten konnte, einen Tag lang auszuruhen. Seine nächtliche Unternehmung hatte ihn erschöpft, seine Hände schmerzten und verlangten verzweifelt danach, eine Weile nichts zu tun. Außerdem hatte er seit dem Vortag nichts mehr gegessen und fühlte sich halb verhungert.

Also ließ er sich Zeit mit dem Nachhauseweg. Hier im unteren Teil des Stinkviertels floss der Fluss flach und breit durch eine Gegend mit Fischerhäusern, die alle auf Pfählen errichtet waren, um vor der jährlichen Frühlingsüberschwemmung geschützt zu sein. Malden stieg das mit Salzgras dicht bewachsene Ufer hinauf, wo umgedrehte Ruderboote lagerten und das Pech zwischen ihren Fugen in der Sonne schmolz. Die Fischer saßen auf ihren Booten, damit sie nicht gestohlen wurden, und warteten auf den Gezeitenwechsel. In der Zwischenzeit lachten und scherzten sie, während sie mit dicken, vernarbten Fingern ihre Netze flickten. Sie musterten ihn misstrauisch, aber ohne ein Wort zu verlieren. Sicherlich war es nicht das erste Mal, dass sie im ersten Licht des Tages eine mit Flusswasser getränkte Gestalt das Ufer emporsteigen und sich davonschleichen sahen. Er hoffte, dass es oft genug geschah, dass sie sich nicht an ihn erinnern würden, wenn er weg war.

Eine kurze Treppe brachte ihn zur Straße hinauf, wo er einen Brotlaib vom vergangenen Tag kaufte und drei Schlucke Wein aus einem Fass trank. Unterwegs zupfte er das Brot auseinander und achtete darauf, mit den frisch gesäuberten Schuhen in keinen Unrat zu treten. Die Häuser neigten sich hier weit in die Straße herein, und die oberen Geschosse waren so weit nach vorn gebaut, dass sie sich beinahe berührten. Selbst am Mittag herrschte hier nur tiefer Schatten. Eine Weile setzte sich Malden auf eine Pferdetränke, um dort zu essen und das Kommen und Gehen seiner Nachbarn zu beobachten.

Die Bewohner des Stinkviertels kleideten sich schlicht, und nur wenige von ihnen hatten ebenmäßige Gesichter – tatsächlich waren die meisten von den Pockennarben längst überstandener Krankheiten oder anderen Spuren schlechter Ernährung und unhygienischer Lebensumstände gezeichnet. Keiner von ihnen konnte lesen oder schreiben, und im Alter von fünfundzwanzig sahen selbst die ansehnlichsten Mädchen alt und gebeugt aus.

»Vorsicht da unten!«, rief jemand über Maldens Kopf, und

ein Schuhmacherlehrling musste der Ladung Abfall und Unrat ausweichen, die aus einem Fenster im ersten Stock geschüttet wurde. Als er beiseitesprang, stieß er mit einem Sägewerker zusammen, und beide stürzten. Die Ladung Feuerholz, die der Sägewerker geschnitten hatte, verteilte sich über das Pflaster. Der Mann zog den Jungen dafür am Ohr und verlangte, dass er beim Aufsammeln des Holzes half, aber der Junge machte lediglich eine obszöne Geste und eilte weiter. Auf der anderen Straßenseite trat eine Hausfrau aus ihrer Tür, das Gesicht von der Küchenhitze gerötet. Sie wedelte sich mit der Schürze einen Augenblick lang Luft zu, dann trottete sie wieder hinein, zurück zu ihrer nie endenden Tätigkeit. Sie musste ununterbrochen arbeiten, um ihre Familie zu ernähren und noch genug zum Verkauf übrig zu haben, damit sie und ihr Mann die Miete bezahlen konnten.

Das Leben dieser Menschen war erbärmlich und nichts wert. Malden hatte sich nie zugehörig gefühlt, nicht einmal damals, als er in ihrer Mitte gelebt hatte. Und doch fragte er sich wie so oft, wie sein Leben wohl verlaufen wäre, hätte er versucht, ein ehrlicher Mann zu werden.

Dabei hatte er in dieser Beziehung keine große Wahl gehabt. Der Sohn einer Hure – der Bastard einer Hure – konnte nie weit aufsteigen. Als Kind hatte er lesen und rechnen gelernt, und er hatte im Haus seiner Mutter die Bücher geführt, aber für eine Person seiner Stellung waren solche Fertigkeiten nutzlos. Kein Kaufmann hätte ihm je genug vertraut, dass er ihm die Kontobücher hätte führen dürfen. Als er das Bordell verlassen hatte, war er zu alt gewesen, um noch ein einträgliches Handwerk zu erlernen. Er hätte sich mit ungelernter Arbeit zufriedengeben und sich den Rücken mit dem Entladen von Schiffen zerschinden können. Er hätte als Marktträger für Bauern arbeiten können, die zu arm waren, um einen Karren ihr Eigen zu nennen. Aber vermutlich hätte er nicht lange in diesem Geschäft durchgehalten. Er hätte sich dem Alkohol ergeben, um seine schmerzenden Muskeln zu betäuben, und den erbärmlichen Lohn dafür verschwendet.

Malden schob sich das letzte Stück Brot in den Mund und

stand wieder auf. Dann bog er in eine Seitenstraße ein, eine schmale, gewundene Passage zwischen zwei Mietskasernen, die man um einen winzigen stinkenden Hof voller Nutzvieh herum gebaut hatte. Ringsum erhoben sich überall Stimmen, und aus jedem Fenster, das geöffnet worden war, um wenigstens einen Hauch frischer Luft hereinzulassen, drangen Unterhaltungsfetzen. In diesen Mietskasernen lebten Hunderte von Menschen, in Räumen, die bestenfalls die Größe des Salons eines Reichen aufwiesen. Einige der Häuser ragten fünf Stockwerke in die Höhe. Wenn er sich nur vorstellte, jeden Tag zum Fluss gehen zu müssen, um Wasser zu holen, und es dann die vielen Stufen hinaufzuschleppen … Brachte einer der Eimer die Seuche mit, wurde die ganze Mietskaserne möglicherweise abgeriegelt und die Bewohner ihrem Schicksal überlassen.

Malden schüttelte den Kopf und hastete die Straße entlang. Seine Kammer lag nur noch einen Häuserblock entfernt, über dem Laden eines Kerzenmachers. Im Winter wurde sie von der Hitze der Wachskessel darunter geheizt, und er musste sie mit niemandem teilen. Er eilte die Außentreppe zu seiner Tür hinauf und öffnete den Riegel, in Gedanken schon längst in seinem Bett. Es bestand aus einer einfachen Strohmatratze auf einem mit Schnüren gespannten Rahmen. Er fragte sich, wie lange er wohl noch wach bliebe, sobald sein Kopf das kratzige Laken berührt hätte.

Er trat ein und schloss die Fensterläden. Es wäre nicht das erste Mal gewesen, dass er einen Nachmittag verschlief, um für die kommende Nacht ausgeruht zu sein. Ja, nur ein paar Stunden Schlaf, und dann …

Dieb. Hör mir zu, Dieb.

Diese verdammte Krone!

Als er sie das erste Mal berührt hatte, hatte sie mit ihm gesprochen. Während seiner Flucht aus dem Kerker war sie größtenteils ruhig gewesen, aber auch nur, weil es genug Lärm gegeben hatte, der ihre Stimme übertönte. Jetzt konnte er sie in seinem stillen Raum, wo er ganz allein mit seinen Gedanken und seiner Erschöpfung war, wieder flüstern hören.

Es hörte nie auf.

Dieb, ich kann dir helfen. Ich kann dich vor allen Gefahren retten. Hör einfach nur zu, was ich dir zu sagen habe. Dieb! Hör mir zu!

Malden stürmte zur Raummitte, wo er eben noch die gestohlene Krone unter den losen Dielenbrettern versteckt hatte. Er stampfte so hart auf dem Fußboden auf, dass er befürchtete, die Dielen beschädigt und das Versteck zerstört zu haben. Wie ein Mann, der auf den Boden trommelte, um den Nachbarn unter ihm klarzumachen, dass sie zu laut waren.

Ich habe gesehen, was du dir ersehnst, Dieb. Und ich kann dir helfen, es zu bekommen. Ich bitte dich nur um eine Sache. Setz mich auf.

Sein Getrampel war nutzlos. Das verdammte Ding verstummte gerade lange genug, damit er wieder ins Bett kriechen konnte. Aber bevor er auch nur die Augen geschlossen hatte, fing sie wieder an und sprach in seinem Kopf, wo er sie nicht aussperren konnte.

Dieb, setz mich auf. Setz mich auf deinen Kopf, und ich verrate dir Geheimnisse. Dieb, ich kann dir sagen, wo Schätze vergraben wurden. Ich kann dir sagen, wie du mühelos zu Reichtum kommst, wie du sämtlichen Reichtum anhäufen kannst, den du dir wünschst. Dieb! Ich kann dich zu einem freien Mann machen!

Seit er die Krone gestohlen hatte, war sie so gut wie keinen Augenblick lang verstummt. Und was viel schlimmer war – er fing an, ihr zu glauben. Er brauchte sie sich doch nur auf den Kopf zu setzen. Er brauchte sie nur einen Augenblick lang zu tragen, und sie würde ihm alles verraten, was er wissen musste. Sie würde ihm verraten, warum Bikker und Cythera sie unbedingt haben wollten. Sie würde ihm sämtliche Geheimnisse des Burggrafen verraten.

Und noch so vieles andere mehr, Dieb. Ich kenne den Weg zum Herzen einer jeden Frau. Die Hexentochter kann dir gehören, dir. Ich kann dafür sorgen, dass sie jedem deiner Befehle gehorcht. Ich kann dafür sorgen, dass sie sich nach dir sehnt, bis sich ihr Körper nach deiner Berührung verzehrt. Du brauchst mich bloß aufzusetzen.

Die Krone gönnte ihm keinen Augenblick Schlaf. Lange vor Einbruch der Dunkelheit gab er nach. Natürlich nicht den Einflüsterungen, sondern der Erkenntnis, dass er, so müde er auch war, wieder aufbrechen musste, um Bikker und Cythera zu finden.

Die Sache konnte keine Stunde mehr warten.

33

Für einen Mann mit den richtigen Verbindungen würde es nicht schwer sein, Bikker zu finden.

Malden eilte wieder durch die Stadt, und dieses Mal benutzte er die Brücke, die hoch über dem Skrait nach Königsgraben führte. Dort mied er die Habichtstraße – dieser Ort war nur für die Söhne reicher Männer bestimmt, die nichts Besseres zu tun hatten und viel zu viel Geld mit sich führten, als gut für sie war. Für einen Mann mit seinen flinken Fingern hätten sie eine große Versuchung dargestellt, wären sie nicht so gut bewacht gewesen. An jeder Ecke der Habichtstraße lungerten bewaffnete Männer herum, die nach Leuten wie Malden Ausschau hielten. Die von den Spielhäusern und Nobelbordellen dieser Straße beschäftigten Wachen würden ihn in eine Gasse führen und bewusstlos prügeln, ohne ihm vorher auch nur eine Frage zu stellen.

Davon abgesehen lag Maldens Ziel in einem bedeutend bescheideneren Teil von Königsgraben. In einem Teil der Stadt, den er sehr gut kannte. Das war keine Überraschung, war er hier doch schließlich aufgewachsen. In der Leibchengasse lehnten sich ein paar verhärmte Huren aus Türeingängen, um ihm Angebote zuzurufen, aber er ignorierte sie. Zu betrunken, um ihn zu erkennen, ließen sie ihn gehen, ohne seine Männlichkeit zu sehr infrage zu stellen.

Malden musste zehn Minuten lang an der Tür vom *Zitronengarten* klopfen, bevor geöffnet wurde – und dann auch nur das Fenster im ersten Stock. Elody lehnte sich in die Abenddämmerung heraus, die Schultern kaum von einem verblichenen Seidentuch verhüllt, und schnalzte missbilligend mit der Zunge. »Tut mir leid, Schatz, aber wir haben noch nicht geöffnet. Komm nach Einbruch der Dunkelheit wieder!«

»Hast du Angst, ein Kunde könnte die Pockennarben auf deinem Hintern sehen, wenn die Dunkelheit sie nicht verbirgt?«, fragte Malden.

Elodys geschminktes Gesicht verfinsterte sich vor Zorn – bis er von der Tür zurücktrat, damit sie ihn sehen konnte. Dann verzog ein breites Grinsen ihre Miene und zeigte ihr lückenhaftes Gebiss. »Malden! Das ist ja eine Ewigkeit her!«

Sie knallte das Fenster zu, und kurz darauf hörte er sie die Treppe herunterpoltern. Sie musste den anderen im Haus sein Kommen mitgeteilt haben, denn ein halbes Dutzend Mädchen drängte sich im Eingang, als sich die Tür öffnete, und alle kicherten und lächelten geziert. Er schenkte ihnen ein warmes Lächeln, und ein Dutzend weicher Hände zog ihn hinein und schloss die Tür hinter ihm. Die älteren der Mädchen, von denen einige noch mit seiner Mutter gearbeitet hatten, zausten ihm das Haar und stießen ihn in die Rippen, um zu sehen, ob er zugenommen hatte. Die jüngeren Dirnen griffen nach anderen Körperteilen, aber Elody schlug ihnen die Hände weg.

»Dafür ist er nicht gekommen«, schalt sie sie, »ihr alten Schlampen. Malden ist kein Kunde. Er gehört zur Familie. Er könnte jüngere und talentiertere Mädchen als euch haben, müsste nur darum bitten, aber das tut er nicht.«

»Vielleicht hat er nur noch niemanden von seiner Größe ausprobiert«, meinte ein schlankes Mädchen.

»Vielleicht mag er ja keine Meeresfrüchte«, sagte eine der Veteraninnen zu ihr. »Du könntest sie ja mal waschen, nachdem du sie die ganze Nacht benutzt hast.«

»Vielleicht mag er keine Mädchen.«

»Du magst doch Mädchen, oder, Malden?«

»Gefalle ich dir?«

»Lernt endlich Manieren!«, kreischte Elody. »Mirain, bring ihm Wein! Gerta – du holst ihm ein paar Kissen und legst sie aufeinander, damit er sich darauf niederlassen kann. Der Rest von euch malt sich weiter die Gesichter an, schließlich ist es nur noch eine Stunde bis zur Geschäftsöffnung. Ihr werdet nicht dafür bezahlt, unseren Jungen anzuhimmeln! Malden, Malden, es tut gut, dich zu sehen. Wie groß du doch geworden bist. Komm rein, komm rein!«

Aufgrund ihres Alters hatte Elody die Stellung der Puffmutter inne, und sie wusste mehr über Gastfreundschaft als jeder Stallknecht. Sie ließ zu, dass er ihren wabbeligen Arm ergriff, und führte ihn hinaus in den Garten auf dem Hof, der dem Haus seinen Namen verlieh. Ein einzelner verkümmerter Zitronenbaum schwankte über dichten Schichten frisch gestreuten Strohs. Hier bedienten die Zweipfennighuren ihre Kunden – die Pfennigweiber (die manchmal auch als Standweiber bezeichnet wurden) machten sich nie die Mühe, sich auf den Rücken zu legen. In den oberen Räumen, die statt Türen Vorhänge hatten, konnten sich finanzkräftigere Freier von Mädchen bedienen lassen, die sich entweder als Jungfrauen ausgaben (was sehr unwahrscheinlich war) oder ihre besonderen Fertigkeiten anpriesen, die eine breite Palette einnahmen.

Man führte Malden unter den Baum und sorgte für ein Lager aus Kissen und einen Becher Glühwein. Das Gebräu schmeckte nicht besonders gut, aber er tat so, als nähme er kleine Schlucke, um seiner Gastgeberin eine Freude zu machen. Sie lächelte, kümmerte sich rührend um ihn und stellte eine Million unbedeutender Fragen über sein Leben nach dem Verlassen des Hauses seiner Mutter. Er beantwortete sie lediglich ausweichend oder mit Lügen – Elody wusste ganz genau, womit er seinen Lebensunterhalt verdiente, und hätte niemals konkrete Auskünfte verlangt.

Der gleiche Empfang wäre ihm in jedem Bordell zwischen dem Goldenen Hügel und der Stadtmauer zuteil geworden. Zu Lebzeiten seiner Mutter hatte eine seiner Aufgaben darin bestanden, Botengänge zu den verschiedenen Hurenhäusern zu machen, und er hatte frühzeitig gelernt, dass die Dirnen über drei Talente verfügten, die anderen Frauen fehlten. Eine dieser Begabungen bestand darin, dass sie zusammenhielten;

eine andere, dass sie sich um ihresgleichen kümmerten. Das mussten sie auch – selbst nach den liberalen Maßstäben der Freien Stadt Ness stand eine Frau, die anschaffen ging, auf der alleruntersten Sprosse der gesellschaftlichen Leiter. Hatten die Dirnen Probleme, taten sie sich zusammen, um sie zu lösen, denn kein anständiger Bürger hätte sich jemals herabgelassen, ihnen zu helfen. Die Kinder von Huren behandelte man unter ihresgleichen wie Prinzessinnen und Prinzen – denn außerhalb der Bordellmauern erging es ihnen schlimmer als Vieh.

»Es ist so lange her«, sagte Elody und zupfte an einer Locke. Das Henna, das sie zum Färben benutzte, machte ihr Haar dünn und brüchig, aber sie konnte einfach nicht aufhören, damit zu spielen. »Warum hast du uns nicht längst schon einmal besucht?«

Malden lächelte sie an, enthielt sich aber jeder Antwort. Als er zu alt geworden war, um verhätschelt zu werden, hatte ihn die vorherige Puffmutter auf die Straße gesetzt. Sie war dabei nicht unfreundlich gewesen, aber dennoch energisch. Das Haus, das in seiner Kindheit sein einziges Zuhause gewesen war, hatte ihn plötzlich als Körnchen zwischen seinen metaphorischen Zähnen betrachtet und ohne großes Aufheben auf die Straßen von Ness gespuckt. Aber er konnte sich noch immer an die Gesichter von Elody und den anderen »Mädchen« an diesem Tag erinnern. Sie hatten damit gerungen, sich nicht das geringste Mitleid mit ihm anmerken zu lassen. Und sie hatten es geschafft. Während Malden danach versucht hatte, eine ehrliche Arbeit zu finden – um dann die Verbrecherlaufbahn einzuschlagen –, hatte er sich geschworen, niemals zurückzukehren.

Aber nachdem er jetzt erlebt hatte, wie Elody ihn begrüßte, wurde ihm klar, welch ein Narr er doch gewesen war. Die Puffmutter tätschelte seine Hand und ignorierte sein Schweigen. Stattdessen füllte sie es selbst mit Worten. »Ich muss dir unbedingt erzählen, was alles so passiert ist. Wenna hat ihr Kind, ein hübsches kleines Ding, und Gildie hat ihre Versprechen tatsächlich alle wahr gemacht und ihren Vertrag zurückgekauft. Sie lebt mit einem Holzschnitzer zusammen und ist eine anständige Frau geworden. Dabei war sie die Ordinärste von allen, wie du dich zweifellos erinnerst.«

»Wirklich? Ich habe das immer nur für Prahlerei gehalten.«

Elody lachte. »Heutzutage verharrt nichts lange im Stillstand. Selbst alte Schachteln wie ich können sich noch verändern, wenn der Wind weht. Ach, und weißt du schon das Neueste? Es war heute in aller Munde. Der Turm des Burggrafen ist eingestürzt. Das erscheint wie ein Wunder, selbst jetzt noch, nachdem ich Zeit hatte, mich an die Vorstellung zu gewöhnen. Er stand achthundert Jahre. Man sagt, es war ein Blitz.«

»Das habe ich noch gar nicht gehört«, erwiderte Malden.

»Dann musst du der Letzte sein.« Plötzlich schaute sie ihn mit zusammengekniffenen Augen an. Malden verspürte eine plötzliche Anspannung und glaubte, sie würde ihm ansehen, dass er etwas mit dem Einsturz des Turmes zu tun hatte. Elody war eine durchtriebene Frau – das musste man auch sein, um ein Hurenhaus zu betreiben. Konnte sie es ihm vom Gesicht ablesen? »Etwas an dir ist anders«, sagte sie schließlich.

»Ich bin immer noch der Gleiche«, protestierte er.

»Nein. Was ist es? Was spüre ich da?« Ein breites Lächeln erschien auf ihrem Gesicht. »Du hast eine Frau kennengelernt! Du musst mir alles erzählen, sofort!«

Malden war entsetzt. »Ich … ich … äh, ja«, sagte er schließlich, erleichtert, das Thema wechseln zu können, und darum ohne groß auf seine Worte zu achten. »Aber … woher weißt du das?«

»Du hast dich gekämmt!«, erwiderte Elody und brüllte vor Lachen.

Malden berührte sein kurzes Haar. Er hatte sich tatsächlich vor seinem Aufbruch heute Morgen gekämmt. Er hatte bei der Übergabe der Krone präsentabel aussehen wollen. Dabei war ihm gar nicht in den Sinn gekommen, dass er das mit dem Gedanken getan hatte, Cythera wiederzusehen, aber …

»Das hat nichts zu bedeuten«, behauptete er. »Sie ist eine Schönheit und liegt weit außerhalb meiner Möglichkeiten. In ihrer Nähe mache ich mich bloß zum Narren. Sicherlich ist sie nicht interessiert.«

»Manchen Frauen gefällt das«, sagte Elody. »Aber ich sehe, wie ungern du darüber sprichst, also wollen wir es lassen. Jedenfalls im Moment. Sag mir, Malden, warum bist du wirklich hergekommen?« Ein Funkeln lag in ihren Augen. Ihm war klar, dass dieses Thema noch nicht vom Tisch war. »Ich weiß doch, dass du dir nicht bloß einen Rat in Liebesangelegenheiten holen wolltest.«

Malden stellte den Becher auf dem Boden ab und blickte zu einer verschrumpelten Zitrone hinauf, die an einem Ast über ihm hing. »Ich suche jemanden. Eigentlich sind es sogar zwei Personen – ein Mann und eine Frau.«

»Von den Letzteren haben wir genug, um alle Bedürfnisse erfüllen zu können«, scherzte sie.

Er lächelte und sah Elody in die Augen. »Wie viel besitzt Cutbill von diesem Haus?« Er wollte den Meister der Diebe noch immer so weit wie möglich aus der Angelegenheit heraushalten, genau wie Cythera und Bikker verlangt hatten.

»Der dürre Mistkäfer? Gar nichts«, erwiderte sie energisch.

»Und die Wahrheit?«

Elody seufzte. »Du weißt, dass wir nicht das beste Haus am Platz sind, auch nicht das lukrativste. Um die Wahrheit zu sagen, machen wir gerade eine schlechte Zeit durch, Malden. Cutbill könnte dieses Haus mit allem Drum und Dran zehnmal kaufen, ohne es im Geldbeutel überhaupt zu bemerken. Er macht einen Bogen um uns, weil er nichts mit unseren Schulden zu tun haben will.«

Malden nickte anerkennend. »Ich bin mir nicht sicher, dass die von mir Gesuchten jemals Kunden von dir … oder überhaupt einer der Frauen waren. Aber vielleicht hast du von ihnen gehört.«

Das war das dritte Talent der Dirnen: Sie erfuhren viele Neuigkeiten. Männer waren berüchtigt dafür, in Augenblicken außerordentlicher Entspannung zu reden. Die Mädchen neigten dazu, den saftigeren Klatsch miteinander zu teilen. Sollte der Burggraf selbst ein finsteres Geheimnis haben – wenn er es um Mitternacht in das Ohr seiner bevorzugten Konkubine flüsterte, war es gegen Mittag das wichtigste Gesprächsthema der Huren am Fuß des Hügels.

Elody streckte Malden die Hand entgegen, um ihm beim Aufstehen zu helfen, und führte ihn die Treppe zu den privaten Kammern hinauf, wo sich die Mädchen fein machten. Er beschrieb einer jungen Frau (die sich selbst als Barbarenprinzessin ausgab, in Wahrheit aber nur von der Sonne gebräunt war) die sich bewegenden Tätowierungen auf Cytheras Wangen. Einer Dirne, die doppelt so alt war wie er und eine dicke Puderschicht aufs Gesicht auftrug, um die Falten zu überdecken, erzählte er von Bikkers säurespuckendem Schwert. Ein fünfzehnjähriges Mädchen streute sich Belladonnapulver in die Augen, während er einen Vortrag über Cytheras Fähigkeit hielt, aus dem Nichts zu erscheinen. Als sie fertig war, sah sie so überrascht aus wie er seinerzeit auf dem Universitätsdach, aber sie wusste nichts.

Erst in der Kammer von Big Bess fand er, wonach er suchte. Bess überragte Malden um Haupteslänge und hatte noch breitere Schultern als er. Sie trug ein enges Mieder, in dem ihr beträchtlicher Busen so groß wie der Schlosshügel aussah. Perverserweise waren Zwerge ihre Spezialität – die zierlichen Handwerker mochten ihre Frauen stämmig, wie Malden wusste, und so weit von zu Hause entfernt, mussten sie sich mit Big Bess´ mächtiger Statur zufriedengeben. Anscheinend hatten sie aber Konkurrenz bekommen.

»Ein bisschen wild, aber flink mit der Zunge, sagst du. Großes Schwert über der Schulter, o ja. Er behält das Kettenhemd an, wenn er es treibt«, grunzte Bess. Sie rieb sich rotes Pulver auf die Wangen, damit sie rosig schimmerten, dann schmierte sie sich auch etwas davon zwischen die Brüste. »Er benutzt den Namen Milles, aber natürlich nennt man ihn zu Hause nicht so. Er kommt nicht oft vorbei, aber wenn er es tut, muss er für die ganze Nacht bezahlen, denn ich weiß, dass ich danach für keinen mehr zu gebrauchen bin.«

»Ich vermute, wir sprechen vom selben Mann«, sagte Malden. »Bess, weißt du, wo er wohnt? Oder zumindest, wo ich ihn finden könnte?«

»Willst du ihn töten?«, fragte die Dirne und legte falsche Wimpern aus Pferdehaar an. »Denn das will ich nicht auf dem Gewissen haben.«

»Nein, nein«, erwiderte Malden. »Bloß nicht. Er schuldet mir Geld.«

»Ah!«, rief Bess aus. »In diesem Fall …«

34

Als sich das Feuer der Sieben Tage schließlich aufgezehrt und fast die Hälfte der Freien Stadt in rauchende Ruinen verwandelt hatte, war eine Welle religiöser Hysterie über das Land hinweggeschwappt. Sowohl Sadu als auch die Göttin waren dafür gepriesen worden, das Feuer aufgehalten zu haben, und ihre Anhänger hatten ihre Abbilder in meilenlangen Prozessionen durch die Straßen getragen. Fanatiker beider Glaubensrichtungen hatten sich Schlägereien geliefert und einen Bürgerkrieg entfacht, der möglicherweise das Werk zu Ende geführt hätte, das der Brand begonnen hatte. Der Burggraf war eingeschritten und hatte die Anführer des Mobs, der dem Blutgott huldigte, brutal und rücksichtslos zerschlagen. Nachdem die Leichen weggeschafft worden waren, hatte er die Göttin zur offiziellen Schutzgottheit der Stadt erklärt. Ihr zu Ehren hatte man ein ganzes Stadtviertel besetzt, in dem Sadu als einziger Gott verehrt worden war, und es niedergerissen. Jeder Balken und jedes Möbelstück waren zerschlagen und weggekarrt worden. Die Menschen, die hier gewohnt hatten, zogen zu ihren Angehörigen, wenn sie denn welche hatten, oder lebten auf der Straße, wenn es nicht anders ging. Der Boden, auf dem diese Häuser gestanden hatten, war völlig geräumt worden, bis nichts mehr an das einstige Viertel erinnerte.

Die Proteste waren nicht von Bedeutung gewesen. Oben auf

dem Schlosshügel steckten bereits genügend Märtyrerköpfe auf Lanzen. Davon abgesehen waren die meisten Häuser, die der Burggraf zerstört hatte, ohnehin schon vorher vom Feuer in Mitleidenschaft gezogen worden. Aber die Absicht des Burggrafen war klar – er hatte demonstriert, dass der Glaube an den Blutgott in der Stadt keine akzeptierte Religion mehr darstellte. Falls er dennoch ihre Ausübung erlaubte, dann nur, solange es ihm gefiel, und er konnte sie unterdrücken, wann immer er wollte. Für diese Absicht hatte er ein Denkmal gebraucht, und der geräumte Platz war der Ort dafür.

Um das auf diese Weise frei gewordene, sechs Morgen große Gelände hatte man eine zehn Fuß hohe Steinmauer errichtet. Nach ihrer Vollendung gab es darin weder Tore noch andere Zugänge. Aus dem Göttinnengarten – wie man ihn später nannte – war jedes Zeichen menschlicher Besiedlung getilgt worden. Pflanzen und wilde Tiere hatten sich dort ungestört ausbreiten dürfen. Wie man sich erzählte, hatte der Burggraf zuvor große Raubtiere auf dem Gelände ausgesetzt. Das laute Gebrüll und Geheul, welches das Viertel des Nachts heimsuchte, nährte dieses Gerücht nur noch mehr. Es war allgemein bekannt, dass jeder, der über die Mauer stieg, um Früchte von den vielen dort wachsenden Bäumen zu stehlen oder unter dem geheiligten Wild zu wildern, niemals wieder heil und in einem Stück herauskam.

Es war ein gefährlicher Ort, und es war ein heiliger Ort. Was bedeutete, dass die Ordnungshüter keinerlei Anstalten machten, ihn zu bewachen. Ideal für Maldens Zwecke.

Die Krone der Mauer, die den Garten umgab, bot einen schmalen Weg, der sich durch das halbe Stinkviertel und dann weiter die ganze Strecke bis zur grünen Stadtwiese im Gartenmauerviertel erstreckte. Eine endlose Reihe eiserner Speerspitzen ragte aus den Schlusssteinen hervor, und Malden wand sich daran vorbei. Ein falscher Schritt, und er hätte sich aufgespießt, aber der Dieb tat nie einen falschen Schritt.

Als er das Ende der Mauer erreicht hatte, ging er in die Hocke und spähte in die Dunkelheit hinein. Der Himmel war bewölkt, und Nebelschwaden strichen über das Gras des weitläufigen Platzes, auf dem ein paar verirrte Schafe im Stehen schliefen. Etwa dreihundert Fuß weiter zog sich ein hoher Zaun um ein großes Herrenhaus. Der Stadtteil Gartenmauer war für seine eingezäunten Häuser bekannt. Sie gehörten Bürgern, die einerseits reich genug waren, um sich solche Anwesen leisten zu können, andererseits aber auch bereit waren, so weit entfernt vom übervölkerten Kaufmannsviertel des Goldenen Hügels zu leben. Dieses Haus war das größte von allen: ein massives, drei Stockwerke hohes Gebäude aus weißem Stein voller Giebel und Strebewerk mit Pfeilern und Bogen. Breite Fenster aus klarem, glattem und teurem Glas durchbrachen an unzähligen Stellen die Wände, und an der Vorderseite prunkte ein zwanzig Fuß breites Rosenfenster mit kabbalistischen Symbolen, dessen Buntglas vermutlich kaum zu bezahlen gewesen war. Das Haus ähnelte eher einer Kathedrale, wie Malden fand, allerdings fehlten dazu die nötigen Türme.

Kleinere Gebäude drängten sich im Vorgarten, während sich hinter dem Haus ein breiter und makellos gepflegter Garten mit Springbrunnen und zurechtgeschnittenen Hecken erstreckte. Keine Mauer umgab diese Anlage, sondern ein simpler Zaun aus Eisenstangen, deren Spitzen jeden Eindringling vom Versuch abhalten sollten, in den Garten einsteigen zu wollen. Der Zaun wirkte beeindruckend, aber die Sicherheit, die er bot, hätte Malden zum Lachen gereizt (hätte er nicht versucht, sich still wie eine Maus zu verhalten). Jeder Junge und selbst ein schlanker Mann hätten sich zwischen zwei Stäben hindurchzwängen können.

Natürlich war Malden kein Narr. Er wusste genau, wem das Haus gehörte und dass der Zaun vermutlich der harmloseste Teil seines Sicherheitssystems war. Der Besitzer war Hazoth, der einzige Zauberer in der Freien Stadt Ness mit echter Macht. Malden kannte Hazoths Ruf – in der Stadt drohte man unartigen Kindern oft mit einem Besuch des Magiers, und selbst manche Erwachsene benutzten seinen Namen als Fluch. Obwohl man ihn als einen der führenden Bürger ansah (für diesen Status benötigte man lediglich genügend Gold), lebte Hazoth wie ein Einsiedler, der das Haus nur zu wichtigen öffentlichen

Veranstaltungen verließ. Natürlich erregte eine derartige Gestalt eine gewisse Aufmerksamkeit und schürte den Aberglauben, und dieser Ruf war wohl ein Dutzend Mauern, Burggräben und Palisaden wert. Ob Hazoth nun so mächtig war, wie ihn die Legenden schilderten, oder nicht – kein Dieb mit ausgeprägtem Überlebensinstinkt hätte es gewagt, die Blicke dieses Mannes auf sich zu lenken.

Den Besitz eines Zauberers unbefugt zu betreten, kam im Grunde einem Selbstmord gleich. Niemand vermochte zu sagen, mit welchem schrecklichen Fluch Hazoth einen Eindringling belegte. Möglicherweise verwandelte er Eingeweide in Wasser oder ließ mit einer simplen Handbewegung die Augen in ihren Höhlen platzen. Kein Arzt konnte eine derartige Verletzung heilen, und er würde auch niemandem helfen – aus Furcht, ein ähnliches Schicksal zu erleiden.

Nur ein Narr würde Hazoth in seinem Haus belästigen.

Und selbst wenn man die Bedrohung durch Magie einmal vergaß, Malden hatte Augen im Kopf, die ihm zeigten, dass im Garten hinter dem Haus bewaffnete Wachen patrouillierten. Sie leuchteten mit hellen Laternen in die Ecken der Ställe und der Küche und hielten nach Eindringlingen Ausschau, die es wagten, sich durch den Zaun zu zwängen.

In hundert Jahren hätte sich Malden diesem Haus nicht genähert – hätte er dafür nicht gute Gründe gehabt. Seine Nachforschungen hatten ergeben, dass hier Bikker zu finden war, und damit vermutlich auch Cythera. Das ließ nur einen Schluss zu. Hazoth war sein eigentlicher Auftraggeber. Es konnte nur Hazoth gewesen sein, der Cythera und Bikker befohlen hatte, die Krone zu besorgen. Aber warum im Namen des Blutgotts wollte ein Zauberer diese Krone haben? Offensichtlich war sie verzaubert. Gewöhnliche Kronen sprachen nicht. Vielleicht, dachte Malden, wollte der Zauberer einfach nur die Magie studieren, die in dem einfachen Goldreif verborgen lag. Vermutlich würde er die richtige Antwort nie erfahren. Die Beweggründe von Leuten wie Hazoth blieben Uneingeweihten stets ein Rätsel.

Maldens Entdeckung erweckte in ihm den Wunsch, die Krone noch schneller loszuwerden. Er wollte sie übergeben, seinen Lohn kassieren und nie wieder daran denken. Das schien ihm die einzig vernünftige Vorgehensweise zu sein.

Natürlich waren dabei Sorgfalt und Umsicht erforderlich. Hazoth hatte keine Aufmerksamkeit erregen wollen und seine Komplizenschaft beim Diebstahl der Krone hinter zwei Reihen von Gefolgsleuten verborgen. Er würde mit Sicherheit nicht begeistert sein, wenn sein eigener Dieb mit der Krone in der Hand an seinem Tor anklopfte.

Malden schlich auf der Mauerkrone weiter, bis er sich über dem dunkelsten Teil der Stadtwiese befand. Wie erwartet war sie nicht gänzlich verlassen. In einem Busch unmittelbar unterhalb der Mauer kauerte ein Junge in einem dunklen Umhang. Neben seiner rechten Hand lag eine Keule auf dem Boden, während er eine Branntweinflasche an die Brust gedrückt hielt. Außerdem hatte er sich ein Tuch um die untere Gesichtshälfte gewickelt, was seine Absichten in gewisser Weise verriet.

Malden zog die Ahle und stieg vorsichtig über eine Speerspitze, bis er sich genau über dem Kopf des Jungen befand. Der junge Straßenräuber blickte nicht einmal auf. Viel zu sehr war er damit beschäftigt, den Platz zu beobachten und nach bedauernswerten Schafhirten Ausschau zu halten, die zu so später Stunde noch ihre Tiere einsammeln wollten. Die Beute wäre erbärmlich, aber für eine gewisse Klasse verzweifelter Krimineller lohnte sich jeder Raub. Selbst Schafhirten trugen Kleidung, und in manchen Gegenden der Stadt konnte man sie selbst mitten in der Nacht verkaufen, ohne dass Fragen gestellt wurden.

Lautlos sprang Malden dem Räuber in den Rücken. Der Junge wehrte sich und wollte aufschreien, aber Malden drückte ihm die Spitze der Ahle zwischen Unterkiefer und Hals.

»Hätte ich dir die Kehle durchschneiden wollen, wäre dies längst geschehen«, raunte er. »Bist du still? Ich will mit dir reden.«

Der Junge wollte nicken – ließ es aber sein, als er begriff, dass er sich dabei auf Maldens Waffe aufgespießt hätte. »Sicherlich, mein Lord«, stammelte er. Als Malden seine Fuselfahne roch, schwindelte ihm. Im Hinterhalt zu lauern, machte anscheinend überaus durstig.

»Du hast die Gelegenheit, heute Abend ein paar Kupfermünzen zu verdienen, mein Junge«, sagte Malden und entfernte die Spitze seiner Waffe den Bruchteil eines Zolls von der Halsschlagader des Räubers. »Aber zuerst musst du mir wahrheitsgemäß eine Frage beantworten. Für wen arbeitest du?«

»Für mich selbst! Das ist alles! Ich schwöre es, Euer Ehren, ich bin ein anständiger Bursche, ich spreche meine Gebete, sooft ich daran denke, und ich habe so etwas noch nie zuvor getan. Ich …«

»Du meldest dich nicht bei Cutbill? Er kriegt keinen Anteil?«

Der Junge wand sich nach Kräften. Vielleicht glaubte er, der Diebesmeister habe Malden geschickt, um ihn wegen unerlaubten Diebstahls zu töten.

»Die Antwort reicht mir«, knurrte Malden und lockerte den Griff. »Und jetzt lass uns wie zwei anständige Glücksritter miteinander reden.«

35

Der Junge hatte Sommersprossen und ein fliehendes Kinn, wie das abgenommene Tuch verriet. Malden nahm die Keule und die Flasche an sich, während er seine Botschaft übermittelte. Der Junge überquerte die Stadtwiese wie ein Verurteilter auf dem Weg zum Schafott und begab sich zu Hazoths Tor. Er warf einen letzten Blick über die Schulter – obwohl er Malden aus dieser Entfernung im Dunkeln unmöglich sehen konnte – und schritt durch das geöffnete Tor. Ein lautes Knistern erhob sich aus dem Gras, und der Junge wurde in die Luft gestemmt, als hätte man ihn an eine unsichtbare Wand genagelt. Hinter dem lächerlichen Zaun des Zauberers herrschte plötzlich Aufregung. Wächter eilten nach draußen, um zu sehen, wer der Eindringling war, und Malden hörte Hunde in ihren Zwingern kläffen und Pferde in den Boxen stampfen.

Langsam sank der Junge wieder zu Boden. Plötzlich blitzte es, aber der Blitz bestand nicht aus Licht, sondern aus Dunkelheit – wie die pulsierenden Schatten nach einem grellen Gewitterblitz. Auf der anderen Seite der Wiese kniff Malden die Augen zusammen. Anscheinend war der Eisenzaun nur das Symbol für eine ganz andere Art von Schutz. Malden war froh, den Jungen an seiner Stelle geschickt zu haben.

Die Wächter umringten den ungebetenen Besucher und zwangen ihn auf die Knie. Er streckte die Hände über den Kopf, als man ihm einen Speer ins Kreuz stieß. Malden hörte ihn seine Botschaft hervorwinseln, jene Botschaft, die ihn Malden mehrmals hatte üben lassen, um jedes Wort richtig hinzubekommen.

Ihr habt mir nie gesagt, dass sie sprechen kann, lautete die Botschaft. *Wir drei wollen uns um Mitternacht treffen, am Gottsteinplatz.*

Diese Botschaft zu schicken, war ein Risiko. Jemand konnte lauschen – ein Angehöriger der Wache oder ein anderer Feind. In diesem Fall hätte er ihnen Zeit und Ort verraten, an dem man ihn mühelos ergreifen könnte. Hoffentlich waren die Worte unverfänglich genug, um jeden zu verwirren, der die Einzelheiten der Geschehnisse nicht kannte.

Man ließ den Jungen einigermaßen unbehelligt laufen. Die Männer hielten ihn zwar grob fest, aber sie brachen ihm für seine Unverschämtheit nicht die Knochen. Sobald er auf der anderen Torseite war, rannte er sofort in Richtung Stinkviertel, machte sich nicht einmal die Mühe, bei Malden seine Belohnung abzuholen. Vielleicht hatte er es in seiner Angst vergessen. Malden grub in dem weichen Erdboden unter dem Busch, hinter dem er den Räuber entdeckt hatte. Dort versteckte er die Keule, die Flasche und drei Pfennige, alles in das dreckige Tuch gewickelt. Wenn der Junge tapfer oder schlau genug war, seine Sachen wiederzuholen, hatte er sich das Geld wahrhaftig verdient.

Dann floh Malden in die Nacht hinein, lief oben auf der

Mauer des Göttinnengartens den Weg zurück, den er gekommen war. Es gab viel vorzubereiten.

Die Tatsache, dass sein geheimer Arbeitgeber ein Meister der arkanen Wissenschaften war, bereitete ihm große Sorgen, aber nicht annähernd so große wie Bikker. Als er den Palast betreten hatte, hatte der große Schwertkämpfer als Ablenkungsmanöver einfach zwei Männer getötet. Malden hegte nicht den geringsten Zweifel, dass Bikker auch bereit wäre, ihn zu töten. Entweder wollte der Krieger das Gold für sich behalten – oder er wollte den Dieb auf einfachste Weise zum Schweigen bringen. Als Malden den Auftrag angenommen hatte, hatte er ihn für kaum mehr als einen Streich gehalten. Die Krone würde eben durch ein Duplikat ersetzt, und niemand würde je davon erfahren – der Burggraf würde, um jede Peinlichkeit zu vermeiden, den Diebstahl nicht einmal öffentlich zugeben.

Aber die Voraussetzungen hatten sich geändert. Die Krone war verzaubert und somit viel wichtiger als ein kunstvoll bearbeiteter Goldklumpen. Der Burggraf würde sie zurückhaben wollen und vor so gut wie nichts zurückschrecken, um dies zu ermöglichen. Bikker und sein Meister würden vollständige Geheimhaltung bewahren wollen, und das ließ sich nur sicherstellen, indem man Malden die Kehle durchschnitt und seine Leiche in den Fluss warf.

Malden seufzte, als er auf der Mauer entlanglief. Niemand hatte je behauptet, dass sein neues Leben als wagemutiger Einbrecher einfach wäre. Er erreichte eine Mauerecke und ließ sich zur Straße hinunter, einer im Schatten liegenden Gasse, die zu einem Häuserblock im Stinkviertel führte. Es gab noch immer Möglichkeiten, wie er sein Gold bekam und am Leben blieb, aber dazu war genaue Planung nötig und …

»Einen Moment, bitte«, sagte jemand in der Dunkelheit.

Malden blieb das Herz stehen, aber nur einen Moment lang. Er hatte keinen Verfolger entdecken können, hatte sich in Sicherheit gewähnt. Wer konnte das sein?

Wer auch immer es war, er wollte ihn nicht kennenlernen.

Er sprang auf eine Hauswand zu. Der Dachvorsprung warf einen tiefen Schatten auf die Straße darunter – dort konnte er sich verbergen. Er reagierte nicht auf den Ruf. Er atmete nicht einmal. Er überlegte sogar, die Augen zu schließen, damit sie nicht in einem verirrten Strahl des Sternenlichts glitzerten – aber nein. Er musste sehen, wer da auf ihn zukam.

»Ich habe nicht die Absicht, Euch etwas anzutun«, sagte die Stimme.

Grelles Licht flammte rings um Malden auf. Der andere musste eine abgedunkelte Laterne halten und die Abdeckung plötzlich zurückgeschoben haben. Einen Augenblick lang konnte Malden nichts sehen, und seine an die Dunkelheit gewöhnten Augen brannten vor Schmerz. Er schlug sich den Umhang vors Gesicht und warf sich nach links, in der Absicht, dem Lichtschein zu entkommen …

… und spießte sich beinahe auf einer Schwertspitze auf. Gerade noch rechtzeitig ließ er den Umhang los und verharrte, als die Spitze nur einen Zoll von seiner Kehle entfernt in der Luft pendelte. Sie hätte durch ihn hindurchgeschnitten wie ein Messer durch die Wurst.

Mit zusammengekniffenen Augen spähte Malden über die Laterne hinweg. Nun erkannte er, dass sie auf den Pflastersteinen stand. Wäre er darauf zugelaufen und hätte sie umgestoßen, hätte er in den Schatten untertauchen können und wäre der Gefahr entronnen.

Zum ersten Mal richtete er den Blick an der Klinge vorbei auf den Menschen, der die Laterne hielt. Wenigstens war es kein Ordnungshüter. Er war blond, älter als Malden, bekleidet mit einem nietenbeschlagenen Wams und einem Samtumhang. Also ein durchaus vermögender Mann, auch wenn seine Stiefel von Schlamm beschmutzt waren. Er lächelte, aber es war ein freundliches Lächeln – nicht das raubgierige Lächeln einer Katze, die einen Singvogel in den Krallen hält.

Es dauerte eine kleine Weile, bevor Malden seinen Gegner erkannte. Doch dann war er noch verwirrter als zuvor.

»Ihr seid doch der Narr, den man auf dem Marktplatz hängen wollte«, flüsterte der Dieb. »Der Ritter. Sir … Sir … Sir Wieauchimmer. Nun, anscheinend muss ich Euch zu Diensten sein, Sir …«

»Croy.«

Malden hob die Hand zum Gruß. Der Ritter schlug sie mit der breiten Seite der Klinge zur Seite.

»Ich entschuldige mich für dieses unhöfliche Zusammentreffen, aber ich sah keine andere Möglichkeit, Eure Aufmerksamkeit zu erregen«, erklärte Croy.

Das wird immer merkwürdiger, dachte Malden. Er war es nicht gewöhnt, dass ihn bewaffnete Männer mit Höflichkeit und Respekt behandelten.

»Ich möchte Euch nur eine einzige Frage stellen. Werdet Ihr antworten?«

»Unter diesen Umständen kann ich mich kaum weigern«, erwiderte Malden.

»Ich sah Euch eine Botschaft zu Hazoths Haus schicken. Und ich weiß, dass jemand, auf den Eure Beschreibung passt, auf dem Schlosshügel war, als der Turm einstürzte. Die Nacht, in der ein gewisses Boot unten auf dem Fluss wartete.«

Malden war wirklich erleichtert, dass dieser Ritter kein Stadtwächter war. Hätten Anselm Vrys Männer die Einzelheiten so sauber wie dieser Bursche zusammengefügt, würde sein Hals bereits in einer Schlinge stecken. »Wenn Ihr das sagt, mein Lord.«

»Ihr bestreitet es nicht. Das Boot sollte Euch einsammeln, nicht wahr? Cytheras Boot. Ich kann es Euch von den Augen ablesen. Also frage ich Euch – was habt Ihr mit Cythera zu schaffen?«

Maldens Stirn legte sich in Falten, während er zu verstehen versuchte, was hier eigentlich vor sich ging. Wollte man ihn töten aus Gründen, die er nie erfahren würde? Oder ließ dieser Narr ihn gehen, wenn er wahrheitsgemäß antwortete?

Aus irgendeinem Grund hielt Malden dies sogar für möglich.

»Ich habe für sie gearbeitet, das ist alles. Ich bin gerade dabei, mich um meine Bezahlung zu kümmern.«

»Mitten in der Nacht? Eine seltsame Zeit, um einen Lohn entgegenzunehmen.«

»Ich schätze, das kommt auf die Arbeit an«, meinte Malden.

Croys Miene veränderte sich. Das Lächeln verblasste, und seine Augen weiteten sich. »Sagt mir die Wahrheit. Worin bestand der Auftrag?«

Malden dachte gründlich über seine Antwort nach. »Sir Croy, ich habe den Eindruck, dass Euer Interesse an Lady Cythera keinesfalls, äh, feindseliger Natur ist. Um offen zu sein, ich glaube, Ihr seid ihr Freund.«

»Ich hoffe doch, mehr als das«, erwiderte Croy.

Maldens Herz wurde schwer. Etwas, das er eigentlich nicht zu hoffen gewagt hatte, erschien plötzlich außerhalb seiner Reichweite. Aber wenn er nicht schnell antwortete, würde noch mehr als seine Gefühle verletzt werden. »Ich muss zugeben, dass auch mir etwas an ihr liegt. Falls wir diese Einstellung teilen, werdet Ihr sicherlich verstehen, dass Ihr sie in Gefahr bringt, wenn ich diese Frage vollständig beantworte. Vor allem hier in der Öffentlichkeit, wo jemand lauschen könnte.«

»Ich verstehe«, sagte Croy. Er senkte das Schwert, bis es nicht länger auf lebenswichtige Teile von Maldens Körper zeigte. »Ihr habt recht, es ist viel zu gefährlich, diese Unterhaltung in der Öffentlichkeit zu führen. In diesem Fall sollten wir …«

Aber Malden hörte das Ende des Satzes nicht mehr. Er hatte die Öffnung gefunden, die er gesucht hatte. Sobald sich die Schwertspitze senkte, flitzte er in die Dunkelheit und trat dabei die Laterne um.

Sir Croy befahl ihm stehen zu bleiben und verfolgte ihn, aber nicht lange. Malden hatte einen Vorsprung, und in der Nacht war das der einzige Vorteil, den der Dieb brauchte.

36

Trotz des ritterlichen Zwischenfalls waren Maldens Vorbereitungen lange vor Mitternacht beendet. Er spähte den Gottsteinplatz aus – einen bescheidenen Platz inmitten des Stinkviertels, dessen Bewohner kaum nachts das Fenster öffneten – und fand die richtige Stelle, um sich auf die Lauer zu legen. Dann sammelte er die Werkzeuge ein, die er brauchte. Die bestanden größtenteils aus der gestohlenen Wäscheleine eines armen Bürgers und einem alten, aber noch immer benutzbaren Korb, den er in einer Gasse aus einem Müllhaufen ausgrub. Es war nicht der raffinierteste aller Pläne, aber seine Stärke lag in der Schlichtheit.

Zu dieser Nachtstunde war das Stinkviertel so gut wie menschenleer. Oben auf dem Goldenen Hügel oder der anderen Flussseite in Königsgraben amüsierten sich noch die Reichen in den Spielhäusern beim Glücksspiel oder zu Hause bei Kammermusik oder beim Kartenspiel. Sie waren in der Dunkelheit der Nacht auf den breiten Prachtstraßen unterwegs, geführt von den Fackelträgern, die überall mit ihren Pechfackeln umherliefen. Aber die Armen hier unten konnten sich nach Sonnenuntergang kein Licht leisten. Kerzen waren teuer, Öllampen erst recht. Die Bewohner des Stinkviertels hielten sich von ihren finsteren Straßen fern und gingen hinter dicken Schlagläden und verschlossenen Türen früh zu Bett. Nach Einbruch der Dunkelheit fand man hier nur noch Diebe. Diebe wie Malden.

Er nahm seine Position ein und wartete. Sein Körper verlangte dringend nach Schlaf, und sein Magen war alles andere als gefüllt, aber er hatte schon vor langer Zeit gelernt, die Bedürfnisse seines Körpers zu unterdrücken und schweigend zu warten, gleichgültig, wie lange es dauerte.

Keine zwei Stunden später näherten sich Bikker und Cythera dem Platz. Sie kamen lautlos und ohne Licht, und sie begaben sich schnurstracks zu dem Gottstein in der Mitte der Kreuzung.

Der fünfzehn Fuß hohe Monolith war mit gefürchteten Runen bedeckt, aber der Zahn der Zeit hatte an ihnen genagt, und sie waren bis zur Unleserlichkeit verwittert. Vor Jahrhunderten hatte der Stein der Anbetung des Blutgotts gedient. Aber der erste Burggraf hatte ihn rituell geschändet, und die Menschen hatten sich seitdem nicht mehr davor versammelt. Da er zu groß und zu schwer war, um einfach weggeschafft zu werden, hatte er die Jahre und den Regen stumm ertragen. Selbst die Blutflecke, die einst die untere Hälfte bedeckt hatten, waren verblichen, und inzwischen diente er nur noch als Orientierungszeichen, ein ungeliebtes Geschwür auf dem Gesicht eines ungeliebten Stadtteils. Weder Cythera noch Bikker schenkten der Säule die geringste Aufmerksamkeit, als sie näher kamen. Ihre Blicke galten den Schatten, den Ecken, den dunklen Eingängen zu den Häusern ringsum.

Sie dachten gar nicht daran, nach oben zu sehen. Malden rührte sich vorsichtig – seine Glieder waren durch die Untätigkeit ganz steif – und räusperte sich.

Seine beiden Auftraggeber zuckten nicht einmal zusammen. Gleichzeitig wandten sie die Gesichter nach oben und spähten zu der Stelle herauf, wo Malden auf dem Stein kauerte. Bikker sah verärgert aus. Cythera machte lediglich den Eindruck, als sei ihr die Umgebung unangenehm.

Er konnte sie verstehen. »Habt ihr das Gold?«

Bikkers Miene entspannte sich. »Du hättest wenigstens einen weniger öffentlichen Treffpunkt wählen können.«

»Natürlich. Vielleicht eine dunkle Gasse? Wir hätten uns auch oben auf einer Klippe über dem Skrait treffen können. Dann hättet ihr mich bloß hinunterzustoßen brauchen.«

»Du vertraust uns nicht?«, fragte Cythera. Ihr Tonfall klang nicht verletzt.

»Ich vertraue ihm nicht. Er hat zwei Männer getötet, bloß um Aufmerksamkeit zu erregen.« Malden erhob sich und ging auf der Säule auf und ab. Die Fläche war kaum zwei Schritte groß. »Und was dich angeht – ich kann mir vorstellen, warum du mit unserem kleinen Boot weggefahren bist. Ich glaube, keiner von uns hat damit gerechnet, dass sich die Ereignisse so zuspitzen.«

»Du meinst, wir rechneten nicht damit, dass du die Sache versaust?«, knurrte Bikker. »Da hast du allerdings recht.«

Malden lachte – wenn auch nicht besonders laut. »Wir haben alle überlebt. Ich besitze den Gegenstand, den ihr wollt. Solange ihr das Gold für mich habt, ist doch alles in Ordnung.«

Cythera griff unter den Umhang und zog einen prallen Sack hervor. In ihren schlanken Händen wirkte er schwer, aber es schien sie keinerlei Anstrengung zu kosten, als sie ihn hob.

»Trotzdem, ihr solltet euch lieber bedeckt halten. Wir haben mehr Aufmerksamkeit erregt, als uns gefallen könnte. Und man wird nach dem Gegenstand suchen.«

»Ach was«, knurrte Bikker. »Vermutlich glauben sie, dass sie unter den Trümmern begraben liegt. Komm herunter, Junge, und gib sie mir! Dann bekommst du dein Gold. Und wenn du weißt, was gut für dich ist, sehen wir uns danach nie wieder.«

»Ich habe einen besseren Vorschlag.« Malden trat den Korb über die Kante, und er landete zu Füßen der beiden auf dem Straßenpflaster. Das andere Ende der am Griff befestigten Wäscheleine behielt er in der Hand. »Legt das Gold da hinein, und ich ziehe es hoch. Dann zeige ich euch euren Schatz.«

»Dort oben, außer Reichweite meines Schwerts«, sagte Bikker. Sein Gesicht zeigte so etwas wie widerwillige Bewunderung. »Natürlich kannst du nicht für alle Zeiten auf dem Stein stehen bleiben. Irgendwann musst du herunterkommen, und ich habe viel Zeit.«

Malden schenkte ihm ein grimmiges Lächeln. Was das anging, wusste er, dass er zur Wand des nächsten Hauses springen und über das Dach verschwinden konnte, bevor der Krieger den Gottstein hochgeklettert wäre. Aber er verzichtete auf die Bemerkung.

»Schluss damit«, sagte Cythera und legte den Sack in den Korb. Malden zog ihn rasch hoch, bevor Bikker ihn sich schnappen konnte. Er war so schwer wie erwartet – er musste mindestens zehn Pfund Gold enthalten. Das Herz des Diebs pochte erwartungsvoll. Er öffnete den Sack und sah erleichtert, dass er weder mit Steinen noch mit Blei gefüllt war. Schnell zählte er das Geld. Einhundertundein Königstaler. Exakt die Summe, die er brauchte. Er band sich den Sack unter seinem Umhang auf den Rücken.

»Vielen Dank«, sagte er. »Und was euren Schatz angeht – der liegt zwei Straßen weiter westlich auf dem Grund einer Pferdetränke. Ich hätte ihn ja mitgebracht, aber ich konnte das ewige Geplapper nicht mehr ertragen.«

»Du … du verdammter Narr!«, tobte Bikker. »Und wenn sie irgendein Bettler gefunden und bereits verscheuert hat?«

Malden zuckte mit den Schultern, und das Gold auf seinem Rücken klirrte. »Dafür bin ich nicht mehr zuständig.«

Bikker fluchte und rannte vom Platz, wies Cythera aber an, zu bleiben und auf Malden aufzupassen. Als er verschwunden war, kletterte Malden mühelos an der Seite des Gottsteins hinunter, wobei er die Runen als Halt benutzte, und verneigte sich tief vor der Frau.

»Es ist nicht klug, ihn wütend zu machen«, sagte sie mit einem Seufzer.

»Ich habe nicht die Absicht, ihm jemals wieder zu begegnen.« Malden drehte sich auf dem Absatz um, um loszulaufen. Aber etwas ließ ihn innehalten. Er hätte es besser wissen sollen, vor allem nach seiner Begegnung mit Croy, aber er konnte es nicht verhindern. Was, wenn es da doch eine Chance gab? »Dir hingegen …«

»Ich? Du willst mich wiedersehen?«, fragte sie.

»Ich dachte, ich hätte das bei unserer letzten Begegnung deutlich zum Ausdruck gebracht. Falls du Interesse hast.«

Ein seltsamer Ausdruck trat in ihre Augen. Ihr Gesicht war mit zu vielen Tätowierungen bedeckt, um ihre Miene deuten zu können. »Vielleicht hätte ich etwas, das du erfahren möchtest. Es gibt eine weitere Belohnung. Von meinem Herrn.«

»Hazoth?«, fragte Malden verblüfft. »Ich will nichts anderes von ihm.«

»Dann eben von mir«, sagte sie mit leiser Stimme. Sie trat

auf ihn zu und lächelte. »Einen Kuss. Nur einen. Findest du mich nicht begehrenswert?«

Malden lachte, aber mehr aus Unsicherheit. »Mehr als jede Frau, die mir seit langer Zeit begegnet ist.«

»Vielleicht finde ich dich anziehend. Vielleicht will ich dir ja nur meine Dankbarkeit zeigen.«

Maldens Herz raste. Das Angebot war mit Sicherheit verlockend. Aber es erschien seltsam, dass es im Auftrag von Hazoth kam. Was hatte das zu bedeuten? Sie war sehr schön. Vor allem im Mondlicht. Unter ihrem linken Auge öffneten sich weiße Blüten. Exotisch und darum noch verführerischer.

Sie trat nahe genug an ihn heran, um ihn zu umarmen.

Malden wich einen Schritt zurück. Hier ging etwas vor, das er nicht verstand. Eine Sache musste er auf jeden Fall vorher wissen. »Ach, das ist schrecklich verführerisch, meine Schöne. Aber ich bin mir nicht sicher, ob mein neuer Bekannter Sir Croy das gut finden würde.«

»Croy«, wiederholte sie wie eine Frau, die aus schweren Träumen erwacht. Sie blinzelte heftig und verharrte. Mehr brauchte Malden nicht zu hören. Der Kuss war nicht aus eigenem Antrieb angeboten worden. Hazoth musste sie mit einem Bann belegt haben, damit sie das tat – vielleicht hatte Sir Croy ihm auch nur aus irgendeinem unerfindlichen Grund Unsinn erzählt. »Sagtest du …«

Aber als sie ihre Frage beendet hatte, war er bereits verschwunden. Malden wurde wirklich ein Meister darin, in der Dunkelheit unterzutauchen.

37

Eine Stunde später schlief Malden endlich.

Natürlich begab er sich nicht zu seiner Kammer über dem Kerzenmacher. Befürchtete er doch, dass Bikker bereits dort auf ihn wartete und mit seinem widerwärtigen Schwert Säure auf den Boden tropfte. Stattdessen schlief er im Freien unter der Kornmarktbrücke, unmittelbar unterhalb vom Marktplatz. Es war ein seltsamer und viel zu öffentlicher Platz zum Übernachten. Die Brücke überspannte keinen Fluss, sondern die Häuser des Goldenen Hügels. Man hatte sie erbaut, damit Waren direkt vom Qualmbezirk zum Marktplatz geschafft werden konnten, ohne die reichen Bürger in ihren Häusern zu belästigen. Sie schwebte wie eine steinerne Schleife über den Dächern, und Malden hatte von seinem Platz aus einen schönen Ausblick auf hundert Schornsteine direkt unter ihm, von denen jeder einzelne eine dünne Rauchfahne in den Himmel schickte. Es war, als würde man auf einer Wolke liegen. Es war ein seltsam exponierter Ort, aber seine Ungewöhnlichkeit machte ihn ideal – niemand käme auf die Idee, ihn hier zu suchen. Mit seinem abgetragenen, staubigen Umhang unterschied er sich kaum von den heruntergekommenen Männern, die diese Gegend bevölkerten. Keiner stellte sich ihm in den Weg, als er eine Stelle zwischen zwei steinernen Säulenplatten fand, die Kapuze zum Wärmen ins Gesicht zog und sich zusammenrollte.

In der Nacht gab es nur eine Störung. Im Schlaf fühlte er grobe Finger, die den Stoff seines Umhangs untersuchten. Er riss die Augen auf und war sofort hellwach. Es wäre ein übler Scherz gewesen, hätte ihm jetzt jemand das Gold gestohlen, oder nicht?

Seine Hand lag bereits auf dem Griff seiner Ahle. Er rollte sich ein Stück zur Seite und zog sie aus ihrer Scheide, während die Hand sich immer unverschämter in seine Kleidung verkrallte. Malden fuhr auf der Hüfte herum und ließ die Waffe sehen.

»Ach, mein Junge«, flehte der Bettler, der versucht hatte, ihn auszurauben, riss die dreckigen Hände hoch und spreizte die Finger. »Das is nich nötig, echt nich.«

»Das höre ich gern«, sagte Malden. »Such dir einen anderen Schlafplatz oder jemanden, der nicht so gut aufpasst.«

Der Bettler nickte eifrig und trollte sich. Malden schlief wieder ein.

Als er aufwachte, griff er nach hinten und berührte den Sack voll Gold auf seinem Rücken, bevor er überhaupt die Augen öffnete. Noch alles da.

Er gestattete sich ein breites Lächeln und genoss das Gefühl. Ein Vermögen, und auch wenn es bald wieder weg sein sollte, würde er sich damit das Recht verdienen, es schnell zu ersetzen.

Heute wird der beste Tag meines Lebens, dachte er.

Dann schlug er die Augen auf. Im Morgenlicht hatte der Platz unter der Brücke viel von seinem Charme verloren. Er war mit Müll übersät und mit verkrüppeltem grauem Unkraut bewachsen, das nie genug Sonne bekam. Die mittellosen Männer, die hier lebten, schlummerten noch alle, den Verstand von den starken Getränken des vergangenen Abends umnebelt. Alle bis auf einen, der Feuer gemacht hatte – allem Anschein nach bestand es aus alten Tischbeinen – und den rostigen Helm eines Speerträgers als Topf benutzte. Was auch immer er da zum Frühstück kochte, roch scheußlich und sah noch schlimmer aus. Darum lehnte Malden auch höflich ab, als ihm etwas davon angeboten wurde.

Der Dieb verließ seinen Unterschlupf, kletterte einen der Brückenpfeiler hinauf und zog sich über die Brüstung. Ein Viehhändler, der zum Palast unterwegs war, musterte ihn misstrauisch, aber Malden hatte sich noch nie an solchen Blicken gestört. Er gesellte sich zu der Menge, die nach unten zum Goldenen Hügel wollte – Diener, Händler, Verkäufer von Zuckerwerk und Feuerholz, ehrliche Männer, die früh auf den Beinen waren, um zur Arbeit zu gehen und ihren Tageslohn zu verdienen.

Malden betrachtete sie nicht mit Spott, aber er bemitleidete sie. Sie würden sich jahrzehntelang abrackern, bis sie nicht mehr konnten und lange Bärte trugen, und sie würden kaum einen Vorteil daraus ziehen. Sie würden sterben, wie sie gelebt hatten, ihren Herren verpflichtet, die sich einen Dreck um ihr Wohlergehen kümmerten. Während Malden, der nach ihren gesellschaftlichen Regeln als für nicht gut genug befunden worden war … Nun, er musste nur sein verdientes Vermögen abgeben, es Cutbill dramatisch auf den Tisch kippen … und dann … und dann!

Dann wäre er Vollmitglied der Gilde. Ein angesehener Dieb, vor jeder Verhaftung geschützt und unterstützt von einem Zwerg, der ihm seine Werkzeuge anfertigte. In gewissen Kreisen wäre er zu einem Ehrenmann von gewissem Ansehen geworden. Er konnte damit anfangen, Geld zu verdienen, und zwar ordentliches Geld, das ihm gehörte. Er würde sich einen schönen neuen Umhang kaufen und wohnliche Räume mieten. Von jetzt an würde er guten Wein trinken statt verwässertes Ale und mindestens bei einer Mahlzeit am Tag Fleisch essen. Sein Lebensstandard – und folgerichtig seine Lebenserwartung – würde sich gewaltig verbessern, so wie alles andere auch.

Und das Wichtigste daran war, dass er wahrlich frei sein würde. Ein Mann mit Vermögen konnte nicht zum Sklaven gemacht werden. Er konnte reisen, wohin auch immer er wollte, und sich dabei in Sicherheit wiegen. Er konnte seiner traurigen Vergangenheit entkommen und sein Glück machen. Seine eigene Zukunft aufbauen.

Was bin ich doch für ein prächtiger und kluger Bursche, dachte er. Ein schlauer und durchtriebener Schurke. Meine Mutter wäre stolz auf mich.

Von solchen Gefühlen beschwingt, schritt er energischer aus und kam hügelabwärts rasch voran, durchquerte Qualmbezirk und Stinkviertel, stieg weiter hinunter in den Aschehaufen. In den verkohlten Trümmern an der Westmauer pfiff er sogar eine fröhliche Melodie.

Von der Kinderarmee, die Cutbills Loophole bewachte, war nichts zu sehen. Ein gutes Zeichen – sie mussten ihn mittlerweile anerkennen und ihm aus Respekt fernbleiben. Wie es sich auch gehörte! Schließlich war er jetzt Diebesgeselle. Ein Mann von hohem Stand.

Er trat um die Ecke der zerstörten Schenke und begrüßte fröhlich die drei alten Diebesveteranen, die auf ihrem Sarg hockten … nur dass sie nicht da waren.

Seltsam.

Seiner Erfahrung nach rührten sich Lockjaw, Levenfingers und Loophole nie von dieser Stelle weg. Andererseits mussten sie ja irgendwann einmal schlafen. Und nach den Gepflogenheiten der diebischen Mannschaft war es sehr früh am Tag. Über dem Schlosshügel war noch nicht einmal die Sonne aufgegangen. Malden zuckte mit den Schultern und begab sich zur Falltür, die nach unten in den Schlupfwinkel des Diebesmeisters führte.

»Bellard? Hallo! Ich bin es, Malden, ich komme hinunter«, flüsterte er scharf. Von seinen vorherigen Besuchen kannte er die seltsame Akustik der in die Tiefe führenden Treppe, die breiter wurde und darum sämtliche Geräusche von oben verstärkte. Malden hielt es für angebracht, sein Eintreffen anzukündigen, nachdem das alte Trio nicht anwesend war.

Aber unten erwartete ihn niemand, er wurde auch von keinem Posten angehalten. Tatsächlich war der Gemeinschaftsraum menschenleer. Slag hatte seine Werkbank verlassen. Auf dem Diwan schlummerten keine Huren, und zum allerersten Mal warfen keine Spieler ihre Würfel gegen die Wand.

Malden brauchte einen Augenblick, bis ihm auffiel, was außerdem anders war als sonst. Zuerst stach ihm ins Auge, dass der Diwan verschoben war; dabei hatte er Spuren auf dem Steinboden hinterlassen. Dahinter ragte ein Fuß in einem Stiefel hervor. Als Malden mit Entsetzen im Herzen näher trat, sah er, dass Bellard dort lag. Und Bellard war weder betrunken noch vom Weißpulver berauscht, er schlief auch nicht nach durchwachter Nacht.

Die Lippen des Auftragsmörders waren blutverschmiert. Seine Augen starrten ins Leere.

»Bellard«, sagte Malden und beugte sich über den Leichnam. »Bellard, wer hat das getan?« Er sah, dass sich Bellard den Bauch hielt, und er schob die Hände des Toten zur Seite. Die darunter befindliche Wunde reichte tief in seine Eingeweide hinein. Geronnenes Blut bedeckte die Ränder der Verletzung. Es sah aus, als habe jemand Bellard eine Axt in den Leib gerammt.

Malden hörte etwas – vielleicht eine Tür, die sich öffnete. Ein Stiefel, der auf Stein scharrte. Er fuhr herum, und da fiel ihm noch etwas auf: Das uralte Vorhängeschloss, das Cutbills Eingang behütet hatte, lag in mehrere Stücke zerbrochen am

Boden verstreut. Und Cutbills unüberwindliche Tür stand einen Spaltbreit offen.

Malden wollte die Flucht ergreifen. Er kam nicht weit. Die Tür wurde aufgestoßen, und in Augenumhänge gehüllte Männer mit Hellebarden stürmten herein. »Schnappt ihn euch«, rief jemand, »wer auch immer das ist!« Und dann ergriff ihn ein Dutzend Hände und schleppte ihn in Cutbills Allerheiligstes.

38

Grobe Hände zerrten Malden durch die Tür und stießen ihn zu Boden, wo er auf Händen und Knien landete. Der Knauf einer Hellebarde bohrte sich ihm ins Kreuz, und jemand stemmte ihm einen Stiefel in den Nacken und drückte ihn nach unten. Die Ahle wurde aus der Scheide gerissen, der Geldbeutel vom Gürtel gezogen. Ein Wächter fand den Goldsack auf seinem Rücken und zog daran herum, bis er aufplatzte und die Münzen über den Fußboden prasselten.

»Bei den Kniescheiben der Göttin, das ist ja ein Schatz!«, fluchte jemand. Von seiner Lage aus sah Malden kaum etwas außer Stiefeln und der Unterseite von Cutbills Schreibtisch. Er hörte aber die Stimmen von einem halben Dutzend Männern und wusste, dass er hoffnungslos unterlegen war.

»Was meinst du – gestohlen?«

»Natürlich! Wir sind hier doch in der Festung des Verbrechens.«

»Wir sollten es für die Stadtkasse beschlagnahmen.«

»Zählt es, damit wir es später aufteilen können und …«

»Zählt es. Alles. Und dann legt es hierher.« Als sich die letzte Stimme zu Wort meldete, nahmen alle Wächter in Maldens Nähe Haltung an. »Lasst ihn aufstehen, damit ich mit ihm reden kann!«, befahl die Stimme. Der Stiefel in Maldens

Nacken verschwand, und er rappelte sich auf. Endlich konnte er sehen, was in dem Kontor vor sich ging.

Die Männer der Stadtwache säumten die Wände des Raums; die Spitzen ihrer Hellebarden kratzten beinahe über die Decke. In der Mitte saß Cutbill an seinem Schreibpult, die Feder in der Hand – genau wie bei der letzten Begegnung mit Malden.

Neben ihm stand Anselm Vry.

Malden erkannte den Vogt der Freien Stadt, so wie ihn jeder erkannt hätte, der sein Leben lang in Ness lebte. Nach dem Burggrafen verkörperte Vry das menschliche Antlitz der Stadt. Als Vogt unterstand ihm nicht nur die Wache, er kümmerte sich auch um jede Einzelheit der Verwaltung des Stadtlebens. Er setzte die Erlasse des Burggrafen durch, sorgte dafür, dass die Gewichte und Maßlängen gewissenhaft eingehalten wurden, beaufsichtigte die Handelsgilden. Er war der zweitwichtigste Mann der Stadt, und seine Anwesenheit konnte nur eines bedeuten. Er wusste über den Diebstahl der Krone Bescheid, und er wollte sie um jeden Preis finden.

Malden hatte bereits den Preis gesehen, den Bellard gezahlt hatte.

»Gehört der zu dir?«, fragte Vry und starrte Malden an.

Die Frage war allerdings an den Herrn der Diebe gerichtet. »Ob der zu meinen Dieben gehört? Nein, natürlich nicht«, erwiderte Cutbill. Er notierte etwas in seinem Kontobuch. »Seht Euch doch den Zustand seiner Kleidung an. Meine Leute können es sich leisten, sich vernünftig anzuziehen.«

»Und das Geld? Dieses Gold?«, wollte Vry wissen.

Cutbill blickte auf. Er betrachtete die Goldmünzen, die ein Wächter auf seinen Schreibtisch legte. Dann richtete er den Blick auf Malden und hob eine Braue. Er übermittelte Malden eine Botschaft, und die lautete: Sei besonnen und widersprich mir nicht. Malden war schlau genug, sich nicht anmerken zu lassen, dass er die Anweisung verstanden hatte.

Der Gildenmeister winkte ab. »Das Geld gehört mir, ja. Der Junge hatte es lediglich hier abzuliefern. Vielleicht sollten wir ihn wegschicken, bevor wir weitersprechen.«

Vry studierte Malden mit konzentrierter Verachtung. »Gut.

Gebt ihm sein Messer zurück – der gefährdet keinen mit diesem Schweinestecher.«

»Junge«, sagte Cutbill, »wenn du durch die Tür zu meiner Linken trittst, findest du den Rückweg ins Stinkviertel.«

Malden nickte und nahm von einem Wächter seine Ahle entgegen. Er fragte nicht, warum ihn Cutbill durch die linke Tür schickte, während doch die Tür unmittelbar hinter dem Schreibtisch zur Oberfläche hinaufführte. Er schob den Wandteppich zur Seite, der die besagte Tür verbarg, und schlüpfte schnell hindurch. Dahinter befand sich ein winziger Raum ohne Ausgang – kaum mehr als ein leerer Schrank.

Allerdings gab es eine ganz besondere Auffälligkeit. Neben der Tür hatte man auf Augenhöhe ein ganz kleines Loch durch die Wand gebohrt. Jemand, der dort stand, konnte alles sehen und hören, was im Kontor geschah.

Also war dies ein Lauschposten. Wenn Cutbill ihn hier hereinschickte, dann mit gutem Grund. Malden legte das Auge an das Loch und verhielt sich ganz still.

Im Kontor waren der Vogt und der Gildenmeister bereits in eine ernste Unterhaltung vertieft.

»Wenn einer deiner Diebe die Krone gestohlen hat«, sagte der Vogt, »lasse ich jedes Mitglied deiner Mannschaft aufhängen. Dich lasse ich vierteilen und deine Überreste über das ganze Königreich verteilen. Ich lasse diesen Bau niederreißen und deine Organisation …«

»Das war keiner meiner Leute. Das kann ich Euch versichern. Keiner meiner Diebe wäre der Meinung, dass die Beute die Mühe wert wäre. Wo sollten sie denn die Krone verkaufen, sobald sie sie entwendet hätten? Kein Hehler in der Freien Stadt nähme sie und würde erst recht nicht dafür bezahlen. Das bedeutet, dass ihr Wert für uns gleich null ist. Ihr müsst anderswo suchen, mein Lord Vry.«

»Vielleicht hat jemand den Diebstahl in Auftrag gegeben. Jemand, für den es sich auszahlt, die Stadt in Verlegenheit zu bringen.«

»Aber warum sollte einer meiner Diebe einen solchen Auftrag annehmen? Er wüsste mit Sicherheit, wie viel Ärger das für meine Organisation bedeuten würde. Ich rekrutiere keine Dummköpfe oder Narren.«

Im Schrank zuckte Malden zusammen.

»Schluss mit diesem Unsinn!«, schäumte Vry. »Ich kann dir nicht vertrauen. Du würdest doch alles sagen, um deinen Hals zu retten, nicht wahr?«

»Ich habe Euch alles gesagt, und es war die Wahrheit, soweit sie mir bekannt ist.«

»Glücklicherweise muss ich dich nicht beim Wort nehmen.« Vry schnippte mit den Fingern, und einer seiner Wachmänner eilte aus dem Raum. Er kam einen Augenblick später zurück und führte eine Gestalt in einer Robe mit einer schweren Holzmaske vor dem Gesicht herein.

In seinem Versteck keuchte Malden auf. Glücklicherweise hörte ihn keiner.

»Ein Zauberer, Vry? Ihr lasst mich mit Magie verhören? Das ist nicht Euer Ernst«, sagte Cutbill, als der Magier zu seinem Schreibpult geführt wurde. »Ihr brecht doch niemals eines Eurer eigenen kostbaren Gesetze.«

Vry zuckte mit den Schultern. »Das ist richtig. Kein Mann darf vor einem ordentlichen Gericht mithilfe von Hellsehen verurteilt werden. Aber dies ist kein ordentliches Gericht. Und was die Ethik angeht … Not kennt kein Gebot.«

Cutbill schürzte die Lippen und legte die Feder weg. »Also gut. Und wie habt Ihr Euch den Ablauf vorgestellt?«

Der Magier zog einen Gegenstand aus den Falten seines langen Gewands. Eine Steinplatte von der Größe und Dicke eines Buchs. Eine Seite war geschliffen und poliert, glatt wie Glas. »Das ist ein Zeigestein«, erklärte sein Besitzer mit gurgelnder, unnatürlicher Stimme. »Er sieht, was verborgen ist, was außer Sicht versteckt ist. Ich muss mich enthüllen, um ihn richtig benutzen zu können.«

Die Wächter zeigten deutlich ihr Unbehagen bei dem Gedanken. Cutbill und Vry reagierten überhaupt nicht. »Macht schon!«, verlangte Vry.

Der Magier schob die Maske nach oben auf den Kopf.

Maldens Aufschrei ging im allgemeinen Entsetzen unter.

39

Technisch gesehen war Zauberei in Skrae keinesfalls illegal. Allerdings war sie auch nicht weit verbreitet. Und sie konnte außerordentlich lukrativ sein. Es gab strenge Gesetze, was die Dämonenbeschwörung anging, und die Strafe dafür war eindeutig, schnell vollstreckt und einhundert Prozent tödlich. Aber andere Gebiete der Magie wie Wahrsagen, der Schutz vor Flüchen und ihre Anwendung, die Zubereitung von Liebestränken und Ähnlichem waren erlaubt, und es gab genügend Kunden für dieses Handwerk. Die reichen Bürger von Ness waren stets auf der Suche nach einem Vorteil oder danach, ihre Stellung zu bewahren, und sie rümpften nicht einmal vor dem verrufensten Scharlatan die Nase. Es gab in Ness mindestens tausend Männer, die von sich behaupteten, in der Kunst der Magie bewandert zu sein, und von ihnen konnten vielleicht zwei oder drei Dutzend diese Behauptung mit Ergebnissen untermauern. Sie alle wurden für ihre Lehrzeit in den magischen Künsten entschädigt.

Allerdings hatte es nie genug von ihnen gegeben, um eine Gilde zu bilden. Denn in der Freien Stadt erfuhr jedes Kind schon in frühem Alter eine Tatsache über Thaumaturgie, und die hielt die meisten schon davon ab, eine Karriere in den okkulten Künsten anzustreben. Die Tatsache lautete wie folgt: Magie hat immer einen Preis.

Magier zogen ihre Macht aus dem Höllenpfuhl mit seinen teuflischen Bewohnern. Durch Dämonenpakte konnten sie Wunder wirken, die weit über die menschliche Vorstellungskraft hinausgingen. Dabei wurden sie allerdings den überirdischen Energien dieser Hölle ausgesetzt, und das veränderte sie.

Vrys Hellseher musste zahllose Stunden in seinen Zeigestein gestarrt und nach Geheimnissen Ausschau gehalten haben. Was auch immer er da gefunden hatte, es konnte den Preis nicht wert gewesen sein, den er für dieses Wissen bezahlt hatte. Die Haut auf der linken Gesichtshälfte war dick und schwielig geworden, bis sie Eichenrinde ähnelte, dabei war sie blass wie die eines Toten. Selbst die Schädelknochen mussten sich verändert haben, denn das linke Auge war nach unten gewandert und starrte lidlos von einer Stelle, an der eigentlich der Wangenknochen hätte sein müssen. Vom Kinn und von der linken Halsseite hingen rosafarbene Hauttentakel herab wie ein grausiger Bart. Auf dieser Seite konnte der Hellseher den Mund nicht schließen – was die seltsame Stimme erklärte –, und hinter den veränderten Lippen waren die Zähne zu sehen: Sie waren zu Knochenplatten verschmolzen, die nicht genau aufeinanderpassten.

Wäre er so auf die Welt gekommen, wäre er statt Magier Bettler und eine Attraktion im Wanderzirkus geworden. Aber die unberührte rechte Gesichtshälfte verriet, dass er diese Belohnung erst später im Leben erhalten hatte. Es musste langsam geschehen sein, im Lauf der Zeit. Malden fragte sich, warum der Mann bei den ersten Anzeichen dieser Veränderung den Zeigestein nicht zerschmettert und die Magie ganz aufgegeben hatte.

Aber für manche war die Verlockung der Geheimnisse einfach zu groß. Die Anziehung des Geheimnisvollen und Seltsamen. Für einige war der Preis nie zu hoch.

Als die Wächter das Tuscheln eingestellt und die meisten ihre natürliche Gesichtsfarbe wieder angenommen hatten, betrachtete der Magier Vry mit seinem gesunden rechten Auge. »Sagt mir, was Ihr sehen wollt! Alles wird enthüllt.«

Cutbill legte die Feder auf dem Schreibpult ab. Nicht einmal er konnte wegsehen.

Anselm Vry wandte sich um. »Seht noch einmal nach wie heute Morgen und versucht die Krone zu finden. Sie könnte in diesem Zimmer versteckt sein – vielleicht seht Ihr sie besser, wenn Ihr näher seid.«

Der Magier nickte und beugte sich über den Stein. Von seinem Spionloch aus hatte Malden einen guten Blick auf die polierte Oberfläche, aber er konnte dort keine Veränderung entdecken. Und doch schien sich die Luft im Kontor zu verändern; sie wurde so dicht wie schwerer Nebel. Das Flüstern unsichtbarer Stimmen erhob sich, und die Flammen der Öllampen wurden kleiner, als gäbe es nicht genügend Sauerstoff.

Der Magier strich mehrmals mit der Hand über den Stein, ohne allerdings die Oberfläche zu berühren, als würde er ihn beschwören, mehr zu zeigen. Schließlich schüttelte er den Kopf und gab auf. »Es ist alles wie zuvor. Die Krone ist noch vorhanden, aber mir bleibt der Ort verborgen, an dem sie sich befindet. Es ist, als suche man auf dem Grund eines schlammigen Sees nach einer Münze. Gelegentlich sieht man sie schimmern, aber sie ist verschwunden, bevor ich das Bild deuten kann. Vielleicht wenn ich es später am Tag noch einmal versuche, wenn die ätherischen Strömungen nicht so stark sind und die Sterne weitergewandert sind.«

Vry grunzte unzufrieden. »Wie dem auch sei. Tut dieses Mal etwas Nützliches und blickt in das Herz dieses Mannes!«, befahl er und wies mit dem Zeigefinger auf den Gildenmeister. »Findet die Lügen, die er eben aussprach, und findet die Wahrheit, die diese Lügen verschleiern.«

Cutbills Lippen wurden zu einem schmalen Strich, aber er unternahm nichts, um sich zu wehren.

Wieder beugte sich der Magier über den Stein. Er strich schnell mit der Hand darüber, dann schloss er die Augen und stimmte einen Singsang an. Er sprach keine Worte, sondern bewegte lediglich die Lippen, während sich fremdartige und hässliche Laute seiner Kehle entrangen. Dann riss er die Augen auf und sah Vry an.

»Keine Lügen«, verkündete er.

»Was?«, brüllte Vry den Mann an. »Er hat in seinem ganzen erbärmlichen Leben noch nie die Wahrheit gesprochen! Seht erneut nach!«

»Das ist nicht nötig«, widersprach der Magier. »Ich sage Euch, ich sah sein Herz. Er war Euch gegenüber völlig ehrlich. Er weiß weder, wo die Krone ist, noch wer sie haben könnte.«

»Welche Verschwendung, Eure Prinzipien für nichts und wieder nichts zu beugen!«, tadelte Cutbill. »Ihr hättet mir zuhören sollen, Vogt. Ich habe keinen Grund, Euch anzulügen, dadurch hätte ich keinen Gewinn.«

Erneut fuhr der Magier mit der Hand über den Stein. Eine der Öllampen erstarb und tauchte den Raum teilweise in Schatten. »Auch das entspricht der Wahrheit«, gurgelte er.

Vry nahm dem Magier den Stein ab und starrte selbst darauf. »Da ist nichts zu sehen! Die Aussage dieses Mannes ist wertlos.« Er warf dem Magier den Stein zu, der ihn auffing, als wäre er ein verletzlicher Säugling.

»Ich sage nur, was ich sehe«, beharrte der Magier. »Nicht, was ich Eurer Meinung nach sehen sollte.«

»Das ist nutzlos! Verschwindet! Kehrt zum Palast zurück und sagt der Burggräfin die Zukunft voraus. Das ist sowieso der einzige Grund, weshalb ich Euch noch am Leben lasse, verdammter Scharlatan.«

Der Magier eilte ohne jeden weiteren Protest aus dem Raum. Einer der Wächter begleitete ihn als Eskorte. Sofort nach seinem Verschwinden hellte sich das Licht wieder auf, und die Luft bewegte sich wieder.

»Da«, sagte Cutbill. »Wie Ihr seht – ich bin völlig unschuldig.«

40

»Ich hätte nicht übel Lust, Euch trotzdem aufzuknüpfen, allein schon aus Prinzip. Das bringt zwar vermutlich die Krone nicht zurück, aber es würde die Stadt zu einem besseren Aufenthaltsort machen.«

Der Diebesmeister seufzte und blätterte in seinem Kontobuch. »Das wäre sehr albern. Ich habe schon seit Langem eine besondere Abmachung mit …«

»Mit dem Burggrafen. Nicht mit mir!«

»… mit dem Burggrafen«, stimmte Cutbill ihm zu. »Der mich immer als nötiges Übel betrachtete. Ich darf größtenteils ungehindert arbeiten. Dafür halte ich das Verbrechen in dieser Stadt an der Kandare. Die wohlhabenderen Bürger stehen unter meinem Schutz, und die besseren Viertel sind des Nachts sicher. Entfernt Ihr mich und meinen Einfluss, müsst Ihr Euch vor hundert fetten Kaufleuten verantworten.«

Malden unterdrückte ein Keuchen. Allein die Vorstellung, dass der Meister des Verbrechens mit den Autoritäten im Bund stand, die er missachtete! Nicht zum ersten Mal stieg seine Bewunderung für Cutbills Genialität.

Der Gildenmeister beugte sich über sein Kontobuch. »Die schäbigsten Diebe werden ungehindert durch die Straßen streunen, und auch wenn Ihr sie bald erwischt habt, werden andere ihren Platz einnehmen. Das System hat sich bewährt. Ihr könnt es Euch nicht leisten, mich umzubringen.«

Anselm Vry riss Cutbill die Feder aus der Hand und zerbrach sie in zwei Teile. »Du wirst mir Aufmerksamkeit schenken, wenn ich mit dir rede. Ich werde den Dieb finden, der die Krone gestohlen hat. Und wenn ich ihn dann zu dir zurückverfolge, habe ich eine gute Rechtfertigung, dieses Haus dem Erdboden gleichzumachen. Auch wenn man deine Organisation vielleicht braucht, du bist zu ersetzen!«

»Natürlich«, erwiderte Cutbill. Er schloss das Kontobuch, wobei er einen Finger zwischen die Seiten klemmte, um die Stelle zu markieren. »Kein Mann ist wirklich unersetzlich. Aber es nähme Zeit in Anspruch, einen Mann mit meiner besonderen Begabung zu finden, und noch mehr Zeit, ihn an eine Stelle zu setzen, an der er wirkungsvoll arbeiten kann. Dabei benötigt Ihr im Augenblick meine Dienste. Tatsächlich wäre ohne sie alles verloren.«

»Wieso denn das?«, wollte der Vogt wissen.

»Ihr müsst die Krone finden. Und zwar bald. Zurzeit könnt

Ihr behaupten, dass der Burggraf krank ist und sich darum nicht in der Öffentlichkeit zeigt. Aber in sieben Tagen muss er erscheinen. Dann ist das Göttinnenfest, und er hat die Prozession anzuführen. Das verlangt seine Stellung als Kirchenoberhaupt. Außerdem muss er dabei die Krone tragen.«

»Man kann eine Kopie anfertigen. Keiner wird den Unterschied bemerken.«

Genau, dachte Malden. Das hat schon Bikker gesagt.

»Ohne in die Einzelheiten zu gehen, was unklug wäre, da wir nicht allein sind«, sagte der Gildenmeister mit einem Blick auf die Wächter, die sich noch im Zimmer befanden, »aber Ihr und ich wissen, dass das nicht möglich ist.«

Vry schaute finster drein, schwieg aber.

Malden in seinem Versteck schürzte die Lippen. Er fragte sich, was das wohl zu bedeuten hatte. Ihm erschien eine Kopie der Krone als perfekte Lösung – aber sowohl Cutbill wie auch Vry waren da offensichtlich anderer Meinung. Aber warum?

»Ich bin überzeugt davon, dass Eure Wächter bereits jeden Winkel der Stadt durchsuchen. Aber ich garantiere Euch, dass sie die Krone nicht finden werden. Wer auch immer dieses Verbrechen begangen hat, ist offensichtlich klug genug, sie gut zu verstecken.«

»Dann werden sie eben jedes Haus durchsuchen.«

»Ihr habt nicht einmal genügend Männer, um in dieser Zeit eine flüchtige Suche zu veranstalten. Wohingegen ich ...«

»Ja?«, verlangte Vry zu wissen.

»Ich habe ein Netzwerk aus Zuträgern und Beobachtern, die alles sehen, was in dieser Stadt geschieht. Wenn ich meine ganze Macht einsetze, finde ich die Krone und kann sie dem Burggrafen rechtzeitig zurückgeben.«

Der Vogt starrte Cutbill mit kaum unterdrücktem Zorn an.

Cutbill öffnete das Kontobuch an der Stelle, an der er es markiert hatte.

Dann stand er von seinem Schreibpult auf, ging ungehindert zum Schreibtisch und holte sich eine neue Schreibfeder.

Mit einem scharfen Messer spitzte er sie an. Dann tauchte er sie in sein Tintenfass und rührte darin um.

Er nahm wieder am Schreibpult Platz.

Und machte Einträge.

Anselm Vry starrte ihn noch immer an.

Der Diebesmeister würde dieses Angebot nicht machen, wenn er nicht wüsste, wie die Antwort lautet, rief sich Malden ins Gedächtnis.

»Nein«, sagte Vry.

Damit hatte Malden nicht gerechnet.

Der Gildenmeister der Diebe blieb die Antwort schuldig.

»Nein. Du hast deine Klauen schon zu lange in die Stadt geschlagen, wie ein Falke seine Fänge in ein Kaninchen. Du besitzt die Unverschämtheit, dich für unantastbar zu halten. Nun, ich werde es dir zeigen. Ich werde die Krone selbst finden, noch vor dem Göttinnenfest. Ich werde herausfinden, wer sie hat, und dann werde ich die Betreffenden so lange foltern, bis sie mir deinen Namen verraten. Und dann komme ich wieder und bereite dir und deinem Werk ein Ende. Ich werde dich ausradieren.«

Cutbill nahm eine weitere Eintragung in seinem Kontobuch vor.

»Hast du verstanden, du überschätzter Beutelschneider?«, wollte Vry wissen. Auf seiner Stirn kam eine Ader zum Vorschein. Selbst durch das Guckloch sah Malden sie pochen.

»Aber sicher. Es scheint, dass wir unser Geschäft beendet haben. Wenn Ihr mich entschuldigen wollt. Ich muss aufräumen, bevor das Tagesgeschäft beginnt.« Cutbill beugte sich über sein Kontobuch, als wäre der Vogt bereits gegangen.

Vry schäumte noch eine Weile, aber er bedeutete seinen Männern, den Raum zu verlassen, durch die Tür in den Gemeinschaftsraum.

41

Und dann war Cutbill allein. Eine Weile konzentrierte er sich auf seine Eintragungen. Schließlich seufzte er und zwickte sich in den Nasenrücken. »Malden, das Hauptproblem bei Betrugsmanövern und Listen besteht darin, dass alle daran Beteiligten in der Tat über sämtliche Feinheiten Bescheid wissen müssen. Beispielsweise sollten sie wissen, wann sie wieder aus dem Versteck kommen können, ohne dass man es ihnen sagen muss. Kommst du da heraus? Ich habe dir etwas zu sagen.«

Maldens Herz verkrampfte sich. Er öffnete die Tür und trat hinaus. Der Gildenmeister winkte ihn zu sich.

»Ich nehme an, du hast alles gehört«, sagte er, als Malden zerknirscht und nervös vor ihm stand. »Und ich nehme an, dass du das meiste auch verstanden hast. Sicherlich ist dir klar geworden, in welch verzweifelter Situation sich unser geschätzter Vogt da befindet. Und du musst den sich daraus ergebenden Schluss gezogen haben: dass er das garantiert nicht allein ausbadet. Also begreifst du, wie viel Ärger an meine Tür geklopft hat.«

»Ja«, bestätigte Malden.

»Allem Anschein nach hat jemand etwas sehr Unüberlegtes getan. Jemand hat die Krone des Burggrafen aus seinem Turm gestohlen. Natürlich kann ich verstehen, dass ein Dieb daran interessiert wäre. Sie muss eines der wertvollsten Dinge in dieser Stadt sein. Und doch wurde sie noch nie zuvor gestohlen, nicht ein Mal in den achthundert Jahren ihrer Existenz. Kannst du dir den Grund dafür denken?«

»Die … Konsequenzen, die ihr Diebstahl haben würde?«

»Ganz genau!«, sagte Cutbill. Er machte einen weiteren Eintrag in sein Buch. »Ich war der Ansicht, dass du zu der cleveren Sorte gehörst, und hier ist mein Beweis. Du verstehst mich genau. Darf ich also davon ausgehen, dass du niemals etwas so Dummes, etwas so unfassbar Idiotisches tun würdest, um meine ganze Organisation zu vernichten? Doch leider kann ich mir dessen überhaupt nicht sicher sein. Ich glaube, du hast genau das getan, Malden. Ich glaube, du hast einen sehr schlimmen Fehler gemacht.«

»Ich glaubte …

»Hier.« Cutbill tippte auf einen Eintrag im Kontobuch. »Hier ist die Quittung für die Entrichtung deiner Schulden. Einhundertundein Königstaler. Und hier« – er blätterte eine Seite zurück – »steht die Zahlung von einem halben Pfennig.« Cutbill grub eine Münze aus dem Wams und reichte sie Malden.

»Wofür ist das?«, fragte Malden zaghaft. Er starrte die Münze in seiner Hand an.

»Das ist das traditionelle Trennungsgeld. Wenn ein Dieb meine Organisation verlässt, erhält er diese Summe.«

»Ich verstehe.«

Cutbill nahm einen weiteren Eintrag vor. »Die Münze steckt man dem Dieb in den Mund. Nachdem man ihm die Zunge herausgeschnitten hat, um Platz zu schaffen, und ihm die Kehle durchgeschnitten wurde. Gewöhnlich übernimmt Bellard diese ehrenvolle Aufgabe, aber er steht heute nicht zur Verfügung. Wärst du also so freundlich und tätest es selbst, mit dem albernen Dolch, den du da trägst?«

Malden stockte der Atem. Er versuchte etwas zu sagen, aber die Worte wollten nicht kommen. Unfähig, sich noch länger aufrecht zu halten, hockte er sich auf den Rand von Cutbills Schreibtisch.

»Natürlich nachdem du gegangen bist«, sagte Cutbill ohne aufzusehen.

Malden zog die Ahle.

Er konnte den Mann töten, auf der Stelle. Er konnte den Gildenmeister niederstrecken. Es war keiner da, der zu seiner Verteidigung herbeigeeilt käme, und selbst wenn sich ein Wächter in einem weiteren Spionloch verbarg, konnte es Malden schaffen, bevor man ihn aufhielt. Er konnte den Mann töten und dann fliehen und dann …

Trotzdem tat er es nicht. Cutbill musste die Möglichkeit in Betracht gezogen haben, als er Malden den Selbstmord befahl. Es musste einen guten Grund geben, dass er den Dieb nicht fürchtete. Vielleicht … vielleicht hatte er ja einen Schutz, der nicht sofort ersichtlich war. Einen Zauber gegen Klingen. Eine Verwünschung im Ärmel. Oder einen geschickt verborgenen Bogenschützen, der Malden beim ersten Anzeichen von Gewalt niederschoss.

Ja, eine solche oder ähnliche Lebensversicherung hatte ein Mann wie Cutbill vermutlich.

Malden senkte die Waffe.

»Du hast etwas geschafft, was Vry niemals schaffen würde. Du hast ohne jede Hilfe meine Organisation zerstört. Einfach, indem du eine erstaunlich dumme Entscheidung getroffen hast. Du hast mich nicht darüber in Kenntnis gesetzt, was du stehlen wolltest.«

»Ich … ich wollte dich oder die Gilde nicht mit hineinziehen«, protestierte Malden. »Das hat sich doch schon bewährt – der Zeigestein konnte keine Lügen in deinem Herzen entdecken. Und jetzt hat Vry keinen Beweis, dass ich in deinem Namen gearbeitet habe.«

»Beweis? Beweise sind etwas für die Reichen. Wenn man einen Mann mit Besitz vor Gericht bringt und er von seinesgleichen verurteilt wird, dann braucht man Beweise.« Cutbill hob den Kopf und sah Malden an. »Wenn der Vogt das nächste Mal kommt, dann wird es kein Verfahren geben. Er wird meinen Namen haben, weil er so viele Leute foltern lässt, bis einer von ihnen meinen Namen nennt, nur damit die Schmerzen aufhören. Und dann wird er genau das tun, was er versprochen hat.«

»Aber in sieben Tagen – in dieser Zeit wird er die Krone nicht finden.«

»Das ist uns allen klar. Aber das wird Vry nicht davon abhalten, mich zu vernichten.«

»Ich weiß, wo sie ist«, sagte Malden. »In diesem Augenblick. Oder zumindest, wer sie hat.«

»Das wäre nützlich zu wissen. Zu schade, dass ein Toter dieses Wissen nicht weitergeben kann.«

»Aber du könntest dem Vogt doch einfach sagen, wo sie ist, und dann …«

»Das würde nichts ändern. Nein.« Der Diebesmeister warf die Feder zur Seite und legte den Kopf in den Nacken, als sei er von dem ständige Beugen über das Schreibpult erschöpft. »Das würde den Prozess nur noch beschleunigen. Die einzige Möglichkeit, der Hauch einer Möglichkeit, die Angelegenheit zu meinen Gunsten zu beenden, bestünde darin, wenn ich die Krone irgendwie selbst wiederbeschaffen könnte. Könnte ich sie dem Burggrafen vor dem Göttinnenfest persönlich übergeben … nun ja. Er und ich haben bereits eine Übereinkunft getroffen. Er könnte Vry an die Leine legen wie den Hund, der er ist. Aber natürlich komme ich an die Krone nicht heran, oder? Sie befindet sich im Besitz derer, die ich nicht zu bestehlen wage.«

Malden schüttelte den Kopf. Er wusste genau, worauf es hinauslief. Aber Cutbill wollte, dass er die Entscheidung selbst traf. Malden würde sich das, was er bereits verkauft hatte, zurückholen müssen. Nur so könnte er vielleicht sein Leben retten. »Lass mich das übernehmen. Lass mich zu Ha…«

Cutbill schnalzte mit der Zunge.

»… zu dem Mann gehen, der sie hat«, sagte Malden, starrte in die Zimmerecken und fragte sich, warum der Meister nicht wollte, dass er Hazoths Namen aussprach. »Ich kaufe sie zurück. Oder luchse sie ihm ab.«

»Das ist ziemlich unwahrscheinlich.«

»Erlaub mir, es zu versuchen!«, flehte Malden. Welche Wahl blieb ihm?

»Also gut«, lenkte Cutbill ein. »Tu, was du tun kannst. Aber nur damit das klar ist: Solltest du versagen, wird man mich töten.«

»Das weiß ich«, sagte Malden. »Ich hörte …«

»Man wird mich ins Verlies schleppen, mich foltern und hängen. Vielleicht auch vierteilen. Das wird ein paar Tage dauern. Und während dieser Zeit, solange ich noch lebe, setze ich mich mit den noch verbliebenen Getreuen in Verbindung. Zumindest einige der Diebe werden sich loyal verhalten. Du kannst sicher sein: In dem Augenblick, wenn ich sterbe, wird man dir die Kehle von einem Ohr zum anderen aufschlitzen. Solltest du versagen, Malden, sterben wir beide.«

»Und wenn ich Erfolg habe ... musst du mir eine Belohnung gewähren«, sagte Malden.

»Ach? Muss ich das? Dann verrate mir – was ist dein Herzenswunsch?«

Malden schluckte den Kloß in der Kehle hinunter. »Natürlich mein Leben. Und die Wiederaufnahme in deine Bücher.«

»Ich schätze, das eine ist ohne das andere nicht möglich. Geh, Malden! Du hast nicht viel Zeit, also solltest du besser gleich beginnen.«

»Ich verspreche, ich werde ...«

»Geh!«, wiederholte Cutbill.

Malden ergriff die Flucht.

42

Man hatte Sir Croy zum Ritter erzogen, zu einem Helden auf dem Schlachtfeld, zu einem Dämonenjäger, zu einem frommen Mann. Man hatte ihn von Geburt an ausgebildet, Heere anzuführen und temperamentvolle Schlachtrosse zu reiten.

An diesem Abend musste er eine ganz andere Pflicht erfüllen. Sein Gönner, der reiche Kaufmann, der ihn vor dem Gesetz versteckte, hatte darauf bestanden, dass er als Ehrengast eines Abendessens fungierte. Man wollte ihn für die Gäste des Kaufmanns zur Schau stellen, ein Symbol für die Macht und Großzügigkeit des Kaufmanns.

Es war das Einzige, das der Mann als eine Art Entschädigung für seine Freundlichkeit verlangt hatte. Croy konnte sich nicht weigern. Wäre allerdings in diesem Augenblick eine Legion von Dämonen aus einem Spalt in der Welt gesprungen, wäre er nie glücklicher gewesen, Schwefel in der Luft zu riechen.

»Es heißt, der Burggraf sei erkrankt – habt Ihr davon gehört, Croy? Vielleicht wurde er ja beim Einsturz des Turms verletzt.«

Croy wandte sich der Frau zu seiner Linken zu, die ihn angesprochen hatte. Sie trug ein Brusttuch und einen lächerlich spitzen Hut, vermutlich um die Aufmerksamkeit von der unmodischen Rundlichkeit ihres Gesichts abzulenken. Er konnte sich nicht an ihren Namen erinnern. Sie war die Frau eines reichen Kaufmanns – eines Seidenhändlers? Vielleicht waren es auch Pelze. Er wusste nur, dass sie den ganzen Abend versucht hatte, seine Aufmerksamkeit zu erregen, und wenn sie mit ihm sprach, strich sie ihm unter dem Tisch mit der Schuhspitze über die Wade. Die Höflichkeit gebot, dass er nicht darauf einging. Ihm fiel auf, dass ihr Becher fast leer war, und er schenkte ihr aus der Weinkanne vor ihm auf dem Tisch nach.

»Ich hatte in letzter Zeit nicht die Muße, mich auf dem Laufenden zu halten«, entschuldigte er sich.

»Heute erschien er nicht vor Gericht«, fuhr sie fort, als hätte er nichts gesagt. Als eine Platte mit gebratenen Lerchen vorbeigetragen wurde, spießte sie einen der Vögel mit dem Messer auf und ließ ihn auf ihren Teller fallen. Es war der siebte oder achte Gang – es würden noch Dutzende folgen, kleine Gerichte, die man servierte, sobald sie frisch aus der Küche kamen. Das war das Besondere an dieser Art von Bankett. Als man ihm die Lerchen hinhielt, winkte Croy ab. Er war nicht hungrig. »Dabei sollte ein spannender Fall verhandelt werden, ein Mann hat seine Frau umgebracht. Er behauptet, sie sei wankelmütig gewesen, womit sich die Sache üblicherweise erledigt hätte, aber den Zeugen zufolge war sie schwanger, was die Sachlage verschärft. Ich gehe manchmal gern zu den Gerichtsverhandlungen. Es gefällt mir, mir die Männer auf der Anklagebank anzusehen, sie sind so … verzweifelt. So wild. Ich verspüre immer ein kleines Kribbeln, wenn sie mit den Zähnen knirschen und ihre Unschuld beteuern.«

Sie plapperte weiter, und er nickte höflich. Man hatte ihm beigebracht, wie man sich bei solchen Mahlzeiten zu benehmen hatte, und er wusste, welchen Salzstreuer man benutzte, wann ein Rülpser gestattet war oder wie man verhinderte, dass die Finger allzu fettig wurden. Man konnte kein Ritter sein und sich mit höflichen Manieren nicht auskennen. Allerdings hatte er noch nie ein Mahl genießen können, das den halben Tag in Anspruch nahm, und seine Beine schliefen ein, weil er so lange auf einem Stuhl sitzen musste.

Und natürlich schweiften seine Gedanken ab. Immer wieder sah er das Gesicht des Diebs vor sich, dem er vom Göttinnengarten ins Stinkviertel hinauf gefolgt war. Sein Name war Malden. Cythera hatte in ihrem Boot auf ihn gewartet, als Croy vom Schlosshügel gesprungen war. Was konnte so einer bloß mit ihr zu schaffen haben? Er musste es herausfinden.

»Manchmal stelle ich mir vor, ich sei der Magistrat, und sie würden vor mir auf die Knie fallen und um Gnade flehen, ich ... oh. Oh, ich bitte Euch um Verzeihung«, sagte die Kaufmannsfrau. Sie war recht blass geworden.

»Alles in Ordnung?«, fragte er, da sie sofort seine Aufmerksamkeit erregt hatte.

»Es ist nur ... da rede ich über den Mann, den sie hängen werden, und Ihr ... Ihr standet vor Kurzem selbst unter dem Galgen. Selbst jetzt seid Ihr ein Gesuchter, der sich von den Stadtwächtern verbirgt. Sie könnten jeden Augenblick kommen und ... und ... das ist ja so aufregend, ich war völlig überwältigt. Aber ich war taktlos. Ihr nehmt es mir doch nicht übel, oder? Bitte sagt, dass Ihr mir verzeiht.«

Die Türflügel am anderen Ende des Gemachs öffneten sich lautlos, und ein Kopf schob sich hindurch. Croys Hand hatte sich wie von selbst zu den Schwertern auf seinem Rücken bewegt – obwohl sie natürlich in seinen Gemächern sicher eingeschlossen waren. Er wurde unruhig. Tatenlosigkeit und Sorge zerrütteten sein Gemüt.

»Aber natürlich«, sagte er. »Wollt Ihr von dieser Sauce nehmen?«

»Mmm, bitte«, sagte sie und blickte ihm tief in die Augen.

»Ihr sagt, Ihr vergebt mir, aber ich weiß, dass ich grausam war. Vielleicht besteht die Möglichkeit, mir Eure Vergebung … zu verdienen?«

Ein livrierter Diener betrat den Raum und sah sich am Tisch um. Er bewegte sich leise, um die Gäste nicht zu stören, und näherte sich Croys Platz. Eine Weile zierte er sich, bevor er sich vorbeugte und ihm ins Ohr flüsterte. »Ehrenwerter Ritter, es gibt da … eine knifflige Angelegenheit.«

»Hmm?«

Der Diener befeuchtete sich die Lippen. »Eigentlich dürfte ich Euch bei Eurem Mahl nicht stören, aber … aber es gibt da jemanden. Sozusagen ein nicht geladener Gast, äh … gerade klopfte jemand an die Tür, ich hätte sie ja abgewiesen, aber …«

»Nun red schon, Mann! Du störst nicht«, sagte Croy, senkte aber die Stimme, damit die Kaufmannsfrau nichts mitbekam.

»Eine Frau, keine Dame, aber … aber in aufgeregtem Zustand kam sie an die Tür und bat mich, Euch zu finden und zu ihr zu bringen. Nur ein Wort, Herr, und ich lasse ihr eine Münze geben und sie wegschicken, aber etwas an ihrem Aussehen brachte mich auf den Gedanken, dass sie keine Bettlerin ist. Tatsächlich glaube ich, ich habe noch nie eine Frau mit einem tätowierten Gesicht gesehen …«

Croy wartete das Ende des Satzes nicht ab. Er sprang vom Stuhl auf und vollführte zwei, drei flüchtige Verbeugungen, bevor er durch die Tür stürmte, die der Diener hatte offen stehen lassen. Zwar sorgte er sich, dass er die Kaufmannsfrau und vielleicht sogar seinen Gastgeber beleidigte, aber mit etwas Glück dachten sie vielleicht, dass es ihm nach dem Nachttopf verlangte.

Cythera erwartete ihn in der Empfangshalle. Er sah sofort, dass sie geweint hatte. Er eilte auf sie zu und erinnerte sich gerade noch rechtzeitig daran, nicht nach ihren Armen zu greifen, als er sie bat, ihm zu sagen, was geschehen sei.

»Ich wusste nicht, wo ich sonst hingehen sollte«, sagte sie. »Ich weiß, es war ein Fehler, aber … Ich konnte es keinen Augenblick länger in diesem Haus ertragen. Ich musste weg. Und ich wusste nicht wohin. Ich habe dich in Gefahr gebracht. Ich bin mir sicher, er hat mich beobachtet, als ich ging. Und jetzt wird er wissen, wo du bist, Croy – es tut mir so leid.«

»Ich kann schon auf mich aufpassen«, sagte er. »Was ist passiert?«

»Ich wurde bestraft«, sagte sie. Sie kniff die Augen zusammen und sank ihm entgegen. Sie berührte ihn nicht, kam ihm mit dem Gesicht aber ganz nahe. »Ich habe ihn enttäuscht.«

»Hazoth?«

Sie nickte.

Croy spähte zu der Galerie über der Halle hinauf, konnte aber keine Lauscher entdecken. Er zog für sie einen Stuhl von der Wand weg, und sie ließ sich bereitwillig darauf nieder. Er ging neben ihr in die Hocke und strich ihr mit den Händen über die Knie, ohne sie zu berühren, beseelt von dem Wunsch, ihr weiteren Trost zu spenden. »Was meinst du damit – du hast ihn enttäuscht?«, fragte er.

Sie schüttelte den Kopf. »Du wirst mich für verdorben halten«, sagte sie. »Aber ich wusste nicht, an wen ich mich sonst wenden sollte. Vergangene Nacht – du bist einem Dieb auf dunkler Straße begegnet, richtig? Er hat für Hazoth einen Auftrag erledigt. Eine üble Sache. Ich sollte ihn mit Bikker treffen und die Ware entgegennehmen, die er gestohlen hatte.«

»Mir kam er wie ein anständiger Bursche vor«, sagte Croy. Ein schändlicher Impuls durchzuckte sein Herz, aber er konnte nichts dagegen machen. »Ein … Freund von dir?«

Cythera schüttelte den Kopf. »Oh, er ist bloß ein Beutelschneider. Jemand, den Bikker ausfindig machte … Wir brauchten einen Dieb und … nun ja. Eine lange Geschichte. Der Haken ist nur folgender: Hazoth entschied, der Dieb müsse sterben. Er würde zu viele Geheimnisse kennen, und wir sollten ihn töten, sobald wir die Ware hätten. Natürlich bot Bikker an, das zu erledigen, aber Hazoth schien es amüsanter zu finden, wenn ich das Instrument der Vernichtung wäre.«

»Natürlich hast du ihm gesagt, dass du das nicht tust.«

Cythera wandte das Gesicht ab. »Croy, ich hatte keine Wahl. Ich muss ihm gehorchen. Als also das Geschäft abgewickelt war, bat ich ihn … ich bat ihn, mich zu küssen.«

Croys Körper versteifte sich, aber er schwieg.

»Du begreifst doch, oder? Was das anrichten würde? Jeder Fluch, den ich in den letzten fünf Jahren sammelte, würde sofort freigesetzt und ginge in den Körper des armen Diebs über. Er wäre auf der Stelle getötet worden. Aber er verweigerte sich mir. Zu seinem Glück kannte er deinen Namen und wusste um die Wirkung, die er auf mich hat. Für einen Beutelschneider ist er wirklich sehr schlau. Und dann rannte er weg, und ich konnte ihn nicht verfolgen. Als ich zurückkehrte und Hazoth über die Flucht des Diebs unterrichtete, war er außer sich vor Wut. Er stürmte durch seine Bibliothek und ließ Bücher von ihren Regalen springen, und seine Augen glühten vor Magie. Ich glaubte schon, er werde sich auf mich stürzen und einen Zauber gegen mich schleudern. Hazoth ist schrecklich aufbrausend.«

»Hat er dich verletzt? Du sagst, er hat dich bestraft – was hat er getan? Cythera, sag es mir!« Croy wollte ihre Hände nehmen oder sie in eine Umarmung reißen. Natürlich tat er es nicht.

»Er kann es nicht. Seine Magie ist wirkungslos gegen mich. Er kann mich nicht einmal von seinen Wächtern verprügeln lassen. Und das hat ihn nur noch wütender gemacht. Also hat er getan, was ich schon so lange befürchtete. Er hat sich stattdessen auf meine Mutter gestürzt.«

»Der Hund«, fluchte Croy.

»Er hat sie in einem seiner Räume in einen magischen Kreis eingesperrt. Sie schmachtet dort schon so lange … aber noch nie zuvor zog er einen Vorteil aus ihrer Gefangenschaft. Ich dachte … ich dachte, wenn der Augenblick kommt, werde er Magie gegen sie einsetzen. Sie mit einer Geste des Schmerzes quälen oder ihren Verstand mit seinem Verstand angreifen. Aber das tat er nicht.«

Cythera schlug sich die Hände vors Gesicht.

»Er ließ sie auspeitschen«, murmelte sie. »Mit einer schlichten Bullenpeitsche aus Leder. Zehn Hiebe auf ihren Rücken, bis sich die Haut schälte. Und … er ließ mich dabei zusehen.« Sie senkte die Hände und starrte ihn an. »Er zwang mich zu zählen.«

Croy richtete sich zu seiner vollen Größe auf. »Warte hier,

während ich meine Schwerter hole. Ich werde ihn töten. Das schwöre ich, Cythera. Ich werde ihn töten und dich und deine Mutter von seinen Fesseln befreien, und dann …«

»Croy«, sagte sie leise, aber es reichte, ihn zum Verstummen zu bringen. »Croy, wenn du jetzt zum Kampf gerüstet zu ihm gehst, wird er dich vernichten.«

»Wenn ich für die Ehre sterbe, für die Liebe, für das Mitgefühl …«

»… bist du trotzdem tot. Gleichgültig, wie edel die Absicht sein mag, du kannst nur einmal dafür sterben. Und dann kannst du niemandem mehr helfen. Ich will nicht, dass du dich um meiner Mutter willen umbringen lässt, Croy.«

»Du kannst nicht von mir erwarten, mir deine Geschichte anzuhören und nichts zu tun«, beharrte er.

»Nein«, sagte sie. Sie ordnete den Saum ihres Kleids. »Nein. Deshalb bin ich nicht gekommen. Aber du könntest etwas tun. Eine Tat, mit der du mir helfen könntest.«

»Endlich«, erwiderte Croy mit einem Seufzer. »Sag mir alles.«

43

Malden brauchte unbedingt einen Plan. Eine Strategie, die ihm Zugang zu Hazoths Haus verschaffte, wo er die Krone fände und unbeschadet mit ihr entkäme. Er musste gründlich nachdenken und seinen Verstand zu Messerschärfe schleifen.

Aber erst einmal musste er sich betrinken.

Er wusste selbst, dass er auf dem Grund eines Bechers nach einer Idee suchte, dass die besten Pläne auf so etwas wie wagemutiger Torheit basierten, die nur dann zustande kam, wenn der Verstand benebelt und die Zunge gelöst war.

Aber vor allem musste er trinken, bis er keine Angst mehr verspürte.

»Ale«, verlangte er, und der Wirt brachte es ihm. Er schob einen keilförmigen Viertelpfennig über den Tresen, der sofort verschwand. Er hatte nicht mehr viele davon. Ausgesucht hatte er sich eine besonders heruntergekommene Schenke in einer der übelsten Gegenden des Stinkviertels, aber nicht wegen der Atmosphäre, sondern weil sie billig und seine Börse schmal war. Die Kaschemme hatte einige schmierige Rundfenster – sie waren aus alten Flaschenböden gemacht, und das Blau, Braun und Grün ließen nur wenig Licht herein. Die Theke bestand aus einer alten Tür auf Sägeböcken, hinter der sich Fässer mit tropfenden Spunden türmten. Es gab ein paar Tische, aber die meisten Zecher tranken stehend aus Lederbechern und wischten sich mit den Ärmeln den Schaum von den Bärten. Als Malden eintrat, endete gerade eine Prügelei, und ein armer Narr lag noch immer bewusstlos am Boden. Die Schenkmagd musste jedes Mal über ihn hinwegsteigen.

»Mehr«, sagte Malden, als er den Becher geleert hatte. Der Wirt wartete, bis der Dieb eine weitere Münze aus dem Beutel genommen und auf den Tresen gelegt hatte.

Angst vor dem Tod war Malden nicht neu. Cutbill hatte ihn beiläufig bedroht, und er hatte sich die Schilderung des angekündigten Tods mannhaft angehört. Aber das war etwas anderes gewesen. Die Drohung war als Ansporn gemeint gewesen, damit er tat, was der Gildenmeister von ihm erwartete. Allen Beteiligten war dabei klar gewesen, dass Malden eine Wahl hatte, dass er die Möglichkeit hatte, sich zu retten. Es war eine Verhandlung in beiderseitigem Einvernehmen gewesen.

Selbst im Palast des Burggrafen, wo er dank der Fallen und des Dämons dem Tod gegenübergestanden hatte, hatte er gewusst, dass er überleben würde, wenn er nur schlau genug war. Aber Hazoth zu bestehlen, war eine ganz andere Sache.

Bikker würde ihn in dem Augenblick töten, da er durch das Tor trat. Über dem ganzen Haus lag ein Zauber – er hatte gesehen, wie der Straßenräuber hochgehoben und wie ein von den Krallen einer Katze aufgespießter Spatz in der Luft gezappelt hatte. Überall auf Hazoths Anwesen lauerten bewaffnete Wächter, und ein Ablenkungsmanöver würde nicht ausreichen.

Am schlimmsten aber war die Aussicht, dass er sich der Magie ausliefern würde – falls er Erfolg hätte und einen Weg in das Sanktum des Zauberers finden sollte.

Kein kluger Mann nahm Zauberei auf die leichte Schulter. Magie war bestenfalls unberechenbar. Studenten des Arkanen sprengten sich eher in die Luft oder wurden mit Haut und Haaren von wütenden Dämonen in den Höllenpfuhl gezerrt, als lange genug zu leben, um ihr Handwerk auszuüben. Diejenigen unter ihnen, die ihre Studien allerdings vollendeten, wurden ausgesprochen *mächtig*. Sie konnten auf Fähigkeiten zurückgreifen, die sich normale Menschen nicht einmal vorstellen konnten. Und Hazoth war einer der größten Zauberer der Geschichte.

Mittlerweile glaubte Malden sämtliche Gerüchte, die er über den Mann gehört hatte. So wie den Bericht, dass Hazoth die Elfen aus Südskrae vertrieben hatte, indem er in nur einer einzigen Nacht jeden Baum im Umkreis von hundert Meilen verdorren und absterben ließ. Alte Männer erzählten manchmal von dem Tag, an dem der Zauberer so gut wie allein ein ganzes Barbarenheer ausgelöscht hatte, wie eine einfache Handbewegung die bemalten Berserker an Ort und Stelle gefesselt hatte, sodass sie nichts anderes tun konnten, als wilde Flüche auszustoßen, während die Ritter von Skrae sie nach Belieben niederhieben. Und die Geschichten, wie Hazoth mit Leuten verfuhr, die ihn verrieten, waren viel zu grausam, als dass Malden daran denken wollte.

Möglicherweise belegte Hazoth ihn mit einem schrecklichen Fluch, der sein Leben zur Hölle machen würde. Oder er schälte Malden einfach mit einem Wort und einer Geste das Fleisch von den Knochen.

»Noch eins«, sagte Malden und knallte sein Geld auf den Tresen. Allmählich spürte er die Wirkung des Alkohols in den Adern. Aber es wurde nicht besser.

Um sich abzulenken, wandte er sich um und betrachtete die anderen Gäste in der Schenke. Die meisten waren durchaus ehrliche Leute – Arbeiter mit Lederschürzen, die mit Mehl, Kerzenwachs oder Ruß aus einem Ofen beschmiert waren. Sie redeten laut, lachten herzlich und stampften mit den Füßen auf, wenn sie einen Scherz machten oder fluchten. Weiter hinten im Raum in der Nähe des Kamins spielte man Karten. Die Spieler sahen aus wie verzweifelte Straßenräuber, die einander wegen einer gescheiterten Wette die Kehle durchschneiden würden. Aber sie spielten voller Ernst und legten beinahe schweigend nacheinander ihre Trümpfe ab. Malden kannte das Spiel nicht, also schlenderte er hinüber, um zuzusehen. Einer der Spieler, ein räudig aussehender Bursche mit ungepflegtem Bart und dreckiger Stirn, blickte auf und knurrte, aber die anderen drängten ihn, er solle ausspielen, und danach beachtete er Malden nicht mehr.

Wie sich herausstellte, hätte das Spiel nicht einfacher sein können. Die Karten waren Malden bekannt, festes Papier mit handgemalten Zählern und Symbolen auf der einen Seite sowie leeren Rücken. Sie waren von eins bis zehn durchnummeriert. Jeder Spieler hielt fünf zufällig gezogene Karten in der Hand. Dem Wert seiner Karten entsprechend warf er Münzen in die Tischmitte, und die anderen mussten seinen Einsatz halten oder aussteigen. Dann legte der Spieler die höchste Karte ab. Konnte keiner der anderen sie schlagen, gehörte das Geld ihm. Jeder, der an der Reihe gewesen war, zog eine neue Karte vom Stapel, und alles fing wieder von vorn an.

Einer der Spieler hatte die meisten Münzen vor sich liegen. Offensichtlich hatten es die Karten gut mit ihm gemeint. Den Blicken seiner Mitspieler nach zu urteilen, fragten sie sich, wieso er so viel Glück hatte. Er machte sich nicht die Mühe, die Blicke zu erwidern, und unterbrach sein Spiel nur, um aus seinem Becher zu trinken. Kurioserweise hatte er ein hohles Schilfstück hineingesteckt, und wenn er trinken wollte, legte er die Lippen um das Ende des Rohrs und saugte das Getränk wie Wasser durch einen Schlauch in den Mund.

»Spielst du, oder glotzt du bloß, mein Junge? Denn fürs Glotzen muss man Steuern zahlen«, sagte der Glückspilz. Die anderen grölten, aber Malden blieb der Mund offen stehen. Er hatte seine Aufmerksamkeit auf die Karten gerichtet und nicht auf die Gesichter der Spieler, sonst hätte er den Mann früher erkannt.

»Kemper?«, sagte er. »Was tust du denn hier?«

Wut schwappte wie eine Welle um den Tisch herum, als jeder der Spieler den Glückspilz anstarrte.

»Kemper?«, fragte der Spieler mit dem dreckigen Gesicht und stand von seinem Hocker auf. »Ich habe von einem Halunken namens Kemper gehört. Man nennt ihn einen Schwindler.«

»Dann lügen sie, nicht wahr?«, erwiderte Kemper. »Und jetzt setz dich wieder hin, du Hund!«

»Ich setz mich nicht mit einem Falschspieler an einen Tisch!«

»Spiel oder verzieh dich, mir ist das gleich.«

»Du nimmst mir den ganzen Tag den Lohn ab!«, brüllte der Spieler. »Lass mich deine verdammten Karten sehen! Sie müssen markiert sein.«

»Setz dich und spiel!«, wiederholte Kemper.

Malden sprang zurück, als der Spieler den Tisch packte und umwarf. Münzen und Karten flogen durch die Luft, als er plötzlich ein Messer in der Hand hielt und sich auf Kemper stürzte. Kemper blieb sitzen, während ihm der Spieler immer wieder die Klinge in die Brust rammte.

Aus allen Ecken der Schenke erhoben sich Schreie und Rufe, und der Wirt stürzte mit einem Knüppel herbei. Aber es war bereits vorbei. Der Spieler war totenbleich und starrte das Messer in seiner Hand an. Auf der Klinge war kein Blut zu sehen. Er stolperte zurück, und Malden sah, dass Kemper nichts geschehen war, und er völlig ruhig noch immer mit den Karten in der Hand auf seinem Hocker saß.

»Räum das auf«, sagte Kemper zu dem Spieler, »dann können wir endlich weitermachen.«

Der Spieler mit dem dreckigen Gesicht rannte mit einem schrillen Schrei zur Tür hinaus. Die anderen wichen vor Kemper zurück, als wäre ein Dämon aus dem Boden hervorgesprungen und hätte ihn vor dem Messer gerettet. Jedenfalls alle bis auf einen Spieler, der eilig nach den Münzen auf dem Boden griff.

»Liegen lassen«, sagte Kemper. »Die gehören mir. Für den ganzen Ärger.«

Der gierige Spieler nickte und eilte davon.

»Weißt du, Junge, dein Zeitgefühl ist nicht das beste. Und doch freue ich mich, dich zu sehen«, sagte Kemper und stand endlich vom Hocker auf. Er schob die Karten in die Tasche und trat auf Malden zu.

»Das Messer … die Stiche waren tödlich«, stotterte Malden. Er fragte sich, ob seine Miene die Fassungslosigkeit zeigte, die er fühlte. »Aber ich sehe keinen Tropfen Blut an dir.«

Kemper lachte. »Hier, schüttle mir die Hand, dann weißt du warum.« Er streckte eine schwielige und von harter Arbeit vernarbte Hand aus, und Malden langte danach.

Aber das erwies sich als unmöglich. Maldens Finger glitten durch Kempers Hand hindurch, als wäre sie gar nicht vorhanden. Er spürte nur eine kalte Feuchtigkeit, als hätte er eine Nebelschwade berührt. Malden keuchte auf, dann griff er ungläubig nach dem Arm und dem Haar des Mannes. Er bekam nichts von ihm zu fassen, weder Stoff noch Haut.

»Du … du bist ein Geist«, murmelte Malden.

»Ein lebender Geist«, stimmte Kemper ihm zu. »Was der traurigste Widerspruch ist, den ich kenne.«

44

Inzwischen zog Kemper so viele Blicke auf sich, dass es in der Schenke nicht mehr gemütlich war. Er sammelte seine Karten und seinen Trinkhalm ein – und natürlich die auf dem Boden verteilten Münzen –, und die beiden Männer wandten sich dem Ausgang zu. Vielleicht um es allen jenen zu zeigen, die ihn so anstarrten, übergab Kemper Malden seine Sachen und trat durch die geschlossene Tür nach draußen, was ein vielstimmiges entsetztes Aufstöhnen zur Folge hatte. Malden verbeugte sich tief vor den Zechern und rannte mit dem Gesicht voll gegen die Tür. Vielleicht hatten die drei Becher Ale doch mehr Wirkung gehabt als angenommen.

Ohne sich noch einmal umzusehen, öffnete er die Tür und trat auf die Straße. Kemper wartete auf ihn und pfiff ein paar zusammenhanglose Noten, die keine Melodie ergaben.

»Schön, dich zu sehen, mein Sohn, wirklich. Ist immer eine Freude, solche Gesellschaft zu haben, bei der man frei von der Leber weg sprechen kann und sich keine Sorgen um seine Geheimnisse machen muss. Das nehme ich an mich«, sagte Kemper und griff nach seinen Sachen. Der Halm und die Münzen verschwanden in seinem Wams, aber die Karten hielt er in der Hand und spielte damit herum, während er ging.

»Wieso kannst du die Karten halten, aber keinen Becher?«, wollte Malden wissen. Ihm war bereits klar, dass der Halm nötig war, weil Kempers Hände ungehindert durch jeden Becher hindurchgegriffen hätten.

»Nun ja«, sagte Kemper, blieb stehen und hob das Kinn wie jemand, der einen Vortrag halten wollte. »Der Fluch, der auf mir liegt, ist mächtig, aber nicht ganz wasserdicht, wenn du verstehst, was ich meine. Wenn ich mich ganz stark auf etwas konzentriere, dann kann ich es festhalten. Dank langer Übung kann ich so gut wie alles festhalten. Wie meinen Trinkhalm und meine Karten, die ich schon besaß, bevor du das erste Mal nachts dein Laken besudelt hast. Ich meisterte die Aufgabe, wie man auf einem Stuhl sitzt und im Bett liegt, und Essen und Trinken stehen mir zur Verfügung. Seit dem Tag, an dem es geschah, habe ich weder eine Frau angerührt noch die Kleider gewechselt.«

»Ein mitleiderregender Zustand«, murmelte Malden bedauernd.

»Hat auch seine Vorteile für einen Glücksritter wie mich. So gut wie kein Gefängnis hält mich fest, und wie du siehst, kann ich Geld mit mir herumtragen, wenn es aus Silber ist.« Er ließ eine Münze zwischen den Fingern aufblitzen und bewegte sie für Malden hin und her.

»Nur Silber?«

»Kein Mensch weiß, warum das so ist. Aber Silber ist ein Metall, das Magie nicht berühren kann, verstehst du?«

»Ich bin mir nicht sicher, ob ich dir folgen kann«, gestand Malden.

Der Falschspieler seufzte. »Eine Eigenschaft des Metalls, etwas Arkanes, vielleicht auch ein Fehler in der Magie, wer vermag das schon zu sagen? Aber es ist eine Tatsache. Silber durchtrennt jeden Zauber, kein Fluch kann etwas dagegen ausrichten. Und selbst wenn ich für meine Sünden bestraft werde, Silbermünzen kann ich trotzdem festhalten.«

»Oder Silberketten – wie im Kerker des Burggrafen«, erinnerte sich Malden. »Ich hatte mich gefragt, warum sie dir so kostbare Fesseln angelegt hatten.«

»Aye, mein Junge. Silber und Magie, nicht gut. Du kannst dir sicher vorstellen, welche Vorteile das für einen Mann meines Berufsstands hat.«

»Und dann warst du verschwunden – ich dachte, du seist die Kerkerstufen hinaufgelaufen, aber stattdessen musst du einfach durch die Wand gegangen sein.« Malden schüttelte staunend den Kopf. »Ja, mir ist klar, dass das nützlich sein kann.«

»Bist ein kluger Junge, das sehe ich«, meinte Kemper. »Das war nicht leicht, das kann ich dir sagen. Ich musste durch soliden Fels gehen, aye, anscheinend meilenweit. Daran habe ich mich nie gewöhnen können. Die ganze Zeit ist man so blind wie eine Fledermaus und fragt sich, ob man nicht sechzig Fuß über dem Skrait rauskommt.« Der Falschspieler schwankte etwas – offensichtlich war auch er nicht mehr ganz nüchtern. »Oder, oder, und das wäre noch viel schlimmer, dass du einfach weitergehst, immer tiefer in die Welt hinein, bis du im Höllenpfuhl landest, wo dich der hässliche alte Sadu mit seinen wilden Augen anstarrt. Sollte das jemals passieren, will ich ihn höflich grüßen und einfach weitergehen, als gehörte der Ort mir. Selbstvertrauen, das ist der Schlüssel zu unserem Spiel, das sage ich dir. Selbstvertrauen. Warte, warte, mein Junge. Ich muss pinkeln.«

Malden wartete an der Ecke, bis der Falschspieler fertig war. Er musste zugeben, dass er da eine gewisse Neugier verspürte – würde Kempers Pisse genauso immateriell wie sein Körper sein? Allerdings fand er die Frage unhöflich.

»Was hältst du davon? Glaubst du, hier hat man etwas gegen ein Spielchen einzuwenden?«

Malden blickte auf und sah, dass sie vor der Tür einer anderen Schenke standen. Im Stinkviertel gab es nicht gerade wenige davon. Er erkannte das Schild, das einen abgetrennten Ogerkopf zeigte. »Hierher kommt der örtliche Priester der Göttin, wenn er Durst hat«, sagte er und schüttelte zweifelnd den Kopf. »Im *Oger* kehren gute, ehrliche Leute ein.«

»Das sind mir die liebsten Zeitgenossen«, grinste Kemper und bedeutete Malden, ihm die Tür zu öffnen.

Es folgten Ströme von Ale, und Kemper bezahlte die Rechnung großzügig mit seinen Gewinnen. Die Nacht verwandelte sich in eine Reihe in sich abgeschlossener Ereignisse, unterbrochen von verschwommenen Augenblicken, an die sich Malden am nächsten Morgen nicht mehr klar erinnern konnte. Es war viel gesungen worden, das wusste er noch, und man hatte ihn aufgefordert, mit seiner ungeübten Stimme mitzumachen. Es war viel gespielt worden, und Kemper hatte mehr als eine glückliche Hand bewiesen.

Irgendwann in der Nacht hatte er Malden das große Geheimnis anvertraut, warum er immer siegte. »Nun sieh dir mal diese Karten an, die sind nicht markiert, keinesfalls«, flüsterte er, als sie den Skrait auf der Hügelbrücke überquerten. »Ich kenne markierte Karten, die sind so geschickt gezinkt, dass nur ein Zwerg die betreffenden Stellen finden könnte. Aber irgendein kluger Bursche entdeckt sie immer, und dann ist die Kacke am Dampfen. Nee, mein Geheimnis ist viel einfacher. Siehst du, wie dreckig sie sind, weil fettige Finger sie all die Jahre gehalten haben? Sie müssen gar nicht markiert sein! Ha, mein Junge, riech mal!«

Malden zuckte zurück, als der verfluchte Spieler ihm die Glockenzehn unter die Nase hielt. Er musste zugeben, dass sie das Aroma ungewaschener Kleidung verbreitete.

»Sie ist in den Nachttopf gefallen«, erklärte Malden.

»Wohl kaum! Riecht wie unter den Achselhöhlen, oder? Und wenn ein Mann diese Karte hält, nun, ich rieche sie noch auf der anderen Tischseite. Und jede von ihnen hat ihren eigenen, unverkennbaren Geruch, stimmt's? Mit meiner feinen Nase kann ich dir sagen, ob du eine hohe oder niedrige Karte hast. Durch die lange Benutzung und Übung kenne ich diese Karten besser als meinen Handrücken, wirklich.«

»Großartig, einfach großartig.« Malden lachte, denn mittlerweile hatte er den Punkt erreicht, an dem alles bewundernswert erschien; die Welt war ein wunderbarer Ort, und der Tod war noch nie so weit weg gewesen.

Irgendwann wurden sie von den Wachen gejagt, entkamen aber mühelos – Malden, indem er in eine dunkle Gasse schlüpfte, die oft als Abort benutzt wurde, und Kemper, indem er einfach durch eine Wand trat.

Man warf sie aus vielen Spelunken hinaus, manchmal mit körperlicher Gewalt. Bei einer Gelegenheit, weil Kemper nach dem Hintern einer vorbeigehenden Magd gegriffen hatte. Natürlich drang seine Hand mitten durch ihren Rock hindurch, aber sie spürte etwas. Sie wurde blass, ließ das Tablett fallen und fauchte den Tätschler wütend an – nur um den unschuldig dreinblickenden Malden allein auf einer Bank sitzen zu sehen. Mit Mühe stolperte der Dieb aus der Schenke hinaus und stieß vor der Tür auf Kemper, der sich vor Lachen ausschütten wollte.

Einmal musste sich Malden über einer Brücke erbrechen. Danach fühlte er sich schwach, und Kemper überzeugte ihn davon, dass das beste Heilmittel für seinen Zustand ein weiterer Humpen Ale war. Malden stimmte ihm begeistert zu.

Die Zechtour endete kurz vor Sonnenaufgang – aber mit einem bitteren Nachgeschmack. Völlig unbeabsichtigt waren sie zur Stadtmauer gekommen, und Malden blieb wie angewurzelt stehen, als er die grüne Stadtwiese von Gartenmauer vor sich sah. Er befand sich unmittelbar auf Hazoths Schwelle.

»Kemper«, sagte er. »Kemper.«

»Was?«

»Der Zauberer, der dich verflucht hat, der dich in … deinen Zustand verwandelt hat. Der Zauberer, der dich verflucht hat – war sein Name zufällig Hazoth?«

Kemper lachte, bis er keine Luft mehr bekam. »Hazoth? Du glaubst, er war das, der Großmeister aller Zauberer, der alte Hurensohn? Bei Sadus acht Zeigefingern, erspare mir solch ein Schicksal! Nein, mein Junge, nein. Es war bloß ein Dorfzauberer in einem verfluchten Dorf hundert Meilen von hier entfernt.«

»Aber er muss doch… du weißt schon. Sehr mächtig gewesen sein. Um dir das anzutun.«

Kemper schüttelte entschieden den Kopf. »Nein, der Mistkerl, der mich erwischte … also verglichen mit deinem Hazoth war er wie Spucke im Meer.« Er ließ sich schwer ins Gras fallen. »Magie ist eine mächtige Sache, jawohl. Selbst ein leichter Fluch ist nicht witzig. Aber was Hazoth mit einem anstellen könnte, daran denke ich bloß mit Grausen. Vermutlich schält er dir das Fleisch von den Knochen und fordert sie dann zu einem Tänzchen auf. Oder reißt vor deinen Füßen die Erde auf und schmeißt dich in den Höllenpfuhl, wie man einen Stein in den Brunnen wirft.«

»Oh«, sagte Malden. Und übergab sich. Teilweise war es der Alkohol. Aber größtenteils die Angst.

»Ist das dort sein Bau?«, fragte Kemper.

»Das ist das Haus«, bestätigte Malden und wies über die Wiese hinweg zum Herrenhaus des Zauberers. »Dort muss die Krone sein.« Im Verlauf der Nacht hatte er Kemper alles erzählt – einschließlich der Tatsache, dass ihm keine andere Wahl blieb, als bei Hazoth einzubrechen und die Krone zurückzuholen. »Und er wird sie mir nicht einfach geben.«

Kemper mischte mit einer Hand die Karten, keine geringe Leistung, wenn man bedachte, wie betrunken er war. Dann schien ihm ein Gedanke zu kommen. »Hast du ihn gefragt?«

Malden blinzelte und versuchte den Kopf freizubekommen. Er war sich nicht sicher, ob Kempers Worte die geniale Lösung oder der absolute Wahnsinn waren.

»Bikker erschlägt mich, sobald er mich sieht«, wandte er schließlich kopfschüttelnd ein.

»Dann wartest du eben, bis Bikker nicht da ist«, erwiderte Kemper. Dann bekam er einen Schluckauf und musste eine Weile die Klappe halten.

»Es ist zu gefährlich«, beharrte Malden. »Nein, ich muss einbrechen. Aber wie? Eine unsichtbare magische Wand umgibt das Gelände, ganz zu schweigen von Wächtern und Hunden und … und Bikker und Cyth… Cythera. Ich muss mich auch setzen.«

Er sank rücklings ins Gras. Er fühlte sich nicht so gut. Er wollte sich an Kemper lehnen und fiel geradewegs durch ihn hindurch. Darüber mussten beide so sehr lachen, dass sie keine Luft mehr bekamen.

45

Es war nicht schwierig, in den Palast zu gelangen, wenn man es mitten am Tag versuchte und dort offenkundig etwas zu erledigen hatte. Die Bewohner des Palasts verbrauchten täglich gewaltige Mengen an Lebensmitteln, Getränken, Feuerholz und anderen Dingen. Karren rollten durch das riesige Eisentor in der Mauer auf dem Schlosshügel. Arbeiter schleppten Mehlsäcke, Schinken und Ölfässer durch einen Hintereingang in der Nähe der Küche. An diesem Tag mussten sie sich in einer Reihe aufstellen und warten, denn im Hof drängten sich bereits Steinmetzen, Architekten und Maurer, die sich um den sorgfältigen Abriss der Turmreste kümmerten. Es war ein großes Durcheinander aus Handwerkern, die in jeder vorstellbaren Farbe und jedem möglichen Stil gekleidet waren.

Als Croy neben einem Wagen voller Getreide eintrat, hielt ihn ein Torwächter auf. Der überforderte Mann vergewisserte sich aber bloß, dass Croy keine Waffen trug, bevor er ihn weiterwinkte. Obwohl Croy gesucht wurde, weil er vor dem Galgen geflohen war, warf der Mann nicht einmal einen Blick auf sein Gesicht.

Croy kicherte leise, als er über den Hof auf den Palast zuschritt. »Du wirst selbstgefällig, Anselm«, murmelte er. Oben auf den Mauern standen keine Bogenschützen, und die wenigen Angehörigen der Wache, die zu sehen waren, stritten sich auf den Turmtrümmern mit den Steinmetzen. Die Steinmetze hatten einen gewaltigen dreieckigen Kran aufgebaut, der die zertrümmerten Steine wegräumen sollte, aber die Wächter schienen der Meinung zu sein, dass sie dabei den Palast beschädigen würden. Die Steinmetze waren der Ansicht, zu wissen, was sie da taten und dass man sie gefälligst in Ruhe lassen sollte. In der Zwischenzeit standen ihre Gehilfen untätig herum, stützten sich auf ihre Schaufeln oder teilten sich einen Krug Wein. Eine Gruppe Lehrlinge, von denen keiner älter als zehn Jahre alt war, hatte angefangen, Ball zu spielen, während sie darauf wartete, dass die Debatte ihr Ende nahm, damit sie weiterarbeiten konnte. Croy machte sich das Chaos zunutze, schlüpfte durch einen Hintereingang und ging unmittelbar am Kastellan vorbei, einem senilen alten Kerl, der viel zu sehr damit beschäftigt war, Körbe voller Kerzen zu zählen, als auf seine Umgebung zu achten.

Hinter den Lagerräumen lagen die Dienstbotenquartiere, schmale Kämmerchen, die noch winziger waren als Croys Gefängniszelle. Jetzt, mitten am Tag, waren sie alle verlassen – die Diener waren natürlich bei der Arbeit. Am Ende des Korridors stieg Croy eine Wendeltreppe hinauf und erreichte den ersten Stock, wo sich die Gemächer des Burggrafen sowie Vrys Amtsstube befanden.

Immerhin stand oben an der Treppe ein Wächter. Er trug ein Lederwams mit Eisenplatten an Schultern und Unterarmen, dazu kam eine Eisenhaube mit breiter Krempe. Weil es ein warmer Tag war – das Göttinnenfest brachte immer sonniges Wetter –, hatte der Mann die gepolsterte Kapuze abgelegt, die er unter dem Helm hätte tragen müssen. Er senkte seine Hellebarde und befahl Croy stehen zu bleiben. »Was willst du hier?«

»Ich bringe eine Botschaft für den Vogt«, sagte Croy und versuchte furchtsam zu klingen. Ein echter Bote würde die Klinge der Hellebarde anstarren, dachte er sich und wandte den Kopf, als betrachte er sie ängstlich. Dabei aber ließ er die Hände des Wächters nicht aus den Augen.

»Gib sie her, und ich sorge dafür, dass er sie bekommt.«

»Oh, du willst sie haben?«, fragte Croy. »Schön.« Er zog den

Knüppel hervor, den er unter dem Umhang verborgen hatte, und hieb ihn dem Wächter gegen die Schläfe. Der Helm klirrte wie eine Glocke, und der Wächter verzerrte das Gesicht, während sich seine Augen verdrehten. Croy konnte ihn gerade noch auffangen, bevor er auf dem Boden landete.

Dann verharrte Croy zusammengeduckt auf dem Treppenabsatz, den Wächter im Arm, und lauschte. Der Helm hatte viel mehr Lärm gemacht, als ihm lieb gewesen war, und er musste wissen, ob jemand etwas mitbekommen hatte.

Er hörte die Arbeiter draußen, die sich beschwerten, so lange warten zu müssen, um ihre Waren abzuladen. Er hörte Pferdehufe über das Pflaster des Schlosshofs klappern. Er hörte einen Wächter auf der Mauer, der seinen Kameraden auf der anderen Seite anrief und sich vergewisserte, ob alles in Ordnung sei. Aber er hörte nicht, was er befürchtet hatte: Alarmrufe, Stimmen im Palast, die sich erhoben und fragten, was es mit dem Laut auf sich habe. Niemand rief nach dem bewusstlosen Wächter, um ihn zu fragen, was los sei.

Sehr gut. Den Wächter die Treppe hinunterzuschaffen, war nicht leicht, aber Croy hatte ordentliche Muskeln in den Armen und einen starken Rücken. Er schleppte den Wächter in eine der Kammern, dann zog er ihm die Rüstung aus und fesselte ihm die Hände auf dem Rücken. Nachdem er ihm einen Knebel in den Mund gestopft hatte, glaubte er, für eine Weile sicher zu sein. Um der Schicklichkeit willen bedeckte er den Gefesselten mit seinem Umhang, dann schlüpfte er in das Lederwams. Am Gürtel des Mannes entdeckte er die wattierte Kapuze und zog sie ebenfalls über, bevor er den Helm aufsetzte. Sie verbarg sein blondes Haar und das kantige Kinn.

Dann stieg er wieder zur ersten Etage hinauf und begab sich ohne Umweg zu Anselm Vrys Amtsstube. Er hob die Hand, um anzuklopfen und zu verkünden, dass eine Botschaft aus der Gildenhalle gekommen sei, die eine Antwort erfordere. Das würde Vry veranlassen, ohne Zögern die Tür zu öffnen.

Aber bevor er klopfte, hielt er inne, lauschte einen Augenblick lang – und hörte hinter der Tür eine Unterhaltung, die seine Aufmerksamkeit erregte.

»Zieht das an! Die Leute erwarten von Euch, dass Ihr das Gewand tragt.« Das war die Stimme von Anselm Vry, da gab es keinen Zweifel.

Die andere Stimme erkannte Croy nicht. Sie gehörte einem erwachsenen Mann, wies aber einen kindlichen Trotz auf – und zur gleichen Zeit eine gewisse Leere, als sei der Besitzer der Stimme schwer krank oder gar ein Geist.

»Du kannst mich nicht dazu zwingen. Du kannst mich zu gar nichts zwingen. Ich bin von ihr befreit.«

»Wenn Ihr das Gewand nicht tragt«, erwiderte Vry ärgerlich, »dann könnt Ihr nicht in der Öffentlichkeit erscheinen. Ich werde Euch in Eurem Raum einschließen müssen. Und dann werden wir ja sehen, wie frei Ihr seid.«

»Ich bin frei. Ich bin frei! Jede Nacht, wenn sie sie wegbrachten – jede Nacht träumte ich. Ich träumte hiervon! Und als man sie mir am Morgen wieder brachte, da weinte ich. Du wirst ... du wirst sie doch nicht wieder zurückbringen, oder? Versprich es mir!«

»Ich verspreche es. Und jetzt zieht das Gewand an. Und hört auf zu jammern. Das steht Euch nicht zu. Nach dem Göttinnenfest wird alles anders sein, träumt davon.«

Es reichte. Croy hatte noch nie zuvor heimlich gelauscht. Klatsch konnte er nicht ausstehen, genauso wenig wie die Geheimnisse anderer Leute zu erfahren. Er klopfte. »Eine Botschaft für Euch, Euer Ehren«, sagte er mit fester Stimme. »Aus der Gildenhalle.«

»Verdammt – was wollen die Krämer denn schon wieder von mir?«, fragte Vry hinter der Tür. Schritte näherten sich, und Croy trat zurück. Vry schob den Kopf durch die geöffnete Tür und streckte eine langfingerige Hand aus. »Gib schon her und verschwinde!«

Croy packte die Hand und zog den Vogt in den Korridor. Vry setzte an, nach seinen Männern zu brüllen, aber Croy schlang ihm einen Arm um den Hals und drückte zu.

»Seid Ihr gekommen ... um mich umzubringen, Croy? Das scheint nicht ... Eure Art zu sein«, stieß Vry mit Mühe hervor, als Croy den Druck auf seine Luftröhre verstärkte.

»Mir fiel keine andere Möglichkeit ein, eine Audienz bei Euch zu erwirken, Anselm. Nein, ich bin genau aus dem erwähnten Grund hier – um eine Nachricht zu überbringen, wenn auch nicht von den Gildenmeistern. Werdet Ihr mir zuhören, wenn ich Euch loslasse? Ich habe Neuigkeiten von entscheidender Bedeutung für Euch.«

»Ich höre zu«, würgte Vry hervor. Croy ließ ihn los. »Ich höre zu, dann lasse ich Euch verhaften. Wie habt Ihr es geschafft, hier hereinzukommen? Und wie könnt Ihr erwarten, mit dem Kopf auf den Schultern wieder hinauszugehen? Welche Nachricht könnte so wichtig sein, dass Ihr dafür Euer Leben riskiert?«

»Der Zauberer Hazoth hat Eure Krone«, sagte Croy.

»Was? Wovon redet Ihr?«

Croy schüttelte den Kopf. »Ihr braucht mir nichts vorzuspielen. Ich weiß alles. Und Ihr nun auch. Die Krone ist in Sicherheit, versiegelt in einem Bleikasten in Hazoths Sanktum. Ich habe nicht die geringste Ahnung, was er damit will. Und jetzt muss ich gehen.«

»Ihr habt recht«, erwiderte Vry. »Das sind entscheidende Neuigkeiten. Ihr werdet mir wohl nicht verraten, wie Ihr darangekommen seid, oder?«

»Ich habe Geheimhaltung geschworen«, sagte Croy.

»Natürlich, natürlich. Hazoth.« Vry tippte sich gegen die Unterlippe. »Was meint Ihr, schafft Ihr es, ihm die Krone abzunehmen?«

»Allein? Nein. Aber Ihr könnt doch sicherlich genügend Truppen zusammenziehen, um sie ihm zu entreißen, oder nicht?«

»Vermutlich. Ich schulde Euch meinen Dank, Croy.« Der Vogt hieb ihm auf die Schulter. »Ich wünschte nur, ich könnte diese Schuld auch begleichen. Aber Ihr wisst, dass das Wort des Burggrafen Gesetz ist, und er hat Euren Tod befohlen. Was könnte ich für Euch tun, das seiner Entscheidung nicht widerspräche? Euch zu begnadigen, liegt nicht in meiner Macht, so gern ich das auch täte.«

»Lasst mir einfach nur einen Vorsprung. Wartet fünf Minuten, bevor Ihr die Wächter ruft. Das reicht schon. Ach, und Anselm?«

»Ja?«, fragte der Vogt.

»Ihr solltest wirklich besser aufpassen, wer durch Eure Tore kommt und geht.« Croy grinste breit und verneigte sich tief. »Ich diene noch immer dem Burggrafen«, sagte er. »Und ich habe nur meine Pflicht erfüllt.«

Und dennoch – die Worte fühlten sich falsch in Croys Mund an. Denn in Wahrheit war er nicht wegen des Burggrafen in den Palast gekommen. Cythera hatte ihm alles über den Raub der Krone erzählt, und zusammen hatten sie diesen Plan geschmiedet. Solange Hazoth ihre Mutter gefangen hielt, konnte sie seine Dienste nicht verlassen – und er ließ sie nie gehen, solange er lebte. Croy konnte den Zauberer nicht allein vernichten. Wenn aber bekannt würde, dass Hazoth hinter dem Plan steckte, den Burggraf dem öffentlichen Spott preiszugeben? Vielleicht würden sich die Räder der Gerechtigkeit in die richtige Richtung drehen, zumindest dieses eine Mal. Vry konnte alle Wächter der Stadt auf Hazoths Haus hetzen, und dann sähe man ja, wie mächtig seine Magie tatsächlich war.

46

Allerdings war es nicht Anselm Vry, der sich Hazoths Herrenhaus als Nächster näherte.

Es war Malden.

Er hatte den größten Teil des Tags auf der Wiese an der Mauer des Göttinnengartens zwischen den Büschen verbracht und dort wie ein Straßenräuber gehockt, und dabei hatte er nicht einmal einen Krug Branntwein zur Gesellschaft gehabt. Das Letzte, was er nach seiner Sauftour mit Kemper gebrauchen konnte, war Alkohol.

Es fiel ihm nicht schwer, so still zu sitzen. Bei jeder Bewegung hatte er das Gefühl, sein Gehirn schwimme im Schädel herum. Er fühlte sich schwach und schlecht. Und er vermochte nicht zu sagen, ob das der Kater war oder doch nur Angst.

Das Tor von Hazoths Anwesen öffnete sich, und Bikker trat heraus. Das war der Augenblick, auf den Malden gewartet hatte. Der bärtige Krieger klirrte bei jedem Schritt – Malden hörte ihn noch aus dieser Entfernung –, und er kratzte sich unter einem Arm, als er in Richtung Alte Fischstraße ging, jener Straße, die zu den Kais am Skrait führte. Malden hatte nicht die geringste Ahnung, was er dort zu suchen hatte, aber es war ihm auch einerlei. Solange Bikker eine Stunde oder länger wegblieb.

Als Bikker eine Weile verschwunden war, erhob sich Malden mühsam und überquerte die Wiese, in voller Sicht von Hazoths Haus. Er verspürte das dringende Verlangen, sich umzudrehen und zu flüchten oder sich zumindest auf weniger auffällige Weise zu nähern – auf der anderen Seite der Wiese wuchsen Bäume, die ein gutes Versteck boten.

Er drehte sich nicht um.

Am Tor erwarteten ihn Hazoths Wächter. Sie standen auf der anderen Seite der Schwelle, und Malden wusste aus langer Beobachtung, dass sie sich innerhalb der Grenzen des Zaubers befanden, der das Anwesen beschützte. Er stellte keine Bedrohung für sie dar, und sie machten keinerlei Anstalten, ihn nach seinem Weg zu fragen. Sie stützten sich auf ihre Stangenwaffen und beobachteten ihn nur, wie er näher kam, forderten ihn mit Blicken auf, durch das Tor zu schreiten.

Sechs von ihnen waren in Sicht. Sie trugen Kettenhemden und Waffenröcke in Hazoths Farben, Schwarz und Scharlachrot. Einer von ihnen wandte den Kopf und spuckte aus, als Malden ans Tor trat.

Sobald er es hinter sich gelassen hätte, gäbe es kein Zurück mehr.

Malden trat über die Schwelle.

Vielleicht konnte man ihm nachsehen, dass er die Augen schloss, als er den schicksalsträchtigen Schritt tat. Aber nichts geschah – zumindest anfangs nicht. Der Vorhof des Herrenhauses war mit Kies bestreut; hier und da sprossen Löwenzahn- oder Kleeblätter zwischen den Steinchen hervor. Der Kies knirschte unter Maldens Schuhen und machte mehr Lärm, als ihm lieb war. Er tat den nächsten Schritt.

Und das war der Augenblick, in dem der Zauber zuschlug. Es fühlte sich an, als wäre er mit aller Kraft gegen eine Ziegelmauer gerannt. Durch den Aufprall verkrampfte sich sein Körper, und seine Knochen knirschten, dabei sah er keine Barriere vor sich. Geisterhände schienen ihm über das Gesicht und die Brust zu streifen, dann packte ihn etwas um die Taille.

Einer der Wächter lachte.

Malden schrie nicht auf – die Luft war ihm aus den Lungen gewichen –, als ihn die unsichtbare Macht vom Boden in die Höhe stemmte. Der Griff um Taille und Brust hielt ihn fest, während er nach oben gehoben wurde, während unsichtbare Finger durch seinen Geldbeutel und seine Kleider fuhren, während sein Umhang angehoben und nach versteckten Waffen durchsucht wurde. Er war so schlau gewesen, seine Ahle zu Hause zu lassen, aber seine Gürtelschnalle und die Handvoll Kupfermünzen in seinem Geldbeutel wurden einen Augenblick lang unerträglich heiß und schienen sich durch den Stoff zu brennen. Aber so schnell ihn die Phantomhitze überfallen hatte, so schnell löste sie sich wieder auf.

Die unsichtbaren Hände ließen ihn wieder zu Boden – hielten ihn aber immer noch gepackt.

»Einen schönen guten Morgen euch allen«, krächzte Malden mühsam hervor. Er fing den Blick eines Wächters auf. »Lasst ihr mich bitte sprechen?«

Der Mann kam herüber und stieß Malden den Lanzenknauf gegen die Brust. So hart, dass ihm das Brustbein wehtat. »Was hast du hier zu suchen, du Hund?«

Malden befeuchtete sich die Lippen. Sein Mund war noch ganz trocken von der Zechtour. »Ich habe eine Botschaft für Hazoth. Die er unbedingt erhalten muss.«

Der Wächter lächelte breit. »Sag sie mir, und vielleicht lassen wir dich wieder gehen.«

Malden nickte eifrig. »Das täte ich gern, wenn ich es könnte.

Aber ich fürchte, sie muss dem Zauberer persönlich überbracht werden. Es ist eine Neuigkeit von … sehr delikater Natur, man sollte sie nicht laut aussprechen, wenn es unerwünschte Zuhörer geben könnte.«

Der Wächter runzelte die Stirn. Aber er näherte sich einem seiner Kameraden und debattierte eine Weile mit ihm. Malden konnte nichts tun als abwarten. Die unsichtbare Barriere hielt ihn noch immer fest. Er hätte sich nicht einmal kratzen können, falls es ihn gejuckt hätte.

Der zweite Wächter eilte ins Haus. Er blieb eine Weile weg. Die anderen rückten näher ans Tor und hielten die Waffen für den Fall bereit, dass Malden eines Zaubers mächtig war, der ihn von der unsichtbaren Wand zu befreien vermochte.

Das ist nicht sehr schlau von ihnen, dachte Malden. Sie hätten den Zaun beobachten und nach einer bewaffneten Streitmacht Ausschau halten sollen, die aus der anderen Richtung hätte kommen können. Andererseits waren diese Männer keine Soldaten, sondern lediglich irgendwelche Schläger, die man eingestellt hatte, damit sie bedrohlich auftraten. Für das Haus boten sie keinen wirkungsvollen Schutz. Gut zu wissen.

Es hatte den Anschein, als müsse Malden ewig in der heißen Sonne warten, unfähig zu jeder Bewegung. Aber schließlich kehrte der Wächter aus dem Haus zurück. Er eilte wieder auf seinen Posten, als wäre nichts geschehen, und Malden fragte sich, ob man ihn hier hängen lassen wollte, bis er verdurstete.

Aber dann trat Cythera aus der Tür.

Die Kapuze ihres Samtumhangs war hochgeschlagen und hüllte ihr Gesicht in Schatten. Aber ihre Hände waren nackt, und Malden erkannte die tätowierten Efeuschlingen um ihre Finger und wusste, dass sie es tatsächlich war.

Sie kam geradewegs auf ihn zu, blieb aber fünf Schritte vor ihm stehen. Das musste die Grenze der Barriere auf der Innenseite sein – eine weitere nützliche Information.

»Ich bin sehr froh, dich zu sehen«, sagte er und lächelte zu ihr herunter. »Ich würde mich ja vor dir verneigen, wie es dir zusteht, aber wie du siehst, bin ich etwas indisponiert. Wenn du so nett wärst und mich befreist, das wüsste ich wirklich zu schätzen.«

»Du bist ein Narr«, sagte sie. »Du wirst hier sterben.«

»Ich bin verzweifelt«, erwiderte er. »Und wenn ich nicht hier sterbe, dann anderswo, und genauso gewiss.«

Sie schenkte ihm einen unsicheren Blick. Einen fragenden Blick. Als könnte sie einfach nicht glauben, dass er hergekommen war und so viel riskierte. Er lächelte sie an und verbarg seine Angst. Ein Teil von ihm war schrecklich froh, sie zu sehen, und das nicht nur, weil sie die Einzige war, die ihn von der Barriere befreien konnte.

»Wie du wünschst«, sagte sie.

Sie hob die Hände und führte eine komplizierte Geste aus, krümmte und streckte die Finger auf seltsame Weise. Dann sprach sie ein Wort, das Malden nicht genau verstehen konnte, nicht einmal auf die kurze Entfernung.

Magie dehnte die Luft, und Malden stürzte, landete auf den Knien und scheuerte sich die Hände im Kies auf. Die magische Barriere war verschwunden. »Ich bot dir eine Verbeugung an, und jetzt siehst du mich knien. Danke, meine Dame.«

Cythera bot ihm keine Hilfe beim Aufstehen an. Stattdessen drehte sie sich auf dem Absatz um und kehrte zum Haus zurück. Die Wächter hatten für Malden keinen Blick mehr übrig. Er kam taumelnd auf die Füße und rannte hinter Cythera her, vorbei an dem massiven Steinportal, hinein in die Kühle einer dunklen Säulenhalle.

47

Als sich Maldens Augen an das Licht gewöhnt hatten, sah er, dass er in einer weitläufigen Marmorhalle mit gewaltigen behauenen Steinsäulen stand. Große Fenster am anderen Ende des Raums, die auf ein Gartenlabyrinth hinausschauten, ließen Licht herein. Allein das Glas in diesen Fenstern musste zehnmal so viel kosten, wie ein Handwerker im Qualmbezirk im Jahr verdiente. An den Wänden standen Alabasterstatuen alter Gelehrter und Zauberer, die Malden anhand der Gegenstände in ihren Händen oder ihrer Gewänder teilweise sogar erkannte. Da war Antomach der Weise, der bewiesen hatte, dass die Sonne eine Sphäre und keine flache Scheibe war. Er war durch den Kompass zu identifizieren, den er vor den Körper hielt, die andere Hand war erhoben und mit einer Miniatursonne versehen, die über der ausgestreckten Handfläche schwebte. Malden konnte nicht erkennen, was sie dort hielt – vermutlich war es Zauberei. Eine andere Statue stellte den Nekromanten Vull dar, eine Gestalt aus einem so fernen Zeitalter, dass kein Lebender mehr wusste, aus welchem Land er ursprünglich gekommen war. Er war hier in einer seiner Lieblingsgestalten dargestellt, als gewaltiger Bär mit skelettierten Menschenhänden. Andere Statuen waren in kunstvoll dargestellte Steintücher gehüllt oder erhoben sich nackt, während sich Wölfe an ihre titanischen Beine schmiegten.

In der Mitte der Halle führte eine breite Steintreppe anmutig zu einer Galerie hinauf. Dicht daneben stand etwas auf einem Steinsockel, das Malden hier völlig unpassend fand – eine Kugel aus Eisen mit verschrammter Oberfläche, die mit Rostflecken übersät war. Auf dem Boden zog sich ein Kreis aus fein gemahlenem rotem Pulver wie ein scharlachroter Schatten um den Sockel. Die Kugel durchmaß etwa fünfzehn Fuß und war so hässlich wie das spitze Ende eines Armbrustbolzens. Was sie in dieser eleganten Umgebung zu suchen hatte, blieb ein Geheimnis.

Cytheras Schritte hallten auf dem Boden, der so lange poliert worden war, bis er sich fast in eine spiegelnde Fläche verwandelt hatte. »Er wartet dort hinten auf dich«, sagte sie und zeigte auf eine hohe Tür in der Wand zu Maldens Rechten. »Verärgere ihn nicht, indem du hier herumlungerst und alles anstarrst.«

Malden nickte und ließ den Blick ein letztes Mal über die Schätze der Halle gleiten, bevor er ihr folgte.

»Du musst doch wissen, dass du hier nicht willkommen bist«, flüsterte sie ihm zu, als sie die Tür öffnete und ihn in den Raum schob. »Ich hätte dich für klüger gehalten.«

»Du hältst mich nicht für klug?«, fragte er und tat so, als hätte sie seine Gefühle verletzt. »Ich habe gewartet, bis Bikker weg ist, oder nicht? Wann erwartest du ihn übrigens zurück?«

Ihre Stirn legte sich in Falten, die allerdings nur schwer von den tätowierten Ranken zu unterscheiden waren, die von ihren Wimpern nach oben wuchsen. »Bikker? Der kommt nicht zurück.«

»Lebt er denn nicht hier? Ich dachte, er stünde in Diensten des Zauberers, so wie du.«

Sie schüttelte den Kopf. »Er ist kein Diener meines Meisters. Und ich bin keine Bedienstete.« Sie schien nicht bereit zu sein, mehr darüber zu sagen. Sie führte ihn in einen langen Korridor, dessen eine Seite von Türen gesäumt war. Weitere Fenster durchbrachen die Außenwand; das einfallende Licht wurde durch feine Vorhänge gedämpft, die von der Decke herabhingen. Zwischen den Fenstern standen kleine Tische und Schaukästen mit allen möglichen Kuriositäten, von denen Malden einige gern näher betrachtet hätte, während ihn andere wiederum zusammenzucken und schnell wegsehen ließen. In einem Kasten befand sich eine Sammlung von abgetrennten Händen, in einem anderen riesige Perlen. Auf einem Tisch erhob sich eine ausgestopfte und leblose Schlange, aus deren Maul eine mit Schnitzereien versehene weiße Jadekugel ragte. Der Sinn solcher Gegenstände – falls sie abgesehen von Dekorationszwecken überhaupt einen Sinn hatten – entzog sich ihm. Am anderen Ende öffnete sie eine weitere Tür, die in eine Bibliothek führte. Trotz seiner festen Vorsätze sah sich Malden erneut mit offenem Mund um.

Es war ein angenehmes, behagliches Gemach, wenn auch von der mehrfachen Größe des Gemeinschaftsraums in Cutbills Schlupfwinkel. Kostbare Teppiche bedeckten den Boden, ein Kamin nahm die Hälfte einer ganzen Wand ein. Hier und dort standen Sofas und ledergepolsterte Stühle, wo ein Besucher Platz nehmen und lesen konnte, und von der Decke hing ein gewaltiger Wandteppich mit einer aufgestickten Weltkarte, die alle Städte, Straßen und Flüsse des Königreichs von Skrae sowie der Königreiche des Nordens mit erstaunlicher Detailtreue zeigte. Was Malden allerdings an dem Raum am meisten erstaunte, war die Büchersammlung.

Bücher waren teuer. Sie wurden mit der Hand abgeschrieben und dann in kostspielige Tierhäute eingebunden. Buchmaler und Graveure mussten für ihre Erschaffung beschäftigt werden, und da im Königreich die wenigsten Menschen lesen konnten, kostete ihre Produktion einen Aufschlag. Selbst der Burggraf hatte in seinem Palast nur ein einziges Regalbrett voller Bücher, hauptsächlich Devotionalien, die die Göttin priesen.

Aber Hazoth bewahrte hier Hunderte von Büchern auf – vielleicht sogar Tausende. Mehr, als Malden zählen konnte. Dünne Foliobände und dickleibige Folianten, Miniaturbücher, die in die Handfläche passten, in beschnitzte Holzdeckel eingebundene Grimoires mit Intarsien aus Gold, Silber und Bronze. Mit Edelsteinen verzierte Bücher und solche mit Ledereinbänden, geschmückt mit Mustern aus Totenschädeln und Knochen. Auf manchen Brettern lagen hohe Stapel loser Blätter, mit Fäden zusammengebunden, um Elfenbeinstäbe gewundene Schriftrollen und Palimpseste oder Niedergeschriebenes in einer Art, an die Malden nie gedacht hätte – in Miniaturtruhen eingebaute Bücher, zusammengefaltete Papierfächer, von Bändern zusammengehaltene Bücher aus fünfeckigen Blättern. Bücher, die mit ihrem eigenen Licht glühten, und Bücher, die in die Schatten ganz hinten auf den Regalbrettern gekrochen waren, als hätten sie Angst vor der Sonne. Aufgeschlagene Bücher ruhten auf Stehpulten, geschrieben in unbekannten Sprachen und Alphabeten. Auf einem Tisch standen Tintenfässchen mit schwarzer, roter und purpurner Tinte, mit Schreibfedern von Vögeln, die weitaus exotischer waren als die üblichen Gänse oder Krähen.

Malden konnte sich nur wenige Titel auf den Buchrücken in seiner Nähe ansehen, aber sie befeuerten seine Vorstellungskraft. *Eine Saison im Höllenpfuhl, Marloffs Kompendium diabo-*

lischer Schlüssel, Das Buch der Namen der Toten, Die Bruderschaft des Ruhms, Wandernde Formen und ihre Vertreibung.

»Wie soll er die in nur einem Leben lesen?«, fragte Malden ganz leise.

»Er ist älter, als du glaubst«, erwiderte Cythera.

»Älter, als selbst sie weiß«, sagte Hazoth.

Überrascht fuhr Malden herum und entdeckte den Zauberer entspannt auf einem der Lederstühle sitzen. Er trug eine schlichte schwarze Robe mit dazu passender Hose, ein schwarzer Schleier verhüllte sein Gesicht, wie es Brauch war. Malden war davon überzeugt, dass er noch vor einem Moment nicht dort gesessen hatte.

48

»Du kannst also lesen, Junge? Ich bin beeindruckt.«

Malden senkte bescheiden den Kopf. »Ich habe diese Gabe«, sagte er. »Mein Lord Hazoth, ich bitte Euch für mein Eindringen um Verzeihung. Ich versichere Euch, dass ich nicht gekommen wäre, verfügte ich nicht über gewisse Informationen, die …«

»Cythera«, sagte Hazoth und beachtete ihn nicht, »vielleicht haben sich die Umstände ja verändert, seit ich das letzte Mal in der Welt unterwegs war. Es ist möglich, dass sich die Manieren geändert haben. Ist es heutzutage üblich, dass die Leibeigenen sprechen, bevor man es ihnen erlaubt?«

Malden sah, wie Cythera unter der Tinte auf ihrem Gesicht errötete. »Malden ist kein Leibeigener. Er ist ein freier Mann, Meister. Zumindest solange er innerhalb der Stadtmauern lebt.«

»Ist das so?« Hazoth klang überrascht. »Und das gibt ihm das Recht, in mein Haus zu kommen und meine Studien zu unterbrechen?« Er erhob sich von seinem Stuhl und trat zu der

Teppichkarte, als wolle er sich vergewissern, wo er war. »Und sollte ich ihn nun auf der Stelle an … lass sehen … an diesen Ort transportieren?« Er zeigt auf eine Stelle in der Nähe der Westgrenze, eine Region auf der Karte, die der Bezeichnung zufolge hauptsächlich der Landwirtschaft gewidmet war und über keine Städte verfügte, die groß genug waren, um bei diesem Maßstab eine Erwähnung zu rechtfertigen. »Sollte er sich nun mitten auf einem Bohnenfeld wiederfinden, auf dem Besitz eines kleinen Grafen, ohne jede Möglichkeit zur Rückkehr? Was würde aus ihm werden?«

Cythera warf Malden einen Blick zu und schüttelte unmerklich den Kopf. Er sollte den Mund halten, so viel war klar. »Der dortige Vogt würde ihn wegen unbefugten Betretens verhaften. Vermutlich würde man ihn zwingen, einen Eidbund einzugehen, und er würde den Rest seines Lebens als gewöhnlicher Hofarbeiter schuften.«

»Und dann würde er den nötigen Respekt zeigen, wenn er vor seine Höhergestellten treten müsste.« Hazoth griff unter den Schleier und strich sich übers Kinn. »Aber man würde ein gewisses Ritual benötigen, um ihn dorthin zu schicken, und so etwas erfordert Zeit. Ich glaube, es ist viel einfacher, wenn man sicherstellt, dass er nicht wieder ungefragt spricht.« Er hob die freie Hand und führte eine komplizierte Geste aus.

Eine Eisenzange schien sich um Maldens Hals zu schließen. Er wollte den Mund öffnen und entdeckte, dass die unsichtbare Macht ihn zusammendrückte, bis er kaum noch Luft bekam. Es ähnelte der Barriere draußen, fühlte sich jedoch viel schlimmer an – die Barriere war unangenehm gewesen, aber das hier war schmerzhaft. Er hatte nicht den geringsten Zweifel, dass Hazoth seine Luftröhre zerquetschen konnte, wenn er wollte.

»So«, sagte Hazoth und kehrte zu seinem Stuhl zurück. »Viel besser. Ich war noch nicht fertig, Junge. Ich hatte noch mehr zu sagen, und jetzt kann ich das. Ich wollte sagen, wie beeindruckt ich von dir war. Cythera hat sich ziemlich wohlwollend über deine Fähigkeiten als Dieb geäußert, aber das ist ein Thema, das mir gleichgültig ist. Ich bewundere vielmehr deine Bereitschaft, deine ganz natürliche Angst vor jenen zu überwinden, die mächtiger sind, als du es bist. Heute herzukommen, war für einen in der Gosse geborenen Beinaheleibeigenen wie dich eine Tat ungewöhnlicher Tapferkeit. Und Tapferkeit ist lobenswert, selbst in ihren rudimentärsten Formen. Unhöflichkeit ist jedoch grundsätzlich inakzeptabel, und ich lasse so etwas unter meinem Dach nicht zu. Hättest du mich nicht beeindruckt, hätte ich dein Leben ausgelöscht wie Ungeziefer in meiner Speisekammer, hast du das verstanden? Aber ich habe beschlossen, Gnade walten zu lassen.« Er schwenkte die Hand. »Du darfst jetzt sagen: *Danke, Magus.*«

Die Sperre um Maldens Hals war verschwunden, als hätte es sie nie gegeben.

»Danke, Magus«, wiederholte er.

»Keine Ursache. Siehst du? Ist doch gar nicht so schwer, höflich zu sein, oder? Du darfst sprechen.«

»Ich entschuldige mich«, sagte Malden mit verkrampftem Herzen, »für meine Unhöflichkeit.«

»Schon gut. Ich glaube, du hattest eine Botschaft für mich. Sprich!«

Malden räusperte sich. »Ihr seid in Gefahr. Anselm Vry, der Stadtvogt, stellt in diesem Augenblick Nachforschungen an, die Euch betreffen. Er weiß über den Diebstahl der Krone Bescheid, und er will sie sich wieder holen, einerlei, wem er dafür Unannehmlichkeiten bereiten muss.«

»Und deshalb bist du zu mir gekommen?«

Malden nickte. Der Zauberer hatte ihm nicht zu sprechen erlaubt.

»Sehr schön. Es ist nett von dir, dass du gekommen bist, mir das zu sagen. Es verrät auch guten Geschäftssinn. Man hat dich mit einer bestimmten Aufgabe betraut, und man hat dich ordentlich bezahlt. Ich gehe davon aus, dass dein Besuch und die Warnung zum Kundendienst gehören, hm? Du handelst aus purem Altruismus und verlangst keine weitere Entschädigung. Sicherlich hast du nicht daran gedacht, dir damit ein paar weitere Münzen zu verdienen. Schließlich sollte das Gold, das ich dir gab, für jemanden mit deinen bescheidenen Ansprüchen ein Leben lang reichen. Falls du es bereits nicht alles versoffen oder für hübschen, aber wertlosen Plunder ausgegeben hast. Du darfst sprechen.«

Malden wählte seine Worte sorgfältig. »Ich muss zugeben, Magus, dass meine Absichten nicht völlig selbstlos waren. Vry will alle foltern, die mit dem Diebstahl zu tun hatten, bis sie den Aufenthaltsort der Krone verraten. Ich fürchte, er könnte meine Beteiligung entdecken und mich ebenfalls der Folter unterziehen. Mir ist der Gedanke gekommen, dass jemand wie Ihr mich vor diesem Schicksal bewahren könnte. Es wäre von beiderseitigem Nutzen, da ich dann nicht verraten ...«

»Du und ich teilen keinen beiderseitigen Nutzen«, unterbrach Hazoth ihn. »Sag mir eines – du darfst antworten –, weißt du, warum ich diesen Schleier trage?«

Malden senkte den Blick. Er dachte an Anselm Vrys Zauberer und welche Folgen der Blick in seinen Zeigestein gehabt hatte. »So wie ich es verstanden habe, ist Magie niemals umsonst. Die Macht kommt von den Dämonen, die ein Magier beschwört. Wenn also seine Macht wächst, verunstaltet sich sein Körper, bis er dem Ungeheuer ähnelt, mit dem er Umgang pflegt. Ich nehme an, Ihr tragt den Schleier, um eine Entstellung zu verbergen.« Ein Auge am falschen Ort, ein Gesicht mit einer Haut wie Baumrinde, ein Bart aus rosafarbenen Hauttentakeln ...

»Sehr gut! Und ja, das ist der Grund für diese Tradition. Ich gehe nicht davon aus, dass dein Verstand begreift, was passiert, wenn man Macht durch die Spalten im Fundament unseres zerbrochenen Kosmos absaugt, aber das Prinzip hast du richtig erkannt. Vielleicht solltest du dich stählen, um einen Blick darauf zu werfen, was sich unter meinem Schleier befindet.«

Maldens Magen verkrampfte sich, als Hazoth den schwarzen Stoff vor dem Gesicht berührte. Für einen so mächtigen Zauberer wie Hazoth musste der Preis der Magie unermesslich hoch gewesen sein. Würde er Haut zeigen, die so schuppig und glänzend war wie die einer Natter? Floss dort Eiter, gab es offene Wunden, die sich niemals schlossen, oder gar Narben, die so tief waren, dass der Schädelknochen freilag? Hatte das Gesicht überhaupt Ähnlichkeit mit dem eines Menschen?

Dann wurde der Schleier hochgeschoben, und Malden sah Hazoths Gesicht und keuchte überrascht auf. Denn die enthüllten Züge waren vollkommen.

Es war das Gesicht eines Halbgotts. Die Wangenknochen saßen hoch, die klaren blauen Augen standen im richtigen Abstand auseinander, die Nase war kräftig, stach aber nicht zu sehr hervor. Die Haut war so klar wie Milch, ohne dass irgendwo ein Makel zu sehen war. Es war ein Gesicht der Jugend, des Mitgefühls, auch der angeborenen Güte und des Anstands – abgesehen von den Augen, die so hart wie Stahl blickten.

»Ich trage diesen Schleier«, sagte Hazoth, »weil mich niemand ernst nähme, täte ich es nicht. Man hielte meine Macht für unbedeutend und meine Magie für unerprobt. Wobei tatsächlich das Gegenteil zutrifft. Wenn man mächtig genug wird, ist man in der Lage, das Aussehen nach eigenen Wünschen zu formen. Und ich bin in der Tat sehr mächtig. Soll also Anselm Vry an meine Tür kommen, so wie du. Ich werde ihn einlassen, und sollte er mich ärgern, werde ich ihn wie eine lästige Fliege beseitigen.«

49

Hazoth stand auf und trat zu einem Regal. Er strich mit dem Finger über eine Reihe von Buchrücken, bevor er einen schlanken Band auswählte und herauszog. »Es war gut von dir, herzukommen und mich zu warnen, Junge. Allerdings war es auch unnötig. Hast du noch etwas zu sagen, bevor du gehst? Du darfst sprechen.«

Malden biss sich auf die Lippen. Jetzt galt es mit Umsicht zu handeln. »Dann kann ich Euch nur bitten, Magus. Euch anflehen, wenn es sein muss. Ich stecke in großen Schwierigkeiten, Schwierigkeiten, in welche ich in Euren Diensten verstrickt wurde. Berechtigt mich das nicht, eine gewisse Berücksichtigung zu erhoffen? Es wäre für Euch doch eine Kleinigkeit, mir den Schutz Eures Hauses zu gewähren. Ich könnte für Euch arbeiten, was immer Ihr für angemessen haltet.«

»Eine Anstellung? Du willst eine Anstellung? Aber, lieber Junge, die hattest du doch schon. Und wenn sie Risiken barg – darüber wusstest du vorher Bescheid. Vielleicht willst du behaupten, dass dir das Ausmaß deines Verbrechens nicht bewusst war. Nun, bedenkt man einmal deine eingeschränkten Möglichkeiten, ist das allerdings verständlich. Komm her!«

Maldens Beine bewegten sich auf den Zauberer zu. Er hatte der Anweisung ohnehin folgen wollen, aber anscheinend wollte der Zauberer ihn trotzdem zwingen. Als er nur noch wenige Fuß entfernt war – in Messerreichweite, wie er bitter bemerkte –, blieben seine Beine stehen und erstarrten.

»Würde ich einen Servierjungen brauchen oder einen Knecht, der meine Ställe ausmistet, könnte ich dich mittels eines Gedankens dazu bekommen. Ich könnte dir den Verstand rauben und dich unterwürfig machen. Dich für den Rest deines Lebens in meine Dienste zwingen, und zwar auf eine Weise, die dich unerträglich glücklich machen würde. Du ständest jeden Morgen begeistert von deinem Strohlager auf und würdest den ganzen Tag für mich arbeiten, bis dir die Finger bluten würden. Wollte ich das, hätte ich damit bereits angefangen.«

Malden schluckte vorsichtig. Sein Herz raste.

»Aber das wäre eine Verschwendung. Du kannst lesen. Begreifst du, wie selten das ist? Lesen zu können ist der Unterschied, der ein Wesen in die Lage versetzt, über seine eigenen erbärmlichen Belange hinauszudenken. Der einzige Unterschied, der die Menschheit wahrlich von den Tieren unterscheidet. Irgendwie hast du diese Kunst gemeistert, und du amüsierst mich, genau wie ein dressierter Hund, der mit den Pfoten zählen kann. Also nein, ich biete dir keine Anstellung an. Oder meinen Schutz. Aber du darfst stattdessen dies haben: den größten Schatz, den ich zumindest weitergeben kann, den größten, den du verstehen kannst.« Hazoth drückte Malden das Buch in die Hand.

Eingebunden in Kalbsleder, entsprach es dem Duodezformat. Der Rücken war mit goldenen Buchstaben versehen, aber das Alphabet war Malden unbekannt.

»Lies es in deiner Freizeit. Ich bin sicher, du wirst es ausgesprochen erquicklich finden.« Hazoth lächelte und enthüllte eine doppelte Reihe blendend weißer Zähne. »Du darfst mir danken.«

»Vielen Dank, Magus«, sagte Malden.

»Nicht dafür. Cythera – vielleicht geleitest du unseren jungen Freund hinaus. Bring ihn zum Hintereingang, damit ihn keiner gehen sieht. Ich habe nicht den geringsten Zweifel, dass Vry dieses Haus bereits beobachtet und ihn kommen sah. Oder« – Hazoth richtete den eiskalten Blick auf Malden – »hast du das nicht bedacht, als du kamst?«

Man hatte Malden keine Erlaubnis zum Sprechen erteilt, also hielt er den Mund.

»Komm«, sagte Cythera und ging auf eine Tür am anderen Ende der Bibliothek zu. Auf dem Weg dorthin warf Malden einen Blick über die Schulter zurück und sah, dass Hazoth den Raum bereits verlassen hatte.

»Netter Trick«, sagte er, als sie ihn in einen Nebenkorridor führte. »Dieses Verschwinden und Erscheinen. Du beherrschst ihn ja auch«, fügte er hinzu und erinnerte sich an ihre erste Begegnung, als sie auf dem Universitätsdach aus dem Nichts erschienen war.

»Er ist einfach, sobald man ihn gemeistert hat. Hauptsächlich eine Sache der Irreführung. Sich zu bewegen, wenn niemand hinsieht.« Sie stieß eine Flügeltür auf und führte ihn ins Esszimmer des Herrenhauses. Die Wände aus Eichenholz waren mit Schnitzereien bedeckt, und der Tisch bot bequem Platz für sechzehn Personen. Die Stühle standen an der Wand – aus glänzendem Holz gefertigt, wiesen sie komplizierte Muster auf und sahen viel zu zerbrechlich aus, um das Gewicht eines Menschen tragen zu können. Der Tisch selbst war eine drei Zoll dicke Marmorplatte. Etwas daran erregte Maldens Aufmerksamkeit. Als er näher hinschaute, entdeckte er, dass der Tisch keine Beine hatte. Die Platte schwebte einfach völlig reglos in der Luft. Er konnte dem Drang nicht widerstehen, an einer Ecke dagegenzudrücken, aber der Tisch rührte sich nicht, ganz egal, wie sehr er sich auch bemühte. Cythera seufzte und zeigte zur Tür. »Lass den Unsinn, Malden. Komm schnell, bevor er sich's anders überlegt. Er ist für seine Launenhaftigkeit bekannt.«

»Ach? Glaubst du, er will das Buch zurückhaben?«

»Er hat entschieden, dich heute leben zu lassen. Ich befürchte, dass er diese Entscheidung überdenkt.«

Am hinteren Ende des Esszimmers befand sich ein kleiner Anrichteraum, in dem das aus der Küche kommende Essen auf Platten angerichtet wurde, bevor man es zum Tisch brachte. Der Raum hatte ein einzelnes hohes Fenster, das offen stand, um Luft hereinzulassen. Es sah nicht aus, als könnte man es verriegeln.

»Du sorgst dich um mich«, sagte Malden, als sie die Tür zum Garten öffnete und ihn auf einen Kiespfad hinausführte. Im plötzlichen Sonnenlicht musste er blinzeln. »Ich bin gerührt.«

Sie wandte sich ihm zu; ihr Gesicht war eine ausdruckslose Maske. »Ich sehe nicht gern zu, wenn Menschen verletzt werden. Es bereitet mir kein Vergnügen. In dieser Hinsicht unterscheide ich mich von ihm. Aber verlass dich nicht zu sehr auf dieses Gefühl.«

Er verbeugte sich schlicht, und sie eilten weiter. Dabei tat er so, als würde er stolpern, und sein Fuß schleuderte ein paar Kieselsteine durch die Luft, die mit lautem Prasseln gegen die Hauswand prallten. Sie passierten die Küche, die in einem gesonderten Gebäude untergebracht war. So würde das Haupthaus nicht niederbrennen, sollte dort einmal ein Feuer ausbrechen.

»Findest du mich anziehend?«, fragte er grinsend.

»Ich finde dich unverschämt. Wenn du glaubst, ich bekäme wegen deines Aussehens weiche Knie oder gäbe dir mein Taschentuch, damit du es an deine Lanze binden kannst, dann fischst du im falschen Teich.«

»Ah – aber du lächelst, wenn du mich siehst. Du bewunderst

meinen Mut. Du magst mich, das sehe ich doch. Nun, da du für ihn arbeitest, kann ich verstehen, warum du deine Zuneigung dem Abschaum aus der Gosse zuwendest. Wir machen das Herz nicht so schwer.«

Sie blieb mitten auf dem Weg stehen und wandte sich zu ihm um.

»Ich werde dich nach dem heutigen Tag nie wiedersehen. Also ist es völlig ohne Belang, ob ich dich mag oder verabscheue, nicht wahr?«

Malden streckte die Hände aus. »Das Leben ist lang, und die Stadt ist nicht so groß. Nur ein Narr sagt *niemals* oder *jemals*.«

»Dann halt mich für eine Närrin.« Sie fuhr mit den Händen durch die Luft, und Malden hatte das Gefühl, eine Wolke wäre durch seinen Körper geglitten und verschwunden. »So. Die Barriere ist unten. Geh und komm nie wieder.«

Sie zeigte zum Tor. Aber er rührte sich nicht. Nicht, bevor sie ihn anschaute, um zu sehen, warum er nicht endlich die Flucht ergriff. Er fing ihren Blick ein, obwohl sie das zu vermeiden suchte. Seufzend verdrehte sie die Augen, aber er starrte sie an, bis sie trotzig zurückstarrte. Und noch immer schaute er ihr in die Augen, der einzige Teil von ihr, der nicht mit den Zeugnissen der Zauberei bedeckt war. Er hielt ihren Blick fest, bis dort etwas nachgab, wenn auch nur einen Augenblick lang. Weicher wurde, seinen Blick erwiderte und nicht zurückschreckte.

»Genau wie ich es mir dachte«, sagte er. Dann berührte er die Stirn, salutierte und ging, ohne ein weiteres Wort zu verlieren. Das hintere Gartentor entließ ihn hundert Fuß vor der steil aufragenden Gartenmauer, die die Sonne verbarg, von Hazoths Anwesen in dunkle Schatten. Er eilte an der Mauer entlang, bis er mehrere Straßen weiter zu einer Schenke kam. Dort begab er sich in einen abgetrennten Raum im hinteren Teil. Ein Junge brachte ihm einen Krug Kleinbier und eine Wurst, als er danach verlangte, und ließ ihn sofort wieder allein. Malden legte das Buch auf den Tisch, setzte sich und wartete.

Einen Augenblick später trat Kemper bereits durch die Wand und setzte sich neben ihn. »Wie ist es gelaufen, mein Junge?«

»Reibungslos«, erwiderte Malden. »Man ließ mich hinein, ohne groß Fragen zu stellen, und Cyth … also seine Dienerin zeigte mir das halbe Haus, ohne sich dessen bewusst zu sein. Ich bot sogar an, dort zu arbeiten, obwohl man mich abwies.«

»Eine Anstellung? Du hast nach einer Anstellung gefragt?«

»Natürlich«, sagte Malden. »Stell dir vor – nach einem Tag innerhalb jener Mauern hätte ich mehr erfahren, als würde ich sie einen Monat lang von außen beobachten.«

Kemper lachte herzlich. »Einen solch dreisten Schurken wie dich habe ich noch nie kennengelernt. Du hast das Gelände ausspioniert, und er hat es nicht einmal bemerkt, haha!«

»Er hat mir sogar ein Buch geschenkt«, sagte Malden und zeigte darauf. »Ich kann den Titel nicht lesen, aber es muss eine schöne Handvoll Silber wert sein.« Er musterte den schmalen Band und bewunderte die goldenen Buchstaben auf dem festen Rücken. Dann schob er den Daumen unter den Einband und schlug ihn auf, nur um zu sehen, ob der Inhalt in der gleichen Sprache wie die Aufschrift verfasst war.

»Er gab es dir, einfach so?« Kemper wirkte plötzlich misstrauisch.

»Nun ja«, sagte Malden. »Er war so beeindruckt, dass ich … verdammt!« Er ließ das Buch auf den Tisch fallen, wo es geöffnet liegen blieb. Aus seinem Daumen quoll ein kleiner Blutstropfen. »Ich habe mich am Papier geschnitten.« Ein zweiter Tropfen trat zum Vorschein, und er starrte die Verletzung an. Sie sah nicht aus wie ein Papierschnitt. Sie erinnerte eher an einen Rattenbiss.

»Junge!«, stieß Kemper hervor und sprang vom Tisch weg. »Junge!«

Das Buch kroch über den Tisch. Es krümmte den Rücken und schob sich wie eine Schnecke mit den Seiten über die zerkratzte Tischoberfläche. Es bewegte sich auf die Wurst auf dem Teller zu und hinterließ dabei eine Spur aus Speichel oder Schleim.

»Er wollte mich umbringen«, stieß Malden hervor. »Ich komme, um ihm eine freundliche Warnung zu überbringen, und er versucht mich umzubringen.« Er beobachtete das Buch einen Augenblick lang, fasziniert von seinem lautlosen Kriechen. Dann ergriff er das Messer auf dem Wurstteller und rammte die Spitze hart in den Deckel. Das Ding flatterte und zuckte eine Weile, dann rann schwarze Tinte unter den toten Seiten hervor.

Kemper stand so weit wie möglich von dem Tisch entfernt und weigerte sich näher zu kommen.

»Schon gut«, sagte Malden. »Ich glaube, es ist tot.«

Kemper schüttelte angewidert den Kopf. »Bin ich froh, dass ich nie lesen gelernt habe.«

»Ich sage dir etwas«, meinte Malden, nahm ein Stück Wurst und schob es sich in den Mund. »Ich hatte nichts gegen den Zauberer. Ich wollte bloß in sein Haus einbrechen, weil ich es musste. Aber jetzt macht es mir Spaß, diesen Schurken zurechtzustutzen. Und nun erzähl mir alles, Kemper! Als der Barrierenzauber verschwand, bist du hineingekommen?«

»Aye, mein Sohn, aye«, sagte Kemper. »Und mich hat auch keiner gesehen. Lass mich erzählen, was ich fand.«

50

Kemper hatte gezögert, Malden beim Ausspionieren von Hazoths Herrenhaus zu helfen, aber er hatte zugeben müssen, dass er beträchtlich in dessen Schuld stand. Hätte Malden ihn nicht aus dem Kerker des Burggrafen gerettet, wäre er zu Tode gefoltert worden.

Davon abgesehen war der Plan erst durch Kempers gedankenlose Bemerkung auf der Zechtour entstanden. Er hatte gefragt, warum Malden nicht einfach losging und die Krone zurückerbat. Natürlich war das ein Witz gewesen. Aber als Malden wieder nüchtern gewesen war, war ihm bewusst geworden, dass er tatsächlich eine perfekte Ausrede hatte, um ins Haus des Zauberers zu gelangen. Das Gebäude zu erkunden, war von entscheidender Bedeutung, wenn er die Krone noch einmal stehlen wollte.

»Ich sehe keine andere Möglichkeit, die Sache anzugehen«, hatte er zu Kemper gesagt. »Hilfst du mir?«

»Aye«, hatte der substanzlose Falschspieler schließlich gesagt. Gemeinsam hatten sie einen Plan entworfen. Kemper konnte wie ein Geist durch Wände gehen, doch die Barriere um Hazoths Anwesen würde ihn fernhalten, als bestünde sie aus reinem Silber. Aber der Wall musste jedes Mal, wenn jemand das Gelände verließ oder betrat, gesenkt werden. Wenn er für Malden gesenkt wurde, hatte Kemper ausreichend Gelegenheit, sich ebenfalls hineinzuschleichen.

Im Nachhinein war Malden doppelt froh, dass sie alles so sorgfältig geplant hatten. Die Barriere machte nicht nur jene bewegungsunfähig, die sie zu bezwingen versuchten, sie hatte ihn auch mit unsichtbaren Fingern durchsucht und seine Taschen und seinen Verstand gleichermaßen mühelos durchforstet. Hätte sich Kemper auch nur einen Augenblick lang in dem Wall verfangen, wäre der Tanz losgegangen.

»Natürlich wusste ich, dass der Wall gesenkt wurde«, sagte Kemper und beugte sich vor, um durch seinen Strohhalm zu trinken. »Ich spürte es in den Knochen, ich roch es. Ich wusste, dass ich schnell sein musste, also eilte ich durch den Garten, als die Wächter gerade nicht hinsahen. Ich glaube, die beobachteten vor allem dich, und ich habe schon vor langer Zeit gelernt, wie man außer Sicht bleibt. Die Tür in der Nähe der Küche war verschlossen, aber das war für einen wie mich ja keine Schwierigkeit. Ich schlüpfte einfach hindurch und fand die Dienstbotentreppe, noch bevor der Wall wieder oben war.«

Malden hatte sich gedacht – was sich auch bestätigt hatte –, dass er nur bis zum Erdgeschoss käme. Seiner Erfahrung zufolge unterhielten die meisten reichen Männer dort ihre Arbeitsstuben und muteten ihren Gäste nie zu, Treppen zu steigen. Also hatte er Kemper beauftragt, so viel wie möglich von den oberen beiden Etagen zu erforschen.

»Im ersten Stock gab es wie erwartet viele Schlafzimmer, ein paar Garderoben, Lager für das Leinen, Kleider, was weiß ich.

Dort sah ich mich nur flüchtig um, da ich auf die Zeit achten musste. Aber im zweiten Stock wurde es dann spannend. Dort oben liegt sein Schlafgemach – ach, ist das prächtig! Überall nur Seidenlaken und Kopfkissen, Diwane und Spiegel. Da hängen auch Ketten von der Decke, mit Handschellen, fühlten sich an wie kalt geschmiedetes Eisen. Was glaubst du, was stellt er damit wohl an, hm? Hm? Vielleicht sind Mädchen ja zu normal für seinesgleichen. Vielleicht beschwört er sich was aus dem Höllenpfuhl, das ihm zu Willen ist. Was glaubst du, wie das wohl ist, hm? Hm?«

Allein bei der Vorstellung weiteten sich Maldens Augen. Im Haus der Seufzer, dem teuersten Hurenhaus der Stadt, gab es ein Gemälde mit einem Sukkubus, der mit einem schlafenden Mann kopulierte. Das Bild hatte einen tiefen Eindruck in Maldens jugendlichem Bewusstsein hinterlassen. Allerdings war er nie zuvor auf den Gedanken gekommen, dass es solche Geschöpfe tatsächlich gab. Ob sie wohl Flügel hatten wie auf dem Bild ... und Hörner ... und ... Aber genug davon! »Was ist mit dem übrigen Stockwerk? Da gab es doch sicherlich mehr als nur ein Schlafgemach. Da muss es mehr geben. Hast du die Krone gesehen?«

»Nein, mein Junge, nein. Aber ich habe vielleicht entdeckt, wo sie verborgen ist. Da gibt es ein Arbeitszimmer, einen winzigen Raum, wo er seine Briefe schreibt und nachdenkt. Dann ist da eine Werkstatt, die einem Zwerg gefallen könnte, mit allen möglichen Werkzeugen und Material, das nur darauf wartet, verarbeitet zu werden. Des Weiteren ein Raum voller Glaserzeugnisse, wie ich sie noch nie zuvor gesehen habe, Röhren und Töpfe und Schüsseln aller Arten und Formen. In einigen brodelt es, andere qualmen, manche sind voll mit geisterhaftem Zeug. Ich war da nicht lange drin, denn es stinkt dort nach faulen Eiern. Der größte Raum liegt am Ende eines Korridors, der anscheinend nie von den Dienstboten benutzt wird. Die Teppiche sind staubig, alle Türen verriegelt, und die Schlösser sehen verrostet aus. Ich vermute, in diesem Korridor gibt es überall Fallen, die jeden Dieb erwischen, der in den großen Raum einbrechen will.«

»Aber was ist in dem großen Raum?«, wollte Malden wissen.

»Das, fürchte ich«, sagte Kemper, »wird wohl ein Geheimnis bleiben. In diesem Gang war ich besonders vorsichtig, für den Fall, dass es da auch eine Falle für neugierige Geister gibt. Ich war gerade dort, als ich dich draußen im Garten hörte, wie du den Kies herumgewirbelt und deine tätowierte Dame umworben hast.«

»Ich habe versucht, so viel Lärm wie möglich zu machen, ohne dass es auffällt«, erklärte Malden. Sie hatten sich vorher darauf geeinigt, dass Malden irgendwie auf sich aufmerksam machen würde, wenn man ihn aus dem Haus warf. Kemper musste das Anwesen zur gleichen Zeit wie der Dieb verlassen, wollte er das Risiko vermeiden, hinter der magischen Barriere festzusitzen.

»Oh, aye, das hast du großartig gemacht. Ich floh die Treppe runter und zur Seite raus, wo ein paar Bäume bis zum Zaun wachsen. Bäume oder Zaun, für einen wie mich besteht da kein Unterschied. Ich war weg wie ein Armbrustpfeil, lange bevor du fertig warst. Wer war denn die Frau, hm? Wer war dieses Vögelchen? Hast du dich in sie verguckt?«

Malden errötete. Beim Gedanken an sie errötete er doch tatsächlich. »Sie ist hübsch anzusehen. Natürlich nicht so richtig hellhäutig. Unter der ganzen Tinte ist sie eine Schönheit. Aber … aber das ist Unsinn. Ich glaube, sie ist verlobt.«

»Verlobt ist nicht das Gleiche wie verheiratet«, sagte Kemper mit lüsternem Grinsen. Er wollte Malden den Ellbogen in die Rippen stoßen, aber natürlich drang er wie Luft in Maldens Körper ein. Malden fühlte, wie sein Atem zu Eis erstarrte, und hustete Nebel aus.

»Verlobt … mit einem Burschen, der ein großes Schwert trägt.« Malden wurde deutlicher. »Ich weiß nicht, wie das vor sich gehen sollte. Sie scheint stramme Männer mit steingemeißelten Zügen zu mögen. Ich mag Frauen, deren Liebhaber mir nicht den Kopf abschneiden, nur weil ich sie ansehe.«

»Keine Frau ist vollkommen«, gab Kemper zu. »Natürlich, wenn du es ihr besorgen würdest – sie wäre schon recht nützlich für einen Burschen, der in ihr Haus einbrechen will, nicht wahr?« Er nahm einen ordentlichen Schluck. »Was beim haarigen Hintern des Blutgotts ist das eigentlich? Kleinbier?«

Malden zuckte mit den Schultern. Kleinbier war natürlich für Kinder gedacht. Milch brauchte man, um Butter und Käse herzustellen, und das Wasser in der Stadt war nirgendwo sauber genug, um es Kindern zu geben, an deren Wohlergehen einem etwas lag. »Ich dachte, nach letzter Nacht – nun, mir dröhnt jedenfalls noch immer der Kopf.«

»Und das Heilmittel dafür ist dieses schale Gesöff?« Kemper schüttelte den Kopf. »Nein, mein Junge, ich muss dir noch viel beibringen. Was wir brauchen, ist Branntwein, und zwar ein ganzes Fass voll. Ruf die Magd! Wir haben heute einen großen Sieg errungen, lass uns feiern!«

Malden tat, wie ihm geheißen, obwohl es seiner Meinung nach eigentlich nichts zu feiern gab. Er hatte das Innere von Hazoths Haus gesehen, das schon. Und es hatte ihm gezeigt, was ihn erwartete. Die Krone zu stehlen, war schwer gewesen.

Sie zurückzustehlen, würde ein Wunder erfordern.

TEIL DREI
DIE RICHTIGE MANNSCHAFT

Zwischenspiel

Cythera bereitete Hazoths Abendessen zu – eine Rehkeule mit in Milch getauchtem Rettich – und dekorierte alles auf einer Silberplatte. Sie verließ den Anrichteraum und betrat das Esszimmer, wo der Zauberer normalerweise allein an dem großen Tisch aß. Ihm dienten unsichtbare Diener, aber er hatte kein Vertrauen zu ihnen, wenn es ums Kochen ging – da sie weder Zunge noch Nase besaßen, hatten sie seiner Meinung nach auch keine Ahnung, wie man Fleisch richtig würzte. Cythera vermutete, dass er noch andere Gründe hatte, warum sie für ihn kochen sollte. Vielleicht sollte es einfach nur eine weitere Demütigung sein, die er ihr so gern …

Greller Lichtschein schlug über ihr zusammen und unterbrach ihre Überlegungen. Ihr Magen schien zur Seite zu springen, während der Rest von ihr direkt durch die Decke in die Luft flog, und plötzlich stand sie in Hazoths Sanktum, das Tablett noch immer in den Händen.

Sie gab sich große Mühe, nicht aufzustöhnen. In seiner Gegenwart zusammenzuzucken oder eine Schwäche zu zeigen, würde ihr nicht gut bekommen. Trotzdem war es immer überraschend, wenn er sie auf diese Weise von einem Ort an den anderen brachte.

Normalerweise hatte Magie keinen Einfluss auf sie. Der Zauber auf ihrer Haut schützte sie vor allen Beschwörungen. Aber Hazoth hatte ihr einmal erklärt, dass der Versetzungszauber, mit dem er sie in seinem Haus bewegte, gar nicht sie ergriff. Stattdessen bewegte er den Raum um sie herum, schob das Haus durch verschiedene Dimensionen, ohne sie persönlich zu berühren. Das war einer seiner Lieblingszauber, vermutlich weil sie sich danach immer so desorientiert fühlte.

Sie fand sich vor dem Rosenfenster wieder; rotes und blaues Licht fiel ihr ins Gesicht. Das Muster im Glas bildete einen Zauber von beträchtlicher Macht – er schirmte das Sanktum vor magischer Beobachtung ab. Cythera hatte es eigentlich immer hübsch gefunden, jedenfalls bis vor Kurzem.

Sie gestattete sich einen Seitenblick. Dabei bewegte sie nur die Augen, und das auch nur lange genug, um einen Blick auf die armselige Gestalt in dem magischen Kreis werfen zu können. Ihre Mutter ließ den Kopf hängen. Falls sich Coruth ihrer Gegenwart bewusst war, ließ sie es sich nicht anmerken. Cythera konnte nur hoffen, dass die Hexe andere, feinere Sinne hatte, die sie ihre Gedanken hören ließen.

Hilfe ist unterwegs, flüsterte Cythera in Gedanken. *Croy wird uns nicht im Stich lassen.*

Sie bekam keine Antwort.

»Lass es nicht kalt werden, Mädchen«, sagte Hazoth hinter ihr.

Cythera drehte sich um und zwang ein Lächeln auf ihre Lippen. Hazoth hatte gern, dass sie ihn mit der nötigen Fröhlichkeit bediente. Allerdings fiel es ihr schwer, ihre Haltung zu bewahren, als sie sah, womit er beschäftigt war. Auf einem langen Arbeitstisch hatte er den Körper eines unbedeutenden Dämons festgenagelt und aufgeschnitten. Es war kaum mehr als ein Kobold, ein froschähnliches Ding mit langen Beinen und Augen wie Feueropale. Hazoths Arme steckten bis zu den Ellbogen in seinen Eingeweiden. Als der Kobold den Kopf zur Seite drehte, um sie anzusehen, hätte sie um ein Haar das Tablett fallen lassen.

Der Dämon gab einen schrecklichen gurgelnden Laut von sich. Cythera zwang sich, seine offensichtlichen Qualen zu ignorieren.

»Er schrie wie ein lebendiges Wesen, bevor ich seine Luftröhre durchtrennte«, versicherte ihr Hazoth, als sie das Tablett auf einem Tisch in der Nähe abstellte und einige Zauberinstrumente zur Seite schob, um Platz zu machen. »Das wird die ganze Nacht dauern. Ich wollte keine Unterbrechung, darum esse ich heute hier.«

Cythera antwortete nicht.

»Seltsam. Es gibt keinen Verdauungsapparat«, sagte Hazoth nachdenklich, als er die Hände aus der Vivisektion zog. »Sie verschlingen ihre Beute, das ist allgemein bekannt, aber sie können daraus keine Nahrung ziehen. Es sei denn, sie ernähren sich vom Leid und der Angst ihrer Opfer.«

Cythera fragte sich oft, ob das Gleiche wohl auch für ihren Herrn galt. Reglos stand sie da und wartete, ob er noch einen anderen Wunsch äußerte.

Hazoth trat an das Tablett und starrte es an. Dann warf er einen Blick auf seine Hände, die noch immer mit Dämonenblut besudelt waren. »Hm, ich sollte mich wirklich waschen. Keine Zeit.« Mit einem verächtlichen Blick auf den Dreck sprach er ein Wort, das die Luft verschwimmen ließ. Blaue Flämmchen leckten über Hände und Handgelenke und verschlangen das dort klebende Blut. Cythera zuckte nicht einmal zusammen, als sie spürte, wie auf ihrem Kreuz neue Schlingenpflanzen und Blumen erblühten.

Schweigend sah sie zu, wie Hazoth die Keule nahm und ein Stück abbiss. Sie hatte sich eine Leinenserviette in den Ärmel gesteckt und zog sie hervor für den Fall, dass er danach verlangte.

»Ach, da du schon einmal hier bist – da gibt es etwas, das du sicherlich wissen willst. Mein kleiner Trick mit dem Buch ist gescheitert. Dein kleiner, rattenhafter Dieb lebt noch. Weißt du, ich bin darüber fast schon froh. Ich muss zugeben, dass ich ihn jeden Tag amüsanter finde. Vielleicht müssen wir ihn ja doch herholen und ihm eine Arbeit geben, was meinst du?«

Es war keine Frage, die einer Antwort bedurfte. Cythera hielt den Mund.

»Natürlich ist es keine große Überraschung, dass er überlebt hat. Wir wussten ja bereits, dass er wie jedes Tier einen ungewöhnlichen Instinkt für Gefahren hat. Schließlich war er ja auch schlau genug, dich nicht zu küssen, nicht wahr? Ich hatte wirklich gedacht, ihn damit zu erwischen. Welcher Mann könnte deinen Reizen widerstehen, wenn er den Preis dafür nicht kennt? Aber vielleicht hast du ihn ja doch gewarnt. Vielleicht hast du dich auch einfach nicht bemüht. Obwohl wir beide wissen, dass du ihn küssen *wolltest.*«

Cythera hielt den Blick stur nach vorn gerichtet. Sie ließ nicht zu, dass sich ihre Wangen röteten, gestattete sich nicht die geringste Reaktion. Hazoth sprach nur auf diese Weise mit ihr, wenn er gelangweilt war. Es war ein kleines Spiel. Ein Vergnügen. Er sagte etwas Provozierendes – machte eine Andeutung auf irgendein finsteres Geheimnis ihrer Mutter oder erzählte ihr von irgendeiner perversen sexuellen Begegnung, die er vor vierhundert Jahren gehabt hatte. Und wenn sie auch nur erschauderte, hatte er seinen Spaß. Und danach bestrafte er sie.

Er kannte so viele Strafen für sie.

»Das war mir sofort klar, als ich euch beide zusammen sah. Ich konnte hören, wie dein Herz schneller schlug. Der Geruch deines Atems veränderte sich. Du wolltest ihn. Du wolltest, dass der kleine Dieb dein Spielzeug ist, nicht wahr, Cythera? Hm? Ich habe dir eine Frage gestellt, Mädchen.«

»Wie Ihr wünscht, Meister. Wenn Ihr wollt, dass ich ihn begehre, dann tue ich das.«

Hazoth lachte. »Du kannst das nicht vor mir verbergen. Ich konnte es in der Luft schmecken, die Veränderung in dir. Du warst wegen ihm besorgt. Hattest Angst, was ich mit ihm mache. Du brauchst mich nur darum zu bitten, Mädchen, und ich bringe ihn her. Belege ihn mit einem Zauber, der ihn direkt in dein Schlafgemach führt.« Er riss ein Stück Fleisch mit den Zähnen ab und kaute schmatzend. »Ich lasse ihn vor dir knien. Ich sorge dafür, dass er sich nach dir verzehrt. Nur ein Wort, und er gehört dir. Natürlich wirst du ihn in dem Augenblick töten, in dem er dich mit seinen groben Händen antatscht. Eine grobe Berührung, und er wird in Stücke gerissen. Aber vielleicht würde dir das ja Vergnügen bereiten, hm? Würde dich das seufzen lassen? Würde es dich aufstöhnen lassen?«

»Ich diene Eurem Vergnügen, Meister. Nicht dem meinen.«

Hazoth starrte sie mit seinen hellen Augen an. Sie wusste, dass er versuchte, in ihr Herz zu sehen, ihre Geheimnisse herauszukitzeln. Der Zauber auf ihrer Haut machte das unmöglich, aber er versuchte es gelegentlich trotzdem. Er interessierte sich für sie. Schließlich war sie alles, das zwischen ihm und ein paar grausamen Todesarten stand.

»Vielleicht sollte ich deinen Sir Croy holen. Dieser aufgeblasene Schwertschwinger braucht dringend eine Lektion. Ich glaube, ich hole ihn gleich her. Und dann sagst du ihm alles. Du wirst all die Dinge auflisten, die du so gern mit dem Dieb treiben würdest. Sir Croy wird hier stehen und dir zuhören, während du sämtliche deiner schmutzigen Sehnsüchte beschreibst. Wie klingt das? Glaubst du, seine Liebe ist groß genug, um sich das anzuhören und es danach zu vergessen? Glaubst du, er wird dich immer noch so lieben, wenn er diese Geheimnisse kennt?«

»Wenn es Euch amüsiert, Meister ...«

Verärgert schnalzte er mit der Zunge. Das war der schlimmste Teil des Spiels. Selbst wenn sie ihre Haltung bewahrte, selbst wenn sie ihren Ekel herunterschluckte und sich ihre Gedanken nicht anmerken ließ, machte ihn das wütend.

Manchmal war das viel schlimmer.

»Ich könnte sie beide herschaffen, wenn du willst. Ich könnte sie jetzt gleich in diesen Raum holen und sie um dich kämpfen lassen. Ich könnte sie dazu bringen, dass sie sich mit bloßen Händen in Stücke reißen. Würde dir das gefallen? Würde es dich erregen, Kind, wenn du zusichst, wie sie um deine Zuneigung kämpfen? Würde es das?«

Cythera konnte sich nicht länger beherrschen. Tief in ihrer Kehle bildete sich ein kleiner Laut, ein winziges Wimmern. Als es aus ihrem Mund drang, war es so leise, dass sie glaubte, es würde in Hazoths Schmatzen untergehen.

Das war ein Irrtum.

»Habe ich dich erwischt«, sagte er und warf die Keule auf die Platte. Er wischte sich die Finger am Gewand ab und stellte sich hinter sie; sein nach Fleisch stinkender Atem traf heiß ihr Ohr. »Endlich bin ich zu dir durchgedrungen«, flüsterte er. »Sie beide, wer hätte das gedacht! Du hast für beide etwas übrig!« Seine Aufregung ließ ihn beinahe kichern. »Ach, Cythera, meine Liebe, du übertreibst es. Ich hole sie beide und lasse sie sich vor Lust nach dir verzehren, soll ich? Lasse sie es auskämpfen, wer dich als Erster deflorieren darf. Oh, ich kann in deinen Augen lesen, wie sehr du das ablehnst.«

»Ich will nichts außer … außer …«, stammelte sie.

Er winkte ab. »Egal, Cythera. Tatsächlich ist es nicht nötig, irgendetwas davon zu tun. In wenigen Tagen findet das Göttinnenfest statt. Im Chaos dieses Tages wird Bikker beide suchen und umbringen, während die Stadtwache anderweitig beschäftigt ist.«

»Natürlich, Meister«, gelang es ihr zu sagen. Sie hatte ihre Haltung teilweise zurückgewonnen, sobald sie wusste, dass er seine Drohungen nicht in die Tat umsetzen würde. »Darf ich jetzt gehen?«

»Ich denke schon. Ich sollte mich wirklich wieder meinen Studien widmen.«

»Danke, Magus«, sagte Cythera und wartete darauf, dass er sie wieder ins Esszimmer transportierte.

Er fing an, die nötigen Zeichen in die Luft zu malen – und hörte plötzlich abrupt auf.

Anscheinend hatte er noch etwas auf dem Herzen.

»Ich weiß, dass du mich hasst, Mädchen«, murmelte er. »Ich weiß, dass du gegen mich Intrigen spinnst. Ich weiß, dass du glaubst, dass Sir Croy kommt und dich und deine Mutter rettet. Aber es ist hoffnungslos, Cythera. Niemand kann dir helfen. Du gehörst mir, und das wird sich nie ändern.«

»Ich …«

»Ich glaube, ich muss dir diese simple Tatsache wieder einmal verdeutlichen.«

Am Ende war es immer unmöglich, den Bestrafungen zu entkommen.

51

Als Anselm Vry am nächsten Tag seine Männer schickte, um die Krone zurückzuholen, wurde Hazoths Herrenhaus bereits von vielen Augen beobachtet. Der Morgen war bewölkt; gelegentlich fiel Nieselregen. Für Malden und Kemper, die ihren Posten an den Bäumen nördlich der Stadtwiese bezogen hatten, war es eine triste Art und Weise, ihre Zeit zu verbringen. Kemper mischte endlos seine kostbaren Karten, um den Pakt mit ihnen zu erneuern. Der erlaubte es ihm, sie festhalten zu können, während ihm andere Spielkarten durch die Finger geglitten wären. Malden hatte nichts festzuhalten als den Kragen seines Umhangs, damit ihm der kühle Regen nicht den Hals hinunterlief, und saß untätig herum. Dennoch hätte er sich um keinen Preis mehr von der Stelle gerührt. Offensichtlich hatte Vry tatsächlich irgendwie erfahren, wo die Krone war – sollte er sie finden, sollte Hazoth sie sich abnehmen lassen, wäre dies das Ende von Maldens und Cutbills Plänen. Es würde seinen Tod bedeuten.

Croy sah gemütlich vom Haus seines reichen Freunds aus zu und genoss eine Flasche Wein und einen Brotlaib zum Frühstück. Womöglich war dies der Tag, an dem er Cythera endlich von ihren Fesseln befreien konnte. Sollte Vry Erfolg haben und die Krone finden, konnte das Hazoths Ende bedeuten. Cythera und ihre Mutter würden von ihrer Versklavung befreit und könnten gehen, wohin sie wollten. Croy konnte ihm Cythera wegnehmen, er konnte sie heiraten und in sein Schloss holen. Alles würde gut.

Cythera beobachtete alles aus dem Hausinnern heraus und hatte vielleicht den besten Platz. Sicherlich würde sie den größten Gewinn haben. Hazoths Bestrafung am vergangenen

Abend war grausam gewesen, und sie sehnte sich danach, es dem Zauberer heimzuzahlen. Sie wünschte sich sehr, einfach dabei zusehen zu können. Aber sie durfte ihre üblichen Pflichten nicht vernachlässigen. Sie kümmerte sich um das Anwesen, sorgte dafür, dass man Lebensmittel lieferte und die Laken wechselte und wusch, dass Hazoths Diener und Gefolgsleute ihre Silbermünzen erhielten. Darum war sie oft nicht am Fenster. Sie wusste nicht, was sie von alldem halten und was der Überfall bedeuten sollte. Aber sie wagte nicht, sich zu viel davon zu erhoffen.

Keiner von ihnen würde gehen – oder aufatmen –, bevor es vorbei war.

Es schien ewig zu dauern, bis sich die Wächter am südlichen Ende des Göttinnengartens versammelt hatten. Zuerst kam der Feldwebel, ein großer Bursche in einem Augenumhang mit rotem Saum. Er brachte zwei Träger mit, die ein Zelt aufstellten, unter dem er einigermaßen behaglich im Trockenen sitzen konnte. Dann trafen seine Männer ein, vier von ihnen mit Hellebarden, die misstrauisch zum Himmel hinaufspähten. Die vier und ihr Offizier diskutierten lebhaft, auch wenn das Gespräch nicht besonders hitzig zu verlaufen schien.

Nur vier, dachte Croy. Vier gegen einen Zauberer. Was hatte sich Vry nur dabei gedacht?

Als die Diskussion beendet war, besorgte sich jeder der Männer erst einmal einen Becher Ale. Sie stützten sich auf ihre Waffen und tranken schweigend ihre Ration. Als die Becher leer waren, verließen sie das Zelt und überquerten die Wiese. Wassertropfen spritzten auf, als sie durch das nasse Gras auf das Anwesen zu marschierten. Der Feldwebel blieb in seinem Zelt sitzen.

»Jetzt wirst du ein schönes Schauspiel erleben, mein Sohn«, sagte Kemper mit einem gemeinen Grinsen. »Das gibt ein Blutbad, auf jeden Fall.«

»Eigentlich sollte man annehmen, dass Hazoth sie nicht einmal reinlässt«, meinte Malden.

»Dann wäre er aber ein noch größerer Narr.« Kemper lachte. »Das wird so großartig. Nach allem, was sie mir antaten, mich im Kerker aufzuhängen. Mir tun noch immer die Handgelenke von den Silberketten weh, von den Füßen ganz zu schweigen. Wollen wir doch mal sehen, wie es diesen Augenumhangträgern gefällt, in der Luft zu baumeln. Ach, ist das schön!«

Malden war sich nicht sicher, ob er das hämische Vergnügen des Falschspielers teilte. Er war sich unschlüssig, wie das hier endete, aber sollte Hazoth die Stadtwächter töten oder ihnen auch nur den Zutritt verweigern, würde das unweigerlich weiteren Ärger nach sich ziehen. So etwas konnte Vry nicht zulassen – er würde dann noch mehr Männer schicken müssen, bis schließlich jeder bewaffnete Wächter vor dem Tor stand und Einlass verlangte. Das konnte für keinen Beteiligten gut enden, und es würde es ihm unmöglich machen, dort einzubrechen und die Krone zu stehlen. Er wusste nicht, was er hoffen sollte. Er konnte bloß zusehen und auf das Beste hoffen.

Die vier Wächter erreichten das Tor des Anwesens kurz vor Mittag – obwohl sich nur Cythera des genauen Zeitpunkts bewusst war. Hazoth hatte am Treppenabsatz des ersten Stocks des Hauses eine mechanische Uhr hängen. Ihr regelmäßiges Ticken hatte Cythera immer als beruhigend empfunden. Die Art und Weise, wie sie den Tag in kleine Zeiteinheiten einteilte, hatte ihr alles leichter erträglich gemacht. Jetzt war jedes Ticken und Tacken wie ein Schlag gegen ihre Sinne, denn ihre sämtlichen Hoffnungen hingen von der nächsten Stunde ab.

Die Wächter blieben vor dem Tor stehen. Einer von ihnen erhob die Stimme und verlangte von den Männern auf dem Anwesen freien Zugang im Namen des Burggrafen. Allein Cythera hörte die Antwort – und war erstaunt.

»Einen schönen Tag, Männer. Der Magus bittet euch herein und heißt euch willkommen«, sagte der Hauswächter. Er wandte sich um und gab ein Signal in Richtung des Rosenfensters oben am Haus, die magische Barriere löste sich auf, und die feuchte Luft selbst schien erleichtert aufzuatmen.

Die Stadtwächter betraten nacheinander die Säulenhalle. Oben auf der Galerie war Cythera eifrig damit beschäftigt, das Silber zu zählen. Im Haushalt eines Zauberers war das eine wichtige Aufgabe, da der Löffel, mit dem Hazoth aß, von einem rivalisierenden Zauberer gegen ihn benutzt werden konnte. Sie beugte sich über den Besteckkasten – für den Fall, dass jemand sie beobachtete (gleichgültig, ob es menschliche oder unsichtbare Augen waren) –, lauschte aber jedem Wort, das unten gewechselt wurde.

»Ich habe eine offizielle Botschaft vom Stadtvogt, die ich Euch übergeben muss, mein Lord«, sagte einer der Wächter. »Dann müssen wir darum bitten, Euer Haus durchsuchen zu dürfen.«

Hazoth klang nicht übermäßig beunruhigt. »Also gut, lasst hören!«

»Sie lautet wie folgt«, sagte der Wächter. Er trug keine Schriftrollen mit sich – vermutlich hatte er die Botschaft auswendig gelernt, um sie nun wiedergeben zu können. »Wir entbieten unserem guten Freund Hazoth einen Gruß, dem viel geliebten Freund des Burggrafen und des Königs, seines Lehnsherrn. Mit schwerem Herzen muss ich, Anselm Vry, Euch heute diese Abordnung schicken. Es sind gewisse Beweise vorgelegt worden, die den Diebstahl eines Gegenstands betreffen, den der Burggraf als den wertvollsten seiner Besitztümer betrachtet. Diese Beweise scheinen anzudeuten, dass sich der fragliche Gegenstand derzeitig auf Eurem Anwesen befindet. Im Namen des Gesetzes ermächtigte ich diese Männer, das Herrenhaus, sämtliche Gebäude und das Gelände Eures Anwesens zu durchsuchen, und zwar mit aller Sorgfalt, um die Störung möglichst gering zu halten, vor allem aber, um besagtem Besitz keinen Schaden zuzufügen. Eure Mithilfe bei dieser Suche, mein lieber Hazoth, weiß ich mit großer Dankbarkeit zu schätzen. Sollte besagter Gegenstand auf Eurem Besitz oder an Eurer Person gefunden werden oder sollte er auf irgendeine Weise von Euch versteckt worden sein, hat diese Abordnung die Befugnis, ihn zu entfernen. Danach, aber nicht vorher wird man unter Umständen Anklage gegen Euch oder jeden Helfershelfer in Euren Diensten erheben, der in irgendeiner Weise an dem Diebstahl oder dem Verbergen des besagten Gegenstandes beteiligt war. Unterzeichnet von Eurem Diener Anselm Vry, Vogt der Freien Stadt Ness.«

Der Wächter räusperte sich. Offensichtlich hatte er seine Botschaft hiermit überbracht.

»Ich sehe nichts«, sagte Kemper und klang verärgert, während er durch den Regen auf das ferne Herrenhaus starrte. »Keine Lichtblitze, keinen höllischen Rauch, der aus den Fenstern quillt. Keine flammenden Hände, die die Wächter erwürgen, oder Dämonen, die aus Erdspalten aufsteigen. Glaubst du, er hat sie geradewegs in den Höllenpfuhl gezaubert?«

Cythera beugte sich über das Geländer der Galerie und sah sich die Vorstellung an – zur Hölle mit irgendwelchen Beobachtern!

Croy hielt den Atem an.

»Also gut«, sagte Hazoth. Er hob die Hand und zeigte auf die Treppe. »Möchtet ihr mit eurer Suche in meinen Gemächern anfangen oder doch lieber hier unten in den allgemein zugänglichen Teilen des Hauses? Und darf ich euch etwas zu essen oder zu trinken anbieten?«

Die Wächter blickten einander peinlich berührt an. »Magus, wir haben den Befehl, nichts von Euch anzunehmen, nicht einmal einen Becher Kleinbier, da er verflucht sein könnte. Nicht, äh, dass wir glauben, Ihr würdet so etwas jemals tun.«

»Natürlich nicht«, erwiderte Hazoth.

»Wenn Ihr einfach beiseitetretet, dann machen wir uns an die Arbeit und lassen Euch wieder in Ruhe, so schnell wir können.«

»Aber sicher«, sagte Hazoth und gab den Weg zur Treppe frei.

Die Durchsuchung nahm den größten Teil des Nachmittags in Anspruch. Cythera erhielt den Befehl, den Stadtwächtern zu helfen – sie besaß alle Schlüssel zu den verschlossenen Zimmern und öffnete einige der magisch verriegelten Türen und Schränke. Die Wächter wirkten angesichts einiger der ungewöhnlicheren Möbelstücke des Hauses überrascht, enthielten sich aber jeden Kommentars, selbst dann noch, als in der Bibliothek ein Buch aus dem Regal sprang und wie ein Fisch aus dem Wasser vor ihren Füßen zappelte. Als würde es sie anflehen, es mitzunehmen und aus Hazoths Haus zu befreien. Cythera wusste, was das Buch enthielt und konnte es ihm nicht verübeln. Trotzdem bückte sie sich, hob es auf, strich beruhigend mit dem Daumen über seinen Rücken und stellte es zurück an seinen Platz.

Wozu brauchen die so lange?, dachte Malden, während er mit der Ahle an seinem Gürtel spielte.

Wenigstens sind sie gründlich, dachte Croy, faltete die Hände und beugte sich auf seinem Stuhl vor.

Der letzte Teil des Hauses, der durchsucht werden musste, war der zweite Stock. Die Ketten im Schlafgemach zogen die Aufmerksamkeit der Wächter auf sich, und sie unternahmen einen tapferen Versuch, das Laboratorium trotz der giftigen Dämpfe zu durchsuchen. Andere Zimmer erregten kaum ihre Aufmerksamkeit. Im Tageslicht erschienen die meisten der wirklich gefährlichen Dinge des zweiten Stockes harmlos und unauffällig, wofür Cythera wirklich dankbar war – sie hätte nur ungern ein paar der Sachen erklärt, die die Wächter nach Einbruch der Dunkelheit zu Gesicht bekommen hätten.

Als sie den versiegelten und verschlossenen Korridor zu Hazoths Sanktum erreichten, warfen sie allerdings nicht einmal einen Blick auf die Tür, sondern gingen einfach daran vorbei.

»Ich kann den Raum für euch öffnen, auch wenn ihr darin vorsichtig sein müsst«, sagte Cythera. »Ich glaube, er hat alle Fallen entschärft, trotzdem wäre es besser, wenn ihr …«

»Meine Lady«, sagte ein Wächter, »da ist keine Tür.«

Cythera runzelte die Stirn und zeigte erneut auf die Tür. »Ich meine die da.«

»Ich sehe nichts«, erwiderte einer der anderen Männer. »Da ist doch nichts.«

Sie musterte die Gesichter – und vor allem die Augen –, um nach Anzeichen zu suchen, dass ihr Verstand durch Magie vernebelt worden war. Hazoth musste sie verzaubert haben, damit sie die Tür nicht sahen, und sie traute sich nicht, den Versuch zu unternehmen, diesen Zauber zu brechen. Die Wächter starrten einfach nur zurück, blinzelten gelegentlich und wollten nur mit ihrer Arbeit weitermachen.

52

Etwa eine Stunde später trabten die Wächter die Treppe zur Halle wieder hinunter, wo sie sich bei Hazoth für seine Unannehmlichkeiten entschuldigten und gingen. Hazoth begab sich nach oben, um mit seinen Studien fortzufahren, und befahl Cythera auf dem Weg dorthin, mit ihren üblichen Pflichten fortzufahren.

Als die Wächter auf den Kiesweg vor dem Herrenhaus traten …

Und Croy sprang so schnell auf, dass er den Stuhl umwarf.

Und Kemper und Malden beugten sich vor, um besser sehen zu können.

Und Cythera drückte eine silberne Serviergabel an die Brust und wappnete sich, ohne sagen zu können, wovor eigentlich.

… geschah nichts.

Die Männer durften das Grundstück ohne weitere Verzögerung verlassen. Sie kehrten zurück zum Zelt, wo sie ihrem Feldwebel in aller Ausführlichkeit Bericht erstatteten. Dann tauchten die Träger wieder auf und bauten das Zelt ab. Schließlich rückten alle gemeinsam ab, marschierten die Krüppeltorstraße hinauf, die in Richtung Stinkviertel führte, und dann weiter zum Schlosshügel.

Und noch immer geschah nichts.

Hazoth widmete sich seinen Studien und verließ das Laboratorium für den Rest des Tags nicht mehr. Cythera ging ihren Pflichten nach. Normalerweise wäre sie froh über Hazoths Ablenkung gewesen. Jeder Augenblick, den sie für sich allein hatte – jeder Augenblick, in dem er nichts von ihr verlangte oder sie zu seinem Vergnügen quälte –, war kostbar. Aber jetzt hatte sie mehr Angst als je zuvor. Vielleicht fand der Zauberer heraus, welche Rolle sie beim Besuch der Wächter spielte, vielleicht auch nicht. Aber im Grunde war das egal. Am Ende seines Tagwerks würde er jemanden für die Störung verantwortlich machen wollen, jemanden, an dem er sich abreagieren konnte. Es würde schrecklich sein, noch schlimmer als die Strafe vom Vorabend. Aber das konnte sie nicht verhindern. Sie konnte nur weiterarbeiten. Und obwohl sie den Kopf dabei leicht gesenkt hielt und ihre Hände auf den vertrauten Messern und Löffeln des Silberbestecks verharrten, als würde sie düsteren Gedanken nachhängen, hielt sie nichts davon ab, die Arbeit zu beenden.

Hinter den Bäumen schnalzte der völlig durchnässte Malden angewidert mit der Zunge und warf Kemper einen Blick zu. Der unberührbare Falschspieler war so trocken wie ein Knochen – die Regentropfen waren ohne jedes Hindernis durch ihn hindurchgefallen.

»Ich muss mich abtrocknen«, verkündete Malden. »Komm, ich habe zu Hause noch einen zweiten Umhang. Wir machen ein Feuer. Und wir müssen uns beraten.«

»Das kapiere ich nicht«, murmelte Kemper und eilte hinter Malden die Straße entlang, die aus Gartenmauer hinausführte. »Er ließ sie einfach rein? Ließ sie alles durchwühlen?«

»Sie haben die Krone nicht gefunden«, erwiderte Malden. »So viel steht fest. Denn sonst hätten sie Hazoth aus seinem Loch gezogen und ins Palastverlies geworfen. Oder hätten es zumindest versucht. Er wäre nicht so ohne Weiteres mitgekommen.«

Kemper kicherte. »Also, dafür hätte ich sogar bezahlt, um das mitansehen zu können.«

Malden dachte laut weiter. »Vry sagte, er werde jedes Haus in der Stadt nach der Krone durchsuchen. Aber ich kann nicht glauben, dass er völlig grundlos ausgerechnet hier anfing. Man sollte meinen, dass er nicht leichtfertig Hazoths Zorn heraufbeschwören würde. Also muss er etwas wissen. Er muss einen Hinweis haben, dass sich die Krone dort befindet. Trotzdem verließen seine Leute das Haus unverrichteter Dinge und ohne dass es Ärger gab.« Er schüttelte den Kopf. »Vielleicht hat er ja einen ganz anderen Plan im Sinn, und das war nur eine Finte.

Wodurch unser Zeitplan schrumpft. Wir müssen die Krone stehlen, bevor er sie bekommt – oder alles ist verloren.« Er fröstelte in seinem nassen Gewand. »Setzen wir uns irgendwo hin und denken gründlich nach.«

»Aye, mein Junge, auf jeden Fall.«

»Vielleicht würden uns ein oder zwei Glas Branntwein dabei nicht schaden.«

Diese Aussicht schien Kemper beträchtlich aufzumuntern.

Die beiden Diebe waren um die Ecke gebogen und verschwunden, bevor sie die Konsequenzen aus Anselm Vrys Durchsuchung miterleben konnten. In den Stallungen im Haus eines Reichen gegenüber von Hazoths Anwesen wurden Stimmen laut, und ein Pferd schnaubte.

»Nun seid doch vernünftig, Freund, dort draußen erwartet Euch der Tod!«

Croy funkelte seinen Gastgeber wütend an. Einen Augenblick lang glaubte er, den Kaufmann gleich niederschlagen zu müssen, weil der ihm den Weg versperrte. Dann ergriff er die Unterarme des Mannes, beugte sich vor und sprach leise auf ihn ein. »Vergebt mir. Es war überaus freundlich von Euch, mich aufzunehmen. Ich weiß, dass ich Euch allein durch meine Anwesenheit in Gefahr brachte.«

»Vergesst es – denkt jetzt lieber an Euch. Wenn Ihr jetzt so aufgeregt dorthin reitet, wird man Euch auf der Stelle verhaften.«

»Anselm Vry wird der Logik folgen. Wenn ich ihm zeige, dass ich seine einzige Hoffnung bin, wird er mir geben, was ich brauche, um diese Sache zu Ende zu bringen«, sagte Croy und ließ den Mann los. Er schnappte sich einen Sattel und warf ihn auf den Rücken des heißblütigsten Hengstes seines Gastgebers. Während der Mann ihn weiterhin anflehte, zog er den Gurt fest. Er griff nach hinten und vergewisserte sich, dass die Schwerter fest in den Scheiden steckten, festgebunden waren und sich nicht lösen konnten. Dann legte er sich einen langen Umhang um – die mit Filz verarbeitete Wolle würde den Regen abhalten und den Stahl vor Rost schützen – und griff nach dem Sattelknauf.

»Man wird Euch nicht einfach verhaften«, sagte der Kaufmann und schüttelte den Kopf. »Man wird Euch wie einen Hund niederstrecken. Sobald man Eure Klingen sieht, wird man keine Gnade mehr zeigen.«

»Ich werde mit meiner Bitte die Herzen rühren.« Croy stieg auf und ließ sich schwer in den Sattel fallen. Er packte die Zügel und zog den Kopf des Hengsts herum, damit dieser sich in Richtung Straße bewegte.

»Ihr redet da von verschiedenen Dingen. Ist Vry ein Mann der Vernunft, oder ist er ein Mann mit einem guten Herzen? Ich habe oft erlebt, dass das zwei Gegensätze sind, die man nur selten in einer Natur vereint findet.«

Croy hob die Schultern. »Ich werde ihn überzeugen, auf die eine oder andere Weise. Und wenn nicht – vielleicht werde ich dann heute sterben. Aber ich sterbe im Namen der Gerechtigkeit.«

»Dann tut mir einen Gefallen, bevor Ihr sterbt.«

In Erwartung einer Verzögerung schnitt Croy eine Grimasse, aber er nickte. Er bezahlte immer seine Schulden.

»Wenn Ihr das Schlosstor erreicht, dann steigt ab. Dreht mein Pferd herum und gebt ihm einen ordentlichen Klaps auf den Hintern. Es kennt den Heimweg. Wenn ich heute schon einen Freund verliere, bekomme ich wenigstens meinen besten Zelter zurück.«

Croy lachte bitter und gab dem Pferd die Sporen.

53

Trotz des kühlen und feuchten Wetters keuchte der Zelter, und seine Flanken troffen vor schaumigem Schweiß, als Croy über die Kornmarktbrücke und den Marktplatz hinwegpreschte. Am Haupttor zum Schlosshügel fuchtelte der Wächter mit seiner Pike herum und verlangte von Croy, dass er anhielt, aber er war schlau genug, zur Seite zu treten und sich nicht niederreiten zu lassen, als der Ritter in vollem Galopp durch das Tor in den Außenhof donnerte. Arbeiter warfen die Werkzeuge weg und sprangen zur Seite, als er über den Steinhaufen vor dem Turm hinwegsetzte. Er hielt das Pferd erst kurz vor dem Palasteingang an, und dann auch nur lange genug, um abzuspringen und das Pferd wie versprochen zu seinem Herrn zurückzuschicken.

Einen Augenblick lang herrschte Stille auf dem Hof. Niemand wagte eine Bewegung, denn sie wussten nicht, warum er gekommen war oder was er wollte. Wären ihm in diesem Moment Hörner und Fledermausflügel gewachsen, bezweifelte er, dass die Stadtwächter und Soldaten überraschter von seinem Auftauchen gewesen wären.

Er war für ihre Vorsicht dankbar. Sie verschaffte ihm die nötige Zeit, um seine Forderung zu stellen.

»Anselm Vry!«, rief er und schlug die Kapuze des Umhangs zurück. Mit einer geübten Bewegung löste er das Band um die Schwerter, nur für alle Fälle.

Hinter sich hörte er, wie die Kettenhemden der Wächter klirrten, als sie herbeieilten. Er wandte sich nicht zu ihnen um. »Vry, kommt heraus! Ich muss mit Euch sprechen!«

Laute Stimmen brüllten ihn an, und es herrschte großer Aufruhr, aber er nahm ihn kaum wahr. Hinter seinen Augen pochte das Blut, und die Welt trug einen roten Schimmer. Wenn Vry nicht mit ihm sprach, würde er ihn aufsuchen – und die Göttin mochte dem Mann beistehen, der sich ihm in den Weg stellte.

Aber bevor er sich einen Weg in den Palast freihieb, erschien Vry auf einem Balkon des ersten Stocks. »Sir Croy, das geht zu weit«, sagte er. »Ich habe weggesehen, ich habe versucht, Euch mit süßen Worten Gnade zu erkaufen, aber ...«

»Eure Männer – sie kamen und gingen. Ohne ... ohne sie!«

Vry betrachtete die Menschenmenge auf dem Hof und warf Croy einen finsteren Blick zu. »Achtet auf Eure Worte!«

»Sie haben das richtige Haus durchsucht. Es gab keinen Widerstand. Wie konnten sie versagen? Es gibt nur eine Erklärung. Zauberei.«

»Die Männer, von denen Ihr sprecht, sind noch nicht zurückgekehrt. Ich habe ihren Bericht noch nicht gehört. Dieses Chaos ist völlig sinnlos, es gibt nichts zu besprechen.«

Vry sah verärgert aus, aber er gab den Wächtern nicht den Befehl anzugreifen. Im Augenblick verharrten sie auf ihren Plätzen, die Waffen bereit. Vielleicht wollte auch nur keiner von ihnen als Erster angreifen – sie wussten, wozu Croy fähig war. Aber sobald sich der Erste rührte, würde das die anderen mobilisieren, und alle würden sich auf ihn stürzen, das war Croy klar.

Der Augenblick war also gekommen. Er würde seine Bitte äußern, und Vry musste überzeugt werden.

Croy zog Ghostcutter, und um ihn herum keuchten die Menschen auf. Jemand schrie. Er ließ sich auf ein Knie fallen und hielt das Schwert vor sich, stemmte die Spitze auf die Steinfliesen. Senkte den Kopf wie ein Ritter, der in einer Kapelle andächtig Wache hielt. Wie der Kämpfer des Reiches, der er war. »Stellt mir Eure Wächter zur Verfügung. Zumindest eine Abteilung. Ich werde jenes Haus Stein für Stein niederreißen. Ich werde sie aus dem Herzen des Magiers herausschneiden, falls er sie dort verborgen hält.«

»Das kann ich wohl kaum tun«, erwiderte Vry.

»Haltet meine Worte nicht für leichtfertig dahingesagt«, beharrte Croy.

»Glaubt mir, ich tue es nicht. Falls ein Mann es schaffen könnte, dann mit Sicherheit Ihr. Aber begreift Ihr denn nicht? Gesetz und Brauchtum fesseln mir die Hände. Ich bin kein Feldmarschall, der innerhalb der Stadtmauern in den Krieg zieht. Ich bin dazu verpflichtet, die Bürger zu beschützen und sie nicht aufgrund unbewiesener Hinweise und des Eifers Eurer Überzeugung zu erschlagen.«

»Ein Verbrechen wurde begangen! Eure Stadt verlangt Gerechtigkeit!«

»Ich fürchte, das stimmt«, sagte Vry eiskalt.

Croy starrte verständnislos zu dem Stadtvogt hinauf.

»Ich habe alles in meiner Macht Stehende für Euch getan, Herr Ritter. Meine Pflicht verlangt Folgendes. Croy, Ihr seid verhaftet. Ihr habt gegen die Bedingungen Eurer Verbannung verstoßen, und durch den Aufenthalt innerhalb der Mauern der Freien Stadt Ness habt Ihr Euer Todesurteil heraufbeschworen. Wachen, ergreift ihn – lebend, wenn möglich. Tot, wenn es sein muss.«

Mit diesen Worten wandte sich Anselm Vry um und kehrte ins Innere des Palasts zurück.

Croy hatte versagt.

»Lasst die Waffe fallen!«, sagte jemand hinter ihm.

»Auf den Boden, mit ausgebreiteten Armen!«

»Bleibt, wo Ihr seid, oder Ihr sterbt!«

Also waren drei von ihnen eine unmittelbare Gefahr. Zweifellos lauerten weitere Büttel hinter ihnen. Croys Herz, in dem kurz zuvor noch ein unlöschbares Feuer gelodert hatte, erstarrte zu Eis. Zum ersten Mal seit Wochen kam sein Verstand zur Ruhe. Jeder Instinkt, jeder Reflex, den er seit Jahren trainiert und geschärft hatte, erwachten in ihm zum Leben.

Und obwohl er in diesem schrecklichen Augenblick aufsprang und herumfuhr, um sich seinen Gegnern zu stellen, erkannte er den Fehler, den er begangen hatte.

Sein Appell hätte jedem General die Tränen in die Augen getrieben. Aber Anselm Vry war kein Krieger. Er war ein Sekretär. Ein Verwalter. Für ihn bedeuteten die Regeln und Zahlen des Lebens alles. Es spielte keine Rolle, was gerecht oder richtig war. Sondern nur das, was formell erlaubt war.

Ghostcutter beschrieb einen weiten Bogen; die Klinge lag ganz locker in Croys Hand. Für diesen Hieb brauchte er kein genaues Augenmaß. Der Holzschaft einer Hellebarde wurde in der Mitte entzweigeteilt, als die Klinge durch die Luft pfiff. Der Umhang eines Wächters verkürzte sich um mehrere Zoll. Und noch während der Hieb einen Bogen beschrieb, griff Croy nach hinten und zog das kleinere Schwert. Es schmiegte sich wie von selbst in seine linke Hand.

Eine Hellebardenspitze sauste auf sein Gesicht zu. Er parierte mit dem Kurzschwert, Stahl klirrte gegen Stahl, aber nicht mit dem Hallen eines Hammers, der den Amboss trifft, sondern mit dem ohrenbetäubenden Kreischen einer Klinge, die von einer anderen Klinge abprallt. Eine Pike mit blattförmiger Spitze stach tief zu, zielte auf Croys Unterleib. Er wich mit einem Schritt zur Seite aus und schlug die Pike mit Ghostcutter nach oben.

Der Waffenmeister, der die Wächter ausgebildet hatte, hatte sie davon überzeugt, dass Stangenwaffen Schwertern überlegen waren. Dass Schwerter Hellebarden und Piken nicht parieren konnten, weil Blankwaffen nicht über die nötige Reichweite verfügten.

Die Theorie dafür beruhte auf der Schnelligkeit des durchschnittlichen Schwertkämpfers. Bei einem Meister wie Croy, der jeden wachen Augenblick seiner Jugend mit dem Üben von Riposte und Reprise, Ausfall und Ballestra verbracht hatte, brach diese Theorie in sich zusammen.

Was natürlich nicht heißen sollte, dass er unverwundbar war. Zum Beispiel hatte Croy keine Augen im Hinterkopf. Als hinter ihm ein Wächter herankam und mit der Axtklinge seiner Hellebarde auf Croys ungeschützten Schädel zielte, sah er den Schlag nicht kommen. Er hörte ihn nur durch die Luft pfeifen.

Also blieb ihm kaum genug Zeit, sich weit nach hinten zu lehnen und die Klinge vor sich vorbeisausen zu lassen, wobei der Waffenschaft sein Ohr traf. Der Schädel dröhnte ihm, die Sicht verschwamm.

Sie wollten ihn einkreisen und mit einem Wald aus Langwaffen umzingeln. Er konnte immer nur einige von ihnen gleichzeitig bekämpfen. Einerlei, wie gut er war, er konnte nicht jeden Mann auf Abstand halten. Bald würden sie ihn niederkämpfen, ihn mit flüchtigen Schnitten und Beinahetreffern zermürben. Blutete er ausreichend, würde er sterben, gleichgültig, wie viele Männer vor ihm fielen.

Teils gefiel ihm diese Aussicht. In Cytheras Namen zu sterben – ein solcher Tod war edel. Wäre er jünger gewesen, hätte er dieser Anwandlung vielleicht nachgegeben, diesem Traum von Ehre und Ruhm.

Aber er war älter geworden. Er wusste, was wirklich wichtig war. Sollte er hier sterben, würde Cythera auf ewig eine Sklavin bleiben. Und mit diesem Gedanken verflüchtigte sich der Blutdurst in seinen Adern.

Er wartete, bis sich eine Klinge unmittelbar vor ihm tief in den weichen Schiefer der Hoffliesen grub. Blitzschnell setzte er einen Stiefel fest auf den polierten Holzschaft, schwang Ghostcutter nach hinten, um einen anderen Angriff abzuwehren, und stieß sich ab, sprang in die Höhe und landete mit dem anderen Stiefel auf der Schulter des vor ihm stehenden Wächters. Der Mann grunzte gepeinigt auf, als sich Croy dort abstieß und über den Kreis der Angreifer hinübersetzte, den Kreis des Todes mit einem Sprung verließ. Er landete hart auf einem Trümmerhaufen, rollte sich ab und zog die Schwerter an den Körper, damit sie ihm nicht aus den Händen geschlagen werden konnten.

Keuchend kam er auf die Füße und sah sich um. Überall waren Wächter – und weitere Wächter strömten durch die Tore, um an dem Angriff teilzunehmen. Dutzende Männer, die alle bewaffnet waren und unter ihren Wämsern und Umhängen mit Kettenhemden bekleidet waren. Croy trug keine Rüstung.

Jemand stieß mit einer Hakenstange nach ihm. Reflexartig wehrte Croy den Schlag mit dem Kurzschwert ab. Männer stolperten über die Trümmer, um ihn zu stellen. Er musste in Bewegung kommen.

54

Vorn am Tor zum Marktplatz senkten mehrere Wächter das Fallgitter. Die zugespitzten Stäbe reichten bereits zur Hälfte bis zum Boden, während sich die Männer mit aller Kraft gegen die Winde stemmten. Wenn Croy überleben wollte, musste er durch das Tor, bevor es unpassierbar war. Unglücklicherweise stand ihm ein halbes Dutzend Ordnungshüter im Weg.

Croy brüllte wie ein Löwe und stürmte los, schlug einem der

Burschen Ghostcutters flache Klingenseite ins Gesicht, holte einen weiteren von den Füßen, indem er ihm den Kurzschwertknauf in den Leib rammte. Ein Speer flog auf ihn zu und hätte ihn durchbohrt, wäre er nicht zur Seite und vor die Füße eines weiteren Gegners getänzelt. Der Wächter glotzte entsetzt, als Croy unmittelbar vor ihm auftauchte und sich seine lange Stangenwaffe als Behinderung und nicht als Vorteil erwies. Croy rammte dem Narren den Kopf ins Gesicht und duckte sich unter dem Arm eines weiteren Angreifers hinweg. Eine Hellebardenspitze bohrte sich in seinen Rücken, aber er fühlte sie kaum.

Jetzt lag das Fallgitter genau vor ihm, ohne dass ein Mann im Weg stand. Nur noch anderthalb Fuß trennten es vom Boden. Croy warf sich nach vorn und rollte darunter hindurch. Die Eisenspitzen rissen an seiner Kleidung. Auf der anderen Seite kam er wieder auf die Füße und spähte an den Gitterstäben vorbei. Mehr Männer, als er auf Anhieb zählen konnte, rannten auf ihn zu und brüllten die Torwächter an, das Fallgitter hochzukurbeln, damit sie Croy ergreifen konnten.

Er lachte, wenn auch nicht gehässig. Dann schob er die Schwerter in die Scheiden und ging los.

Und rutschte prompt aus und fiel in sein eigenes Blut.

Ein tastender Griff nach hinten offenbarte ihm die Wunde am Rücken. Er hatte ihr keine große Beachtung geschenkt – aber in der Hitze der Schlacht war das Schmerzempfinden oft trügerisch. Er vermochte nicht zu sagen, ob es eine tödliche Verletzung war oder nicht, aber er wusste, dass es schlimm war.

Er hatte jedoch keine Zeit, den Blutfluss zu stillen. Jeden Augenblick wäre das Tor wieder offen, und die Männer würden sich auf ihn stürzen. Er musste den geringen Vorteil nutzen und davonrennen, solange es noch möglich war.

Aber zuerst musste er auf die Füße kommen.

Croy schob die Hände unter die Brust. Seine Rückenmuskeln erbebten, und ein leises Echo des Schmerzes durchdrang die Empfindungslosigkeit nach dem Kampf. Aber sein Körper gehorchte seinen Befehlen, und es gelang ihm aufzustehen.

Das schmierige Blut auf den Pflastersteinen hätte ihn beinahe abermals zu Fall gebracht, doch er rutschte vorwärts und kratzte es größtenteils von den Stiefelsohlen.

Hinter ihm ächzte das Fallgitter, als es sich wieder in die Höhe schob. Hoch oben auf der Mauer des Schlosshügels brüllten Wächter und veranstalteten einen gewaltigen Lärm. Eigentlich hätte dieser Ruf jeden kräftigen Mann auf der Straße alarmieren und zur Hilfe bei Croys Verhaftung auffordern sollen. Aber er wusste aus früheren Erfahrungen, dass die meisten Bürger einfach die Fensterläden schließen und die Türen verrammeln würden. Croy hatte selbst genug Verbrecher gejagt, und das an Orten mit mehr Bürgersinn als in der Freien Stadt Ness.

Er rannte auf den Marktplatz zu, gerade als oben auf der Mauer Bogenschützen antraten. Als er in eine Budenreihe abtauchte, schoss ihm ein Pfeil an der Wange vorbei und bohrte sich in ein Stück Rindfleisch. Croy duckte sich an dem Metzgerstand vorbei, während weitere Pfeile auf das geteerte Dach prasselten.

Nicht einmal ein ausgebildeter Schwertkämpfer wie Croy konnte einen Pfeilregen abwehren. Die Buden als Deckung nutzend, hielt er auf die Seite des Platzes zu, wo das Zollhaus und ein Kornspeicher dicht nebeneinanderstanden. Die schmale Gasse dazwischen führte zur Erfolgsstraße, einer breiten Durchgangsstraße voller Pferde und Karren. An der Gassenmündung blieb er stehen, sah sich gehetzt um und hoffte verzweifelt, dass sich hier keine Stadtwächter aufhielten. Er entdeckte niemanden und eilte hügelabwärts. Männer schrien auf und drängten sich an die Geschäfte auf beiden Straßenseiten, sobald sie seine Wunde entdeckten. Sie musste in der Tat ziemlich übel aussehen.

»Haltet ihn auf!«, rief jemand hinter ihm. Croy hielt sich nicht damit auf, sich umzuwenden und nachzusehen, wer das war. Vor ihm rollte jemand eine Karre voller Kisten mit frischem Fisch in Richtung Goldener Hügel. Croy tat einen Sprung und landete hart auf einem Berg aus Stinten und Sardinen.

»Wer … was?«, stammelte der Karrenfahrer und starrte Croy mit weit aufgerissenen Augen und offenem Mund an. Als sich der Ritter auf der anderen Karrenseite wieder in die Höhe zog und noch überlegte, was er dem Mann sagen solle, stieß dieser einen entsetzten Schrei aus und sprang vom Kutschbock. Er landete unglücklich auf dem Kopfsteinpflaster und rollte sich zur Seite, während die Pferde aufgeschreckt weitertrabten und ihn hinter sich zurückließen.

»Verflucht!«, stieß Croy hervor. Er schob ein Bein auf den Kutschbock und versuchte nach den Zügeln zu greifen. Aber die Pferde hatten offenbar das Blut gerochen, denn sie wieherten vor Furcht und gingen durch. Der Karren schoss den Berg hinunter. Croy stürzte nach hinten in den Fisch, der von der Ladefläche regnete und eine silbrige Spur auf der Straße hinterließ.

Der Karren hüpfte und ratterte – er war nicht dazu gebaut, mit solcher Geschwindigkeit gefahren zu werden. Mit großer Mühe gelang es Croy, auf die Füße zu kommen und auf den Kutschbock zu klettern. Die Zügel schleiften über die Straße, wo der Ritter sie nicht erreichen konnte. Die Hufe donnerten über das Kopfsteinpflaster; die Hufeisen klirrten so laut, dass er kaum die eigenen Gedanken verstand.

Ein Junge – seinem Lederkittel nach zu urteilen irgendein Handwerksbursche – sprang gerade noch rechtzeitig zur Seite. Ein Stück voraus blockierte ein Heuwagen die halbe Straße, und Croy war überzeugt hineinzurasen, aber sein Gespann dachte nicht daran, frontal in dieses Hindernis zu galoppieren. Im letztmöglichen Augenblick drehte es ab und kippte den Wagen auf ein Rad. Croy fiel zur Seite und stürzte vom Kutschbock, hielt sich nur mit einer Hand an seiner Seite fest, während seine Füße über die Pflastersteine schliffen. Er überlegte einfach loszulassen – er würde hart landen und sich überschlagen, doch dann wäre er wenigstens dieses Gefährt los.

Aber nein – das konnte er nicht tun. Ohne ihn würde der Wagen völlig außer Kontrolle geraten. Die Pferde würden jeden niedertrampeln, der ihnen im Weg stand. Er konnte nicht mit dem Gefühl leben, dass jemand verletzt würde, nur weil er schnell aus dem Schloss verschwinden musste. Den Schmerz seiner Wunden und das rote Flimmern vor seinen Augen bekämpfend, zerrte sich Croy zurück auf den Wagen, als beide Räder wieder aufs Pflaster krachten. Grunzend zog er sich auf den Kutschbock und schaute nach vorn, um zu sehen, was vor ihm lag.

Vor ihm auf der Straße rannten Männer und Frauen auseinander, um dem wild gewordenen Karren zu entgehen. Croy brüllte, um sie zu warnen, fuchtelte mit den Armen, aber eine Katastrophe war nur zu vermeiden, wenn er den Karren wieder unter Kontrolle bekam. Mit seiner Verwundung wäre das nicht so einfach.

Die Erfolgsstraße führte den ganzen Goldenen Hügel hinunter, und ihr Gefälle verstärkte die Schnelligkeit der Pferde nur noch. Sie führte gerade wie ein Pfeilschuss nach unten in den Qualmbezirk, wo sie sich in einem Labyrinth aus Nebenstraßen verlor. Falls es ihm nicht gelang, die Fahrt vorher abzubremsen, würde der Karren mit Sicherheit umkippen. Während die aufgebrachten Tiere hügelabwärts galoppierten, trat Croy auf die Deichsel zwischen ihnen und warf sich dann auf den Rücken des linken Pferds, dem Leittier des Gespanns.

»Ganz ruhig, brrr«, versuchte er es zu beruhigen. Er klammerte sich an seine Mähne und tat sein Bestes, nicht abgeworfen zu werden. Das Pferd starrte ihn mit wildem Blick an und biss mit seinen gewaltigen Zähnen in die Luft. »Alles ist gut, alles ist in Ordnung«, säuselte Croy, aber das Pferd verdoppelte lediglich seine Anstrengung, ihn abzuschütteln. Es war kein für den Krieg gezüchtetes Reittier, das ein Pferdemeister ausgebildet hatte. Es war ein einfaches Zugpferd, das noch nie zuvor eine solche Aufregung erlebt hatte.

Das Pferd auf der rechten Seite glaubte vielleicht, dass sein Gefährte angegriffen wurde, denn es schnappte nach Croys Schulter. Er wich ihm aus und wäre beinahe hinuntergefallen.

Offensichtlich hatten die Pferde nicht vor, seinen Befehlen zu gehorchen. Indem er sich ihnen als gemeinsamen Feind anbot, hatte er sie etwas langsamer gemacht, aber die Gefahr eines Unfalls war noch immer groß. Croy hätte abspringen können, um sein Leben zu retten – aber bei dieser Geschwindigkeit wäre er wie ein von einem Katapult abgeschossener Stein auf dem Kopfsteinpflaster aufgeprallt.

Er blickte nach vorn und sah, dass die Pferde nur noch Sekunden vom Qualmbezirk entfernt waren. Dort beschrieb die Straße einen Bogen um den Hof eines Gerbers. Der Karren konnte bei dieser Geschwindigkeit unmöglich dem Straßenverlauf folgen.

»Fischhändler, ich bitte dich um Verzeihung«, sagte er zu dem armen Kutscher, der nun seinen Lebensunterhalt verlor. Dann zog er das Kurzschwert und durchtrennte sämtliche Riemen, die Pferde und Wagen verbanden.

Der Erfolg stellte sich augenblicklich ein. Das reiterlose rechte Pferd riss in die Freiheit aus und galoppierte in eine Seitenstraße. Das zweite, auf dessen Rücken Croy kauerte, streifte das Geschirr ab und raste um den Gerberhof herum. Hinter ihm krachte der Karren in einen Holzzaun und zerbarst in seine Bestandteile; die Ladung breitete sich in der Luft aus und verwandelte sich in einen silbrigen Regen aus Stinten und Sardinen.

Bei dem Lärm scheute Croys Pferd nur noch mehr. Es kam zum Stehen, stieg auf die Hinterbeine, und der Ritter konnte sich nicht länger festhalten. Sein Kurzschwert landete klirrend auf der Straße, dann verfing sich sein linkes Bein im Geschirr. Beim Versuch, sich zu befreien, verlor er den Halt und wurde zu Boden geschleudert. Er hatte kaum genug Zeit, sich zusammenzukrümmen und abzurollen, um sich nicht den Hals zu brechen. Mit einer verzweifelten Drehung entging er den blitzenden Pferdehufen und sank erschöpft und mit Prellungen übersät zurück, sah dem Tier hinterher, wie es in dem Labyrinth verwirrender Straßen verschwand, das sich zum Qualmbezirk zusammenschloss.

55

Am liebsten wäre Croy einfach auf den Pflastersteinen liegen geblieben und hätte sich ausgeruht. Sein Körper war ein einziger Schmerz, und die Wunde im Rücken blutete noch immer. Aber ihm war klar, dass es nur eine Sache von Minuten sein konnte, bevor ihn die Wächter dort fanden – er hatte seine Spuren nicht gerade verwischt. Er rollte sich auf die Seite und stützte sich mit einer Hand ab. Seine Kraft ließ nach, und er konnte sich kaum aufsetzen.

Der Stich musste tief sitzen. Er konnte es sich nicht leisten, noch mehr Blut zu verlieren. Mit dem Kurzschwert schnitt er ein ordentliches Stück von seinem Umhang ab und wickelte es sich so fest um den Rücken, wie er es gerade noch aushielt. Vielleicht half der Verband ein wenig. Möglicherweise war es auch schon zu spät.

Aber solange er lebte, konnte er noch immer etwas unternehmen, konnte er Cythera helfen.

Er kam auf die Füße. Wie er das geschafft hatte, vermochte er nicht zu sagen – die simple Handlung, erst den einen, dann den anderen Fuß aufzusetzen, raubte ihm die Sicht. Sein Kopf protestierte so heftig, dass er nicht mehr klar denken konnte. Aber sein Körper war darin geübt, niemals aufzugeben, gleichgültig, was ihm widerfuhr. Und der Körper befahl ihm, sich zu erheben und zu gehen.

Er kämpfte mit den Resten des Umhangs und schaffte es, ihn so geschickt über die Schwertgriffe zu ziehen, dass man sie nicht sah. Hier unten waren bewaffnete Bürger selten und hätten genau jene Aufmerksamkeit erregt, die er vermeiden wollte. Allerdings entdeckte er niemanden in der Nähe und sah auch sonst nicht viel von der Umgebung.

Die Luft war rauchgeschwängert und dunstig, aus den Zubern im Hof des Gerbers stiegen ungesunde Dämpfe auf. In einiger Entfernung drang eine große Aschen- und Funkensäule aus einer Eisengießerei auf die Straße. Der Qualmbezirk lag ständig in einen giftigen Pesthauch eingehüllt – an einem bewölkten Tag wie heute schien die Luft so dick zu sein wie Haferbrei. Der charakteristische Gestank wogte bergabwärts in den Bezirk aus Armut und Verbrechen hinein, den man das Stinkviertel nannte. Es waren die Dämpfe, die dem Stinkviertel seinen Namen verliehen hatten. Croy eilte eine lange Straße mit Häusern ohne Fenster und Türen entlang, und die von keiner Öffnung unterbrochenen Mauern wirkten wie ein Schacht, der sich zu einem Hof hin öffnete. Dort arbeiteten zwei Seilmacher und verflochten dicke Seile zu Tauen. Einer machte einen Witz, der andere lachte dröhnend. Croy stolperte an ihnen vorbei, beide wandten sich um und starrten ihn an. Einer rief etwas, aber der Ritter konnte es nicht verstehen – das Blut pochte ihm zu laut in den Ohren.

Er passierte eine Küferei, in der Handwerker das Innere von Fässern ausbrannten, indem sie Alkohol darin umherschwappen ließen und dann entzündeten. Rote Feuerbälle schossen aus der Fassöffnung hervor, und der Mann, der das Fass in Brand gesetzt hatte, wandte sich rasch ab.

Daneben befand sich eine Brauerei, und hier roch es nach gärendem Hopfen und Dampf aus großen Siedekesseln. Croy musste würgen, als er eine dicke Wolke durchquerte. Einen Augenblick lang war ihm jede Sicht versperrt; in dem beißenden Dampf tränten ihm die Augen.

Als er dem Dunst entkommen war, legte ihm jemand einen Arm um die Schultern.

»Vorsicht, mein Freund! Ich will dir nichts tun«, säuselte der Fremde, als Croy zurückzuckte und sein Kurzschwert ziehen wollte.

Der Ritter ließ die Hand sinken. »Ich kenne dich« – er würgte – »nicht.«

»Ah, aber ich bin dein bester Freund auf der ganzen Welt, musst du wissen. In Zeiten wie diesen braucht ein Bursche wie du einen guten Freund. Hier, stütz dich auf mich, ich bin stämmig.«

Der Fremde war ein dicker Mann in einer eng sitzenden Jacke und einer Lederhose. Er hatte nahe beieinander stehende Augen und ein fliehendes Kinn. Er war mit Sicherheit kein Angehöriger der Stadtwache, auch kein Palastsoldat. Außer einem Gürtelmesser trug er keine sichtbaren Waffen.

»Habe ich nicht ein ehrliches Gesicht?« Der Mann lachte. »Komm und begleite mich, gleich haben wir es warm und sicher. Um die nächste Ecke herum kenne ich ein nettes Plätzchen.«

Er hält mich für einen Betrunkenen, dachte Croy. »Was für ein Plätzchen?«

»Ein kleiner Tempel«, erklärte der Fremde. »So etwas wie ein Schrein für die richtigen Gläubigen. Haha! Gleich dort vorn.«

Hätte sich Croy kräftiger gefühlt, hätte er den Mann abgeschüttelt. Er wusste, welches Spiel hier gespielt wurde. Aber ihm fehlte die Kraft zum Weglaufen. Tatsächlich musste er sich schwer auf den Fremden stützen, aber gemeinsam schafften sie es. Croy hatte damit gerechnet, dass ihn der Fremde in eine Gasse führen und dort versuchen würde, ihm die Kehle durchzuschneiden, aber anscheinend gab es den kleinen Tempel tatsächlich: ein Gasthaus, in dem Arbeiter nach Schichtende den geringen Lohn vertranken, den sie am Tag verdient hatten. Vor der offenen Ladenfront schenkte eine Frau Passanten mit einer großen Schöpfkelle verwässerten Wein aus. Hinter ihr entdeckte Croy ein tosendes Kaminfeuer und einen vollen Schankraum.

Es täte gut, dem Nebel zu entkommen und ein trockenes Fleckchen zu finden, dachte er. Und vielleicht würde ein Becher Branntwein seinen gepeinigten Körper aufmuntern. Der fröhliche Fremde schob ihn eilig ins Innere der Kaschemme und gab dem Wirt, der sich auf den zweiten Schanktresen stützte, mit der Hand ein Zeichen. »Gib mir eine Münze, ja? Nennen wir es ein Opfer für den Gott des Hauses. Haha.«

Croy zog eine Münze aus dem Geldbeutel und erkannte zu

spät, dass sie aus Silber war. Sie befand sich bereits in der Hand des Fremden. »Oh, hübsch, wie schön sie doch funkelt, hm? Die reicht völlig aus, haha. Komm, lass uns einen Sitzplatz suchen. Ach, hier ist ganz schön viel los, nicht wahr?«

»Hinterzimmer«, stieß Croy hervor. »Ich muss mich – hinsetzen.«

»Aber sicher musst du das. Ein langer Arbeitstag für Männer wie uns, hm? Hier entlang, hier entlang, pass auf die Füße dieses Burschen da auf, das ist ein rauer Kerl, wir wollen doch keinen Ärger bekommen, haha. Hier, hier … nein, da entlang, durch die Tür, so ist's richtig. Hier, eine Bank und ein kleiner Tisch für dich! Und – ah! Da kommt der Priester höchstpersönlich, um die Messe zu zelebrieren.«

»Hör mit dem Unsinn auf, Tyron«, sagte der Wirt und trat mit einem Tablett in den Händen durch die Tür. Er stellte eine Tonflasche mit Schnaps und zwei Becher auf den Tisch, schenkte aber nur einen voll. »Der ist vermutlich so hinüber, dass er kein Wort davon versteht, was du sagst.« Mit einem dreckigen Nagel kratzte er sich die Braue, dann strich er mit dem Daumen über die Fingerspitzen. Der Fremde – Tyron – nickte kaum merklich. Also war der Wirt ein Teil des Plans, wie Croy erkannte.

Er beugte sich auf der Kante der Bank vor. Hinsetzen hilft, dachte er. Er hatte gar nicht gewusst, wie anstrengend der Weg durch schlechte Luft sein konnte. Etwas von seiner gewohnten Kraft kehrte in die Arme zurück.

»Ein Schluck hiervon bringt dich wieder auf die Füße, haha«, lachte Tyron und schob Croy den vollen Becher zu. Croy tastete übertrieben ungeschickt danach und stieß so heftig dagegen, dass sich der Inhalt über den Tisch ergoss. Er hatte die dickflüssige Beschaffenheit und milchige Farbe von Wonnenwein. Selbst wenn das Zeug nicht mit irgendeiner Droge versetzt war – und Croy glaubte ganz sicher, dass das der Fall war –, hätte ihn die großzügige Portion noch vor dem letzten Schluck in Schlaf versetzt.

»Ach, so ungeschickt, und der Branntwein ist so teuer, haha«, scherzte Tyron. »Welch ein Glück, dass ich ihn nicht bezahlen muss. Komm, lehn dich zurück, so ist es gut. Mach es dir bequem. Du musst nirgends hin, musst nichts erledigen. Lass mich deinen Umhang lockern, der sitzt so straff um deinen Hals.« Geschickte Finger lösten die Schnalle, und der Umhang fiel von Croys Schultern. »Und der hier, der ist auch viel zu eng«, fuhr Tyron fort und griff nach Croys Gürtel. Aber statt die Schnalle zu öffnen, zog er an dem Band von Croys Geldbeutel.

Der Ritter sprang nach vorn und stieß Tyron zu Boden. Der Schurke war nicht schnell genug, um auszuweichen, als Croys Kurzschwert aus der Scheide glitt und mit einem lahmen Schwung – zu mehr war Croy nicht fähig – einen Bogen beschrieb, bis die Spitze auf Tyrons Hals ruhte.

»Dieb«, sagte Croy. »Du hast mich für betrunken gehalten. Wolltest mich … wie heißt das noch gleich … filzen. Nicht wahr? Mein Geld nehmen und mich bewusstlos in einer Gasse zurücklassen.«

»Nein, mein Freund, das hast du völlig falsch verstanden, haha«, sagte Tyron mit glänzenden Augen.

»Lüg mich nicht an!«, schnauzte Croy und beugte sich den Bruchteil eines Zolls nach vorn. Dadurch geriet die Schwertspitze noch dichter an die Halsschlagader des Mannes.

»Nicht so hastig, mein Freund«, sagte Tyron und ließ seinen Blick durch den Raum schweifen. »Vor dieser Tür stehen etliche Burschen, die mich kennen. Und dich kennt niemand, richtig?«

»Ich kann dir die Kehle durchschneiden, bevor du um Hilfe gerufen hast«, stellte Croy fest. »Dann kann ich … ich kann hier verschwinden, ohne dass es jemand mitbekommt.«

»Sie wissen, was hier los ist«, sagte Tyron. Er lachte nicht mehr. »Wenn du hier gehst, ohne dass ich dich stütze, dann wissen sie, dass etwas nicht stimmt. Sie halten dich auf, bevor du es bis zur Straße schaffst.«

»Das wird dir kein großer Trost sein, denn du wirst hier tot liegen, bevor ich die Tür öffne«, knurrte Croy mühsam.

»Schon gut. Schon gut. Beruhige dich«, bettelte Tyron. »Sag mir, was du willst, und ich kümmere mich darum. Ich schwöre es. Nimm bloß das Ding von meinem Hals.«

Einen Dienst.

Der Mann würde im Austausch für sein Leben einen Dienst erbringen. Das war wie in den Märchen. Märchen von Dämonen, die Wünsche erfüllen mussten. Aber was wünschte er sich in diesem Augenblick? Wie sollte Hilfe aussehen? Er hatte sich im Qualmbezirk verirrt, weit weg von allen Freunden. Weit weg von jedem, der für seine Sicherheit sorgen konnte. Davon abgesehen konnte er nicht mehr auf seine Freunde zählen. Der reiche Kaufmann, bei dem er untergekommen war – der Mann, der so freundlich gewesen war, ihm sein Pferd zu leihen –, würde ihm nun mit Sicherheit den Rücken zuwenden. Bis jetzt war er eine faszinierende Gestalt gewesen, ein Symbol für die Großzügigkeit des Mannes. Jetzt war er erst recht ein gesuchter Verbrecher. Nein, selbst wenn ihn dieser Freund aufnehmen würde, wusste er, dass er ihm damit keinen Dienst erwies. Er dachte an Murdlin, den Botschafter der Zwerge. Murdlin hatte ihn vor dem Galgen gerettet. Aber er hatte auch gesagt, dass sie quitt waren, dass er Croy für alles entschädigt hatte. Zwerge vergaßen niemals eine Schuld – aber sie gaben einem auch nie etwas auf Kredit.

Vielleicht … vielleicht sollte er nicht nach einem Freund schicken, sondern nach einem Bekannten. Jemand, mit dem er nur eine flüchtige Verbindung hatte. Da gab es einen Mann im Stinkviertel, ein Mann, der etwas für Cythera empfand, genau wie er. Ein Dieb. Möglicherweise kannte Tyron ihn ja sogar – oder wusste zumindest, wie man ihn erreichte.

»Du magst doch Silber, oder? Oder?«, verlangte Croy zu wissen.

»Ja, klar, wer denn nicht?«, keuchte Tyron.

»Dann tu mir einen Gefallen und verdien es dir. Ich muss jemandem eine Nachricht schicken. Und ich glaube, du könntest genau der richtige Überbringer sein.«

56

»Genau, wie ich sagte, haha«, sagte Tyron. »Seht doch, so schwach wie ein Kätzchen! Drei gegen einen, das ist ein gutes Verhältnis. Wir schneiden ihm im Schlaf die Kehle durch, das ist sogar noch besser. Dann nehmen wir sein Silber und werfen die Leiche in den Skrait, ja? Die wird im Meer von den Fischen gefressen, bevor ihn überhaupt jemand vermisst.«

Malden warf Kemper einen Blick zu. Die Miene des immateriellen Falschspielers wirkte wie versteinert. Zweifellos dachte er genau das Gleiche wie Malden.

»Nicht so laut!«, flüsterte Malden. »Wenn er aufwacht, dann sind mehr Männer als nur wir nötig, um ihn wieder in Schlaf zu versetzen.«

»Man braucht keine drei Männer, um einem schlafenden Schwachkopf die Kehle durchzuschneiden«, wandte Kemper mit noch leiserer Stimme ein.

»Ihr könnt mich nicht rausdrängen. Ich weiß zu viel, haha«, scherzte Tyron. »Ich habe sein Gesicht gesehen. Ein Mann von seiner Statur. Das ist ein Ritter oder noch Wichtigeres. Aber verletzt, und weit vom Schlosshügel weg. Bestimmt sucht schon jemand nach ihm. Aber ich wette, niemand, von dem er gefunden werden will. Warum hätte er sonst nach Leuten wie euch geschickt? Glaubt ihr nicht, der Hinweis würde die Wächter erfreuen?«

Auf dem Boden wälzte sich Sir Croy stöhnend auf die Seite. Hinter ihm ragten schief die Griffe seiner Schwerter auf. Schweiß bedeckte sein Gesicht, seine Kleidung war voller Blut. Er würde so schnell nicht wieder aufwachen.

»Ich hätte euch überhaupt nicht beteiligen müssen. Ich hätte einfach warten können, bis er einschläft, und mir dann alles genommen. Wir machen das zusammen, und vielleicht flüstert ihr dann das richtige Wort ins richtige Ohr«, sagte Tyron energisch. »Vielleicht winkt mir ja der Aufstieg, haha.«

Malden wusste, was der Mann damit meinte. Tyron gehörte nicht zu Cutbills Leuten. Eigentlich war er gar kein echter, sondern höchstens ein Gelegenheitsdieb. Meistens half er einem Kupferschmied und bearbeitete mit einem stoffbedeckten Hammer Messing. Das war keine angenehme Arbeit und brachte so gut wie nichts ein. Also war Tyron immer bestrebt, sein Einkommen durch Diebstähle aufzubessern. Er nahm Betrunkene aus, zog kleine Betrügereien durch und schlitzte Beutel auf, wenn er entkommen konnte. Er war schlau genug, eine Abmachung mit dem Wirt getroffen zu haben. Das zeugte von organisatorischen Fähigkeiten – und das war vielversprechend. Einen Burschen wie ihn nahm Cutbill möglicherweise als Lehrling auf, auch wenn ihm jeder Aufstieg verwehrt bliebe.

Als Croy ihm befohlen hatte, Malden zu holen, hatte er genug gewusst, um sich mit einem von Cutbills Leuten in Verbindung zu setzen. Allerdings hätte das in einer Sackgasse geendet, hätte sich Malden nicht zufällig im Versteck des Diebesmeisters aufgehalten, um mit dem Zwerg Slag zu sprechen. Zusammen mit Kemper war er sofort aufgebrochen und Tyron gefolgt. Seit Croy die Nachricht auf den Weg gebracht hatte, waren keine zwei Stunden vergangen.

Hätte es länger gedauert, wäre Croy vermutlich vor ihrer Ankunft tot gewesen.

Malden ging neben dem stöhnenden Ritter auf die Knie. Das Gesicht des Kriegers war so weiß wie ein Fischbauch. Er musste viel Blut verloren haben. Es wäre ein Kinderspiel gewesen, ihn zu töten, aber Malden hatte etwas anderes im Sinn. Vorsichtig öffnete er Croys Geldbeutel. Seine Finger arbeiteten flinker, als Tyron dazu in der Lage war, obwohl es darauf vermutlich nicht ankam. Croy empfand nichts mehr außer Schmerzen.

»Hier«, sagte Malden und nahm eine Handvoll Silber- und Kupfermünzen heraus. Nicht ein Viertelpfennig war dabei. Er wählte ein Neunpfennigstück aus und warf es Tyron zu. »Davon gibt es noch mehr, wenn du einen weiteren Auftrag erledigst. Hol mir einen Arzt. Einen verschwiegenen Arzt. Bring ihn her, und du kannst die Hälfte aus dem Geldbeutel haben. Danach ist die Sache für dich erledigt – du gehst und verrätst keinem ein Wort davon. Es müsste auf ein Dutzend Silberdublonen hinauslaufen. Nicht schlecht für die Arbeit eines halben Abends, oder? Betrügst du mich aber, schicke ich dir meinen Freund hier auf den Hals.«

»Den?«, fragte Tyron. »Einen Falschspieler und Bettler? Warum sollte ich den fürchten …?«

Kemper warf sich auf den Schurken und rammte ihm beide Hände tief in die Brust. Tyron wollte aufschreien, und eine Eiswolke entwich seinem Mund.

»Haben wir uns verstanden?«, fragte Malden.

Das hatten sie in der Tat.

Tyron kehrte kurz darauf in Begleitung eines Mannes in einem langen Gewand und mit einer kegelförmigen Papiermaske zurück. Malden spähte durch die Löcher in der Maske und sah müde Augen zurückstarren. Er bezahlte Tyron und schickte ihn weg, gab ihm aber das Versprechen, ihn lobend beim Meister der Diebe zu erwähnen.

»Ihr seid ein studierter Arzt?«, fragte Malden.

»Der bin ich.« Der Mann entfernte die Maske – sie sollte ihn vor den Krankheitserregern in den Dämpfen des Qualmbezirks schützen – und rieb sich das Gesicht. Er trug eine Duftkugel am Gürtel und roch nach Blumen und Knoblauch. »Ich bin Doktor der Medizin, wenn du's wissen musst. Unterrichtet auf der Universität durch Jacinth und Detwiler und …«

»Schon gut«, sagte Kemper. »Aber könnt Ihr auch die Klappe halten?«

Der Arzt sah von Kemper zu Malden. »Für gewöhnlich arbeite ich für die Werkstätten in der Gegend. Sie bezahlen mich gut, und ich kümmere mich um die Männer, die sich bei der Arbeit verletzen. Meine Arbeitgeber ziehen es vor, nicht verklagt zu werden – selbst an diesem Ort gibt es Gesetze gegen Fahrlässigkeit. Also ja, man kann mich zum Schweigen bringen. Für den richtigen Preis. Ist das der Mann, den ich behandeln soll?« Er wies auf Croy.

»Seht Ihr sonst noch jemanden, der Eure Hilfe benötigt?«, wollte Kemper wissen.

»Ihr hättet ihn ins Bett bringen können, läge euch etwas an seiner Gesundheit«, erwiderte der Arzt. »Wie es aussieht, wollt ihr ihn vielleicht auch sterben lassen.« Er zerrte Croy in eine sitzende Haltung, stemmte den Mund des Ritters auf und begutachtete die Zunge. Er tastete nach dem Puls und legte ein Ohr an die Brust, um dem Atem zu lauschen. »Hatte er Stuhlgang, seit er hier ist? Oder hat er sein Wasser abgeschlagen?«

»Ihr wollt seine Pisse sehen?«, fragte Kemper. »Was für ein kranker Spinner seid Ihr eigentlich?«

Der Arzt schnalzte mit der Zunge. »Ich erwarte nicht, dass einer wie du etwas von Medizin versteht, ich werde es auch nicht weiter erklären. Aber der Urin eines Mannes ist für die, die ihn zu deuten verstehen, eine wahre Schatzkammer. Ich könnte darin außergewöhnliche Dämpfe finden. Es könnte auch Blut darin sein, was allerdings ein sehr schlechtes Zeichen wäre.«

»Ich sag dir was, gib mir einen aus, dann bekommst du von mir so viel Urin, wie du nur willst«, sagte Kemper kichernd.

Der Arzt sah aus, als wollte er aufspringen und gehen. Malden eilte auf ihn zu und beschwichtigte ihn. »Vergebt ihm. Er ist kaum mehr als ein Bauer. Sicherlich steht ein so gelehrter Mann wie Ihr über solch albernen Beleidigungen?«

»Ich versichere Euch, mein Interesse an seinem Urin ist rein handwerklich begründet!«

»Aber natürlich ist es das«, sagte Malden. Er holte ein paar Münzen aus dem Geldbeutel. »Und Handwerker werden für ihre Dienste bezahlt.«

Das reichte, damit sich der Arzt wieder ans Werk machte.

Während er beschäftigt war, nahm Malden Kemper zur Seite. »Du hältst nicht viel von Ärzten, hm?«

»Was denn, war ich unhöflich?«, fragte Kemper mit vorgetäuschter Zerknirschung. »Nee, mein Junge, die konnte ich noch nie ausstehen, nicht mal damals, als ich noch aus Fleisch und Blut bestand. Vor allem damals nicht. Die bringen einen eher um, als einen zu heilen, wenn du etwas Schlimmeres als einen verstauchten Finger hast.«

Malden zuckte mit den Schultern. »Das stimmt, aber wenn wir nichts tun, wird Croy sterben. Und vor seinem Dahinscheiden will ich wenigstens mit ihm reden. Er wollte mir etwas erzählen, und ich kann es mir nicht leisten, es nicht zu erfahren. Wir haben nur noch fünf Tage bis zum … bis zum Göttinnenfest. Irgendwie hat Croy etwas mit unserer Sache zu tun. Ich muss wissen, was er zu sagen hat.«

»Aye«, antwortete Kemper. »Da hast du recht. Aber halt mir bloß diesen Metzger vom Leib.«

Der Arzt richtete sich auf und trat zu den beiden Männern. Er beugte sich so dicht zu ihnen heran, dass Malden seinen Knoblauchatem roch. »Die Wunde ist tief, hat sich aber noch nicht entzündet«, erklärte er. »Ich habe sie ordentlich verbunden, und mehr kann ich im Augenblick nicht tun. Sollte er Fieber bekommen, braucht er ein Gebräu aus Wohlgemutwurzel. Seht nach, ob er Durchfall bekommt. Beim ersten Anzeichen dafür muss er zur Ader gelassen werden. Dann zögert nicht, oder das Gift wird ihn in wenigen Stunden dahinraffen. Hat er Hunger, gebt ihm Speisen, die das Blut aufbauen. Schwarzen Pudding, Blutwurst und dergleichen.«

»Gut. Noch etwas?«, wollte Malden wissen.

»Du könntest ein Gebet an die Göttin richten. Es dürfte ein Wunder sein, wenn er die Nacht überlebt. Hält er bis zum Morgen durch, müssen die Sterne auf seiner Seite stehen. Überlebt er drei Tage … nun, ich bezweifle, dass das eintrifft. Er wird mit Sicherheit Fieber, Krämpfe und schwarzes Erbrechen bekommen. Und jetzt meinen Lohn!«

Er streckte die Hand aus, und Malden schüttete den Rest von Croys Silber hinein. Er hatte noch nie Mühe gehabt, das Geld anderer Leute auszugeben. »Reicht das, um Euer Schweigen zu erkaufen?«

»Das tut es. Aber ich will euch warnen – ich bin nicht der Einzige, der einen Reichsritter erkennt, wenn er ihm begegnet. Versteckt ihn, und zwar schnell. Der Vogt hat vom Schlosshügel aus die Nachricht verbreiten lassen, dass dieser Mann ein gesuchter Gesetzloser ist.« Und mit diesen Worten ging der Arzt.

»Hast du das gehört, Croy? Du bist ein Gesetzloser«, sagte Malden und stieß den Fuß des Ritters an. »Du bist jetzt genau wie ich. Und kein bisschen besser.«

Croy stöhnte und fiel krachend auf die Seite.

57

Croy starb nicht in der Nacht. Allerdings erwachte er auch nicht.

Da gegen Mitte des Vormittags die Zeit knapp wurde, griff Malden auf verzweifelte Maßnahmen zurück. Er füllte eine Schüssel mit Wasser und schüttete es Croy ins Gesicht. Der Ritter spuckte und hustete, und er riss die Augen auf. Seine Hand griff über die Schulter und suchte nach einem Schwert, das nicht mehr da war.

Das Gesicht des Verletzten verhärtete sich. Er sah sich in dem Raum um, setzte sich sogar halb auf. »Ihr habt mich an einen anderen Ort gebracht«, stellte er fest.

»Du bist in Sicherheit. Oder vielleicht sollte man besser sagen – keiner weiß, wo du bist«, sagte Malden. Croy lag auf Maldens Bett, in seiner Kammer über dem Kerzenmacher. »Das ist gut so, denn im Moment lässt Anselm Vry seine Leute jeden Bezirk der Stadt nach dir durchsuchen. Es könnte auch schlecht sein, da keiner deiner Freunde weiß, wo er dich findet. Es ist deine Sache, ob du diese Kammer wieder verlassen willst.«

Croy nickte. Er verstand. »Wer ist er?«, fragte er und musterte Kemper, der sich die Fingernägel mit der silbernen Schneide von Croys ungewöhnlichem Schwert schnitt. Er hatte sich mit der Klinge auch zum ersten Mal, seit ihn der Fluch getroffen hatte, Haare und Bart geschnitten. Er hatte nie zuvor Zugang zu einem Silbermesser gehabt.

»Ein Freund. Mein Freund«, sagte Malden. »Das braucht dich im Moment nicht zu kümmern. Du hast vergangene

Nacht einen Boten zu mir geschickt. Zu deinem Glück hat er mich gefunden. Ich habe deine Wunde von einem Arzt versorgen lassen. Der meinte, du wirst vermutlich daran sterben. Als er mit der Behandlung fertig war, habe ich dich hergebracht, um dich aus der Öffentlichkeit wegzuschaffen. Also schuldest du mir etwas, Croy. Als Erstes schuldest du mir eine Antwort. Warum hast du trotz so vieler Menschen in der Freien Stadt ausgerechnet nach mir geschickt?«

Croy richtete sich ganz auf und stellte die Füße auf den Boden. Unter Maldens dünner Decke war er nackt. »Regnet es noch immer?«

Malden seufzte. Er zog seine Ahle und zeigte sie Croy.

»Du hast doch etwas Besseres als diesen Rattenhäuter«, sagte der Ritter. »Hier muss irgendwo mein Kurzschwert sein. Ich nehme an, du hast es mitgenommen. Sein Schnitt ist sauber, und es wird mich schneller töten.«

»Eine großartige Ansprache für jemanden, der so schwach ist wie ein Kätzchen«, sagte Kemper. »Es wäre klug, die Frage zu beantworten.« Er machte eine Pause. »Mein Lord«, fügte er dann hinzu.

Croy nickte. »Ihr habt recht, werter Herr. Und ich werde auch antworten, sobald Malden mich nicht mehr mit dem Tod bedroht. Ich fürchte den Tod nicht, also eignet er sich kaum als Druckmittel. Das wollte ich nur klarstellen.«

Malden setzte sich auf die Fensterbank und steckte die Waffe weg. Ihm war nicht entgangen, wie sich Croy bewegt hatte, als ihn das Wasser getroffen hatte. Für einen Mann mit einer lebensbedrohenden Wunde war er noch immer ziemlich schnell. Er hatte auch gehört, was der Ritter oben im Schloss getan hatte. Ein solch gefährlicher Mann würde sich nicht so schnell geschlagen geben. Vielleicht war es Zeit, mit den Drohungen aufzuhören und ihm handfeste Informationen zu entlocken. »Ich bin sicher, du hast Angst vor etwas. Wenn es sein muss, werde ich das auch herausfinden. Aber im Augenblick … nun gut.« Er deutete eine spöttische Verbeugung an. »Ich werde dich nicht töten, bevor ich Grund dazu habe. Sag mir zuerst, woher du meinen Namen kennst.«

Croy rieb sich mit beiden Händen das Gesicht. »Cythera hat ihn mir verraten, wer sonst? Sie hat mir erzählt, dass du die Krone des Burggrafen gestohlen und sie an Hazoth verkauft hast. Eigentlich könnte das ein Problem sein. Im Grunde bin ich noch immer der Vasall des Burggrafen.«

»Er hat dich ins Königreich der Zwerge verbannt. Nach deiner Rückkehr wollte er dich hängen lassen.«

Croy hob resigniert die Hände. »Er entließ mich nie aus seinen Diensten. Ich schwor einen Eid, ihn bis zu meinem letzten Atemzug zu verteidigen.«

»Und daran willst du dich noch immer halten?«, fragte Malden.

Der Ritter runzelte die Stirn. »Ja, aber natürlich. Wie könnte ich das Treuegelöbnis brechen und danach in Frieden mit mir weiterleben? Ich sterbe eher tausend Tode, bevor ich mich selbst entehre.«

Malden starrte den Ritter an. Dann sah er zu Kemper hinüber, der genauso unsicher zu sein schien wie er selbst. »Also hast du mich gesucht … warum? Um mich zur Strecke zu bringen? Erwartest du, dass ich mich dem Gesetz stelle, meine Reue zeige, jetzt wo der Diebstahl vollbracht ist?«

»Ich glaubte, du wüsstest vielleicht, wo Hazoth sie versteckt hat. Du wüsstest vielleicht, wie ich sie zurückholen kann. Wenn du etwas einmal gestohlen hast, wüsstest du vielleicht, wie man es zurückstehlen könnte.«

Kemper wollte etwas sagen, aber Malden hielt ihn mit einer Geste davon ab. Er hatte nicht den geringsten Grund, Croy wissen zu lassen, dass er dieses Unternehmen bereits vorbereitete. »Hast du auch nur eine Ahnung, wie gefährlich dieser Versuch wäre? Fällt dir irgendein Grund ein, warum ich auch nur in Betracht ziehen sollte, das zu tun, was du da vorschlägst?«

»Er fragt dich, wie viel du zahlst«, erklärte Kemper.

»Geld kann ich dir keins geben«, sagte Croy. »Aber du bekämst die größte aller Belohnungen – das Wissen, einen Schlag für die Gerechtigkeit geführt zu haben.«

Malden fing an zu lachen, aber Croy unterbrach ihn.

»Cythera ist die Gefangene des Zauberers Hazoth. Solange er die Krone besitzt, wird sie niemals frei sein.«

»Und was davon geht bitteschön mich an?«

Croy blinzelte. »Natürlich alles. Du hast sie kennengelernt. Du weißt, dass sie dieses Schicksal nicht verdient. Bei unserer letzten Begegnung hatte ich den Eindruck, dass du etwas für sie übrig hast, Malden. Falls ich mich da irre, habe ich mir offensichtlich selbst die Kehle durchgeschnitten. Aber ich glaube nicht, dass ich mich irre.«

»Nur damit ich das richtig verstehe«, sagte Malden. »Du bist so gut wie tot im Qualmbezirk gelandet, gejagt von der ganzen Stadtwache. Du wusstest, dass du das nur überleben wirst, wenn du Hazoth wieder die Krone abjagen kannst. Also hast du nach mir geschickt, dem Dieb, der sie gestohlen hat, weil du der Ansicht bist, dass ich dir so ohne Weiteres helfe, weil da eine Frau in Not gerettet werden muss.«

»Ja«, sagte Croy, als wäre er erleichtert, dass es Malden endlich begriffen hatte.

»Im Namen des Blutgotts, wer bist du?«, fragte Malden schließlich.

»Ich gehöre zu den Ancient Blades«, antwortete Croy. Den Alten Klingen.

Als hätte er damit alles gesagt.

Tatsächlich beantwortete die Erklärung einige Fragen. Malden kannte die Geschichte der Ancient Blades, sieben legendärer Krieger, die so genannt wurden, weil sie heilige Schwerter trugen. Diese Schwerter waren vor langer Zeit von Menschenhand geschmiedet worden – da war die Freie Stadt Ness noch nicht einmal ein Turm auf einem Hügel. Die Methode ihrer Herstellung war in der Vergangenheit verloren gegangen, und angeblich konnten nicht einmal die Zwerge Waffen mit solcher Macht oder solch scharfen Schneiden schmieden.

Kemper betrachtete das zweifarbige Schwert in seinen Händen. Dann legte er es vorsichtig auf dem Boden ab.

»Dieses Ding? Sieht nicht nach besonders viel aus«, meinte Malden.

»Das tut keines von ihnen. Man hat sie nicht als Paradewaffen geschmiedet. Man hat sie zu einem einzigen Zweck geschaffen, aber den sollten sie ausgesprochen gut erfüllen. Sie sollten Dämonen bekämpfen.«

58

Kemper hielt das Schwert so weit von sich weg wie möglich.

Malden verstand das. Während er die Klinge betrachtete, stieg ein seltsames Gefühl in ihm auf. Was eben noch eine gewöhnliche Waffe gewesen war, hatte nun, wo er wusste, für welchen Zweck sie geschmiedet worden war, ganz neue Dimensionen angenommen. Er musste daran denken, wie es sich angefühlt hatte, die magische Krone zu halten. Die Stimme in seinem Kopf war befehlsgewohnt gewesen, sie hatte die Macht gehabt, Männer zu Taten alberner Tapferkeit und großer Opferbereitschaft zu verleiten. Das Schwert wies keinen derartigen Zauber auf, aber er konnte die Macht förmlich spüren, die in ihm steckte.

Es war alt, das wusste er. Älter als er sich vorstellen konnte. Es war ein Fragment einer anderen Zeit, das Relikt einer Epoche, in der sich all das zugetragen hatte, was man heute nur noch als Geschichten kannte. Malden glaubte nur wenig von dem, was er über Skraes Vergangenheit aufgeschnappt hatte, der Krieg gegen die Elfen, die Wälder voller Riesen und Goblins, die die ersten menschlichen Siedler heimgesucht hatten. Seiner geringschätzigen Meinung nach waren solche Geschichten bloß für Kinder und Dummköpfe gedacht. Allerdings hatten sie alle etwas gemeinsam, dessen Wahrhaftigkeit man nicht infrage stellen konnte: kalter Stahl und eine Art von Magie.

Plötzlich erschienen all diese Geschichten wahr. Geschichten über tapfere Ritter, die sich in zauberverseuchte Gefahren stürzten, hinein in die Rachen der Dämonen – möglicherweise entsprachen sie tatsächlich der Wahrheit. Die sieben Klingen, die allein gegen die Mächte des Höllenpfuhls gestanden hatten, die – sollten sie je freikommen – die Welt verderben und schänden würden.

»Dämonen begegnet man heute nur noch selten«, erklärte Croy. »Das haben wir größtenteils den sieben Schwertern und den Männern, die sie führten, zu verdanken. Wir haben ihre Art so gut wie vom Antlitz der Welt getilgt – sie und die schrecklichen Zauberer, die sie für ihre finsteren Zwecke beschworen. Aber es gab eine Zeit, da wimmelte es hier nur so vor ihnen. Als sie große Schneisen der Zerstörung und des Wahnsinns durch Skrae schlugen. In dieser Zeit wurden die magischen Schwerter erschaffen, und ich bin fest davon überzeugt, dass die Menschheit ohne sie untergegangen wäre. So wichtig sind sie.«

Er hielt kurz inne. »Jedes Stück Eisen kann einen Mann, einen Zwerg oder gar einen Oger töten«, fuhr er dann fort. »Dazu braucht man nur einen starken Arm, der die Waffe schwingt. Dämonen aber sind anders. Sie sind die Bewohner des Höllenpfuhls, wo die Naturgesetze nicht zutreffen. Selbst Zwergenstahl richtet kaum etwas gegen sie aus. Und was das Schlimmste ist – die Beschaffenheit, die Dämonen derartig stark macht, dass sie der Natur entgegentreten, macht sie auch schrecklich gefährlich. Sie sind nicht dazu geschaffen, unsere Luft zu atmen und auf unserem Erdboden zu wandeln. Nachdem sie aus dem Höllenpfuhl gezerrt wurden, verheeren sie das Land, das sie empfängt. Das Böse in ihnen greift das Gewebe der Realität wie eine Krankheit an.«

»Was für'n Gewebe?«, fragte Kemper, aber Malden brachte ihn zum Schweigen.

»Manche lassen die Milch im Kuheuter sauer werden, wenn das Tier sie auch nur ansieht. Manche verderben die Ernte im Vorbeigehen. Andere könnten unsere Welt allein durch ihre Anwesenheit vernichten. Der Dämon, der den Turm des Burggrafen zerstörte …«

»… war winzig«, sagte Malden und nickte, »bis er der Luft ausgesetzt wurde. Dann fing er an zu wachsen und hörte nicht mehr auf damit.«

Croy runzelte die Stirn. »Hätte man ihm gestattet, damit weiterzumachen, wäre er gewachsen, bis er die ganze Stadt mit seinem Gewicht zermalmt hätte. Und selbst dann hätte er nicht innegehalten, bis er die ganze Welt mit seinen Tentakeln umschlungen und zerdrückt hätte.«

Maldens Gesicht verlor jede Farbe. Er hatte den Dämon aus seinem Wassergefängnis befreit. Hätte man ihm nicht Einhalt geboten …

»Glücklicherweise waren Bikker und ich zur Stelle, um ihn aufzuhalten.«

Malden schrie auf. »Dieser Hundsfott gehört auch zu den Ancient Blades?«

»Ja. Er trägt das Schwert Acidtongue. So wie ich Ghostcutter trage.«

»Dann kennst du ihn also?«

»Sogar sehr gut. Er hat mich ausgebildet.« Croy erhob sich vorsichtig vom Bett und trat ans Fenster. Er starrte in den Regen hinaus, der im Verlauf der Nacht stärker geworden war, und fuhr fort. »Die Schwerter sind unvergänglich, die Schwertkämpfer sind es nicht. Wenn ein Ancient Blade altert und schwach wird, wählt er einen geeigneten Erben aus, der das Schwert und den damit verbundenen Eid übernimmt. Es ist dann Aufgabe der anderen, den neuen Klingenträger im Kampf zu unterrichten. Das ist eine heilige Pflicht, die nicht auf die leichte Schulter genommen wird – es ist nur zweimal vorgekommen, dass eine Klinge nicht auf vorgeschriebene Weise weitergegeben wurde. Zwei der Schwerter, Fangbreaker und Dawnbringer, wurden uns von den Barbaren gestohlen. Kein Mensch weiß, wo sie heute sind.

Als ich Ghostcutter von seinem letzten Besitzer übernahm, gab es fünf von uns. Wir standen in Diensten des Königs, in seiner Festung bei Helstrow. Es war unsere Pflicht, ihn vor den Dämonen zu schützen, die seine Feinde beschworen hatten, um ihn damit anzugreifen.«

»Und warum bist du nicht dort?«, fragte Malden.

Croy senkte den Kopf, als schäme er sich für die Antwort. »Der König starb. Er wurde von einem seiner Höflinge vergiftet. Sein Sohn, der neue König, entließ uns. Er beschuldigte uns, schlechte Leibwächter zu sein, die ihren Meister nicht beschützt hätten. Wir versuchten zu erklären, dass es nicht unsere Aufgabe war, Giftanschläge zu verhindern, sondern dass wir nur gegen Dämonen kämpfen. Er hörte nicht zu. Wir fünf wurden gezwungen, auseinanderzugehen und eine neue Beschäftigung zu suchen. Bikker brachte mich her, wo wir beide dem Burggrafen die Treue schworen.«

»Das scheint mir richtig gut funktioniert zu haben«, bemerkte Malden.

Croy starrte ihn finster an.

Malden tat die Verachtung des Ritters mit einem Schulterzucken ab. »Ich sage nur die Wahrheit. Keiner von euch arbeitet noch für den Burggrafen. Bikker steht jetzt in den Diensten des Feindes. Und dich hat der Burggraf zum Tode verurteilt.«

»Ich habe meinen Eid nicht vergessen. Bikker … etwas in ihm veränderte sich. Er langweilte sich allmählich. Es ereignete sich nicht genug, um seinen Blutdurst zu stillen. Ein Mann wie Bikker muss kämpfen, oder er stirbt innerlich. Alles, was einst nobel und heldenhaft in ihm war, verschwand einfach, weil es nicht gebraucht wurde. Es war eine große Tragödie – aber ich kann ihm nicht vergeben, zu was er wurde. Er brach sein Versprechen dem Burggrafen gegenüber und verkauft seine Dienste und Acid tongue an den Meistbietenden. Als er den Burggrafen verließ, nannte ich ihn treulos. Ich kränkte ihn in seiner Ehre.« Croy schüttelte den Kopf. »Jetzt will er Satisfaktion für diese Beleidigung. Wenn er mich zu fassen bekommt, will er mich töten.«

»Was – weil du ihn beschimpft hast?«, fragte Malden.

»Nun, mein Sohn, dann entschuldige dich, und alles ist wieder in Ordnung«, schlug Kemper vor.

»Was ich sagte, war unverzeihlich. Für jemanden wie Bikker und mich bedeutet die Ehre alles. Eine derartige Beleidigung ist wie ein Todesstoß.« Croy musterte Malden und Kemper. »Ihr versteht das nicht. Stimmt es etwa, was man so sagt – dass Diebe keine Ehre kennen?«

»Aye«, bestätigte Kemper.

»Ja, so ist es«, gab Malden zu.

Croy grunzte angewidert.

Malden verspürte den Drang, es genau erklären zu müssen. »Es kommt doch sowieso darauf an, was man unter Ehre versteht. Wenn man arm ist, kann man sich's nicht leisten, beleidigt zu sein. Müsste ich jeden Mann töten, der in meiner Anwesenheit einen Eid schwor … nun, da hätten mich die Wächter schon vor langer Zeit eingesperrt. Aber vermutlich ist das für den Adel ja ganz anders. Wenn sich im Stinkviertel zwei Männer in einer Schenke prügeln, dann ist das Körperverletzung, und beide bekommen eine Strafe. Schlagen ein Baronet und ein Graf mit den Schwertern aufeinander ein, dann ist das ein Duell, und die halbe Stadt läuft zusammen und jubelt.«

»Ich finde es bedauernswert, dass du das so siehst«, sagte Croy.

Und Malden glaubte ihm das sogar. Ein Blick in Croys Augen überzeugte ihn davon, dass die Welt des Ritters tatsächlich so einfach war. Dass Ehre den Unterschied zwischen Leben und Tod bedeutete. Dass es Wichtigeres auf der Welt gab als einen vollen Bauch und die Rettung der eigenen Haut.

Und dass Damen in Not selbstverständlich gerettet werden mussten.

»Und was hat Cythera damit zu tun?«, wollte er wissen.

Bei der Erwähnung ihres Namens trat ein Funkeln in Croys Augen. »Ich lernte sie im Dienst des Burggrafen kennen. Damals lebten sie und ihre Mutter auf dem Goldenen Hügel. Ihre Mutter ist eine Hexe, wusstest du das?«

»Sie hat es erwähnt«, sagte Malden.

Croy lächelte. »Vermutlich glaubst du, dass ich von einer zahnlosen Vettel spreche, die pulverisierte Fledermausflügel verkauft und untreue Geliebte mit simplen Flüchen belegt. Nichts könnte weiter von der Wahrheit entfernt sein. Hexerei ist einfacher als Zauberei, aber sie ist auch sauberer. Coruth, Cytheras Mutter, zählte die Hälfte von Ness´ besten Familien zu ihren Kunden. Sie beriet den Burggrafen in magischen Belangen … und als sie den Palast einmal besuchte, brachte sie ihre Tochter mit. Cythera. Als ich sie das erste Mal sah, schlug sie mich in ihren Bann.«

Malden schaute zur Seite. Das verstand er nur zu gut.

»Bei unserer ersten Begegnung wechselten wir kaum ein halbes Dutzend Worte. Aber ich wusste auf den ersten Blick, dass ich sie für alle Ewigkeit lieben würde. Ich bat sie um das Versprechen, mir eines Tages ihre Hand zu geben. Sie wollte sich einverstanden erklären, aber sie wusste, dass sie nicht ihre eigene Herrin sein kann, solange Hazoth ihre Dienste in Anspruch nimmt. Davon abgesehen war sie damals auch viel zu jung, um so eine gewichtige Entscheidung zu treffen. Jetzt ist sie zur Frau erblüht.«

»Erblüht ist genau das richtige Wort«, sagte Malden und dachte an ihre Tätowierungen.

Croy schien den Witz nicht zu verstehen.

»Egal. Erzähl mir mehr von Coruth. Warum ist sie in Hazoths Gefangenschaft gelandet?«

»Weil sie sich ihm widersetzte. Vor etwa zehn Jahren entschied sie, Cythera dort fortzuholen – sie betrachtete Hazoth als schlechten Einfluss für Cytheras Ausbildung. Ihr war klar, dass das Hazoth nicht gefallen würde. Sollte Cythera mehr als ein paar Meilen von ihm entfernt sein, funktioniert die Verbindung zwischen den beiden nicht länger, und er wäre jedem Dämon aus dem Höllenpfuhl ausgeliefert. Coruth wusste, er würde alles tun, damit dieser Bund nicht unterbrochen wird. Sie versuchte trotzdem mit Cythera aus Ness zu fliehen. Sie schafften es bis zum Stadttor, aber dann belegte Hazoth Coruth mit einem Zauber. Er zwang sie, zurück zu seinem Haus zu marschieren und sich einem magischen Kreis auszuliefern, der sie gefangen setzt. Seine Macht war einfach zu groß für sie. Cythera war gegen den Zauber immun, aber um ihrer Mutter willen konnte sie nur entsetzt zusehen, wie Coruth jeden Schritt verzweifelt dagegen ankämpfte.«

»Und seitdem hat Coruth das Haus nicht mehr verlassen?«

»Sollte sie auch nur einen Augenblick lang die Freiheit gewinnen, würde sie sich schrecklich an Hazoth rächen. Er würde sie niemals freiwillig ziehen lassen, und solange er sie hat, hat er auch Cythera.« Croy lachte. »Da kommen wir ins Spiel. Wir werden uns zusammen den Weg in das Herrenhaus freikämpfen und jeden Mann niederstrecken, der ...«

»Schleichen«, sagte Malden.

»Was?«

»Wir kämpfen uns den Weg nicht frei. Wir schleichen uns nachts hinein und holen die Krone, bevor Hazoth überhaupt bemerkt, dass wir da sind.«

»Und dabei befreien wir Coruth, richtig?« Croy erweckte keineswegs den Anschein, als würde ihm gefallen, was er da hörte.

»Falls das möglich ist. Für Cythera«, sagte Malden.

Croy schien das als ein Ja zu verstehen. Er hieb Malden auf die Schulter. »Du bist ein guter Mann, auch wenn du ein Dieb bist. Für Cythera! Du kannst die verfluchte Krone behalten. Sobald Cythera von Hazoth befreit ist, können sie und ich heiraten. Sie wird mir einen Sohn gebären, und sollte er sich als würdig erweisen, übergebe ich ihm Ghostcutter, wenn ich zu alt bin, das Schwert zu führen.«

Er ging auf Kemper zu und hob das Schwert auf. Der Falschspieler machte keine Anstalten, ihn daran zu hindern. Schließlich gehörte die silberne Schneide zu den wenigen Waffen, die ihn töten konnten. Croy hob das Schwert über den Kopf und ließ es durch die Luft pfeifen; dabei achtete er darauf, keines von Maldens schlichten Besitztümern zu zerstören.

»Zuletzt war ich … verwirrt. Meine Pflicht dem Burggrafen gegenüber und meine Ergebenheit für Cythera standen im Widerstreit. Aber inzwischen erkenne ich, dass mich mein Schicksal zu dieser Aufgabe geführt hat. Indem ich Cythera befreie, werde ich die Krone zurückholen – und beide Eide erfüllen. Mein Herz ist rein.«

Er schien sich in seinen Gedanken zu verlieren. Malden benutzte die Gelegenheit, um sich flüsternd an Kemper zu wenden. »Was hältst du von seiner Geschichte?«

Kemper lachte. »Ich glaube, mit dem haben wir ein wandelndes Märchen getroffen. In meinem ganzen Leben habe ich noch keinen solchen Blödsinn gehört. Aber man erzählt sich, dass er sich seinen Weg vom Schlosshügel freigekämpft hat, gegen zwei Dutzend Männer oder mehr. Ich an deiner Stelle käme ihm nicht in die Quere.«

»Ich fürchte, da hast du recht. Vielleicht hätten wir ihm doch die Kehle durchschneiden sollen, als wir noch Gelegenheit dazu hatten.«

»Vielleicht gibt es ja doch eine Möglichkeit, von dem Ganzen zu profitieren«, sagte Kemper. »Garantiert gibt es noch einen Kampf, bevor das alles vorbei ist.«

Malden warf einen Blick auf den Ritter und seine Schwerter. »Wir könnten einen Mann brauchen, der mit einem Schwert gut umzugehen weiß, das stimmt. Aber der da ist verwundet. Er würde keine fünf Sekunden gegen Hazoths Wächter durchhalten.«

»Vielleicht müssen wir den Wächtern ja nicht verraten, dass er verletzt ist«, meinte Kemper. »Ich wette, die sehen ihn sich gut an und hauen ab.«

Das war durchaus möglich. Den Ritter in ihrer Mannschaft zu haben konnte bestimmt nicht schaden, fand Malden.

Während sie sich unterhielten, zog sich Croy an und schob beide Schwerter in ihre Scheiden. Falls Malden daran gedacht hatte, den Ritter zu ihrem Gefangenen zu machen, konnte er das vergessen. »Also gut, Croy«, sagte er, »ich helfe dir.« Natürlich hatte er die Krone die ganze Zeit zurückstehlen wollen. Aus seiner Sicht verhielt es sich genau umgekehrt – er würde dem Ritter erlauben, *ihm* zu helfen. Aber es schadete nichts, wenn Croy das aus seiner Sicht sah. »Wir holen uns zusammen die Krone zurück, und zusammen retten wir Cythera.«

Croy trat vor und ergriff Malden an den Unterarmen. »Ich konnte deinen Augen schon bei unserer ersten Begegnung ablesen, dass du Cytheras Freund bist.«

»Ihr … Freund. Ja«, sagte Malden. »Natürlich erwarte ich eine gewisse Entschädigung für meine Mühen.«

Croys heitere Miene verfinsterte sich augenblicklich. »Ich habe dir gesagt, dass ich dir kein Geld geben kann.«

»Nein«, erwiderte Malden und legte dem Ritter den Arm auf die Schulter. »Nein, das kannst du wohl nicht. Aber du hast etwas anderes, das ich will.«

59

Später am Tag kletterte Malden auf das Dach eines Hauses im Stinkviertel, in der Nähe vom Stoffmarkt. Unter ihnen lag der Wollkammplatz – eigentlich ein dreieckiger Platz, an dem fünf Straßen zusammenkamen. Die Kaufleute dort unterhielten ein reges Geschäft; sie hängten Ballen aus feinem Lodenstoff und Tuch auf hohe Holzregale. Die Frauen, die etwas kaufen wollten, nahmen eine Handvoll von der Ware und rieben sie über die Wange, um zu sehen, wie weich sie war, oder sie zerrten daran, um ihre Festigkeit zu prüfen. Ein Mädchen in einem zerlumpten Kittel verkaufte Schleifen aus einem Bauchladen, an dem Muster seiner Waren wie bunte Zungen herunterbaumelten. Die Schleifen bedeckten die Hände der Kleinen, und Malden beobachtete mit professioneller Anerkennung, wie sie von einer Frau zur nächsten ging, nach deren Röcken griff und sie anflehte, ihr doch etwas abzukaufen, damit ihre Familie nicht verhungerte. Wenn die Bürgerinnen ihr dann die unvermeidliche Ohrfeige verpassten, damit sie losließ, schluchzte sie auf und rannte weg – direkt zu dem heruntergekommenen Stand eines Knopfverkäufers, der nie etwas zu verkaufen schien. Ihre kleine Hand griff dann tief in ein Fass voller Pailletten, und der Knopfverkäufer nickte zufrieden. Das Straßenkind war gut, und Malden kicherte, weil er die von ihr gestohlenen Münzen nie zu Gesicht bekam. Sie war einfach zu schnell.

Hinter ihm stieg Croy über eine Regenrinne auf das Dach. Malden bedeutete ihm, sich genau wie er auf die von der Sonne aufgeheizten Dachschindeln zu legen.

»Ich bitte um Entschuldigung, dass ich so lange gebraucht habe, um hier heraufzukommen«, ächzte Croy. Sein Gesicht war so weiß wie Milch. »Ich fürchte, ich habe mich noch nicht vollständig erholt.«

»Ich mache mir weniger Sorgen wegen deiner Langsamkeit als wegen des Lärms, den du veranstaltest«, zischte ihm Malden zu. »Mit dem ganzen Eisen am Leib klirrst du wie der Karren eines Scherenschleifers. Musst du wirklich immer beide Schwerter mit dir herumschleppen?«

Croy runzelte die Stirn. »Nun ja. Ghostcutter hat eine besondere Bestimmung und sollte besonderen Kämpfen vorbehalten sein, während mein Kurzschwert für die einfache Klingenarbeit da ist …«

»Erspar mir das«, sagte Malden. Er konzentrierte sich wieder auf die Beobachtung des Markts. »Und du bist sicher, dass Cythera heute vorbeikommt?«

»Sie kommt einmal jeden Monat her, um zerschlissenes oder beflecktes Tuch aus Hazoths Haushalt zu ersetzen«, erwiderte Croy. »Abgesehen von ihren Pflichten als Fluchfängerin dient sie als Hausvorsteherin. Für alle Lebensbedürfnisse trägt sie die Verantwortung. Hazoth glaubt sich um solchen Alltagskram nicht kümmern zu müssen. Er verbringt den ganzen Tag in seinem Laboratorium oder seinem Sanktum, tief in seine Studien vergraben.«

»Du hast ihn beobachtet«, sagte Malden. »Hast ihn mit gleicher Ausdauer studiert.«

»Ich glaube, als ich in die Stadt zurückkehrte, da war mir klar, dass ich ihm irgendwann gegenübertreten muss. Er wird sie nie gehen lassen. Sie ist viel zu wertvoll für ihn – ohne sie muss er sich mit dem Zorn eines jeden Dämons aus dem Höllenpfuhl auseinandersetzen und sich mit den Flüchen herumschlagen, mit denen sie ihn täglich belegen. Nein, ich muss ihn zwingen, sie freizulassen, auf die eine oder andere Weise.«

Malden sah stirnrunzelnd zu, wie eine besonders aufmerksame Käuferin die Hand des Schleifenmädchens ergriff. Dicke Tränen und lautes Schluchzen gewährten ihr keine Gnade, und die Frau drückte ihre Hand zusammen, bis sie sich öffnete. Das Schleifenmädchen zeigte die leere Handfläche als Zeichen seiner Unschuld, und die Frau musste loslassen. Das Mädchen rannte so schnell wie möglich weg und warf den Bauchladen auf einen Misthaufen in einer Gasse. Er war wertloser Plunder gewesen, wie Malden erkannte, der nur als Tarnung für die wahre Beschäftigung der Kleinen gedient hatte. Jetzt, da sie unter Verdacht geraten war, bedeutete er ihr nichts mehr. Zweifellos würde sie am nächsten Tag mit neuer Tarnung auftreten. Der Knopfverkäufer schien ihre Flucht nicht wahrzunehmen.

Von Cythera war noch immer nichts zu sehen. Malden verlagerte seine Haltung ein wenig, um bequemer auf dem Dach liegen zu können. Möglicherweise mussten sie lange warten.

»Eins verstehe ich nicht. Was will Hazoth überhaupt mit der Krone? Möchte er bloß ihren Zauber ergründen?«, fragte er.

Darauf wusste Croy keine schlüssige Antwort. »Das gibt auch mir ein Rätsel auf. Hazoth war ein guter Freund des ersten Burggrafen Juring Tarness. Sie kämpften zusammen gegen die Elfen, die einst hier herrschten. Hazoth spielte eine entscheidende Rolle bei der Gründung von Ness. Seitdem zeigte er nie ein Zeichen von Rebellion – Ness war ihm immer ein sicherer Hafen. Wo Zauberer in anderen Städten gejagt wurden, wurde er beschützt. Für diesen Schutz hat er die Burggrafen immer nach seinen besten Kräften unterstützt. Einen weniger um das Allgemeinwohl besorgten Zauberer hätte man schon vor langer Zeit aus der Freien Stadt gejagt – ihn auf den Scheiterhaufen gebracht. Männer wie er werden selten alt, aber Hazoth lebt schon Jahrhunderte.«

»Alles über Magie zu wissen hilft da bestimmt«, meinte Malden.

»Er ist ein mächtiger Zauberer. Nach den Geschichten zu urteilen, die ich gehört habe, muss er sich allerdings im Verlauf der Jahrhunderte sehr verändert haben. Damals, bevor die Freie Stadt ihre Stadturkunde erhielt, war Juring Tarness ein großer General. Er verteidigte das Königreich gegen die Elfen und die Zwerge, die bessere Waffen hatten und überall im Land unbezwingbare Festungen besaßen. Hazoth führte in diesem Konflikt die Wende herbei, da die Zwerge keine eigenen Zauberer hatten und seiner Magie nichts entgegensetzen konnten.

Hazoth wurde als großer Held und Juring als Beschützer des Reichs gefeiert.«

»Als ich mir die Krone holte, sah ich die Feldzugbanner in seinem Turmzimmer hängen«, sagte Malden und dachte angestrengt nach. »Er war ein großer Anführer, oder?«

»Juring? O ja. Man sagt, seine Stimme habe die Macht besessen, andere zum Gehorsam zu zwingen. Meiner Meinung nach handelte es sich dabei um keine Magie, sondern gründete sich allein auf die Kraft seiner Persönlichkeit.«

»Also wurde jeder, mit dem er sprach, dazu angehalten, seine Befehle zu befolgen. Bemerkenswert.« In Maldens Kopf fingen ein paar Tatsachen an, ein Bild zu ergeben, aber das reichte nicht. Er würde später noch einmal darüber nachdenken.

In Croys Stimme schwang allerhöchste Bewunderung mit, als er weitersprach. »Ein geborener Herrscher, und doch diente er treu seinem König. Als er die Stadt gründete, erwies er sich als genauso guter Staatsmann wie zuvor als Krieger, was nicht oft der Fall ist. Der damalige König fragte ihn, welche Belohnung er für seine Dienste erhalten wollte. Juring hätte alles haben können – Reichtümer, ein großes Lehen, eine Privatarmee. Stattdessen erbat er Freiheit für die Bürger von Ness. Du musst wissen, dass sie ihn während eines langen und anstrengenden Feldzugs unterstützt hatten. Sein Heer musste viel Leid ertragen. Er benutzte seine Belohnung, um sie für alle Ewigkeit von Steuern und Sklavendiensten zu befreien. Die Freiheit, über die du heute verfügst, wird allein durch die Urkunde garantiert, die er den König zu unterschreiben bat. Tatsächlich …«

»Warte!«, unterbrach ihn Malden.

Unten auf dem Markt war Cythera erschienen. Sie trug einen purpurnen Samtumhang und schlenderte lustlos von einem Stand zum nächsten, berührte aber nur selten die ausgestellte Ware. Sie wurde von einem von Hazoths Gefolgsleuten begleitet, einem blassen Mann in einem Kettenhemd, der am Gürtel eine Axt trug. Er schob eine Karre, auf der die Einkäufe lagen, aber sein Blick war immer auf die Menge gerichtet, schien unablässig nach einer Bedrohung Ausschau zu halten.

»Ich hatte gehofft, sie kommt allein«, murmelte Malden. Ihr Plan hatte so ausgesehen, dass sie Cythera in eine abgeschiedene Seitenstraße locken würden, um dort ungestört mit ihr sprechen zu können. Es war von entscheidender Bedeutung, dass man sie weder mit Malden noch mit Croy sah, da Hazoth zweifellos davon erfahren hätte. »Nun gut«, sagte Malden. »Da ist unser Scharfsinn gefragt. Folge mir nach unten!«

Die beiden Männer kletterten ein Abflussrohr an der Hauswand hinunter, außer Sichtweite des Markts. Croy hatte unterwegs Mühe und wäre beinahe gefallen, aber er schaffte es. Malden führte ihn um eine Ecke herum und aus einer anderen Richtung wieder auf den Markt. Er ging nicht geradewegs auf Cythera zu, sorgte aber dafür, ihren Pfad zu kreuzen, damit sie die beiden sah.

Als die Menschenmenge sie wieder verschluckt hatte, wandte sich Malden flüsternd an Croy. »Hast du ihr Gesicht gesehen, als wir vorbeigingen?« Er hatte bewusst an ihr vorbeigeblickt, aber er wusste, dass Croy der Versuchung nicht hatte widerstehen können.

»Sie hat mich erkannt«, erwiderte Croy, klang aber zutiefst niedergeschlagen. »Ihre Augen … darin lag ein eiskalter Ausdruck, und dann schaute sie zur Seite. Malden, sie hatte nicht einmal ein Lächeln für mich übrig.«

Für mich auch nicht, dachte Malden, und rief sich dann zur Ordnung. Jede Hoffnung, die er gehabt hatte, Cytheras Gunst zu erringen – was bestenfalls ohnehin eine aussichtslose Hoffnung gewesen war –, hatte sich von selbst erledigt, da Croy nun wieder im Spiel war. Er wusste, wie der Ritter über sie sprach, dass sie geschworen hatten, einander zu heiraten. Sicherlich hatte er nicht die geringste Chance, es mit einem Ritter des Reiches aufnehmen zu können. Ein Mann, dem ein verdammtes Schloss gehörte, um Sadu willen. Nein, es war besser, wenn er diese Gefühle vergaß. Sie ihren natürlichen Tod sterben ließ.

Trotzdem tat es weh.

Er wedelte mit der Hand herum, als wollte er miasmatische Dünste verscheuchen. »Das lag nur daran, dass sie klug genug war und sich nichts anmerken ließ. Das ist alles. Komm. Ich weiß, was wir als Nächstes tun.«

60

Mit breitem Lächeln blickte der Knopfverkäufer auf, als sich Malden seinem Stand näherte. »Einen schönen Tag, Herr. Kommt, seht Euch um, hier gibt es das beste Horn – und kein Stierhorn, mein Herr. Dies wurde von der berühmten Waffe eines Einhorns abgeschabt, ein Nachweis für Gift, Herr. Ihr müsst Euch nie wieder vor schlechten Getränken oder Nahrungsmitteln fürchten.«

Malden runzelte die Stirn und legte die Hand auf das Fass mit den Pailletten. Die Beute des Schleifenmädchens lag darunter verborgen, davon war er überzeugt. Der Knopfverkäufer starrte ihn hasserfüllt an, aber nur einen Augenblick lang. Malden trat an ein Fass voller Knöpfe. Viele davon waren beschädigt, und alle waren abgenutzt und verblichen.

»Ich versichere Euch, das ist Ausschussware, die wollt Ihr nicht haben«, sagte der Kaufmann. »Kommt, seht Euch das hier an. Echte Perlen, aus Muscheln so groß wie Karren. Sie wachsen nur in einer abgeschiedenen Bucht im Königreich der Zwerge, und die Einfuhr kommt ganz schön teuer, aber für Euch, Herr, nun, Ihr gefallt mir und …«

Malden holte eine Münze aus dem Geldbeutel – ein Zweipfennigstück – und zog sie durch die Knöpfe. Eine schmale Furche blieb zurück. Schnell skizzierte er die einfache Zeichnung eines Herzens mit einem Schlüssel.

Der Knopfverkäufer verstummte sogleich. Er griff nach der Münze und nahm sie Malden ab, dabei strich er über die Knöpfe und löschte damit die Zeichnung. »Meine Zahlungen sind auf dem neuesten Stand«, verkündete er energisch. »Geh weiter, bevor uns jemand zusammen sieht.«

»Er – du weißt, von wem ich spreche – verlangt deine Hilfe. Du wirst belohnt werden.«

Der Verkäufer warf Croy einen misstrauischen Blick zu. Der Ritter stand ein Stück entfernt und versuchte unauffällig auszusehen. Er scheiterte kläglich.

Malden seufzte. »Er ist ein Opfer«, sagte er und sprach damit nur eine halbe Lüge aus. »Ich treibe ein Spielchen mit ihm. Aber damit das auch gelingt, brauche ich eine Ablenkung. Hast du eine Frau vorbeikommen sehen, in einem Samtumhang, gefolgt von einem Schläger mit einem Karren?«

Der Knopfverkäufer nickte.

»Ich muss den Schläger loswerden. Nicht für immer, nur für ein paar Minuten. Glaubst du, du kannst mir dabei helfen?«

»Für … ihn«, sagte der Kaufmann und meinte Cutbill, »tue ich das.«

»Danke.« Malden ging weiter und griff nach einer Rolle Damast, die aus dem nächsten Stand herausragte. Croy gesellte sich zu ihm, und Malden verfluchte den Ritter im Stillen. Hätte er ihn nicht gebraucht, um Cytheras Gunst zu erringen, hätte er sich nie mit ihm auf diese Weise in der Öffentlichkeit sehen lassen.

»Es ist erledigt«, sagte Malden.

»Wann? Wo findet es statt?«

»Halt einfach die Augen offen«, riet Malden.

Sie bewegten sich durch die Menge und zogen so wenig Aufmerksamkeit wie möglich auf sich. Malden blieb an mehreren Ständen stehen und feilschte sogar einen Moment lang mit einem Garnverkäufer, obwohl er nichts zu kaufen gedachte. Croy starrte noch immer alle an, die ihnen entgegenkamen, aber dagegen war Malden machtlos. Er sorgte dafür, dass sie in Cytheras Nähe blieben, ihr aber auch nicht zu nahe kamen. Als die Ablenkung kam, war er nicht mehr als dreißig Fuß entfernt.

»Herr, bitte, Herr … meine Schwester … sie hat uns aus ihrem Haus ausgeschlossen. Herr, bitte, ich brauche Eure Hilfe, ich brauche Eure Axt, bitte, ich muss die Tür einschlagen.« Es war das Schleifenmädchen, obwohl Malden die Kleine kaum erkannte. Sie hatte das Haar unter einer Haube verborgen und den abgetragenen Kittel umgedreht, sodass er eine andere Farbe hatte. »Bitte, Herr, ich brauche Eure Hilfe!«

Hazoths Gefolgsmann trat nach dem Mädchen, aber sie war schnell genug und wich ihm aus. Die Geschichte hatte sie sich offensichtlich aus dem Stegreif einfallen lassen, aber es kam nicht auf die Einzelheiten an. Der Mann brüllte sie an, ihn in Ruhe zu lassen, und plötzlich richteten sich alle Blicke auf ihn.

Viel wichtiger war jedoch, dass er Cythera nicht im Auge behielt. Sie schob sich an den Schultern zweier stämmiger Männer vorbei, die sich beim Anblick eines hartgesottenen Waffenmannes, der von einer Straßengöre bedrängt wurde, vor Lachen bogen. Augenblicklich verschluckte die Menge sie.

»Da«, sagte Malden und zeigte auf eine dunkle Gasse ganz in der Nähe, wo Cythera verschwunden war. »Geh schon! Los!«, zischte er und hieb Croy gegen den Arm. Der Ritter eilte auf die Gasse zu, und Malden suchte sich einen Pfad durch die Menge in die gleiche Richtung, wenn auch auf Umwegen.

An der Gassenmündung blieb er stehen und spähte in die Schatten. Da standen Cythera und Croy und waren bereits in eine lebhafte Unterhaltung vertieft. Malden warf einen letzten Blick zum Marktplatz hinüber. Das Schleifenmädchen hatte ein Stück Baumwolle von einer Rolle entwendet und wand es um die Beine des Schlägers. Der ballte die Faust mit dem Kettenhandschuh, um sie zu schlagen, aber sie war bereits verschwunden – zusammen mit seinem Geldbeutel. Er wollte die Kleine verfolgen, stolperte aber über das Baumwolltuch und stürzte vornüber. Der Besitzer des Stoffs stürzte hinter seinem Stand hervor und beschimpfte den Mann.

Großartig. Malden nahm sich vor, nach dem Namen des Mädchens zu fragen. Sie war für das Spiel geboren, das stand fest.

» … alle unsere Schwierigkeiten beheben, auf einen Streich«, sagte Croy mit erhobener Stimme. Malden eilte auf ihn zu und wollte ihn auffordern, leiser zu sprechen. »Und das kostet bloß …«

Cythera nahm Malden die Arbeit ab.

»Gestern Abend hat er ihr den Arm brechen lassen«, sagte Cythera. Ihre Stimme war wie ein Eishauch.

Hätte sie Croy eine Ohrfeige verpasst, hätte die Wirkung nicht schlimmer sein können. »Was? Ich verstehe nicht«, sagte Croy. Er sah aus wie ein geprügelter Hund.

»Dachtest du, er hätte nichts von deinem Aufstand im Palast mitbekommen?«, wollte Cythera wissen. »Vry dazu bringen zu wollen, sein Haus zu stürmen? Was bist du doch für ein Narr! Ich kann nicht glauben, dass ich meine Hoffnungen je auf deinen Stern gesetzt habe, Croy.« Sie wandte sich angewidert von ihm ab. »Natürlich weiß Hazoth von unserer Verbindung. Er glaubt, dass ich dich zu diesem leichtsinnigen Unternehmen angestiftet habe. Ich konnte ihn nicht vom Gegenteil überzeugen, und als ich mich weigerte, ein Geständnis abzulegen, schickte er zwei seiner Männer mit einer Stange und einem Stück Seil. Sie legten ihr eine Schlinge doppelt um den Arm und drehten das Seil mit der Stange, bis ich den Knochen brechen hörte.«

Eine Träne rann durch den Garten aus farbigen Lilien, der Cytheras Wange schmückte.

»Ich wollte doch nur ...«

»Ich weiß, was du wolltest! Welches Gewicht haben Absichten in deiner Welt, Croy? In diesem Märchenreich, in dem du lebst, in dem tapfere Ritter zur Rettung hilfloser armer Frauen herbeieilen – bringt da die bloße Absicht, Gutes zu tun, dir schon Ruhm ein? Denn in meiner Welt und in seiner« – sie stieß einen Finger in Maldens Richtung – »bedeuten Herzenswünsche ganz und gar nichts. Vor allem wenn die größten Hoffnungen und Wünsche alles nur noch schlimmer machen.«

Malden musterte die beiden. Croy stand wie vom Donner gerührt da, zu keinem Satz und zu keiner Bewegung fähig. Der Kummer überwältigte Cythera mit solcher Macht, dass ihr Gesicht unter den Pflanzen und Blüten totenbleich war.

Sie hatten keine Zeit für solchen Unsinn.

»Meine Lady«, sagte Malden, »uns bleiben nur Momente, bevor dein Wachhund dich erschnüffelt hat. Halt mich also nicht für herzlos.«

»Nein, Malden, ich weiß, dass du nicht herzlos bist«, sagte sie und zog ein Taschentuch aus dem Ärmel, um sich die Tränen vom Gesicht zu wischen. Das tat sie allerdings mit so sanften und zaghaften Bewegungen, dass sie damit wenig ausrichtete. »Was hast du zu sagen?«

»Ich gehe ein gewaltiges Risiko ein, indem ich dir vertraue. Ich habe keine Ahnung, ob du nicht jedes meiner Worte an Hazoth weitergibst. Aber mir bleibt keine andere Wahl, als dich um Hilfe zu bitten. Ich will die Krone zurückholen. Sobald sie in meinen Händen ist, wird Anselm Vry gar keine andere Wahl haben, als Hazoth zu verhaften – und ihn vermutlich hinzurichten. Deine Mutter wird befreit, und du mit ihr. Der Burggraf wird so begeistert von Croy sein, dass er seine Verbannung aufhebt, und damit auch die Henkerschlinge um seinen Hals.«

»Und du, Malden? Was hast du davon? Kann ich mir deine Dienste leisten?«

»Ich erfülle mir einen Herzenswunsch«, erwiderte er. Und senkte den Blick. »Aber du musst diesen Preis nicht bezahlen. Komm heute Nacht zu uns, wenn du kannst. Ich habe eine Kammer im Stinkviertel.« Er beschrieb die Straße, in der er wohnte, und wie man sie von Gartenmauer aus erreichte.

»Also gut«, sagte sie. »Um Mitternacht wird sich Hazoth in sein Schlafgemach zurückziehen und dort bis zur Morgendämmerung beschäftigt sein. Dann komme ich.«

»Danke«, sagte Malden. Er sah ihr hinterher, wie sie auf den Platz zurückkehrte, ohne einen Blick zurückzuwerfen. »Croy, wir müssen gehen. Wir haben keine Zeit mehr.«

Der Ritter rührte sich nicht. »Ihren Arm?«, fragte er kleinlaut.

»Komm schon! Oder sei verdammt«, knurrte Malden. »Ich habe dich nur gebraucht, um mit ihr Verbindung aufzunehmen. Lass dich umbringen, wenn du so deinen Ruhm findest. Aber wenn du mir weiterhelfen willst, dann begleitest du mich. Sofort.«

Und schließlich folgte ihm Croy.

61

Malden verbrachte den Tag damit, grobe Grundrisse des Herrenhauses zu zeichnen, die sämtliche ihm bekannten Ein- und Ausgänge zeigten, sowie jeden Raum, den er und Kemper gesehen hatten. Er studierte sie fieberhaft. Er machte endlose Korrekturen, wenn ihm etwas einfiel, wenn eine Einzelheit, die zuvor noch völlig unbedeutend erschien, plötzlich neue Möglichkeiten eröffnete – oder neue Gefahren. Die Holzkohle färbte seine Hände schwarz, als er die Pläne immer wieder neu zeichnete, sie dann zerriss und von vorn anfing.

So verwirrt er möglicherweise einem Beobachter erschienen wäre, befand er sich dennoch in seinem Element. Dafür war er geboren, das wusste er jetzt. Seiner Erfahrung nach gab es zwei Arten Diebe auf der Welt. Da waren einmal die, die sich dem Verbrechen zuwandten, weil sie Geld brauchten und dafür nicht arbeiten wollten. Das war die Art von Dieben, die für gewöhnlich ganz schnell am Galgen baumelten. Die anderen gehörten zu der Sorte, für die ein perfekt geplanter Einbruch eine Herzensangelegenheit war – letztlich ein Kunstwerk. Die Planung, die Betrachtung aller Möglichkeiten, das In-Betracht-ziehen der eigenen Möglichkeiten und der Motive des Gegners, die plötzlichen Inspirationen, die das Unmögliche zumindest theoretisch möglich erscheinen lassen – das lockte Malden an diesem Handwerk, und in gewisser Weise erfüllte es ihn mit Glück, über diesen Plänen zu brüten.

Andererseits war er vielleicht auch einfach nur froh, dass ihn mal einen ganzen Tag lang keiner versuchte zu töten, über die Dächer jagte oder mit grausamer Zauberei bedrohte. Es war eine nette Abwechslung.

Der Tag verging, und der Abend kam viel zu schnell. Stundenlang hatte er jede Einzelheit seines Plans durchdacht, ohne sich auszuruhen oder gar etwas zu essen. Nun holte er sich einen eingelegten Fisch aus einem Krug und kaute auf dem kalten Fleisch herum, ohne es zu schmecken.

»Morgen früh sind es noch vier Tage bis zum Göttinnenfest«, sagte er. »Ich will es so schnell wie möglich hinter mich bringen. Wir wissen nicht, was in den nächsten Tagen geschieht. Anselm Vry könnte noch irgendwelche Trümpfe im Ärmel haben. Hazoth könnte bereits über unsere Pläne Bescheid wissen und etwas unternehmen, um uns aufzuhalten. Also sollten wir es eher früher als später erledigen.«

»Einverstanden, mein Junge, aber du darfst auch nichts überstürzen«, gab Kemper zu bedenken. Er hielt seine Karten in der Hand und rieb mit dem Daumen über jede einzelne, was ihm angeblich Glück brachte. »Bei solchen Unternehmungen wurden schon viele Diebe zur Strecke gebracht. Das wird alles nicht leicht.«

»Ich weiß«, sagte Malden. Er kratzte sich am Kopf und hieb mit der Faust auf den Tisch. »Also gut, gehen wir das Ganze noch einmal durch.« Er zog den Plan des Grundstücks und des Gartens zu sich heran. »Die magische Barriere reicht bis hierher, sehr nahe an den Zaun heran. Ich werde hier sein, und du bist … hier«, sagte er und zeigte mit dem Finger auf eine Stelle. »Du kannst dich in diesen Büschen verstecken. Die Wächter lösen einander um Mitternacht ab.« Um das zu erfahren, hatten sie gründlich spionieren müssen, aber anscheinend erfolgte jede Nacht der gleiche Ablauf. Hazoth schien sich nicht besonders auf sein Gefolge zu verlassen und hatte es auch nicht mit militärischer Disziplin ausgebildet. Malden hatte sogar beobachtet, wie einer auf seinem Posten eingedöst war. Aber die Hoffnung, dass alle gleichzeitig schliefen, wäre übertrieben gewesen. »Wenn die Nachtwächter aus den Unterkünften kommen … hier, gehen die abgelösten Männer hinein, fallen auf ihre Pritschen und schlafen. Die Ablösung wird ein paar Minuten brauchen, um ihren Posten zu erreichen. Während sich alle vor dem Herrenhaus befinden, soll Cythera die Barriere absenken. Sie wird nur für einen Augenblick unten sein, gerade lange genug, damit wir hierherrennen können, zur Tür des Anrichteraums.«

Kemper nickte. »Und was ist mit deinem geadelten Freund?«

Malden warf einen Blick auf Croy, der auf dem Bett lag und zur Decke hinaufstarrte. Er hatte sich den ganzen Tag kaum von dort wegbewegt, und wenn, dann nur um pinkeln zu gehen. »Er? Mit ihm rechne ich gar nicht. Er ist verwundet und kann kaum laufen, und davon abgesehen macht er sowieso zu viel Lärm, wenn er versucht, leise zu sein. Er hat seinen Teil geleistet, indem er uns half, mit Cythera Kontakt aufzunehmen. Vergiss ihn.«

»Also sind wir nur zu zweit«, stellte Kemper mit zweifelndem Tonfall fest. »Viel Arbeit für uns beide – in der Zeit, die wir haben.«

»Ich weiß. Wir müssen eben schnell sein. Sobald wir drinnen sind, begibst du dich zur Eingangshalle. Vermutlich wird sich dort ein Wächter aufhalten – tatsächlich verlasse ich mich sogar darauf. Du lässt dich sehen, und er schlägt Alarm, ruft die anderen herein.«

»Ich muss sagen, dieser Teil gefällt mir gar nicht«, murrte Kemper.

»Du hast nichts zu befürchten. Keiner dieser Männer hat so etwas wie ein silbernes Stiefelmesser – und selbst wenn sie so etwas besäßen, könntest du doch einfach in der Wand verschwinden, bevor sie dich erwischen.«

»Vielleicht verfügt Hazoth über einen Zauber gegen Geister.« Kemper schüttelte den Kopf. »Irgendeine Verwünschung, um mich in die Falle zu locken.«

»Schon möglich«, gestand Malden ein. »Aber wenn er sich in seinem Laboratorium eingeschlossen hat oder, noch besser, in seinem Schlafgemach – erinnere dich an diese Ketten aus kalt geschmiedetem Eisen –, dann kommt er bestimmt nicht heraus, weil einer seiner Männer angeblich einen Geist gesehen hat. Vergiss nicht: Sie kennen dich nicht und wissen nicht, dass du in Wirklichkeit ein lebender Mensch bist. Es ist mein Gesicht, das sie sich eingeprägt haben.«

»Also gut«, sagte Kemper schließlich. Malden war klar, dass

der Falschspieler nicht begeistert war, aber er schuldete ihm etwas – hätte Malden ihn nicht aus dem Verlies des Burggrafen befreit, wäre er längst tot gewesen. Außerdem würde Kemper von diesem Unternehmen durchaus profitieren. Hazoth besaß Silberbesteck und silbernes Geschirr, das Kemper aus dem Haus tragen und behalten konnte. Malden wollte nichts von den dort angesammelten Schätzen für sich haben. Er war damit zufrieden, die Krone zurückzubekommen und seinen Ruf bei Cutbill wiederherzustellen.

Was sie zu der bedeutend schwierigeren Phase des Plans brachte. »Ich muss es ungesehen bis in den zweiten Stock schaffen. Die Krone wird im Sanktum am Ende dieses Korridors aufbewahrt – das hat Cythera Croy verraten. Der Korridor ist mit Fallen gespickt, das wissen wir. Da muss ich irgendwie durch.« Da sie nicht wussten, wie die Fallen aussahen, mussten sie mit allem rechnen. Und es gab keinen Weg daran vorbei. »Dann verschaffe ich mir Zutritt zu dem Sanktum, greife mir die Krone und verschwinde, so schnell ich kann. Die Wächter werden noch immer nach dir Ausschau halten. Wenn wir also durch den Garten verschwinden, hält uns dort keiner auf. Cythera wird die Barriere erneut senken, und wir entkommen unbehelligt, ich mit der Krone und du mit so viel Silber, wie du tragen kannst. Danach trennen wir uns. Ich gehe zu Cutbill, und du verlässt die Stadt auf Wegen, von denen ich nichts weiß.«

»Aye«, sagte Kemper, der gedankenverloren seine Karten mischte. Die schlichte Bewegung schien ihn zu beruhigen. Malden hingegen hätte sie ihm am liebsten aus den Händen gerissen und quer durch den Raum geschleudert oder sie eine nach der anderen in kleine Fetzen zerrissen und aus dem Fenster geworfen.

Er stand etwas unter Druck.

Es gab zu viele Unwägbarkeiten. Zu viele Einzelheiten, die er vorher nicht planen konnte. Was, wenn Hazoth in dieser Nacht seine Studien unterbrach? Was, wenn Cythera ihn verraten hatte? Was, wenn Anselm Vry sie in genau diesem Augenblick beobachtete und darauf wartete, dass sie ihren Zug taten – nur damit er sich die Krone schnappen konnte, wenn Malden sie aus dem Haus trug?

»Es könnte gelingen«, meinte er. Versuchte, sich selbst davon zu überzeugen.

»Aye«, erwiderte Kemper.

»Das ist der beste Plan, den wir bisher hatten.«

»Aye.«

»Mit einem kleinen bisschen Glück …«

Er hielt inne, weil Cythera plötzlich auf der Fensterbank des offenen Fensters saß.

»Mit einem kleinen bisschen Glück«, sagte sie, »wird euch dieser Plan sehr schnell umbringen. Dann kann Hazoth euch nicht foltern. Darin hat er ein großes Talent.«

Es war Mitternacht.

Noch vier Tage.

62

»Meine Liebe«, sagte Malden und verneigte sich tief, »ich danke dir aus tiefstem Herzen, dass du gekommen bist, denn …«

»Unterwürfigkeit steht dir nicht, Malden«, sagte Cythera. Sie rutschte vom Fenster herunter und trat an den Tisch, auf dem die Pläne lagen. Malden entging nicht, dass sie keinen Blick für Croy übrig hatte. »Und dieser Grundriss taugt auch nichts. Du hast die Verteidigung des Hauses völlig unterschätzt.«

Malden wich einen Schritt zurück und überließ ihr die Blätter. Nach einem kurzen Augenblick näherte sie sich der kalten Kohlenpfanne in der Ecke (Malden benutzte sie nur im Winter) und nahm ein Stück Holzkohle heraus, ohne darauf zu achten, dass sie sich die Finger mit Ruß beschmutzte. Dann zeichnete sie Umrisse aufs Papier, die weder Malden noch Kemper bekannt gewesen waren.

»Wenn ich es richtig verstehe, hast du beschlossen, uns zu helfen«, sagte Malden, als sie anscheinend fertig war.

»Welche Wahl bleibt mir denn? Wenn ich euch um des lieben Friedens willen verrate, zögere ich das Unvermeidliche nur hinaus. Er findet stets einen Vorwand, meine Mutter zu foltern, gleichgültig, was ich tue. Nein, ihre einzige Hoffnung ist euer alberner Plan. Der noch immer nicht gelingen kann.«

Malden betrachtete Cytheras Ergänzungen. Größtenteils hatte sie die Zimmer der ersten Etage eingezeichnet, die für ihn nicht von Bedeutung waren, aber im zweiten Stock hatte sie zwei Wände hinzugefügt, die ihm unbekannt waren – und die ihm später beträchtliche Schwierigkeiten beschert hätten.

»Und … wie geht es deiner Mutter, wenn ich fragen darf?«, wollte Malden wissen. »Ist sie denn wenigstens im Augenblick sicher?«

»Das könnte man so sagen«, erwiderte Cythera, ohne aufzusehen. »Sie hat sich in einen Baum verwandelt.«

»Sie hat *was*, Mädchen?«, fragte Kemper.

Da blickte Cythera auf. Sie hatte den unberührbaren Schurken noch nie zuvor gesehen. Trotzdem wollte sie nicht wissen, wer er war. »Sie hat sich in einen Baum verwandelt. Natürlich in eine Eberesche.«

»Natürlich …«, echote Malden.

»Die Eberesche ist Hexen und Magiern heilig. Ihr Holz ist das einzige brauchbare Material für Zauberstäbe, und die Beeren sind ein wirksamer Schutz vor Zauberei. Allerdings trägt der Baum noch keine Früchte. Noch ist er ein Schössling, denn meiner Mutter fehlt die Kraft, den Umfang durch Magie zu vergrößern. Anfangs glaubte ich, sie verfolge einen durchtriebenen Plan – dass sie als Baum wachsen will und ihre Äste schließlich das Dach von Hazoths Haus durchbohren sollen. Auf eine Weise, dass sie sich in – sagen wir – fünfzig oder hundert Jahren befreien kann.«

»Sie rechnet mit einer so langen Gefangenschaft?«, fragte Malden überrascht.

»Sie rechnet damit, für alle Ewigkeit festgehalten zu werden«, erklärte Cythera. »Hazoth altert nicht. Und solange meine Mutter in einem magischen Kreis gefangen ist, solange wird auch sie nicht altern. Natürlich wird er sie nie freilassen, denn zum einen zieht er Macht aus ihrer Gefangenschaft. Die Dämonen, denen er befiehlt, weiden sich an ihren Qualen und machen ihm dafür ihre Magie zum Geschenk. Zum anderen weiß er ganz genau, dass ihre erste Aufgabe darin bestehen wird, ihn völlig zu vernichten. Sollte sie sich je befreien.«

»Aus Rache«, sagte Kemper und nickte zustimmend.

»Nennt es Gerechtigkeit.« Cythera wandte sich an Malden. »Erst vor einer Stunde erkannte ich einen weiteren Grund, warum sie sich ausgerechnet in einen Baum verwandelte. Da traf ich die Entscheidung, herzukommen und euch nach besten Kräften zu helfen.«

»Ach?«, sagte Malden.

»Übermütige Jungen brechen ständig Äste von Bäumen ab. Den Bäumen schadet dieser Mutwille kaum. Bäume fühlen keinen Schmerz.«

»Ah.«

»Aber ich habe nicht viel Zeit«, sagte Cythera. »Hazoth hat sich in seinem Schlafgemach eingeschlossen, wird es jedoch vor der dritten Morgenstunde verlassen. Um die Wächter konnte ich mich kümmern, aber ich muss zurück sein, bevor er nach mir ruft. Das tut er immer, nachdem er Umgang mit Dämonen hatte. Er weiß nämlich nur zu gut, dass mir der Schwefelgestank Übelkeit bereitet. Hazoth ist schon sehr einfallsreich mit seinen Quälereien.«

»Du musst ihn hassen«, meinte Malden.

Cythera starrte den Dieb mit brennenden Augen an. Als könne er nicht verstehen, was sie für diesen Mann empfand. Vermutlich hatte sie sogar recht, darum senkte er den Blick.

»Eins verstehe ich nicht«, sagte der Dieb nach einer Weile. »Verzeih mir, aber ... deine bemalte Haut hat so viel Macht gebunden. Könntest du nicht einfach ... ich weiß nicht. Ihn schlagen. Ihn umschlingen. Würde das nicht ausreichen, um ihn zu vernichten? Sicherlich wäre der Gerechtigkeit doch damit Genüge getan.« Und mir würde viel Ärger erspart, dachte er im Stillen.

Nun musste Cythera den Blick abwenden. »Er verfügt nicht nur über magischen Schutz.« Ihre Stimme war fast ein Flüstern. »Aber es gibt einen einfacheren Grund. Die Verbindung, die er mit mir teilt, würde eine solche Geste sinnlos machen. Ich könnte die Flüche, die ich gespeichert habe, auf ihn schleudern, ja. Aber die Verbindung würde sie einfach zu mir zurückschicken.« Sie schüttelte den Kopf. »In der Richtung ist die Antwort nicht zu suchen. Ihr müsst eine andere Möglichkeit finden.«

»Ich habe einen Plan entworfen«, sagte er und wies auf die Papiere auf dem Tisch. »Du kennst ihn im Großen und Ganzen und sagst, er werde scheitern.«

»Ja. Sieh. Hier.« Sie zeigte auf die Zeichnung. Ihr Finger deutete auf eine bestimmte Stelle in der Halle im Erdgeschoss.

Malden wusste ganz genau, was sie meinte. »Die große Eisenkugel an der Treppe. Ich habe mich schon gefragt, was sie bedeuten soll, aber ich komme nicht darauf.«

»Das ist eine weitere Machtquelle für Hazoths Zauberei. Er hat viele davon, und ich kenne sie nicht alle.«

»Aber was ist das? Aus Eisen gemacht. Ist Eisen für Dämonen nicht schädlich? Ich kann mir kaum vorstellen, dass sie ihre Macht einem solchen Gegenstand anvertrauen.«

»Kalt geschmiedetes Eisen ist ihr Verderben«, erklärte Cythera. »In großer Hitze geschmiedetes Eisen stärkt sie jedoch. Darum kann eine gewöhnliche Eisenwaffe sie auch nicht verletzen, und erst recht kein Zwergenstahl. Dieses Eisen wurde in der Hitze des Höllenpfuhls gefertigt. Aber nicht das Eisen selbst ist magisch. Es ist das Wesen aus dem Pfuhl im Innern der Kugel.«

»Da steckt ein Dämon drin?«, fragte Malden ungläubig.

»Klar, das ist doch wie ein magischer Kreis, der einen Teufel bannt, aye, nur dass das hier in drei Dimensionen statt in zwei konstruiert ist«, verkündete Kemper.

Malden und Cythera starrten ihn an.

»Haltet ihr mich für einen Einfaltspinsel?« Kemper wirkte gekränkt. »Oder glaubt ihr, ich kenne mich mit Magie nicht aus? Könnt ihr euch nicht vorstellen, dass jemand mit meiner Heimsuchung einiges an Wissen aufschnappt?«

»Das ist Kemper. Er ist verflucht«, erklärte Malden.

»Und hat größtenteils recht«, sagte Cythera und schüttelte ihre Überraschung ab. »Ja, das Eisen enthält den Dämon. Aber nicht etwa deshalb, weil Hazoth Angst hätte, er könnte sich befreien. Ihr müsst wissen, der Dämon in der Eisenkugel ist noch ein Embryo. Er muss erst noch geboren werden. Die Eisenkugel ist nicht sein Gefängnis, sondern sein Ei.«

»Wie bei einem Kind im Mutterschoß?«, fragte Malden.

»Ja. Aber kommt bloß fälschlicherweise nicht auf den Gedanken, er sei schwach oder hilflos. Dämonen werden völlig entwickelt geboren und sind im Augenblick des Schlüpfens höchst gefährlich. Ansonsten würden sie niemals die lebensfeindlichen Bedingungen im Höllenpfuhl oder die Angriffe ihrer Gefährten überstehen. Dämonen kennen keine Zuneigung füreinander, nicht wie es die Menschen tun. Ihnen ist selbst die Liebe einer Mutter für ihr Kind unbekannt. Eine Dämonin wird begeistert die eigene Brut verschlingen, falls sie dazu Gelegenheit hat.«

»Das ist ja schrecklich«, sagte Malden.

»So sind die Dinge dort nun einmal. Für Dämonen ist das ganz natürlich. Aber darum überleben schwächliche Dämonen ihre Geburt auch nicht lange. Die, die überleben, sind diejenigen, die bereits stark zur Welt kommen. Dieser Dämon ist dafür ein perfektes Beispiel. Ich habe ausgewachsene Exemplare seiner Art gesehen, und sie sind nicht aufzuhaltende Schlächter. In dem Augenblick, da er aus diesem Ei schlüpft, ist er zur Jagd bereit. Ich weiß nicht genau, welche Gestalt er später annimmt, aber ich weiß, dass er hungrig sein wird. Hazoth kann ihn freigeben, wann immer er will. Sollte er euch in seinem Haus entdecken, und sei es auch nur für einen Augenblick, kann er die Kreatur zum Schlüpfen zwingen – und zum Jagen. Wenn es sein muss, wird sie euch bis zum Ende der Welt verfolgen und verschlingen. Habt ihr verstanden?«

»Ich denke schon«, murmelte Malden. Seine Hände waren plötzlich ganz kalt – sein Blut hatte sich in Eiswasser verwandelt.

»Du kannst nicht gegen ihn kämpfen. Seine Krallen sind

schärfer als jede Stahlklinge, die du führen könntest. Seine Zähne zerkauen festen Stein. Selbst wenn du eines der magischen Schwerter hättest – und ich bezweifle, dass dir Croy Ghostcutter leiht –, hättest du in einem Zweikampf nicht die geringste Chance gegen ihn, Malden. Du wirst dich auch nicht vor dem Dämon verstecken können. Er wird blind zur Welt kommen, aber ausgestattet mit einem ausgesprochen scharfen Geruchssinn. Du kannst dich mit Parfüm übergießen, durch fließendes Wasser waten und all das tun, was einen Spürhund von eurer Spur abbrächte. Nichts dergleichen gelingt bei dieser Kreatur. Sobald sie einmal deinen Geruch gewittert hat, wird sie dich finden. Und umbringen.«

Malden setzte sich auf die Bettkante; dabei gab er sich alle Mühe, Croy nicht zu stören. »Welch infernalischen Pakt hat Hazoth bloß mit der Brut des Blutgotts geschlossen, um solche Dienste in Anspruch nehmen zu können?«, fragte er. Fragen zu stellen, war viel einfacher als darüber nachzudenken, was ein neugeborener Dämon mit seinem verletzlichen Körper anstellen würde, sobald er ihn erwischt hätte. »Ist er in den Besitz des ungeborenen Dämons gekommen, indem er deine Mutter folterte?«

»Nein. Er hat sich seine Dienste auf die älteste Weise beschafft. Er hat ihn gezeugt.«

»Moment ...«, sagte Kemper.

Zum ersten Mal an diesem Abend setzte Croy sich im Bett auf und sprach. »Du willst damit doch nicht sagen ...«

Cythera betrachtete die Pläne und mied alle Blicke. »Ihr habt die Ketten in seinem Schlafgemach gesehen. Wie ich sehe, habt ihr sie sogar hier eingezeichnet. So unterhält er seine Sukkuben. Der Dämon in dem Ei war die Frucht einer solchen Verbindung. Er ist sein Kind. Es ist nicht das erste.«

63

»Aber … warum?«, fragte Malden. Er dachte an das Wandgemälde mit dem Sukkubus im Haus der Seufzer, und er konnte verstehen, warum ein Mann ihn attraktiv finden würde. Allerdings war er sich ziemlich sicher, dass für dieses Bild niemand Modell gestanden hatte. Und selbst wenn doch, schien Hazoth nicht zu seinem Vergnügen mit dem Sukkubus zu verkehren, sondern aus einem ganz anderen Grund. »Warum sollte jemand … warum?«

»Du fragst dich, warum sich ein Mann ein Dämonenkind wünscht. Du fragst dich, warum überhaupt ein Mensch so etwas wollen sollte. Du vergisst, dass sich Hazoth nicht als menschliches Wesen betrachtet. Er betrachtet sich als nicht an die konventionelle Ethik gebunden.«

»Das ist mir schon klar geworden, als ich ihn kennenlernte«, sagte Malden.

»Ein Zauberer wie Hazoth lebt allein für die Macht. Er interessiert sich nicht für Gold oder Liebe oder die anderen Dinge, die normale Männer anlocken. Er will nur sein Wissen vergrößern und Macht besitzen, die andere nicht haben. Er ist bereits zu Dingen fähig, die weit jenseits deiner Vorstellungskraft liegen. Und doch fühlt er sich schon seit Langem wie ein Gefangener.«

»Wirklich? Aber wer könnte ihn denn zu etwas zwingen?«

»Der Burggraf. Und der König. Malden, es gibt ein Gesetz gegen das, was Hazoth da macht. Und sollte man ihn dabei erwischen, steht darauf eine Strafe, und zwar der Scheiterhaufen. Den Gesetzen dieses Landes zufolge ist vermutlich alles, was er an einem normalen Tag tut, illegal.« Sie schaute zur Zimmerecke, wo Ghostcutter an der Wand ruhte. »Die Ancient Blades sind dazu da, diesem Gesetz Geltung zu verschaffen.«

»Croy hat mir erzählt, dass Hazoth in Ness lebt, weil ihm der Ahne des Burggrafen hier eine Art sicheren Hafen gewährte.«

»Das stimmt. Und jetzt ist er hier gefangen. Sollte er Ness verlassen, stünde er unter ständiger Beobachtung. Croy und die anderen Ritter halten nach jedem Zauberer Ausschau, der mächtig genug erscheint, um Dämonen aus dem Höllenpfuhl zu beschwören. Sie haben keinen Augenblick der Ruhe, bis sie beweisen, dass sie sich an die Gesetze halten. Hazoth könnte unter einer solchen Aufsicht nicht leben. Irgendwann würde man ihn dabei erwischen, wie er einen Dämon beschwört oder etwas so Teuflisches tut, dass man ihn dafür verhaftet. Man würde ihn vor Gericht stellen, aber Leute wie er waren noch nie besonders gut darin, sich öffentlich zu verteidigen. Man würde ihn schuldig sprechen und zum Tode verurteilen. Und nach so vielen Jahrhunderten des Lebens von einem armseligen Vogt erwischt und dann von Bauern auf dem Scheiterhaufen verbrannt zu werden, das wäre für ihn die größte aller Ungerechtigkeiten.«

»Aber warum sollte er an einen anderen Ort reisen wollen, wenn er doch hier in Ness für alle Ewigkeit unbehindert leben könnte?«, fragte Malden.

»Kannst du dir vorstellen, wie das wohl ist, ein freier Mann zu sein, aber nur, wenn du dich bereit erklärst, einen bestimmten Ort niemals zu verlassen? Kannst du dir die Ironie dieser Freiheit vorstellen, die von dir verlangt, für alle Ewigkeit an einem Ort zu verweilen, der einem wie eine Kerkerzelle vorkommen muss?«

Malden schürzte die Lippen. Er konnte sich das sogar sehr gut vorstellen. Er erinnerte sich, wie Cutbill seine Situation in genau den gleichen Worten erklärt hatte. Er hatte nie Verständnis für Hazoth empfinden wollen. Er tat es auch jetzt nicht – jedenfalls nicht übermäßig –, aber er musste zugeben, dass er die Beweggründe des Zauberers verstehen konnte.

»Sobald sein Dämonenkind geboren ist, wird es ihn vor diesem Schicksal beschützen. Er kann gehen, wohin immer er will, er kann tun, zu was er Lust hat, und niemand kann ihn daran hindern.«

Malden rieb sich das Kinn. »Croy erklärte mir noch etwas anderes. Über Dämonen. Dass sie unnatürlich sind und die Realität in ihrer Umgebung verzerren. Wie ihre Macht schließlich die Welt zerstört, falls man sie nicht aufhält. Da war einer im Turm des Burggrafen, der schließlich die Welt erstickt hätte, hätte man ihn nicht unter Kontrolle gebracht.«

»Der Dämon in seinem Haus ist genauso, auch wenn seine Gefährlichkeit nicht ganz so offensichtlich ist«, sagte Cythera. »Hazoth weiß genau, welches Risiko er eingeht. Es ist ihm nur egal.«

»Das ist beunruhigend«, sagte Malden.

»Das denke ich mir. Das war auch meine Absicht«, erwiderte Cythera.

»Aber es hat keine Bedeutung. Du sagst, dass mich der Dämon nach seiner Geburt zu Tode hetzen wird. Nun, das verändert meinen Plan nur in einem Punkt. Ich muss dafür sorgen, dass Hazoth meiner Anwesenheit im Haus niemals gewahr wird.«

»Eine hübsche Leistung«, sagte Kemper, »solltest du das schaffen.«

Malden hob die Schultern. Er war nicht davon ausgegangen, dass es leicht werden würde. Ehrlich gesagt rechnete er nicht einmal damit, das Unternehmen zu überleben. Und doch war es nicht richtig, darüber nachzugrübeln. Er hatte die Hoffnung, die winzige Hoffnung, dass es gelang. Allein daran gestattete er sich zu denken. »So ist es ohnehin besser. Selbst ohne den Dämon kann Hazoth mich mühelos vernichten. Das ändert nichts.«

»Es gibt noch weitere Punkte zu bedenken«, sagte Cythera. Sie sah Malden tief in die Augen. Eine kleine Weile sprach keiner von ihnen. Er fragte sich, wonach sie wohl suchte. Überzeugung, Selbstvertrauen?

Schließlich schloss sie die Augen. Die hängenden Blüten aufgemalter Alpenveilchen machten ihre Lider so weiß wie Papier. Die Blumen welkten, bevor sie die Augen wieder öffnete. »Es gibt Fallen, in diesem Korridor.«

Malden blickte auf den Plan. »Kemper entdeckte sie, auch

wenn er nichts über ihre Wirkungsweise herausbekam. Wir hatten die Hoffnung, dass du mehr darüber weißt, damit ich sie umgehe.«

»Eure Hoffnung war vergeblich«, sagte sie. »Ich verbrachte den größten Teil meines Lebens in diesem Haus, aber ich bin noch nie durch diesen Gang geschritten. Nicht einmal Hazoth benutzt ihn. Wenn er sich in sein Sanktum begibt – sowie bei den Gelegenheiten, wenn er mich mitnimmt –, transportiert er sich sofort dorthin, ohne den dazwischenliegenden Raum zu betreten. Der Korridor ist eine List und soll die Diebe verwirren. Aber ich weiß, dass diese Fallen sehr real und sehr tödlich sind. Ein einfacher Mechanismus im Sanktum kann sie entschärfen. Es gibt dort einen Hebel, der sie alle außer Kraft setzt. Aber natürlich muss man im Sanktum sein, um ihn bedienen zu können. Da ich keinen Zugang zu diesem Raum habe, kann ich das nicht für euch erledigen.«

Malden nickte. »Also gehe ich davon aus, dass ich die Fallen selbst bezwingen muss. Ich habe bereits im Palast bewiesen, dass ich sie meistern kann.«

»In der Tat. Nun, damit bleiben nur noch zwei Verteidigungslinien übrig, über die wir noch nicht gesprochen haben. Da ist die magische Barriere, die das Gelände umgibt und alle am Eintritt hindert, bis sie die Wächter passiert haben.«

»Aber genau da kommst du ins Spiel«, sagte Malden. »Du senkst die Barriere für uns, wenn der Zeitpunkt gekommen ist.«

Cythera schüttelte den Kopf. »Hättest du mich vor zwei Tagen gefragt, wäre es vielleicht möglich gewesen. Bevor Croy aus seinem Wunsch, Hazoth zu töten, ein öffentliches Spektakel machen musste.«

In seinem Bett wandte der Ritter den Kopf zur Seite.

»Hazoth weiß, dass ich mit Croy verbunden bin«, fuhr Cythera fort. »Als er von den Geschehnissen auf dem Schlosshügel erfuhr und hörte, was Croy zu Anselm Vry gesagt hatte, sorgte er natürlich dafür, dass ich die Barriere nicht mehr absenken kann. Das wird mit einer bestimmten Handbewegung ausgeführt. Diese Bewegung kann alles Mögliche sein – ein mit dem Finger in die Luft gemaltes Zeichen, ein Händeklatschen, es spielt keine Rolle. Aber um die unsichtbare Mauer zu überwinden, muss man sie kennen. Hazoth hat das Signal verändert und mir nicht verraten, wie das neue gegeben wird.«

Etwas in Maldens Magen verkrampfte sich. »Aber du bist doch heute Nacht entkommen.«

»Der Hauptmann der Wache kennt das neue Zeichen. Ich konnte ihn davon überzeugen, es für mich zu verwenden – aber ich durfte nicht zusehen. Ich musste ihn anlügen, damit er mir den Gefallen tat. Ich behauptete, Hazoth brauche einen bestimmten Weihrauch für ein Ritual, und dass es nicht bis zum nächsten Morgen Zeit habe. So etwas kam schon früher vor, und der Hauptmann glaubte mir. Aber das war keine Ausrede, die ich zweimal gebrauchen kann. Beim nächsten Versuch wird er misstrauisch werden, und er wird sich bei Hazoth vergewissern, ob ich die Wahrheit sage. Und das wäre unserem Vorhaben eher abträglich.«

»Allerdings.«

Cythera kratzte sich sanft an einer Augenbraue. »Du musst ihnen einen Anlass liefern, die Barriere zu senken.«

»Ich finde schon einen. Ist das alles, oder hast du noch weitere schlechte Neuigkeiten für mich?«

Cythera lächelte freudlos. »Nur noch eine Sache. Wie bereits erwähnt, wartet Hazoth auf Croys Angriff. Er fürchtet ihn nicht besonders – er weiß, dass Croy eher Prahlhans als Draufgänger ist.«

Der Ritter auf dem Bett zuckte zusammen, sagte aber kein Wort.

Cythera warf ihm einen Blick zu, dann fuhr sie fort. »Aber er geht kein Risiko ein. Wenn einer der Ancient Blades sein Gegner ist, wird er sich mit einem anderen verbünden. Ich soll morgen Bikker ausfindig machen und ihn zu Hazoth bringen.«

Malden fluchte leise. »Hattest du nicht gesagt, Bikker arbeite nicht für den Zauberer?«

»Tut er auch nicht. Ich weiß nicht, wer Bikkers Herr ist. Ich weiß nur, dass Bikker auf jeden Fall kommt, wenn ich ihn rufe.«

»Ich verstehe nichts mehr«, sagte Malden.

»Die Krone zu stehlen, war überhaupt erst Bikkers Einfall. Vielmehr der Einfall dessen, der Bikkers Sold zahlt. Vor einem Monat tauchte Bikker zum ersten Mal im Herrenhaus auf. Er behauptete, einen reichen Gönner zu vertreten, der Hazoths Dienste in Anspruch nehmen wolle. Hazoth kann man nicht kaufen, aber es gibt Dinge auf dieser Welt, die er begehrt. Eines davon ist seine Privatsphäre. Der König würde ihn auf der Stelle auf den Scheiterhaufen bringen, sollte er je erfahren, welche Experimente er in seinem Sanktum macht. Als Bikker also seinen Plan schilderte, hörte er zu, denn Bikkers Auftraggeber versprach ihm, dass nie jemand etwas von seinen Taten erfahren würde. Wer auch immer das ist – ich bin dem Mann nie begegnet und weiß auch nichts über seine Identität –, er hat Hazoth davon überzeugt, dass er ihn schützen wird, wenn er sich an dem Plan beteiligt. Es war Bikkers Auftraggeber, der entschied, die Krone von einem Dieb stehlen zu lassen – aber das weißt du natürlich – und sie dann von Hazoth verstecken zu lassen. In der Freien Stadt gibt es wirklich keinen geeigneteren Platz. Die auf dem Haus liegenden Zauber machen es jedem Spion unmöglich, sie zu entdecken, und selbst ein Wahrsager wird sie mit Magie nicht finden.«

Malden dachte an Anselm Vrys Zauberer und seinen Zeigestein. Er hatte die Krone nicht gefunden.

»Um das Haus zu belagern und die Barriere niederzureißen, bedürfte es eines kleinen Heers und eines noch mächtigeren Zauberers, als Hazoth es ist. Falls es so jemanden überhaupt gibt. Wenn man also etwas von außergewöhnlichem Wert sicher aufbewahren will, dann ist Hazoths Sanktum das ideale Versteck.«

»Welch eine Geschichte! Und ich dachte, Hazoth wolle die Krone haben, um sie zu studieren. Und nun erfahre ich, dass er bloß der Handlanger eines anderen unbekannten Spielers ist. Aber was genau wollen sie denn erreichen? Bikker sagte, dass niemand die Krone suchen wird. Dass der Burggraf einfach eine Kopie herstellen lässt und dann vergisst, dass der Diebstahl je passiert ist. Wir wissen aber, dass es nicht so kam.« Und Cutbill hatte Anselm Vry gesagt, dass eine Kopie der

Krone nicht ausreichen würde – aber warum nicht? Es gab so viele Fragen, auf die Malden keine Antworten hatte. Vermutlich würde er sie nie erfahren. »Was soll denn passieren?«

»Ich bin mir nicht sicher, was die Einzelheiten angeht«, gestand Cythera. »Ich weiß nur, was ihrer Meinung nach geschehen wird. Der Burggraf wird beim Göttinnenfest in der Öffentlichkeit ohne seine Krone erscheinen. Irgendwie wird das Proteste auslösen. Bikker und sein Auftraggeber wollen diese Proteste zu einer richtigen Revolte entfachen. Sie wollen das Volk zur Raserei aufstacheln und dazu bringen, den Burggraf zu stürzen.«

»Aber das wäre doch Wahnsinn!«, sagte Malden. »Der König würde die Privilegien der Stadt auf der Stelle widerrufen. Ihm bliebe keine andere Wahl, wenn er die Ordnung wiederherstellen will. Und dann würde jeder Bürger von Ness seine Freiheit verlieren.«

»Davon würden viele profitieren«, sagte Cythera.

Malden rieb sich das Kinn. Seine Haut hatte angefangen zu jucken. Ihm machte bereits das Joch seiner niedrigen Geburt zu schaffen. Ohne die in der Stadturkunde garantierte Freiheit wäre er genauso wenig der Herr seines Schicksals wie ein Knecht draußen auf dem Land. Lieber wäre er in den Höllenpfuhl gesprungen und Tag und Nacht von Dämonen gequält worden.

»Es geht um folgendes Problem«, fuhr Cythera fort. »Bikkers Auftraggeber wird nicht wollen, dass die Krone zurückgestohlen wird. Also wird Bikker da sein, wenn du es versuchst. Er wird Hazoths Wachmannschaft befehligen.«

»Das ist allerdings ein großes Problem«, musste Malden zugeben. »Mein Plan gründete sich darauf, dass die Wächter schlampig und undiszipliniert sind.«

»Solche Nachlässigkeiten wird Bikker nicht erlauben. Er wird die Männer persönlich anführen.«

»Und sollte er mich im Haus entdecken …«

»Ich weiß nicht, ob du mehr Angst vor dem Dämon, vor Hazoth oder vor Bikker haben solltest. Keiner von ihnen wird dich am Leben lassen.«

64

»Ich fürchte, ich war keine große Hilfe, sondern habe dir noch die letzte Hoffnung geraubt«, sagte Cythera und schob die Pläne auf Maldens Tisch zusammen. »Und jetzt muss ich gehen. Ich wünsche dir Glück – zumindest um meiner Mutter willen.«

»Nicht um meinetwillen?«, fragte Malden. »Halt, beantworte die Frage nicht! Kehr sicher nach Hause zurück. Wenn er mitbekommt, was du getan hast, wirst du leiden, auf die eine oder andere Weise.«

»Ja«, sagte sie. Dann runzelte sie die Stirn und blinzelte zum Bett hinüber. »Croy.«

Der Ritter sprang auf die Füße, trat näher und blieb unmittelbar vor ihr stehen. »Cythera, wie kann ich deine Vergebung erringen? Wie kann ich alles wiedergutmachen?«

»Du schuldest mir nichts, Croy. Du hast ein Versprechen gegeben – nun, das haben wir beide, nicht wahr? Aber manchmal stellt sich das Leben Versprechungen in den Weg.« Sie senkte den Blick. Malden blieb nicht verborgen, wie aufgewühlt sie war, aber er wagte nicht sich einzumischen.

Da geschah etwas Seltsames. Sie erwiderte seinen Blick. Sah ihm in die Augen, und eine Sekunde lang glaubte er, sie würde ihn anflehen, etwas zu sagen. Die Initiative zu ergreifen und sie vor der schweren Aufgabe zu retten, die sie in Betracht zog.

Da er aber nicht die geringste Ahnung hatte, was sie eigentlich wollte, konnte er nichts sagen.

Sie seufzte erneut und wandte sich wieder Croy zu.

»Ich will nicht, dass du getötet wirst«, sagte sie zu dem Ritter. »Und genau das wird passieren, wenn du jetzt versuchst, gegen Bikker anzutreten. Deshalb will ich, dass du mir sagst, dass du es nicht versuchst. Dass du Malden die Sache allein erledigen lässt.«

Allein?, dachte Malden. Dann ist es in Ordnung, wenn Bikker *mich* umbringt?

»Meine Lady«, sagte Croy und ließ sich so schwer auf die Knie fallen, dass die Bodendielen ächzten. »Ich würde tausend Mal in deinen Diensten sterben …«

»Aber warum? Warum sollte ich so etwas wollen? Das würde doch nichts bringen!«

»Aber ich schwor den Eid, dich und deine Mutter zu retten …«

Wenn alles vorbei ist, müssen du und ich miteinander reden. Falls dann noch einer von uns am Leben ist«, sagte sie. »Ach, Croy, sieh mich nicht so an!«

Der Ritter senkte den Blick.

»Verlier den Mut nicht«, murmelte sie. »Ich mag es nicht, dich so zu sehen. Vielleicht wird sich ja auch alles finden. Vielleicht hat ein Dieb Erfolg, während ein Ritter scheitert.«

Malden warf Kemper einen Blick zu, dann schüttelten beide die Köpfe. Sosehr Malden seine eigene Lage verwünschte, so ungern hätte er in diesem Augenblick mit Croy tauschen mögen.

»Ich wollte nicht so grausam sein«, beharrte Cythera. Sie versuchte Croys Blick einzufangen, aber er wollte sie nicht ansehen. »Ich habe nicht vergessen, was du alles für mich getan hast. Aber du musst verstehen – die Sicherheit meiner Mutter und meine Freiheit, das bedeutet mir viel.«

»Mir auch«, sagte Croy.

»Dann gib mir die Freiheit.«

»Aber genau das versuche ich – versuchen Malden und ich doch dir zu geben«, sagte Croy.

»Und ich, mein Sohn, vergiss nicht, dass ich auch meinen Hals riskiere«, sagte Kemper.

»Und Kemper natürlich auch. Wir alle versuchen, dich zu befreien«, sagte Croy.

»Nein, doch nicht das … du kannst einen rasend machen!« Cythera ging zur Tür. »Croy, bitte. Lass mich gehen.«

Da hob er den Kopf und schaute sie völlig verblüfft an. »Mir würde doch nicht im Traum einfallen, dich aufzuhalten.«

»Dann vergib mir und lass mir meinen Frieden.«

»Dir vergeben ... aber was denn?«

Cytheras Miene verzog sich vor Trauer. »Du verstehst mich nicht. Und ich kann es dir nicht deutlich genug erklären, damit du es verstehst. Sag mir einfach, dass du mir vergibst. Selbst wenn du keinen Anlass dafür siehst.«

»Aber natürlich, dann vergebe ich dir. Ich vergebe dir alles ... Was immer du tust, ich vergesse und vergebe alles im gleichen Moment, in dem ...« Der Ritter verstummte. Vielleicht begriff er doch endlich.

»Ich gehe«, sagte Cythera. »Lebt wohl. Malden, an dem Tag, an dem du das Ding drehst, versuche ich dich kurz zu besuchen. Falls sich vorher noch etwas ändert, wirst du es erfahren. Ich muss tagsüber zu dir kommen, während ich meine Einkäufe erledige.«

»Ich bin bereit«, erklärte Malden.

Und Cythera ging, dieses Mal durch die Tür. Die drei Männer sahen zu, wie sie die Straße überquerte, die zur Hügelbrücke und schließlich nach Gartenmauer führte. Als sie außer Sicht war, trat Croy an den Tisch und donnerte mit der Faust darauf.

»Was hat sie nur damit gemeint? Warum sollte sie mich um Vergebung bitten? Womit hat sie mir denn je Schaden zugefügt?«

Malden biss sich auf die Lippen und setzte sich aufs Bett. Es war spät, und er wollte einfach nur noch schlafen.

»Mein Junge«, sagte Kemper in zerknirschtem Ton zu Croy, »du hast nicht viel Erfahrung mit Frauen, was? Und ich rede auch nicht von deiner Mutter oder deinen Schwestern. Du scheinst nicht der Typ zu sein, der herumhurt, aber hast du es je mit einer getrieben?« Er zog die Karten aus dem Wams und mischte sie, rieb jede von ihnen mit dem Daumen.

»Die meiste Zeit meines Lebens lernte ich, wie man ein Schwert richtig schwingt. Cythera ist nicht die einzige Frau, die mir je ... etwas bedeutete, wenn du das meinst. Da gab es die

Tochter des Zwergenkönigs. Ich war ihr Beschützer und bewahrte sie vor einem Schicksal, schlimmer als der Tod. Als Lohn gestand sie mir einen Kuss zu.«

Malden konnte nicht widerstehen, die Frage zu stellen, die ganz gewiss auch Kemper auf der Zunge lag. »Trug sie einen Bart?«

Croys Miene verfinsterte sich. »Nein. Nein, sie trug keinen Bart. Vielleicht den Ansatz eines Schnurrbarts. Aber nicht mehr, als man bei mancher menschlichen Frau sehen kann. Und ihr sollt wissen«, sagte er mit Nachdruck, als er sah, dass die beiden Diebe sich das Lachen kaum verkneifen konnten, »dass sie mir ihren Körper geschenkt hätte, hätte ich darum gebeten. Aber ich musste an den Schwur denken, den ich Cythera geleistet hatte.«

»Ich glaube, der ist jetzt kein Hindernis mehr«, meinte Kemper. Er mischte abwesend seine Karten. »Vielleicht solltest du zu deiner Zwergenprinzessin zurückkehren.«

»Sei verdammt, drück dich gefälligst verständlich aus!«, brüllte Croy. Sein Gesicht war knallrot angelaufen.

»Er meint, dass Cythera dich um Vergebung bat, weil sie die Verlobung mit dir gelöst hat«, klärte ihn Malden auf.

»Sie … sie …«

»Sie wollte es durch die Blume ausdrücken, weil sie Angst vor deinen Gefühlsregungen hatte. Sie hoffte, dass du es einfach verstehst.« Malden starrte Kemper an. Warum musste der Falschspieler Croy unbedingt mit der Nase darauf stoßen? Nun würde der dumme Ritter bestimmt einen weiteren Tag im Bett liegen und zur Decke hinaufstarren. Vermutlich konnte man sich Schwermut ja leisten, wenn man reich genug war. »Genug davon. Genug«, sagte er. »Ich gehe zu Bett. Morgen früh muss ich einen ganz neuen Plan schmieden.« Er erhob sich und trat auf Kemper zu. »Und du mischst nicht länger diese verdammten Karten.«

»Also hör mal, mein Junge …«

Malden riss Kemper die Karten aus den durchlässigen Händen und schob sie in sein Wams. »Ich kann nicht nachdenken, wenn du das machst. Und jetzt ins Bett, und zwar alle!«

Er löschte die Lampe, zog sich aus, schlüpfte ins Bett und zog sich die Decke bis ans Kinn hoch. Allerdings kam er in dieser Nacht nicht viel zum Schlafen. Croy veranstaltete viel zu viel Lärm mit seinen tränenreichen Schluchzern, und Kemper meckerte wegen seinen Karten vor sich hin.

Es reicht, es reicht, es reicht, dachte Malden. Kemper war so ziemlich gegen jedes Unheil gefeit, gleichgültig, was geschah. Und Croy würde sich nicht einmal in der Nähe des Herrenhauses aufhalten, wenn Malden dort einbrach. Bei jedem nur erdenklichen Plan wäre der Ritter völlig nutzlos.

Also musste Malden allein dafür sorgen, die Krone zurückzubekommen. Er hätte eine Mannschaft zusammenstellen können, aber ihm war klar, dass er sich nicht ernsthaft darauf hätte verlassen können. Er musste die Barriere passieren, den Korridor voller Fallen überwinden und die Krone finden, und das alles, ohne entdeckt zu werden. Danach aber erwartete ihn erst der vermutlich schwierigere Teil: Er musste mit heiler Haut entkommen.

Und schließlich begannen seine Schwierigkeiten möglicherweise wieder von vorn. Vielleicht beobachtete ihn Anselm Vry und wartete, bis er die Krone hatte, bevor er sich auf ihn stürzte und den Erfolg als den seinen beanspruchte. Und möglicherweise ließ Cutbill ihn schließlich doch noch umbringen, allein schon wegen des ganzen Ärgers, den er verursacht hatte.

Und Hazoth hätte noch immer seinen Dämon, Bikker sein säuretropfendes Schwert. Und beide hätten gute Gründe, Malden den Tod zu wünschen.

Die Schwierigkeiten schienen unlösbar.

Nun, das schienen sie immer. Er musste einfach weitermachen.

Er musste sich etwas einfallen lassen.

Schließlich schlief er trotz der Logiergäste in seiner Kammer doch ein. Er schlief tief und fest und wachte erst auf, als die ersten Strahlen der Morgensonne ihren Weg durch die Spalten zwischen Schlagladen und Fenster hindurch fanden. Er schlug die Augen auf, überprüfte, dass seine Ahle noch unter dem Kopfkissen lag, und setzte sich dann auf.

»Guten Morgen«, sagte Croy und lächelte ihn an.

Der Ritter hatte noch nie glücklicher ausgesehen.

»Hm«, machte Malden. Er stand auf, zog sich an, schob die Ahle in ihre Scheide. Kemper lag zusammengerollt in der Ecke, schnarchte und furzte und war tot für die Welt. Croy hingegen war völlig angekleidet und sah aus, als hätte er gerade ein Bad genommen. Er hielt das Kurzschwert in der Hand und polierte es mit einem Tuch.

Malden fragte sich, ob der Mann in der Nacht den Verstand verloren hatte. Vielleicht wollte Croy sich ja umbringen. Malden hatte keine Lust, Zeuge davon zu werden. »Du scheinst dich von deinen Sorgen erholt zu haben«, sagte er vorsichtig.

»O ja. Jetzt ist alles besser«, antwortete Croy.

»Tatsächlich?«

»Malden, ich hatte einen Traum.« Er legte das Schwert zur Seite und stand auf. »Nein. Das ist eine Lüge. Es war eine Vision. Ich sah Cythera mit ihrem Brautschleier. Ich sah mich selbst vor ihr stehen und hatte Blumen ins Haar geflochten. Als ich aufwachte, da begriff ich: Zwischen uns ist nichts zerbrochen, was nicht wieder geflickt werden kann. Sie unterzieht mich lediglich einer Prüfung.«

»Tut sie das?«

»In der Tat. Das ist in allen Geschichten von Rittern und Drachen und schönen Jungfrauen so. Die Jungfrau weigert sich, auf das Treuegelöbnis des Ritters einzugehen, bevor er die Bestie erschlagen hat. Er muss sich erst im Kampf beweisen, bevor sie ihn wirklich und wahrhaftig lieben kann.«

»In den Geschichten, sagst du«, meinte Malden.

»Ja. Also ist mein Weg klar. Ich werde mir ihre Liebe verdienen. Das erreiche ich, indem ich Hazoth töte. Ein Zauberer ist in vielerlei Hinsicht wie ein Drache, nicht wahr? Ich werde ihn erlegen. Und Bikker vielleicht auch. Und jeden anderen, der sich mir den Weg stellt. Ich werde Coruth befreien. Und erst dann wird sie mir wieder ihre Gunst schenken. Was denkst du?«

»Ich schätze«, sagte Malden, »möglich ist alles.«

65

Malden schickte Kemper los, um Hazoths Anwesen unauffällig im Auge zu behalten, während er in den Aschehaufen zog, um Cutbills Zwerg Slag einen Besuch abzustatten. Croy bestand darauf, ihn zu begleiten. »Ich muss alles in meiner Macht Stehende tun, um dir zu helfen. Und wenn der Augenblick gekommen ist, werden meine Schwerter den Zauberer niederstrecken«, erklärte er.

»Schön. Aber heute lässt du sie zurück«, befahl Malden.

Der fahrende Ritter starrte den Dieb an, als hätte er den Verstand verloren, aber Malden blieb standhaft. Schließlich gab sich Croy geschlagen, schnallte die Schwerter vom Wehrgehänge und verstaute sie unter der losen Bodendiele in Maldens Kammer.

»Jetzt«, sagte Malden, »geh von hier zum Bett und wieder zurück.«

»Das ist doch Unsinn«, meinte Croy, tat aber wie ihm geheißen.

Malden hörte zu, wie der Mann durch den Raum klirrte, als wäre er ein lebender Donnerschlag. »Trägst du ein Kettenhemd unter deinem Wams?«

»Nein«, sagte Croy. »Was soll das alles?«

Malden musterte die Kleidung des Mannes, dann ließ er ihn das Wehrgehänge abnehmen. Die schwere Lederscharpe war voller Schnallen und Haken, die bei jeder Bewegung gegeneinanderstießen. Ohne das Wehrgehänge machte Croy wesentlich weniger Lärm als zuvor – aber irgendwie brachten seine Schritte den Boden zum Quietschen und den Raum zum Erbeben.

»Du bist der lauteste Mensch, der mir je begegnet ist«, sagte Malden. »Du wirst es nie zum Dieb bringen.«

»Aber … warum im Namen der Göttin sollte ich ein Dieb werden wollen?«

Malden starrte ihn an. »Du bist dabei, aus dem Haus eines Zauberers eine Krone zu stehlen. Meiner Meinung nach macht dich das von der Definition her zu einem Dieb. Oder zumindest einem potenziellen Dieb.«

»Ach so, jetzt verstehe ich.« Croy lächelte. »Nein, nein, wenn wir Hazoth die Krone abnehmen, dann sind wir keine gewöhnlichen Diebe. Wir sind Befreier. Helden!«

Malden hatte seine Zweifel, dass Hazoth das auf diese Weise sehen würde. Er wusste auch nicht, ob ihm die Bezeichnung »gewöhnlicher« Dieb gefiel. Aber er hatte Besseres zu tun, als sich deswegen herumzustreiten. »Komm her zu mir«, sagte er und hörte genau hin. »Vielleicht sind es ja deine Stiefel.«

Was auch immer der Grund für den Lärm war, man konnte nichts daran ändern. Sie verließen das Haus und durchquerten das Stinkviertel, wobei sie die Gegenden mieden, in denen die Stadtwache regelmäßig patrouillierte. Malden konnte sich ungehindert bewegen, aber wäre Croy von einem der Männer mit den Augenumhängen entdeckt worden, hätten sie sogleich die Jagd auf ihn eröffnet. Nicht zum ersten Mal überlegte Malden, den Ritter den Behörden zu übergeben, nur um ihn aus dem Weg zu haben.

Als sie den Aschehaufen erreichten, hob Malden warnend die Hand. »Zuck nicht zusammen, wenn du sie siehst. Mach keine schnellen Bewegungen. Bleib einfach ruhig.«

»Wen sehen?«, fragte Croy, aber er musste nicht lange warten, bis er es herausfand.

Vor ihnen stand ein Junge auf der Straße, kaum älter als acht. Sein Gesicht war mit Asche beschmiert, und er hielt eine lange Glasscherbe in der Hand. Natürlich sagte er kein Wort.

Croy ließ sich auf ein Knie hinunter. »Hallo, du«, sagte er und streckte die Hand aus. In den Fingern hielt er ein Stück kandierten Ingwer.

Wo im Namen des Blutgotts hat er bloß die Süßigkeit her?, dachte Malden verwundert. Vielleicht hatte Croy ja immer Süßes in den Taschen für den Fall, dass er einem Kind begegnete.

Aber er bezweifelte, dass der Ritter je einem solchen Jungen begegnet war. Der Kleine nahm den Ingwer nicht an. Er blieb einfach stehen und beobachtete die beiden Männer mit regloser Miene. Wartete darauf, ob er das Signal geben sollte, das ihnen hundert Kinder mit mörderischen Absichten auf den Hals hetzte.

»Du kennst mich«, sagte Malden zu dem Jungen. Der nickte. »Ich habe etwas zu erledigen, bei ihm.« Er tippte sich über dem Herzen an die Brust. Der Junge wusste, wen er meinte. »Er soll mir nicht folgen«, fuhr er fort und zeigte auf den Ritter. Dachte kurz nach. »Aber wenn ich zurückkehre, will ich ihn in einem Stück wiederhaben.«

Der Junge zuckte mit den Schultern. Das lag an Croy selbst und wie dumm er sich benahm, solange Malden weg war. Das war die beste Antwort, die Malden erwarten konnte.

»Alles klar.« Er wandte sich dem Ritter zu, der den Jungen anlächelte und in dem Versuch, das Kind zum Lachen zu bringen, sogar die Augen verdrehte. »Croy, er schneidet dir eher die Kehle durch, als sich von dir übers Haar streichen zu lassen. Benimm dich, solange ich weg bin. Ich beeile mich.«

Er lief um die Ecke und betrat die Ruine über Cutbills Schlupfwinkel, wo er sich freute, die drei Alten wieder auf ihrem Sarg sitzen zu sehen. »Ich hatte schon befürchtet, unwillkommene Besucher hätten euch vertrieben oder Schlimmeres«, sagte er und ergriff Loopholes Hand.

»Nein, mein Sohn, wir haben uns beim ersten Anzeichen von Ärger verdrückt«, erwiderte der alte Mann. »Das gehört zu den Sachen, die man lernt, wenn man ein alter Dieb werden will. Aber ich bin froh, dass du noch lebst. Wir waren nicht weit weg, und als wir dich kommen sahen, wollten wir dich warnen, aber das war einfach nicht möglich, wenn wir nicht unsere Position verraten wollten.«

»Das verstehe ich. Das war eine haarige Angelegenheit, aber ich habe meinen Zusammenstoß mit dem Gesetz überlebt. Äh, hat Cutbill eigentlich etwas darüber erzählt, worum es da ging?«

Loophole runzelte die Stirn. »Warum sollte er das tun? Das

ist seine Sache. Und wir stellen keine Fragen, deren Antworten uns in Schwierigkeiten bringen könnten.«

»Noch eine vernünftige Einstellung«, meinte Malden. Da ergriff eine seltsame Intuition von ihm Besitz – das fast schon übernatürliche Gefühl, dass etwas nicht stimmte. Blitzartig griff er zu und packte einen hageren Arm. Levenfinger versuchte ihm den Geldbeutel zu klauen. Malden lachte fröhlich. »Ich freue mich, dass in dieser wandelbaren Welt manches so bleibt, wie es war.«

»Es ist auch schön, dich zu sehen, Malden«, sagte Levenfingers. Lockjaw blickte bloß finster drein.

»Irgendwas Großes geplant?«, fragte Loophole.

Seine Miene war völlig unschuldig. Malden warf ihm einen durchdringenden Blick zu, aber der Alte blinzelte bloß, als hätte er nicht die geringste Ahnung, worum es hier überhaupt ging.

Was Malden verriet, was er wissen musste. Cutbill hatte ihnen vermutlich nicht verraten, was geschehen war, aber Malden wusste ganz genau, dass sie die gefährlichen Fragen gestellt hatten – sie hatten sie nur sehr diskret gestellt. Wie viel genau sie wussten, würde er nie erfahren, aber es war so gut wie unmöglich, vor diesen drei ein Geheimnis zu bewahren. »Nun, ehrlich gesagt … da gibt es dieses Haus an der Stadtwiese am Göttinnengarten, ein ganz besonderes Haus … wisst ihr, welches ich meine? Ich sollte nicht in die Einzelheiten gehen.«

»Da gibt es nur eins, das du meinen könntest«, sagte Levenfingers schaudernd. »Ach, da wäre ich nicht gern im Dunkeln. Aber viel Glück. Das hat noch keiner leer geräumt, der überlebt und dann davon berichtet hätte.«

»Nicht einmal ich würde das versuchen«, stimmte Loophole ihm zu. »Und ich würde Perlen vom Hals der Königin stehlen, wäre sie jetzt hier.«

Lockjaw murmelte etwas und spuckte in die verkohlten Trümmer.

Malden und die anderen beiden Alten starrten ihn an.

»Ich sagte, pass aufs Auge auf, und mehr sage ich nicht«,

knurrte Lockjaw. »Und jetzt scher dich rein, bevor dich noch jemand hier draußen sieht.«

»Vielen Dank!«, rief Malden ihm zu. Dann eilte er nach unten in den Schlupfwinkel und entdeckte voller Freude, dass alles wieder eine gewisse Normalität angenommen hatte. Bellard war natürlich nicht mehr da, aber das Würfelspiel in der Ecke schien wieder in Gang zu sein. Aber noch viel wichtiger – Slag arbeitete an seiner Werkbank und baute so etwas wie eine zusammenschiebbare Angelrute zusammen.

»Damit angelt man sich Hüte«, erläuterte Slag und schwang die Rute. »Du kennst doch den Bogen unter der Königsgrabenbrücke. Aye? Ein widerlich windiger Ort. Man hockt sich oben zwischen die Stützträger in die Schatten, und dann holt man sich die Hüte der reichen Arschlöcher, die unten vorbeigehen, und sie werden glauben, dass der Wind daran schuld war.«

»Genial«, sagte Malden.

»Bloß ein beschissenes Werkzeug. Was willst du heute schon wieder?«

Malden beschrieb, was er brauchte, während der Zwerg mit finsterer Miene zuhörte.

»Das Kletterzeug habe ich da, kein Problem. Das andere – das dauert eine Woche, vielleicht noch länger.«

»Ich kann dir nicht mehr als drei Tage geben«, erklärte Malden dem Zwerg. Und selbst das war bereits großzügig gedacht – denn das würde bedeuten, dass er erst am Vorabend des Göttinnenfestes fertig wäre.

»Gut. Dann bezahl mich. Vergoldetes Metall ist alles andere als billig, wenn es ordentlich aussehen soll.«

Malden nickte. »Nun, vielleicht könntest du es anschreiben.«

Es war ein weit verbreiteter Glaube, dass Zwerge niemals lachten. Vermutlich lag er darin begründet, dass die meisten niemals so dumm waren, Zwerge um Kredit zu bitten. Slag lachte über diese Vorstellung, auch wenn der Laut keinerlei Ähnlichkeit mit einem menschlichen Lachen hatte. Es klang eher wie ein quietschendes Rad, das sich von der verrosteten Achse löst.

»Es ist wirklich wichtig«, sagte Malden. »Vielleicht gibt es ja eine Möglichkeit, wie wir …«

»Verpiss dich«, erwiderte Slag und wandte sich wieder seiner Angelrute zu.

Es schien ein Tag der Wunder zu sein. Lockjaw hatte ein Geheimnis enthüllt (oder zumindest einen Teil davon), ein Zwerg hatte gelacht – und jetzt schwang die Tür von Cutbills Kontor auf, und der Gildenmeister der Diebe streckte den Kopf heraus.

»Das bezahle ich«, sagte Cutbill.

Malden verneigte sich tief vor seinem Herrn.

»Natürlich gibst du es mir zurück, Malden«, sagte Cutbill.

»Natürlich.«

Cutbill schüttelte den Kopf. »Mit einem ruinösen Zinssatz.«

Malden verneigte sich noch tiefer. »Natürlich«, wiederholte er.

Nachdem er seine Geschäfte in dem Schlupfwinkel erledigt hatte, eilte er zurück an die Oberfläche. Vielleicht hatten die Bettlerkinder Croy ja mittlerweile in Scheiben geschnitten. Vielleicht hatten sie ihn auch einfach nur mit Lampenöl übergossen und angezündet.

Man konnte nur hoffen.

Aber als er zu der Stelle zurückkehrte, an der er den Ritter zurückgelassen hatte, blieb er wie angewurzelt stehen. Mehr als ein Dutzend der bösartigen kleinen Kinder waren aus ihrem Versteck hervorgekommen und hatten sich um Croy versammelt. Sie saßen im Staub und starrten ihn mit verzückten Gesichtern an.

Während Croy ihnen eine Geschichte erzählte.

»… und der Drache stürzte sich in die Tiefe«, erzählte Croy, als Malden näher kam, »mit Feuer im Rachen, um die Männer des Königs in ihren Rüstungen zu rösten. Er maß fünfzig Fuß von Flügelspitze zu Flügelspitze, und seine Augen glühten rot in der Dunkelheit, während sein Schwanz hinter ihm wie eine Fahne im Wind peitschte. Und dann …«

»… spuckte er Feuer, und alle waren tot. Ende«, sagte Malden.

Die Kinder spritzten auseinander wie ein Haufen Krähen, nach denen man einen Stein geworfen hatte. Sie rannten zurück in die Ruinen und quetschten sich in Spalten und Löcher, die für jeden Erwachsenen zu eng gewesen wären, und waren verschwunden.

»Wir haben zu arbeiten«, sagte Malden. »Komm mit.«

Croy erhob sich und klopfte sich den Ruß von der Hose. Dann folgte er Malden zurück in das Stinkviertel.

66

»Wohin gehen wir?«, fragte Croy in der Mistallee, wo man den Abfall der Stadt sammelte, sortierte und alles heraussuchte, was noch von Wert war. Der Geruch war schrecklich, aber Malden wusste, dass sich die Stadtwache niemals hierher verirrte.

»Zu einer Schenke, die ich kenne.« Malden trat in den Unrat und kratzte sich den Lederschuh an einem Pflasterstein sauber. Die Steine ragten kaum aus der dicken Dreckschicht hervor, die sich hier zu einer Art Straßenpflaster verhärtet hatte. »Dort finden wir Schläger, die sich für ein paar Münzen verdingen. Ich brauche Männer, die gut mit Waffen umgehen können, um gegen Hazoths Gefolge zu kämpfen – und gegen Bikker, wenn wir schon dabei sind.«

»Gewöhnliche Straßenschläger? Die können doch keinen Augenblick lang gegen Bikker bestehen.«

»Nun, dafür werden sie ja auch bezahlt. Um für eine sinnlose Sache zu sterben. Die Kaschemme liegt gleich dort vorn. Sie müssen bloß lange genug durchhalten, um die Wächter zum Senken der magischen Barriere zu veranlassen. Wenn sie sterben, sobald ich drinnen bin, haben sie ihren Zweck erfüllt. Das Geld, das ich ihnen bezahle, bekommen dann ihre Mütter, Witwen oder Waisen, such dir was aus.«

Croy schüttelte den Kopf. »Nein, warte, Malden! Das meine

ich ernst. Wenn du gegen Bikker antrittst, brauchst du mehr als eine Handvoll tapferer junger Männer mit Stiletten. Ich lasse nicht zu, dass du Menschenleben für ein Ablenkungsmanöver wegwirfst.«

»Mehr kann ich mir aber nicht leisten.« Malden wandte sich zu dem Ritter um. »Du musst etwas begreifen, Croy. Ich weiß, dass es dir in deinem ganzen Leben noch nie an etwas mangelte. Du hattest einen starken Arm und ein Schwert in der Hand, seit du ein Säugling warst. Jede Schwierigkeit, die sich ergab, war mit einem Schwerthieb oder einem Beutel voller Gold zu lösen. Also musstest du nie lernen, wie man überlebt. Hier unten im Stinkviertel kennen wir aber nichts anderes. Diese Kinder da eben im Aschehaufen – die wissen bereits mehr, als du jemals erfahren wirst.«

»Bei dir klingt das so, als wären sie blutdürstige Wilde.«

»Ja! Denn genau das sind sie. Sie sind bestens für das Leben geeignet, in das man sie hineingestoßen hat. Ich gebe zu, es ist ein hässliches Leben, aber es gehört ihnen.«

»Sie brauchen doch bloß ein bisschen Mitgefühl. Ich war immer schon der Meinung, dass das mehr wert ist als Geld.«

»Glaubst du ernsthaft, ein paar Süßigkeiten und eine herzergreifende Geschichte über tapfere Herzen ändern etwas an ihrer Misere?«, wollte Malden wissen. »Sie gehören zu den wenigen Menschen in dieser Stadt, die im Leben eine noch schlechtere Chance als ich haben. Sie werden nie etwas anderes als Bettler sein. Oder Diebe, wenn sie Glück haben. Und das nur, weil ihre Eltern vor ihrer Zeit gestorben sind. Verrate mir, wo da die Gerechtigkeit bleibt. Verrate mir, warum sie nicht zu Wilden werden sollten, wenn ihnen das beim Überleben hilft.«

Einen Augenblick lang sah Croy verwirrt aus. Dann nickte er, als wäre ihm die perfekte Antwort eingefallen. »Betteln ist nichts Unehrenhaftes«, meinte er, »auch wenn das der Platz ist, den einem die Göttin im Leben zuweist.«

»Die Göttin …« Malden konnte sich gerade noch beherrschen, bevor er Croy genau schilderte, was die Göttin seiner Meinung nach tun konnte. So wie er den Ritter kannte, würde er das vermutlich als Gotteslästerung betrachten und ihn auf den nächsten Scheiterhaufen bringen. »Verrate mir eines«, sagte er stattdessen. »Hat mich die Göttin zum Dieb gemacht?«

Wieder erschien Croy verwirrt. »Nun, nein. Denn in ihren Augen ist Diebstahl eine Sünde. Du hättest dich stattdessen für ein ehrliches Handwerk entscheiden sollen.«

»Wäre mir klar gewesen, dass es so einfach ist, wäre ich Goldschmied geworden«, erwiderte Malden höhnisch. »Glaubst du nicht, das hätte ich nicht versucht?«

»Anscheinend nicht energisch genug.«

Malden schoss das Blut ins Gesicht. Wie konnte es dieser alberne Ritter wagen, ihm das zu sagen? Was wusste er denn schon, was Malden zum Leben eines Verbrechers getrieben hatte? Wie konnte er es wagen, über ihn zu richten?

Aber natürlich kannte er die Antwort darauf. In Croys Welt waren die Armen einfache, ehrliche Leute, deren Horizont viel zu begrenzt war, um etwas anderes tun zu können als sich abzuschuften und den Boden zu bestellen. Ritter und Adlige waren da, um sich wie wohlmeinende Eltern um sie zu kümmern. Für sie die Entscheidungen zu treffen, da sie nicht dazu in der Lage waren, das selbst zu tun.

In Maldens Welt – die Welt, die er sah, seit ihm Cutbill die Augen geöffnet hatte – waren Menschen wie er Gefangene, eingesperrt im Kerker der Armut. Und Leute wie Croy waren die Kerkerwärter, die dafür sorgten, dass keiner entfliehen konnte. Die Göttin, die Gottheit, die Croy so inbrünstig anbetete, war die Oberaufseherin dieses Kerkers, die jedem ihrer Gefangenen seine Zelle zuwies – und dafür sorgte, dass sie niemals entkommen konnten, ganz egal auf welche Weise.

Am liebsten hätte er dem Ritter einen Schlag ins Gesicht versetzt oder ihn einfach nur beschimpft. Natürlich hätte das gefährlich sein können. Aber seine Wut war einfach zu groß, um sie herunterzuschlucken. Seit sie sich kennengelernt hatten, hatte Croy still und leise die Nase über sein Leben gerümpft. Es war Zeit, ihm zu demonstrieren, wie die Welt wirklich war. »Komm. Ich will dir etwas zeigen.«

Er hatte wirklich keine Zeit für diesen Blödsinn. Aber der Ritter hatte eine empfindliche Stelle getroffen, und er wollte den Narren ein für alle Mal mit der Nase auf die Wirklichkeit stoßen. Er führte ihn zur tiefsten Stelle der Mistallee, wo die Müllsammler schufteten.

Eine Stadt von der Größe der Freien Stadt Ness hinterließ jeden Tag einen ganzen Berg Müll. Auch wenn die Bürger nie etwas wegwarfen, das man reinigen und noch einmal benutzen konnte, fielen dennoch ganze Wagenladungen an Abfall an – verfaultes Holz, rostiges Eisen, Eierschalen und Fischgräten waren nur bedingt nützlich. Im Hunnicarthof türmten sich ganze Berge aus fauligem Gemüse, zerbrochenen Flaschen und den nicht verwertbaren Teilen von Schweine- und Kuhkadavern. Die Arbeit der Müllsammler nahm nie ein Ende.

Alte Männer in Kitteln, matronenhafte Frauen mit Unterarmen wie Mörserkeulen und ihre dürren Kinder, sie alle standen bis zu den Oberschenkeln im Dreck und arbeiteten. Ihre Rücken waren mit einer dicken Fliegenschicht bedeckt. Mit bloßen Händen durchwühlten sie den Abfall und suchten nach jedem Stück Knochen, das man noch zu einem Löffel schnitzen konnte, oder nach zerrissenen, verklumpten Lumpen, die man auftrennen konnte, um daraus Papier zu machen. Es gab Legenden über Müllsammler, die im Dreck Goldmünzen gefunden hatten oder – wenn sich der Erzähler dramatisch über ein Feuer beugte – Menschen am Grund des Mülls, die sich noch schwach bewegten und kaum hörbar um Hilfe flehten.

Eine Palisade umgab die Müllberge, und an ihrem Tor stand ein Wächter mit einer Keule, der die Karren begutachtete, die mit Abfall beladen die Allee hinunterfuhren. Der Mann musterte den Dieb und den Ritter mit misstrauischen Blicken.

»Diese Leute gehören zu den am härtesten arbeitenden Menschen dieser Stadt«, sagte Malden, während Croy entsetzt hinstarrte. »Sie schuften in Schichten, um zu gewährleisten, dass nichts übersehen wird. Ihre Körper sind krank und aussätzig, sie essen nichts außer dünner Suppe, und sie sterben Jahre früher als alle anderen, weil sie nur diese üblen Dünste einatmen. Sie plagen sich in der Hitze des Sommers, und wenn der Winter kommt, schaufeln sie den Schnee von diesem Hügel und durchwühlen den Unrat mit fingerlosen Handschuhen.

Das tun sie nicht für Ruhm, Ehre, Liebe oder Gerechtigkeit. Sie tun es, damit sie auch am nächsten Tag etwas zu essen haben.«

»Aber Malden, das ist ja schrecklich«, jammerte Croy. »Ich hatte keine Ahnung. Sind sie Sklaven, dass sie diese Arbeit verrichten müssen? Ich dachte, in Ness gäbe es keine Sklaven.«

»Das sind sie auch nicht. Niemand zwingt sie zu diesem Leben. Tatsächlich haben die Müllsammler ein Patent des Burggrafen, das ihnen als Einzigen das Recht verleiht, diese Arbeit zu tun. Würden du oder ich jetzt in den Müll waten, um dort nach Schätzen zu suchen, würden sie uns mit Knüppeln und Steinwürfen verjagen. Sie töten jeden, der versucht, ihnen ihren Lebensunterhalt streitig zu machen. Generationen von Männern haben diese Abfallberge durchsucht – wenn ein Vater stirbt, gibt er sein Patent an die Söhne weiter. Und die sind froh darüber, denn dann wissen sie, dass sie ihre Kinder ernähren können.«

»Also betrachten sie ihre Arbeit mit Stolz«, sagte Croy und hob das Kinn. »Das finde ich bewundernswert.«

Malden schüttelte den Kopf. »Verstehst du nicht, was ich dir sagen will? Hierfür gibt es Konkurrenz. Leute, die bereit sind, ihr Leben aufs Spiel zu setzen, um sich mitten in der Nacht hier einzuschleichen und zwischen verrosteten Nägeln und Hühnereingeweiden herumzuwühlen. Weil ihr eigenes Leben noch viel schlimmer ist.«

Croy schwieg für eine kurze Weile, bevor er weitersprach. »Die Göttin teilt jedem von uns sein Los im Leben zu, und ihr Überfluss ernährt uns alle. Das glaube ich, und darum lebe ich.«

Zitierte er aus einem Messbuch? Malden lauschte den Schmeicheleien der Priester schon lange nicht mehr – seitdem er erkannt hatte, dass ihre Lehre die Forderung rechtfertigte, warum Reiche immer reich bleiben und sich Arme nie über ihren Stand erheben sollten. Wie die meisten Bewohner des Stinkviertels neigte er, wenn es um seine schwach ausgeprägten religiösen Gefühle ging, eher zum Blutgott, der allen die gleiche Gerechtigkeit versprach, wenn auch erst nach dem Tod.

»Du wirst das nie kapieren, oder? Ich kann dir das nicht begreiflich machen. Genug davon. Lass uns nach unseren Schlägern suchen. Vielleicht bist du wenigstens von geringem Nutzen und findest heraus, wer von ihnen am längsten gegen Bikkers Schwert durchhält.«

Malden eilte davon – der Blick auf die Müllhalden bereitete ihm nie Vergnügen, und er hatte auch keine Lust, länger als unbedingt nötig an diesem verseuchten Ort zu bleiben.

»Warte«, sagte Croy. »Wenn du starke Arme brauchst, habe ich vielleicht einen besseren Einfall.«

67

Der Fluss Skrait war die Lebensader der Freien Stadt. Er floss durch jedes Viertel von Ness und fand bei allen Bürgern Verwendung. Frisch und sauber strömte er in Sumpfmauer in die Stadt, und das Wasser landete sowohl in Kochtöpfen wie auch Pferdetränken. Auf dem Weg nach Osten wurde er zur Müllkippe für Abfälle, die zu flüssig waren, als dass selbst die Müllsammler sie hätten wegschaffen können. Nach der Kurve um den Schlosshügel versorgte er die großen Manufakturen im Qualmbezirk und spülte dann die Gifte und den Müll dieser Fabriken fort. Schließlich verbreiterte er sich am Ostbecken, wo sich eine ganze Flotte Fischerboote von seiner Strömung die paar Meilen zum Meer bringen ließ, um abends gegen den Strom rudernd zurückzukehren. Ness verdankte die Hälfte seines Reichtums dem mächtigen Strom Skrait, den man immer als einen der größten Vorzüge der Stadt betrachtet hatte.

Einer der Burggrafen aus der Anfangszeit von Ness hatte den Fluss allerdings für eine der größten Schwächen der Stadt gehalten. Wo der Skrait im Westen in die Stadt hineinfloss, stand er der ganzen Welt offen. Eine Invasionsstreitmacht brauchte nur Kriegsgaleeren auf den Skrait zu entsenden, um den Schlosshügel anzugreifen, oder konnte die ganze Stadt mit Brandern in ein flammendes Inferno verwandeln.

Um diese Lücke zu schließen, hatte man die Stadtmauer

über den Flusslauf gezogen und den Skrait in ein verhältnismäßig kleines Rohr gezwungen.

Bei diesem großen öffentlichen Bauvorhaben hatte der damalige Burggraf allerdings darauf verzichtet, sich mit zwergischen Ingenieuren zu beraten. Hätte er das getan, wäre vermutlich bekannt geworden, dass die Verengung des Skrait an seinem Eintritt in die Stadtmauer zu einer Überflutung der dahinterliegenden Uferbänke führen würde. In den Wochen nach der Konstruktion des Rohrs war der tiefste Teil der Stadt auf breiter Fläche überflutet worden, und niemand hatte es seitdem geschafft, ihn wieder trockenzulegen.

In Sumpfmauer wohnte niemand mehr. Farne, hohe Gräser und Weiden hatten die Straßen erobert, und nur verwitterte Fundamente und einige Hauswände waren übrig geblieben. Als sich Malden aufgrund von Croys Bitte einen Weg den schlammigen Hügel in den Sumpf hinunterkämpfte, erkannte er den Grund dafür sofort. »Hier liegt das Fieber ja förmlich in der Luft«, sagte er und verzog das Gesicht, als sein Schuh in schwarzem Matsch versank. »Und die Fliegen – der Blutgott soll diese Fliegen holen!«

»Es ist weiter unten, als ich dachte«, sagte Croy und musterte stirnrunzelnd das Sumpfland, das sich vor ihnen ausbreitete. »Als ich das letzte Mal hier war, ritt ich auf einem Pferd. Aber da drüben muss es sein.«

»Was muss da drüben sein?«, wollte Malden wissen. Croy wies auf eine Senke im Sumpf, an der Schilf von Haushöhe in der Sonne schimmerte.

»Wart's ab.«

Otter schoben sich ins Wasser, und Krabben flohen vor ihren Schritten, als sich die beiden Männer in den Morast begaben. Er reichte Malden nie höher als bis zu den Knöcheln, aber er klebte an ihm wie die Hände toter Männer auf einem von Geistern heimgesuchten Friedhof. Der Dieb tappte lautstark durch das Wasser und schob mit beiden Händen das Schilf zur Seite, um sich einen Weg zu bahnen.

»Das ist deine Rache, oder?«, verlangte Malden zu wissen. »Dir passt nicht, dass ich mit dir rede, als wären wir gleich.

Also bringst du mich hier hinunter, um mich daran zu erinnern, dass ich zu den untersten der Unteren gehöre.«

»Wohl kaum! Ich glaube bloß …« Croy verstummte und zog einen Stiefel aus dem Schlamm. Er musste sich vorbeugen und seine ganze Kraft in die Bewegung legen. Schmerzerfüllt stöhnte er auf, als ihm seine Verletzung zu schaffen machte. »Aber wenn ich dir sage, wonach wir suchen, bestehst du bestimmt darauf, sofort die Flucht zu ergreifen.«

»Ah. Also bist du der Ansicht, dass es mir an Mut mangelt.« Malden zog die Ahle und versuchte auf das Schilf einzuhacken, aber die Spitze allein konnte nichts dagegen ausrichten. Zum ersten Mal an diesem Tag wünschte er sich, er hätte Croy erlaubt, seine Schwerter mitzunehmen.

»Nein«, antwortete Croy. »Nein, ich habe gesehen, dass du mutig bist. Es ist nur … gut.« Er drückte ein paar Schilfrohre nach unten, damit Malden das Ziel erkannte. »Da sind wir.«

Sie waren zum Rohr gekommen. Die Öffnung war bündig mit der Sumpfmauer, die sich vor ihnen in die Höhe erstreckte; das Mauerwerk war mit Generationen von Schlingpflanzen überwuchert. Die Unterseite des Rohrs lag im Schlamm begraben, aber es bildete einen Torbogen, der um einiges höher war als ein Mann. Sonnenlicht strömte hinein, verlor sich aber nach ein paar Dutzend Fuß in der Dunkelheit.

Malden beugte sich in das Innere und atmete stinkende Luft. Tropfen fielen von der gewölbten Decke herab und hallten wie Trommelschläge, wenn sie auf das Wasser am Boden auftrafen. Die Ziegelwände des Rohrs fühlten sich nachgiebig an und waren mit einer dicken Salpeterschicht überzogen.

»Da drinnen?«, fragte Malden.

»Ja«, sagte Croy. »Wenn er zu Hause ist.«

»Ich habe … Geschichten gehört. Vielleicht sollten wir abhauen.«

Croy stieg in das Rohr, und seine Schritte hallten wie Donner. »Ich dachte mir, dass du das vorschlägst. Komm mit – wenn du dich traust.«

Malden folgte, weil er nicht als Feigling gelten wollte. Allerdings war er bereit, beim ersten Anzeichen von Gefahr aus dem Rohr hinauszustürmen. Die Kinder der Freien Stadt Ness wussten, was sich in diesem Rohr befand, selbst wenn die Erwachsenen es bloß für eine Legende hielten. Als Malden älter wurde, hatte er gelernt, nicht länger daran zu glauben. Jetzt war er sich nicht mehr so sicher.

Vor ihrem Abstecher nach Sumpfmauer hatte Croy ein paar Kerzen gekauft, deren Dochte noch verbunden waren. Jetzt schnitt er sie mit dem Gürtelmesser auseinander und entzündete eine davon. Das flackernde Licht erhellte das Rohr nur wenig, aber wenigstens konnte Malden dem Ritter folgen.

Das Wasser am Boden floss schnell dahin und behinderte Maldens Füße, als er sich vorwärtsschleppte. Einfach nur stehen zu bleiben, kostete ihn schon eine große Anstrengung. Die Strömung wurde stärker, je weiter sie vorwärtskamen.

Vor ihnen führte das Rohr nach links, und Croy folgte dem Verlauf und stützte sich an der Wand ab. Malden zog sich mit beiden Händen voran und hielt so gut wie möglich mit. Hinter der Kurve stießen sie auf Gitterstäbe, die man in das Rohr eingebaut hatte. Ein natürlicher Zaun für jeden, der dumm genug war, von dem dahinterliegenden Fluss aus in die Stadt vordringen zu wollen. Geröll und Knochen – Tierknochen – waren am Fuß des Gitters zu einer dicken Schicht angewachsen, sodass das Wasser darüber- und daran vorbeifloss. Es rauschte laut und übertönte alle anderen Geräusche. Darum dauerte es eine Weile, bis Malden bemerkte, dass Croy mit ihm sprach.

»… nicht hier, fürchte ich«, wiederholte der Ritter. »… müssen später … zurückkehren …«

Malden nickte und wandte sich um, um das Rohr wieder zu verlassen, erleichtert, einen Vorwand gefunden zu haben. Er hastete um die Biegung, die Schritte zusätzlich von der Strömung beschleunigt – und dann stolperte er und fiel auf alle viere ins Wasser.

Sein Herz pochte wie wild, und er bekam keine Luft.

Am Ausgang, keine fünfzig Fuß entfernt, zeichnete sich eine gewaltige Gestalt vor dem hereinfallenden Sonnenlicht ab. Malden konnte nur wenige Einzelheiten ausmachen, erkannte aber, dass sie viel zu groß für einen Menschen war.

68

Malden spähte nach rechts und links, aber es gab keinen Ausweg. Das Gitter hinter ihm verhinderte die Flucht, und das monströse Wesen am Eingang würde ihn sicherlich packen, wenn er versuchte, an ihm vorbeizulaufen. Er griff nach seiner Ahle, wagte sie aber nicht zu ziehen – was sollte sie schon gegen dieses gewaltige Ungeheuer ausrichten?

Neben ihm beschattete Croy die Augen mit einer Hand und spähte ins Licht. Das Wasser rauschte so laut, dass Malden nicht verstand, was er sagte. Der Ritter senkte die Hand, dann stieß er so etwas wie einen erstickten Kriegsruf aus.

»Gurrh!«

Und er stürmte los, geradewegs auf die Bestie zu, die die Arme hob, als wolle sie den Ritter in eine tödliche Umarmung reißen. Zum ersten Mal fiel Malden auf, dass sie etwas Großes in der Hand hielt, einen Ast oder eine Keule.

Malden drückte sich gegen die schmutzige Tunnelwand und schloss die Augen, wartete auf das unweigerliche Bersten, wenn Croys Knochen zermalmt würden. Der Narr trug nicht einmal seine Schwerter.

Aber der nächste Laut klang fröhlich und wurde von der seltsamen Akustik des Rohrs verstärkt und verzerrt. Brüllendes Gelächter und erstaunte Ausrufe drangen an Maldens Ohr, der Jubel alter Freunde, die sich wiedergefunden hatten.

Der Dieb öffnete die Augen und bekam das überraschendste Schauspiel des Tags zu Gesicht. Croy und die Bestie schüttelten sich die Hände und alberten herum.

»Malden«, rief Croy, »komm schon! Komm und lern meinen alten Freund Gurrh kennen.«

Von der Strömung getrieben, stolperte Malden vorwärts

und trat in das Licht jenseits der Rohröffnung. Nun sah er das Ungeheuer zum ersten Mal richtig, und beinahe hätte er sich in die Hose gemacht, obwohl es doch Croys Freund war.

Acht Fuß groß, hatte es im Grunde die Gestalt eines Mannes, war allerdings viel breiter und hatte Muskeln, so stark wie ein Pferd. Es war von Kopf bis Fuß mit verdrecktem schwarzem Fell bewachsen und stank nach Tod. Nur ein kleines Stück Haut, das von der Nase bis zur Stirn reichte, war entblößt, und das war so weiß wie eine Zwergenleiche. Die Augen hatten die Größe von Untertassen, auch wenn sie fröhlich funkelten, und die Nase war gekrümmt und zur Seite gedrückt. Auf der Stirn und um die Augen herum waren uralte Runenzeichen eingeritzt.

Der Gegenstand in seiner Hand, den Malden anfangs für eine Keule gehalten hatte, war in Wirklichkeit ein toter Flussotter ohne Kopf. Dem Aussehen des Kadavers nach zu urteilen, hatte die Bestie ihn bereits abgenagt, vermutlich als Frühstück.

»Ihr seid ein Freund von Sir Croy?«, fragte die Kreatur mit tiefer, schnarrender Stimme und streckte die freie Hand aus. »Dann seid im Namen der Göttin in meinem Zuhause willkommen, ehrenwerter Herr. Man nennt mich Gurrh, ein gebräuchlicher Name bei meinem Clan.«

Der Clan der Oger, dachte Malden. Dieses Wesen, das sich so gewählt ausdrückte, war ein Oger. Daran bestand kein Zweifel. Zögernd legte er die Hand in die Hand des Riesen. Der Oger ergriff sie vorsichtig und schüttelte sie sanft.

»Aber … wieso?«, fragte Malden. Viele Einzelheiten von Skraes Geschichte waren ihm unbekannt, aber die groben Züge kannte er dann doch. Als seine Vorfahren aus dem Alten Kaiserreich herübergekommen waren, mussten sie entdecken, dass dieser Kontinent bereits von Elfen und Zwergen bewohnt war. Jahrhunderte des Krieges waren nötig gewesen, um das Land für die menschliche Besiedlung zu säubern – bittere Jahrhunderte, in denen Leute wie Hazoth ganze Berge vom Antlitz der Welt gebrannt hatten und mit ihrer Magie tiefe Täler aus dem Boden gruben; wo man sieben magische Klingen geschmiedet hatte, um gegen die Dämonen der Nacht zu kämpfen. Am Ende dieser höllischen Zeit hatten die Elfen erkennen müssen, dass sie der Woge menschlicher Macht nichts entgegenzusetzen hatten. Also schlossen sie Bündnisse mit ihren eigenen uralten Feinden, um Hilfe zu erhalten – den Goblins, den Trollen und den Ogern, den Schrecklichsten von ihnen allen. Diese haarigen Riesen waren angeblich in der Schlacht nicht aufzuhalten, ihrer zähen Haut konnten weder Eisenklingen noch Äxte etwas anhaben. Sie konnten Pfeile aus der Luft pflücken und sie zurück auf die Angreifer schleudern, oder sie stemmten die menschlichen Krieger einfach in die Höhe und rissen sie mit bloßen Händen in Stücke.

Malden hatte geglaubt, dass es keine Oger mehr auf der Welt gab. Sie hatten unermüdlich gekämpft, aber die Elfen, die ihnen befahlen, waren ausgerottet worden, verraten von den Zwergen, die sie einst für ihre Verbündeten gehalten hatten. Die Zwerge waren immer ein praktisches Volk gewesen; sie hatten gewusst, wann sie aufgeben und ein Bündnis mit den Menschen schließen mussten. Die Oger waren zu schlecht organisiert gewesen, um allein weiterzukämpfen. Die Zauberer jener Zeit hatten sie gnadenlos niedergemetzelt, hatten sie in ihre Verstecke verfolgt und ausgemerzt, bis es keinen mehr gab. Sicher, es gab Geschichten von Überlebenden, einzelnen Ungeheuern, die noch immer in den Tiefen der Wälder umherstreiften, aber das waren eben bloß Geschichten. Niemand glaubte daran. »Ich dachte immer, Oger sind so tot wie die Elfen.«

»Wohingegen ich überlebte, während doch alle anderen verschwanden wie Rauch in der Luft?«, fragte Gurrh. »Als das Töten endlich vorbei war, als das Zeitalter der Menschen gekommen war, lebten einige von uns noch immer. Der gnädige König Theobaldt – möge die Göttin ihn für alle Ewigkeit an ihren überschwänglichen Busen drücken – kam zu dem erbärmlichen Rest und bat uns, vor ihm das Knie zu beugen. Viele weigerten sich und wurden niedergemacht. Aber nicht alle.«

»Er hat der Krone den Treueid geschworen«, erklärte Croy. »Man begnadigte ihn für sämtliche Verbrechen, unter der Bedingung, dass er dem König dient, wann immer man ihn ruft.

Er ließ die Göttin in sein Herz, und man gab ihm einen Platz zum Leben. Hier.«

»Und der Burggraf weiß, dass er hier ist?«, fragte Malden. »Ich will Euch nicht beleidigen, Sir Oger«, fügte er hastig hinzu, legte den Kopf in den Nacken und blickte dem Riesen ins Gesicht. Der Oger lächelte und zeigte zwei Reihen gewaltiger stiftähnlicher Zähne.

Croy schlug Malden auf den Rücken. »Er wurde vom König begnadigt. Das muss der Burggraf respektieren. Mein Freund hier erweist der Stadt einen großen Dienst, indem er das Rohr sauber hält und dafür sorgt, dass der Skrait ungehindert in die Stadt hineinfließen kann. Sollte ein Spion oder Sappeur durch dieses Rohr eindringen wollen, würde Gurrh ihn aufhalten. Er haust hier unten im Sumpf, lebt von den wilden Tieren und meidet die Menschen. Fast jeden Monat schickt der Palast einen Abgesandten, um nach ihm zu sehen und dafür zu sorgen, dass er alles hat, was er braucht.«

»Das muss ...« Malden überdachte seine Worte. Er hatte sagen wollen, es müsse doch schwer erträglich sein, von den Menschen gehasst und gefürchtet zu werden, die man beschützte. Aber natürlich wusste er nicht, ob sich der Oger über die Geschichten im Klaren war, die sich Kinder über das Ungeheuer im Rohr erzählten. Sie forderten einander ja auch zu Mutproben heraus und probierten aus, wie nahe sie sich herantrauten, bevor sie die Flucht ergriffen. Sollte der Oger nicht über seine eigene Legende Bescheid wissen, wäre es grausam gewesen, ihn darüber in Kenntnis zu setzen. »Das muss sehr einsam hier unten sein«, sagte er stattdessen.

Der Oger zuckte mit den Schultern. »Ich habe die Vögel, die mir Wiegenlieder vorzwitschern, und in der Nacht wispern mir die Bäume ihre Gebete zu.«

Ah, dachte Malden. Also hat ihn die Einsamkeit in den Wahnsinn getrieben.

»Was meinst du«, wandte sich nun Croy an den Dieb, »wäre Gurrh ein nützlicher Teil deiner Mannschaft?«

Malden dachte darüber nach. Oger waren bekanntermaßen unglaublich schwer zu töten, zumindest wenn man den Geschichten Glauben schenkte. Sie schüttelten die Hiebe von Eisenwaffen mit einem Schulterzucken ab, und in der Vergangenheit hatte allein Stahl ihre dicke Haut zu durchbohren vermocht. Damals war Stahl so selten gewesen wie Gold in jetzigen Zeiten – bevor die Zwerge jedem Stahl verkauften, der über das nötige Geld verfügte. Und Malden musste zugeben, dass wahrscheinlich selbst Bikker zusammengezuckt wäre, hätte er einen wilden Oger mit ausgestreckten Klauen und schnappenden Zähnen auf sich zukommen sehen.

Er musterte Croy und nickte klugerweise.

»Gurrh«, sagte Croy, »der Burggraf braucht Euch wieder.«

»In der Tat? Das erfüllt mich wahrhaftig mit Freude, Croy. Ich diene seinen Wünschen«, sagte Gurrh und vollführte eine tiefe Verbeugung.

Malden runzelte die Stirn. »Wollt Ihr vorher nicht hören, was wir bezahlen?«

»Ihr sprecht von Gold? Wenn der ehrenwerte Lord mich braucht? Mein Arm gehört ihm, und das wird immer so bleiben. Der Dienst für ihn ist schon Belohnung genug.«

Eindeutig verrückt geworden, dachte Malden. Aber vielleicht ist das ja ganz nützlich.

69

Ein neuer und in wesentlichen Punkten verbesserter Plan nahm in Maldens Kopf Gestalt an. Er ging ihn immer wieder durch, besprach die Einzelheiten mit Kemper und hielt nach Schwachpunkten Ausschau, an denen alles schrecklich scheitern konnte. Natürlich gab es für seinen Geschmack viel zu viele dieser Schwachpunkte. Er wusste noch immer nicht, wer den Diebstahl der Krone eigentlich bezahlt hatte – Bikkers Auftraggeber blieb im Verborgenen. Der Plan verließ sich viel zu sehr darauf, dass Hazoth mit sich selbst beschäftigt war und sich nicht darum kümmerte, was in seinem Haus eigentlich vor sich ging. Und zu jeder Zeit konnten die diversen Spieler – Anselm Vry, der Burggraf und sogar Cutbill – sich zum Eingreifen entschließen und den Lauf der Ereignisse nach ihrem Gutdünken beeinflussen.

Aber wenn alles glückte und er keine Fehler machte … vielleicht gelang es dann ja.

Er ließ Hazoths Haus die ganze Zeit über entweder von Croy oder von Kemper beobachten und nach Zeichen Ausschau halten, ob sich dort möglicherweise etwas veränderte. Gelegentlich hatten sie Bemerkenswertes zu berichten. Cythera wurde dabei beobachtet, wie sie zum Markt ging und ihre üblichen Pflichten erfüllte, was bedeutete, dass sie Malden nicht an Hazoth verraten hatte (ob nun willentlich oder nicht). Eines Nachmittags tauchte Bikker mit einem Sack über der Schulter auf und bezog in den Wächterunterkünften Quartier. Hazoth verließ das Haus nie, was bedauerlich war, aber oft sah man in der Nacht seltsame Lichter, die das Rosenfenster an der Vorderseite des Hauses erhellten. »Als würden dort gottlose Feuer lodern«, berichtete Croy. »Sie tanzen und zittern, dann werden sie gelöscht. Keiner der Wächter nimmt davon Notiz.«

Malden wusste nicht, was er davon halten sollte. Soweit er wusste, beschwor Hazoth Dämonen, bis er damit sämtliche Zimmer füllen konnte. Oder er war bloß mit irgendwelchen esoterischen Studien beschäftigt, die der Dieb nie verstehen würde. Er versuchte nicht zu sehr daran zu denken und konzentrierte sich auf jenen Teil seiner Pläne, auf den er Einfluss hatte.

Die Ausrüstung, mit deren Herstellung er Slag beauftragt hatte, würde tatsächlich erst am Tag vor dem Göttinnenfest fertig werden. Das Unternehmen musste in jener Nacht stattfinden, und so wurde zeitlich alles sehr knapp. Aber auch daran konnte er nichts ändern.

Und so hatte er viel zu viel Zeit übrig um nachzudenken. Er verbrachte so viele Stunden wie nur möglich damit, den Plan immer wieder durchzugehen, Teile davon mit Kemper zu üben oder die Beobachtung des Herrenhauses zu übernehmen. Aber irgendwann brauchte er Ruhe, nur eine Pause, um seine Gedanken ordnen zu können. Er begab sich an einen der wenigen Orte in der Stadt, wo er sich noch immer zu Hause fühlte: der Zitronengarten oben in Königsgraben.

Elody ließ ihn wortlos ein. Vielleicht las sie an seinen Augen ab, wie sehr ihm sein Vorhaben zu schaffen machte. Sie führte ihn in ihr privates Zimmer, schenkte ihm Wein ein und stellte ihm eine Platte mit frischem Obst hin. »Ich weiß die Großzügigkeit zu schätzen, aber ich weiß auch, dass du dir das nicht leisten kannst«, sagte er, als er mit seiner Ahle einen Apfel aufspießte und ihn an den Mund führte. »Ich zahle dir das zurück, das schwöre ich.«

»Ach, Malden, dein Besuch ist schon Bezahlung genug. Du versetzt die Mädchen in helle Aufregung, wenn du vorbeikommst. Das verschafft ihnen Frühlingsgefühle, und sie verdienen mehr, also habe ich am Ende einen höheren Gewinn.« Elody lachte. »Du kannst jede von ihnen haben, die du willst, geht aufs Haus. Du musst nur fragen.«

Malden schüttelte den Kopf. »Die Frau, die ich will, ist nicht hier«, erwiderte er, obwohl er genau wusste, was nun folgen würde. Elody strahlte, und sie stürzte sich mit funkelnden Augen auf ihn und wollte alles über seinen neuen Schatz wissen.

»Sie gehört nicht mir«, sagte Malden etwas düster. Der Besuch hatte ihn eigentlich aufmuntern sollen, aber plötzlich war er schlechter Stimmung. »Vermutlich wird sie das nie. Schließlich war sie einem Ritter versprochen.«

»Was? Aber das ist sie nicht mehr?«

»Ich glaube nicht – das ist alles so verwirrend. Ich glaube, sie könnte versucht haben, mir etwas zu sagen, als wir uns das letzte Mal sahen, aber … ich weiß es einfach nicht. Wie kann ich mit so einem Mann mithalten? Er besitzt ein *Schloss*, Elody. Ein Schloss.«

»Nicht jede Frau geht so berechnend mit ihrer Gunst um wie die Damen, die dich großgezogen haben«, erwiderte Elody. »Einige würden sogar Liebe Geld vorziehen, habe ich gehört.« Sie sah beinahe wehmütig aus, als sie das sagte. »Du musst ihr das geben, das er ihr nicht geben kann. Sieht er gut aus? Hat er starke Arme und blondes Haar und eine edle Haltung?«

»Ja, das alles«, meinte Malden. »Er ist ein bisschen schwer von Begriff«, fügte er hinzu, weil er es sich nicht verkneifen konnte.

»Dann sei schlau. Das dürfte für jemanden wie dich doch nicht so schwer sein«, sagte Elody.

»In ihrer Nähe komme ich mir wie ein Trottel vor. Ich fühle mich, als könnte ich nie wieder schlau sein«, gestand Malden.

»Dann muss es wahre Liebe sein«, sagte Elody, und sie lachten gemeinsam.

Sie hielt ihn bis spät in die Nacht und bewirtete ihn mit Wein. Er erzählte ihr alles – von Cytheras verfluchter Haut und Croys Gelöbnissen und Eiden. Sie gab ihm die Ratschläge, die ihr einfielen, und schickte ihn sehr betrunken und etwas weniger furchtsam nach Hause. Er fiel mit dem Gedanken ins Bett, dass er beinahe so etwas wie eine Chance hatte.

Am Morgen belehrte ihn das frühe Licht eines Besseren. Es war der Tag vor dem Göttinnenfest. Ihm dröhnte der Schädel, und die Arbeit wartete auf ihn.

Als Slags Teile fertig waren, eilte er sofort in Cutbills Schlupfwinkel und nahm sie in Empfang. Er schnürte sie zu einem Bündel zusammen und kehrte auf kürzestem Weg in seine Behausung zurück. Als er dort ankam, war es fast schon Abend. Er eilte die Treppe hinauf und hörte Stimmen. Eigentlich konnte sich nur Kemper in seiner Kammer aufhalten, und er öffnete vorsichtig die Tür, bereit, beim ersten Anzeichen von Gefahr die Flucht zu ergreifen.

Als er Cythera am Tisch sitzen sah, stockte ihm der Atem. Und er ergriff tatsächlich beinahe die Flucht.

»Kemper, geh und lös Croy auf seinem Posten ab!«, befahl Malden, nachdem er die Ausrüstung abgelegt hatte.

»Ach, mein Junge, das ist so aufregend wie Spülwasser. Da wird schon nichts passieren, bevor wir alle in Stellung gehen.«

»Dann sollte es ja nicht schwierig sein, dort Wache zu halten«, erwiderte Malden.

Kemper murmelte etwas Unhörbares. »Gib mir wenigstens meine Karten zurück. Ich vermisse meine kleinen Freunde.«

»Deine Karten.« Die steckten noch immer in Maldens

Wams. »Die bekommst du, wenn wir die Krone in Sicherheit gebracht haben.« Ihre Blicke trafen sich ein letztes Mal, und Malden sah, dass Kemper bereit war. Cythera durfte keinesfalls erfahren, warum Malden die Karten tatsächlich behalten hatte. »Ich will nicht, dass du deinen Posten verlässt, um irgendwo eine schnelle Partie zu spielen.«

»Ich bin nicht dumm, mein Junge«, erwiderte Kemper und nickte kaum merklich. »Ich weiß, dass du mir die Haut abziehst, sollte ich so etwas tun.«

Malden nickte und blickte seinem Gefährten hinterher, als er das Zimmer auf herkömmliche Weise verließ. Als er mit Cythera allein war, schloss er die Fensterläden, obwohl es ein warmer Abend war.

»Die Wächter haben sich bereits über Bikker beschwert«, erzählte sie. »Er schikaniert und bestraft sie für das kleinste Vergehen.« Sie schüttelte den Kopf. »Aber er weiß nicht, was kommt. Hazoth auch nicht. Wie weit bist du mit deinen Vorbereitungen?«

»Alles bereit«, sagte er. »Dank deiner Hilfe habe ich einen völlig neuen Plan. Wir fangen damit an, dass wir unseren zahmen Oger …«

Sie schüttelte den Kopf. »Erzähl mir nichts! Hazoth könnte mich befragen und zwingen, deine Geheimnisse zu verraten. Falls ich sie kenne.«

»Sehr gut.« Malden wusste Cytheras Weisheit zu schätzen. »Dann lass mich nur Folgendes sagen: Deine Mutter könnte morgen früh frei sein.«

In ihren Augen blitzte Hoffnung auf. Sie ging auf ihn zu, der Saum ihres Samtumhangs umspielte ihre Füße. »Malden – danke«, sagte sie. »Ich weiß, du hast deine eigenen Gründe für dieses Unternehmen. Trotzdem danke ich dir.«

Er setzte zu einer Verbeugung an, überlegte es sich dann aber anders. Er streckte die Hand aus.

Sie lächelte und hielt die Finger den Bruchteil eines Zolls über seiner Handfläche, ohne ihn zu berühren. Tätowierte Waldreben und Hundsrosen wanden sich um ihre Finger. »Nein, nicht!«, warnte sie, als er sich darüberbeugte, um ihren

Handrücken zu küssen. »Bitte, Malden, allein um deinetwillen …«

Seine Lippen berührten hauchzart ihre Haut. Hätte er nur auf ihre Hand geatmet, wäre die Empfindung nicht stärker gewesen.

»Oh, was tust du da?«, fragte sie atemlos. »Mich zu küssen – Malden, ich habe erst kürzlich versucht, dich mit einem Kuss zu töten.«

»Ich sah mich schon weniger erfreulichen Verderben ausgeliefert«, sagte er. »Lieber sterbe ich durch deine Lippen als durch Bikkers Schwert.«

»Du sagst mir … Worte der Liebe.«

Malden zuckte mit den Schultern. »Bist du überrascht? Cythera, ich empfinde etwas für dich, seit wir uns das erste Mal begegnet sind. Sag mir, dass das nur ein Zauber war. Irgendein Bann, mit dem dich deine Mutter belegt hat, damit dich alle Männer unwiderstehlich finden.«

»Nein«, sagte Cythera.

»Dann ist es echt, was ich fühle.«

Einen Augenblick lang sahen sie sich nur an, wie zwei Duellanten, die sich auf ihren Kampf vorbereiteten. Er wusste, dass sie ebenfalls etwas empfand. Das musste sie! Ja, es war kompliziert. Ja, es war gefährlich. Aber es war unausweichlich.

Sie trat einen Schritt zurück. »Nur einen groben Kuss – mehr braucht es nicht, um die Last der Magie zu entfesseln, die ich auf der Haut trage.«

»Ich fürchte mich nicht vor den Flüchen, die du gesammelt hast«, erwiderte er. »Ein grober Kuss würde sie entfesseln, sagst du. Aber wie du siehst, ist ein sanfter Kuss harmlos.«

Sie lachte entzückt. »Du bist sehr geschickt, wahrhaftig!«

»Ich könnte dir zeigen, wie geschickt ich bin. Wenn du noch eine Stunde Zeit hast, bevor du zurückkehren musst.«

»Malden, du nimmst dir viel heraus.«

»Beleidige ich dich? Dann ohrfeige mich«, sagte er und wagte noch mehr.

Er berührte ihr Handgelenk mit einem Finger und zeichnete den Verlauf einer tätowierten Schlingpflanze nach, die zu ihrem Ellbogen hinaufführte. Dabei berührte seine Fingerspitze kaum ihre Haut, aber das reichte schon. Er hatte lange genug unter Huren gelebt, um grundsätzliches Wissen über die erotischen Künste zu erlangen. Zum Beispiel wusste er, dass die federgleiche Berührung empfindlicher Haut viel erregender und aufreizender sein konnte als eine ungestüme Liebkosung.

»Croy …«, flüsterte Cythera und schloss den Mund, als ein Schauder ihren Körper durchfuhr. »Croy …«

»… ist nicht da.« Er drückte einen sanften Kuss auf die Innenseite ihres Handgelenks. »Wie lange ist es her, dass man dich auf diese Weise berührt hat?«

»Zu lange«, erwiderte sie.

»Aber du erinnerst dich doch noch, wie es sich anfühlt, oder?« Das war eine behutsame Weise, eine wichtige Frage zu stellen.

»Ja«, antwortete sie. »Bevor ich Croy kennenlernte, gab es … andere. Größtenteils waren es grobe Kerle. Sie nahmen sich allzu schnell, was sie wollten, oder sie waren gemein und verlangten, was ich nicht geben wollte.«

»Aber was willst du?«, fragte Malden. Er griff nach oben und löste ihr Haar, ließ es auf ihre Wangen herabfallen. »Möchtest du dich setzen? Mein Bett steht dort drüben.«

Sie lachte wieder, als wüsste sie nicht, was sie antworten sollte. »Könnte Croy sehen, was du tust, zerspränge sein Herz wie eine schlecht gegossene Glocke.«

»Gibt es einen Grund, warum du es ihm sagen solltest?«, fragte Malden. »Ich bin kein grober Kerl, Cythera. Ich bin auch nicht gemein. Du kannst es mit einem Wort beenden. Aber wenn du schweigst … nun. Du hast die Wahl.«

10

Als Croy eine Stunde später eintrat, saßen Malden und Cythera auf gegenüberliegenden Seiten des Zimmers und versuchten gemeinsam zu ergründen, wer Bikkers geheimnisvoller Auftraggeber sein könne. Es gab genügend Verdächtige.

»Der König will die Privilegien widerrufen«, meinte Cythera. »Damit er Ness besteuern kann. Er verliert doch jedes Jahr Tausende Königstaler, weil sein Vorfahr dem Vorfahr unseres Burggrafen ein Versprechen gab.«

»Er hat ein Motiv, das muss ich zugeben«, sagte Malden, »aber ich wette auf Bikker.«

»Was meinst du?«

»Ich glaube, Bikker hat seinen geheimnisvollen Auftraggeber nur erfunden. Ich glaube, er wusste, dass Hazoth ihn niemals ernst nähme, vielleicht wollte er auch einfach nur einen Sündenbock, falls alles schiefgeht. Wenn die Stadt rebelliert, glaube ich, dass er sich als ihr neuer Herrscher präsentiert. Ein Ancient Blade könnte die Menschen um seine Flagge scharen – und die Gewalt beenden. Er wäre ein Held, und man würde ihn mit Sicherheit zu Tarness´ Nachfolger bestimmen.«

»Braucht man bloß ein magisches Schwert, um die Menschen zu führen? Nun, dann könnte Croy unser verborgener Feind sein«, sagte Cythera. Sie und Malden starrten den Ritter an, als hätten sie ein schreckliches Geheimnis entdeckt.

Croy erwiderte den Blick, als hätten sie beide den Verstand verloren. Als sie über ihren kleinen Scherz lachten, wurde er knallrot im Gesicht und ging zu Maldens Waschständer. »Ist das überhaupt von Bedeutung?«, fragte er, goss sich Wasser über die Hände und wusch sich im Spülbecken das Gesicht. »Es ist fast so weit. Der Plan kann nicht mehr geändert werden.«

»Ich muss gehen«, sagte Cythera. »Du weißt, dass ich euch nicht helfen kann, sobald die Ereignisse in Bewegung geraten sind«, fügte sie an Malden gewandt hinzu.

Er nickte. »Du musst so überrascht tun wie alle anderen. Aber du weißt, dass es losgeht, wenn der Oger auf eurer Schwelle steht.«

»Ein Oger«, sagte sie. »Das hast du schon einmal erwähnt. Wo in aller Welt hast du den aufgetrieben?«

»Eigentlich ist das Croys Verdienst«, erwiderte Malden. »Sein Beitrag zu dem Plan. Du solltest diese Kreatur in ruhigeren Zeiten sehen, Cythera! Er hat die Stimme eines Dichters, und die Seele ist der Göttin gewidmet, aber er sieht Furcht einflößend aus – doppelt so groß wie ein Mann und mit schwarzem Fell bedeckt, uralte, bösartige Runen in das Gesicht geritzt.« Er lachte. »Er wird den Wächtern einen ordentlichen Schrecken einjagen.«

»Ja, aber das ist auch schon alles«, murmelte sie besorgt. Sie warf Croy einen Blick zu, den er aber nicht erwiderte. »Malden, diese Runen. Erinnerst du dich, wie sie aussahen?« Sie nahm ein Stück Holzkohle und zeichnete etwas auf einen der Pläne. »Etwa so, was meinst du?«

»Ja, genau.« Malden lächelte. »Ich bin sicher, sie besagen etwas so Bedrohliches wie *Ich bin dein Tod* oder *Gegenübertreten auf eigene Gefahr*.«

»Nicht ganz. Dein Oger trägt einen Fluch auf dem Gesicht, aber der ist nicht für seine Feinde bestimmt. Er richtet sich gegen ihn selbst. Tatsächlich einer der einfacheren, aber sehr starken Flüche. In der Übersetzung heißt der Wortlaut: *Verletzt du einen, sollst du zugrunde gehen.*«

Malden riss die Augen auf. »Und was bewirkt dieser Fluch?«

»Man wendet ihn für gewöhnlich bei begnadigten Gefangenen an oder bei Geschöpfen, die Menschen getötet haben. Sollte dein Oger ein menschliches Wesen verletzen – auch wenn es Selbstverteidigung ist –, werden die Runen immer heißer, bis sie sich schließlich in seinen Schädel hineinbrennen.« Sie wischte sich die Finger am Saum ihres Umhangs ab. »Ich kenne deinen Plan nicht. Ich will deinen Plan nicht kennen. Aber wenn du dich darauf verlässt, dass dieser Oger gegen die Wächter oder gegen Bikker kämpft, dann hast du hoffentlich einen Ersatzplan im Ärmel.«

»Danke, Cythera«, stieß Malden zwischen zusammengebissenen Zähnen hervor und versuchte, einen Aufschrei zu unterdrücken. Sie nickte, verließ die Kammer und kehrte zum Herrenhaus zurück, bevor man sie vermisste. Als sie fort war, wandte sich Malden langsam zu Croy um.

»Das hast du natürlich gewusst«, sagte er bedächtig.

Croy antwortete nicht sofort. Stattdessen kniete er neben dem losen Dielenbrett nieder, unter dem noch immer seine Schwerter verborgen lagen.

Malden war schneller. Er zog die Ahle und drückte Croy die Spitze ins Kreuz, bevor der Ritter nach seinen Waffen greifen konnte.

»Der Erfolg meines Plans beruhte auf diesem Oger«, erklärte der Dieb. »Es bleibt keine Zeit mehr, einen Ersatz zu finden. Hast du mich verraten, Croy?«

»Bezeichnest du mich als treulos?«

Um ein Haar hätte Malden zugestimmt. Dann fiel ihm ein, dass Croy Bikker mit demselben Wort bedacht hatte – dem Wort, das die Blutfehde zwischen den beiden Männern verursacht hatte. »Ich stelle eine Frage. Hast du mit Hazoth einen Handel abgeschlossen, um meine Pläne zu vereiteln? Vielleicht arbeitest du auch für denselben Herrn wie Bikker.«

»Niemals«, entgegnete Croy.

»Und warum genau hast du mir verschwiegen, dass dein Oger an der Kette hängt?«

Die Muskeln in Croys Nacken spannten sich an. »Ich bin kein Lügner, weder aus Neigung noch durch Übung«, erwiderte der Ritter. »Aber mir blieb keine Wahl. Meine Rolle in deinem Plan ist bedeutungslos. Ich soll den Aufpasser spielen und nichts weiter. Wie soll ich Cythera damit meine tiefe Ergebenheit beweisen? Ich sollte es sein, der für ihre Freiheit kämpft. Mein Arm und mein Schwert sollten es sein, die den entscheidenden Hieb führen.«

»Du bist verwundet«, sagte Malden. Die Spitze der Ahle

wich nicht den Bruchteil eines Zolls zurück. »Selbst im Vollbesitz deiner Kräfte wärst du Bikker nicht gewachsen. Er hätte dich im Palast besiegt, hätte ihn der Dämon nicht abgelenkt. Er hätte dich getötet. Kannst du es gar nicht erwarten, von seiner Hand zu sterben?«

»Die Liebe wird mir den Arm stärken«, entgegnete Croy. »Gerechtigkeit wird mein Schild sein.«

Malden kicherte, und die Spitze seiner Waffe bewegte sich um Haaresbreite zurück. Anscheinend reichte das.

Croy bewegte sich so schnell, dass Maldens Augen nicht mitkamen. Eines seiner Beine trat zu und holte den Dieb von den Beinen, und er stürzte rücklings gegen das Bett. Er konnte sich lediglich mit der freien Hand abfangen, während er die Ahle weiterhin in Croys Richtung hielt.

Bevor der Dieb sich gesammelt hatte, richtete sich Croy mit dem Kurzschwert in der Hand über ihm auf und hielt ihm die Spitze der Waffe unters Kinn. Die Klinge funkelte so hell, dass Malden seinen eigenen entsetzten Gesichtsausdruck auf der Oberfläche erkannte.

»Ich mag verwundet sein – aber ich bin noch immer ein Ancient Blade. Verspotte meine Ideale so lange, wie du willst, Dieb. Meine Fähigkeiten kannst du nicht bestreiten.«

»Das wohl nicht«, sagte Malden. »Also gut. Wer bin ich, dass ich dir den Tod verweigere? Übernimm den Platz des Ogers. Solange du eine Minute lang gegen das Gefolge des Zauberers bestehst, reicht mir das.«

»Du wirst sehen, dass meine Fechtkünste unerreicht sind. Auch wenn ich nicht so stark wie Gurrh bin.« Croy senkte das Schwert. »Es ist fast so weit. Die Sonne ist untergegangen.«

Malden nickte. Er starrte noch immer auf die Klinge und erwiderte den Blick seiner eigenen Augen auf der blinkenden Klinge. »Ja«, sagte er. »Stark. Er ist immer noch sehr stark, selbst wenn er nicht kämpfen kann. Croy, ich hatte gerade einen Einfall, der möglicherweise uns beiden das Leben rettet. Kannst du dem Oger eine Nachricht zukommen lassen und ihm neue Anweisungen geben? Vielleicht ist er doch noch zu etwas zu gebrauchen.«

TEIL VIER
DER EINBRUCH

Zwischenspiel

Slag der Zwerg kletterte auf einen von Cutbills Stühlen und blies die Wangen auf. »Dieser Junge Malden hat verdammt noch mal nicht die geringste Chance, oder?«

Cutbill hatte viel Respekt vor diesem Zwerg. Der kleine Handwerker hatte ein schmutziges Mundwerk, das stimmte, und sein Gemüt war wirklich reizbar, aber seine Arbeit war tadellos, und sie erlaubte Cutbills Dieben, Dinge zu tun, die eigentlich unmöglich hätten sein müssen. Deshalb erwies er dem Zwerg die Ehre, seine Schreibfeder abzulegen, bevor er aufschaute und sagte: »Vermutlich nicht.«

Slag nickte und kratzte sich an seinem wilden Bart. »Ich habe es gerade von Loophole gehört. Er glaubt, du wüsstest nicht, dass er herumfragt, was einfach nur idiotisch ist. Aber er sagt, dass Anselm Vry die Stadt auf ihren beschissenen Kopf stellt auf der Suche nach ...«

Cutbill hob nur eine Braue. Sein Arbeitszimmer war einer der sichersten Orte dieser Stadt, und eigentlich hätte es unmöglich sein müssen, dass Ohren unerwünscht an seiner Tür lauschten, aber in einer Welt, in der dem Vogt ein Zauberer mit einem Zeigestein zur Verfügung stand, war keine Unterhaltung sicher.

Slag nickte und hob entschuldigend die Hände. »... nach dem Ding«, führte er den Satz zu Ende. »Vrys Wächter reißen im Stinkviertel jede verdammte Tür auf, als würde irgendein armer Mistkerl von Schuhmacher sie auf seinem Abort verstecken. Glaubst du, er hat einen Dachschaden? Anscheinend hat er vor Entsetzen den Verstand verloren.«

»O nein«, sagte Cutbill. »Seine Aktionen sind völlig vernünftig. Natürlich wird er mit seiner Suche scheitern, aber er kann dem Burggrafen wenigstens beweisen, dass er sich ehrlich bemüht hat. Er sucht aus dem gleichen Grund im Stinkviertel statt im Goldenen Hügel, aus dem er auch keine richtigen Anstalten gemacht hat, sie von ihrem derzeitigen Aufenthaltsort zu holen – weil er Angst vor den Einwohnern hat. Die reichen Bürger in ihren Häusern am Schlosshügel würden sich so etwas niemals bieten lassen. Die armen Leute unterhalb des Qualmbezirks können sich keine Empörung leisten.«

»Also wird er sie nicht rechtzeitig finden, und Malden hat auch keine Chance.«

»Das würde ich nicht sagen. Seine Chancen stehen sehr schlecht. Aber ich habe Malden aus einem bestimmten Grund ausgesucht, Slag. Nicht weil er so viel Talent bewies, als er Guthrun Whiteclay ausraubte. Sondern weil er Köpfchen hat. Das sieht man so selten bei den Männern, die durch meine Tür kommen. Falls jemand dieses Unternehmen hinbekommt, dann Malden.«

»Sitzt du darum hier und kritzelst immer noch Einträge in dein verdammtes Buch?«, fragte Slag und zeigte auf Cutbills Kontobuch. »Wie an jedem anderen Tag auch. Du könntest morgen früh tot sein. Solltest du nicht rausgehen und rumhuren oder dich betrinken, bis du kotzen musst?«

»Sollte man mir morgen die Kehle durchschneiden, dann würden ein schlimmer Kater oder die Sackfäule diese Erfahrung bestimmt nicht angenehmer machen. Aber nein, ich arbeite nicht so lange, weil ich glaube, dass Malden es schafft. Ich arbeite für den Fall, dass er scheitert. Dieses Buch ist mehr als die Führung einiger Konten. Das ist mein Lebenswerk. Es wird nie fertig werden, aber ich versuche, es so weit wie möglich zu vervollständigen. Es enthält eine Reihe von Instruktionen, die für den Fall, dass ich am Morgen meinem Schöpfer gegenübertrete, ausgeführt werden sollen. Ich habe dich hergerufen, weil ich dafür deine Hilfe brauche. Ich will, dass du diesen Ort heute Nacht räumst, bevor Anselm Vry und seine Soldaten eintreffen. Und ich will, dass du dieses Buch mitnimmst. Es gibt eine Reihe von Leuten, die es sehen sollten: die Piratenkönigin des Rachenarchipels wird wohl das größte Interesse daran haben.

Der Große Häuptling der Barbaren, Mörg der Weise, muss unbedingt Seite dreihundertneun lesen, wenn wir einen Krieg mit seinen Leuten vermeiden wollen.«

»So armselige Scheißtypen wie die müssen die Unterlagen der Gilde über ihre Zahlungen und Einkünfte sehen?«, fragte Slag. In seinen Augen funkelte die Neugier. Nur wenige Dinge konnten den Zwerg aus seiner finsteren Stimmung reißen, aber ein saftiges Geheimnis stand ganz oben auf der Liste. »Was genau steht denn da?«

»Du kannst es lesen und selbst herausfinden«, sagte Cutbill und drehte das Kontobuch herum. Der Zwerg kam heran und kletterte auf Cutbills Schreibtisch, um besser sehen zu können. Cutbill las seitenverkehrt mit, als Slags Blick über die endlosen Zahlenreihen und Glyphen glitt, die an jedem Seitenrand standen. Slag tippte auf die verschlüsselten Symbole.

»Ha, wirklich clever. Es ist verschlüsselt.«

Cutbill schenkte Slag ein schmales Lächeln. »Ich bin sicher, du kannst den Code knacken, wenn du genug Zeit hast.«

»Aber das ist nicht der Grund, warum du willst, dass ich das Buch nehme.«

Cutbill schüttelte den Kopf. »Nein. Ich habe dich aus einem sehr einfachen Grund für diese Aufgabe ausgewählt. Sollte Anselm Vry morgen herkommen, wird er jeden Angehörigen der Gilde töten, den er in die Finger bekommt – mit einer Ausnahme. Das Gesetz wird ihm nicht erlauben, dich zu töten.« Das stimmte. Jeder Mann, der die Hand gegen einen Zwerg erhob, und sei es auch nur, um ihm in Wut einen Schlag zu versetzen, würde sein eigenes Leben verwirken. Das war das Abkommen, das die Menschheit mit den Zwergen geschlossen hatte, als sie sich mit ihnen am Ende der Kriege der Vergangenheit gegen die Elfen verbündet hatten. Es war ein Abkommen, das nie gebrochen oder ignoriert worden war, und das einfach aus dem Grund, weil nur die Zwerge das Geheimnis der Stahlerzeugung kannten. Das machte sie für den König wertvoller als seine eigenen Untertanen. »Außerdem darfst du auf dem Kontinent herumreisen, wie du willst, und niemand kann dich daran hindern. Du, mein

Freund, bist der *Einzige,* dem ich diese Pflicht anvertrauen kann.«

»Klar. Das sagst du immer über die wirklich miesen Aufgaben.« Slag musterte den Gildenmeister der Diebe, als wäre er entweder ein außerordentlich kostbarer Edelstein oder ein wertloses Stück Strass, und er müsste sich entscheiden, was nun zutraf. »Ich hatte ja vor heute Abend keine Ahnung. Aber hinter dir steckt mehr, als die Leute glauben, nicht wahr?«

»Genau das Gegenteil trifft zu. Ich bin genau das, was ich zu sein scheine.«

»Ach ja?«

»Ich bin ein Mann, der sehr gute Gründe hat, seine Geheimnisse sicher zu bewahren.« Cutbill lächelte erneut. »Und jetzt – wenn du so nett wärst – bitte ich dich zu gehen. Ich muss noch eine Menge niederschreiben, bevor sie mich holen kommen. Oh, und noch etwas. Sollte Malden wider Erwarten Erfolg haben, muss ich dich darum bitten, weder ihm noch einem anderen gegenüber diese Unterhaltung jemals zu erwähnen.«

»Natürlich. Sollte das passieren, wird mich das so überraschen, dass mir vermutlich eine Ader im Schädel platzt und ich sowieso alles vergesse.«

»Ich kann dir gar nicht sagen, wie ich den Optimismus deiner Rasse bewundere«, sagte Cutbill.

Der Zwerg ging zur Tür. Er hatte selbst noch Arbeit zu erledigen. »Ach, halt die Schnauze, du bigotter Hurensohn«, erwiderte er.

11

Es war die Nacht vor dem Göttinnenfest, einem der wichtigsten Feiertage des Jahres. Obwohl die Dunkelheit hereingebrochen war und die Straßen als unsicher galten, brodelte es in der

Freien Stadt Ness noch immer vor Lebendigkeit. Vor der Morgendämmerung war noch viel zu tun und vorzubereiten.

Im Tempel der Göttin oben im Turmviertel holten die Juniorpriester das riesige goldene Füllhorn hervor, das der Mittelpunkt der morgendlichen Prozession sein würde. Sie polierten es mit weichen Tüchern, bis es im Licht einer einzigen Kerze wie die Sonne erstrahlte. Andere füllten es mit Hunderten von Küchlein und Früchten, die man den Armen unterwegs zuwerfen würde. Die geringeren Ikonen – Ruder, Weltkugel und Rad – wurden mit goldener Farbe betupft, um die Sprünge und Kratzer zu übertünchen, die die Holzkerne aufwiesen. Die Oberpriester hielten am Altar Nachtwache, sangen Lieder und lagen während der ganzen Nacht vor dem geheiligten Abbild der Göttin auf den Knien.

Auf dem Marktplatz balgten sich die Händler um die besten Plätze. Die meisten Auseinandersetzungen bestanden aus erregten Wortgefechten, und gelegentlich zückte man Dokumente, wenn der eine oder andere das Recht auf einen bestimmten Platz für sich beanspruchte. Da diese Dokumente von einem von Cutbills Fälschern angefertigt worden waren – es lag unter der Würde der Stadtverwaltung, gewöhnlichen Straßenhändlern Stellplätze zuzuteilen –, war ihr Nutzen begrenzt. Gelegentlich brach eine Schlägerei aus. Schließlich war an einem Feiertag ordentlich Geld zu verdienen.

Auf dem Goldenen Hügel, wo die meisten Häuser bereits verlassen waren, beaufsichtigten die letzten reichen Bürger ihre Dienerschaft, die Truhen mit Kleidung und Verpflegung für die nächsten zwei Tage packen musste. Wer es sich leisten konnte, floh während der Feiertage aus der Stadt und verrammelte sein Haus, war man doch der Ansicht, dass Menschenmengen Seuchen verbreiteten. Einige von Cutbills besten Spionen hockten auf den Dächern und machten sich Notizen.

Unten im Qualmbezirk fuhr man die großen Öfen herunter, ein mühevoller Prozess, den man nur zweimal im Jahr durchführte. Die Feuer, die das Eisen der Freien Stadt schmolzen und formten, mussten langsam und achtsam verringert werden, damit die Öfen nicht zu rasch abkühlten und zersprangen. Gewöhnlich brannten sie Tag und Nacht. Aber das Gesetz verlangte, dass man während der Feiertage alle Feuer löschte. Während der Feierlichkeiten würden sich dreimal so viele Menschen wie sonst in Ness aufhalten, und sollte ein Haus Feuer fangen, wäre die Gefahr zu groß, dass es sich in der ganzen Stadt ausbreitete.

Im Stinkviertel wurden an jedem Schrein des Blutgotts späte Messen abgehalten und die kleinen Opfergaben in Form von Fisch und Fleisch entgegengenommen, die die Gläubigen darbrachten. Sie standen viele Häuserblöcke lang Schlange, nur um ihre vom Mund abgesparten Essensreste zu übergeben und die vorgeschriebenen Rituale zu vollziehen. Die Armen konnten es sich nicht leisten, den Gott oder auch die Göttin zu verärgern, also erwiesen sie beiden öffentlich und schnell hintereinander ihre Ehrerbietung. Bei Anbruch der Morgendämmerung würden sie in den kleinen Kapellen, die über alle Viertel verstreut waren, auf den Knien liegen und sich alle Mühe geben, während des Morgengebets wach zu bleiben.

Die Stadtwächter nutzten die Frömmigkeit der Armen aus, um in noch mehr ihrer Häuser einzubrechen und ihre armseligen Besitztümer zu durchstöbern. Bei diesen Hausdurchsuchungen fand man keine Krone, dafür aber viele Kupferstücke und billigen Schmuck. Auch für die Stadtwache war das ein Feiertag, genau wie für jeden anderen auch.

Jedes Gasthaus war voll belegt, und Reisende mussten in Ställen schlafen oder sich zu sechst ein Bett teilen. Außerdem gab es keinen Wein zu kaufen, sondern nur neues Ale und starkes Bier.

Im Zitronengarten öffnete Elody die Türen, hängte ein Messingfüllhorn über die Tür und machte auf den Sonderpreis aufmerksam, der auswärtigen Pilgern gewährt wurde. Für das zahlreiche Laufpublikum hatte sie zusätzliche Mädchen eingestellt – Frauen, die an jedem anderen Tag des Jahrs ein ehrbares Leben führten, aber an diesem Abend Masken trugen und sich ein kleines Zubrot verdienten, denn am kommenden Morgen konnten sie billig Buße tun.

In der Habichtstraße gegenüber der Nordmauer des Schlosshügels schlossen die Glücksspielhäuser ihre Türen – gewährten aber Zugang zu den Tischen. Die hingebungsvollen Karten- und Würfelspieler senkten die Stimmen für den Fall, dass die Stadtwächter lauschten, aber das erhöhte nur die Einsätze. Auch dort gab es genau wie auf dem Marktplatz oft Streit, aber er endete viel schneller. Entweder warfen die Betreiber der Spielhäuser die Streithähne kurzerhand hinaus (wenn sie von geringer Stellung waren) oder halfen (im Fall des Adels) den Kämpfern bei den Formalitäten der Duelle. Die natürlich erst nach dem Göttinnenfest stattfinden würden. Kein Adliger würde so ungehobelt sein, am Heiligen Tag der Göttin Blut zu vergießen.

Im Aschehaufen versammelten sich die Bettelkinder, die Cutbills Schlupfwinkel bewachten, in einer ausgebrannten Kapelle und beteten zu ihrem eigenen Abbild der Göttin. Es war bloß das angekokelte Stück eines alten Schenkenschilds, das eine nicht gerade heilige Frau mit einem riesigen Alebecher zeigte, aber der Glaube in den Augen der Kinder brannte nicht weniger hell als bei den Erwachsenen. Wenn jemand um Glück und Wohlstand buhlen musste, dann diese Straßenkinder.

Im Göttinnengarten blökte ein Yale, als es von einem Rudel wilder Hunde gestellt wurde. Es senkte die spitzen Hörner, aber es war ernstlich unterlegen. Falls das Yale wusste, dass es der Göttin geweiht war, hatte es doch keine Ahnung, wie es um Hilfe flehen sollte.

In einer selten benutzten Kapelle auf dem Schlosshügel saß ein gewisser Jemand bei einer Flasche Wein und einem guten Buch. Er würde in dieser Nacht nicht schlafen – zumindest nicht, bis er von seinen Mitverschwörern Bikker und Hazoth gehört hatte. Wenn er sicher war, dass der undankbare Dieb tot und Ghostcutter für einen neuen Besitzer bereit war, dann konnte er sich vielleicht entspannen – aber nur einen Augenblick lang, denn dann begann erst die eigentliche Arbeit der Verschwörer.

In der ganzen Stadt erklangen Hymnen. Man hörte sie aus jedem Fenster und an jeder Straßenecke. Überall feierten Leute oder büßten für ihre Sünden oder genossen einfach die warme Sommernacht.

Und auf der Stadtwiese in Gartenmauer ging ein Oger in aller Gemütsruhe auf das Tor von Hazoths Herrenhaus zu. Die Wächter brüllten ihn an, er solle sofort verschwinden, aber er beachtete sie nicht. Als hätte er einen angenehmen Platz gefunden, wo er den Abend verbringen wollte, setzte sich der Oger unmittelbar vor dem Tor ins Gras und beobachtete mit seinen starrenden großen Augen das Haus. Nach einer Weile faltete er die Hände im Schoß. Er unternahm keinen Versuch, in das Gebäude einzudringen, ließ sich auch zu keinerlei Drohgebärden hinreißen. Und doch hätte ein ins Rosenfenster einschlagender Blitz weniger Überraschung erregt.

72

Neben dem Anwesen kauerte Malden zusammen mit Kemper unter einem Weidenbusch. Er spähte in die Dunkelheit und versuchte etwas zu sehen. Am Tor flackerten Fackeln, und er erkannte den Oger deutlich, wollte aber wissen, wie die Wächter auf dessen Anwesenheit reagierten.

»Du wirst schon wissen, wann die Zeit gekommen ist, mein Junge«, beruhigte Kemper ihn.

»Wir müssen bereit sein, sofort zu handeln«, beharrte Malden. »Bist du bereit? Weißt du, was du tun musst?«

»Aye. Und jetzt hör auf zu jammern. Da, sieh nur! Ist das nicht dieser Halunke Bikker, vor dem du solche Angst hast?«

»Das ist er«, bestätigte Malden und knirschte mit den Zähnen. Der große Schwertkämpfer lehnte an der Seite des Herrenhauses und kratzte sich am Bart. Er wirkte nicht gerade fröhlich, wie der Dieb mit Genugtuung feststellte. Ständig streckte er den Kopf um die Hausecke, um zu sehen, was der Oger vorhatte. Aber der hatte nichts vor.

Malden hatte das vorausgesehen. Es war durchaus nicht unwahrscheinlich, dass Bikker diese Phase des Plans durchschaute. Der Oger konnte die Barriere genauso wenig überwinden wie Malden. Die Wächter waren dahinter völlig sicher – natürlich wären sie auch völlig sicher gewesen, hätte man die Barriere gesenkt. Bikker kannte möglicherweise die Bedeutung der Runen auf dem Gesicht des Ogers und wusste, dass er nichts von ihm zu befürchten hatte.

Aber ein Mann hätte Eiswasser in den Adern haben müssen, um sich keine Sorgen zu machen, wenn ein solcher Riese aus unbekannten Gründen vor der Tür auftauchte. Bikker war schlau, er war diszipliniert, aber Malden baute auf die Tatsache, dass er von aufbrausendem Temperament war. Falls der Söldner sich auf die Gegenwart des Ogers hin nicht rührte, hatte Gurrh den Befehl, ihn anderweitig herauszufordern.

»Jetzt, Gurrh«, sagte Malden, als hätte der Oger ihn hören können.

Vielleicht hatte er die Worte tatsächlich wahrgenommen – wer wusste schon zu sagen, was das Gehör eines Ogers vermochte? Völlig ruhig stand Gurrh auf und trat an den Zaun, der das Anwesen umgab. Er griff nach einer der schmiedeeisernen Stangen und riss sie von der Kreuzstange. Als zöge man einen Dämon aus dem Höllenpfuhl – ein ächzender, kreischender Laut, bei dem sich Malden die Haare aufstellten. Die Stange löste sich berstend, und plötzlich hielt Gurrh einen Gegenstand in der Hand, der große Ähnlichkeit mit einem bösartigen Speer hatte.

Der Oger ließ die Waffe mit breitem Grinsen durch die Luft sausen und hieb sie gegen die anderen Zaunstangen. Es entstand ein rhythmisches, lautes Geräusch, das unmöglich zu überhören war. Ein Wächter brüllte dem Oger zu, den Lärm einzustellen, aber seine Stimme drang nicht durch.

Möglicherweise reichte das als Herausforderung. Die Wächter wichen furchterfüllt vom Zaun zurück. Genau wie Malden gehofft hatte, stieß sich Bikker von der Hauswand ab und schritt auf das Tor zu.

»Du da!«, rief er. »Du … Bestie. Was im Namen all dessen, was pervers ist, treibst du da?«

Gurrh zuckte mit den Schultern und hob den Speer zur nächsten Runde. Dieses Mal war das Getöse sogar noch lauter.

»Der Herr dieses Hauses will nicht gestört werden«, verkündete Bikker. »Ich weiß nicht, was du willst – auch wenn ich glaube, deinen Besitzer zu kennen. Verschwinde, oder ich hetze die Hunde auf dich.«

Gurrh legte zum dritten Mal los, und plötzlich eilte Bikker mit großen Schritten auf die Barriere zu. »Runter mit dem verdammten Ding!«, brüllte er, und der Hauptmann der Wache kam angerannt, um zu salutieren. »Ihr drei – und du, Junge, vertreibt diese Kreatur!«

Die vier Wächter, die er für die Aufgabe ausgesucht hatte, protestierten nicht. Er muss ihnen wirklich Angst eingejagt haben, dachte Malden. Sie warteten, bis der Hauptmann das entsprechende Zeichen gemacht hatte, die Barriere zu senken, dann eilten sie durch das Tor und schwangen ihre Stangenwaffen. Sie stießen auf den Oger ein, wie ein Bauernbursche ein Schwein antreibt, damit es sich in Bewegung setzt, aber der Oger wehrte ihre Stöße mühelos mit seinem Speer ab. Eine Glefe überwand seine Abwehr und landete einen Treffer auf seinem haarigen Bauch, aber Gurrh lachte bloß. Die Klinge bog sich durch und brach an der Stange ab.

»Bei Sadus Blut und Eiern!«, rief Kemper erstaunt aus.

»In allen Geschichten von früher wird erzählt, wie schwer ein Oger zu töten ist, dass keine normale Waffe ihre behaarte Haut durchdringen kann. Komm – wir müssen uns beeilen.«

Der Dieb und der Falschspieler rannten durch das Gras auf den Zaun zu. Malden quetschte sich zwischen zwei Stangen hindurch, während Kemper einfach zwischen ihnen hindurchschritt. Tief geduckt eilten beide Männer durch den Garten. Malden hatte schreckliche Angst, Bikker könne sich umwenden und sie entdecken, aber seine Aufmerksamkeit schien ausschließlich dem Oger zu gelten.

Das lief genau nach Plan. Dank Croys Leichtsinn rechnete Hazoth mit einer Attacke auf das Haus – einem Frontalangriff in der Art, wie der Ritter eine Festung angegriffen hätte. Der Oger schien genau das zu wollen.

Hazoth hatte keinen Grund zu der Annahme, dass Malden in sein Haus eindringen wollte. Er glaubte noch immer, der Dieb sei von dem fleischfressenden Buch getötet worden.

Natürlich hieß das nicht, dass die weitere Durchführung des Plans einfach sein würde.

Malden und Kemper erreichten die Rückseite des Gebäudes. Nur ein Wächter war im Garten geblieben, und der tat sein Bestes, sich nichts von dem Geschehen vor dem Haus entgehen zu lassen, ohne sich von seinem Posten entfernen zu müssen. Bikker hatte diese Männer zu einer ausgezeichneten Streitmacht zusammengeschmiedet, aber er hatte dazu nur wenige Tage Zeit gehabt. Währenddessen konnte er ihnen unmöglich sämtliche schlechten Eigenschaften ausgetrieben haben.

Die Hintertür, die in den Anrichteraum hinter dem Esszimmer führte, lag im tiefen Schatten verborgen. Hier gab es weder Fackeln noch Laternen – sie wären auch völlig sinnlos gewesen und hätten nur die Nachtsicht der Wächter getrübt. Und was noch besser war – Malden entdeckte, dass das hohe Fenster über der Tür offen stand, um die Nachtluft hineinzulassen; als wäre es ein warmer Tag gewesen. Ein Glücksfall.

Kemper ging durch die Tür und verschwand. Malden zog ein Seilbündel von der Hüfte und wickelte es ab. Das Seil war nicht besonders dick, nicht einmal besonders stark, aber Slag hatte ein Ende in geschmolzenes Silber getaucht – auf Cutbills Kosten. Das Silber verlieh dem Ende zusätzliches Gewicht, sodass Malden es durch das offene Fenster werfen konnte. Er zog an dem Seil, bis er fühlte, wie es sich spannte. Das Silber sollte außerdem dafür sorgen, dass Kemper einen Halt fand. Er stemmte sich dagegen, während der Dieb an dem Seil die Fassade hinaufkletterte und ins Haus einstieg. Im Innern ließ er sich am Fensterrahmen hinunter und überwand die wenigen Fuß bis zum Boden mit einem Sprung. Im Zwielicht sah er Kempers Zähne funkeln.

Malden holte das Seil ein und wickelte es sich um die Mitte. Es hier zu lassen, wo es möglicherweise ein Wächter entdeckte, war nicht vernünftig – auch wenn Malden keineswegs beabsichtigte, das Haus durch dasselbe Fenster zu verlassen.

Eine feuchte Kälte drang ihm bis zu den Ellbogen, und er griff in sein Wams, um Kempers Karten hervorzuholen. Sie waren schweißfeucht geworden. Er reichte sie Kemper, der sie wortlos in Empfang nahm.

Gemeinsam durchquerten sie das Esszimmer und gelangten in den Korridor, der von einem Ende des Hauses zum anderen führte. Die Fenster in der Wand ließen genug Mondlicht herein, um den mit Tischchen, einer Kommode mit Silbergeschirr und dicken Teppichen ausgestatteten Gang zu beleuchten. Die Teppiche verschluckten ihre Schritte.

Kemper sandte Malden einen stummen Salut, dann eilte er den Korridor entlang. Er verharrte kurz an einem der Tischchen und legte dort eine Karte ab, die Herzzwei. Als Nächstes blieb er vor der Kommode stehen. Ihr Deckel quietschte, als sie geöffnet wurde. Malden spannte sich an und bereitete sich auf die Flucht vor, aber ein solches Geräusch konnte auch eine Maus verursachen. Kemper schob die Eichelsieben in die Kommode und schloss sie wieder, dieses Mal lautlos.

Alles nach Plan. Malden trennte sich von Kemper, eilte zurück ins Esszimmer und betrat einen Dienstbotenraum. Dort führte eine schmale Holztreppe in den ersten Stock.

Im Treppenhaus gab es ein Fenster. Von da aus hörte Malden den Oger lachen und Bikker wütend Befehle brüllen.

Bestens.

33

In der ersten Etage des Herrenhauses war es dunkel und still wie in einer Gruft. Malden stieß eine Tür auf. Er gelangte in einen Korridor, an dessen Ende eine einzelne Kerze brannte. Sie spendete gerade genug Licht, dass er die Türen auf beiden Seiten erkennen konnte.

Kemper hatte dieses Stockwerk erforscht und nur Belangloses gefunden – Schlafzimmer, begehbare Kleiderschränke, Wäschekammern. So geräuschlos wie möglich huschte Malden über den teppichbelegten Gang und achtete nicht auf die Türen, bis er sah, wie sich eine Tür öffnete. Sofort drückte er sich an die Wand und zog die Kapuze tief ins Gesicht, damit seine Augen nicht im Kerzenlicht funkelten.

Er hörte eine Frau seufzen, als sich die Tür ganz öffnete und ein schwacher Lichtschein in den Korridor fiel. Der Schatten der Frau wurde auf die gegenüberliegende Wand geworfen, und die Silhouette verriet ihm, dass es Cythera war.

Er hätte sich ihr gern zu erkennen gegeben. Sie hätte ihn mit nützlichen Hinweisen versorgen können. Aber er hatte gute Gründe, sich nicht sehen zu lassen. Möglicherweise schrie sie auf, wenn er sie überraschte. Oder jemand hörte sie, wenn sie miteinander sprachen. Darüber hinaus vertraute er ihr doch nicht so sehr, wie es nach seinem bisherigen Verhalten vielleicht den Anschein hatte. Schließlich hatte sie versucht, ihn umzubringen.

Bevor sie in den Korridor hinaustrat, ging er das große Risiko ein, die nächste Tür zu öffnen und in das dahinterliegende Zimmer zu schlüpfen. Er bewegte sich schnell, aber lautlos. Glücklicherweise schien der Raum leer zu sein – ein unbenutztes Schlafzimmer, in dem sämtliche Möbel an die Wand geschoben und mit Laken abgedeckt waren. Er drückte das Ohr ans Schlüsselloch und hörte, wie Cythera den Korridor betrat und weiterging. Er zählte im Kopf bis hundert, bevor er sich anschickte, das leere Schlafzimmer zu verlassen.

Als er es für sicher hielt, griff er nach der Türklinke – und musste entdecken, dass das Schloss hinter ihm zugeschnappt war. Am liebsten hätte er geflucht, verkniff es sich aber, um sich nicht zu verraten. Welches Schlafzimmer verriegelte sich denn von selbst? Malden konnte darin keinen großen Sinn entdecken. Wer sich auch immer in diesem Raum aufhielt, würde sich darin einsperren, bis jemand kam und ihn hinausließ.

Er wandte sich um und betrachtete erneut die Möbel an der Wand. Da gab es ein Bett, eine Kleidertruhe, ein Waschbecken auf einem Ständer, ein paar Stühle – alles ganz gewöhnliche

Einrichtungsgegenstände. Allerdings kam ihm an dem Bett etwas merkwürdig vor, und er schlug das Laken zurück, um nachzusehen. Da entdeckte er die am Kopfende festgeschraubten Handschellen und die Blutflecken auf der strohgefüllten Matratze. Angeekelt ließ er das Laken los. Aber die Neugier hatte ihn gepackt, und er hob den Deckel der Kleidertruhe.

Statt der erwarteten Kleidung stieß er auf Tabletts voller verrosteter Stahlwerkzeuge. Einige davon erkannte er – eine Säge, einen Hammer, eine Reihe von Scheren und Pinzetten verschiedener Größe. Viele Messer. Da gab es ein Werkzeug mit einer wasserdichten Lederkugel am einen und einer langen Röhre am anderen Ende sowie etwas wie einen langen und schmalen Fleischerhaken.

Ihr Zweck blieb ihm fremd, aber dann kam ihm ein Gedanke. Er betrachtete alles erneut, als sähe er es zum ersten Mal. Da war ein Möbelstück, das er auf jeden Fall erkannte, und zwar aus seiner Kindheit. Der Hocker. Der niedrige dreibeinige Hocker. Wie ihn Hebammen benutzten.

Als Malden klar wurde, was das zu bedeuten hatte und wo er war, wollte er nur noch die Augen schließen und alles vergessen. Er wollte in den Skrait springen und ertrinken, denn auf diese Weise bekäme er zumindest einen sauberen Tod.

Er verschwendete Zeit. Malden schloss die Truhe und zog das Laken wieder so über das Bett, wie er es vorgefunden hatte. Auf dem Weg zur Tür wickelte er die Dietriche am Ahlengriff los. Das Türschloss war ein einfacher, leicht zu überwindender Mechanismus, und die Tür war im Handumdrehen geöffnet. Als er jedoch auf den Korridor hinaustrat und die Tür hinter sich zuzog, überfiel ihn wieder ein sehr unerwünschtes Gefühl.

Er hatte den entschiedenen Eindruck, dass sich jemand hinter ihm anschlich. War es Cythera, die von einer Arbeit zurückkehrte? Oder ein weniger erwünschter Eindringling? Er drückte sich an die Wand, in dem Wissen, dass seine einzige Chance darin bestand, sich im Halbdunkel des Korridors zu verbergen. Eine aussichtslose Hoffnung. Das Licht der Kerze spendete ausreichend Helligkeit, um sehen zu können – aber er gehorchte seinen Reflexen, die sich verstecken wollten.

Wie sich herausstellte, war es egal.

Das Ding, das hinter ihm herankam, war nicht menschlich. Lediglich seine Umrisse erinnerten an einen Menschen; es schien aus lebendem Rauch zu bestehen. Bei jedem Schritt hinterließ es nebelhafte Fußabdrücke, aber es passierte Malden, ohne auch nur den Kopf zu drehen – immer unter der Voraussetzung, dass der Klumpen oben auch ein Kopf war. Es ging direkt an ihm vorbei, betrat die Treppe und war verschwunden.

Er hatte keine Ahnung, was das für ein Ding gewesen war. Irgendein Dämon? Ein Gespenst? Ein Geist der oberen Luftschichten?

Aber was viel wichtiger war, hatte es ihn gesehen? Konnte es überhaupt sehen? Würde es Hazoth seine Anwesenheit verraten? Er vermochte es nicht zu sagen. Ihm blieb nur die Hoffnung, dass er dem Ding nicht aufgefallen war, weil er es nicht berührt und stillgehalten hatte.

Falls nicht, würde er es bestimmt sehr bald herausfinden.

Schaudernd schlich er den Korridor entlang, auf die Galerie am Ende zu.

Dort warf er einen raschen Blick auf die gewaltige Eisenkugel neben der großen Treppe. Das Dämonenei. Reglos und scheinbar leblos lag es da – auf einer Seite rieselte etwas Rost zu Boden, aber ansonsten hätte es genauso gut tot sein können. Das war natürlich ein gutes Zeichen – es bedeutete, dass Hazoth noch nichts von Maldens Anwesenheit in seinem Haus ahnte –, aber unwillkürlich musste der Dieb es mit der Entdeckung in Zusammenhang bringen, die er gerade in dem verschlossenen Schlafzimmer gemacht hatte. Das man auch Geburtszimmer hätte nennen können.

Genug davon. Er hatte auch so schon genug Angst, ohne sich noch mehr davon aufladen zu müssen. Von der Galerie aus führte eine Treppe in den zweiten Stock und zu seinem Ziel. Er schlich die Stufen hinauf, immer dicht am Geländer, wo sie aller Wahrscheinlichkeit nach am wenigsten quietschten.

Er hatte nicht mehr viel Zeit, vielleicht weniger als eine Stunde. Wenn Croy und der Oger beide tot waren, erschlagen von Bikker (kein anderer würde es vermutlich schaffen), würde sich die Barriere wieder schließen und ihn zum Gefangenen machen. Es war von entscheidender Bedeutung, dass er die Krone fand und flüchtete, bevor dies geschah.

74

Gurrh machte keinerlei Anstalten, gegen die Wächter zu kämpfen, aber sie konnten ihm auch nichts anhaben. Mühelos wehrte er die meisten ihrer Angriffe ab, und wenn es einem von ihnen gelang, einen Treffer zu landen, lachte er bloß, als hätte man ihn gekitzelt. Aus seinem Versteck heraus beobachtete Croy, wie Bikker zusehends die Röte ins Gesicht stieg.

»Alle hinaus mit euch!«, befahl Bikker. Die Wächter rannten los, als die Barriere wieder gesenkt wurde; allein der Hauptmann blieb.

»Aber Herr, warum führt Ihr die Männer nicht?«, wollte der Hauptmann wissen. »Euer Schwert würde die Bestie doch sicher sofort niederstrecken.«

»Ich kann ja schlecht das Haus im Stich lassen, oder? Ist dir schon mal in den Sinn gekommen, dass das ein Trick sein könnte? Tu, was man dir sagt.«

»Ja, Herr«, murmelte der Hauptmann und gesellte sich schnell zu seinen Männern.

Gurrh schnappte sich eine Hellebarde, die auf seine Nase zuraste, und brach sie wie einen Zweig in zwei Hälften. Er begrub die Klinge im Gras zu seinen Füßen. Ihr Besitzer versuchte, mit der zerbrochenen Stange in Händen die Augen des Ogers zu treffen, aber er hatte keinen Erfolg damit.

Zwei der Männer konnten den Oger umgehen, um ihn von der Seite anzugreifen, aber Gurrh wandte sich nicht einmal um, um sich zur Wehr zu setzen. Der eine versenkte eine Kriegsgabel in das dichte, verfilzte Haar zwischen Gurrhs Rippen, aber der Oger rollte nur mit den Schultern, als hätte man ihm den Rücken gekratzt. Der andere zielte mit seiner Pike auf Gurrhs linke Niere, und dieses Mal reagierte das Geschöpf, aber nur um zur Seite zu treten, damit der Wächter, vom Schwung seines Angriffs getragen, an ihm vorbeistolperte.

Allerdings blieb das Flankenmanöver nicht ganz erfolglos. Als Gurrh zur Seite wich, nutzte ein Wächter mit einer Glefe die Gelegenheit und stieß nach oben, vorbei an der Zaunstange, mit der Gurrh sonst parierte. Die lange, gekrümmte Klinge der Glefe glitt an Gurrhs Verteidigung vorbei und prallte von der Wange des Riesen ab. Auf Gurrhs unnatürlich weißer Haut erschien ein dunkler Strich aus Blut.

Gurrh nahm dem Söldner die Glefe ab und schleuderte sie ins Gras. Der Besitzer eilte ihr hinterher. Der Riese blockte zwei weitere Angriffe ab, dann griff er mit der freien Hand nach der Wunde in seinem Gesicht.

»Ihr habt mich verletzt«, sagte der Oger. Er schien eher überrascht als wütend zu sein. Er ließ den Eisenspeer herumwirbeln und schlug eine tiefe Kerbe in den Holzschaft eines Kriegshakens, der möglicherweise seine Brust erreicht hätte, wäre der Angreifer schneller gewesen. »Das hätte ich nicht für möglich gehalten.«

Croy biss sich auf die Lippen. Das Gesicht eines Ogers war seine Schwachstelle – der einzige Teil seines Körpers, der nicht von dicken, schützenden Haaren bedeckt war. Diese Tatsache blieb den Wächtern nicht verborgen. Sie mochten Söldner sein, billig und schlecht ausgebildet – aber zumindest ein paar von ihnen waren keine Tölpel.

Plötzlich zielte jeder Angriff nach Gurrhs Augen, nach der Nase oder dem Mund. Das zersplitterte Ende einer Stangenwaffe (Gurrh hatte die Eisenklinge bereits abgebrochen) traf seine Unterlippe, und weiteres Blut floss aus der weißen Haut. Ein Mann mit einem Bogen schoss in kurzen Abständen Pfeile auf Gurrhs Augen. Glefen und Hellebarden stießen immer schneller nach Gurrhs Gesicht, und der Oger konnte nur mühsam verhindern, dass sie sein Gesicht nicht in Streifen schnitten.

Es wurde Zeit. Croy konnte nicht länger warten. Er würde seinen Freund mit seinen Klingen verteidigen. Ihn hielt kein Fluch vom Kämpfen ab. Maldens ursprünglicher Plan hatte vorgesehen, dass er als Beobachter fungierte, während es Gurrh mit Bikker und dessen Männern aufnahm, aber er dachte nicht daran, sich mit dieser Rolle zufriedenzugeben.

Er würde Cythera beweisen, wozu er fähig war. Dass sie ihm vertrauen konnte – dass er sie und ihre Mutter retten konnte, wenn er dazu nur Gelegenheit erhielt. Schluss mit dem Herumgeschleiche! Schluss mit den Diebereien! Das hier war Arbeit für einen richtigen Ritter.

Croy zog das Kurzschwert aus der Scheide und hielt es in tiefem Stand bereit. Er erhob sich hinter dem Busch, wo er wie ein Straßenräuber gekauert hatte. Genug – genug, dachte er, Schluss mit dem Herumlauern, Schluss mit dem Hinterhalt.

Die Zeit zum Kämpfen war gekommen.

15

Croys Wunde pochte, als er durch das Gras eilte. Sie schmerzte nicht ernsthaft, machte ihm aber bewusst, dass er nicht über seine vollen Kräfte verfügte.

Doch dann schob er alle Bedenken beiseite.

Der Oger wurde inzwischen von allen Seiten von Wächtern attackiert. Sie konzentrierten ihre Angriffe auf sein verwundbares Gesicht, und er war allein damit beschäftigt, die Augen zu schützen. Er blutete bereits aus einem Dutzend Schnitten an Wangen und Stirn.

»Genug«, sagte Croy laut genug, um durch den Kampflärm hindurch gehört zu werden.

Einer der Männer blickte herüber und entdeckte ihn, aber die anderen setzten den Ansturm auf Gurrh fort. Anscheinend hielten sie den Oger noch immer für die größere Gefahr, obwohl hier ein Ancient Blade stand. Nun, er hatte genug Männern beigebracht, das Schwert zu respektieren und das Amt, für das es stand. Er knurrte und hob den runden Eichenschild, den er sich auf den linken Unterarm geschnallt hatte. Gewöhnlich kämpfte er mit zwei Schwertern ohne Deckung, aber sein linker Arm war noch nicht wieder stark genug, um ein Schwert zu halten, also hatte er stattdessen den Schild gewählt. Aus der Mitte ragte ein Eisenbuckel hervor; der Rand war von einem Stahlreifen eingefasst. Er war an jeder Art von Schild ausgebildet worden, die Mensch oder Zwerg je gemacht hatten, und er wusste ganz genau, wie er damit umzugehen hatte. Er hieb das Schwert gegen den Buckel und erzeugte einen glockenhellen Ton. »Hierher!«, brüllte er.

Die Wächter spähten in seine Richtung. Einer von ihnen löste sich aus der Gruppe, die den Oger angriffen, und stürmte herbei, um sich Croy zum Kampf zu stellen. Es war ein großer Mann mit einer Kriegsgabel, deren lange Zinken nur an den Spitzen geschärft waren. Eigentlich sollte die Waffe auf dem Schlachtfeld Pferde zu Fall bringen oder schwere Rüstungen durchschlagen.

Natürlich würde sie auch mühelos Croys Eingeweide durchbohren, sollte er ihrem Besitzer eine Schwachstelle bieten.

»Wer bist du, und was im übelsten Namen des Blutgotts willst du?«, verlangte der Söldner zu wissen. Er senkte die Gabel und zog die Hände ein Stück am Schaft zurück. Damit befand sich die Spitze ganz dicht vor Croys Brust und der Mann ein ordentliches Stück außer Reichweite des Schwerts.

Croy lächelte. »Ich bin Sir Croy, und ich diene dem Burggrafen, dem König und der Göttin. Ich möchte, dass du die Gabel fallen lässt und wegläufst. Obwohl ich bezweifle, dass du das tun wirst.«

»Da hast du wohl recht. Verschwinde, Ritter – wir haben bereits alle Hände voll zu tun.«

Croy schüttelte den Kopf. »Das kann ich nicht. Glaub mir bitte – es tut mir leid. Aber du dienst einem bösen Herrn, und in dieser Nacht liegt noch viel Arbeit vor mir. Also kann ich dir keine Gnade gewähren.«

Die Lippen des Mannes verzogen sich zu einem höhnischen Lachen.

Da schrie Gurrh auf. Es war kein angenehmer Laut – der Oger hörte sich an wie ein Löwe, der von Bogenschützen zur Strecke gebracht wird. Unwillkürlich blinzelte der Wächter über die Schulter, um zu sehen, was dort geschah.

Croy nutzte die Gelegenheit. Er hatte schon ehrenhaftere Taten begangen, aber die Lage erforderte ein rasches Eingreifen. Er stieß den Schild gegen die Zinken der Kriegsgabel, so hart, dass sie sich in das Eichenholz gruben. Bevor der Wächter sie losreißen konnte, drehte Croy den linken Arm – es schmerzte, aber dazu reichte seine Kraft aus – und hebelte dem Mann die Waffe aus den Händen. Dann warf er sich nach vorn, mit der rechten Schulter voran, und ließ das Kurzschwert durch die Luft sausen.

Schwerter wollten schneiden. Blut sollte fließen – dazu waren sie gemacht. So wie ein Pferd eher einem geraden Weg folgt, statt durch Hecken zu galoppieren, wenn man ihm die Wahl lässt, durchschnitt das Schwert die Luft ohne großen Krafteinsatz. Es traf die Schulter des Wächters und grub sich ihm tief in den Oberarm. Er heulte auf und fiel auf die Knie, während Blut seinen Ärmel tränkte.

Es war kein tödlicher Schlag. Die Verletzung würde heilen, ohne dass etwas zurückblieb. Aber es war eine schmerzhafte Wunde, und der Mann würde in dieser Nacht nicht mehr mit der Stangenwaffe kämpfen.

Croy hatte sich das Versprechen gegeben, dass er die Männer töten würde, wenn es sein musste. Er hatte sich für diese Notwendigkeit gestählt. Aber dieser Mann hatte ihn nicht unmittelbar angegriffen. Ein Todesstoß wäre einfach nur unangemessen gewesen.

Ein ordentlicher Ruck des linken Arms – der wieder schmerzte – löste die Kriegsgabel vom Schild. Croy ließ sie zu Boden fallen und streckte das blutige Schwert in die Höhe. »Wer von euch ist der Nächste?«

Plötzlich starrten ihn alle Wächter an.

36

Malden schlich durch einen Korridor, der durch den ganzen zweiten Stock führte, und suchte nach der verschlossenen Tür, die in Hazoths Sanktum führte. Er konnte sich inzwischen etwas mehr Lärm gestatten, da es im Korridor alles andere als still war.

Besucher würden hier oben nie Zugang haben, das war ihm klar. Denn hier wurde das Herrenhaus *richtig* seltsam. Der schwebende Esszimmertisch, die lebenden Bücher, der Mann aus Rauch, den er eine Etage tiefer gesehen hatte, das alles war wie ein Wunder gewesen, sogar großartig. Aber hier oben fand Hazoths wahre Magie statt.

Die Tür zum Laboratorium stand offen, und Malden hörte faulige Sekrete und geheimnisvolle Flüssigkeiten brodeln und kochen. Grünliches Licht sickerte aus dem Raum heraus, und die Luft vor dem Eingang schimmerte, als würde etwas in dem Labor gewaltige Hitze verbreiten – aber als Malden daran vorbeischlich, verspürte er ein Frösteln, verursacht von einer unheiligen Brise, die aus der Tür hervordrang. Nach dem traurigen Heulen und dem ängstlichen Wimmern zu urteilen, enthielt der nächste Raum ein Bestiarium. Welche Tiere dort eingesperrt waren, ob man an gewöhnlichen Tieren herumexperimentierte oder exotische Kreaturen als Kuriositäten hielt, vermochte der Dieb nicht zu sagen. Er war nicht so dumm, die Tür zu öffnen, um nachzusehen.

Die dritte Tür schien einzuatmen, als er vorbeiging, und auszuatmen, als er sie ansah. Als wäre die Tür lebendig. Aus dem Spalt zwischen Tür und Boden drang ein schwaches, schimmerndes Licht. Das dunkelrote Licht des Höllenfeuers. Malden konnte sich einfach nicht beherrschen. Er griff nach der Türklinke, um die Tür aufzustoßen und zu sehen, was sich dahinter befand.

Aber in genau diesem Augenblick atmete die Tür wieder aus – und verpestete die Luft vor ihm mit Schwefelgestank. Er riss die Hand zurück.

Das konnte nicht sein, oder? Es musste irgendein zauberischer Witz sein. Auf keinen Fall konnte Hazoth in seinem Haus eine Tür haben, die auf direktem Weg in den Höllenpfuhl führte. Was, wenn jemand die Tür aus Versehen öffnete?

Andererseits – hier würde nie jemand Zugang erhalten, der diesen Fehler machen konnte. Nicht, solange es Hazoth nicht wollte.

An der nächsten Tür vernahm er ganz andere Laute, die sich allerdings nicht weniger klagend anhörten. Dort weinte jemand, aber es war kein Mensch. Die Laute waren unnatürlich und unheimlich, steigerten sich immer wieder zu einem wehmütigen Höhepunkt, der sich unmöglich einer menschlichen Kehle entringen konnte. Leiser und mühsamer zu hören war da noch ein rhythmisches Grunzen, das sich allerdings durchaus menschlich anhörte. Anscheinend vergnügte sich Hazoth mit einer Kreatur aus dem Höllenpfuhl.

Malden verspürte das Verlangen, die Schlafzimmertür aufzustoßen und sich zu vergewissern, wie ein Sukkubus wirklich aussah, aber er konnte den Wunsch gerade noch unterdrücken. Zum einen hätte die Neugier seinen Untergang bedeutet – Hazoth auf diese Weise zu überraschen, wäre der Inbegriff von Dummheit gewesen. Doch nach den Lauten zu urteilen, wäre er jede Wette eingegangen, dass der Sukkubus hinter der Tür nicht annähernd dem Bild im Haus der Seufzer ähnelte.

Einige Schritte weiter gelangte er zu einer ganz gewöhnlichen Tür, die sich als verschlossen erwies, als er die Klinke hinunterdrückte. Das musste sie also sein. Die Tür zum Korridor der Fallen. Dahinter erwarteten ihn das Sanktum – und die Krone.

Bis zu diesem Moment war Maldens Einbruch ohne nennenswerte Rückschläge verlaufen. Hinter dieser Tür begann das eigentliche Spiel, das wusste er. Zum tausendsten Mal hätte er gern gewusst, was sich dort befand. Kemper hatte es nicht gewagt, dort einen Blick zu riskieren, und Cythera hatte ihm nichts darüber sagen können. Er würde völlig auf sich allein und auf sein Geschick angewiesen sein.

Malden sah sich noch einmal in dem Korridor um und vergewisserte sich, dass sich Cythera nicht von hinten anschlich, dann kniete er auf dem Teppich vor der Tür nieder. Er wickelte seine Werkzeuge vom Ahlengriff und reihte sie sorgfältig vor sich auf. Dann hakte er eine kleine Laterne vom Gürtel und entzündete eine Kerze. Die Zinnlaterne verbreitete keine Helligkeit, bis er einen Schieber an der Seite öffnete. Der Lichtstrahl war gerade breit genug, um in ein Schlüsselloch hineinzuleuchten. Er brauchte das Licht, um entscheiden zu können, mit welchem Haken oder Spanner das Schloss sich öffnen ließ.

Als er aber in das Schlüsselloch hineinspähte, zuckte er entsetzt zurück.

Es hatte Zähne.

Keine spitz zurechtgefeilten Metallnägel. Auch nicht die Zähne von Zahnrädern. Diese Zähne wiesen die Farbe von Elfenbein auf, und Speichel troff herab. Malden hatte nicht den geringsten Zweifel, dass die Zähne ihm das Fleisch von den Knochen reißen würden, sollte er einen Finger in die Öffnung stecken.

Soweit er sehen konnte, gab es keine Zunge. Er glaubte nicht, dass der Mund im Schlüsselloch schreien würde, wenn er das Schloss zu knacken versuchte. Er schob einen langen schmalen Haken hinein, um seine Vermutung zu überprüfen, und war bereit, sogleich die Flucht zu ergreifen und die Krone zu vergessen, sollte der metallene Mund auch nur einen Laut von sich geben. Aber die Zähne krachten bloß hart auf das Werkzeug und durchbissen es einen Zoll vor Maldens Fingern.

Verflucht. Der Haken war nicht billig gewesen. Aber er konnte ersetzt werden. Malden wählte ein wesentlich stärkeres Werkzeug, einen Spanner, und stieß ihn in das Schloss. Die Zähne bissen zu, aber Malden riss ihn schnell genug zurück – und schob ihn an den Zähnen vorbei, als sie sich wieder öffneten. Sie schlossen sich abermals und kauten darauf herum, aber ihnen fehlte die Kraft, den Spanner zu durchbeißen.

Das reichte aus. Er führte eine Schlange ein und tastete nach den Stiften. Sie befanden sich unmittelbar hinter den Zähnen, fühlten sich aber merkwürdig an. Weniger wie die präzise konstruierten Stifte, an die er gewöhnt war, sondern eher wie der gerippte Rachen eines Hunds. Malden verdrängte seine Zimperlichkeit und kitzelte die Stifte, bis sie zurückglitten. Er übte etwas Druck auf den Spanner aus, und er drehte sich.

Augenblicklich kauten die Zähne mit größter Inbrunst auf seinen Werkzeugen herum. Ein Speichelfaden rann aus dem Schloss und lief an der Außenseite der Tür hinunter. Malden schnitt eine Grimasse und rieb die Schlange über die Stifte. Für Feinarbeit hatte er keine Zeit. Ein Stift nach dem anderen fuhr zurück, und der Spanner drehte sich ganz herum. Der Riegel schnappte zurück, und mit leisem Quietschen öffnete sich die Tür ein paar Zoll. Malden fühlte, wie der Druck auf Spanner und Schlange nachließ, und er wagte noch einen Blick in das Schloss. Dort gab es keine Zähne mehr – nur ein schlichtes mechanisches Schloss, eine Vorrichtung, die jeder Zwerg an einem Nachmittag herstellen konnte.

Aber als er sein Werkzeug untersuchte, entdeckte er überall Schrammen und Beulen. Die Zähne waren echt gewesen. Jetzt waren sie es nicht mehr. Er packte die Werkzeuge wieder ein und betrat den Korridor der Fallen, denn er hatte keine Zeit, über die Natur der Magie nachzudenken. Außerdem mangelte es ihm an dem makabren Humor jener, die sie praktizierten.

77

Gurrh sackte auf ein Knie. Der eiserne Zaunpfahl landete auf dem Boden, als er sich mit beiden haarigen Händen das linke Auge hielt. Der Hauptmann brüllte einen Befehl, seine Leute wichen zurück und boten dem Bogenschützen genügend Raum, auf das Gesicht des Ogers zu zielen.

Der Bogenschütze spannte die Sehne und schoss nicht.

Vier Wächter rannten los und nahmen um Croy herum Aufstellung. Sie machten keine Anstalten zum Angriff, hielten aber die Waffen bereit. Sobald der Hauptmann den Befehl gab, würden sie alle nach vorn stürzen und Croy so sauber durchbohren wie einen Vogel auf einem Spieß.

Anscheinend wollte der Hauptmann vorher verhandeln.

In mancherlei Hinsicht war das ein schlechtes Zeichen. Es bedeutete, dass der Hauptmann – oder vermutlich eher Bikker – Croys legendären Ruf kannte und wusste, dass er oben im Palast gegen viel mehr Männer angetreten war und überlebt hatte. Natürlich hatte er seinerzeit einfach flüchten können. Das war diesmal nicht möglich.

Croy verharrte in seiner Haltung, das Kurzschwert zu Boden gerichtet, aber ein Stück vom Körper entfernt, sodass er es in weitem Bogen schwingen konnte, falls es zum Einsatz kommen musste. Als der Hauptmann sich näherte, holte er tief Luft und bereitete sich vor.

»Eure Bestie ist stark«, sagte der Hauptmann, »aber sie kann nicht kämpfen. Sie hat keinem von uns auch nur einen Kratzer zugefügt. Ich glaube, Ihr habt Euch den falschen Gefährten ausgesucht.«

Croy begrüßte den Mann mit einem Kopfnicken. »Der Oger hat seinen Zweck erfüllt. Die Hälfte deiner Männer ist entwaffnet oder hält Waffen in Händen, die nur noch als Feuerholz taugen.«

»Aber nur die Hälfte. Und wir haben genug Ersatzwaffen hinter dem Zaun. Ihr seht aus, als wärt Ihr bereit, es allein mit uns allen aufzunehmen, Sir Croy. Kann ich den Grund dafür erfahren, bevor ich Euren Tod befehle?«

Die Wunde in Croys Rücken pochte wütend. Sein Körper protestierte, dass er so untätig herumstand. »Ich komme wegen der Krone des Burggrafen. Diebe haben sie hier versteckt. Wenn sie dein Herr herausgibt, lasse ich euch in Ruhe. Ich bin nicht hier, um jemanden zu töten, wenn es nicht sein muss.«

»Das will ich nach Möglichkeit auch vermeiden. Zweifellos wird die Stadtwache bald hier sein. Halb Ness muss unseren Kampf gehört haben. Wenn sie eintrifft, will ich nicht erklären müssen, was ein toter Oger und ein toter Ritter auf meinem Rasen zu suchen haben. Ich weiß nichts von einer Krone. Aber wenn Ihr auf der Stelle geht, dürft Ihr Euer Schoßtier mitnehmen. Wir können dieses Geplänkel hier ganz einfach ... beenden.« Der Hauptmann musterte Croy mit traurigem Blick. Er wusste ganz genau, dass es anders enden würde. »Sir Croy, auf eine bessere Lösung könnt Ihr nicht hoffen.«

»Ohne Krone gehe ich nicht«, beharrte Croy.

Der Hauptmann hob enttäuscht die Hände. Dann drehte er sich auf dem Absatz um und gab dem Bogenschützen ein Zeichen.

Die Sehne schnappte, und der Pfeil flog durch die Luft, zu schnell für jedes menschliche Auge. Er schoss geradewegs auf Gurrhs unverletztes Auge zu. Gleichzeitig traten die vier Wächter um Croy in fehlerlos gedrilltem Gleichschritt vor und stachen mit ihren Hellebarden und Glefen zu.

Gurrh fing den Pfeil aus der Luft, einen Sekundenbruchteil, bevor er sich in sein Auge bohrte. Er zerbrach ihn zwischen den Fingern.

Was nun geschah, vermochten nicht einmal Croys Sinne zu erfassen, die von der Aufregung des Kampfs und im Angesicht des Todes aufs Äußerste geschärft waren. Glücklicherweise musste er nicht alles sehen oder hören. Genau diesen Ablauf möglicher Ereignisse war er bei der Ausbildung zum Ancient Blade tausendmal durchgegangen. Sein Fechtmeister hatte gewusst, dass der Tag kommen würde, an dem er sich einem aussichtslosen Kampf stellten musste.

Eine solche Lage ließ nur eine einzige Handlungsweise zu. Man verteidigte sich gegen jeden Angriff, sofern dazu Zeit blieb – und man verringerte den Schaden der Angriffe, denen man nicht ausweichen konnte, so gut wie möglich.

Croys Schild schlug eine Glefe zur Seite. Sein Kurzschwert parierte die Axtklinge einer Hellebarde; beide Waffen schabten gegeneinander, bis sich die Hellebarde mit der Parierstange des Schwerts verhakte. Croy drehte flink die Hüfte, und ein dritter Angriff – der von hinten kam – streifte ihn lediglich.

Die vierte Attacke traf ins Ziel, und sechs Zoll Eisen gruben sich ihm in die Seite.

Croy keuchte vor Schmerzen auf, aber er spürte, dass der Stoß die Niere verfehlt hatte. Was bedeutete, dass er nicht an dieser Wunde sterben würde. Zumindest nicht sofort. Also blieb ihm noch etwas Zeit. Zeit für einen Gegenangriff.

Die Glefe, die sein Schild abgewehrt hatte, zeigte in die Luft. Ihr Träger wechselte den Griff und versuchte sie wieder zum Einsatz zu bringen. Croy senkte den Kopf und stürmte auf den Mann zu, während er die rechte Hand drehte, um das Kurzschwert von der Hellebarde zu lösen, die es festhielt.

Er fühlte, wie das Schwert freikam, aber es war sein Schild, der in das Gesicht des Glefenmannes krachte. Mit einem Grunzen ging der Mann zu Boden. Croy fuhr herum, und plötzlich standen ihm drei Gegner gegenüber, statt ihn zu umzingeln.

Eine mit seinem Blut besudelte Hellebarde kam auf sein Gesicht zu. Er wehrte den Angriff mit dem Kurzschwert ab, dann schwang er den Schild herum, um einen Glefenstich zu parieren, der von unten auf ihn zu senste. Er nahm nicht länger die Männer wahr, die die Waffen hielten – er war viel zu sehr damit beschäftigt, die Bewegungen der Hellebardenspitzen, der Äxte und der funkelnden scharfen Schneide der Glefe zu verfolgen.

Eine Hellebarde stach nach seinem linken Bein. Croy brachte den Schild nach unten, und die Spitze bohrte sich so fest in das Eichenholz, dass sie auf der anderen Schildseite wieder zum Vorschein kam. Ohne auf den Schmerz im Rücken zu achten, holte er mit dem linken Arm weit aus und hebelte dem Mann die Waffe aus der Hand. Dann hieb er auf den entwaffneten Wächter ein, schlitzte ihm das Wams auf und zog ihm einen blutigen Strich über die Brust. Der Mann wand sich und fiel zurück.

Damit blieben nur noch zwei Gegner, die beide ihre Waffen in Abwehrhaltung quer vor den Körper hielten. Mit dem Kurzschwert zeigte Croy zuerst auf den einen, dann auf den anderen.

»Was bezahlt Hazoth euch?«

»Nicht genug«, erwiderte der eine, warf die Hellebarde zu Boden und lief weg. Der andere war unmittelbar hinter ihm – allerdings nahm er die Glefe mit.

18

Malden überschritt die Schwelle und betrat den mit Fallen ausgestatteten Korridor, überprüfte vorsichtig den Untergrund, bevor er fest auftrat. Der Boden hielt. Er löschte die Lampe und schloss die Augen. Dann öffnete er sie wieder weit, um sie an die Dunkelheit zu gewöhnen. Er hatte zumindest mit geringem Licht gerechnet – sicherlich würde zumindest etwas unter der Tür oder aus dem Schlüsselloch hervordringen. Aber seine Augen mussten mit dem völligen Fehlen von Licht zurechtkommen.

Obwohl – das stimmte so nicht ganz.

In dem Flur herrschte tiefe Finsternis – abgesehen von einem orangeroten Flecken in der Ferne. Seine Augen schienen sich aber nicht an die Finsternis gewöhnen zu können. Er zog den Schieber der Laterne zurück. Ein schwaches Leuchten ging von der Kerze aus, aber schon einen Augenblick später flackerte sie und erlosch.

Malden fluchte lautlos und suchte nach seiner Zunderbüchse. Aber bevor er sie ertastete, flammte das ferne orangefarbene Licht auf, und er spähte in jene Richtung. Was eben noch wie ein formloses Glühen gewirkt hatte, war nun eine lodernde Kugel mit einem schwarzen Kern, der von einem brennenden goldenen Ring umgeben war. Die Erscheinung hatte große Ähnlichkeit mit dem Auge eines gewaltigen Ungeheuers.

Dieses Auge sah in ihn hinein. Es sah durch ihn hindurch. Und dann wogte ihm der Wahnsinn wie ein heulender Sturmwind aus dem Höllenpfuhl durch den Verstand.

Malden stolperte und kniff die Augen zusammen. Er ließ die dunkle Laterne fallen, hörte sie aber nicht aufprallen. Er drückte die Hände gegen den Kopf.

Pass aufs Auge auf!, hatte Lockjaw gesagt. Weiter nichts. Was hatte der alte Dieb gewusst? War er einst in dieses Haus eingebrochen und derselben Falle zum Opfer gefallen? Oder hatte er die Geschichte nur irgendwo gehört? Malden war schon seit Langem klar, dass Lockjaws Schweigen nicht nur seine Geheimnisse bewahren sollte. Es flößte anderen Menschen Vertrauen ein, damit sie ihm die ihren verrieten. Lockjaw war eine wahre Fundgrube an Klatsch. Aber wäre er doch bloß diesmal etwas weniger zurückhaltend gewesen … nun ja. Was hatte er ihm nur verschwiegen?

Malden schüttelte sich, als wäre ihm kalt, obwohl er in Wahrheit das Gefühl hatte, von einem Feuersturm versengt zu werden. Er schlug die Augen auf, beschattete sie aber mit einer Hand, damit er den Blick des Höllenauges nicht erwidern musste.

Die Mühe hätte er sich sparen können. Das Auge war verschwunden. Genau wie die Dunkelheit.

Er stand in einem schätzungsweise fünfundzwanzig Fuß langen Korridor. Alle zehn Fuß gab es hohe Fenster, die das Mondlicht hereinließen; es zeichnete silbrige Teiche auf den Holzfußboden. Zwischen jedem Lichtfleck lagen undurchdringliche Schatten. Es war, als wäre dieser Flur die Reihe eines Spielbretts mit abwechselnd hellen und dunklen Feldern.

Der Dieb wandte sich um und konnte die Tür, durch die er gekommen war, nicht mehr entdecken. Die Wand bestand aus Holz und glattem Verputz.

Ein von Fenstern gesäumter Korridor, der das Mondlicht hereinließ – diesen Ort kannte er. Er war schon einmal hier gewesen. Es war der gleiche Korridor, den er auf dem Weg zum Turmzimmer durchquert hatte, wo die Krone geschlafen hatte, bewacht von dem tentakelbewehrten Schrecken. Es war der Zwilling des mondlichterhellten Korridors im Palast. Der Ort der Fallen, den er durch sein Geschick bezwungen hatte – und das war das perfekte Duplikat. Als hätte eine Mannschaft Zwerge daran gearbeitet, diesen Korridor bis auf jede Staubflocke und den Einfallwinkel eines jeden Lichtstrahls zu kopieren. Es war, als hätte man ihn zurück in den Palast transportiert, zurück an den Ort seines größten Erfolges – und seiner schrecklichsten Stümperei – als Dieb. Beinahe hätte er glauben können, dass genau das geschehen war.

Nur dass es unmöglich war. Dieser Korridor war bei dem magischen Wachstum des Dämons schwer beschädigt worden. Vermutlich existierte er gar nicht mehr. Sicherlich hatte der Burggraf keinen Grund, ihn wieder genauso herzustellen, wie er gewesen war.

In dem Korridor hier konnte es keine Fenster geben. Der Fallengang in Hazoths Herrenhaus war auf beiden Seiten von Räumen mit dicken Wänden umgeben. Das Mondlicht konnte unmöglich bis hierher vordringen.

Also war zumindest das Mondlicht eine Illusion. Eine von Hazoth heraufbeschworene Sinnestäuschung. Und doch – warum sah es hier auf sinnverwirrende Weise wie im Innern des Palasts aus? Warum sollte der Magier hier die genaue Nachbildung eines Korridors erschaffen, den nur eine Handvoll Menschen je gesehen hatte? Das ergab keinen Sinn.

Wenigstens kannte Malden das Geheimnis dieses Gangs. Die Schatten zwischen dem Mondlicht verbargen Druckauslöser, die mit Federn angetriebene Speere nach unten schießen ließen, damit jeder durchbohrt wurde, der so dumm war und darauftrat. Die letzte Mondlichtpfütze wäre eine Falltür mit einem Schacht in das Verlies des Burggrafen – beziehungsweise in das Gegenstück dieses Hauses. Oder doch nicht? Malden ging in Gedanken den Grundriss des Herrenhauses durch. Der Korridor befand sich in der Mitte des zweiten Stockwerks. Darunter lag die Galerie, die auf die große Halle im Erdgeschoss hinaussah. Also würde der Schacht am Ende dieses Flurs einen nichtsahnenden Dieb auf die Eisenkugel befördern.

Vielleicht gab es noch andere Unterschiede. Vielleicht ging es darum.

Ah.

Pass aufs Auge auf. Malden glaubte zumindest ansatzweise die Zusammenhänge zu begreifen. Das Auge hatte in seinen Verstand geblickt und seinen Erinnerungen entsprechend diese Umgebung konstruiert. Das war die einzige Erklärung, warum es hier in allen Einzelheiten genauso aussah wie im Palast. Es war ein ausgeklügelter, ein wirklich raffinierter Zauber. Er hätte ihm auch vorgaukeln können, in einem Blumenfeld zu stehen, sich auf dem Meeresgrund oder im Höllenpfuhl selbst zu befinden. Aber dann hätte er sofort gewusst, dass es sich um eine Illusion handelte. Das Auge wusste, dass er einen Korridor voller Fallen erwartete – also hatte es ihn erschaffen. Die Illusion war überzeugend. Das Mondlicht bestand aus fahlem Silber, es roch nach altem Stein und der sauberen Luft auf dem Schlosshügel. Hätte es Malden nicht besser gewusst, er wäre durchaus auf den Gedanken gekommen, dass an seinem Schwindelgefühl bloß seine Augen schuld waren, die sich an das Mondlicht gewöhnen mussten. Er hätte an den Korridor vor sich geglaubt. Ohne Lockjaws Warnung hätte er vermutlich alles geglaubt. Möglicherweise hatte der alte Mann gerade eben sein Leben gerettet.

Das Bild des Korridors gründete sich auf Maldens Erinnerungen an den Palast. Es gab keinen Grund zu der Annahme, dass er diesen Erinnerungen auch wirklich entsprach. Malden suchte nach seiner erloschenen Laterne, konnte sie aber nicht finden. Vermutlich stand sie noch immer in seiner Nähe, aber die Illusion verbarg sie.

In einer Gürteltasche trug er drei von Slags verlässlichsten Schöpfungen. Bleikugeln, die in Leder gewickelt waren, damit sie keinen Lärm verursachten. Er nahm eine der Kugeln und wog sie kurz in der Hand und warf sie in den Gang hinein. Mit dumpfem Aufprall landete sie im Mondlicht und rollte weiter in die Dunkelheit dahinter, wo er sie nicht mehr sehen konnte. Falls dieser Korridor den Regeln unterworfen war, an die sich Malden erinnerte, musste nun ein Fallgitter in die Tiefe donnern, und drei Messingspeere mussten die Kugel aufspießen.

Aber genau das geschah nicht.

Stattdessen klaffte die Dunkelheit weit auf, und gewaltige weiße Reißzähne blitzten in einem verirrten Strahl des Mondlichts. Die Zähne schnappten nach der Kugel und zermalmten sie. Dann schob sich eine Zunge, dick wie Maldens Arm und mit gespaltener Spitze, aus dem Rachen oder der Grube und leckte wie ein hungriger Hund auf der Suche nach Essensresten an den Zähnen vorbei über den Boden. Als sie nichts fand, zog sie sich hinter die Zähne zurück, die zuschnappten und verschwanden, bis der Boden wieder völlig in Dunkelheit lag.

Malden dachte an die Zähne in dem Türschloss, das er vor Kurzem geknackt hatte, und wie sie auf seinem Werkzeug herumgekaut hatten. Diese Zähne waren verschwunden, sobald sich das Schloss öffnete, aber sie hatten ihre Spuren auf dem Dietrich hinterlassen. Ob diese Reißzähne, die so viel größer waren, nun eine Illusion waren oder nicht – sollte er in ihre Reichweite geraten, würden sie sicherlich kurzen Prozess mit ihm machen.

Die Zunge gefiel ihm ebenso wenig. Er konnte über die dunklen Teile des Bodens springen – eine Taktik, die sich im Palast hervorragend bewährt hatte. Aber wer sagte ihm, dass sich der Rachen nicht trotzdem öffnete? Dass ihn die Zunge nicht mitten in der Luft schnappte und zwischen die Reißzähne zog, bevor er die nächsten Lichtflecken erreichte?

Das alles erforderte gründliches Nachdenken und einige Sorgfalt. Malden wusste, dass er nicht mehr viel Zeit hatte. Es musste schnell erledigt werden. Aber wenn er zu schnell war, konnte ihm das zum Verhängnis werden.

Er wollte wissen, wie nahe er dem Rachen im Boden kommen konnte, ohne ihn zu öffnen. Er blieb dicht an der Wand mit den Fenstern, wo das Licht am besten war, und trat in den ersten Mondlichtkreis. Er beobachtete die Dunkelheit dahinter ganz genau und hielt nach Anzeichen Ausschau, ob sie sich seiner Anwesenheit bewusst war. Als seine Füße im Boden versanken, glaubte er anfangs, über einen dicken Teppich zu schreiten.

Ihm fiel überhaupt nicht auf, dass der erhellte Boden nicht

fest, sondern nachgiebig war und die Beschaffenheit von Haferbrei hatte, bevor er ihn bereits bis zu den Knöcheln verschlungen hatte.

79

Weder wogte der Boden, noch funkelte er wie Flüssigkeit. Er sah so fest und flach aus wie Stein. Und doch sog er Malden in die Tiefe, und der Dieb fühlte, wie ihm die Masse in die Schuhe quoll und an den Beinhaaren klebte.

Er versuchte den linken Fuß aus dem Boden zu ziehen, aber das brachte ihn bloß aus dem Gleichgewicht – sein rechter Fuß fand keinen Halt. Er fuchtelte mit den Armen, aber das beschleunigte das Versinken bloß, bis der Boden hungrig an seinen Knien zerrte. Er kippte nach hinten und wusste, dass er sich befreien musste. Sonst wurde er in den Boden gezogen, bis sein Gesicht bedeckt war, bis die silbrige Mondlichtmasse Nase und Mund füllte und er darin erstickte.

Im ganzen Korridor erwachten die dunklen Flecken zwischen den Lichtinseln zum Leben; Rachen voller Reißzähne öffneten sich und schüttelten sich vor Lachen, während lange Zungen nach oben schlängelten und die Luft liebkosten. Der Korridor verspottete ihn.

Malden dachte nicht daran, sich von einem Stück Boden zum Narren machen zu lassen.

Auf der verzweifelten Suche nach einem Griff ertasteten seine zuckenden Finger die Fensterbank. Mittlerweile steckte er bis zur Taille im Boden, aber er konnte sich festhalten, wenn er die ganze Kraft seiner Arme einsetzte. Leider reichte diese Kraft nicht aus, um sich zu befreien.

Er saß dem Fenster zugewandt fest. Hinter dem Glas sah er das Palastgelände – die Mauer des Schlosshügels erhob sich keine dreihundert Fuß entfernt, der Mond stand hoch am Himmel. Eine dünne Wolke teilte ihn in zwei Teile. Aber dann fiel Malden auf, dass die Wolke sich nicht bewegte. Die Sterne rings um den Mond funkelten nicht.

Alles war nur eine Illusion. Der Mond, der nachgiebige Boden, die sabbernden und grölenden Rachen. Alles erschaffen von dem orangefarbenen Auge, das er in der Dunkelheit gesehen hatte. Es konnte ihn beeinflussen, es konnte ihn sicherlich auch töten, aber nichts davon war Wirklichkeit.

Mit seiner ganzen Kraft zog er und schaffte es, sich ein paar Zoll höher zu kämpfen. Genug, um den rechten Ellbogen auf die Fensterbank zu stemmen. Dort stützte er sich ab und übertrug den größten Teil seines Gewichts auf die Wand. Dann löste er die Finger der linken Hand von der Fensterbank. Um ein Haar wäre er in das flüssige Mondlicht zurückgestürzt, aber es gelang ihm gerade noch, das Gleichgewicht zu bewahren. Das Fenster bestand aus einem Dutzend länglicher Scheiben, die mit Blei in einen stabilen Holzrahmen eingefasst waren. Mit der linken Hand schlug er auf die nächste erreichbare Scheibe ein. Sie zersplitterte nicht (wofür er eher dankbar war – er hatte befürchtet, das berstende Glas werde ihm das Fleisch von den Fingern schneiden), stattdessen spritzte sie von ihm fort und landete als Flüssigkeit auf dem Boden. Er griff durch die geschaffene Öffnung und fühlte Luft. Nur dass es eigentlich keine richtige Luft war. Als er versucht hatte, Kemper die Hand zu schütteln, hatte es sich genauso angefühlt. Kalt und feucht, ein Nichts, das seinen anderen Sinnen zufolge gar nicht vorhanden sein konnte. Sein Verstand erkannte dieses Nichts nicht an und verlieh ihm darum Beschaffenheit und Struktur, während es diese in Wirklichkeit gar nicht gab.

Trotz allem Elend und Unglück, das ihm widerfahren war, seit er eingewilligt hatte, die Krone zu stehlen, war Malden dankbar für die Erfahrungen, die ihm diese Missgeschicke gebracht hatten. Die meisten Diebe mieden Magie und das Übernatürliche wie die Pocken, und das aus gutem Grund. Ganz egal, wie geschickt oder flink ein normaler Mann auch sein mochte, er hatte selbst gegen die einfachste Zauberei keine

Chance. Aber Malden lernte schnell, und weil er keine andere Wahl gehabt hatte, hatte er in der vergangenen Woche etwas über Magie gelernt. Er hatte gelernt, dass sie nach bestimmten Regeln funktionierte. Nur nicht denselben Regeln, denen die normale Welt gehorchte. Magie war eine Perversion dieser fundamentalen Gesetze. Aber diese Perversion musste das Original widerspiegeln, wenn auch nur auf verzerrte Weise. Magie war nie willkürlich, auch wenn es den Anschein haben mochte. Es musste eine innewohnende Logik geben, eine Reihe von Einschränkungen, über die sie nie hinausging. Licht und Glas funktionierten hier ja möglicherweise wie eine Flüssigkeit, aber sie würden *immer* wie eine Flüssigkeit funktionieren. Feste Gegenstände schienen so stark wie Stahl zu sein. Zumindest für den Augenblick glaubte er, die Regeln des Korridors verstanden zu haben.

Er griff durch das feuchte Nichts hindurch und umfasste den Holzrahmen, der die Scheiben zusammenhielt. Ein weiteres Glasstück zerplatzte und tropfte herunter, und seine Hand schloss sich um das Holz, das glücklicherweise genauso fest war, wie es aussah. Tatsächlich fühlte es sich sogar so fest wie Eisen an. Möglicherweise hielt es sein Gewicht.

So verankert, brachte er die rechte Hand nach oben, um auch damit nach dem Rahmen zu greifen. Er zog sich daran hoch wie auf einer Leiter. Stück für Stück lösten sich seine Beine aus dem Boden. Das Mondlicht blieb nicht daran kleben, es haftete auch nicht als Tropfen an seiner Hose. Weder bewegte es sich, noch floss es, als er sich herauszog.

Schließlich war er das ganze Fenster hinaufgeklettert, hatte die Füße auf die Fensterbank gestemmt und konnte sein Gewicht darauf verlagern. Dann blickte er nach unten.

Der Boden wirkte so fest wie immer. Die Rachen in den Schatten hatten sich wieder geschlossen und zeigten nur Dunkelheit. Der Korridor sah genauso aus wie beim Betreten. Er war gerade sechs Fuß weit gekommen.

Nun. Immerhin etwas. Außerdem kannte er den Ort mittlerweile. Er kannte seine Regeln – zumindest einige davon.

Der nächste Lichtfleck befand sich zehn Fuß entfernt. Um

dorthin zu gelangen, musste er einen Rachen aus Finsternis überqueren, und danach hatte er es mit einem Boden zu tun, der ihn zu verschlingen drohte. Er glaubte eine Möglichkeit gefunden zu haben, die Aufgabe zu bewältigen. Er wickelte das Seil von der Taille – das Seil mit dem Silberende, mit dem er und Kemper ins Haus gelangt waren. Am höchsten Rahmen knotete er es fest. Dann riss er ein paarmal ruckartig daran, bis er sicher war, dass es sein Gewicht aushielt. Er klammerte sich an das Silberende und sprang zurück zu der schlichten Wand, die nach seinem Eindringen die Tür ersetzt hatte. Dort war der Boden fest und wies keine Reißzähne auf. Möglicherweise war dies die einzige Stelle im ganzen Korridor, auf der er sicher stehen konnte.

Malden rieb sich die schweißnassen Hände an der Hose ab und band sich das silberne Seilende ums Handgelenk. Mit Anlauf stürmte er auf das flüssige Mondlicht zu und sprang. Das Seil trug ihn über den erhellten Boden hinweg und weiter über die Dunkelheit dahinter.

Unter ihm bissen die Reißzähne in die Luft, und eine lange rosarote Zunge schoss in die Höhe, um ihn zu packen wie ein Frosch die Fliege. Malden zog die Beine an den Körper und drückte sie gegen die Brust, und die Zunge berührte ihn kein einziges Mal.

Das Ende des Schwungs kam schnell, und er krachte gegen das zweite Fenster. Das Glas spritzte geräuschlos weg. Er konnte den Rahmen mit einer Hand packen, bevor mehr als seine Zehen im Mondlicht am Boden versunken waren. Er zog sich auf die Fensterbank, nun in der Mitte des Korridors.

Es war geglückt.

Malden holte eine Weile keuchend Luft. Das schwierigste Stück lag noch immer vor ihm. Er musste einen weiteren Lichtteich und noch einen Zauberrachen überqueren, bevor er das Ende des Korridors erreicht hatte. Das Seil war nach wie vor an das Fenster hinter ihm gebunden. Als er wieder zu Atem gekommen war, schob er ein Bein über den Fensterrahmen und nahm das Seil in festen Griff. Dann zog er mit aller Kraft.

Der Fensterrahmen ächzte und stöhnte an der Stelle, wo das

Seil festgebunden war. In dem stillen Gang klang das wie ohrenbetäubender Lärm, aber mittlerweile machte es Malden nichts mehr aus, Geräusche zu verursachen. Er zog und grunzte und schwitzte, während seine Rückenmuskeln brannten – aber dann war das Seil frei und zog ein Stück abgebrochenen Rahmen mit sich. Der Knoten fiel auf einen Mondlichtteich zu, aber Malden peitschte ihn in die Höhe, bevor er dort landen konnte.

Mit zitternden Fingern löste er den Knoten, zupfte einige Glassplitter aus dem Seil und schlang es oben um den Rahmen des Fensters, vor dem er stand. Es erwies sich als schwierig, den Schwung vom letzten Mal zu wiederholen – er konnte keinen Anlauf nehmen –, aber wenn es nicht gelang, musste er sterben.

Malden weigerte sich zu scheitern. Er stieß sich hart von der Fensterbank ab und schwang sich zum nächsten Fenster. Der Bogen war kleiner, und er flog auch nicht so schnell wie beim ersten Mal, aber er kam weit genug, um mit der Fußspitze die Bank des dritten und letzten Fensters zu erreichen. Unter ihm zerbiss ein geifernder Rachen den Luftzug seiner Bewegung, aber weder Zähne noch Zunge konnten ihm etwas anhaben.

Er wiederholte den Trick, und plötzlich hatte er das Ende des Fallenkorridors erreicht. Vorsichtig schob er einen Fuß nach unten und kam mit festem Boden in Berührung. Er sprang hinunter und sah sich einer Statue des Blutgotts gegenüber – der gleichen wie im Palast. Aber nein, da gab es einen Unterschied. Die Augen glühten orangefarben.

Malden mied den stechenden Blick und drückte den Arm der Götterfigur mit dem Scharnier zurück – den Arm mit dem Pfeil. Im Palast hatte sich daraufhin ein Teil des Bodens gedreht und ihn in das Turmzimmer befördert. Hier hatte es damit eine andere Bewandtnis.

Im Korridor wurde es dunkel – schlagartig. Maldens Sinne protestierten, und als er wieder sehen konnte, erhellten brennende Fackeln den Korridor. Er wies die gleiche Länge und Breite auf wie zuvor, wirkte größtenteils aber völlig unauffällig. Einfach nur ein fensterloser Gang. Mit ganz gewöhnlichen Türen an den Enden.

Die Illusion war verschwunden.

Ein orangefarbenes, in eine Messingplatte eingelassenes Auge glühte über der Tür zum Sanktum. Einen Augenblick lang starrte es hasserfüllt auf Malden herab. Dann schoben sich Messinglider darüber und verhüllten das Glühen.

Die Tür vor Malden war unverschlossen. Vorsichtig öffnete er sie und betrat Hazoths Sanktum. Jetzt stand nichts mehr zwischen ihm und der Krone.

80

Croy trat einen Schritt vor und brach beinahe zusammen. Die Verletzung in seiner Seite war tief und blutete heftig. Die Wunde auf dem Rücken hatte sich wieder geöffnet, und obwohl Blut hervorsickerte, war sie völlig hart und jagte ihm bei jeder Bewegung stechende Schmerzen durch den Körper.

Er tat den nächsten Schritt. Und bezahlte wieder den Preis dafür.

Die fünf verbliebenen Wächter betrachteten ihn voller Ehrfurcht. Zwei von ihnen hatten ihre Stangenwaffen weggeworfen und schienen zur Flucht bereit. Der Rest verharrte reglos. Der Hauptmann warf immer wieder Blicke zum Haus zurück, als erwarte er jeden Augenblick Verstärkung.

Sollten sie sich auf ihn stürzen, war Croy verloren. Er konnte sie nicht alle abwehren, und Gurrh war ihm keine Hilfe. Der Oger war selbst verletzt und blinzelte Blut aus dem Auge.

Croy tat den nächsten Schritt. Manchmal zählte nur der Mut und nicht die Kraft im Arm. Diese Lektion hatte er zahllose Male gelernt. Mut.

Selbst wenn es sinnloses Heldentum war.

Schwertkampf hatte etwas von einem Schauspiel. Das hatte Bikker ihm beigebracht. Ein Kampf der Waffen war in Wirklichkeit oft ein Kampf der Willenskraft, und manchmal zählte

Prahlerei mehr als Mut. Ein Mann mit einem wilden Grinsen im Gesicht konnte gefährlicher aussehen als einer mit dem Schwert in der Hand. Croy war verwundet, erschöpft und bereit, sich auf die Knie sacken zu lassen. Zeigte er in diesem Augenblick ein Anzeichen von Schwäche – und bei der Göttin, wie sehnte er sich danach, sich bloß die Stirn abzuwischen oder tief Luft zu holen –, war er erledigt und die Wächter würden sich alle auf ihn stürzen. Aber wenn er nicht schwankte und entschlossen dreinblickte, dann hatte er vielleicht noch eine Chance.

Er hob das blutverschmierte Kurzschwert. Hob es so hoch, wie sein Arm es schaffte, und schlug es gegen den Schild.

»Wer von euch ist der Nächste?«, verlangte er zu wissen. Vor Erschöpfung klang seine Stimme heiser, aber noch konnte er brüllen.

Die beiden Männer, die bereits die Waffen weggeworfen hatten, stoben über die Wiese in die Nacht davon. Ein anderer verlangte lautstark, dass man die Barriere senken solle. Er rannte auf das Tor zu, aber als er es durchquerte, katapultierte ihn der magische Wall in die Luft. Vergebens wehrte er sich, als ihm unsichtbare Klauen die Hellebarde aus den Händen rissen und zur Seite warfen.

»Er blutet«, sagte der Hauptmann und fuhr sich mit der Hand über den Mund. »Er ist verletzt. Seht ihn euch doch an! Er kann kaum gehen!«

Die beiden letzten Wächter musterten einander. Dann ließen sie die Waffen fallen und sanken auf die Knie. Einer von ihnen flehte die Göttin um Erlösung an. Der Hauptmann hieb ihm die Faust gegen das Ohr, und er kippte zur Seite.

»Was ist denn bloß los mit euch räudigen Hunden?«, verlangte der Hauptmann zu wissen. »Er ist doch nur ein Mann! Es ist mir egal, ob er der Champion des Königs ist, ein einzelner Mann kann nicht gegen uns alle bestehen. Nicht, wenn wir alle zusammen kämpfen!« Er griff nach den Armen seiner Schützlinge und versuchte sie durch reine Willenskraft nach vorn zu zerren.

Croy verspürte einen wachsenden Respekt für diesen Mann.

Wären die Verhältnisse anders gewesen, hätte er auf irgendeinem Schlachtfeld an der Seite des Hauptmanns gekämpft, hätte er den Burschen möglicherweise als Helden bezeichnet. Falls er es vermeiden konnte, ihn zu töten, würde er diesen Mann gern am Leben erhalten, und sei es nur um der Ehre willen.

Aber das bedeutete, ihn jetzt davon zu überzeugen, seine Pflicht zu vernachlässigen.

»Sie wollen nicht sterben«, sagte Croy. Er richtete das Schwert auf den Hauptmann. »Und du? Verspürst du eine solche Treue dem Zauberer gegenüber, dass du für ihn sterben willst?«

Der Hauptmann wollte höhnisch das Gesicht verziehen. Es misslang. »Ich glaube, ich bin einem blutenden Mann mehr als nur gewachsen«, verkündete er. Aber er klang nicht überzeugt.

Gurrh bückte sich und half einem der knienden Wächter auf die Füße. Der Mann schrie und rannte weg. Anscheinend verstieß das nicht gegen die Bedingungen des Fluchs, der auf dem Oger lastete. Der andere Wächter, der fromme, kroch auf allen vieren davon, als könne er vor Angst nicht aufrecht gehen.

»Keinen Schritt weiter, Sir Croy«, sagte der Hauptmann. Er spähte zum Haus hinüber, wo sich der Wächter, der sich in der magischen Barriere verfangen hatte, noch immer zu befreien versuchte. »Bikker!«, schrie der Hauptmann. »Bikker! Ihr werdet gebraucht!«

»Bikker ist ein treuloser Feigling«, erklärte Croy. Er tat den nächsten Schritt auf den Hauptmann zu. Hob das Schwert und ließ den Schild dröhnen. »Hätte er dir helfen wollen, wäre er bereits hier.«

Der Hauptmann hob die Hellebarde. Schwang sie herum, damit ihre Spitze auf den Ritter zielte.

Croy trat näher heran. Nahe genug. Er führte das Kurzschwert in weitem Bogen. Die breite Seite der Klinge traf die Hellebardenspitze und stieß sie fort. Der Hauptmann hatte keine Kraft in den Armen und konnte seine Waffe nicht vernünftig halten. Das geschah mit Männern im Zustand höchster Furcht. Das war Croy bekannt. Dann wurden die Muskeln zu Watte.

»Halt das Ding vernünftig fest!«, riet Croy. »Einen Mann zu töten, der sich nicht wehren kann, ist ehrlos.«

Der Hauptmann biss sich auf die Lippen und schloss einen Augenblick lang die Augen. »Was habt Ihr davon, wenn Ihr mich tötet? Die Barriere ist noch immer oben. Nicht einmal Euer seltsames Schwert vermag sie zu senken.«

»Nein«, sagte Croy, »das stimmt. Aber du kannst sie mit einer Geste senken, nicht wahr?«

Der Hauptmann starrte ihn an.

»Senk die Barriere«, verlangte Croy, »und geh!«

»Mein Herr und Meister hat mich beauftragt, Euch aufzuhalten«, erwiderte der Hauptmann.

»Ich diene deinem wahren Herren, dem Burggrafen. Ich vollbringe hier das Werk der Göttin. Im Leben eines jeden Mannes kommt einmal der Augenblick, an dem er sich entscheiden muss, dem Guten zu dienen oder dem Bösen. Wie entscheidest du dich? Was bringt dir das Böse ein?«

Wieder schloss der Hauptmann die Augen. Croy hätte mühelos einen Schritt vortreten und ihn töten können. Es wäre die einfachste Sache der Welt gewesen.

Der Hauptmann streckte die Hände in die Luft. Mit einer gekrümmten Hand beschrieb er eine komplizierte Geste, während er zugleich die Finger der anderen Hand spreizte.

Die Nachtluft geriet in Bewegung, als wäre ein ganzer Vogelschwarm zugleich in den Himmel aufgestiegen. Die Barriere war unten. Der Wächter, den sie gefangen gehalten hatte, landete mit dumpfem Aufprall auf dem Kies und blieb reglos liegen.

»Danke«, sagte Croy und wandte sich um, um dem Hauptmann in die Augen zu sehen. Aber der Mann war bereits verschwunden. Seine Hellebarde lag verlassen im Gras.

Croy atmete tief ein. Er war schwer verletzt, und das wusste er. Aber die Barriere war unten. Der Weg war frei.

»Wartet«, sagte Gurrh. Croy fuhr zu dem Oger herum. Eine unüberlegte Bewegung, und seine Wunden brachen wieder auf. Einen Augenblick lang sah er bloß Blut, und der Atem stockte ihm.

»Ihr müsst zu diesem Ort gehen. Aber noch nicht«, sagte Gurrh. Der Oger hatte einem zu Boden gegangenen Wächter das Wams vom Leib gezogen. Er zerriss es zu Streifen und verband Croys Wunden. »Jetzt seid Ihr bereit.«

Croy verzog das Gesicht. In dem Lächeln lag weniger Humor, als ihm lieb war, aber wenigstens schmerzte es nicht, die Lippen zu bewegen. »Vielen Dank, Gurrh. Ihr wisst, was Ihr tun müsst, oder?«

»In der Tat«, entgegnete der Oger. Er entfernte sich etwa sechzig Fuß von dem Tor und setzte sich wieder ins Gras, um dort zu warten.

Croy näherte sich dem Tor und zögerte nur kurz, bevor er die Schwelle überschritt. Auf der anderen Seite knirschte der Kies unter seinen Stiefeln. Der Haupteingang des Herrenhauses ragte vor ihm auf. So rasch er konnte, ging er darauf zu.

Aber natürlich ließ man nicht zu, dass er das Gebäude betrat. Noch nicht.

Bikker lehnte an der Hausecke. Er hatte die Arme über der gewaltigen Brust verschränkt. Croy sah die Kapuze des Kettenhemds, das er unter dem Wams trug. Rosige Wangen zeugten von der robusten Gesundheit des großen Schwertkämpfers.

»Croy«, sagte Bikker und stieß sich von der Wand ab. »Auf ein Wort!«

81

Hazoths Sanktum war ein langer Raum mit einer hohen Kuppeldecke voller Schatten. Als Malden eintrat, drang das einzige Licht durch das Rosenfenster am anderen Ende, ein massives rundes Kunstwerk aus buntem Glas, das lange rote und blaue Lichtbahnen auf den Boden warf. Nach den finsteren Illusionen und dem Zwielicht des Korridors war es fast hell genug, dass er deutlich sehen konnte – beinahe hieß er den unheimlichen Lichtschein willkommen, der ins Zimmer strömte. Mit zusammengekniffenen Augen suchte er nach dem, wofür er gekommen war, obwohl er sich nicht einmal sicher war, wie es eigentlich aussah.

Überall um ihn herum erhoben sich die vagen Umrisse von Möbeln und magischen Gerätschaften. Jede Ecke war mit Apparaten vollgestellt, und er machte keinen Schritt, bevor er sicher war, nicht über etwas Gefährliches oder Widerwärtiges zu stolpern. Nach ein paar Schritten erkannte er undeutlich die kaum sichtbare Silhouette eines Baums, dessen Äste wie die Arme einer Frau hilfeflehend erhoben waren.

Das musste die Hexe Coruth sein. Cytheras Mutter, die sich in eine Eberesche verwandelt hatte, um der Folter des Zauberers zu entkommen.

Malden trat einen Schritt auf den Baum zu – und greller Lichtschein explodierte im Raum.

Kohlenpfannen, Fackeln und Dutzende von Kandelabern auf hohen Ständern loderten rot auf. Die Flammen tanzten boshaft – keine gewöhnlichen Flammen, sondern Feuerzungen aus dem Höllenpfuhl. Sie zeigten alle Einzelheiten des Raums, verliehen ihnen aber einen rötlichen Schimmer, als wären sie mit Blut befleckt.

Bücherregale säumten die Wände – Malden hatte Hazoths Bibliothek im Erdgeschoss für beeindruckend gehalten, aber hier mussten zehnmal so viele Bücher, Schriftrollen, Palimpseste und Steintafelfragmente lagern. Vor den Regalen standen Tische voll magischer Werkzeuge: zeremonielle Dolche, Kompasse und Pokale, Zauberstäbe, Griffel aus Pech, Silberketten, zusammengebundene Kräuterbündel, die nur darauf warteten, in die magischen Flammen geworfen zu werden. Weihrauch brannte in einem Dutzend Rauchfässer. Eine mumifizierte Echse mit einer langen Schnauze voller Reißzähne hing an Ketten von der Decke.

Auf einem der Tische stand eine Glaskuppel auf einem hölzernen Dreifuß. In der Kuppel kratzte ein vielleicht neun Zoll großes Wesen mit winzigen Scheren am Glas. Sein Gesicht war beinahe menschlich, aber sein Körper … nicht. Malden studierte die Gestalt nicht zu genau. Dafür fiel sein Blick auf eine Schüssel, die allem Anschein nach mit Quecksilber gefüllt war. Als er daran vorbeiging, wuchs die Substanz in die Höhe, bis ein Bündel silbriger Augen ihn anstarrte. Es machte keinerlei Anstalten, ihn anzugreifen, also erwies er ihm den gleichen Respekt. Auf einem dritten Tisch lag ein kleiner Dämon; lange Eisennadeln nagelten ihn auf dem Holz fest. Lungen und Eingeweide waren der Luft ausgesetzt. Die sieben Augen des Dämons blinzelten und bebten, und Malden wusste, dass er noch lebte. Er fröstelte, als ihn die Blicke anflehten, ihn zu befreien. Trotz der fremdartigen Gestalt hätte er es vielleicht sogar getan, hätte er es nicht besser gewusst und weitaus dringendere Dinge zu tun gehabt. Wieder schaute er fort und sah sich weiter in dem Raum um.

Mit winziger Schrift versehene Schädel waren zu einem Haufen aufgetürmt. Himmelskarten mit golden hervorgehobenen Sternenkonstellationen bedeckten zur Hälfte entrollt den Boden. Ein Ding wie eine Uhr aus Messing lag in seine Einzelteile zerlegt auf einem Tisch. Das Zifferblatt zählte die Zeit auf keine Malden bekannte Weise.

Ein Gelehrter des Arkanen hätte ein ganzes Leben damit verbringen können, alle diese Seltsamkeiten zu katalogisieren. Malden hatte so wenig Zeit, dass er die makabre Sammlung kaum eines Blicks würdigte. Er eilte zu dem magischen Kreis in der Raummitte, in dem Coruth gefangen stand. Der Kreis war nicht mehr als ein Kreidediagramm auf dem Boden, ein doppelter Kreis mit Runen und Sigillen zwischen den konzentrischen Linien. Es sah aus wie Kindergekritzel auf dem Bürgersteig und nicht wie das unüberwindliche Gefängnis einer mächtigen Hexe. Andererseits täuschte auch Coruths Erscheinungsbild.

In dem roten Licht sah sie weniger aus wie eine Frau als wie ein ganz gewöhnlicher Baum, obwohl ihr selbst jetzt, im Hochsommer, die Blätter fehlten. Da war die Andeutung eines Gesichts in der Rinde der Eberesche, aber es schlug weder die Augen auf, noch flüsterte es Malden Geheimnisse zu, als er näher kam. Hätte er es nicht besser gewusst, hätte er den Baum für ein völlig natürliches Gewächs gehalten. Zwar war es seltsam, dass seine Wurzeln im Holzboden versunken waren und dass sie den Kreis völlig ausfüllten, aber nirgendwo die Kreidelinien überschritten.

Viel wichtiger war eine Bleikiste, die zur Hälfte von diesen Wurzeln bedeckt war und sofort Maldens Aufmerksamkeit erregte. Es handelte sich um einen einfachen Behälter mit ein paar simplen Runen, vier Fuß lang und zwei Fuß hoch und breit. Man hatte sie mit großer Hitze versiegelt, und der Deckel schien sich nicht öffnen zu lassen.

Malden kniete vor dem magischen Kreis nieder und griff zögernd nach der Kiste. Er wusste, dass er Coruth befreien musste, aber in der Kiste befand sich die Krone! Er konnte beinahe hören, wie sie in seinem Kopf sprach und freigelassen zu werden verlangte. Seine Fingerspitzen tasteten über den äußeren Kreidekreis und …

… er riss die Hand zurück. Er hatte damit gerechnet, dass ihn der Kreis verbrannte oder ihn packte und festhielt wie die magische Barriere draußen. Stattdessen wehrte er ihn nur ab. Malden fühlte keinen Widerstand, erlitt keine Schmerzen. Die Hand wurde lediglich sanft und ohne jede Gewalt zurückgewiesen. Gerade so viel Widerstand, dass er den Kreis nicht überwinden konnte, wie sehr er sich auch bemühte. Es schien unmöglich, in den Kreis hineinzugreifen und die Kiste zu berühren.

Es musste eine Möglichkeit geben, den Kreis zu durchbrechen, das wusste er. In diesem Raum gab es sicherlich ein geeignetes Werkzeug, irgendeine Kräutermischung, die die Gefangene aus dem Kreis entließ, sobald man die Kräuter verbrannte.

Aber bevor er ein solches Hilfsmittel ausfindig machen konnte, schossen die roten Flammen in die Höhe und brannten in einem so grellen Weiß, dass sie Malden völlig blendeten.

82

Bikker machte keine Anstalten, Acidtongue aus der mit Glas ausgekleideten Scheide zu ziehen. Croy ließ die Schwerter stecken.

Derlei Auseinandersetzungen unterlagen einer gewissen Etikette. Wenn zwei Schwertkämpfer im Zweikampf aufeinandertrafen, nannte man das Duell, das sich daraus ergab, eine Konversation. Gewöhnlich begann es genau als das – als Streitgespräch, dazu gedacht, den Willen des Gegners auf die Probe zu stellen. Ein solcher Wettstreit konnte oft beendet sein, lange bevor das erste Schwert blankgezogen wurde. Croy wusste, dass er Bikker nicht wie die Wächter einschüchtern oder mit ihm reden konnte wie mit dem Hauptmann. Nein, so einfach würde das nicht sein – denn Bikker kannte sich genau aus. Aber möglicherweise konnte er bei dem Mann mit einer schlagfertigen Bemerkung oder einer zielsicheren Beleidigung punkten. Ihn in Wut versetzen und zu einem voreiligen Angriff provozieren. Vielleicht gelang es ihm ja, an Bikkers Selbstbewusstsein zu kratzen und ihn davon zu überzeugen, mehr Zeit für die Verteidigung aufzuwenden und so einem verheerenden Angriff entgehen. Vielleicht gewann er auch einfach nur an Ehre, wenn er Bikker als den Hund bezeichnete, der er nun einmal war.

»Hallo, alter Freund«, sagte er. »Ich nehme nicht an, du hast dich geändert und deine Ehre wiedergefunden? Dass du dich entschuldigen willst, ein Gebet an die Göttin richtest und dann deiner Wege gehst?«

Bikker lachte. »Ist es tatsächlich so einfach, dass ein Leopard seine Flecken verändert? Ich sollte wohl auch noch irgendwie Buße tun. Für meine bösen Taten. Ja, ich glaube, ich könnte deinen aus der Mode gekommenen Ideen von Ehre und Ritterlichkeit folgen. Oder ich könnte dich einfach töten – dich zerquetschten wie eine Mücke, die an meinem Ohr summt, und mich dann wieder meinen Ausschweifungen widmen. Wie es jeder geistig gesunde Mann in der wirklichen Welt tun würde.«

Croy lächelte, auch wenn es ihn schmerzte. »Weißt du, auf eine seltsame Weise ist es gut, dich wiederzusehen. Es erinnert mich an bessere Tage. Du weißt schon, als du noch jung und auf der Höhe deiner Kräfte warst.«

»Croy, du siehst nicht gut aus«, sagte Bikker und runzelte die Stirn, als fände er das sehr betrüblich. »Wie viel Blut hast du noch in den Adern?«

»Genug, um es in Wallung zu bringen, alter Freund«, erwiderte Croy mit einem breiten Lächeln. Genug, um noch einen Augenblick länger stehen zu können, dachte er. »Genug, um ein Dutzend Männer zu besiegen.«

Bikker nickte voller wertschätzender Anerkennung. »Ja, du hast diesen Hunden wirklich gezeigt, wie ein richtiger Mann kämpft. Hauptsächlich mit Finten und Prahlerei.«

Croy verneigte sich tief. »Vielleicht habe ich ja bei einem Meister der Täuschung gelernt«, sagte er. »Du hast mir in den letzten Jahren viel beigebracht.«

»Genau wie ich dir beibrachte, das Stück Eisen zu halten, das du ein Schwert nennst.« Bikker trat einen Schritt auf Croy zu. »Erklär es mir. Warum bist du hier? Wegen Cythera? Ich wage zu behaupten, dass sie im Moment besser als ihr Held kämpfen könnte.«

»Ich bin der Krone wegen hier, die du gestohlen hast. Die du vielmehr gegen Bezahlung hast stehlen lassen, und zwar im Auftrag des Mannes, der dich an der Leine hält.«

Bikker zuckte mit den Schultern. »Vielleicht. Vielleicht bist du aus diesem Grund hier. Aber dir muss klar sein, dass du damit nicht entkommst. Meiner Meinung nach hat dich allerdings ein anderes Anliegen hergeführt. Ich glaube, du willst dich entschuldigen und meine Gnade erflehen. Um wiedergutzumachen, dass du meine Ehre in den Schmutz gezogen hast.«

»Du meinst, als ich dich treulos nannte, weil du dein Schwert an jeden Mann mit den nötigen Mitteln verkaufst?« Croy lachte. »In der Tat eine tiefe Kränkung. Aber beschmutze ich wirklich deine Ehre, nachdem ich doch nichts als die Wahrheit sagte? Genau wie ich hast du geschworen, den Burggrafen zu beschützen. Nun aber hast du ein besseres Angebot bekommen und arbeitest für den Mann, der meinen Herrn stürzen will.«

Bikkers Gesicht lief vor Wut rot an. »Wach endlich auf, Croy! Vergiss deine Träume, deine einfältigen Ideale. Wir sind Ancient Blades. Der Burggraf verdient unsere Dienste nicht.«

»Das ist keine Frage des Werts. Das ist eine Frage der Treue. Der Pflicht. Du magst diese Ideale für Spinnereien halten, ich aber keineswegs. Ich glaube daran, und ich kämpfe dafür, sie unter Beweis zu stellen.«

»Wenn du durch meine Klinge stirbst, was soll das beweisen?«

»Dass die Ehre unsterblich ist«, erwiderte Croy.

Bikkers Hand fuhr nach oben, und Acidtongue glitt aus der Scheide. Die pockennarbige und verätzte Oberfläche funkelte feucht im Mondlicht. Ein Säuretropfen bildete sich an der Spitze und fiel zu Boden. Es qualmte und blubberte. »Zieh dein Schwert!«, verlangte der große Söldner. Er hielt Acidtongue beinahe waagerecht vom Körper weg.

Croy senkte den Kopf. Er richtete ein kurzes Gebet an die Göttin, dass sie seinen Arm in ihren Diensten kräftigen möge. Dann griff er nach hinten und zog das Kurzschwert, richtete es unmittelbar auf Bikker. Ghostcutter blieb in der Scheide stecken.

»Du verdammter Schuft«, sagte Bikker, »zieh dein richtiges Schwert!«

»Ghostcutter ist für die Vernichtung von Dämonen bestimmt«, sagte Croy, »oder für den Kampf gegen würdige Gegner. Du bist weder ein Dämon noch ein würdiger Gegner, nur ein Grobian, dessen Blut selbst dieses einfache Stück Stahl beflecken würde.«

Das war in der Tat eine üble Beleidigung, aber sie hatte den gewünschten Erfolg. Bikkers Zorn gewann die Oberhand, und er hieb wild mit Acidtongue zu, hob die Klinge hoch in die Luft und ließ sie auf Croys Parierstange niedersausen.

Das hätte reichen müssen – dieser eine Schlag hätte den Zwergenstahl des Kurzschwerts durchtrennen und danach noch genügend Schwung haben müssen, um Acidtongue durch Croys Körper zu treiben. Es hätte ein tödlicher Hieb für den Ritter sein müssen.

Aber er hatte noch immer seinen Schild. Er riss ihn hoch und fing den Schlag ab. Die säurenasse Klinge brannte sich durch das Eichenholz und durchschnitt den Eisenbuckel so mühelos, als würde sie Luft durchtrennen, aber Croy drehte während des Zusammenpralls den Arm und schleuderte Acidtongue in den Grasboden zwischen seinen Füßen.

Bikker sprang zurück, außer Reichweite eines Gegenangriffs, und zog die Klinge dabei aus der Erde. Er lachte wie ein Verrückter. »Sehr gut, Croy. Sehr gut!« Der Zorn schwand aus seiner Miene. War er nur gespielt gewesen? Dabei hatte er ernsthaft wütend ausgesehen. »Wenn du defensiv kämpfst, könntest du fünf Minuten überleben. Reicht das?«

»Wozu sollte es reichen?«

»Dazu, dass dein Freund Malden die Krone findet. Schließlich bist du nur aus diesem Grund hier. Um mich abzulenken, nicht wahr? Mich vom Haus fernzuhalten, während dein kleiner Diebesfreund alles ausräumt.«

Croy konnte nicht verhindern, dass seine Miene die Wahrheit verriet. Wie konnte Bikker das nur wissen?

»Du hast doch nicht ernsthaft geglaubt, dass wir die Krone unbewacht dort herumliegen lassen, oder? Wie dumm von Malden. Hazoth ist ein Zauberer. Er beobachtet auf vielerlei Weise, was in seinem Haus vor sich geht. Er weiß, dass Malden gerade dort ist, und er kennt Maldens Pläne. Ah! Sieh doch!«

Bikker zeigte auf das Rosenfenster im zweiten Stockwerk des Hauses. Hinter dem Glas explodierten bunte Lichter.

»In diesem Augenblick begrüßt Hazoth seinen ungebetenen Gast«, verkündete Bikker.

»Nein«, flüsterte Croy. »Nein.« Das konnte nicht sein. Wenn Hazoth Malden auf frischer Tat ertappte und ihn tötete, wer würde dann die Krone zurückholen? Wer würde Coruth befreien und damit auch Cythera?

»Nein!«, brüllte Croy verzweifelt, hob das Kurzschwert und stürmte auf den Söldner zu.

83

Malden rieb sich mit den Daumen die Augen und bemühte sich, die brennenden Lichtflecken wegzubekommen, die in seinem Kopf flackerten. Sein Sehvermögen kehrte nur langsam zurück – was immer den Blitz ausgelöst hatte, war stark genug gewesen, um seine Sehkraft zu beeinträchtigen. Er konnte nur hoffen, dass es kein dauerhafter Schaden war.

Sein Hörvermögen war nicht betroffen. Er wusste, dass sich nun andere Personen im Raum aufhielten, er nahm ihre Schritte wahr. Und er hörte jemanden applaudieren.

»Wirklich höchst eindrucksvoll. Ich hielt es für einen gelungenen Trick, dass ein Gossenaffe lesen kann. Jetzt muss ich feststellen, dass animalische Instinkte auch grundsätzliche Probleme überwinden können, solange sie ordentlich stimuliert werden. Aber eigentlich sollte ich nicht so überrascht sein. Vergangenen Sommer hatten wir einen Maulwurf im Garten, der sich unter der Barriere durchwühlte, die für ihn nicht tief genug abgesenkt war. Ungeziefer findet immer einen Weg hinein.«

»Guten Abend, Magus«, sagte Malden, denn die Stimme gehörte Hazoth. Furcht rann ihm wie Eiswasser den Rücken hinunter, aber er bemühte sich, seiner Stimme einen ruhigen Klang zu verleihen.

»Hatte ich erlaubt, dass du sprechen darfst? Nein. Aber wie dem auch sei – du bist ein mutiges Ungeziefer, richtig? Courage ist bewundernswert, selbst bei so niederen Lebewesen. Also verzeihe ich diesen Bruch der Etikette.« Hazoth trat näher und beugte sich über Malden, der sich noch immer in Kauerstellung die Augen rieb. Er konnte keine Einzelheiten erkennen, nur undeutliche Umrisse und Schatten.

»Du hast das Auge von Klaproth besiegt«, sagte Hazoth, als könne er es noch immer nicht glauben. »Folgendes wüsste ich gern – hast du seine Illusionen durchschaut, oder vermochte dein primitiver Verstand einfach nicht die Bilder zu erzeugen, die es für seine Arbeit braucht? Aber gleichgültig, dein primitives Gehirn hat dir gut gedient. Du hättest es tatsächlich schaffen können – ich war beschäftigt und hätte deine Anwesenheit möglicherweise gar nicht bemerkt, hätte Cythera mich nicht gewarnt.«

»Was?«, schaffte es Malden zu fragen.

Cythera?

»Selbst ein Narr von Sir Croys Kaliber würde nicht auf die Idee kommen, dass er sich einen Weg in mein Haus freischneiden kann, solange die magische Barriere besteht. Es war ein lautes Ablenkungsmanöver, das du ihn da draußen hast veranstalten lassen, aber ich konnte mir nicht erklären, warum er es tut. Also rief ich Cythera und verlangte von ihr, mir alles zu sagen. Jede Einzelheit deines ambitionierten, kleinen Planes. Und das tat sie auch, ohne lange zu zögern.«

Cythera hatte ihn verraten? Malden konnte es kaum glauben. Sie hatte so viel zu verlieren – andererseits hatte Hazoth vermutlich genügend Möglichkeiten, aus ihr Informationen herauszuholen. Er schob eine Hand unauffällig auf den Gürtel zu, zum Griff der Ahle.

Aber … Nein. Er konnte kaum etwas sehen. Blindlings zuzuschlagen wäre dumm. Er bezwang seine erste Reaktion, die Wut, ertappt worden zu sein, die Angst vor dem, was nun kam. Das konnte er jetzt nicht gebrauchen. Er würde sich später damit auseinandersetzen, falls er das hier überlebte.

»Interessant. Sieh dir das an, Cythera. Du kannst seine Gedanken sehen, wie sie langsam in seinem Kopf Gestalt annehmen. Beobachte seine Hände, seinen Mund. Sie verraten ihn. Wirklich faszinierend.«

Malden hielt den Mund.

»Du bist du nichts als Ungeziefer, mein Freund, weiter nichts. Ein kleines schädliches Tier. Doch auf eine gewisse Weise amüsierst du mich. Ich danke dir, dass du meinen langweiligen Alltag mit etwas Aufregung gewürzt hast. Hier. Du sollst eine Belohnung erhalten – ich gebe dir dein Augenlicht zurück.«

Sogleich klärte sich Maldens Sicht. Er blinzelte ein paarmal und blickte sich um. Der Raum hatte sich kaum verändert. Die Flammen brannten in einer etwas gesünderen Farbe, und das Licht war besser, sodass er mehr von der Inneneinrichtung des Sanktums erkennen konnte. Auch wenn dies kaum der Beachtung wert war. Hazoth sah genauso aus, wie er ihn in Erinnerung hatte, obwohl er diesmal ein Nachthemd und eine enge Lederkappe trug. Cythera stand hinter ihm und hatte die Augen zu Boden gerichtet. Dann erwiderte sie Maldens Blick und formte mit den Lippen eine lautlose Entschuldigung. Sie sah so mitleiderregend aus, so verständnisvoll, dass er sich fragte, ob er über ihren Verrat wirklich zornig sein konnte.

Er konnte es nicht, wie er entdeckte.

Sie hatte ihre Hoffnungen auf Croys Stern gesetzt und war enttäuscht worden. Sie hatte auf Maldens Hilfe gehofft, und allem Anschein nach war auch das gescheitert. Ihr Leben und das ihrer Mutter waren auf unheilige Weise mit Hazoths verbunden, und sie konnte sich nicht allein befreien. Sie brauchte Hilfe, deshalb hatte sie sich an jeden gewandt, der infrage kam, selbst einen armseligen Dieb wie ihn. Er hatte sein Bestes getan, und sie hatte ihm so weit geholfen, wie ihr das möglich war. Aber sie hatten beide gewusst, dass ihre Chancen nicht gut standen. Eine Selbstmordmission. Nein, er konnte ihr das jetzt nicht zum Vorwurf machen. Hätte sie weiter ihre Unschuld beteuert, hätte sie ihren Mund gehalten, hätte Hazoth seine Wut an Coruth abreagiert.

Malden wusste, dass Cythera das niemals zulassen würde, wenn sie es verhindern konnte.

Er musterte Coruth und die Bleikiste mit der Krone. Nichts hatte sich verändert.

»Alles sicher«, sagte Hazoth. Er trat an den magischen Kreis heran und beugte sich vor, um die Kreidemarkierungen auf dem Boden zu inspizieren. Während er damit beschäftigt war, spähte Malden erneut zu Cythera hinüber und überlegte, welches Zeichen er ihr geben sollte.

Aber er konnte bloß mit den Schultern zucken.

Cythera richtete den Blick auf den Baum, der ihre Mutter war. Eine einzelne Träne lief ihr die bemalte Wange hinunter. Malden verspürte tiefes Mitleid mit ihr. Coruths Rettung war zum Greifen nahe gewesen. Der Plan wäre fast gelungen – und jetzt? Nun. Die Umstände hatten sich verändert.

Er sehnte sich danach, mit ihr zu sprechen. Vielleicht um ihr Mut zu machen, obwohl er keine Ahnung hatte, mit welchen Worten. Aber Hazoth hatte ihm nicht erlaubt zu sprechen, also blieb er stumm. Er versuchte allein durch Blicke Verbindung mit Cythera aufzunehmen, doch sie sah ihn nicht mehr an.

Hazoth richtete sich wieder auf. »Eins verstehe ich nicht. Ich hätte gern eine Antwort, bevor ich entscheide, was mit dir geschehen soll.«

Er kehrte zu Malden zurück und betrachtete den Dieb mit beunruhigenden Blicken.

»Was du hier suchst, ist schon klar. Du wolltest zurückstehlen, wofür man dich bezahlt hat«, sagte der Zauberer. »Der Grund dafür ist kein Geheimnis. Du hast wahrscheinlich gehofft, mithilfe des zurückgeholten Gegenstands mit jenen, die ihn suchen, um dein Leben schachern zu können. Eine logische Schlussfolgerung, obwohl es in deinem Gedankengang einen Trugschluss gibt. Die Spieler in diesem Spiel sind dir weit überlegen, was Macht und Intellekt angeht. Sicherlich wären sie froh, wenn sie das Ding zurückbekämen. Aber sie ließen dich danach nicht am Leben. Begreifst du es nicht? Du weißt zu viel. Ein Tier, das ein Geheimnis kennt, ist ein gefährliches Tier. Sie würden dich sogar noch bereitwilliger schlachten als ich.«

Malden biss sich auf die Unterlippe.

»Du darfst sprechen«, sagte Hazoth. »Tatsächlich bestehe ich sogar darauf. Sag mir, wer dich geschickt hat, und was diese Leute mit der Krone vorhaben.«

Malden runzelte die Stirn. »Sicherlich kennt Ihr die Antwort. Der Burggraf will zurückhaben, was man ihm gestohlen hat. Es brächte ihn in große Verlegenheit, wenn er morgen ohne seine Krone bei der Prozession erscheinen müsste.«

Hazoth lächelte. »Der Burggraf? Sprichst du von Ommen Tarness? Ich glaube wirklich nicht, dass er dein Auftraggeber ist.« Bei dieser Vorstellung musste er lachen. »Nein, nicht Ommen.«

»Warum sollte er nicht?«

»Weil Ommen Tarness ein Narr ist«, erwiderte Hazoth.

84

»Er mag ein Narr sein, gut, aber …«

Hazoths Gesicht verfinsterte sich vor Wut. »Ich habe dir nicht erlaubt zu sprechen!«, brüllte er.

Malden blieb das Herz stehen. Schmerzen rasten ihm durch die Glieder, und er krachte zu Boden, ein zuckendes Häuflein Elend. Er konnte nicht atmen, sich nicht bewegen, und jeder Laut im Raum war ein fernes Echo …

… und dann war alles wieder vorbei. Vorsichtig setzte er sich auf, nicht sicher, ob er noch am Leben war oder schon im Jenseits.

Hazoth fuhr fort, als wäre nichts geschehen. »Ich beschimpfe ihn keineswegs beiläufig als Narren. Geistig gesehen ist Ommen Tarness ein Kind. Und das schon, seit er dreizehn war, als sein Vater starb und er zum Burggrafen wurde – sein Gehirn hörte zu wachsen auf, während sich sein Körper gesund entwickelte. Er kann kaum allein essen. Soviel ich weiß, ist es jeden Morgen eine ermüdende Prozedur, ihn anzuziehen – er trägt nur ungern Staatstracht und bekommt einen Wutanfall, wenn ihm der Kastellan eine Robe um die Schultern legt.«

Verwirrt runzelte Malden die Stirn. Er hatte Ommen Tarness viele Male in der Öffentlichkeit erlebt, der Mann war ihm stets überaus klug und unerschütterlich vorgekommen.

»Ommens Vater Holger Tarness war genauso. Und Holgers Vater und der Vater seines Vaters – das Geschlecht der Tarness hat verdorbenes Blut. Schon seit Jahrhunderten kann sich keiner von ihnen auch nur anständig die Nase putzen«, fuhr Hazoth fort. »Eigentlich kann man Ommen nicht einmal als Burggrafen bezeichnen. Er ist wie ein Pferd, das einen Reiter trägt, und dieser Reiter ist der wahre Burggraf. Der im Augenblick in deiner Bleikiste versiegelt ist.«

Malden starrte die Kiste zwischen den Baumwurzeln an.

»Verrat es mir, Ungeziefer! Bist du schlau genug, um zu wissen, von wem ich spreche? Du darfst mir antworten, wenn du es begriffen zu haben glaubst.«

Malden dachte sorgfältig über das Rätsel nach. »Als ich die Krone hielt, sprach sie zu mir. Sie gab sich sehr herrschaftlich, als sei sie daran gewöhnt, dass man ihre Befehle widerspruchslos ausführt.« Malden schüttelte den Kopf. Er hatte nicht vergessen, wie sie mit ihm gesprochen hatte – und wie verteufelt schwer es gewesen war, ihre Befehle zu ignorieren. Sie hatte gewollt, dass er sie aufsetzte. Jetzt glaubte er genau zu verstehen, wie dumm das gewesen wäre.

Er dachte über den zweiten Anhaltspunkt nach. »Außerdem sah ich den Raum, in dem man sie aufbewahrt, wenn sie nicht benutzt wird, und dieser Raum ist angefüllt mit Feldzugsbannern und Kriegstrophäen. Erinnerungen eines Soldaten, an einem Ort, den niemand normalerweise zu Gesicht bekam. Aber jemand schätzte sie sehr. Mir fällt nur ein Name ein, der als Rätsels Lösung infrage käme.«

Er nickte. »Und ich weiß genau, dass Ommen Tarness keine andere Krone etwas nutzt. Bikker meinte ursprünglich, dass der Burggraf einfach eine Kopie anfertigen und nicht einmal nach dem Original suchen würde, aus Angst vor dem öffentlichen Spott, sollte man den Diebstahl entdecken. Seitdem haben mir allerdings gewisse … Leute erzählt, dass es nur diese eine Krone sein kann. Dass sie nicht so ohne Weiteres ersetzt werden kann. Aber warum nicht? Niemand hat die Krone jemals sprechen gehört, mit Ausnahme von mir und vermutlich Ommen Tarness. Das Volk würde eine stumme Kopie sofort akzeptieren. Also kann es nur daran liegen, dass Ommen die Krone braucht, um als Burggraf zu funktionieren.«

Er erwiderte Hazoths Blick. »Zieht man das alles in Betracht, glaube ich, dass ich die Lösung kenne. Sagt Ihr, dass Juring Tarness achthundert Jahre nach seinem angeblichen Tod weiterlebt, gefangen in seiner eigenen Krone?«

Hazoths Augen funkelten erregt. »Wunderbar! Du hast es genau erfasst. Juring Tarness, der erste Burggraf, der die Freie Stadt Ness gründete. Der General, der seinem König ein Land gab und als Belohnung eine Jauchegrube erbat. Ja! Aber eine kleine Einzelheit hast du falsch verstanden. Nicht Juring ist der Gefangene der Krone – es ist Ommen.«

Malden glaubte den Unterschied zu verstehen, aber er enthielt sich jedes ungefragten Kommentars, um nicht Hazoths Unmut zu riskieren.

»Er und ich waren Freunde, vor acht Jahrhunderten. Am Ende seines Lebens kam er eines Nachts zu mir und bat mich um Hilfe. Er hatte einen Sohn, einen Erben, der seinen Titel übernehmen sollte. Aber der Junge war ein Tunichtgut. Juring sorgte sich, was geschehen würde, wenn sein Sohn die Macht übernähme. Juring hatte sich ein Lehen aufgebaut und es fähig verwaltet. Vielleicht hielten ihn seine Untertanen für gerecht und weise. Vielleicht gehorchten sie ihm auch nur, weil sie genau wussten, wozu er fähig war, wenn er in Wut geriet. Sein Sohn wusste einen solchen Respekt nicht einzufordern. Was aber noch viel wichtiger war – der Junge konnte sein Geld nicht zusammenhalten. Er war ein Spieler und Trinker, und Juring wusste ganz genau, dass die Stadt unter nachlässiger Führung in einem Jahr in den Ruin getrieben würde. Der damalige König fürchtete Juring genug, um sich aus dessen Angelegenheiten herauszuhalten, aber er würde die Schwächen seines Sohns sofort erkennen. Und es würde garantiert damit enden, dass man ihm die Stadtrechte nahm und alles verloren wäre, wofür Juring so hart gekämpft hatte.«

Hazoths Augen strahlten heller, als er sich an die seit Langem verlorene Vergangenheit erinnerte. Malden war nicht so dumm zu glauben, dass der Zauberer ausreichend abgelenkt war, um ihm Gelegenheit zur Flucht zu geben. »Als Juring zu mir kam, war er am Ende seiner Kräfte. Ihm fiel keine Lösung ein. Hätte es doch nur eine Möglichkeit gegeben, dass seine Weisheit seinen Tod überlebte! Irgendeine Methode, mit der er seinen Sohn auch weiterhin beraten und ihm Befehle erteilen könnte, sofern dies nötig wäre ... Er bat mich, ihm zu helfen. Ich betrachtete das Problem von allen Seiten und fand schließlich die Lösung.«

Hazoth lächelte. »Jurings Körper war hinfällig, so wie jedes menschliche Fleisch. Er würde sterben und verwesen. Aber sein Verstand konnte weiterleben. Falls man ihn in ein Gefäß füllte, dem die Zeit nichts anzuhaben vermochte ... etwas aus Gold, das im Gegensatz zu anderen Metallen weder rostet noch Patina ansetzt. Gold hat noch weitere Qualitäten, die es für einen solchen Zauber geeignet macht – aber du könntest nichts damit anfangen, wenn ich sie dir auflisten würde. Der fragliche Gegenstand musste außerdem so unentbehrlich sein, dass sich sein Sohn niemals davon trennen würde. Die Krone war die ideale Wahl.

Juring wollte, dass die Krone mit seiner Stimme spricht, auch nach seinem Tod, also richtete ich das so ein. Jedes Mal, wenn sich der Sohn die Krone aufs Haupt setzte, hörte er die Stimme seines Vaters, die ihm ins Ohr flüsterte. Er konnte weder seine Zechgelage noch seine riskanten Wetten länger genießen. Wenn er sich mit Abschaum abgab oder ungerecht mit seinen Untertanen verfuhr, wurde er von schrecklichen Kopfschmerzen und dem Verlangen zur Buße gequält. Gut ging es ihm nur, wenn er die Stadt mit dem umsichtigen Pragmatismus seines Vaters regierte, also wurde er ein überaus fähiger Burggraf. Als er alt wurde, sorgte er sich sehr, was aus der Stadt unter der Herrschaft seines eigenen Sohns werden würde, der launisch und grausam war. Aber die Krone diente auch Jurings Enkel gut, ebenso seinem Urenkel und so weiter.« Hazoth zuckte mit den Schultern. »Allerdings kann selbst ich nur schwer begreifen, wie sich Magie im Lauf der Zeit verändert.

Auch kurzfristig gesehen ist sie eine unberechenbare Macht, und ich wusste nicht, dass der Zauber der Krone mit jedem verstreichenden Jahr nur noch stärker werden würde. Die Seele der Krone bewahrte Jurings Fähigkeiten, aber ihre Gewalt über die Träger schwächte die Männer. Das Gehirn ist wie ein ganz gewöhnlicher Muskel. Bewegt man es nicht vernünftig, verliert es an Kraft und stirbt schließlich ab. Jeder nachfolgende Burggraf war ein noch größerer Narr als sein Vater. Juring, eingeschlossen in seiner Krone, musste immer größeren Einfluss auf seine Nachkommen ausüben, und immer häufiger unterband er ihre scheußlichen Gedanken und ersetzte sie durch die eigenen. Immer öfter wurden ihnen sein Charakter und seine Klugheit aufgezwungen, und sie litten darunter. Inzwischen können sie ohne seine Anweisungen kaum noch sprechen oder bis zehn zählen.« Die Verachtung auf dem Gesicht des Zauberers verriet, wie wenig Mitleid er für das Haus Tarness empfand.

»Schon seit langer Zeit gab es in dieser Stadt nur einen Burggrafen, und das ist Juring Tarness. Es ist eine unnatürliche Situation, und einige Leute würden sie gern ändern. Juring war mein guter Freund, und es hat mich immer mit Freude erfüllt, dass er genau wie ich überlebte, während so viele unserer Zeitgenossen alt wurden und starben. Aber vielleicht ist nun der Zeitpunkt gekommen, dass neues Blut diese Stadt regiert.«

»Ihr habt ihn verraten«, sagte Malden und vergaß sich.

Hazoth schien sich an seiner Anmaßung nicht zu stören. »Du sprichst von Treue? Der Mann, den ich kannte, hat seit achthundert Jahren anderen den Körper gestohlen, und das hat ihn zugrunde gerichtet. Niemals war vorgesehen, dass er so lange lebt. Der Zauber, mit dem ich die Krone belegte, sollte nur eine Generation lang wirken. Sagen wir also stattdessen, dass ich einen Fehler behebe, den ich als unerfahrener junger Mann beging.«

Malden starrte den Zauberer an. Er konnte kaum glauben, was er gerade gehört hatte.

Aber die Krone hatte zu ihm gesprochen. Und er bezweifelte nicht, dass sie dabei Juring Tarness' Stimme benutzt hatte.

Es musste so sein, wie Hazoth gesagt hatte. Das aber bedeutete …

Er konnte den Gedanken nicht zu Ende führen.

»Ich glaube, die Krone wird hier bei mir bleiben«, sagte der Zauberer. »Ich hatte überlegt, sie dir zu überlassen. Zu gestatten, dass du sie dir einfach nimmst – nur um zu sehen, was geschieht. Weißt du, ich habe da eine Theorie. Ich habe die Theorie, dass das Blut von Tarness' Linie keine Rolle spielt. Dass Juring jeden kontrollieren könnte, der die Krone trägt. Und ich bin sicher, dass dir die nötige Willenskraft fehlt, um ihren Einflüsterungen zu widerstehen. Irgendwann hätte sie dich überzeugt, dass du sie aufsetzen musst. Ich habe mich gefragt, ob Juring nicht irgendeinen Menschenlehm – selbst ein so trauriges Exemplar wie dich – nehmen und ihn im Laufe der Zeit zu einem großen Anführer formen könne. Ich glaube, er könnte es schaffen. Ich glaube, dass du im Verlauf weniger Jahre zum König von Skrae werden könntest.«

Er sah mit kaum unterdrückter Heiterkeit auf Malden herunter.

»Stell dir das nur vor. Ein Hurensohn, den man zum König macht. Wie amüsant!«

Der Zauberer stieß ein meckerndes Lachen aus. Es klang nicht unbedingt geistig gesund.

Malden fröstelte, aber nicht allein wegen Hazoths Entgleisung. Er dachte daran, was aus ihm geworden wäre, hätte er die Krone aufgesetzt, wie er es unbedingt hatte tun wollen. Er bezweifelte nicht, dass Juring ihm im Gegenzug Macht, Wissen und Mut verliehen hätte. Aber er wäre von der Krone versklavt worden. Seine größte Furcht wäre wahr geworden, er hätte den winzigen Fetzen Freiheit verloren, den er besaß.

Sein Herzschlag donnerte in seinen Ohren. Das war knapp gewesen. Er hörte Hazoth kaum, als der Zauberer weitersprach. »Aber während ich diese Geschichte erzähle, fällt mir der genaue Grund ein, warum ich mich überhaupt an diesem Plan beteiligt habe. Weißt du, ich kann es mir nicht leisten, dich König werden zu lassen. So wie ich es mir nicht leisten kann, mir von der Familie Tarness« – er lachte – »vorschreiben zu lassen, was ich tun soll. Ich kann es mir nicht leisten, irgendwelche Rivalen zu haben. Es darf keine Macht übrig bleiben, die mich einschränken könnte. Verstehst du das? Ich glaube, das tust du tatsächlich. Wie erstaunlich! Wie schlau! Und letztlich so tragisch. Nein, es tut mir leid, Ungeziefer. Du kannst deinen Preis nicht haben. Und du kannst mein Haus nicht verlassen. Zumindest nicht lebendig.«

Hazoth hob die Hand, den dritten und vierten Finger gegen die Handfläche gedrückt, die drei anderen ausgestreckt. Er hob den Arm hoch über den Kopf.

»Malden!«, brüllte Cythera. »Halt dir die Augen zu!«

Malden tat genau, was sie sagte. Außerdem ergriff er die Ahle und machte sich bereit, sie zu ziehen.

85

Säuretropfen trafen Croys Arm und fraßen sich durch den Lederärmel. Er brüllte auf, als sie sich auch durch seine Haut fraßen. Schmerzen stachen sein Rückgrat entlang; der Schwefelgestank in der Luft ließ seine Lungen rebellieren. Croy musste husten, als die Dämpfe seinen Hals und seine Augen angriffen.

Es war ein Zeichen der Schwäche, gegen das er sich so lange wie möglich gewehrt hatte. Er war am Ende. Bikker nahm es als genau das, was es auch war – das Zeichen zum Angriff, den er mit einem Hagel verheerender Schläge ausführte. Croy konnte sie abwehren, aber das kostete ihn viel. Er musste immer weiter zurückweichen, und der Schmerz drohte ihn zu überwältigen. Er zwang sich dazu, die Augen offen zu halten, die Situation ununterbrochen einzuschätzen.

Sein Schild bestand nur noch aus Teilen brodelnder Eiche, zusammengehalten von einem schmelzenden Eisenbuckel. Viel besorgniserregender aber war der Zustand des Kurzschwerts, das bei jedem Parieren von Acidtongues Angriffen tiefe Kerben davongetragen hatte. Er spürte genau, wie das Schwert mit jedem Augenblick an Stärke verlor.

Andererseits waren die Waffen in besserer Verfassung als der Ritter, und das war das eigentliche Problem. Bereits geschwächt durch zahlreiche Wunden und Blutverlust, näherte sich Croys Durchhaltevermögen rasch seinem Ende. Allein den Schwertarm zu heben, kostete bereits große Mühe, und er rang keuchend nach Luft. Schweiß brannte ihm in den Augen, und es schmeckte salzig, wenn er ihm auf die Lippen tropfte. Vernünftige Fechtkunst bedurfte sowohl der Arme wie auch der Beine – im Hinterkopf hörte er, was Bikker ihm damals gesagt hatte, als er ihn im Kampf unterrichtet hatte. *Du musst dich bewegen, wenn ein Schwert auf dein Gesicht zukommt, Junge. Bei einer Riposte katapultiert einen das Knie nach vorn, also tanz, wenn du am Leben bleiben willst.*

Croys Beine fühlten sich an wie Holz. Er konnte die Füße kaum heben, ohne zu stolpern.

Ein Hieb raste auf Croys verletzte Seite zu; Acidtongue verbrannte spuckend die Luft. Er brachte kaum rechtzeitig das Kurzschwert nach unten. Die Parade wehrte Acidtongue ab; das Säureschwert pfiff über Bikkers Kopf hinweg, als er es sofort darauf in einen hohen Hieb führte. Croy stemmte die qualmenden Überreste seines Schilds in den Schlag hinein, aber ihm fehlte die Kraft, ihn vernünftig abzuwehren. Acidtongue wie einen Knüppel benutzend, schlug Bikker Croy den eigenen Schild ins Gesicht. Croy fühlte, wie sein Gehirn durchgeschüttelt wurde.

So müde.

Parieren. Er versuchte eine Riposte, aber das Kurzschwert verfing sich, als Acidtongue zurückwich.

Sein Körper ließ ihn im Stich.

Parieren. Zurücktreten, von dem Ausfall weg, einen Fuß hinter den anderen, damit sein Körper ein kleineres Ziel bot. Acidtongue stach an seinem Gesicht vorbei, und er schlug es zur Seite wie eine Katze ein Stück Bindfaden – und genauso erfolgreich.

Er würde zusammenbrechen.

Wieder parieren. Er fing Acidtongue gerade noch rechtzeitig

ab, bevor es ihm die Kehle zerfetzen konnte, erfasste Acidtongues unteres Drittel mit dem oberen Drittel des Kurzschwerts. Eine mustergültig ausgeführte klassische Parade, die ihm die ideale Gelegenheit für einen Gegenangriff hätte verschaffen sollen. Doch als er sie endlich erkannte, tänzelte Bikker bereits zurück.

Croy war verloren.

Acidtongue raste auf seinen Schild zu. Möglicherweise war das nur eine Finte, auf die er nicht eingehen sollte. Ihm fehlte die Kraft. Acidtongue zerlegte den Schild in seine Einzelteile. Plötzlich war Croys linke Seite entblößt und ohne jede Deckung. Bikker brüllte freudig auf und führte das Schwert zu einem Schnitt, der Croy den Bauch aufschlitzen und seine Gedärme auf dem Boden verteilen würde.

Der Ritter verfügte noch über einen letzten Funken Kraft. Er nutzte ihn dazu, die Spitze des Kurzschwerts in den Boden zu rammen, um eine Barriere gegen den Angriff zu schaffen. Das Kurzschwert wankte, guter Zwergenstahl geriet an den Rand seiner Biegsamkeit und darüber hinaus. Acidtongue durchschnitt ihn wie einen Bindfaden. Stahlfragmente flogen durch die Luft; einer schlitzte Croys Wange auf. Das Schwert bestand nur noch aus einem Griff mit einem oder zwei Zoll gezackter Klinge. Croy ließ es fallen, dann schloss er die Augen und ließ sich auf ein Knie sinken.

Er vermochte den Kopf nicht zu heben. Sein Nacken war völlig entblößt. Acidtongue konnte mühelos Fleisch und Knochen durchschneiden, wenn es heiß und voller Kampfeslust war. Ein Schnitt, und Bikker hätte Croy enthauptet.

Croy konnte den Kopf nicht heben. Dazu war er einfach zu erschöpft.

Cythera, dachte er. Ich liebe dich. Es tut mir so leid.

Der Schlag blieb aus.

Croy öffnete die Augen, konnte sich aber immer noch nicht bewegen. Er betrachtete das Gras. Es sah so weich aus, und es wäre so schön gewesen, sich einfach kopfüber in seine grüne Umarmung fallen zu lassen. Auf dem Boden lag ein Splitter seines zerstörten Schwerts, der noch immer hell funkelte.

Bikker hatte ihn noch immer nicht getötet. Worauf wartete er?

»Sieh mich an, Croy!«

Langsam und unter Qualen hob Croy den Kopf und erwiderte den Blick seines Gegners. Bikkers Gesicht war wild verzerrt, in seinen Augen funkelte der Wahnsinn. An seinen Lippen klebte Speichel.

»Gut«, sagte Bikker. »Das wäre erledigt. Zieh Ghostcutter. Schluss mit den Spielchen. Jetzt kämpfen wir wie Männer.«

86

Malden hielt die Augen geschlossen, bis er sicher sein konnte, dass das höllische Zauberlicht verblasst war. Seine Hand verkrampfte sich um den Ahlengriff, und er zog seine Waffe, wobei er peinlich darauf achtete, kein Geräusch zu verursachen.

Als das Glühen auf der Innenseite seiner Lider erlosch, schlug er die Augen wieder auf und sah Hazoth noch immer vor sich stehen. Etwas hatte sich verändert, etwas, das er nur aus den Augenwinkeln wahrnahm, denn seine Konzentration galt allein dem Zauberer. Hazoth atmete schwer, die Arme hingen ihm am Körper hinunter. Maldens Beine spannten sich wie Federn, und dann sprang er, die Ahle gerade ausgestreckt, damit sie den Bauch des Zauberers traf und hinten wieder herauskam.

Eigentlich rechnete er damit, dass sich Hazoth umwandte und ihn finster anstarrte, dass seine Augen irgendeinen Zauber versprühten, der Malden das Fleisch von den Knochen fetzte. Vielleicht verschwand der Zauberer auch einfach, bevor er ihn erreichte. Stattdessen überraschte er den Magier. Malden fühlte, wie die Spitze der Ahle den Stoff von Hazoths Nachtgewand durchbohrte, wie sie in dem verhassten Fleisch versank, wie sie über Knochen kratzte. Er stieß mit aller verfügbaren Kraft zu, bis die Spitze im Rücken des Zauberers wieder zum Vorschein kam. Kein heißes Blut sprudelte ihm über die Hand, aber das überraschte ihn weniger als der Ausdruck auf Hazoths Gesicht.

Der Zauberer wirkte einfach nur enttäuscht.

Malden stolperte rückwärts und zog die Ahle mit sich. Er starrte auf das Stück Eisen in seiner Hand und entdeckte kein Blut. Auch keinen Schleim, kein lebendes Feuer oder was sonst vermutlich durch die Adern eines Zauberers strömte. Er blickte auf und entdeckte das Loch, das er in den Stoff gestoßen hatte … aber die darunterliegende Haut wies nicht einmal einen Kratzer auf.

»Eine gewalttätige Reaktion auf einen bedrohlichen Reiz. Das Kennzeichen eines nicht erleuchteten Wesens. Ungeziefer, du hast mich in dieser Nacht so oft überrascht – jetzt beweist du, dass eine primitive Kreatur mit ihrer Gerissenheit zu allem fähig ist. Nun ja, selbst die am weitesten entwickelte Spezies verhält sich irgendwann wieder wie das Ungeziefer, das sie ist. Und nun sieh, was du angerichtet hast!«

Cythera schrie auf. Sie starrte auf die Handfläche ihrer linken Hand. Die Tinte sah aus, als würde sie kochen. Blumen blühten auf, dann lösten sich ihre Blätter, fortgerissen von einem Sturmwind, der sich allein in ihrer Haut bewegte. Schlingpflanzen schoben sich so eng um ihr Handgelenk, dass es den Anschein hatte, als würden sie ihren Blutfluss abschneiden. Auf ihrem Gesicht fielen hundert Schneeflocken in sich zusammen, während auf ihren Schultern Rosen emporschossen, deren Dornen giftig schimmerten.

Anscheinend gründete die Verbindung zwischen Cythera und Hazoth nicht nur auf bösartiger Magie. Sie vermochte auch körperliche Schäden zu beheben.

»Cythera«, rief Malden. »Nein … bitte, verzeih mir, ich wusste ja nicht …«

»Es ist … schon in Ordnung«, sagte sie und richtete sich auf. »Das tut mir nicht weh. Es ist immer nur eine Überraschung, wenn es geschieht, das ist alles.«

Hazoth schaute von einem zum anderen. Dann schnalzte er

mit der Zunge und wandte sich wieder Malden zu. »Du hast mich für kurze Zeit interessiert. Darum habe ich dich auch so lange am Leben gelassen. Aber nicht wegen deiner primitiven Leidenschaften, Ungeziefer. Sondern wegen der Art und Weise, auf die du die Einschränkungen deiner Herkunft scheinbar hinter dir gelassen hattest. Aber jetzt sehe ich, dass der ganze Mut und die ganze Durchtriebenheit nur auf eine Sache zielten – der Preis zwischen Cytheras Beinen.« Er schüttelte traurig den Kopf. »Wie armselig. Ich fürchte, dieser Angriff war der letzte Fehler, den ich dir durchgehen lassen kann.«

Malden gefror das Blut in den Adern. Er wusste, dass er dem Tod noch nie so nahe gewesen war wie in diesem Augenblick. Seine Gedanken überschlugen sich, versuchten verzweifelt einen Plan zu finden, was er jetzt tun sollte. Ihm fiel nur eines ein: Verwirrung stiften. Zeit schinden. »Da muss ich widersprechen«, sagte Malden mit trockenem Mund. Hazoth hatte ihm nicht erlaubt zu sprechen, aber das spielte jetzt keine Rolle mehr. In diesem Augenblick zu schweigen bedeutete, sein Todesurteil zu akzeptieren.

»Wieso das, Ungeziefer?«

»Ihr seid der Ansicht, dass meine Logik fehlerhaft war. Dass ich mit einem Angriff auf Euch eine unsinnige Entscheidung traf. Ich hingegen behaupte, dass ich nicht über genügend Kenntnisse verfügte. Als Ihr mich ertappt hattet, versuchte ich nicht, Euch zu erstechen. Ich versuchte es auch nicht, als Ihr mir den Rücken zukehrtet. Ich wartete, bis Eure Magie Euch erschöpfte und Euch so sehr ablenkte, dass ein Angriff logisch gesehen Erfolg haben musste. Ihr seht, ich dachte gründlich nach, bevor ich zustach.«

Hazoth richtete den Blick nach oben, als hätte er Verbindung zu einer höheren Macht. »Fast schlau«, sagte er. »Da gibt es nur einen Fehler. Eine Stelle, an der deine Logik in sich zusammenfällt.«

»Und die wäre?«, fragte Malden im Tonfall eines Gelehrten, der sich nach einer Fußnote für einen besonders schwierigen Text erkundigt.

»Du bist das menschliche Äquivalent einer Küchenschabe«,

erwiderte Hazoth. »Ich hingegen bin ein Wesen von außergewöhnlicher Macht. Dir hätte klar sein müssen, dass jemand wie du mich unter gar keinen Umständen verletzen kann.«

Hazoth entfernte sich ein paar Schritte von Malden und sah wieder nach oben.

Zum ersten Mal wurde Malden bewusst, was sich verändert hatte. Als der Magier seinen Zauber gewirkt hatte, hatte der Dieb keine Ahnung gehabt, wie das Ergebnis aussehen würde. Jetzt begriff er. Er war von einem Ort an einen anderen transportiert worden, ohne die dazwischenliegende Distanz zurücklegen zu müssen. Er hielt sich nicht länger im Sanktum auf.

Hazoth hatte alle in die große Halle gebracht. Nun standen sie im Schatten des eisernen Eis.

»Ich frage dich jetzt noch einmal. Wer hat dich geschickt?«

Malden schaute zur Seite. »Niemand. Das war allein meine Idee«, beharrte er. Warum sollte er Cutbill hineinziehen? Damit würde er sein Leben nicht retten, und vermutlich bekam der Gildenmeister nur noch mehr Ärger. Falls er Cutbill das ersparen konnte, dann war sein Tod vielleicht nicht ganz umsonst. »Ich brauche die Krone, oder Anselm Vry wird mich töten.«

Magie summte Malden einem wütenden Insekt gleich entgegen. Ein unsichtbarer Stich traf seine Brust und verursachte einen scharfen Schmerz, der sich in seinem ganzen Brustkorb fortpflanzte.

»Unmöglich«, sagte Hazoth. »Für so etwas fehlt dir die Willenskraft.«

»Ich … schwöre es«, stieß Malden hervor, während die Schmerzen auf seine Glieder ausstrahlten. Ein blutroter Schleier vernebelte seine Sicht. »Es war allein … meine Idee … ich …«

»Es war Croy!«, rief Cythera. »Croy hat ihn dafür bezahlt, dass er mir hilft!«

Die Schmerzen verschwanden so schnell, wie sie gekommen waren. Trotzdem stürzte Malden auf den Marmorboden und wand sich dort noch einen Moment, bis die Erinnerung daran verblasste.

Hazoth wandte sich Cythera zu. »Wirklich? Das glaube ich schon eher.« Der Zauberer sah beinahe enttäuscht aus. »Ich hätte gedacht, ich würde den Namen meines Mitverschwörers zu hören bekommen. Hm. Aber ja, Croy wäre dafür dumm genug. Also gut.«

Er zuckte mit den Schultern und trat an Malden heran, der noch immer zusammengekrümmt auf dem Boden lag.

»Nun. Wir haben das Ende unseres Experimentes erreicht. Das Testobjekt hat die Hypothese nicht bestätigt. Mehr gibt es dazu nicht zu sagen«, erklärte Hazoth. »Andere Aufgaben erfordern meine Aufmerksamkeit. Auf meinem Rasen prügelt sich ein Ritter mit der Dienerschaft. Ich glaube, ich muss ihn im eigenen Blut kochen lassen.«

»Croy«, keuchte Cythera und schlug die Hand vor den Mund. »Nein ... Ihr könnt nicht ...«

»Du weißt ganz genau, dass ich es kann«, erwiderte Hazoth. »Und jetzt, wo du mir gesagt hast, dass er hinter dieser Belästigung steckt, hast du mir jeden Grund gegeben, das auch sofort zu tun.«

Sie erbleichte unter ihren Tätowierungen. »Ich meinte ... ich wollte sagen ... das dürft Ihr nicht«, stammelte sie. »Das erlaube ich nicht, Vater.«

Malden riss die Augen auf.

»Vater?«, sagte er laut. »Er ist dein ...«

»Ich habe dir nicht zu sprechen erlaubt!«, brüllte Hazoth so laut, dass Malden übertönt wurde.

Es spielte keine Rolle. Seine Gedanken waren lauter als alles, was er hätte sagen können.

Der Dämon ist sein Kind, hatte sie gesagt. *Es ist nicht sein erstes.*

Damit hatte sie nach Maldens Ansicht nur gemeint, er habe noch weitere Dämonen gezeugt.

Nicht alle seine Schutzvorrichtungen sind magischer Natur, hatte sie gesagt.

Er hatte gedacht, sie beziehe sich auf sein sehr menschliches Gefolge, das das Tor bewachte. Aber vielleicht deutete sie ein viel komplizierteres Verhältnis zu dem Magier an, als es ein schlichter Dienstvertrag festlegte. Sie hatte Malden verraten, und jetzt kannte er auch den Grund dafür.

Er hatte ihr nie völlig vertraut. Selbst als er sie geküsst hatte, hatte er insgeheim damit gerechnet, dass sie ihn mit ihren gesammelten Flüchen vernichten würde. Also hatte er dafür gesorgt, dass sie seinen Plan nur zur Hälfte kannte. Jetzt begriff er, dass von ihr keine Hilfe mehr zu erwarten war. Dass sie ihn nicht im letzten Augenblick retten würde.

Gewissermaßen hatte er damit gerechnet.

Es tat trotzdem weh. Es traf ihn bis ins Mark.

»Ich tue, was ich will«, sagte Hazoth so kühl wie ein Herbsttag. »Und was dich angeht, Ungeziefer, ich fürchte, du musst sterben. Ich weiß, dass dein schlichtes Gehirn Mühe hat, diese Notwendigkeit einzusehen. Du glaubst, dass es irgendeine Möglichkeit gibt, mich zu besiegen, gleichgültig, wie aussichtslos der Versuch auch sein mag. Ich versichere dir, dass du dich da im Irrtum befindest. Bitte versuch die Sache philosophisch zu sehen. Wie lange hättest du noch zu leben, ein paar Jahrzehnte oder so? Nur Augenblicke, verglichen mit meiner Lebensspanne. Die Tragödie deines Todes wird so lange Bestand haben, wie eine einzelne Träne braucht, um Cytheras Wange hinunterzurollen.«

»Also gut«, sagte Malden und dachte: noch nicht. »Und wie soll ich sterben? Werdet Ihr mich zu Tode verfluchen oder die Erde spalten und mich in den Höllenpfuhl schleudern?«

»Eine Verschwendung von Macht und meiner nicht würdig«, erwiderte Hazoth. »Ich verleihe deiner Existenz einen Sinn, auch wenn er nur winzig ist. Ich verfüttere dich an meinen Sohn.« Er hob den Arm und schlug mit der flachen Hand auf das Eisenei. Es dröhnte wie eine Glocke.

Dann brach es auseinander.

87

»Großartig! Wenn es endlich geboren wird, wird mir keine Macht auf der Welt die Stirn bieten können«, verkündete Hazoth.

Auf der Oberfläche der Eisenkugel erschienen rote Striemen aus Höllenfeuer. Rost regnete zu Boden. Das Ei schaukelte leicht auf seinem Ständer, als der Dämon darin immer wieder gegen die Schale hämmerte, um sich zu befreien.

»Die Ancient Blades werden Euch aufhalten«, sagte Malden, mehr um sich Mut zu machen, als um den Zauberer einzuschüchtern. »Sie wissen, wie man Dämonen tötet.«

»Glücklicherweise steht einer von ihnen auf meiner Seite«, erwiderte Hazoth. »Bikker wird ohne mit der Wimper zu zucken all seine alten Kameraden töten, wenn ich ihn gut genug bezahle. Es ist immer wichtig, sämtliche Aspekte eines Problems zu bedenken, Ungeziefer. Darin bist du gescheitert. Du bist es wirklich schlau angegangen, aber du hast das Unternehmen einfach *nicht* genug durchdacht.«

»Aber Ihr schon? Das ist doch Wahnsinn«, sagte Malden. »Einen Dämon auf die Welt loszulassen …« Er musste an die vielarmige Kreatur denken, die ihn im Palastturm um ein Haar getötet hätte. Wenn man sie nicht feucht hielt, wuchs sie rasend schnell und würde nie damit aufhören. »Für diese Welt ist das ein unnatürliches Wesen«, sagte er. »Was wird es anrichten, sobald es frei ist? Wird es jeden Mann und jede Frau in der Stadt auffressen? Oder uns alle mit Höllenfeuer verbrennen?«

»Kaum etwas so Dramatisches«, erwiderte Hazoth. »Falls er ausgewachsen wäre, dann würde vielleicht passieren, was du sagst. Aber mein Sohn ist noch nicht ganz bereit zu seiner Geburt. Wenn er dort herauskommt, wird er nichts als Schmerzen kennen – und es gibt nur eine Möglichkeit, diese Qual zu beenden. Er muss das erste lebende Wesen verschlingen, dem er begegnet. Aber komm jetzt bitte nicht auf irgendwelche verrückten Einfälle! Cythera und ich sind völlig ungefährdet, denn der Dämon erkennt sein eigenes Fleisch und Blut. Aber dich wird er mit einem Bissen verschlingen, und das wird ihm genug Kraft verleihen, um in sein Ei zurückzukehren und seinen Reifeprozess fortzusetzen.«

Eine dünne Eisenplatte löste sich von der Hülle und landete mit Getöse auf dem Boden. Rotes Licht schoss aus der entstandenen Lücke.

»Er wird nicht ruhen, bis er dich verschlungen hat«, fuhr Hazoth fort. »Er wird dich Tag und Nacht jagen. Er könnte deiner Spur Hunderte von Meilen folgen, selbst wenn dir die Flucht aus diesem Raum gelingen sollte. Ich sehe keinen Grund, warum Cythera deinem Tod beiwohnen sollte. Sie scheint sehr von dir eingenommen zu sein. Also werde ich dich deinem Schicksal überlassen.«

Malden wich vor dem Ei zurück, als es krachte und bebte, während weitere Eisenstücke herabfielen. »Hazoth!«, rief er. »Ihr habt doch gesagt, dass die Magie den Burggrafen nach achthundert Jahren zugrunde gerichtet hat, nicht wahr?«

Der Zauberer runzelte die Stirn. »Ich schätze schon.«

»Was ist mit Euren eigenen Zaubern? Was haben sie nach acht Jahrhunderten mit Eurer Seele angestellt?«

Hazoth hob die Hand zu der Geste, die ihn und Cythera aus dem Raum transportieren würde. »Eine gute Frage, aber sie klingt doch ziemlich akademisch. Ich fürchte, du wirst die Antwort nie erfahren.«

Malden schlug den Arm vor die Augen, als das Licht aufflammte. Als es verblasste, stand er allein in der großen Halle.

Aber nicht für lange.

Unter seinen entsetzten Blicken brütete das Ei weiter seinen Inhalt aus. Einen Augenblick lang konnte er sich nicht bewegen, so sehr fesselte ihn das Spektakel der Dämonengeburt. Dann heulte das Ding in dem Ei in rasendem Schmerz auf, und er nahm die Beine in die Hand.

Viele Türen führten aus der großen Halle hinaus. Als kürzester Weg bot sich das gewaltige Portal an, das sich zum Vorderrasen hin öffnete. Falls er es bis dorthin schaffte, hätte er einen Vorsprung, bevor der Dämon die Jagd aufnahm. Natürlich würde das seinen Untergang nur verzögern.

Außerdem hatte Malden einen anderen Plan im Sinn. Er eilte zu einer Tür zwischen zwei Statuen. Die Tür, die schließlich zur Bibliothek führte, derselbe Weg, den er bei seinem ersten Besuch im Herrenhaus genommen hatte. Sie war verriegelt, allerdings mit einem ganz gewöhnlichen Schloss. Mit fliegenden Fingern wickelte Malden seine Haken und Spanner vom Ahlengriff.

Hinter ihm drang eine Klaue aus dem Ei und streckte wundes Fleisch in die kalte Luft. Der Dämon befreite sich aus seinem Gefängnis.

Mit zitternden Händen gelang es Malden gerade noch rechtzeitig, das Schloss zu öffnen, bevor der Dämon sein Ei verlassen hatte. Als die Tür aufschwang, wandte sich der Dieb für einen Sekundenbruchteil um und warf einen Blick zurück.

Was er dort erblickte, entlockte ihm einen Entsetzensschrei.

Bikker schwitzte. Mit dem Handrücken wischte er sich über die Stirn.

Das war der größte Erfolg, den Croy mit seinen Versuchen, ihn zu töten, errungen hatte. Sein Wams war an einigen Stellen zerfetzt, aber es verriet nur, dass das Kettenhemd darunter unversehrt war. Croys Arm war nicht stark genug gewesen, um die Eisenringe zu durchbohren, nicht einmal mit dem guten Zwergenstahl des Kurzschwerts.

»Steh auf!«, schrie Bikker. »Komm schon! Ich habe dich ausgebildet, einen besseren Kampf zu liefern.«

Croy fielen fast die Augen zu.

»Verdammt, eine steife Brise könnte dich im Moment töten«, meinte Bikker. Seine Stimme war nicht so hart wie seine Worte. »Croy, du hast keine Chance. Ich hätte dich schon ein halbes Dutzend Mal erschlagen können. Willst du denn nicht leben? Willst du denn nicht siegen?«

Irgendwie schaffte es Croy, zu genug Atem zu kommen, um Worte formen zu können. »Ich habe bereits gesiegt, Bikker. Ich habe meinen Glauben behalten. Natürlich kannst du mich jetzt töten. Aber das macht dich kein bisschen mehr zu einem Mann.«

»Dich leben zu lassen aber schon?«, knurrte Bikker.

»Nein. Du kannst deine Ehre nicht wiederherstellen, egal was du tust. Das verstehe ich jetzt. Ich hatte gehofft, diese Wunde auf deiner Seele heilen zu können. Aber dazu ist es jetzt zu spät.«

Bikker knurrte, vielleicht schrie er auch. Es war ein wortloser Laut, der aus ihm aufstieg, während er mit der freien Hand in die Luft schlug. Zornig stampfte er mit dem Fuß auf. Und dann gewann er langsam die Beherrschung wieder. Er kam zu Croy zurück und schaute mit so etwas wie Ruhe auf ihn herab.

»Zieh Ghostcutter! Erweise mir die Ehre, ehrenhaft zu sterben. Komm schon!« Bikker packte Croy grob unter den Achseln und riss ihn hoch. Er hielt den Ritter fest, bis dieser wieder auf die Füße kam. Mit Mühe stand er aufrecht. Aber die Arme konnte er nicht heben. Die bloße Anstrengung, stehen zu bleiben, kostete ihn seine ganze Kraft.

»Das ist doch albern«, sagte Bikker. »Du solltest daraus lernen, Croy. Sir Croy. Man muss dich aus deinen Träumen von Adel und Ehre wecken. Habe ich dir nicht beigebracht, dass selbst ein mächtiger Lord auf die gleiche Weise stirbt wie ein schlichter Schurke? Anscheinend hast du an jenem Tag nicht aufgepasst. Eine echte Schande – wenn ich dich jetzt töte, lernst du es nie. Du gehst und sitzt dann an der Seite der Göttin und bist noch immer der Ansicht, dass Helden in einer anderen Farbe bluten als das gemeine Volk.«

»Ich halte an meinem Glauben fest«, flüsterte Croy. »Ich lebte diesen Traum. Ich fürchte den Tod nicht.«

Ein durchtriebenes Funkeln trat in Bikkers Augen. »Was du nicht sagst. Mir jagt der Tod einen Heidenschrecken ein. Darum habe ich so verbissen geübt, gelernt, so stark zu sein. Denn das Einzige, was sich zwischen mir und dem Höllenpfuhl befindet, sind mein rechter Arm und das Stück Eisen, das ich halte. Aber vielleicht – vielleicht bietet das Leben noch mehr.«

»Ja.«

»Vielleicht entspricht doch alles der Wahrheit«, fuhr Bikker fort. »Diese ganzen erbärmlichen Losungen und Opfereide, die du abgelegt hast, vielleicht bedeuten sie doch etwas. Wollen wir es überprüfen?«

»Wovon sprichst du?«

Bikker beugte sich vor, bis seine Augen nur noch wenige Zoll von Croys Gesicht entfernt waren. »Führen wir ein Experiment wie Hazoth in seinem Labor durch! Du bist mein Versuchsobjekt. Ich stelle dich vor eine einfache Wahl, dann sehen wir, ob du an deine eigenen Phantasien glaubst. Hm?«

Croy war zu müde für eine Erwiderung.

»Ich verspreche dir etwas. Du kannst gehen, und ich jage dich nicht. Außerdem macht es mir nicht den geringsten Spaß, einen Schwächling wie dich zu töten. Ich lasse dich für den Rest deines Lebens in Ruhe. Du brauchst dich bloß umzuwenden und zu gehen, ohne ein weiteres Wort zu verlieren.«

Croy runzelte die Stirn. Dieses Versprechen erschien ihm unglaubwürdig.

»Unter einer Bedingung«, fuhr Bikker fort. »Ghostcutter lässt du hier.« Diesen Handel auszuhecken, schien ihm Vergnügen zu bereiten.

Croy fletschte die Zähne. *»Mein Schwert ist meine Seele«*, zitierte er. »Das hast du mir beigebracht.«

»Genau«, bestätigte Bikker. »Also triff deine Wahl. Gib deine Seele auf oder verwirk dein Leben.« Mehr sagte er nicht.

Croy schüttelte ungläubig den Kopf. Bikker war ein Ancient Blade, genau wie er selbst. Wie konnte er eine so höllische Wahl treffen? Das widersprach allem, woran Croy je geglaubt, was er je gelernt hatte. Ein Blade starb mit dem Schwert in der Hand, oder nachdem die Waffe an jemanden weitergereicht worden war, der in dem ewig währenden Krieg gegen die Dämonen mehr damit ausrichten konnte. Das war das Gesetz ihrer Existenz. Die wichtigste Regel ihres Ordens.

Aber natürlich ging es genau darum. Croy hatte Bikker als treulosen Feigling bezeichnet. Diese Verwünschung hatte nur dann eine Bedeutung, wenn Croy beweisen konnte, dass er selbst anders war. Ließ er sich auf den Handel ein, würde er seine Beleidigung damit bedeutungslos machen. Aber er würde überleben.

Ein solches Schicksal konnte Croy niemals hinnehmen. Es sei denn …

Wenn er jetzt starb, würde er Cythera niemals wiedersehen. Sie und ihre Mutter würden für alle Ewigkeit Hazoths Sklaven bleiben. Ergab er sich, bestand neue Hoffnung. Eines Tages. Eine neue Möglichkeit, sie zu retten.

Croy traf eine Entscheidung. Er hob den Arm, der sich wie ein Stück Blei anfühlte, und legte die Finger um Ghostcutters Griff. Zoll für Zoll zog er die Klinge aus der Scheide.

89

Der Dämon heulte vor Schmerzen, und Malden musste sich am Türrahmen festhalten, um nicht umgeworfen zu werden. Das Geschöpf war schrecklich anzusehen, aber er konnte den Schmerz nur erahnen. Es musste – Malden konnte sich nicht dazu durchringen, das Geschöpf als ein *Er* zu betrachten – jeden Augenblick seines neuen Lebens als eine Ewigkeit der Qual erfahren.

Genau wie Hazoth erwähnt hatte, war es noch nicht zur Geburt bereit. Die sehnigen Muskeln wiesen keine Haut auf, und bei jeder Bewegung sonderten sie Eiter ab. Von seinem Rücken stiegen große Dampfschwaden auf, und wo die Füße den Marmorboden berührten, hinterließen sie eine schmierige Blutschicht auf dem Stein. Von der Gestalt her ähnelte es gewissermaßen einem schrecklich deformierten Hund, allerdings wies es sieben Beine auf – und keines davon war hinsichtlich Länge oder Form gleich. Aus den Schultern spross eine Reihe langer, dicker Hälse, auf denen Totenschädel mit grässlichen Reißzähnen saßen. In den Augenhöhlen spannten sich pulsierende, feuchte rote Membranen, die die Luft einzusaugen schienen. Malden vermutete, dass das Ungeheuer auf diese Weise witterte und dass die Membranen seine einzigen Sinnesorgane waren.

Als es schrie, drang der Laut nicht aus den knirschenden Kiefern der Schädel hervor, sondern aus einem klaffenden Rachen in der Mitte der Brust, der mit halb ausgebildeten runden Zähnen gefüllt war.

Es scharrte über den Boden, stolperte wie ein neugeborenes Füllen. Jeder Schritt ließ das ganze Haus erbeben. Die Totenschädel schwankten am Ende der unbeholfenen Hälse durch die Luft, und die Nasenlöcher schlossen und öffneten sich ruckartig. Ein Schädel nach dem anderen wandte sich Malden zu. Wie er bei dem überwältigenden Gestank nach Schwefel überhaupt etwas riechen konnte, war die Frage, aber Malden hatte keinen Zweifel, dass er ihn genau wahrnahm.

Malden wich so weit zurück, wie es ging, aber es war noch immer so, als sei er gelähmt, so entsetzt über das Aussehen dieses Ungeheuers, dass er sich nicht bewegen konnte.

Der Dämon tat einen stolpernden Schritt nach vorn; zahllose Krallen schabten über den Boden.

Zeit zu fliehen.

Die Lähmung durch den Schrecken verschwand, als Kraft in seine Beine zurückkehrte. Malden schlug die Tür hinter sich zu, nur um sie splittern zu hören, als sich das Ungeheuer einen Weg durch das Holz hindurch bahnte. Da hatte er schon die Hälfte des Korridors hinter sich und die Tür zur Bibliothek fast erreicht. Der Dämon quetschte sich in den Gang und stürmte auf ihn zu; von der anfänglichen Unbeholfenheit war nichts mehr zu bemerken. Er war schnell – schneller als Malden –, und wenn dieser sich nicht beeilte, würde er im nächsten Augenblick überwältigt werden. Der Dieb warf sich gegen die Bibliothekstür, und, dem Blutgott sei Dank, sie flog auf.

In der Bibliothek sprang der Dieb über einen Diwan, als der Dämon gegen den Eingang krachte und den Türrahmen mit seinen vielfältigen Schultern zerbrach. Er bäumte sich auf und trat mit zwei seiner Beine zu, einen Lidschlag davon entfernt, Malden mit Pranken zu zermalmen, von denen eine wie ein Huf und die andere wie die Tatze eines skelettierten Wolfs aussah.

Malden riss die Arme vors Gesicht. Träfe ihn das Ungeheuer auch nur ein Mal, wäre das sein Ende. Das wusste er genau. Er wich weiter vor der heranstolpernden Bestie zurück …

… und sie verharrte mitten in der Bewegung.

Kemper, ich hoffe, du hast es bis hierher geschafft, dachte Malden. Er hatte dem Falschspieler eingeschärft, der Bibliothek auf seinem Weg durch das Haus einen Besuch abzustatten. Aber er wusste auch, dass Kemper möglicherweise eine Abkürzung genommen hatte, falls die Gefahr bestanden hatte, erwischt zu werden.

Aber der Dämon witterte und sog die Luft ein, und die Totenschädel drehten sich in alle Richtungen und suchten etwas. Malden wich langsam zur Seite, kroch auf den Händen rückwärts, nur um keinen Laut zu verursachen, falls die Kreatur irgendwo am Körper Ohren verbarg.

Einer der Totenschädel konzentrierte sich auf einen Bücherschrank mit einer Glastür. Ein zweiter Schädel schwenkte ebenfalls in die Richtung und schnupperte, als wolle sich das Ungeheuer vergewissern, dass es die richtige Witterung aufgenommen hatte. Dann schleuderte es seine beträchtliche Masse gegen den Schrank, zersplitterte das Glas, warf Bücher durch die Luft und zerschmetterte die dicken Holzbretter. Es zerlegte den Schrank mit seinen Kiefern und dem riesigen feuchten Mund in seine Einzelteile, schlug immer wieder mit Krallen, Hufen und Klauen darauf ein, bis es auch die dahinterliegende Wand durchbrach.

Eine einsame Spielkarte, die Eichel-Sechs, flatterte aus den Trümmern hervor und landete auf dem Boden. Der Dämon trampelte darauf herum und zerfetzte sie mit den Zähnen, schlang die übrig gebliebenen Papierstücke hinunter.

Als er fertig war, war Malden bereits durch die nächste Tür verschwunden.

90

Croy biss die Zähne zusammen.

Für meinen Herrn, den Burggrafen, dachte er. Für die Ehre. Für den Ehrenkodex der Ancient Blades. Für meine Seele.

Für Cythera.

Jede Faser seines Wesens war in Übereinstimmung. Er würde sein Schwert nicht übergeben. Er würde sich nicht umwenden und gehen. Wenn er im nächsten Augenblick starb, starb er, wie er gelebt hatte. Das Opfer war angemessen.

Aber er hatte nicht vor zu sterben.

Als er Ghostcutter aus der Scheide zog, strömte Wärme in seinen Arm. Sein Herz hatte die letzten Kräfte freigegeben, alles im Dienst einer letzten Schlacht.

Bikker lächelte, als habe er genau das gewollt. »Du kippst wirklich schnell um. Aber du wirst auf deinen Füßen sterben«, sagte er. »Begreifst du jetzt, was Ehre ist? Ehre ist etwas, das zwischen Männern wie dir und mir existiert. Starken Männern! Die Schwachen auf dieser Welt, die Bauern, die kleinen Leute – die haben davon keine Ahnung.«

Croy dachte an Malden und Kemper, die bestätigt hatten, dass es unter Dieben keine Ehre gab. Vielleicht hatte Bikker recht.

Aber … nein! Malden hatte alles riskiert, um Cythera zu helfen. Malden hatte Hazoths Haus betreten, obwohl er nicht gewusst hatte, was er letztlich ausrichten konnte. Aber er war bereit gewesen, es zu versuchen.

»Du hast dich geirrt«, sagte Croy. »Vorhin.«

»Was? Was redest du da?«, verlangte Bikker zu wissen.

»Du hast eben behauptet, mein Blut hätte eine andere Farbe als deines. Das ist ein Irrtum.«

»Ich glaube, du fieberst. Jedenfalls hast du genug Wunden dafür. Drück dich klar aus oder halt den Mund und lass uns das hier zu Ende bringen.«

»Ich glaube nicht, dass ich in einer anderen Farbe als du blute«, sagte Croy. »Blut hat in den Adern eines jeden Mannes dieselbe Farbe. Aber in mir gibt es etwas, dem du nicht gewachsen bist.«

Er dachte an Bikkers Ausbildung zurück, an einen ganz bestimmten Tag. Stundenlang waren sie Fechtfiguren durchgegangen; Croy hatte jede Möglichkeit gelernt, ein Schwert zu halten. Sie hatten Hunderte von Paraden geübt, Tausende von Ausfällen. Bikker hatte Schluss gemacht, als der Schweiß in den Augen sie blind gemacht hatte. Als Croy Ghostcutter dann für diesen Tag weggesteckt hatte, hatte Bikker ein hölzernes Übungsschwert aufgehoben und Croy mit einem harten Schlag in die Kniekehlen in einen Schweinestall befördert.

»Fechten tun bloß die feinen Leute«, hatte Bikker gesagt. »Du kannst ein Leben lang üben, um es zu meistern. Aber eins darfst du nie vergessen – jeder, selbst ein Bauer, kann dich mit einem einzigen kräftigen Schlag von den Beinen holen. Es bedarf nur eines Treffers, um einen Mann zu töten.«

Und so stand er Bikker gegenüber, Ghostcutter mit beiden Händen umfassend, die Spitze auf das Herz seines Gegners gerichtet. Bikker ging selbst in die Ausgangsposition, Acidtongue quer vor den Körper haltend.

Croy musste sich nur aufs Äußerste konzentrieren und es vor allem wollen, dann konnte er noch einen Hieb anbringen, bevor seine Kräfte völlig versagten. Er musste ihn nur zu jenem entscheidenden Hieb machen, der Bikker zu Boden schickte.

Die beiden Männer nickten einander einen Ehrengruß zu.

Dann fingen sie an.

91

Malden eilte den langen Korridor im rückwärtigen Teil des Herrenhauses entlang, der zum Esszimmer und der dahinterliegenden Anrichte führte. Eine weitere Gelegenheit, in die Nacht zu entkommen – aber er war noch nicht fertig.

Hinter ihm wütete der vorzeitig geborene Dämon und schlug auf die Wände ein. In dem Korridor stand ein Schmucktisch, ein filigranes Möbelstück aus Palisanderholz. Mitten auf dem Tisch lag wie eine Visitenkarte die Glocken-Neun.

Mit einem Wutschrei zerschmetterte der Dämon den Tisch zu Feuerholz und trampelte mit unbeugsamem Willen und der hundertfachen Kraft eines Menschen auf der Stelle herum, an der er sich befunden hatte. Die Spielkarte wurde vernichtet, aber der Dämon schlug so lange um sich, bis der Verputz an der Wand in einer weißen Staubwolke explodierte und das darunter befindliche Stützwerk wie dürres Geäst zerbrach. Malden rannte schneller; schon atmete er schwer. Sicherlich würde es nicht mehr lange dauern.

Hinter ihm riss der Dämon an den Wänden, zerrte Holz von der Decke. Das Haus erbebte, und beinahe wäre Malden zu Fall gebracht worden. Der Dämon zerlegte es auf der Suche nach ihm in seine Einzelteile.

Mittlerweile lag das halbe Haus in Trümmern, zerstört von der Bestie, die wie besessen hinter Maldens Geruch her war. Sie musste schrecklich verwirrt sein, denn sie roch ihn überall – überall, wo Kemper eine seiner Karten hinterlassen hatte.

Cythera hatte Malden verraten, dass der Dämon lediglich mit dem Geruchssinn jagte. Dass er dem Duft des Opfers folgte – jedem Hindernis und jedem Ablenkungsmanöver zum Trotz. Das hatte ihn an eine andere Person erinnert, die mit ihrer Nase Wunder wirken konnte – an Kemper, den Falschspieler, dessen Karten keine sichtbaren Markierungen trugen, der jedoch den Geruch jeder einzelnen von ihnen so genau kannte, dass er sie genauso gut aufgedeckt hätte verteilen können.

Während der letzten drei Tage hatte der Dieb diese Karten unter dem Wams getragen, bei allen möglichen Tätigkeiten. Er hatte sie unter die Achselhöhlen geklemmt und zwischen die Beine gesteckt, sie gegen den verschwitzten Nacken und jeden anderen Körperteil gedrückt, der ihnen seinen Geruch übertrug. Das war nicht schwer gewesen – vor Angst hatte er immer wieder heftig geschwitzt.

Als er Kemper die Karten zurückgegeben hatte, war der Falschspieler alles andere als erfreut gewesen. Malden hatte sie für das Spiel unbrauchbar gemacht, indem er die unsichtbaren Markierungen verändert hatte, die Kemper so gut kannte. Aber um des Plans willen war Kemper bereit gewesen, das Opfer zu bringen. Während sich Malden Zugang zum Sanktum verschafft hatte, war Kemper durch das Haus gestreift, wie es nur ein substanzloser Mann vermochte, durch Wände und verschlossene Türen, und überall hatte er seine Karten verteilt, hier unter einer Frisierkommode aus Mahagoniholz, dort in einem Geschirrschrank.

Die Karten hielten den Dämon auf. Er musste jede Karte untersuchen, und die Methode seiner Untersuchung bestand darin, das zu zerstören, was er roch. Die Zeit, die der Dämon brauchte, um Hazoths schöne Möbel zu zerschlagen, war genau die Zeit, die Malden brauchte, um den Krallen einen Schritt voraus zu sein.

Und mit etwas Glück würden die Karten noch einen weiteren Zweck erfüllen.

Von Anfang an hatte Malden gewusst, dass er die Krone unmöglich stehlen konnte, ohne Hazoth auf seine Anwesenheit aufmerksam zu machen. Schließlich war der Mann ein Zauberer, und es war sein Haus. Nach achthundert Jahren musste er jeden Winkel besser kennen als Kemper seine Karten. Also war der Einbruchsplan durch schiere Notwendigkeit um das

Wissen herum geschmiedet worden, dass sich Malden irgendwann dem Dämon stellen musste.

Auf einer Türschwelle blickte sich Malden um und spähte zurück in einen langen, von einer einzelnen Fackel erleuchteten Korridor. Der Dämon zerlegte brüllend eine Betttuchtruhe und suchte auf zerstörerische Weise nach der Karte, die Kemper auf dem Boden der Kiste versteckt haben musste. Stofffetzen von Leinen bester Qualität flogen durch die Luft, während das Ungeheuer mit seinen ungleichen Beinen gegen die Wände trampelte.

Malden schlug die Tür hinter sich zu. Er gab sich keine Mühe mehr, jeden Lärm zu vermeiden. Zumal das Haus in allen Ecken ächzte. Säulen und Bodendielen knirschten auf den Fundamenten, die seit fast tausend Jahren Bestand gehabt hatten. Die Zerstörungen, die der Dämon den Wänden zufügte, setzten das Holz erheblichen Belastungen aus. Der Dieb spitzte die Ohren, als er eine Reihe knallender Laute vernahm, die an kleine Donnerschläge erinnerten. Über seinem Kopf wurde ein Nagel nach dem anderen aus den Balken und Deckensparren gedrückt, die das Haus zusammenhielten.

Es war eindeutig Zeit, von hier zu verschwinden. Hinter ihm wütete das Ungeheuer und warf sich gegen die Tür, die er geschlossen hatte, von dem verzweifelten Verlangen getrieben, ihn zu erwischen und verschlingen zu müssen, damit es in sein Ei zurückkehren und seinen langen Schlaf wieder aufnehmen konnte. Die Wand um die Tür erbebte und zerbrach, als sich ein breiter Riss im Putz öffnete und der Decke entgegenstrebte.

Nichts wie hinaus hier, dachte Malden und stürmte auf einen Wintergarten am anderen Ende des Hauses zu. Zwischen ihm und dem Garten gab es eine weitere Tür. Sie war verschlossen, und er griff fluchend nach seiner Ahle und dem im Griff versteckten Einbruchswerkzeug. Aber die Mühe hätte er sich sparen können. Noch bevor er den ersten Haken herausgenommen hatte, lehnte sich das ganze Haus zur Seite, und Wände und Decke schienen auf Malden zuzustürzen. Die Tür vor ihm wurde aus dem Rahmen gedrückt und in die Nacht hinausgewirbelt.

Hinter ihm krachte der Dämon in den Wintergarten. Die Knochenschädel fuhren durch die Luft, die roten Augenlöcher pulsierten. Malden rannte durch den leeren Türrahmen in die kühle Nachtluft hinaus, das Ungeheuer dicht auf den Fersen. Es brachte einen Schädel und zwei Beine durch die Öffnung, bevor ihm die erste und zweite Etage des Hauses auf den Rücken krachten.

Der Lärm war unvorstellbar – als würde der Erdboden weit genug aufklaffen, um die ganze Stadt in den Höllenpfuhl zu zerren. Überall flogen Trümmer durch die Luft, Stützbalken wurden über die Stadtwiese am Göttinnengarten geschleudert. Eine Mörtelwolke traf Malden wie eine Flutwelle und holte ihn von den Beinen. Ein wie eine Messerklinge gezackter Glassplitter ritzte ihm die Stirn, und das Blut zog rote Bahnen durch die Staubschicht auf seinem Gesicht.

Halb erstickt nach Atem ringend, kam Malden wieder auf die Füße und betrachtete die Zerstörung. Es sah aus, als hätte ein Sturm jeden Blitz aus seinem Köcher auf das Haus geschleudert, und zwar gleichzeitig. Das Anwesen hatte sich in ein Chaos aus Trümmern und Geröll verwandelt, in dem kaum noch zwei Bretter miteinander verbunden waren. An einigen Stellen brannten kleine Feuer, während Dutzende von Tieren aus ihren zerstörten Käfigen flohen, in die Luft aufstiegen, heulend auf langen Beinen entkamen oder sich davonschlängelten.

Malden wollte seinen Augen nicht trauen. Natürlich war dies alles die ganze Zeit sein Plan gewesen, aber dennoch – der Schaden war unermesslich. Die totale Zerstörung.

Er klopfte sich gerade den Staub aus den Kleidern, als er sah, wie sich etwas in den Trümmern bewegte. Ein gewaltiger Balken stemmte sich in die Höhe, dann rutschte eine Verputzlawine in ein Loch im Geröllhügel. Ein hautloser rosiger Arm streckte sich in die Höhe und schleuderte einen nahezu unversehrten Querbalken zur Seite. Stück für Stück schob sich der Dämon aus den Trümmern des Hauses hervor. Die Totenschädel barsten aus dem Geröll, und der Rachen stieß wieder sein entsetzliches Heulen aus.

»Soll doch der Blutgott mir das Augenlicht nehmen!«, fluchte Malden.

Der Dämon hatte überlebt.

92

Eine Minute zuvor trat Bikker einen Schritt auf Croys linke Seite zu, verzichtete jedoch auf einen Ausfall.

Croy blieb stehen, wo er war. Ghostcutters Spitze verfolgte jede von Bikkers Bewegungen. Der Ritter hatte so lange mit dem Schwert gelebt, dass es ihn keine Mühe kostete, sie auf den bärtigen Schwertkämpfer gerichtet zu halten.

Das alles würde im nächsten Moment vorbei sein.

Ein Stich – und Acidtongue würde Croy wie ein Hühnchen zerlegen. Die Säure würde sich ihren Weg durch sein Fleisch fressen, und das würde sein Ende bedeuten.

Ein Stoß – und Ghostcutter würde Bikkers Kettenhemd durchbohren, seine Eingeweide zerschneiden und ihn im eigenen Blut ertränken. Immer unter der Voraussetzung, dass Croy noch genügend Kraft für diesen Stoß aufbrachte.

»Bist du bereit?«, fragte Bikker.

»So etwas wie bereit sein gibt es nicht«, erwiderte Croy. »Man kämpft und lebt, oder man bereitet sich vor und stirbt. Das hast du mir beigebracht.«

»Bedauerst du, dass es so weit gekommen ist?«

»Ja.«

Bikker seufzte. »Ehrlich gesagt geht es mir genauso. Sollen wir bis drei zählen und dann zuschlagen?«

»Eins«, sagte Croy.

»Zwei«, erwiderte Bikker.

»Drei«, sagten sie gemeinsam.

Acidtongue wirbelte durch die Luft und sauste schnell und hart auf Croys linke Seite zu, seine schwache Seite. Croy versuchte auszuweichen, aber er wusste, dass er nicht schnell genug war. Ghostcutter kam in die Höhe, um zu parieren. Die beiden Klingen trafen mit einem schrecklichen zischenden Laut aufeinander. Säure biss in Ghostcutters Silberschneide und kerbte das darunterliegende Eisen ein. Bikker setzte plötzlich nach, Croy stolperte und fiel, die linke Hand ausgestreckt, um den Sturz abzufangen.

Das reichte nicht, das reichte nicht einmal annähernd … Croy hatte seinen einen Hieb verschwendet … das war das Ende … im nächsten Augenblick würde Bikker die Rimesse ausführen, den Stoß zu Ende führen, den Croy pariert hatte, einen Treffer landen und …

Ghostcutter löste sich mit einem hellen Laut von Acidtongue. Die Säure hatte die Klingen glitschig gemacht. Im Sturz drehte sich Croy aus der Taille heraus und versuchte sich abzufangen, bevor er auf dem Rücken landete, während Ghostcutter in einem engen Bogen durch die Luft senste. Croy nutzte jeden Funken Einflussnahme, die er auf die Waffe hatte, und führte sie unterhalb von Bikkers Deckung nach vorn. Um den nötigen Schwung für seine Rimesse zu erlangen, hatte Bikker die Arme oben, und dadurch war seine linke Seite ungeschützt.

Ghostcutter war eine schwere Klinge, und der eigene Schwung durchtrennte das Kettenhemd über Bikkers Hüfte und drang tief in das Fleisch darunter ein. Bikker keuchte auf und wich einen Schritt zurück; Ghostcutter glitt so mühelos aus seinem Leib, als würde es aus seiner eigenen Scheide gezogen.

»Soll dich doch Sadu holen!«, brüllte Bikker und hob Acidtongue zu einem weiteren Hieb. Er machte einen Ausfallschritt, aber bevor er die halbe Distanz zu Croy zurückgelegt hatte, stolperte er, und ein Blutschwall schoss ihm aus dem Mund.

Acidtongue fiel ins Gras. Als das Schwert auftraf, war es bereits trocken – es schied nur Säure aus, wenn es von einem starken Arm gehalten wurde. Bikker stürzte neben der Klinge zu Boden und sank dann vornüber ins Gras.

Croy kroch auf seinen alten Lehrer zu und rollte ihn auf den

Rücken. Bikkers Gesicht war blutverschmiert, der glasige Blick konnte sich auf nichts konzentrieren. Seine Lippen bewegten sich, aber es drang nur ein unverständliches Flüstern hervor. Croy brachte das Ohr an Bikkers Mund, um zu verstehen, was er sagte.

»Wenn du einen Erben für mein Schwert findest«, raunte Bikker kaum lauter als die Brise, die über das Gras strich, »bring ihm diesen Schlag bei. Der ist gut.«

Croy schloss die Lider seines Freundes und weinte.

Aber ihm blieb keine Zeit zum Trauern.

Ein Lichtblitz, heller als die Sonne zur Mittagszeit, drückte das Gras nieder. Plötzlich standen Hazoth und Cythera über dem Ritter. Er sah ihr in die Augen, aber was er dort entdeckte, gefiel ihm ganz und gar nicht.

Vielleicht hätte sie etwas gesagt – aber genau in diesem Augenblick krachte hinter Croy das Herrenhaus in sich zusammen.

93

»Croy! Croy!«, brüllte Malden, als er um die Seite des Hauses stürmte, wo die Trümmer nicht so dicht lagen. Er sprang auf einen Dachsparren und landete im Verputz, der wie eine Wolke ringsum emporwallte. Einem Haufen Glassplitter konnte er entgehen, aber er landete hart auf einer Bodendiele, die unter ihm wegrutschte und ihn zu Boden schickte.

Hinter ihm bissen die Dämonenkiefer ins Leere. Das Ungeheuer hatte ihn fast erreicht.

»Croy! Bring das Vieh um!«, brüllte er, als er die Vorderseite des Hauses erreichte, wo das Rosenfenster zu einer Million bunter Splitter zerborsten war.

Mit einem Blick nahm er das Bild wahr, das sich ihm bot, und es gefiel ihm ganz und gar nicht. Bikker schien tot zu sein, was grundsätzlich eine gute Neuigkeit war, und Croy hielt noch immer sein Schwert umklammert. Aber der Ritter saß im Gras, die Knie an die Brust gezogen, das Gesicht so weiß wie ein Laken. Hatten sich die beiden Narren gegenseitig umgebracht?

Cythera und Hazoth starrten auf den Trümmerhaufen, der ihr Zuhause gewesen war, und das Entsetzen schien sie so gelähmt zu haben, dass sie sich nicht rührten.

»Dämon!«, brüllte Malden und stürmte durch das Gras. »Croy!«

Er rannte auf den Ritter zu und setzte dann mit einem Sprung über seinen Kopf hinweg. Der Dämon befand sich unmittelbar hinter ihm und schlug mit einer Krallenpfote nach seinen Fersen.

Plötzlich zeigte Ghostcutter himmelwärts. Croy stand nicht auf, er stieß auch keine Drohung aus oder rührte sich von der Stelle, aber sein Schwert wies nach oben. Der Dämon konnte es nicht sehen, da er keine Augen hatte, und als die Klinge ihm in den Leib schnitt, schien er es anfangs überhaupt nicht zu bemerken.

Aber dann durchbohrte ihn die Klinge aus kalt geschmiedetem Eisen, tief genug, dass die Spitze am Rücken wieder herausfuhr. Er stürzte so hart auf Croy, dass er den Ritter zerschmettert haben musste, und scharrte mit den ungleichen Beinen den Erdboden auf. Aber er schien sich nicht befreien zu können.

Cythera rief Croys Namen, doch der Ritter lag vollständig unter dem Dämonenkörper begraben. Falls er sie noch hörte, antwortete er nicht.

»Malden, er war bereits schwer verwundet. Wenn wir ihn nicht bald darunter hervorziehen, wird er ersticken«, flehte sie den Dieb an.

Malden wollte mit den Schultern zucken. Was konnte er schon ausrichten? Seine Ahle war machtlos gegen diese Kreatur. Er war kein Ancient Blade und kämpfte nicht gegen Dämonen. Andererseits …

Neben Bikkers Leiche lag Acidtongue im Gras. Genau wie

Ghostcutter war das Schwert für den Kampf gegen Dämonen geschmiedet worden. Malden griff danach und musste entdecken, dass er es kaum heben konnte. In seinem ganzen Leben hatte er noch kein Schwert gehalten, und er begriff sofort, dass man es nicht wie einen Stock schwingen konnte.

Aber dann traten Säuretropfen auf die Klinge, als würde sie schwitzen. Malden packte den Griff mit beiden Händen und eilte auf den Dämon zu, das Schwert weit von sich weggestreckt. Er stieß es dem Ungeheuer in den Rücken und stemmte sich gegen den Knauf, bis es tief in den Eingeweiden der Bestie versank.

Die Totenschädel bäumten sich auf, und der Dämon brüllte die Sterne an, während er nur umso heftiger um sich trat. Malden ließ den Schwertgriff los und stolperte rückwärts, um den peitschenden Beinen zu entkommen.

Schließlich verendete das Ungeheuer und lag still. Das Fleisch dampfte und verflüssigte sich, bis die Knochen aus den rohen Muskeln hervorstachen. Die Krallen krümmten sich und verfielen wie verkohlendes Papier. Bald waren nur noch widerwärtig stinkende Rauchschwaden und eine Pfütze ekelhafter Flüssigkeit übrig geblieben. Inmitten der Überreste bemühte sich Croy, Ghostcutter aus dem Brustkorb der Höllenbrut zu ziehen.

Malden starrte die Bestie völlig fassungslos an. Er konnte nicht glauben, was er da gerade getan hatte. Er hatte einen Dämon getötet. Er, der kleine Dieb, der bisher nicht einmal einen Menschen mit einem Stich verletzt hatte, hatte … getötet … natürlich hatte das Opfer unbeweglich dagelegen und … aber er hatte getötet …

Malden stieß einen Freudenschrei aus. Aber dann schloss sich eine unsichtbare Hand um sein Herz und drückte zu.

»Mein Sohn … mein Haus«, sagte Hazoth. »Du hast mein Haus zerstört.«

Malden stürzte zu Boden, unfähig zu jeder Bewegung. Der Zauberer beugte sich über ihn.

»Ich wollte dir einen sauberen Tod erlauben, Ungeziefer«, sagte der Zauberer. »Das ist jetzt vorbei.«

94

Malden wälzte sich am Boden. Sein Körper brach von innen heraus in Stücke. Schmerzen packten ihn wie glühende Eisenzangen, als Hazoth eine Hand in der Luft verdrehte. Maldens Eingeweide verknoteten sich. Er nahm kaum etwas wahr – seine Sicht schien aus hellrotem Blut zu bestehen.

Dann klärte sie sich, gerade genug, damit er Hazoth ins Gesicht blicken konnte. »Ich will, dass du mich ansiehst, während du leidest«, verkündete der Zauberer. »Ich will, dass du alles fühlst. Die Schmerzen, die ich dir zufüge, würden Ungeziefer gewöhnlich das Bewusstsein rauben. Dein primitives Gehirn würde eher sterben, als diese Qualen durchzustehen. Aber das lasse ich nicht zu.«

Malden rang keuchend nach Luft, aber jeder Atemzug fühlte sich an, als würde er Messerschneiden einatmen. Er schlang die Arme um die Brust, von Schmerzen verkrampft, aber noch immer sah er den Magier, der ihn anstarrte.

Und so erkannte er deutlich den roten Fleck, der auf Hazoths Wange erschien und als hässliches Geschwür durch die Haut platzte.

Das war eine solche Überraschung, dass er beinahe seine Schmerzen vergaß. Beinahe.

»Eure Zauber … versagen«, stieß er hervor.

»Du verstehst nichts von Magie. Spar dir deinen Atem lieber für die Schreie, die du gleich ausstoßen wirst«, erwiderte Hazoth.

Aber noch während der Zauberer sprach, sprossen Pickel an seinem Haaransatz. Hazoth hob die Hand, um sie abzutasten, und dann geschah etwas Wunderbares.

Sein Gesichtsausdruck veränderte sich. Plötzlich zeigte er

echte Furcht. Er schrie sogar auf, als sich ein Auge milchig trübte wie bei grauem Star.

Malden wollte lachen. Er wollte vor Freude jubeln. Die Qualen verschwanden augenblicklich, als sich Hazoth aufbäumte und das Ohr hielt. »Was soll das?«, verlangte er zu wissen. Er wandte sich um und starrte Cythera an.

»Die Verbindung zwischen uns löst sich auf, Vater«, sagte sie. Die Schlingenpflanzen und Blumen auf ihrem Gesicht zuckten und blühten wild. »Er hat es geschafft. Der Dieb hat es geschafft – Coruth muss frei sein. Als das Haus einstürzte, muss es deinen magischen Kreis zerbrochen haben. Sie hat die Verbindung aufgelöst, die sie einst zwischen dir und mir erschuf.« Cythera sah aus, als könnte sie das selbst kaum glauben. Als wagte sie nicht zu glauben, dass es tatsächlich passierte.

Aber es war echt. Die Flüche, denen Hazoth so lange Zeit ausgewichen war, die heimtückischen, magischen Angriffe, die ihm die Dämonen des Höllenpfuhls aus Rache für alles, was er ihnen angetan hatte, entgegenschleuderten, brachen durch. Statt sich als Blume auf Cytheras Haut zu manifestieren, erschienen sie als blutige Blüten der Vernichtung auf seiner eigenen Haut.

»Verflucht sei diese Frau«, sagte Hazoth mit verschleimter Stimme. Er schüttelte sich und stieß Worte in einer uralten Sprache hervor. Augenblicklich hörten die Geschwüre auf seinem Gesicht auf zu rinnen und schlossen sich wieder, bis sein Antlitz so makellos war wie zuvor. »Aber sie ist schwach. Zu schwach, um sich wehren zu können. Ich finde sie und sperre sie wieder ein.«

»Nein, das glaube ich nicht«, entgegnete Cythera.

Dann packte sie ihn an beiden Armen und drückte ihm die Lippen zu einem grausamen Kuss auf die Wange. »Leb wohl, Vater.«

Hazoth riss die Augen weit auf. Grüne Funken erhellten sein Haar und seine Brust.

Auf Cytheras linker Hand öffnete sich eine Oleanderblüte und verdorrte. Eine Rebe wand sich um ihr Handgelenk und schrumpfte.

»Malden«, sagte Cythera, »du solltest gehen.«

Der Dieb kam taumelnd auf die Füße und rannte. Hinter ihm brüllte Hazoth auf, als ihm die Haut auf dem Rücken riss und Dämonenarme mit rasiermesserscharfen Krallen nach ihm griffen.

Jeder Fluch, den Cythera seit Jahrzehnten auf ihrer Haut gespeichert hatte, wurde plötzlich freigesetzt und stürzte sich begierig auf Hazoth. Als seine Schutzzauber versagten, spürten die Dämonen, die er ausgenutzt und versklavt hatte, dies selbst noch unten im Höllenpfuhl. Und bevor die Flüche Hazoth völlig vernichteten, suchten sie nach jedem Spalt und jedem Riss im Universum, durch die sie den Magier erreichen konnten, um Vergeltung zu üben. Die Menschen, die am Göttinnengarten wohnten, schlossen die Fensterläden und verbargen sich unter den Betten, aber in den nächsten drei Stunden konnten sie den Schreien des sterbenden Zauberers und dem geifernden Zorn der Kinder des Blutgotts nicht entkommen, denen man diese Beute so lang vorenthalten hatte. Sie ließen sich Zeit mit Hazoths Vernichtung. Sie genossen es.

95

Hexenlicht erfüllte den Himmel über der Stadtwiese, und die schrecklichen Laute, die Hazoths Ende begleiteten, brachten die Luft zum Erzittern. Malden blickte nicht über die Schulter, obwohl es ihm sicher gefallen hätte, zuzusehen, wie Hazoth sein erbärmliches Ende fand. Aber er musste in dieser Nacht noch viel erledigen, ansonsten konnte doch noch alles verloren sein.

Die seltsame Helligkeit erleuchtete mühelos Maldens Weg, als er auf die Straßen jenseits der Wiese zuhielt, um in dem Labyrinth aus Gassen und Pfaden unterzutauchen und zu fliehen.

Aber dieses Glück war ihm nicht vergönnt.

Vor ihm in der Krüppeltorstraße erwartete ihn ein Dutzend Männer mit Augenumhängen und Waffen in den Händen. Sie bewegten sich schnell, um ihm jeden Fluchtweg abzuschneiden. Als Malden völlig umzingelt war, trat ein Mann vor und streckte die Hand aus. »Her damit, Dieb«, sagte er.

»Ich verstehe nicht …«, versuchte es Malden.

»Wir wissen, dass du einen Dolch am Gürtel trägst. Gib ihn her, oder ich durchbohre dich und nehme ihn mir dann.«

Malden starrte den Mann hasserfüllt an. Aber er konnte nichts tun. Er zog die Ahle und überreichte sie. »Die will ich aber zurückhaben.«

Der Mann kicherte und warf die Waffe über die Mauer des Göttinnengartens.

Maldens Mut sank. Die Botschaft war klar. Er würde seine Ahle nicht mehr brauchen. Er würde keine Gelegenheit mehr haben, sie zu benutzen.

Die Reihe der Stadtwächter teilte sich, und jemand drang durch die Lücke vor. Anselm Vry – mit zornigem Gesichtsausdruck.

»Hättest du das nicht unauffälliger erledigen können?«, wollte er wissen.

Malden blinzelte in vorgetäuschter Verständnislosigkeit. »Was erledigen, mein Lord? Ich bin bloß auf der Stadtwiese herumspaziert, was ich des Nachts oft tue. Ich finde, das beruhigt das Gemüt. Ich bin mir nicht sicher, was da drüben vor sich geht.« Er deutete auf das grüne Feuer, das hinten auf der Wiese tanzte. »Aber Ihr solltet es auf jeden Fall untersuchen.«

Vry schnaubte höhnisch. »Und was ist das da an deinem Gürtel?«

Malden klopfte den Gürtel ab, als hätte er keine Ahnung, wovon der Vogt sprach. Dann sagte er »Oh!« und schnallte den Gürtel auf, um es zu entfernen. »Ihr meint das.« Der Lederstreifen war durch die Goldkrone gefädelt gewesen, die er unter seinem Umhang verborgen hatte. Er hielt sie Vry hin, der sie ihm entriss.

Der Vogt schloss die Augen und hielt die Krone mit beiden

Händen in die Höhe. Er riss die Augen abermals auf und starrte Malden an, dann schloss er sie wieder und nickte. »Ja, natürlich, mein Lord«, sagte er dann, als spräche er mit der Krone. Er wandte sich an einen der Wächter. »Du da. Der Beutel.« Ein Samtsäckchen wurde gebracht und die Krone sorgfältig darin verstaut. »Sehr gut, Dieb«, sagte Vry.

Malden verneigte sich tief. »Und gibt es eine Belohnung? Ich ziehe Gold vor, aber ich nehme auch Silber, wenn es sein muss.«

»Ich zahle in Stahl«, erwiderte Vry mit einem kurzen hässlichen Lachen. »Du da – töte ihn! Dann bildet eine Abteilung und bringt seinen Leichnam zum Skrait. Beschwert ihn ordentlich, damit er nie gefunden wird.«

Ein Wächter mit Hellebarde warf sich nach vorn, aber Malden hatte damit gerechnet und war bereits in Bewegung. Flink zog er sich an der Mauer zum Göttinnengarten hinauf und ließ sich auf der anderen Seite in ein Gebüsch fallen. Auf dem Boden blieb er liegen und hielt die Luft an.

Ein halbes Dutzend Gesichter erschien oben auf der Mauer, auch Vry war dabei. Sie starrten lange in die Dunkelheit, bevor sie sich zurückzogen.

»Das macht keinen Unterschied. Sollen sich doch die Panther und Wölfe um ihn streiten«, knurrte Vry. »Sollte er die Nacht überleben, finden wir ihn eben morgen früh.«

Und sie rückten ab. Malden blieb noch eine Weile reglos liegen, und als er sicher war, dass kein Beobachtungsposten mehr da war, stand er auf und suchte seine Ahle.

96

»Beweg dich nicht!«, befahl Cythera. Sie hielt Croys Hand fest umklammert. Seine andere Hand verkrampfte sich noch immer um Ghostcutters Griff. Er betrachtete die Klinge und entdeckte eine Kerbe in der Silberschneide, eine Wunde, die sie bei der Abwehr von Acidtongues Angriff davongetragen hatte. Croy fragte sich, ob ein Zwerg den Schaden wohl beheben konnte, oder ob er das Schwert zur Erinnerung an Bikker so belassen sollte.

»Es ist vorbei«, sagte Cythera erneut. »Hazoth ist tot.«

»Hazoth?«, fragte Croy verwirrt. »Nein, das ist Bikker … das da drüben ist Bikker. Ich habe ihn getötet. Es musste sein.« Er mühte sich mit aller Kraft, sich aufzusetzen, aber sie drückte ihn zurück ins Gras. Ihren Händen vermochte er keinen Widerstand entgegenzusetzen.

Ihre Hände! Sie hatte ihn berührt, und zwar alles andere als sanft. Aber das konnte nur eines bedeuten. Mit einem wilden Ausdruck in den Augen starrte er sie an. Ihr Gesicht war … ungezeichnet. Die Flüche, die ihre Haut geschmückt hatten, waren verschwunden. Und zwar alle.

Sie war noch schöner, als er sie in Erinnerung hatte. Ihre Haut war makellos und zart, ihre Augen dunkle Teiche voller Weisheit und Ruhe. Ihre schlanken Arme wurden nicht einmal mehr von einem aufgemalten Blatt geschmückt.

Sie war frei.

»Da drüben«, sagte sie und zeigte auf eine Säule im Gras, die an verbranntes Holz erinnerte. Als Croy hinsah, brach sie in sich zusammen wie ein verkohltes Kaminscheit, das sich in Asche und Holzkohle verwandelt. »Das ist alles, was von meinem Vater noch übrig ist.«

»Und deine Mutter?«, wollte Croy wissen.

»Ich bin ebenfalls hier, aber in besserem Zustand.« Plötzlich stand Coruth zu Croys Füßen und blickte auf ihn herunter.

Sie sah genauso aus, wie er sie in Erinnerung hatte. Wildes, ungekämmtes Haar in der Farbe frisch geschmiedeten Eisens. Eine Nase, so dünn und scharf wie eine Hellebardenklinge, und Augen, denen nichts entging. Sie sah nicht erfreut aus, aber das war ihr auch kaum zu verdenken. Die letzten zehn Jahre hatte sie eingesperrt in einem magischen Kreis verbracht. Während der letzten Tage war sie ein Baum gewesen. Nun trug sie ein einfaches schwarzes Gewand und einen Arm in einer behelfsmäßigen Schlinge. Aber der Ritter wusste – hätten die Könige und Königinnen dieser Welt sie sehen können, hätten sie respektvoll die Köpfe geneigt. Coruth umgab eine Aura, die jedermann spüren konnte, eine Aura der Macht.

»Ich werde dich heilen«, sagte Coruth. »Das soll deine Belohnung sein. Der Dieb wird vielleicht etwas mehr bekommen.«

»Ich danke Euch«, sagte Croy.

Coruth blickte zur Seite und nickte. Dann verwandelte sie sich in einen Schwarm schwarzer Vögel, der zwitschernd in den Himmel aufstieg.

»Keine Sorge, sie kommt für dich zurück«, sagte Cythera zu dem Ritter. »Und ich bleibe so lange hier.«

Er streckte die linke Hand aus, und sie nahm sie erneut.

Zusammen saßen sie da und betrachteten das zerstörte Haus. Die Balken qualmten und ächzten die ganze Nacht lang, gelegentlich grollte es, und dann und wann erhob sich ein lautes Krachen und Splittern, wenn ein Stützpfeiler oder ein weiteres Stück Glas dem Druck nachgab und zerbarst. Die Trümmer waren voll scharfer Spitzen und bröckeliger Ziegelberge, durchsetzt von Glashaufen, die jeden Fuß zerschnitten hätten, der dort hineingetreten hätte. Manchmal kam es zu grünen, roten oder blauen Entladungen, wenn sich irgendwelche arkanen Energien aus langer Gefangenschaft befreiten.

Die Ruine sah alles andere als sicher aus, aber das bedeutete nicht, dass sie unbehelligt blieb.

Die erste Gestalt, die zwischen den Trümmern umherschlich, war Kemper. Der immaterielle Falschspieler durchstreifte kichernd das eingestürzte Herrenhaus. Sein Wams war mit Messern, Löffeln, Tellern, Münzen, Gürtelschnallen, Beschlägen und Verzierungen vollgestopft. Das Haus war eine wahre Schatzhöhle, was solche Dinge betraf, und er hatte sich das Recht verdient, als Erster nach Beute zu suchen. Als er schließlich ging, konnte er sich kaum bewegen, weil er so viel Silber in seine Kleidung gestopft hatte und auf den zitternden Armen trug. Er schleppte ein Vermögen weg.

Die nächsten Besucher waren die Bettlerkinder aus dem

Aschehaufen. Von Malden in Kenntnis gesetzt, trafen sie früh ein und durchsuchten flink die Trümmer. Sie beluden sich mit Büchern, Wandteppichen und wertvollen unversehrten Glasgegenständen. Sie trugen Zauberstäbe und Buntglassplitter fort, die ihre Käufer finden würden. Sie nahmen jedes Goldstück, das sie fanden; manches davon war im Feuer geschmolzen, anderes besaß noch immer die Form zerbrochenen Schmucks und verbeulter Trinkpokale. Malden hatte zu Croy gesagt, eine mitreißende Geschichte über Tapferkeit werde das Leben der Kinder nicht verändern. Der Ritter war der Meinung gewesen, dass aus diesen Worten bloß die Gleichgültigkeit des Diebs sprach, dass ihm ihr Wohlergehen völlig gleichgültig war. Nun hatte Malden dafür gesorgt, dass sich das Leben der Kinder über Nacht um ein Vielfaches verbesserte, und er freute sich, als er dies erfuhr. Ein kleines Mädchen in einem Kleid, das aus einem alten Sack gefertigt war, kam herüber und starrte den Ritter eine Weile an. Er lächelte die Kleine an, und sie drückte ihm einen kleinen Schatz in die Hand. Eine einzelne blaue Glasperle, die keinen Wert hatte, aber hübsch anzusehen war. Er bedankte sich mit aller höfischen Artigkeit, zu der er fähig war, bis die Kleine mit den Schultern zuckte und davonlief.

Kurz vor Sonnenaufgang traf der Zwerg Slag mit einem großen Wagen ein, der von vier Pferden gezogen wurde. Er spähte aufmerksam in die Dunkelheit, während sich eine Mannschaft aus menschlichen Arbeitern mit Brechstangen und Flaschenzügen einen Weg durch die Trümmer bahnte. Es war nicht einfach, aber es gelang, jene Hälfte des Dämoneneis zu bewegen, die unversehrt geblieben war. Sie rollten sie auf die Seite und luden sie auf den Wagen, und der Zwerg fuhr sie weg, bevor sie jemand sehen konnte. Croy hatte nicht die geringste Vorstellung, was er wohl mit mehreren Tonnen Eisen anfangen wollte, das im Höllenpfuhl geschmiedet worden war, aber zweifellos konnte er es nutzbringend verwerten.

Andere kamen, Menschen, die Croy unbekannt waren. Die Nachricht, dass Hazoth tot war und seine Schätze zu haben waren, musste sich schnell verbreitet haben. Straßenräuber,

Schurken und Schläger durchwühlten die Trümmer und nahmen sich, was ihnen gefiel – hauptsächlich Kostbarkeiten und Waffen. Ein Papiermacher und seine Lehrlinge schleppten angesengte und zerrissene Papierbündel fort, aus denen sich neues Papier herstellen ließ. Die Hälfte der Wachsziehergilde sammelte zerbrochenes Glas ein, und Holzarbeiter nahmen Flechtwerk und Balken mit, die bei dem Zusammenbruch nicht zu Sägemehl zermahlen worden waren. Kurz vor Einbruch der Dämmerung kamen die Müllsammler aus dem Stinkviertel und schafften alles das weg, was für niemanden sonst verwertbar war.

Die Vorstellung, dass noch irgendetwas Wertvolles übrig geblieben sein könnte, war abwegig, und doch kam ein letzter Plünderer. In der Morgendämmerung erhob sich Gurrh, der die ganze Zeit vor dem Tor im Gras gesessen hatte, und betrat die Ruine. Er durchsuchte die Trümmer, bis er eine noch immer versiegelte und kaum verbeulte Bleikiste gefunden hatte. Er klemmte sie sich unter den Arm und ging nach Westen, in Richtung der Sumpfmauer und seines Zuhauses. Alles Teil des Plans.

In der Morgendämmerung begrüßten Croy und Cythera, die nun wieder allein waren, gemeinsam den Sonnenaufgang. »Heute ist Göttinnenfest«, sagte Croy, und Cythera küsste ihn auf die Wange. »Wir haben gesiegt«, sagte der Ritter, weil er es noch immer nicht richtig glauben konnte. »Wir haben gewonnen.«

Zur gleichen Zeit knurrte im Göttinnengarten ein Wolf und schnappte in die Luft. Hinter ihm versammelten sich ein Dutzend weitere und warteten auf den Angriff. Malden streckte der Bestie die Hand entgegen und versuchte sie zu beruhigen. Er wünschte sich, sie hätte nicht so hungrig ausgesehen. Er wünschte sich, er hätte Acidtongue als Beute behalten, damit er nicht auf seine lächerliche Ahle zurückgreifen musste. Er wünschte sich, ihn hätten nicht so viele Leute tot sehen wollen. Er wünschte sich, er wäre ein besserer Kämpfer gewesen. Er wünschte sich, nach Hause gehen und sich ausschlafen zu können.

Stattdessen hatte es den Anschein, als würde seine kurze Karriere als Dieb damit enden, von einem Wolfsrudel verschlungen zu werden. Und das alles für nichts.

Der Wolf machte einen Schritt nach vorn, seine Pfote schabte über den Boden, als hätte er vor etwas Angst und würde den Sprung nicht wagen. Da krächzten hundert Vögel hinter Malden, und er erschrak so sehr, dass er beinahe aus der Haut fuhr.

Dann trat eine alte Frau in einem dunklen Gewand um ihn herum. Sie hielt eine Hand nach unten, damit der Wolf daran riechen konnte. Das Tier leckte ihre Finger, dann legte es sich ins Gras und bettete den Kopf auf die Pfoten.

»Ich glaube, ich kenne dich«, sagte Malden zu seiner Retterin. »Ich habe dich schon einmal gesehen.«

»Ja«, erwiderte die Frau.

»Natürlich war deine Haut da noch etwas … borkiger.« Er steckte die Ahle weg. »Du bist also frei. Es hat funktioniert.«

»Ja.«

»Dann … ist es vorbei«, sagte Malden, weil er sich von ganzem Herzen wünschte, dass es so wäre.

»Nein.«

»Nein«, wiederholte er. »Nein, das glaube ich auch. Etwas fehlt noch.«

97

Auf dem Marktplatz drängten sich die Menschen, Leute jeglicher Stellung und Profession standen dicht beisammen auf dem Kopfsteinpflasterplatz und jubelten und beteten. Von jeder erhöhten Stelle baumelten Banner herab, und an jedem Hut und jedem Wams steckten Füllhörner aus Gold, Messing oder Zinn. Seit Sonnenaufgang hatten sich die Priester der Göttin den Gläubigen gewidmet, lange liturgische Lieder vorgesungen und den Segen der Göttin für Menschen, Stadt und

König erfleht. Sie mussten sich ihren Weg durch Straßen bahnen, die so mit Menschen vollgestopft waren, dass keiner mehr genug Platz hatte. Die Bürger von Ness und sämtliche Pilger, die für diesen heiligsten aller Tage gekommen waren, zogen alle durch die Stadt, so gut das ging, besuchten einander oder spazierten einfach umher, genossen das schöne Wetter und sprachen dabei ihre Gebete und Danksagungen. Sie priesen die Göttin in einem Aufruhr aus Lärm und Farben.

Es war die Art von Menge, die Berge hätte versetzen können. Es war die Art von Menge, die man mit der kleinsten Provokation zum Aufruhr aufstacheln konnte. Die in ihrer Aufregung die ganze Stadt niederreißen würde. Etwas Zorn, eine kleine, schockierende Überraschung, und die Freie Stadt Ness konnte zerplatzen wie ein brüchiger Damm.

Die dichteste und andächtigste Menge hielt sich unmittelbar vor dem Göttinnendom auf, der turmbewehrten und mit Kuppeldächern versehenen Kirche, wo die große Prozession an diesem Tag ihren Anfang nehmen sollte. Das gewaltige Holzportal war noch verschlossen, aber Angehörige der Stadtwache hatten einen doppelten Kordon errichtet, um die Gläubigen daran zu hindern, hineinzuströmen und die Ikonen zu sehen, bevor der offizielle Zeitpunkt gekommen war. Immer wieder drängten sie die Menge mit Kampfstäben und Seilabsperrungen zurück. Junge Gläubige versuchten an den vielen Ornamenten der Dommauer hinaufzuklettern, aber man holte sie mit langen Stäben wieder herunter.

Einer der Kletterer jedoch hatte den großartigen Einfall gehabt, an der Hinterseite des Göttinnenhauses hinaufzusteigen, wo die Wächter nicht aufpassten. Natürlich gehörte er nicht zu den Gläubigen, die der religiöse Eifer antrieb. Er wollte sich nicht vor dem Altar der Göttin zu Boden werfen oder gar einbrechen und die Kuchen und Süßigkeiten aus dem riesigen goldenen Füllhorn stehlen.

Malden klammerte sich an einen Wasserspeier und stemmte sich zu einem Fenster hoch oben in der Domwand hinauf. Das Fenster stand einen Spaltbreit offen, um Luft hereinzulassen – so kurz vor der Sommermitte war es bereits zwei Stunden nach

Sonnenaufgang recht heiß –, also schob er sich durch die Lücke und verbarg sich zwischen den heiligen Statuen, die die Kuppeldecke säumten.

Höchste Anspannung hatte seine Sinne so geschärft, dass er – auch dank der Akustik des Gebäudes – alles hörte und sah, was unten im Mittelschiff vor sich ging. Vom Altar bis zum Portal hatte man einen roten Samtteppich ausgerollt. Anselm Vry stand dort unten, einen Amtsumhang über den Schultern. Mehrfach bestickt mit dem Augenmotiv eines Wächterumhangs, war er mit silbernem Brokat eingefasst. Er sah sehr schwer aus. Auch der Burggraf war anwesend, in vollem Prunk, allerdings war sein Kopf unbedeckt. Umgeben wurden die beiden Männer von einer Priesterschar in grünen Gewändern, die beteten und rings um den Burggrafen Weihrauch versprühten, während junge Laienbrüder Hunderte von Kerzen und Dutzende von Räuchergefäßen entzündeten, bis die Ikonen wie die Sonne leuchteten.

»Ich sagte, lasst uns allein!«, brüllte Vry.

»Mein Lord Vogt«, beharrte einer der Priester, »dies ist heiliger Boden, und Eure Machtbefugnis ist hier …«

Vry pochte auf seine Macht, indem er einen langen Dolch zog und die Spitze auf das Gesicht des Priesters richtete. »Der Burggraf fühlt sich nicht wohl. Ich muss ihm seine Arznei geben, bevor die Prozession beginnt, und ich lasse nicht zu, dass mich dabei alle beobachten.«

Das Gesicht des Priesters hatte sämtliche Farbe verloren, als der Dolch gezogen worden war. Er nickte und gab seinen Glaubensbrüdern und den Laienbrüdern ein Zeichen. Eilig strömten sie aus dem Mittelschiff hinaus ins Freie.

Als Vry und der Burggraf allein waren, steckte der Vogt das Messer weg und betrachtete seinen Herrn voller Verachtung. Ommen Tarness schluchzte leise vor sich hin, ein schrecklicher Laut, den die Kuppeldecke noch verstärkte. Oben auf seinem Platz beobachtete Malden das Geschehen mit mitleidloser Neugier.

»Ich will sie nicht hören«, jammerte Ommen mit erstickter Stimme. »Und das werde ich auch nicht! Ich bin frei. Endlich frei. Anselm, ich fühle mich heute viel schlauer. Ich fühle mich … als sei ich nach einem langen Schlaf aufgewacht, und ich bin immer noch benebelt, aber ich fühle mich …«

Vry versetzte dem Burggrafen eine schallende Ohrfeige. Dann zog er die Krone unter seinem silbernen Augenumhang hervor. »Wir haben das besprochen. Du setzt die Krone auf. Du gehst hinaus und hältst deine Rede. Ein Bogenschütze steht bereit und schießt dich nieder, wenn du bloß plapperst. Wenn du die Worte gesagt hast, die ich dir vorgegeben habe, komme ich dazu und verkünde, dass du krank warst und nicht länger gesund genug bist, um als Burggraf zu dienen. Dann bringe ich dich fort, und du musst die Krone nie wieder tragen.«

»Versprichst … du mir das?«, fragte der Burggraf. Er klang wie ein einfältiges Kind, dem man eine Süßigkeit verspricht, wenn es während einer Hofzeremonie brav bleibt. »Nie wieder?«

»Nur noch dieses letzte Mal. Davon abgesehen ist das sowieso nicht die Krone, vor der du Angst hast. Die hier redet nicht.« Er setzte sie Ommen auf den Kopf, und der Burggraf biss sich auf die Unterlippe und schluchzte, wehrte sich aber nicht gegen den Vogt.

Ommen kniff die Augen zusammen, als die Krone seine Haut berührte. Aber nach einem Moment riss er überrascht die Augen auf. »Du hast recht! Sie hat ihre Macht verloren. Ich bin immer noch … immer noch ich selbst!«

Vry lächelte ohne jeden Humor. Aber sein Ausdruck veränderte sich dramatisch, als sich die Krone von Ommen Tarness' Kopf erhob und langsam aufwärtsschwebte.

Oben in der Kuppel holte Malden seine Schnur ein. In der Hand hielt er die Hutangel, die der Zwerg Slag für den Einsatz unter dem Bogen der Königsgrabenbrücke gefertigt hatte. Die Angel bog sich unter dem Gewicht der Krone, aber Malden holte sie rasch ein und hielt sie einen Augenblick später in der Hand. Die falsche Krone. Auch sie hatte Slag hergestellt, aus Blei, das mit vergoldetem Metall überzogen worden war. Sie ähnelte der echten Krone und war poliert worden, bis sie wie

Gold glänzte, aber aus der Nähe betrachtet war ihre billige Machart sofort ersichtlich. Malden hatte sie die ganze Zeit während seines Streifzugs durch Hazoths Herrenhaus bei sich getragen. Er hatte gewusst, dass Vry im letzten Moment auftauchen und sich die Krone nehmen würde. Also hatte er dafür gesorgt, dass er dem Vogt etwas überlassen konnte, auch wenn er keine Gelegenheit bekam, die echte Krone zurückzustehlen.

»Du! Da oben! Dieb!«, brüllte Anselm Vry und starrte zur Kuppel hinauf. »Das ist wirklich ein lustiger Streich. Und nun gib mir das verdammte Ding zurück!«

»Oder was, Anselm? Lässt du mich umbringen?« Malden sprach in gewöhnlicher Lautstärke, aber die Kuppel verstärkte seine Stimme, und er war sicher, dass der Vogt ihn verstand. »Wenn ich sie dir zurückgebe, lässt du mich dann leben?«

»Gib sie zurück! Gib sie zurück! Ich mag sie, sie ist nicht so schwer!«, rief Ommen.

Vry brachte ihn mit einer weiteren Ohrfeige zum Schweigen. »Dieb, lass uns vernünftig sein. Wir wissen doch beide, dass ich dich nicht am Leben lassen kann. Aber ich kann dich auf der Stelle töten, schnell und beinahe schmerzlos. Wir können dir die Qualen der Folter und die Peinlichkeit ersparen, in aller Öffentlichkeit gevierteilt zu werden. Das willst du doch sicherlich nicht erleben.«

Malden lachte. »Vielleicht willst du ja darum kämpfen. Natürlich ist das nicht dein Stil. Deine Männer sind alle draußen. Du hast sogar die Priester weggeschickt. Du musst mir schon allein gegenübertreten.«

»Das wird nicht geschehen. Allerdings wüsste ich schon gern, was du zu erreichen hoffst.«

»Ich rette mein Leben und das von Cutbill.«

»Du glaubst also entkommen zu können«, erwiderte Vry. »Das ist sicherlich machbar. Du könntest über die Dächer flüchten, während sich meine Männer durch die Menge kämpfen müssten. Zugegeben, du könntest es bis zur Stadtmauer schaffen. Aber was dann? Du bist kein Landbesitzer. Außerhalb der Stadttore wärst du ein einfacher Verbrecher. Du würdest dein Leben retten, aber deine Freiheit verlieren. Ich kenne deinesgleichen, Dieb. Du willst nicht den Rest deines Lebens auf einem Bauernhof schuften.«

»Wohl kaum. Also gut, Vry. Ich biete dir einen Handel an. Du wirst ihn für ein denkbar günstiges Angebot halten.« Malden schwenkte die Krone wieder in die Luft und senkte sie an der Schnur nach unten. »Ich will nur meine Neugier befriedigen. Beantworte mir einige Fragen wahrheitsgemäß, und wir hören damit auf.«

Vry blickte sich um, als wolle er sich vergewissern, dass sich keine Priester in den Ecken der Kirche versteckten und lauschten. »Also gut.«

Malden spulte etwas Schnur ab. Die Krone senkte sich ein Dutzend Fuß, hielt dann ruckartig inne. Er musste vorsichtig sein, schärfte er sich ein, damit die Schnur nicht riss. »Du warst Bikkers Auftraggeber, nicht wahr? Der Diebstahl der Krone war von Anfang an dein Plan.«

Vrys Gesicht verfinsterte sich vor Wut. »Unter diesem Zwang gebe ich gar nichts zu, du …«

Er verstummte, als Malden die Schnur wieder einholte.

»Ja.« Vry ballte wütend die Fäuste. »Ja, das war ich.«

Malden ließ ein paar Fuß Schnur nach. »Aber du warst nicht allein. Du hast dich mit zwei anderen verschworen, um das zu erreichen. Ich bin beeindruckt, ehrlich. Die Wahrscheinlichkeit, dass so ein Plan funktioniert, hängt unmittelbar davon ab, wie viele Leute von seiner Existenz wissen. Du hast es mit nur drei Leuten geschafft und wirst die Stadt vermutlich immer noch in die Knie zwingen! Hazoth hast du für seine Dienste Sicherheit versprochen. Bikker hast du angeheuert, weil er als Ancient Blade vermutlich bemerkt hätte, dass es hier mehr Dämonen als sonst gibt. Und vielleicht hätte er das Bedürfnis verspürt, dich und Hazoth aufzuhalten. Als Croy in die Stadt zurückkehrte, muss dir das große Sorgen bereitet haben.«

»Sir Croy? In der Tat. Für die Ancient Blades gibt es keine Dämonen mehr zu bekämpfen, also ziehen sie durch das Land, helfen Menschen und kämpfen gegen das Unrecht.« Der Gedanke ließ Vry spöttisch grinsen. »Sie stecken immer ihre Nase in Dinge, die sie nichts angehen, und da Croy technisch gesehen im Adelsstand einen höheren Rang einnimmt als ich, musste ich einen Weg finden, ihn auszuschalten. Juring hatte immer etwas für diesen Narren übrig. Es war eine echte Herausforderung, für seine Verbannung zu sorgen – und nach seiner Rückkehr den Burggrafen dazu zu bringen, dass die Strafe der Hinrichtung auch vollstreckt wurde.«

»Und als das nicht funktionierte, als Croy davonkam, ist dir ein anderer Plan eingefallen. Du hast mit ihm wie mit einem Fisch an der Angel gespielt, hast so getan, als würdest du alles Menschenmögliche tun, um die Krone zu finden. Aber Croy hat ein schlichtes Gemüt, und er sieht keinen Verrat, bevor man ihm Beweise vorlegt. Deine Vorstellung in Cutbills Schlupfwinkel hätte mich beinahe überzeugt. Es hatte wirklich den Anschein, als wolltest du die Krone finden. Selbst als du deine Männer in Hazoths Haus schicktest, um es zu durchsuchen – selbst als sie wieder mit leeren Händen abzogen, hielten wir beide dich bloß für einen übereifrigen Beamten. Dass du von Regeln und Gesetzen eingeengt warst und darum nichts erreichen konntest. Du hast dieses Spiel gut gespielt. Ich war mir nicht sicher, bis ich dir die falsche Krone gab. Du tatest so, als würde sie mit dir reden. In diesem Augenblick war es mir klar. Du wolltest die Krone nicht zurück. Obwohl du für alle überzeugend so getan hast, sorgtest du in Wirklichkeit dafür, dass sie niemand bekommt.«

»Sehr schlau von dir. Ja«, gab Vry zu. »Im Grunde hast du alles richtig verstanden.«

»Aber ich bin mir noch immer nicht sicher, warum du es getan hast«, sagte Malden. Er senkte die Krone ein Stück tiefer. »Was hast du davon? Wenn Ommen da hinaustritt und sich vor der ganzen Stadt zum Narren macht – das wird üble Auswirkungen haben. Das Volk wird erkennen, dass es von einem debilen Narren regiert wird, und das wird niemandem gefallen. Es wird Aufruhr in den Straßen geben – vor allem, wenn du ihn schürst.«

»Niemand lässt sich gern hinters Licht führen«, sagte Vry, als Malden schwieg. »Das Volk von Ness hat so viel Freiheit, dass es über die geringste Einschränkung sofort murrt und klagt. Wenn ich ihm zeige, dass sein Herr in Wirklichkeit nicht alle fünf Sinne beisammen hat, wird es sich selbst gegen seine gerechten Gesetze auflehnen. Und wenn die Gewalt nicht aufhört, wenn Ströme von Blut durch die Gossen fließen, wird der König wissen, dass der Burggraf nicht dazu fähig ist, diese Stadt zu regieren. Er wird mit Sicherheit die Privilegien der Stadt aufheben. Jeder Bürger von Ness wird seine Freiheit verlieren.«

Malden zuckte mit den Schultern. »Jeder Bürger ohne Eigentum«, sagte er und gab etwas Schnur nach. Die Krone schwebte jetzt keine sechs Fuß mehr über dem Kopf des Burggrafen. »Aber die freien Bürger von Ness sind sein Herzblut. Ihre Arbeit erschafft Reichtum. Das war Juring Tarness´ brillante Idee – und sie hat funktioniert. Sie hat achthundert Jahre lang funktioniert. Freie Menschen werden arbeiten, um etwas aus sich zu machen. Was hast du davon, wenn sie versklavt werden?«

»Offensichtlich Macht.« Anselm Vry streckte die Hände aus, um nach der Krone zu greifen. Malden riss sie in die Höhe. »Du verstehst gar nichts«, sagte Vry mit einem tiefen Seufzer. »Wenn die Privilegien entzogen werden, wird die Stadt ins Chaos stürzen. Der einzige Garant für Recht und Ordnung innerhalb der Mauern werden ich und die Männer meiner Stadtwache sein. Es wird unsere Aufgabe sein, eine Revolte in der Stadt zu verhindern. Und wenn wir das tun, wenn wir die Revolte niederkämpfen und die Herrschaft des Königs wiederherstellen – was glaubst du, wie dankbar er sich wohl zeigt? Dann braucht er einen Mann, der die Stadt regiert. Und zweifellos wählt er dann mich aus.«

»Tausende könnten sterben«, gab Malden zu bedenken. »Läden werden geschlossen, ganze Gilden werden ihr Handwerk verlieren. Die Stadt, die du übernimmst, wird halb tot sein.«

»Aber sie wird mir gehören. Und ich werde sie beherrschen, wie ich es für richtig halte – mit Feuer und Schwert. Die Gesetze der Stadturkunde werden mich nicht länger behindern. Ich werde weder der Gildenhalle noch den Gildenmeistern, die sie überwachen, länger Rechenschaft schulden. Alles wird mir gehören, mir ganz allein. Das erste Jahr wird schwer. Es wird nur wenig Geld hereinkommen, und Leute werden verhungern, ja. Im zweiten Jahr wird man jeden Brotpreis bezahlen, den ich verlange. Man wird viel höhere Steuern hinnehmen – im Gegenzug für das nackte Leben. Ich spiele ein langfristiges Spiel. Aber am Ende ist mir der Sieg gewiss.«

»Ich verstehe die Verlockung«, sagte Malden. »Und ich salutiere dir.«

»Ach ja?«

»Du bist schlimmer als jeder Dieb, den ich kenne. Du verdienst meinen Respekt. Nun gut. Hier hast du, was du willst.« Mit einem Ruck des Handgelenks ließ er die in der Luft hängende Krone auf Ommens Kopf sinken. Er kappte die Schnur und schob die Angel zusammen. »Viel Spaß damit.«

Und dann lachte er.

»Wächter! Priester! Kommt herein!«, rief Anselm Vry. Türen um das Mittelschiff herum flogen auf, und die Gerufenen strömten herein.

Ommen Tarness richtete sich auf; seine Haltung verbesserte sich augenblicklich. »Halt!«, sagte er, und jedermann erstarrte. Etwas in dieser Stimme verlangte Gehorsam – und zwang jedem Lauscher seinen Willen auf. »Ich habe genug gehört«, sagte er.

Beziehungsweise Juring Tarness.

98

Früher am Tag – so gegen Sonnenaufgang – hatte Gurrh der Oger die Bleikiste nach Sumpfmauer gebracht, wo er schon seit so vielen Jahren lebte. Er hatte sie auf dem morastigen Boden abgestellt und mit den gewaltigen haarigen Fäusten darauf eingeschlagen.

Irgendwann hatte sie sich geöffnet. Wie erwartet lag die echte Krone darin.

Malden hatte dabei zugesehen. Coruth die Hexe hatte ihn geflogen, damit er nicht zu spät kam. Er hatte sich bei Gurrh bedankt, der sich tief verneigte und dann in sein Rohr zurückkehrte. Malden hatte sich mit leicht zitternden Händen der Krone genähert, sie vorsichtig in die Höhe genommen und sofort gehört, wie ihre Stimme Befehle erteilte. Aber bevor sie ihn hatte überwältigen können, bevor sie ihn hatte zwingen können, sie sich aufzusetzen, hatte er sie in einen Sack gepackt. Trotzdem war sie nicht verstummt, hatte Versprechungen und dann Drohungen ausgestoßen – bis Malden ihr seinen Plan erklärte. Dann war sie glücklicherweise endlich verstummt.

Als er dann die Fälschung zur Decke heraufgezogen hatte, war es kinderleicht gewesen, sie durch die echte Krone auszutauschen. Durch jene Krone, die er auf Ommens Kopf hinabgelassen hatte.

Die Verwandlung des Burggrafen geschah augenblicklich. Juring Tarness hatte seinen verblödeten Nachfahren sofort wieder im Griff. Und er hatte alles gehört, was in der Kirche gesagt worden war.

»Du willst mich meines Amts entheben, Anselm?«, fragte Juring. Er blickte auf den Vogt hinunter – aufgerichtet war er einige Zoll größer als sein Diener. »Du unternimmst alle diese Anstrengungen, um dir zu nehmen, was mir gehört?«

»Mein Lord«, sagte Vry und verneigte sich tief, »das war nur eine Geschichte, eine Erfindung, um den Dieb einzuwickeln, damit er …«

»Schluss mit den Lügen!«, brüllte der Burggraf. Die Priester und Wächter ringsum wichen zurück. Juring zog einen juwelenbesetzten Dolch aus dem Gürtel. Es war eines der Symbole seines Amts und hauptsächlich zu Repräsentationszwecken gedacht. Allerdings war die Klinge durchaus scharf, sollte sie doch den Scharfblick symbolisieren, mit dem der Burggraf sein Amt bekleidete. »Auf die Knie!«, befahl er.

Vry wandte sich an seine Männer. »Der Burggraf ist verzaubert!«, rief er. »Ergreift ihn – wir müssen sofort einen Exorzismus durchführen. Hohepriester, holt sofort das angemessene Ornat und das heilige Weihrauchfass …«

»Ich sagte: Auf die Knie!«, wiederholte der Burggraf. Weder die Priester noch die Wächter rührten sich von der Stelle.

Vry versuchte zu fliehen. Der Burggraf packte ihn am Umhang und warf ihn zu Boden. Er vergrub die Finger im Haar des Vogts und riss ihm den Kopf nach hinten. »Schluss mit den Lügen«, wiederholte er. Dann zwang er den Mund des Mannes auf und schnitt ihm die Zunge heraus.

Anselm Vry gurgelte und würgte an seinem eigenen Blut. Die Geräusche, die er von sich gab, waren fürchterlich. Sogar Malden zuckte zusammen.

»Und jetzt«, sagte Juring Tarness, als er fertig war, »soll mir jemand ein Tuch bringen. Ich will nicht, dass das Blut dieses Verräters an meinen Händen klebt, während ich die freudige Prozession des Göttinnenfestes anführe. Ihr da, Stadtwächter, schafft diesen Narren weg! Sperrt ihn in mein Verlies! Wir stellen ihn vor Gericht und hören uns an, was er noch zu seiner Verteidigung vorbringen kann. Dann finden wir eine Möglichkeit, ihn auf noch schrecklichere Weise hinzurichten, als wir es je zuvor vollzogen haben. Vielleicht zwingen wir ihn, seine Eingeweide zu essen. Seine eigenen Exkremente zu schlucken.«

Der Hauptmann der Wache tat wie befohlen, mit einer Verbeugung, einem Salut und ohne jeden Kommentar. Die Priester säuberten die Hände des Burggrafen und wischten den Dolch sauber. Als alles erledigt war, spähte der Burggraf zur Kuppel hinauf.

»Und was dich angeht, Dieb: Geh und richte deinem Meister Cutbill aus, dass ich mit ihm sprechen will. Später. Auf mich wartet schließlich ein langer Tag.«

Vermutlich war es zu viel verlangt, Dankbarkeit zu erwarten. Malden kletterte aus dem Fenster des Doms hinaus und eilte über die Dächer des Turmviertels.

99

Coruth, deren Arm inzwischen völlig geheilt war, murmelte vor sich hin. In einem Steinmörser mischte und zerdrückte sie mit einem Stößel verschiedene Kräuter. Dann schmierte sie die übel riechende Masse auf Croys gebrochene Rippen und die Verätzungen auf seinen Armen. Immer wenn er etwas sagen wollte, brachte sie ihn energisch zum Schweigen. Die ganze Zeit saß Cythera lächelnd an seiner Seite; ihr Gesicht war nicht länger von Zauberei verunstaltet. In ihren Augen blitzte es neckisch, wenn sie seinen fast nackten Körper auf dem Bett betrachtete. Nur sein Unterleib war von einem Handtuch verhüllt.

Wenn man schon wochenlang im Bett liegen musste, um Verletzungen auszukurieren, die eigentlich tödlich waren, hätte man Maldens Meinung nach kaum einen besseren Platz finden können. Man hatte Croy einfach über die Stadtwiese am Göttinnengarten in das Haus seines Freundes gebracht, des reichen Kaufmanns. Das war ohne jede Geheimhaltung geschehen, und hätte der Burggraf Croy ergreifen wollen – allein schon weil er die Bestimmungen seiner Verbannung verletzt hatte, von allem anderen ganz abgesehen –, hätte der Ritter nur wenig Widerstand leisten können. Aber in den sechs Tagen seit dem Göttinnenfest war niemand mit einem Haftbefehl an der Tür erschienen.

Möglicherweise befürchtete der Burggraf lediglich, dass eine solche Maßnahme Coruth verärgert hätte. Nachdem es Hazoth nicht mehr gab, war nun die Hexe die mächtigste Magierin der Freien Stadt. Täglich kamen alte und neue Klienten, um sie um eine Beratung zu bitten, aber sie wies alle ab. Sie habe zu viel zu tun, behauptete sie, und sobald Croy wieder gesund war, müssten erst einmal einige Rechnungen beglichen werden. Angeblich nahm mehr als nur eine mächtige Person in der Stadt Magier in Dienste, die Flüche abzuwehren vermochten.

Als die Hexe die tägliche Wundversorgung schließlich beendet hatte, trat sie ans Fenster und zog wieder als ein Schwarm schwarzer Vögel davon. Keiner wusste, wohin sie flog, und es gab auch keine Möglichkeit, ihr zu folgen. Selbst Cythera konnte nur mit den Schultern zucken, wenn man sie danach fragte. »Vielleicht holt sie Heilkräuter. Oder sie spioniert in der Stadt herum, um zu erfahren, was sich in ihrer Abwesenheit alles verändert hat. Sie hat sich nie mit mir beraten, nicht einmal bevor Hazoth sie gefangen nahm.«

»Meine Liebe«, sagte Malden, »verzeih mir, wenn ich das sage, aber du hast eine seltsame Familie.

Cythera lächelte wissend. »Wir können nicht alle von edlen Geschlechtern mit großen Helden und eleganten Damen abstammen«, sagte sie und warf Croy einen Blick zu.

Der Ritter war viel zu beschäftigt, um auf ihre Worte zu achten. Mit einer Feder schrieb er etwas auf ein Stück Pergament. »Hier, Malden. Dein Lohn.«

Der Dieb nahm das Blatt und las. Als Croy sich an ihn gewandt und ihn gebeten hatte, ihm bei der Befreiung von Cythera und Coruth zu helfen, war es Maldens erster Gedanke gewesen, den Ritter eine große Summe Gold bezahlen zu lassen. Aber dann war ihm bewusst geworden, dass Croy etwas anderes besaß, etwas, das ihm viel nützlicher sein konnte. Also hatte er statt um Gold um das Papier in seiner Hand gebeten. Es handelte sich um eine Landschenkung, den achten Teil eines Morgens im nördlichen Teil des Königreichs nahe der Festung Helstrow. Ein sehr kleines Stück von Croys Familienbesitz. Die Urkunde benannte Malden als neuen Besitzer. »Ist es ein hübsches Fleckchen?«

»Ein steiniges Feld, völlig ungeeignet für jede Art von Ackerbau. Es grenzt an ein trostloses Moor, und im Sommer gibt es dort nur Fliegenschwärme. Mögest du dort viele schöne Stunden erleben.«

Malden lachte laut, lange und herzlich. »Vermutlich werde

ich mein Grundstück nie zu Gesicht bekommen. Aber das ist auch gleichgültig. Croy, dafür … für alles. Ich danke dir.«

Cythera schien verwirrt. »Was fängt ein Dieb mit einem unfruchtbaren Stück Land an, das nicht einmal groß genug für ein Haus ist?«

»Freiheit«, sagte Malden. »Dank dieser Urkunde werde ich zu einem Mann mit Besitz. Was mich in dieser Stadt zu einem freien Bürger macht – einschließlich sämtlicher Rechte, die damit zusammenhängen. Von nun an kann ich mich frei bewegen. Ich kann die Stadt verlassen und werde nicht versklavt. Ich kann zur Gildenhalle gehen, vor die Meister aller Gilden treten und mein Recht auf Anhörung einfordern. Ich könnte sogar nach Helstrow gehen und eine Audienz beim König verlangen.«

»Willst du denn auch nur etwas davon tun?«

Malden lachte. »Nein! Nichts davon. Aber die Macht, es tun zu können, das Recht zu haben, es tun zu können, das bedeutet, dass ich nicht länger ein Gefangener an dem Ort meiner Geburt bin. Es bedeutet, dass ich frei bin! Ich glaube, das kannst du nachvollziehen.«

»O ja«, sagte Cythera und schaute ins Leere.

Er küsste das Papier. »Mein Herzenswunsch. Zumindest einer meiner Herzenswünsche.«

Cythera schenkte ihm ein warnendes Lächeln. Sie musterte Croys vernarbtes Bein. »Du solltest dich ausruhen«, sagte sie zu dem Ritter. »Mutter sagt, wenn du nicht mindestens doppelt so viel schläfst wie sonst, werden die Behandlungen nicht anschlagen.«

»Ihr seid meine Lady, und ich unterwerfe mich Eurem Befehl«, erwiderte der Ritter. Er schloss die Augen, und schon wenige Augenblicke später schnarchte er.

Malden schüttelte den Kopf. »Er schläft wie ein Säugling.«

»Er glaubt, dass er das Werk eines Mannes verrichtet hat«, flüsterte Cythera. »Er schläft den Schlaf der Gerechten. Begleite mich, Malden. Ich will mit dir reden.«

Sie traten auf den Balkon vor dem Zimmer. Von dort waren die Überreste von Hazoths Herrenhaus zu erkennen. Es war kaum mehr übrig als Asche und einige Überreste von nutzlosem Holz – die Bewohner von Ness hatten alles von Wert weggeschleppt, und ihre Vorstellung von Wert kannte kaum Grenzen.

»Sag mir«, sagte Cythera, als sie allein waren, »welche Belohnung hat Kemper verlangt?«

»Ich habe Slag beauftragt, ihm ein neues Kartenspiel herzustellen.«

Sie runzelte die Stirn. »Aber mit seinem Fluch – er konnte das alte Spiel doch nur halten, weil es von seiner Essenz durchdrungen war. Er besaß diese Karten so lange, dass sie ein Teil seines Wesens geworden waren.«

Malden nickte. »Aye. Also musste das neue Spiel etwas Besonderes sein. Der Zwerg hat es aus reinem Silber gefertigt, ganz flach gehämmert und die Bilder mit Säure eingeätzt. Vermutlich sind die Karten mehr wert als jeder Einsatz, um den er spielt, aber er kann sie mühelos halten und sogar in den Ärmel oder unter das Wams schieben.«

Cythera lächelte. »Und Gurrh der Oger? Was hat er dir berechnet?«

»Gar nichts. Er wollte bloß dem Burggrafen dienen. Trüge jeder Mann die Ehrenhaftigkeit des Ogers im Herzen, würden wir alle in Croys Welt leben.«

Cythera stützte sich auf die Brüstung. »Dann sind wir anscheinend alle für unsere Mühen entschädigt worden, und jeder von uns hat diesen Albtraum unversehrt und mit Gewinn hinter sich gelassen.«

»Alle bis auf einen«, erwiderte Malden mit gerunzelter Stirn. »Ich habe etwas getan, Cythera, worauf ich nicht stolz bin. Ich habe einem Mann die Freiheit genommen. Das ist die größte Sünde, die ich kenne.«

»Sprichst du von Ommen Tarness? Er ist ein Einfaltspinsel. Und davon einmal abgesehen – du hast ihm das Leben gerettet. Wäre er in seinem natürlichen Zustand bei der Prozession erschienen, hätte Vry ihn danach umgebracht.«

»Ich weiß«, sagte Malden. Aber darum ging es ihm nicht. In den letzten Augenblicken vor der Rückgabe der Krone hatte

Ommen einen Satz ausgesprochen, der Malden bis ins Mark erschüttert hatte. Er hatte behauptet, klüger zu werden. Die Geistesschwäche ließ nach. Er war nicht von Geburt an verblödet – allein die Krone hatte ihm den Verstand geraubt, und ohne die Krone fand er langsam wieder zu sich selbst. Malden hatte diesem Prozess ein Ende bereitet, bevor er richtig anfangen konnte.

Aber diese Last musste er allein tragen. Er entschied sich, sie nicht mit Cythera zu teilen.

Außerdem gab es da noch eine andere Sache, die besprochen werden musste.

»Lass uns gemeinsam fortgehen«, sagte er ohne Übergang.

Sie wandte sich rasch um, als er ihr einen Arm um die Taille legte. Er beugte sich vor und küsste sie.

»Ich muss nicht mehr hier leben. Ich kann die Welt bereisen. Begleite mich als meine Frau.«

Sie warf einen Blick in den Raum, wo Croy auf dem Bett lag.

»Vergiss ihn. Du hattest die Verlobung doch bereits gelöst.«

»Nicht ausdrücklich.«

Malden verzog das Gesicht. »Ich habe deine Mutter befreit.«

»Und nun glaubst du, ich müsse dich heiraten?«, fragte sie. »So enden die Geschichten doch immer, oder? Der Held erschlägt den Drachen, und die gerettete Dame wirft sich ihm an den Hals. Wer lebt denn jetzt im Märchenland, Malden? Hast du das nicht immer an Croy so verabscheut? Dies ist die Realität.«

»Und in der liebe ich dich.«

Sie schloss die Augen und atmete tief durch, und einen Augenblick lang glaubte er, sie werde die Worte erwidern. Dann lehnte sie den Kopf an seine Brust. »Malden, du bist ein Dieb. Inzwischen ein Mann von Besitz, aber immer noch ein Dieb. Du musst verstehen … du musst verstehen, dass Menschen im wahren Leben das tun, was sie tun müssen, um zu überleben. Um ihr Leben zu verbessern.«

»Und das bedeutet, du wirst bei ihm bleiben.«

»Du besitzt ein Stück Land, auf dem niemand leben kann. Er besitzt ein Schloss, Malden. Diener und ein Gefolge. Einen

Titel. Meine Kinder werden alle diese Besitztümer ebenfalls ihr Eigen nennen. Begreifst du, was das bedeutet? Bedenke doch nur, was mir meine Eltern mit auf den Weg gaben. Kannst du nicht akzeptieren, dass ich alles tun würde, um dieses Erbe nicht weiterzugeben?«

Malden ließ sie los. Er schlenderte zum anderen Ende des Balkons und blickte über den Hügel zum Palast hinauf. Ringsum erstreckte sich die Stadt mit ihrer unveränderlichen Geographie, die ärmsten Menschen ganz unten, die Reichen ganz oben. So würde es bis in alle Ewigkeit bleiben.

Sie trat von der Brüstung zurück und wollte ins Krankenzimmer zurückkehren. Er sagte ihren Namen, damit sie stehen blieb.

»Liebst du ihn?«, fragte er.

»Welch alberne Frage«, erwiderte sie und ging hinein.

100

Cutbill nahm eine einzelne Eintragung in seinem Kontobuch vor, dann strich er zwei Zeilen durch. »Da«, sagte er. »Du bist jetzt ein Geselle mit allen Rechten und Privilegien dieses Rangs.« Er spähte über den Buchrand in Maldens Richtung. »Da ist natürlich noch die Frage des Gelds, das du Slag schuldest. Und ich erwarte von dir, dass du auf der Stelle anfängst, Geld zu verdienen, um dir meine Gunst zu erhalten.«

Und das war es. Kein Dank, keine Belohnung. Schon in Ordnung, dachte Malden. Von Cutbill hatte er nichts anderes erwartet. Er hatte dem Mann viel Ärger bereitet, aber er hatte den Schaden wieder in Ordnung gebracht. Sie waren quitt.

Und er war Mitglied der Gilde. Croys Landurkunde hatte ihn zu einem Mann mit Besitz gemacht, und jetzt war er ein Mann mit einem Handwerk. Er konnte anfangen, für die eigene Tasche zu arbeiten, nachdem er für seinen Platz in Cutbills Organisation seinen Preis bezahlt hatte. Nun stand er in niemandes Schuld, war sein eigener Herr. Er war endlich frei.

»Du darfst gehen«, sagte Cutbill. Dann hob er eine Hand und nahm den Befehl zurück. Er spähte in die Zimmerecke, wo ein Wandbehang von einem Windzug bewegt wurde, den Malden nicht fühlte. »Warte«, sagte er. »Nimm die Tür da drüben.«

Malden warf einen Blick auf den besagten Ausgang und musterte den Gildenmeister der Diebe mit einem Stirnrunzeln, aber Cutbill sah sich zu keiner Erklärung genötigt. Malden trat durch die Tür und schloss sie hinter sich. Er stand in dem winzigen Verschlag, von dem aus man unentdeckt beobachten konnte, was in Cutbills Kontor vor sich ging.

Malden drückte das Auge an das Spionloch und sah, wie ein hochgewachsener Mann in einem einfachen braunen Umhang eintrat und zu Cutbills Schreibtisch kam. Er nahm dahinter Platz, als würde er ihm gehören, und schlug die Kapuze zurück.

Es war der Burggraf. Er trug die goldene Krone, und sein Blick war stechend. Was hatte er ohne jede Begleitung hier zu suchen?

»Mein Lord«, sagte Cutbill.

Der Burggraf schwieg eine Weile, bevor er sprach. »Es hat den Anschein, als würde ich dir erneut etwas schulden. Es gefällt mir nicht, dass du etwas bei mir guthast, Dieb.«

»Dann gestattet mir zu sagen, dass ich in Eurer Schuld stehe«, erwiderte Cutbill. »Ihr erlaubt mir, zu existieren und meine Unternehmungen durchzuführen. Und wenn diese Unternehmungen Euch gelegentlich von Nutzen sind … Ich betrachte es als Ehre, einem so großen Mann dienen zu dürfen.«

»Schmeicheleien aus deinem Mund haben sich noch nie aufrichtig angehört.« Der Burggraf stand auf und ging erregt auf und ab. »Ich habe Anselm Vry nie infrage gestellt. Ich hielt ihn immer nur für einen Sekretär, nie für mehr. Für jemanden, der das Talent hat, mit Zahlen zu jonglieren, aber zu keinem Verrat fähig ist.«

»Man könnte meinen, Ihr sprecht von mir, mein Lord«, sagte Cutbill. Er schrieb weiter an seiner Auflistung.

»Wohl kaum. Du … dir habe ich noch nie vertraut. Aber du hast mich vor einem ziemlich unerfreulichen Schicksal bewahrt, und du sollst deine Belohnung bekommen.«

»Vielen Dank. Sagt mir, mein Lord, habt Ihr schon entschieden, was mit den beiden Helden des Tages geschehen soll? Ich spreche von Croy und Malden.«

Der Burggraf zuckte mit den Schultern. »Croy hat seine Treue bewiesen, keine Frage. Voraussichtlich mache ich nicht viel Aufhebens um ihn. Ich erhalte seine Verbannung aufrecht, aber ich werde sie nicht durchsetzen. Sollte er mich noch einmal hintergehen, habe ich einen legalen Grund, ihn aufzuhängen. Wer ist Malden?«

In dem kleinen Raum zuckte Malden zusammen. Es wäre ihm lieber gewesen, Cutbill hätte seinen Namen nicht ins Spiel gebracht. Das konnte nur Ärger bedeuten.

»Der Dieb, der die Krone stahl. Und sie zurückholte. Einer von meinen Leuten, auch wenn er ursprünglich nicht in meinem Auftrag handelte.«

»Ach der«, sagte der Burggraf. »Nun, er muss natürlich getötet werden.«

Um ein Haar hätte Malden aufgeschrien.

»Er kennt mein Geheimnis. Das kann ich nicht dulden.«

»In der Tat.« Cutbill kritzelte etwas auf die Seite. »Das ist verständlich. Andererseits …«

»Was?«

Der Diebesmeister blickte von seinem Kontobuch auf. »Ihr habt von einer Belohnung für mich gesprochen.«

»Ja, ja. Was willst du haben, Gold, Juwelen? Natürlich kann es nichts Offizielles sein. Nichts schriftlich Vereinbartes.«

»Maldens Leben. Verschont es.«

Malden klappte der Unterkiefer herunter.

»Ach, nun hör aber auf! Was kümmert dich schon ein Dieb? Du hast doch Dutzende davon. Von denen die meisten wesentlich besonnener sind. Dieser Kerl hat dich doch beinahe das Leben gekostet.«

»Aber auch nur beinahe. Er hat sich als viel durchtriebener erwiesen, als er eigentlich hätte sein dürfen.«

Der Burggraf stieß ein bellendes Lachen aus. »Meiner Meinung nach sollte das doch ausreichend Grund für dich sein, seinen Tod zu begrüßen. Ich glaube fast, du wirst sentimental, Cutbill. Zugegeben, ich ließe ihn selbst gern ungeschoren davonkommen, aber das Leben ist oft ungerecht. Das weißt du nur zu gut.«

»Missversteht mich nicht. Ich bitte nicht darum, weil es mir um Gerechtigkeit geht. Solche Gefühle sind mir fremd. Ich bitte darum, weil er eine ausgezeichnete Einnahmequelle wäre, wenn er für mich arbeiten würde. Auf lange Sicht gesehen brächte er mir einen ordentlichen Gewinn ein.«

Mit hinterlistigem Blick musterte der Burggraf den Diebesmeister. »Du sorgst dafür, dass er den Mund hält?«

»Ich nähe ihm den Mund zu, wenn es auch nur den Anschein hat, dass er ungefragt redet.«

»Nun gut, von mir aus.« Mit ungläubigem Kopfschütteln verließ der Burggraf den Raum. Er benutzte die Tür, die ins Stinkviertel hinaufführte.

Als er gegangen war, verließ Malden das Spionkämmerchen.

»Ich weiß nicht, was ich sagen soll«, murmelte er und starrte Cutbill dankbar an.

»Sag nur, dass ich meine Worte nicht bereuen soll«, erwiderte der Meister der Diebe. »Du darfst gehen. Und komm erst wieder, wenn du Geld für mich hast.«

Malden nickte und trat hinaus in die Stadt, die sein Zuhause war.

Lesen Sie weiter in
»Ancient Blades – Das Grab der Elfen«
von David Chandler
im Piper Verlag Frühjahr 2012

PROLOG

Der Hieromagus kniete im Licht der aufgehenden, unterirdischen roten Sonne, umgeben von seinen Akolythen und Kriegern und den Steinwänden dieses Ortes. Er war sowohl Zauberer als auch Priester und trug ein einfaches Gewand mit klirrenden Glöckchen. Ihr Klang sollte ihn in die reale Welt zurückholen, in die Gegenwart, aber jetzt brachte er sie zum Schweigen. Jetzt musste er sich erinnern.

Die Ahnen sprachen mit ihm. Für die seit langer Zeit Verlorenen war das Vergessen eine Art Tod. Verzweifelt zerrten sie an ihm und versuchten, ihn in die Erinnerung an uralte Wälder hineinzuziehen, an eine Zeit, bevor die ersten Menschen zu diesem Kontinent kamen. Bevor sein Volk vernichtet worden war, man es vertrieben und vergessen hatte. Er sah ihre großen Schlachten, sah die magischen Werke, die sie erschaffen hatten. Sah die kleinen, zärtlichen Augenblicke, die sie geteilt hatten, wie auch die Schuld und die Scham, die sie versuchten, hinter sich zu lassen. Er sah Könige und Königin nen und einfache Leute in anständiger Kleidung. Er sah Aethlinga, die neunundsiebzigste Königin ihrer Dynastie, die später zu so viel Höherem aufgestiegen war. Eine Seherin. Eine Zukunftsdeuterin. Damals in tiefster Vergangenheit war sie zum ersten Hieromagus geworden. So wie er der letzte sein würde.

Sein Körper zuckte, seine Lider waren in ständiger Bewegung, als träumte er. Eine junge Dienerin tupfte mit einem Stück Schwamm seine Stirn ab. Er wollte sie wegscheuchen, aber versunken in seinen Tagtraum konnte er die Finger bloß den Bruchteil eines Zolls heben.

»Ich kam, sobald ich die Segel sah. Ich wusste, das würdest du mit deinen eigenen Augen sehen wollen«, sagte der Jäger. Gemeinsam erklommen die beiden den bewaldeten Kamm, der sich über dem südlichen Meer erhob. Ein Baum, eine uralte Eberesche, reichte höher als der Rest. Aethlinga war alt und gebrechlich, trotzdem kletterte sie an den Ästen in die Höhe, um besser sehen zu können.

Auf dem Meer verharrten die Schiffe mit gerefften Segeln bewegungslos auf den Wogen; Flüchtlinge drängten sich in den Wanten. Weniger verzweifelt als vermutlich noch zuvor. Sie hatten ihr Ziel erreicht. Unten am Ufer legten Boote an, lange, schmale Holzboote voller Männer. Behaart, ungewaschen, mit aufgesprungenen, vom Skorbut mit Geschwüren versehenen Lippen. Nach ihrer langen Reise waren ihre Gesichter grimmig und hager.

In den Händen hielten sie Waffen aus Eisen.

»Wer sind sie?«, fragte der Jäger. »Sie haben eine gewisse Ähnlichkeit mit Ogern, aber … was sind sie? Was wollen sie?«

Achthundert Jahre später bewegten sich die Lippen des Hieromagus. »Sie wollen Land. Einen Ort für einen Neuanfang. Was sie sind? Sie sind unser Tod.«

Wo der Hieromagus endete und Aethlinga begann, war schwer auseinanderzuhalten, wenn die Erinnerung ihn gefangen nahm. Er hatte diese spezielle Vision so oft gesehen. Hatte sie seiner Erinnerung anvertraut, denn sich lediglich daran zu erinnern, war ein geheiligter Ritus. Das war die Geschichte seines Volkes. Die eine Sache, die man nie vergessen durfte.

Später, als das erste Scharmützel vorüber war und die Männer aus den Booten blutend und kalt im Sand lagen – die anderen auf den Schiffen aber noch immer auf den Wellen trieben und alles beobachteten –, begab sich Aethlinga zu einem abgeschiedenen Hain, tief versteckt im Wald. Ein Ort, an dem sich die Ahnen um die Äste wanden und ihr Flüstern niemals verstummte. Sie hatte ihre eigenen geheiligten Erinnerungen, die sie sich ins Gedächtnis rufen musste.

Aber jetzt wandte sie sich einem Teich zu, einem einfachen Spiegel. Sie schaute in ihre eigenen Augen. Erschuf ihre eigene Erinnerung. »Ich weiß, dass du das hier sehen wirst«, sagte sie, und sie sprach einen Namen.

Sie sprach den wahren und geheimen Namen des letzten Hieromagus. Diese Erinnerung war für ihn bestimmt.

»Du musst dich daran erinnern. Diesmal nicht an die Vergangenheit, sondern an die Zukunft. Schau nach vorn und finde heraus, was kommen wird. Ich habe es auch gesehen, und du weißt, dass ich nicht darum bitten würde, wäre es nicht von entscheidender Notwendigkeit.«

Der Körper des Hieromagus, der so weit weg war, verkrampfte sich und zuckte. Die Dienerin wich zurück, weil sie Angst hatte, er könnte zuschlagen und sie vernichten. Das war schon zuvor geschehen.

Manche Erinnerungen waren weniger angenehm als andere, und diese hier war die schlimmste von allen. Dabei war sie keine Erinnerung. Sie war ein Blick in die Zukunft. Für jemanden wie den Hieromagus, der Vergangenheit und Zukunft zugleich sah, hatte dieser Unterschied nur wenig Bedeutung.

Er schaute nach vorn und sah den Ritter. Er sah die bemalte Frau. Er sah den Dieb. Wie er es schon viele Male zuvor getan hatte. Bevor er ihre Bilder wieder aus dem Kopf verbannen konnte. Sich einreden konnte, dass bis zu ihrer Ankunft noch viele Jahre vergehen würden.

Jetzt bedrängten sie ihn, als würden sie ihm in die Ohren brüllen. Er konnte sie nicht länger zurückhalten, und er gab sich auch gar nicht erst Mühe. Er versuchte lediglich, sie voneinander zu trennen, sie nacheinander sprechen zu lassen.

»Manche Dämonen sind kleiner als andere«, sagte die Frau. Sie war es, auch wenn die Bilder von ihrer Haut verschwunden waren, sie war es, und eine krallenartige Hand traf ihre Wange und schleuderte sie zu Boden.

Sie war diejenige, die der Hieromagus suchte, sie war es … aber sie war in der falschen Zeit … sie war noch immer von ihm getrennt und dennoch so nah, so …

Ein Mann mit dem Antlitz eines Priesters, aber den Augen

eines Mörders. Er lächelte bloß und sprach kein Wort. Zeigte lediglich die Zähne eines Raubtiers.

Er wagte es nicht, diesen Mann zu lange zu betrachten, nicht einmal in einer Erinnerung.

Zwei Ritter mit demselben Namen; der eine von ihnen gab nur vor, ein Ritter zu sein, war es in Wahrheit gar nicht. Er stellte etwas völlig anderes dar, etwas Verhasstes, und doch war er der Schlüssel zur Befreiung. Ein Aufguss aus Klette, äußerst kostbare Öle, Messwein. Eine Elfenkönigin, die sich in der Art der Huren auf einem Bett herumwälzte.

Nun war es viel näher bei ihm – näher, aber in Fragmente zerfallen. Der Hieromagus trommelte kraftlos mit den Fäusten auf den Boden, versuchte die Erinnerungen – die Vorahnungen – in die richtige Form zu zwingen. In eine Reihenfolge, die er verstehen konnte. Er musste den Pfad erkennen. Er musste für sein Volk eine Wahl treffen.

Drei Schwerter, tödliche Schwerter. Etwas Schlimmeres, etwas bedeutend Schlimmeres, eine Waffe von unfassbarer Zerstörungskraft. Zwei Männer, die ein Fass eine steile Rampe hinaufrollten.

Ja. Ja, er hatte es …

Ein Lichtblitz. Eine grelle Entladung der Macht. Geschmolzener Stein floss durch einen Korridor.

Da, das war die Zukunft, die er suchte. Auf die er so oft einen flüchtigen Blick geworfen hatte, nur um sich voller Angst davon abzuwenden. Von der er sich selbst überzeugt hatte, dass sie noch weit entfernt war.

Dieses Mal musste er die Bilder bis zum Ende sehen. Sie alle.

»Malden!«, rief die bemalte Frau verzweifelt nach ihrem Liebhaber und sah zu, wie er dem sicheren Tod entgegenging. Das Schwert in seiner Hand würde ihm nicht helfen.

So nahe jetzt. Nach so langer Zeit. Nach so vielen Jahren der Furcht vor dem, was da kam. Der verzweifelten Suche nach einer Möglichkeit, es zu verhindern. Wo man es doch gar nicht verhindern konnte.

Der menschliche Ritter beugte sich mit hassverzerrtem Gesicht über seine Gegner. Speichel flog von seinen Lippen, als er die in Bronze gekleideten Krieger anbrüllte. »Ihr werdet sterben! Jeder Einzelne von euch wird sterben! Und das ist das Mindeste, das ihr für das verdient habt, was ihr Cythera angetan habt!«

Dieser Hass … der kommende Tod … der Aufruhr …

»Er wusste es«, sagte die bemalte Frau. Ihre Stimme war schwer vom Verlust, voller Entsetzen über die Opfer, die gebracht worden waren. »Der Hieromagus hat die Zukunft gesehen. Er sah das alles hier. Er wusste, dass das, was er sah, nicht geändert werden konnte. Das war für sein Volk die einzige Möglichkeit, um zu überleben.«

Der Hieromagus riss schlagartig die Augen auf.

»Nein!«, brüllte er.

Nein.

Er sah die Toten, die vor ihm aufgeschichtet lagen. Er sah sich selbst, der Hieromagus sah sich durch die eigenen Augen, wie er über Leichenberge kletterte und auf die Gesichter derjenigen trat, die er geliebt hatte.

Nein … nicht so. Dazu konnte es unmöglich kommen, zu einer so drastischen Wende. Und dennoch …

So würde es geschehen. So musste es geschehen.

Die bemalte Frau hatte recht. Was vorausgesehen war, konnte man nicht ändern. Und jetzt gab es nur einen Weg nach vorn. Es war völlig unmöglich, die Richtung zu ändern, auch wenn der Weg von Tod und Zerstörung beherrscht wurde.

Er öffnete den Mund, um zu sprechen. Es fiel so schrecklich schwer, die Worte herauszubekommen. Er fühlte sich so fürchterlich weit weg.

»Sie sind auf dem Weg«, sagte er, und Bewegung kam in die Akolythen und Krieger. Sie tauschten entsetzte Blicke aus, ergriffen hoffnungsvoll die Hände. »Schon sehr bald kehren sie zu uns zurück.«

Gemurmel und geflüsterte Fragen folgten nun an diesem Ort, an dem die unterirdische Sonne rot brannte. Aber davon bekam der Hieromagus nichts mit, denn seine Erinnerung war noch nicht vollendet. Es gab noch mehr zu sehen.

In dem heiligen Hain betrachtete Aethlinga die Visionen zu-

sammen mit ihm. Die kommenden Ereignisse verzerrten ihr schmales und wunderschönes Gesicht mit Furcht und Trauer. Wegen der Ereignisse, die auf ihn zukamen.

»Sei stark«, sagte sie. »Ich weiß, was wir von dir verlangen. Es ist nicht gerecht – aber du wurdest geboren, um diese Aufgabe zu erfüllen. Aus diesem bitteren Kelch musst du allein trinken. Es tut mir leid.«

1

Eine schmale Mondsichel erhellte die Dächer der Freien Stadt Ness, ließ die Glocken in den Spitzen des Turmviertels funkeln und tünchte die Strohdächer im Stinkviertel weiß. Die Schmiedeöfen im Qualmbezirk tosten die ganze Nacht, aber der Rest der Stadt schlief – oder hielt sich hinter verschlossenen Fensterläden in von Kerzen beleuchteten Räumen auf.

Es war jene Zeit der Nacht, in der die Spielhäuser langsam den Betrieb einstellten und die Bordelle ihre Pforten schlossen. Es war jene Zeit, in der ehrliche Männer und Frauen in ihren Betten lagen, um den Schlaf zu finden, den sie für den nächsten langen Arbeitstag brauchten. Von der gewaltigen Arbeiterschar der Stadt ging nur eine Handvoll weiterhin ihrer Tätigkeit nach. Natürlich patrouillierten die Stadtwächter die ganze Nacht lang durch die Straßen.

Und natürlich waren Diebe unterwegs.

Malden lief die Dachränder entlang und beeilte sich, zu seiner heimlichen Verabredung zu kommen. Dabei machte er so wenig Lärm wie ein Eichhörnchen, und er gab sich Mühe, nicht von der Straße aus gesehen werden zu können. Trotzdem kam er ausgesprochen schnell voran, als er von einem Dach zum anderen sprang und Wegen folgte, die er dank jahrelanger Übung kannte; er wusste ohne hinzusehen, wohin er die Füße setzen musste und an welchen Stellen ein Dach zu schwach geworden war, um sein Gewicht zu tragen. Er tanzte zwischen den Türmen, schwang sich an Steinsimsen über schmale Gassen. Sein Weg führte ihn um die große offene Fläche des Marktplatzes herum und dann weiter hügelabwärts über die Dächer der Herrenhäuser auf dem Goldenen Hügel. Er war seinem Ziel schon sehr nah, als er unter der ledernen Schuhsohle fühlte, wie ein Dachziegel brach.

Augenblicklich erstarrte er und nahm das Gewicht von dem zerbrochenen Ziegel, während der Rest seines Körpers noch immer schwankend nach seinem Gleichgewicht suchte. Er bückte sich und schnappte sich den zerbrochenen Ziegel, bevor der nach unten auf die Straße stürzen und Lärm verursachen konnte. Äußerst vorsichtig legte er die Trümmer in die Dachrinne, dann eilte er weiter. Es war fast Mitternacht.

Er erreichte sein Ziel und klammerte sich an einen qualmenden Schornstein, duckte sich gegen die Dachziegel, um seine Silhouette zu verbergen. Er war da. Er ließ den Blick über die Häuser in seiner Umgebung schweifen – seine Augen hatten sich an die Dunkelheit gewöhnt – und hielt nach jeder Art von Bewegung Ausschau. In der Gasse zwanzig Fuß unter sich erspähte er eine Ratte, zwei Häuserblöcke weiter umkreisten Fledermäuse einen Kirchturm. Und dann entdeckte er, was er suchte.

Auf der anderen Straßenseite kletterten drei schwarz gekleidete Männer an der Seite eines Hauses ein Abflussrohr hinauf. Als der Oberste ein Fenster im zweiten Stock erreichte, wickelte er sich einen Lappen um die Hand und schlug das Glas ein.

Es war laut genug, um jede Katze aus der Gasse unter ihnen zu verscheuchen. Malden zuckte vor Mitgefühl zusammen. War er je so laut gewesen? Aus langer Erfahrung wusste er genau, wie sich die drei Diebe fühlen mussten. Das Blut würde in ihren Adern pochen, ihr Herzschlag der größte Laut sein, den sie hörten. Das, was sie nun taten, konnte sie alle an den Galgen bringen, nach einem schnellen Verfahren, das kaum mehr als eine Formalität darstellte.

Der Oberste – das musste der Anführer sein – griff durch das Glas und öffnete den Riegel. Er stieß die Fensterflügel weit auf und verschwand in dem dunklen Haus. Die anderen beiden Männer folgten ihm.

Malden veränderte vorsichtig seine Position, um dafür zu sorgen, dass seine Beine während der Wartezeit nicht verkrampften. Er musste den Männern die nötige Zeit geben, damit sie ihre Arbeit richtig erledigten. Im Fenster daneben erschien plötzlich ein Licht, dann bewegte es sich unruhig durch das Haus. Die Diebe nahmen sich Zeit bei der Arbeit, vielleicht weil sie sichergehen wollten, nichts zu übersehen.

Vor Ungeduld schnaubend, wünschte sich Malden, sie würden sich beeilen. Unten auf der Straße kam ein Stadtwächter in die Richtung. Auf seinen Umhang waren Augen aufgestickt. Am Ende seiner Stangenwaffe baumelte eine Laterne. Der Mann hatte kaum einen Blick für die Häuser auf beiden Seiten übrig, aber sollte er den Kerzenschein sehen, der sich so verstohlen durch ein ansonsten völlig dunkles Haus bewegte, würde das möglicherweise sein Misstrauen wecken.

Malden wäre schlau genug gewesen, eine abgedunkelte Laterne mit einem Schieber vor dem Licht mitzubringen und den Strahl nur zu benutzen, wenn es absolut notwendig war. Natürlich hätte er das Haus mittlerweile bereits wieder verlassen. Und er hätte für ein Gebäude in dieser Größe auch keine zwei Komplizen gebraucht.

Die Diebe hatten Glück – der Wächter bekam nichts mit. Er ging an dem Haus vorbei, ohne einen Blick darauf zu werfen. Als Malden sicher war, dass der Mann außer Hörweite war, stand er vorsichtig auf und trat ein paar Schritte zurück, um Anlauf zu nehmen. Mit einem schnellen Sprung überquerte er die Gasse und landete auf dem Dach des dunklen Hauses.

Die Diebe befanden sich im Erdgeschoss. Vermutlich hörten sie ihn nicht, denn Maldens Landung erfolgte so leise wie die einer Taube. Er ließ sich am Dachrand herunter und stellte die Füße vorsichtig auf der Fensterbank ab, dann glitt er mühelos hinein.

Er nahm sich einen Moment, um sich mit seiner neuen Umgebung vertraut zu machen. Er befand sich in einem Schlafzimmer, vermutlich das des Hausherrn. Das Bett hatte ein

Dach aus Brokatstoff, wohl um Ungeziefer davon abzuhalten, seine Benutzer zu belästigen. Der Boden war mit Schilf bestreut, das man mit einem Duftwasser behandelt hatte. An der einen Wand standen zwei Holzstühle und eine Waschschüssel. Unter dem Bett entdeckte Malden einen Nachttopf.

Er konnte die Diebe im Erdgeschoss hören. Dabei fragte er sich, wie schlau sie wohl waren. Er musste eine Entscheidung treffen. Wenn sie auch nur einen Funken Verstand hatten, würden sie das Haus auf dem Weg verlassen, auf dem sie gekommen waren. So wenig Spuren des Einbruchs hinterlassen wie nur möglich. Waren sie dumm, würden sie durch die Küchentür im Erdgeschoss gehen. Vermutlich der einfachere Fluchtweg, aber das würde sie in das Blickfeld der Fenster von vier anderen Häusern bringen – und damit möglicherweise in das einer unbekannten Zahl von Augenzeugen.

Nein, dachte Malden. So dumm würde diese Gruppe nicht sein. Cutbill, der Meister der Diebesgilde von Ness und damit auch sein Meister, hielt stets nach neuem Talent im kriminellen Handwerk Ausschau. Von allen freiberuflichen Dieben in der Stadt hatte er diese Männer als Maldens nächsten Auftrag herausgepickt. Und Cutbill schickte ihn nie ohne gute Gründe auf eine solche Mission.

Also würden sie wieder durch das obere Fenster rauswollen. Was bedeutete, dass er noch etwas warten musste. Er schlug den Umhang zurück und enthüllte die Ahle in ihrer Scheide an seinem Gürtel. Dann griff er in den langen Holzkasten, den er am Oberschenkel festgeschnallt trug, und zog drei schlanke Pfeile hervor. Dabei gab er sich beträchtliche Mühe, nicht mit ihren Spitzen in Berührung zu kommen.

»Los, los, Beeilung«, zischte einer der Diebe auf der Treppe. Ein anderer murmelte einen Fluch. Es ertönte das vertraute Klirren von metallischen Gegenständen in einem Sack. Und dann trat der Erste von ihnen in das Schlafzimmer und spähte nur für alle Fälle in die Schatten.

Allerdings dachte er nicht daran, nach unten zu sehen, also trat er direkt in den Nachttopf, den Malden vor die Tür gestellt hatte.

»Hurensohn«, heulte der Dieb auf, als er ins Zimmer stolperte und an Malden vorbeischoss, der flach auf dem Bett lag. Die anderen beiden eilten hinter ihrem Gefährten her. Der eine hielt die Kerze in die Höhe, der andere hatte ein bösartig aussehendes Messer in der Hand. Jeder von ihnen schleppte einen prall gefüllten Sack.

»Was ist los?«, wollte der mit der Kerze wissen. Im flackernden Lichtschein wirkte sein Gesicht ganz gelb, und seine Augen funkelten.

Der mit dem Messer war schneller und entdeckte Malden, der sich gerade auf dem Bett aufsetzte. »Man hat uns ertappt!«, rief er aus und stürzte mit erhobenem Messer auf ihn zu.

Malden ließ die Hand vorschnellen, und ein Pfeil bohrte sich in die Brust des Messermanns, direkt über dem Herzen. Als der Kerzenhalter den Kopf drehte, warf Malden den zweiten Pfeil und erwischte ihn am Hals.

Der Mann, der über den Nachttopf gestolpert war, kam gerade wieder auf die Füße, als Malden den dritten Pfeil hob. Der Dieb wollte furchtsam aufschreien, doch Malden hatte seinen Wurf schon ausgeführt. Der Pfeil traf seine Zunge, und er verstummte.

Die drei Diebe sahen sich an und wussten, dass alles vorbei war. Ein Gesicht nach dem anderen erschlaffte. Dann landeten sie mit einem dreifachen Dröhnen auf den Bodendielen.

Als Malden sicher war, dass sie alle ausgeschaltet waren, erhob er sich vom Bett und kümmerte sich um ihre Säcke, um zu sehen, was sie ihm für hübsch funkelnde Geschenke gebracht hatten.

PIPER
SEI UNSER
HELD!
PIPER FANTASY
Gleich mitmachen und die magische
Welt der Piper Fantasy erleben! Neugierig?
Dann auf zu www.piper-fantasy.de!
Piper-Fantasy.de